KB063257

한국 근대문학의 저변과 생명의 심연

기억과 경계
학술총서

한국 근대문학의 저변과 생명의 심연

동아시아 생명 사상과 한국 생명주의 문학의 지평

최호영 지음

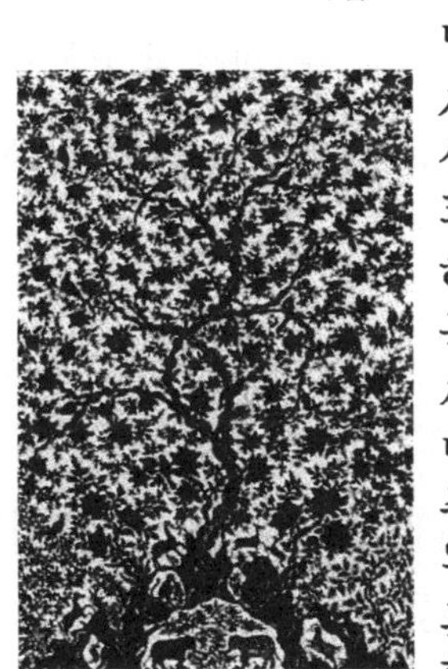

어문학사

저자의 말

언젠가 일본으로 가는 비행기 안에서 아득하게 펼쳐진 바다를 한참동안 내려다본 적이 있다. 그때는 잔잔한 물결 위를 눈부신 햇살이 노닐고 있는 바다에 불과했지만, 한 세기도 더 전에는 이제 막 인생의 문턱에 들어선 조선의 시인(문인)들이 여기를 건넜을 것이다. 그들을 에워싼 '현해탄'은 어쩌면 에메랄드빛 미래로 열린 입구였거나, 또 어쩌면 사방에서 옥죄어 오는 절벽이었으리라. 그게 무엇이 되었든, 나는 저기 수심 깊이 잠겨 있을 그들의 사유를 따라가 보고 싶었고, 그들이 암중모색의 과정에서 더듬어간 근대시의 정체를 밝히고 싶었다. 이러한 문제의식 아래 나는 한국 근대시에 내재한 독특한 지점을 추출하여 한국문학 자체에서 자생적인 이론의 가능성을 타진하고 싶었다. 그 결과물이 바로 박사학위논문을 저본으로 삼은 『한국 근대시의 형성과 '생명'의 탄생-숭고와 공동체를 둘러싼 시학적 탐색』(2018)이다.

이 책에서 나는 '숭고'와 '공동체'를 키워드로 하여 한국 근대시에 내장되어 있는 미학적 특질을 읽어내는 한편, 이것이 당대 조선적 맥락에서 부상하는 성과를 밝혀내려고 했다. 말하자면, 조선의 시인들은 근대 자유시를 절대적인 과제로 삼고 미의 영역을 탐색하는 과정에서 미를 초과한 숭고한 영역을 예술의 지향점으로 표방하고자 했으며, 나아가 자신들의 '생명'의 원천을 발견해낼 수 있었다. 그들이 '자연'과 함께 새로운 시적 대상으로 내세운 '애인', '고향', '어머니' 등이 자신의 존재를 감싸는 토대이자 '생명'의 근원으로 설정되어 있는 것은 그러한 점을 말해준다. 뿐만 아니라 그들이 '애인', '고향', '어머니'의 대상에 '조선'이나 '전통'의 기호를 결부시키고 있는 것은 '숭고'에 대한 시적 탐색이 순전히 문학의 차원에 그치는 것이 아니라 당대 조선에서 전개되고 있던 담론 차원으로 확장될 수 있다는 것을 보여준다. 실제로 당대 사상계에서는 '단군'으로 표상되는 선조들의 문명을 '생명'의 궁극적 기원으로 설정하거나, 조선적 공동체를 창출하기 위한 원리로서 '생명'을 활성화하려는 시도들이 다방면에서 제출되고 있었다. 따라서 나는 조선의 근대 시인들이 '숭고'와 '공동체'를 둘러싼 시학을 전개할 수 있었던 저변에는 근본적으로 '생명'에 관한 인식이 가로놓여 있다는 결론에 다다를 수 있었다.

이처럼 박사학위논문의 결론에 다다른 순간은 나에게 또 다른 과제와 마주하지 않으면 안 되는 순간이기도 했다. '어째서 조선의 근대 시인들은 '생명'이라는 개념 혹은 '생명'에 관한 인식에 집요하게 매달렸을까?'에서 시작하여 '이 개념과 인식은 어디에서 촉발하였으며, 그렇다면 다른 나라의 사정은 어떠했을까?'에 이르기까지 갖가지 의문에 봉착하였기 때문이다. 그런 상황에서 한국 근대문학의 현상을 '생명'의 관점에서 조명해볼 필요성을 느끼게 되었고, 이를 박사 이후의 연구 주제로 삼게 되었다. 좀 더 엄밀하게 말해, 이 책은 지난 2년여 동안 학문후속세대(박사후국내연수) 지원사업의 명목으로 경북대학교와 인천대학교에서 수행하였던 「한국 근대문학의 형성과 '생명' 담론」이라는 연구과제의 성과에 기반하고 있다. 이 책을 구성하는 글들의 원 출처를 밝히면 다음과 같다.

1) 「야나기 무네요시의 생명사상과 1920년대 초기 한국시의 공동체 문제」, 『일본비평』 11, 서울대 일본연구소, 2014. 08.
2) 「1920년대 초기 노자영의 시에 나타난 생명의식과 이상적 공동체－『서광』, 『서울』, 『학생계』 소재의 글을 중심으로」, 『한국민족문화』 57, 부산대 한국민족문화연구소, 2015. 11.
3) 「『태서문예신보』에 나타난 자아 탐색과 '대아(大我)'의 의미지평에 관한 고찰」, 『한국문학연구』 50, 동국대 한국문학연구소, 2016. 04.
4) 「한일 상징주의론의 전개와 '생명' 개념 도입의 비교 고찰」, 『어문론총』 68, 한국문학언어학회, 2016. 06.
5) 「수주 변영로의 초기 문학에 나타난 방랑과 이상적 공동체론」, 『인문논총』 73(3), 서울대 인문학연구원, 2016. 08.
6) 「1920년대 초기 조선에서의 '자연'론의 원천과 생명주의의 전개－에머슨(R. W. Emerson), 기타무라 도코쿠(北村透谷)와의 비교를 중심으로」, 『문학과 환경』 16(2), 문학과환경학회, 2017. 06.
7) 「오이켄(R. Eucken)의 '신이상주의' 수용과 한일 '문화주의'의 전개 양상－이쿠다 조코(生田長江)와 노자영(盧子泳)을 중심으로」, 『일본비평』 17, 서울대 일본연구소, 2017. 08.

8) 「자산(自山) 안확(安廓)의 내적 개조론과 '조선적 문화주의'의 기획」, 『한국민족문화』 64, 부산대 한국민족문화연구소, 2017. 08.

9) 「식민지 시기 박팔양 시에 나타난 '생명의식'과 미학적 전위의 형상화」, 『한중인문학연구』 56, 한중인문학회, 2017. 09.

10) 「개념사적 접근과 한국 근대문학 담론의 형성 과정에 관한 일고찰－1920년대 초기 조선에서 '천직론'의 전개와 '공동체주의'의 형성을 중심으로」, 『어문학』 138, 한국어문학회, 2017. 12.

11) 「'인생(人生)' 개념의 정립과 한일 근대문학관 형성에 관한 비교 고찰－'life'의 번역과 '생명' 개념의 정착을 중심으로」, 『일어일문학연구』 104(2), 한국일어일문학회, 2018. 02.

제시된 글 중에서 「야나기 무네요시의 생명사상과 1920년대 초기 한국시의 공동체 문제」는 시기 상 가장 먼저 작성된 글이자 가장 많은 손질을 거친 글이다. 설익은 밥알을 심는 심정으로 문장을 고치고 고쳤지만, 애초 품었던 문제의식은 크게 변함이 없다. 말하자면, '다이쇼 생명주의'의 한 갈래로 알려진 야나기 무네요시(柳宗悅)의 생명 사상은 서구의 다양한 생명 사상을 취사선택하여 일본의 맥락에 맞게 만들어낸 산물이며, 그와 교유한 조선의 문인들 또한 한국의 맥락에 맞게 생명 담론을 산출해냈다는 것이다. 이처럼 '생명'에 관한 인식은 지리와 시간의 경계를 넘어 유동하는 보편성을 띠고 있으며, 각자의 주체적인 입장에 맞게 자리매김할 수 있는 가능성을 내포하고 있다. 이 책에 담은 글들은 바로 이런 문제의식 아래 생명 사상의 원천을 살피고, 이것이 동아시아 차원에서 이동하는 가운데 한국과 일본의 사정에 따라 정착되어가는 양상을 밝히고자 했다. 나아가 한국문학의 현장에서 '생명'을 둘러싼 다양한 사례를 발굴함으로써 한국 근대문학의 지평을 '생명주의'의 관점 아래 재구성하려고 했다. 하지만 생명 사상의 원천은 전통적인 차원에서 근대적인 차원에 이르기까지 폭넓은 범위를 가지고 있으며, 한국 근대문학의 현장은 복잡다단한 국면으로 이루어져 있기에, 이 책으로 한국 근대문학의 현상을 온전히 설명할 수는 없을 것이다. 다만, 한국 근대문학을 형성하는 데 관여한 주된 원동력을 찾고, 이를 한국의 독특한 맥락에서 풀어내고 싶었던 것이 이 책의 의도라는 점을 밝혀두고자 한다. 책의 제목을 '한국 근대문학의 저변과 생명의 심연'이라고 붙인 이유는 거기에 있다.

이 세상의 모든 책들은 그 누군가의 정신이 낳은 하나의 '생명'일 테지만, 이 책이 세상의 빛을 보기까지 따뜻한 숨결을 불어넣어준 분들이 많다. 먼저, 한국연구재단에서 주관하는 학문후속세대(박사후국내연수)지원사업에서 「한국 근대문학의 형성과 '생명' 담론」을 연구과제로 선정해주신 세 심사위원분들께 감사드린다. 그분들이 연구의 필요성을 독려해주신 점은 나에게 큰 용기를 불어넣었으며, 그간 연구를 수행하는 데 적잖은 동력이 되었다는 것을 말씀드리고 싶다. 그리고 박사후국내연수의 지도교수를 선

뜻 맡아주신 박현수 선생님께 감사의 말씀을 드리고 싶다. 연구에 매진할 수 있도록 배려해주신 것은 물론이거니와, 무엇보다 연구주제에 대한 열의를 믿어주신 점은 내게 큰 힘이 되었다. 또한 석사와 박사과정 동안 나를 지도해주신 김유중 선생님께도 감사의 뜻을 전하고 싶다. 그는 언젠가부터 선생이라는 이름이 한 사람의 학문을 되돌아보고, 또 내다볼 수 있게 만드는 무게가 있다는 것을 넌지시 알려주셨다. 뿐만 아니라 '동아시아생명사상연구회'의 김병진, 김태연, 김태진, 서동주, 오윤호, 이석 선생님의 이름을 이 자리에 호명하고 싶다. 이 책에 담긴 많은 내용들은 그분들과 나눈 대화의 산물이며, 그분들과 공부하면서 연구의 시야를 점차 넓혀갈 수 있었기 때문이다. 마지막으로, 나의 인생에서 '생명'의 경이로움을 안겨준 아내 서금주의 이름을 빼놓을 수 없다. '그들'로 인해 내가 공부하는 것이 아니라 '그들'이 있어 내가 공부할 수 있다는 것은 엄연한 사실이 되었기 때문이다.

2018년 7월 12일
장마가 막바지에 이른 관악에서
저자 최호영

차례

3부 한국 문단의 현장과 '생명주의'의 여러 사례

서론

'생명'으로 보는 한국 근대문학의 지형도

1. '생명'의 고고학적 탐색과 '생명학'이라는 과제

우리는 사실 '생명'이라는 개념을 학술적 주제로 다룰 필요성을 느끼지 못할 정도로 평소 이 개념에 익숙해져 있다. 이를 테면, 쉴 새 없이 쏟아지는 뉴스에서 돌연한 사고로 누군가의 '생명'이 위급하다는 소식을 듣거나, 사생활의 문란을 일으킨 모 정치인을 향해 "그의 정치생명은 이제 끝났다"는 말을 하기도 하며, 인간의 지위를 생태계 전반의 관계 속에서 파악함에 따라 무분별한 생명 파괴를 일삼는 인간의 행위에 경종을 울린 지 오래이다. 이처럼 우리는 일상생활을 하는 가운데 무심코, 또 자주 '생명' 혹은 '생명'에 관한 말을 사용하고 있지만, 정작 '생명'이라는 말 자체에 천착해보면 이 개념을 둘러싼 사정이 별반 녹록지 않다는 것을 알게 된다. 앞서 든 예시에서 '생명'이 놓여 있는 맥락을 좀 더 살펴보자. 첫 번째의 경우 '생명'은 '살아 있음'과 '살아 있지 않음'을 판별하는 기준으로서 일종의 생물학적·생리적 의미를 띠고 있다면, 두 번째의 경우 '생명'은 실체적인 의미보다 비유적인 의미로 그 사람이 자신의 영역에서 형성해온 정신,

사상 따위를 가리키며, 세 번째의 경우 '생명'은 개체가 생명체로 존재하기 위해 다른 개체와 관계를 맺거나 그를 둘러싼 환경과 상호작용할 수밖에 없는 일종의 시스템을 의미한다고 할 수 있다.

이처럼 '생명'은 상황과 맥락에 따라 다양한 의미로 통용될 수 있는 유동적인 개념이다. 물론 우리가 사용하고 있는 언어 중 많은 것들이 하나의 기표에 여러 기의가 착종되어 있는 기호이며, 우리는 각자의 상황과 맥락에 의존하여 별다른 불편함 없이 사용하고 있는 것처럼 느끼고 있을 뿐이다.[1] 하지만 우리가 "왜 '생명'은 또 다른 해석을 요구하는 불편한 개념인가?"라는 문제의식을 가지고서 고고학적 방법으로 개념의 연원을 추적해 가다보면, 반드시 해결하지 않으면 안 되는 과제와 마주하게 된다. 말하자면, '생명'을 둘러싼 개념을 비롯하여 '생명'에 입각한 사상들은 적어도 동아시아 차원에서 유통되고 있었으며, 한국 근대문학을 형성하는 데 중요한 계기를 마련해왔다. 심지어 '생명'에 관한 개념과 사상은 전통과 근대가 역동적으로 교차하는 가운데 빚어진 산물이라는 점에서, 한국 근대문학에 내포된 특이한 지점을 밝힐 수 있는 실마리가 되기도 한다. 요컨대, '생명' 개념과 그것에 초점을 맞춘 사상들은 한국 근대문학을 형성하는 데 기여한 인식론적 조건 중 하나이자 동아시아의 보편성 가운데 한국 근대문학의 특수성을 해명할 단서 중 하나이다.

따라서 '생명'의 관점에 따라 한국 근대문학의 성격과 지형도를 고찰하려는 시도는 충분히 유의미하다고 할 수 있다. 이러한 문제의식 아래 한국

---

1 이와 관련하여 언어 기호가 가진 지시성과 형상성 간의 불일치로 독서(해석)의 완결이 불가능하다는 폴 드 만(Paul de Man)의 견해를 상기할 수 있다(폴 드 만, 이창남 옮김, 『독서의 알레고리』, 문학과지성사, 2010, 88~115면).

근대문학의 현장에 접근해보면, 이미 개념 자체의 잉여적 속성에서 간파하였듯이 '생명'을 표방하는 방식이 그야말로 다양하다는 것을 알 수 있다. 말하자면, 한국 근대문학의 현장에서는 매국면마다 기존의 생명관에 대해 새로운 철학적 관점을 제기하려는 생명 사상을 비롯하여 동시대의 사회 문제에 대한 실천 방향을 제시하려는 생명 담론뿐만 아니라 생명에 대한 일정한 태도와 입장을 표방하려는 생명주의에 이르기까지 '생명'이라는 한 개념을 둘러싸고 있다. 물론 논자에 따라 이 사상, 담론, 주의를 정의하는 방식 또한 충분히 달라질 수 있을 것이다. 하지만 이 책은 그러한 위험을 감당하여 향후 '생명'에 관한 다채로운 경향을 포괄하는 학문 체계, 즉 '생명학'을 구축하려는 시도에 일조하기 위해 쓰였다.[2] 이를 위해 이 책에서는 '생명' 개념과 '생명' 사상의 원천에 초점을 맞춰 한국 근대문학의 현상을 일본 근대문학과 비교 고찰하는 가운데 한국 근대문학이 내장하고 있는 특이한 지점을 밝히고자 한다. 나아가 한국 근대문학의 현장에서 '생명'을 바탕으로 하는 다양한 사례를 발굴함으로써 한국의 '생명주의' 문학이 가로놓여 있는 지평을 구체적으로 그려보고자 한다.

2. 생명 사상의 원천과 선행연구의 경향

지금까지 '생명'을 학술적 대상으로 논하였거나 한국 근대문학에 나타나는 '생명'의 문제에 접근하려 한 연구들은 생명 사상의 원천을 어디에 두

2 '생명학'이라는 개념은 그동안 학계에서 김지하, 이기상 등에 의해 사용된 바 있다. 참고로 '생명학'이라는 표제를 단 김지하의 저서는 원래 『생명과 자치』(1996)로 간행되었다가 재출간된 것이다(김지하, 『생명학』 1·2, 화남, 2003; 이기상, 『글로벌 생명학』, 자음과 모음, 2010).

느냐에 따라 대체로 다음과 같은 경향성을 보이고 있다. 첫 번째로, 생명사상의 원천을 주로 근대적인 측면에 두고 있는 연구를 들 수 있다. 이 연구에서는 다윈의 『종의 기원』(1859)으로 대표되는 생물진화론의 발달 이후 '생명'의 문제를 철학적 대상으로 고찰하려 한 흐름들이 동아시아로 유입되고, 특히 이를 바탕으로 '생명'의 문제를 공적 담론으로 표방하려 한 일본의 '다이쇼 생명주의(大正生命主義)'에 주목하고 있다. 이는 일찍이 일본의 근현대문학사를 '생명주의'라는 일관된 관점으로 읽어낸 스즈키 사다미(鈴木貞美)에 의해 이루어졌다. 그에 따르면, 다이쇼기 일본 문단에서는 메이지 45년(1912)부터 다이쇼 3년(1914) 사이 시마무라 호게쓰(島村抱月), 소마 교후(相馬御風) 등 이른바 '생명'을 키워드로 하여 자연주의 논쟁을 펼친 일군들을 비롯하여, 가네코 지쿠스이(金子筑水)와 같이 세기말에서 20세기 초의 유럽 문예를 번역·소개하는 과정에서 '생명'의 개념을 발견하는 일군들, 아나키스트로 알려진 오스키 사카에(大杉栄)뿐만 아니라 '인도주의'를 주창한 시라카바(白樺)의 일군들까지 '생명'이라는 좌표축으로 묶을 수 있는 경향이 등장한다.[3]

스즈키 사다미는 20세기 초 일본에서 '생명'에 관한 관심이 돌출하게 된 것을 시대 상황과 관련하여 접근하고 있다. 말하자면, 이 당시 일본에서는 대외적으로는 전쟁으로 수많은 사상자가 속출하고 있었으며, 대내적으로는 중화학공업의 발달이라든가 도시로 인구가 집중됨에 따라 신경증과 같은 시대의 병이 발생하는 등 '생명'을 둘러싼 불안과 위기가 고조되어가고 있었다. 이런 상황에서 무정부주의자 고토쿠 슈스이(幸德秋水)의 대

3 鈴木貞美 外, 『生命で讀む20世紀日本文藝』, 至文堂, 1994, 8면.

역사건(1911)이 상징적으로 보여주듯이 일본에서는 국가 중심의 체제에 대한 회의와 저항을 보여주는 움직임이 활발하게 일어나고, 개인의 주체성을 정치적으로 복권하려는 민본주의가 급속하게 전개되어갔다. 이때 톨스토이(L. Tolstoy, 1828~1910)의 인도주의, 베르그송(H. Bergson, 1859~1941)의 『창조적 진화』, 오이켄(R. Eucken, 1846~1926)의 '신이상주의', 에머슨(R. W. Emerson, 1803~1882)의 신비적 우주론 등은 '개인'을 기존의 신으로부터 독립시킬 뿐만 아니라 사회제도로부터 독립한 주체로 서게 만드는 데 중요한 사상적 근거를 마련했다. 다시 말해, '개인'을 인간 본래의 독립한 주체로 서게 만드는 근거를 '생명'에서 구하는 경향이 출현하였던 것이다. 이에 따라 다이쇼기 일본의 사상계에서는 세계를 구성하는 중심이자 세계를 움직이는 원리를 '생명'에 두려는 사조가 출현하는데, 이를 흔히 '다이쇼 생명주의'라 부른다.[4]

이러한 '다이쇼 생명주의'는 그동안 비슷한 시기 한국 근대문학의 현장에서 나타나는 '생명'의 문제에 접근하는 데 주된 참조사항으로 거론되어왔다. 그 대표적인 사례로 이철호의 논의는 에머슨, 베르그송 등의 생명사상에 초점을 맞춰 한국과 일본의 '생명' 담론을 비교 고찰하는 가운데 한국 근대문학에 나타나는 '자아'의 지형도를 그려내고자 했다. 그 결과 그는 한국 근대문학에서의 '자아'를 첫째, 개인의 '내면'과 '예술'을 옹호하려는 "낭만적 자아"와 둘째, 서로의 영과 영이 결합하는 '영통'을 통해 형성된 "민족적·사회적 자아"로 유형화하고 있다. 이 과정에서 그는 '생명'과 연계되어 있는 '영혼', '개성', '인격', '생활' 등의 개념어가 차지하는 담론

4 위의 책, 10~11면.

상의 위상을 고찰함으로써 '근대적 자아'의 계보를 추적하는 한편, 자아 각성에 내재해 있는 민족주의 이데올로기의 논리를 해부하고 있다.[5] 하지만 이 논의는 애초 생명 사상의 원천을 멀게는 서구와, 가깝게는 일본의 '다이쇼 생명주의'에 둠에 따라[6] 결국 한국 문학이 펼쳐 보이는 독특한 성과는 무엇인가에 대한 연구의 필요성을 불러일으킨다. 이는 기독교 체험으로 '생명'을 자각하고 이를 통해 근대적 개인을 탄생시킨 일본의 연장선상에서 한국 근대문학에서의 '자아'를 개인과 사회·민족의 측면으로 이분화하고 있는 것에서 여실하게 드러난다.[7] 다시 말해, 한국 근대문학의 현장에서 개인과 사회·민족이 표면 그대로 대립하고만 있다기보다 서로 조화를 이루기 위한 매개로 '생명'을 도입하고 있는 것은 아닌지 살펴봐야 할 필요가 있다는 것이다.

두 번째로, 앞서 제시한 논의와는 달리 생명 사상의 원천을 전통적인 측면에 두고 있는 연구를 들 수 있다. 실제로 한국 생명 사상의 궤적을 추적하려 한 연구에 따르면, 한민족의 고유한 생명 사상은 하나면서 전체를 포괄하는 '한' 사상에서 찾아볼 수 있으며, 단군신화에서 그 시초를 찾을 수 있다. 이러한 한민족의 생명 사상은 두레나 굿과 같이 공동체적 삶과 집단적인 놀이 문화 등으로 민중의 피 속에 잠재해 있다가 서세동점의 위기

5 이철호, 『영혼의 계보—20세기 한국문학사와 생명담론』, 창비, 2013, 40~254면.

6 이와 같은 맥락의 선행연구로는 심원섭, 「1910년대 일본 유학생 시인들의 대정기(大正期) 사상 체험—김여제, 최소월, 주요한을 중심으로」, 『한·일 문학의 관계론적 연구』, 국학자료원, 1998, 67~98면; 권정희, 「'생명력'과 역사의식의 간극—김우진의 '생명력'의 사유와 일본의 생명 담론」, 『한국민족문화』 제40호, 한국민족문화연구소, 2011, 63~91면 등을 들 수 있다.

7 이러한 관점을 보여주는 부분으로는 이철호, 앞의 책, 149면; 182~183면; 254면 등을 들 수 있다.

에 분출하게 된다.[8] 19세기 중엽에 표출된 민족 종교 동학이 바로 그것이다. 말하자면, 수운의 시천주(侍天主) 사상은 모든 인간이 한울님을 모시는 존재로서 모두가 평등하고 귀한 존재임을 민중에게 일깨워준 생명 사상이며, 해월 또한 시천주를 만물 자체에 생성과 더불어 내재해 있는 생명 그 자체와 동일시함으로써 범천론적(汎天論的) 차원의 생명 사상을 실현하고자 했다.[9] 이러한 공동체적 생명 사상은 기독교적 세계관을 바탕으로 하는 함석헌과 서구 생태학, 진화론 등을 비판적으로 수용한 김지하에 의해 계승되어 당대 한국사회의 모순을 타개할 동력으로 작용해왔다. 이처럼 한민족의 의식 기저에는 장구한 세월을 거쳐 상생과 공존의 원리를 기반으로 하는 고유한 생명 사상이 존속해오고 있었다.

동아시아 차원에서 보더라도 생명 사상은 방대한 학문적 전통을 형성하고 있다. 주지하다시피, 동아시아에서 '생명(生命)'이라는 개념을 본격적으로 사용하게 된 것은 'life'의 번역에서 연유했지만, 그 이전부터 동양철학에서는 '생명'의 함의를 담은 '수명(壽命)', '성명(性命)' 등의 개념을 사용해오고 있었다.[10] 이에 따라 김세정은 양명학 자체가 지닌 구조를 '생명철학'의 관점 아래 해명한 논의라는 점에서 주목된다. 그에 따르면, 양명학에서 인간은 유기체적 세계관을 바탕으로 여타의 생명 존재들을 온전하게 양육시켜나가는 책임과 사명을 가지고 있다. 또한 인간은 '내가 곧 천리'라는 일원적 체계에 따라 천지만물과 감응하고 천지만물의 창생·양육 과정

---

8 이경숙 외 2명, 『한국 생명 사상의 뿌리』, 이화여대 출판부, 2001, 39~51면.

9 위의 책, 76~106면.

10 최재목, 「동양철학에서 '생명(生命)' 개념」, 『동양철학연구』 제46집, 동양철학연구회, 2006, 343~368면.

에 주체적·긍정적으로 참여할 수 있다. 이런 점에서 인간은 천지만물의 중추적 존재이자 천지만물의 창생·양육 과정에 능동적으로 참여할 수 있는 존재라 할 수 있다.[11] 이를 입증하기 위해 '심즉리', '양지', '치양지', '지행합일' 등 왕양명이 주요하게 내세우는 개념들은 인간의 존재론적 위상을 '천지만물'과의 관계성 가운데 사유하고 실천하려 한 산물로 볼 수 있다. 따라서 이 논의에서는 결국 양명학을 '생명철학'으로 자리매김하여 생태학의 대안으로 내세울 법하다.[12]

이처럼 김세정은 양명학을 전통적인 생명 사상으로 정립하는 것에서[13] 나아가 유학사상 전반에 내재한 유기체론적이고 생태론적인 함의와 요소를 발굴하여 '유가생태철학'을 정립하는 작업을 전개하기도 하였다. 그에 따르면, 유가철학에서는 유기체론적 요소와 생태론적 요소가 풍부하고 매우 다채로운 스펙트럼을 지니고 있으며, 인간과 자연과의 합일 또는 자연만물과의 일체화를 위한 '실천적 수양'을 중시한다는 점에서, '생태철학'으로서의 의의를 충분히 지니고 있다. 그는 '유가생태철학'의 특징을 '유기체적 세계관'으로 정의하고서 이를 첫째, 우주자연은 '생생불식(生生不息)의 자기 조직성'을 지닌다는 것, 둘째, '기(氣)'에 의한 존재의 연속성을 주장한다는 것, 셋째, 인간과 자연의 '호혜성(互惠性)'을 주장한다는 것 등의 측면에서 해명하고 있다.[14] 이에 따라 이 논의에서는 인간이 유기적 생명의 관계망 안에서 자연 만물의 생명을 보살피고 양육해야 하는 사명과

---

11 김세정, 『왕양명의 생명철학』, 청계출판사, 2006, 139~385면.

12 위의 책, 51~54면.

13 양명학을 '생명철학'의 관점에서 해석하려 한 시도는 최재목에 의해서도 이루어진 바 있다. 최재목, 『양명학과 공생·동심·교육의 이념』, 영남대 출판부, 1999, 69~102면 참고.

14 김세정, 『돌봄과 공생의 유가생태철학』, 소나무, 2017, 457~474면.

책임을 부여받은 '천지만물의 마음', 즉 우주자연의 중추적 존재로 거듭날 수 있다고 봄으로써[15] 서구 환경철학을 보충할 대안으로 '유가생태철학'을 제시하고 있다는 셈이다.[16]

지금까지 살펴본 것처럼 기존연구에서는 생명사상의 원천을 근대적인 측면에서는 물론 전통적인 측면에 두는 방대한 논의를 전개해왔다. 이러한 두 가지 측면은 그 자체로 상반된 경향으로 비춰질 수 있지만, 오히려 향후 논의에서는 각각의 장점을 융합하여 인류사적 문제에 대한 새로운 인식론적 틀을 제기하려는 시도로 나타나고 있다. 이를 테면, 김지하는 세기의 전환기에 이르러 한국사회 전반에 팽배한 위기를 문명적인 가치관·세계관·우주관의 문제를 새롭게 탐색해야 할 계기로 파악하고서 문명의 문제를 관통하는 패러다임으로 '생명'을 제시한 바 있다.[17] 그는 '생명'을 둘러싼 기존의 서구 진화론과 생태학이 지나치게 '눈에 보이는 것'에 천착하고 있는 현상을 비판하면서 그 이면에 담긴 '숨겨진 질서'로서 전체적 생성·유출·변화 과정을 포착해야 한다고 말한다. 그가 보기에 생명체 각각의 유출 경향은 개별적 생활 형식으로 개성화되면서도 필연적으로 우주적 전체 유출의

---

15 위의 책, 482~483면.

16 이외에 기존 동양철학에서 생명 사상의 의의를 고찰하려는 논의로는 고강옥, 「유교의 생명관」, 『철학논집』 제1호, 한양대 철학회, 1989, 525~551면; 김연재, 「주역의 生態易學과 그 생명의식」, 『아태연구』 제18권 제3호, 경희대 국제지역연구원, 2011, 23~47면; 최봉근, 「퇴계철학에서 理의 생명성에 관한 연구: 우주자연의 全一的 생명성을 중심으로」, 『동양철학연구』 제35집, 동양철학연구회, 2003, 31~62면 등을 들 수 있다. 그리고 동양철학에서의 생명 사상을 토대로 한국 현대시에 나타나는 '생명'의 문제를 고찰한 논의로는 신덕룡, 『생명시학의 전제』, 소명출판, 2002; 최승호, 『한국현대시와 동양적 생명사상』, 청운, 2012 등을 들 수 있다.

17 김지하, 앞의 책, 35~56면.

그물망 속에서 파악할 수밖에 없는 것이었다.[18] 이 지점에서 김지하는 드러난 우주 질서의 객관적 체계와 보이지 않는 숨겨진 질서 사이의 상관관계에 따라 '생명'의 문제에 접근해야 한다고 봄으로써 서양과학과 동양사상을 융합해야 할 필요성을 제기하는 것이며 그 적절한 방법론으로 동학사상을 거론하고 있다.[19]

마찬가지로 이기상은 새 천년을 위한 발상의 전환을 위해 인간의 인식론적 사유 틀이 '존재(있음)에서 생명(살아 있음)'으로 전환해야 한다고 보면서 동서양의 대화를 통해 '생명과 더불어 철학'할 필요성을 제기하였다.[20] 이에 따라 그는 플라톤, 아리스토텔레스, 데카르트, 진화론과 유기체설, 생물시스템 이론과 생태학으로 이어지는 서구 생명 논의를 비롯하여 무교적 생명 이해, 노장자적·유가적 생명관, 불교의 연기론적 생명관 등 동양의 전통적 생명관과 단군신화에서 최치원, 최한기, 동학으로 이어지는 한국 생명 사상의 핵심을 살펴보고 있다.[21] 그 결과 그는 김지하가 동서 통합적 생명 담론의 원형을 수운 최제우의 '불연기연(不然其然)'에서 찾은 것의 연장선상에서 한국 민중의 전통적 '살림살이'에 깊이 각인되어 있는 인간관과 생활방식을 21세기의 새로운 패러다임으로 제시하고자 했다.[22] 비슷한 맥락에서 장회익 또한 개별적인 생명현상을 하나의 큰 틀 속에서 파악하려는 작업을 지속하는 가운데[23] 동양과 서양의 학문을 융합할 필요성을 제기

18 위의 책, 59~91면.

19 위의 책, 112~130면.

20 이기상, 앞의 책, 12~17면.

21 위의 책, 79~148면.

22 위의 책, 32~44면.

23 참고로 장회익은 생명 개념을 '온생명(global life)', '낱생명', '보생명'의 관계에 따라

하였다. 그에 따르면, 성리학으로 대표되는 동양의 학문은 원천적으로 '삶'의 지향을 깔고 있으며, 과학으로 대표되는 서양의 학문은 물질적 대상의 질서를 이해하고 통제하려는 사고를 깔고 있다는 점에서 서로 다른 양상을 보이면서도 양자의 특징을 조화시킬 여지를 안고 있다. 말하자면, 현대가 요구하는 새로운 과학문화는 '대생 지식'에 대한 지향성을 보이는 동양 사상과 '대물 지식'에 대한 지향성을 보이는 서양 과학을 적절하게 융합하는 방향으로 구축될 수 있는 것이다.[24] 이처럼 생명사상의 원천들은 다양한 방식으로 계승되어 논자들이 처한 시대적 한계를 극복할 생명 담론으로 재탄생하고 있었다.

3. 책의 구성과 접근법

지금까지 우리는 생명사상의 원천을 근대적인 측면과 전통적인 측면으로 나눠서 '생명'을 학술적 대상으로 고찰하려 한 선행연구의 경향을 살펴보았다. 이 과정에서 우리는 근대와 전통, 서양과 동양의 경계를 넘어 양자의 특성을 융합하려는 관점이 역사적인 국면마다 요청되는 과제를 해결하기 위한 대안으로 부상하고 있다는 것을 확인할 수 있었다. 이 책에서는 이

해명하고자 했다. '온생명'은 생명이 갖추어야할 필수 단위임과 동시에 생명이 지니는 자족적 단위이며, '낱생명'은 온생명 안에서 온생명의 나머지 부분과 적절한 관계를 유지할 때에 한해 살아 있다고 말할 수 있는 생명의 조건부적 단위이며, '보생명'은 개별 낱생명으로 하여금 살아 있게 만들어주는 외부의 여건을 가리킨다. 그는 기존의 '생명'에 대한 이해가 지나치게 '낱생명'과 '보생명'의 차원에 머물러 있는 것을 비판하면서 '낱생명'과 '보생명'의 관계를 '온생명'의 차원에서 파악해야할 필요가 있다고 말하고 있다(이에 대해서는 장회익, 『물질, 생명, 인간-그 통합적 이해의 가능성』, 돌베개, 2009, 77~124면 참고).

24 장회익, 『삶과 온생명-새로운 과학문화의 모색』, 현암사, 2014, 17~48면.

러한 기존연구의 성과에 힘입어 다음과 같은 방향으로 한국 근대문학에 나타나는 '생명'의 문제를 다루고자 한다. 첫 번째로는, '생명'과 관련한 개념어의 수용과 정착 과정에 초점을 맞춰 동아시아에서 한국 근대문학이 전개되어가는 양상을 고찰하고자 한다. 사실 이 논의는 언어와 텍스트에 의해 역사적 실재가 어떻게 구성되었는가를 연구하려는[25] 개념사에 기반하고 있다. 개념사 연구에서는 개념을 구체적인 역사적·사회적 맥락 속에서 서로 다른 의미를 내뿜고 서로 다른 기능을 수행하는 언어적 구성물로 본다. 이런 관점에서 보자면, 개념은 공시적으로 특정한 정치·사회적 맥락 속에서 발생하는 이데올로기적 함의를 의미할 뿐 아니라 통시적으로 의미의 변화와 지속의 과정을 거치는 가운데 각각의 고유한 역사적 권리를 가진다고 할 수 있다.[26]

이에 따라 이 책의 제1부에서는 개념사적 접근법을 토대로 하여 근대 한국 문단에서 '생명' 담론을 형성해가는 과정을[27] 살펴보고자 한다. 보다 구체적으로 '생명(生命)'이라는 개념 자체가 논자의 입장에 따라 사용되는 방식을 비롯하여 '생명'이 'life'로부터 번역되고 정착되어가는 과정을, 그리고 '천(天)' 혹은 '천직(天職)'과 같은 유사개념을 통해 사용자의 맥락에 따라 전통적이고 근대적인 의미를 표출하는 방식을 살펴보려고 한다.

제2부에서는 근대 동아시아에서 '생명 사상'이 유통되는 경로를 구체적으로 추적해보는 가운데 한국과 일본이 각자의 맥락에서 형성해간 '생명

25 나인호, 『개념사란 무엇인가—역사와 언어의 새로운 만남』, 역사비평사, 2011, 15면.

26 위의 책, 38~39면.

27 개념사 연구에서는 개념을 분석하기 위해 담론이 제공하는 맥락들을 포함한 여러 언어적·비언어적 맥락을 필요로 한다는 점에서 담론의 역사와 자연스럽게 연결될 수밖에 없다고 본다(위의 책, 44~45면).

주의'의 정체를 비교문학적으로 고찰하고자 한다. 앞서 선행연구에서 나타났다시피, 다이쇼기 일본에서 '생명'에 관한 공적 담론이 출현하게 된 배경에는 당대 일본이 처해있던 내외부적인 상황이 적잖이 개입하고 있으면서도 '생명'에 초점을 맞춘 여러 사상가들이 거기에 이론적 근거를 부여하고 있었다. 이런 관점에는 수신자—발신자로 향하는 일방향적 영향관계나 서구와 비서구를 구획 짓는 위계질서를 내포하고 있다는 점에서 문제적이다. 물론 서구 사상가들의 '생명' 사상이 동아시아에서 '생명'에 대한 태도나 주의를 표방하게 된 것에 중요한 계기를 마련한 것은 사실이지만, 그러한 영향 가운데 각국의 맥락에 따라 '생명주의'가 어떠한 방향으로 정초되어갔는가를 살펴보는 작업은 더욱 중요한 일이 아닐 수 없다.

이러한 문제의식 아래 이 책의 제2부에서는 멀게는 오이켄(R. Eucken), 에머슨(R. W. Emerson)의 '생명' 사상이, 가깝게는 베르그송(H. Bergson), 블레이크(William Blake) 등에 영향을 받은 야나기 무네요시(柳宗悅)의 '생명' 사상이 근대 한국과 일본에서 수용되는 과정뿐만 아니라 각국이 처한 상황에 맞게 변용되어가는 양상을 밝히고자 한다. 또한 이 책의 제3부에서는 개념사적 접근과 비교문학적 고찰에서 나아가 한국 문단의 현장에서 '생명'을 둘러싼 다양한 사례를 발굴함으로써 '생명주의'의 관점 아래 한국 근대문학의 지평을 세우고자 한다. 실제로 근대 한국 문단의 현장에서는 근대문학의 출발점으로서 '자아(自我)'론이나 '문화주의(文化主義)'의 의장을 갖춘 개조론과 결부하는 등 다양한 방식으로 '생명'에 관한 담론을 창출하고 있었으며 1930년에 들어와 조선 민족의 고유한 특질을 표방하기 위한 근거로서 '생명'을 거론하기도 하였다. 이런 점에서 한국 근대문학을 '생명주의'라는 관점으로 관통시키는 작업은 동아시아 차원에서 한국 근대문학의 특수성을 정초시키는 일이자 식민지 시기 한국 문학이 펼쳐 보인 가능성을 적극적으로 평가하는 일과 연결되어 있다는 점에서 중요한 의의를 지닌다.

1부

개념사적 접근과 한국 문단의 '생명' 담론

1

한일 상징주의론의 전개와 '생명' 개념 도입의 비교 고찰

—

1. 한일 근대시의 형성과 상징주의 논의의 쟁점

한일 근대시에 관한 연구에서 공통적으로 근대시의 본격적인 출발점이 자유시의 출현에 있으며 자유시의 원류가 바로 상징주의였다는 사실에 대해서는 대체로 합의하고 있는 것으로 보인다. 일본문학사의 경우 메이지 38년(1905)에 우에다 빈(上田敏)이 프랑스 고답파와 상징파의 시를 처음으로 완성된 형태로 번역한 시집 『해조음(海潮音)』을 발행한 이후 간바라 아리아케(浦原有明)와 기타하라 하쿠슈(北原白秋) 등에 의해 본격적인 상징주의가 전개되었다고 본다.[1] 초창기 한국 문학 연구자들 또한 상징주의의 원천을 프랑스에 두고서 조선 근대문학과의 영향관계에 대한 논의를 전개해왔다. 김은전의 논의는 근대 초기 조선에 처음으로 '이식'된 문예사조를 상징주의로 꼽고서 발신자인 프랑스 상징파의 시론과 작품이 수신자인 한국 상징파의 시론과 작품에 끼친 영향관계를 추적한 대표적인 사례이다. 그는 조선의 문단에서 대두한 소위 "심볼리즘"의 시대를 총3기로 잡고서

1 요시다 세이치(吉田精一), 정승운 옮김, 『일본 현대시감상』, 보고사, 2003, 9~31면; 최충희, 『일본시가문학사』, 태학사, 2004, 440~481면.

김억, 주요한, 황석우 등 프랑스 상징주의를 이식하는 데 주된 역할을 감당하였던 당대 시인들의 시론과 작품을 실증적으로 분석하고 있다. 하지만 그의 논의는 애초 상징주의의 완성형을 프랑스에 두었기 때문에 '퇴폐주의'나 '데카당스'에 침잠한 조선의 상징주의는 그 자체로 한계에 머물고 만다.[2] 이와 비슷한 맥락에서 정한모는 서구 근대시를 본격적으로 수용한 산실로 알려진 『태서문예신보』와 여기서 활동한 김억의 상징주의 시론과 번역에 초점을 맞춰 조선의 근대 자유시를 형성하려 한 측면을 해명하고자 했다. 그 결과 그는 조선의 근대 자유시가 첫째, 서정적 미의식의 자각에 따라 전대의 계몽적 문학관에서 탈피하려 한 점, 둘째, 프랑스 상징주의를 원류로 한 해외시를 도입한 점, 셋째, 자유시의 운율에 기초한 조선의 근대시론을 전개한 점에 따라 형성하게 되었다고 결론을 내렸다.[3]

이처럼 초창기의 연구에서부터 상징주의의 원천을 프랑스에 두고서 조선의 근대시가 형성된 과정을 살피고 있는 논의가 전개된 것과 달리, 보다 직접적으로 상징주의의 원천을 메이지 일본의 문단에 두고서 조선 문단과의 영향 관계를 살피려는 논의가 전개되기도 하였다. 일찍이 한계전이 시론의 첫 장에서 김억을 비롯한 조선 시인들의 자유시 리듬에 대한 인식이 핫토리 요시카(服部嘉香) 등의 '리듬론'에서 연유하였다고 짧게 언급한 이래[4] 후속연구에서 이러한 관점이 보충되어 왔다. 구인모의 경우 주요한과 황석우가 각각 『창조』와 『폐허』에서 발표한 상징주의 논의를 토대로 하여 일본을 매개로 한 그들의 상징주의의 이해가 비교적 정확하다는 것을 밝히

---

2 김은전, 『한국상징주의시연구』, 한샘, 1991, 11~276면.

3 정한모, 『한국현대시문학사』, 일지사, 1994, 243~292면.

4 한계전, 『한국현대시론연구』, 일지사, 1983, 27~33면.

고 구체적으로 기타하라 하쿠슈의 원시와 번역시를 대조하여 1920년대 초기 조선에서 근대시의 조건으로 '감각성'과 '음악성'을 획득하고 있는 측면을 해명하고 있다.[5] 하지만 이 논의는 결과적으로 주요한과 황석우가 그들의 실제 작품에서 일본의 상징주의를 제대로 체현하지 못했다는 결론에 다다름으로써 일본과는 다른 그들의 주체적인 시적 성과에 대한 의문을 불러일으킨다. 이러한 문제의식 아래 박은미의 논의는 역시 주요한과 황석우를 중심으로 일본 상징주의의 수용에 따른 조선 근대문학의 형성 과정을 주체적인 측면에서 살피고자 했다. 이 논의에서는 특히 황석우와 하기와라 사쿠타로(萩原朔太郎), 주요한과 시마자키 도손(島崎藤村)을 동일선상에 두고 황석우가 '개성'을 기반으로 근대적 미의식을 확립하려 한 점, 주요한이 강렬한 연애 감정을 확립하여 근대적 개인을 수립하려 한 점에서 조선 근대문학의 주체성을 찾고자 했다.[6]

박은미의 논의가 다소 소재적인 대비에 그치고 있다면, 박슬기의 논의는 '근대시=자유시'라는 공통된 전제 아래 한국과 일본의 자유시론을 면밀히 검토하여 한국의 독자적인 자유시론의 체계를 검토하는 데로 나아가고 있다. 그는 한국과 일본의 자유시가 "고정된 시의 형식을 타파"하는 과정에서 출현한 것이 아니라 "시와 시형을 동일한 것"으로 간주하는 과정에서 출현한 것으로 보고 있다. 그러면서 일본의 구어자유시가 언문일치와 구어체가 열어놓은 주관성의 영역을 시에서 확보하려는 과정에서 출현하였다면, 한국의 자유시는 노래하는 시의 전통을 계승하면서도 산문시로 실

---

5 구인모, 「한국의 일본 상징주의 문학 번역과 그 수용: 주요한과 황석우를 중심으로」, 『국제어문』 제45집, 국제어문학회, 2009, 107~139면.

6 박은미, 「일본 상징주의의 수용 양상 연구」, 『우리문학연구』 제21집, 우리문학회, 2007, 333~363면.

험할 수밖에 없었던 한계에서 출발하였다고 해명하고 있다.[7] 물론 이 논의에서는 일본의 자유시론이 언어의 문제에, 한국의 자유시론이 음악의 문제에 기반하고 있다고 구별함으로써 양자의 차이점을 적시하고 있으나, 무엇보다 그러한 차이점을 발생시킨 인식론적 조건이 무엇인가에 대한 의문을 불러일으킨다.

이러한 문제의식 아래 이 글은 먼저 근대 초기 한국과 일본의 문단에서 공통적으로 상징주의를 타자로 설정하여 각국의 근대시 논의를 전개해갈 때 부상하는 쟁점이 무엇인가를 고찰하고자 한다. 그 중에서도 이 글은 특히 양국의 문단에서 근대 자유시를 주장하는 데 주된 인식론적 조건으로 작동하고 있는 '생명' 개념에 주목하여 이것이 양국의 근대문학 형성에 어떤 계기가 되고 있는가를 비교하고자 한다. 이 과정을 통해 이 글은 양국의 근대문학이 내포하고 있는 특이성을 드러냄으로써 일본 근대문학으로부터 직접적인 영향을 받은 한국 근대문학이 그 자체로 한계를 가지고 있다기보다 그와는 다른 주체적인 성과를 창출하고 있다는 점을 해명하고자 한다.

2. 전대 상징주의와의 단절과 구어자유시의 논리

메이지 40년경 일본의 문단에서 본격적으로 출범한 자유시 운동은 기존의 문학과 하나의 선을 그으려는 획기적인 시도였다. 주지하다시피, 일본의 근대시는 도쿄 대학 출신의 학자인 도야마 마사카즈(外山正一), 야타베 료키치(矢田部良吉), 이노우에 데쓰지로(井上哲次郎) 3인이 메이지 15년(1882)

7 박슬기, 「한국과 일본에서의 자유시론의 성립–근대시의 인식과 선언」, 『한국현대문학연구』 제42호, 한국현대문학회, 2014, 5~28면.

에 간행한 『신체시초(新體詩抄)』에 의해 시작되었다. 번역시 14편과 창작시 5편을 수록하고 있는 『신체시초』는 언문일치운동의 배경 아래 독자들이 쉽게 이해할 수 있는 속어를 시어로 받아들이고 와카, 하이쿠, 한시와 같은 종래의 시로는 표현할 수 없는 방향으로 제재 범위를 확대하였으며 긴 시형을 채용하고자 했다.[8] 메이지 30년(1897)에 나온 시마자키 도손의 『약채집(若菜集)』은 일본의 신체시가 도달한 정점으로 평가받는다. 이후 일본의 문단에서는 메이지 38년(1905)에 우에다 빈(上田敏)이 프랑스 고답파와 상징파의 시를 본격적으로 번역한 시집 『해조음(海潮音)』을 발행하고 나서 간바라 아리아케(蒲原有明)와 기타하라 하쿠슈(北原白秋)로 대표되는 상징주의 시대가 열렸다. 특히, 간바라 아리아케의 제4시집 『아리아케집』(易風社, 1908년 1월)은 당대 문인들에게 일본 상징주의의 정점에 도달한 시집으로 평가받았으면서도 그들이 극복해야할 대상으로 받아들여졌다. 이를 여실히 보여주는 것이 바로 마쓰바라 시분(松原至文), 후쿠다 유사쿠(福田夕咲), 가토 가이슌(加藤介春), 히토미 도우메(人見東明) 등 5인의 문인들에 의해 『문고』에서 시행한 『아리아케집』 합평회였다.

이들을 비롯한 당대 청년시인들이 행한 『아리아케집』 공격이라는 '사건'은 시단에서 세대 간의 단절이라는 형태로 분출된 것이자 일본 근대시 역사에서 중요한 전환점을 보여주는 것이라는 점에서[9] 주목을 요한다. 이들은 대체로 두 가지의 측면에서 『아리아케집』에 수록된 시들이 근대의 시가 아니라고 주장한다. 이들이 보기에 아리아케의 시들은 시어와 율격의 측면

---

8 언문일치운동의 배경 하에 일어난 신체시의 열풍이 시마자키 도손(島崎藤村)에까지 이르는 과정에 대해서는 羽生康二. 『口語自由詩の形成』, 雄山閣, 1989, 1~68면 참고.

9 菅原克也, 「有明の沈黙－詩論にみる口語自由詩との葛藤」, 『人文論叢』 제18호, 東京工業大学, 1992, 202~203면.

에서 기교를 부리는 솜씨는 탁월하지만 결코 근대인이 실제 생활에서 느끼는 감정을 노래하지 못하고 있다. 말하자면, 그들은 아리아케의 시가 기교에 얽매여 '자기'를 꾸미고 속이고 있을 뿐 '자기'를 있는 그대로 드러내지 못하고 있다고 보았던 것이다.[10] 바꿔 말해, 그들에게 '자기'의 감정을 있는 그대로 그려낸 시야말로 전대의 시와 구별되는 근대시의 요건이었던 셈이다. 이러한 점은 『와세다분가쿠(早稲田文学)』를 중심으로 구어자유시 운동을 주장한 소마 교후(相馬御風)의 글에서 보다 뚜렷하게 드러난다.

> 격렬한 정조, 심각한 정취 그것들은 씨(간바라 아리아케—인용자 주)의 영역이 아니다. 현대인의 고통, 현대인의 비애, 현대인의 불안 그것들은 전부 씨의 시에 나타나고 있지 않다. 오히려 씨는 기꺼이 그것들의 애달픈 정서를 곧잘 노래하려 하고 있다. 그러나 씨는 끝내 노래하려 하는 것을 노래할 수 없고 항상 지(知)의 끌로 새기고 만다. (……)
>
> 게다가 명확하게 말하면 우리나라의 소위 '신체시'를 완성하여 그 극치를 나타낸 것이 아리아케씨이다. 그리하여 장래의 우리나라에 시라는 문예의 존재가 가능하다고 한다면 이 아리아케씨에 의해 거두어들인 재래의 소위 신체시의 효과를 모두 기각(棄却)한 상태에서 일어나는 것이어야 한다. **내가 『아리아케집』을 읽고 느꼈던 바는 아리아케씨가 소위 신체시 최후의 승리자인 것, 게다가 모든 새로운 시가 일어나야 할 시기에 이르렀다는 것이다.**
>
> —「『아리아케집』을 읽다」 부분[11]

10 松原至文 外, 「「有明集」合評」, 『文庫』, 1908. 2, 260~268면.

11 相馬御風, 「『有明集』を讀む」, 『早稲田文学』 明治 41년 3월의 권, 1908. 3, 20~21면.

이 글에서 소마 교후는 『아리아케집』이 현대인이 느끼는 생활의 감정을 직접적으로 표현해내지 못한다고 비판을 가하고 있다. 그의 입장에서 보건대 『아리아케집』은 두 가지의 측면에서 비판의 요소를 안고 있었다. 첫 번째로, 『아리아케집』은 '자기'의 정서와 감상을 말로 표현해내는 것은 탁월하면서도 정서 그것을 직접적으로 표현해지 못하고 있다. 바꿔 말해, 이는 『아리아케집』에서 사용하고 있는 시어가 '고어'나 '문어'에 불과하다는 점에서 현대인이 일상생활에서 사용하는 '구어'와 괴리되고 있다는 것을 보여준다. 그래서 소마 교후는 이 글에서 『아리아케집』에서 노래하고 있는 고통이나 비애가 현대인의 고통이나 비애 그 자체를 노래하는 것이 아니라고 말하고 있는 것이다. 두 번째로, 『아리아케집』은 시라는 형식을 가지고 정서를 표현하려는 전대의 신체시를 완성한 것에 불과하였다. 주지하다시피, 신체시에서 75조, 57조와 같은 음수율이 주를 이루고 있다는 점을 상기한다면,[12] 이는 『아리아케집』이 율격의 측면에서 그러한 형식적인 제약에 얽매임에 따라 근대적인 감정을 제대로 표현해내지 못한다는 것을 보여준다. 그래서 소마 교후는 『아리아케집』을 "신체시 최후의 승리자"라고 비판하면서 "신체시의 효과를 모두 기각(棄却)한 상태에서" 근대시가 출발해야한다고 주장하고 있는 셈이다.

그는 이 글에 이어 몇 개월 뒤에 발표한 글에서도 『아리아케집』이 시어의 측면에서 고어나 아어(雅語)를 사용하고 율격의 측면에서 75조나 85조를 사용하는 것을 비판하면서 "현재의 자기 자신이 어떻게든 현재에 활현(活現)

12 成谷麻理子, 「口語自由詩の発生－Vers libreをめぐって」, 『比較文学年誌』, 早稲田大学比較文学研究室, 2010, 110~119면.

되는" 시를 주장한다.[13] 그것이 바로 전대의 신체시와 상징주의 시와 단절하면서 부상한 자유시이다.

> 현대인이 생활의 객관 그대로의 형식을 소설에서 주장하는 것과 동시에 시가에서 주관 그대로의 형식을 마음껏 주장해야하는 것은 아닌가. 소설에서 일체의 사념을 버리고 자연 그 자체의 목소리를 그리려고 주장하는 현대인은 시가에서 또한 일체의 사념을 버리고 '나' 그 자체의 목소리를 듣고 또 노래해야 한다. 거기에 무슨 제약이 필요할 것인가. 무슨 장애가 있을 것인가. **솔직하게, 자유롭게 자기중심의 목소리 그대로의 형식 그것, 참된 시가의 형식은 아닌가.** (……)
>
> **내가 바라는 것은 신체시를 쓰는 것과 같은 관념을 일체 배제해 버리고 무엇보다도 먼저 시인 자신이 가슴 깊이 우러나는 '나' 그것의 목소리를 듣는 것이다.**
>
> —「스스로 속이는 시계」 부분[14]

이 글에서 소마 교후는 자신이 주장하는 자유시가 "인간의 정서 그대로의 형식" 혹은 "주관 그대로의 형식"의 시가라고 정의내리고 있다. 이를 내세우기 위해, 그는 먼저 소설의 형식과 시의 형식을 대비시키고 있다. 그에 따르면, 소설은 "생활의 객관 그대로의 형식"을 주장하는 것이라면, 시는 "주관 그대로의 형식"을 주장한다. 이처럼 그는 '소설=객관', '시

13 相馬御風,「浦原有明氏の新詩形觀に就て」,『新潮』, 1908. 10, 21~22면.

14 相馬御風,「自ら欺ける詩界」,『早稲田文学』明治 41년 2월의 권, 1908. 2, 9~10면.

=주관'이라는 이분법적 구도를 설정함으로써[15] 자신이 주장하는 시가의 형식을 "자기중심의 목소리 그대로의 형식"에 위치시킬 수 있게 된다. 다음으로, 그는 앞에서와 마찬가지로 전대의 신체시로 대변되는 역사를 버리고 "시인 자신이 가슴 깊이 느끼는 '나' 그것의 목소리를" 듣기를 주문한다. 그가 누차 말해왔듯이 신체시는 "형식상의 제약"에 얽매여 "자기를 거짓으로 속이고" 있을 뿐이다. 그는 바로 그러한 신체시에서 벗어나 "인생 자연에 대해 거짓으로 속이지 않는 '참된 나'"의 목소리를 노래하기를 바랐던 것이다. 이는 동시대의 문인들이 가지고 있었던 공통된 의견이었다. 이를 테면, 당대의 대표적인 자유시 이론가인 핫토리 요시카 또한 당대 "내용파의 주관적 경향"이 "자기 이외에 어떤 것도 기대지 않는 목소리"나 "자기가 자기를 구하는 목소리"에서 비롯되었다고 보고 있기 때문이다.[16] 이에 따라 그들은 메이지 41년에 접어들어 시의 용어로서 '구어'를 사용하고, 시의 리듬으로서 "절대적으로 자유로운 정서 그대로의 리듬"을 사용하며 '행과 연의 제약 파괴'를 모토로 하는[17] 구어자유시를 주창하였다.

이처럼 메이지 40년경 일본의 시단에서는 전대의 신체시와 상징주의를 비판하는 가운데 시어와 형식의 측면에서 근대인의 생활 감정을 직접적으로 표출하려는 자유시를 주장하였다. 그들이 결국 "자기중심의 목소리 그대로의 형식"을 통해 표현하려는 한 근대인이란 어떠한 구속이나 제약에도 얽매이지 않고 자율적으로 설 수 있는 주체를 의미하였다. 이는 그들이 근대 자유시를 주장하기 위해 비판의 표적으로 삼은 간바라 아리아케의 언

15 佐藤伸宏, 『詩の在りか－口語自由詩をめぐる問い』, 笠間書院, 2011, 40~47면.

16 服部嘉香, 「詩歌の主観的權威」, 『早稲田文学』 明治 41년 1월의 권, 1908. 1, 31면.

17 相馬御風, 「詩界の根本的革新」, 『早稲田文学』 明治 41년 3월의 권, 1908. 3, 13~14면.

급을 참고해보면 좀 더 명확해진다. 간바라 아리아케는 자신의 상징시와 구어자유시를 회고하는 글에서 "시형(詩形) 제약의 측면에서 음수율의 리듬"을 옹호하고 있을 뿐만 아니라 "고어를 현대의 것으로 살려" 시어로 사용할 것을 주장한다. 왜냐하면, 그에게 일본이 오랜 옛날부터 외국의 영향을 받아왔다고 하더라도 "오늘의 일본을 만들어왔던 전통"은 계속해서 전해오는 것이었기 때문이다. 그래서 그는 각 시대마다 존재하는 일본인이 그러한 '전통'을 자신의 '생명' 안에 융합함으로써 그 시대의 특수한 문학을 만들 수 있다고 보았던 것이다.[18]

이 지점에서 간바라 아리아케와 후대의 문인들이 자신의 문학을 주장할 수 있는 인식론적 조건으로 '생명'에 대한 인식이 작동하고 있다는 것을 알 수 있다. 말하자면, 간바라 아리아케는 '전통'과 현재의 자신이 융합하는 문학을 창출하기 위해 '생명'의 개념을 도입했다면, 후대의 문인들은 그러한 '전통'과의 단절을 선언하고 자신의 내부에서 분출하는 감정을 표현하기 위해 그것을 도입했던 것이다. 메이지 40년경의 문인들이 종래의 시와는 다른 근대시의 형식과 근대적 자아의 상을 세울 수 있었던 계기로서 '생명'의 개념을 도입하고 있다는 것은 아래의 글에서 단적으로 살펴볼 수 있다.

> 가령 **그곳에서 소위 자연의 사상이 충분히 "거울 속의 그림자와 같이 밝게 그 전경을 폭로"한다고 해도, 이는 단순히 "거울 속의 그림자, 자연의 복사"에 지나지 않으며 얼마나 충분히 "나와 서로 감응"하여 새로운 생명의 샘이 터져 나올 것인가.** (……)

18 浦原有明, 「詩についての斷想」, 『詩世紀』 제1권 4호, 1950, 4~7면.

게다가 소위 자연주의가 기대하고 있는 바가 단순한 사상(事象)의 복사가 아닌 이상 "일체의 나의 뜻을 꺾고 텅 빈 마음에서 생겨나는 사상의 안에서 스스로가 되는 별종 청신의 정미(情味)를 흡수해 내려고 하는" 이상, 그 말하는 바의 '아(我)' 되는 것 가운데 정확하게 두 가지의 구별이 있다고 생각된다. **자연의 사상을 대할 때 먼저 버려지고 먼저 몰입되고 먼저 없애는 것의 '아(我)'와 자연의 사상이 그 전경을 폭로해 오고 서로 감응하는 것의 '아(我)', 즉 그것이다.** (……)

결국 "모든 아(我)"의 찰나적 각성에 의해 생명 있는 자연의 전경을 만들려고 하는 이것이 신자연주의의 요구라고 주장하고 싶은 것이 우리의 본뜻이다.

—「자연주의론에 대해」 부분[19]

이 글에서 소마 교후는 자신이 주장하는 근대적 자아의 상을 설명하기 위해 자연주의에 대한 두 가지 해석을 덧붙이고 있다. 첫 번째의 해석은 자연을 "단순한 객관의 사상"으로 보고서 그 앞에서 '나'의 일체의 활동적 태도를 억눌러 "담연(湛然)의 물"과 같이 되려고 하는 것이다. 이때의 '나'는 "거울 속의 그림자"와 같이 자연을 복사해내는 데 지나지 않기 때문에 자연과 서로 감응하여 새로운 '생명'의 샘을 터트릴 수 없다. 지금까지 소마 교후의 논리로 봤을 때 이 첫 번째의 해석은 '객관'의 영역에 위치한 당대의 자연주의 소설뿐만 아니라 신체시, 상징주의와 같은 전대의 시까지 겨냥하고 있다. 왜냐하면 소마 교후는 이 글에서 '기교주의'나 '사실주의'

---

19 相馬御風, 「自然主義論に因みて」, 『早稲田文学』 明治 40년 7월의 권, 1907. 7, 18~21면.

를 직접 언급하고 있기 때문이다. 그에 비해, 두 번째의 해석은 자연을 "단순한 객관의 사상"으로 보려는 가정을 버리고 '자기' 요구의 방면에서 보는 것이다. 그러할 때 '나'는 자연과 서로 감응하여 '새로운 생명'이 있는 자연을 만들어낸다. 이 지점에서 그가 '인간의 주관 그대로의 형식'으로서 자유시를 주장하게 된 논리가 두 번째의 해석에 기반하고 있다는 것을 알 수 있다. 그는 결국 '나'의 활동에서 분출되는 '생명'을 '자연'과 일치시킴에 따라 구어자유시를 주창하고 있는 셈이다.

지금까지 살펴본 것처럼, 소마 교후가 주장하는 근대적 자아는 기존의 어떠한 구속이나 제약에도 얽매이지 않고 자신의 주관과 감정을 자유롭게 표출할 수 있는 주체를 의미하였다. 이를 위해 그는 이 글에서도 '나'에 대한 각성이 '습관', '타성', '역사'와 같은 '전습(傳習)'을 기각하는 한에서 이루어진다는 것을 강조하기 위해 '생명'의 개념을 도입하고 이를 '자연'과 일치시키는 논리를 전개하고 있다. 이는 앞에서 살펴보았듯이 간바라 아리아케가 기존의 '전통'을 현재의 자신이 계승하는 차원에서 '생명'의 개념을 도입하고 있는 것과는 다른 지점에 놓여 있다. 다시 말해, 메이지 40년경 일본의 문단에서는 '생명' 개념에 대한 인식의 차이에서 빚어지는 문학론을 전개하고 있을 뿐만 아니라 상징주의와의 단절에 따라 구어자유시 운동을 전개하고 있었던 것이다.

3. 상징주의의 생활화와 인생의 예술화를 위한 논리

일찍이 조선의 문단에서는 백대진이 「이십세기(二十世紀) 초두(初頭) 「구주(歐洲) 제대문학가(諸大文學家)」를 추억(追憶)함」(1916)과 「최근(最近)의 태서문단(泰西文壇)」(1918)이라는 글을 발표하고 김억이 「쯔란스시단(詩壇)」(1918)이라는 글을 발표함에 따라 프랑스 상징주의를 소개하려는 움직임이 일어나고 있었다. 이후 주요한과 황석우는 일본 유학생 출신답게 그러한 경향에서 벗어나 일본 근대 문단의 흐름을 개관하는 방식으로 상징주의를 소개하려 하였다. 주요한의 경우 『신체시초』에서 시마자키 도손과 스스키다 규킨(薄田泣菫)에 이어 간바라 아리아케, 이와노 호메이(岩野泡鳴), 기타하라 하쿠슈에 이르는 일본 문단의 흐름을 소개하고 메이지 30~40년경 일본 문단의 경향을 낭만주의와 상징주의로 대별하고 있다.[20] 이때 특징적인 점은 주요한이 상징주의를 일본 문단에 나타난 현상보다 넓은 층위에서 파악하고 있다는 것이다.[21] 이는 일본 문단에서 전개된 상징주의의 흐름에 초점을 맞춰 논의를 전개한 황석우의 글에서 보다 뚜렷하게 드러난다.

황석우는 일본 상징주의의 흐름을 제1기의 간바라 아리아케, 이와노 호메이를 시작으로 제2기의 미키 로후를 거쳐 제3기의 히나츠 코노스케(日夏耿之助), 하기와라 사쿠타로에 이르는 과정으로 설명하면서 각각의 작품 경향을 소개한다. 하지만 황석우는 간바라 아리아케, 이와노 호메이, 미키 로후 등 상징주의의 경향을 보이는 시인들을 일목요연하게 분류해내면서도 전반적으로 그에 대한 반발로 출현한 구어자유시 운동마저도 상징주의의 범주에 포섭하고 있다. 특히, 『달에 울부짖다』(1917)와 같은 시집을 통해

20 주요한, 「日本近代詩抄(1)」, 『창조』 제1호, 1919. 2, 76면.

21 이 글에서 주요한은 구어자유시운동에 가담하기도 했던 미키 로후(三木露風)를 상징주의로 분류하고 있다. 물론 미키 로후는 와세다시사(早稲田詩社)의 짧은 활동이 실패로 돌아간 후 다시 기존의 '문어'의 세계로 돌아가고 만다. 하지만 구어자유시 운동을 촉발한 가와지 류코(川路柳虹)를 사사한 바 있는 주요한이 그러한 사정을 알고 있었음에도 불구하고 미키 로후를 상징주의와 같은 범주에 포함하고 있는 것에 주목할 필요가 있다.

일약 구어자유시의 완성자라고 평가되기도 하는 하기와라 사쿠타로까지 상징주의의 범주에 넣고 있을 뿐만 아니라 2대 상징주의의 대표자인 미키 로후를 하기와라 사쿠타로의 "시경(詩境)"과 "기교(技巧)"보다도 고평하고 있기도 하다.[22] 이것은 무슨 이유인가? 이러한 점은 황석우가 일본 문단의 사정을 제대로 이해하지 못했기 때문이라기보다 일본에서 전개된 상징주의와는 다른 층위에서 상징주의를 이해하고 있었다는 것을 암시한다.

이처럼 일본의 상징주의를 소개한 글에서 짐작할 수 있듯이, 1920년대 초기 문인들이 바라보는 상징주의는 메이지 40년경 일본의 문인들이 전대의 상징주의를 바라보는 맥락과는 다른 맥락에서 접근되어야할 필요가 있다. 말하자면, 그들에게 상징주의는 앞서 일본 문단의 사정에서 확인한 것처럼 형식의 제약과 같은 측면으로 한정하여 자신들의 문학과 단절되어야 하는 것이라기보다 오히려 자신들의 생활로 확장되고 실천되어야할 태도와 같은 것으로 받아들여졌다.

> **瞬間에서 永久를 보고 또는 瞬間으로써 永久를 잡는 것은 特殊에서 普遍을 본다던지 特殊를 가지고서 普遍을 잡는다는 것과 同一한 意味올시다.** 더욱이 事實을 詳細하게 말하면 個個의 慾望 또는 經驗으로써 그것이 瞬間에 表現되는 强烈한 色彩라 明瞭한 意味를 失치 아니하고 그것의 協同 或은 連續이 스스로 한 調和 잇는 全體를 맨들엇고 生活하기를 要求하는 것입니다. (……)
>
> 或은 벌서 解放함을 得하얏는가 하는 標準은 그가 統一의 原理를 個個

22 황석우, 「日本詩壇의 二大 傾向(1)－附寫像主義」, 『폐허』 제1호, 1920. 7, 76면.

의 慾望가운대서 어드면 그는 벌서 解放함을 得한 사람입니다. 그와 反對로 아즉도 그것을 個個의 慾望밧게 求하면 그는 아즉 束縛의 가운데 生活하는 사람입니다.

—「象徵的 生活의 憧憬」 부분[23]

이 글에서 동원 이일은 '상징주의'를 '생활'과 결합한 '상징적 생활'이라는 독특한 개념을 사용하고 있다. 그는 두 가지의 측면에서 개인의 '욕망의 만족'을 '생명의 지속'과 연결시키는 '상징주의의 생활'을 설명하고 있다. 첫 번째로, 그는 '순간'에서 '영구'를 보고 '순간'을 가지고 '영구'를 잡는 것에서 '상징주의의 생활'을 찾고 있다. 개인의 측면에서 보자면 이는 한 개인이 '욕망의 만족' 그 자체를 실현하는 데 그치지 않고 이것을 그 사람의 '생명의 지속'으로 확대해야 한다는 것을 말해준다. 다시 말해, 그 사람의 전체에 일관되게 나타나는 '생명의 지속'은 개개의 '욕망' 또는 '경험'이 순간에 강렬한 색채로 표현되는 것에서 나아가 그것이 '협동'하고 혹은 '연속'의 조화를 이룸으로써 나타날 수 있기 때문이다. 이러한 점은 이후 변영로의 글에서 기계적인 시간관의 속박에서 벗어나 '순간'의 시간에 영원한 삶의 깊이를 발견하는 '상징적 생활'의 방식으로 나타나기도 한다.[24] 두 번째로, 이일은 '특수'에서 '보편'을 보고 '특수'를 가지고 '보편'을 잡는 것에서 '상징주의의 생활'을 찾고 있다. 첫 번째의 방식이 개인적인 차원에서 순간과 영원을 연결시키는 것이었다면, 이는 사회적인 차원에서 개체와 전체를 연결시키고 있다는 것을 보여준다. 말하자면, 이일은

---

23 이일, 「象徵的 生活의 憧憬」, 『개벽』 제2호, 1920. 7, 81~82면.

24 변영로, 「象徵的으로 살자」, 『개벽』 제30호, 1922. 12, 30~31면.

개인이 실현하려는 '욕망의 만족'이 특수한 자신에 국한되지 않고 필연적으로 타자, 사회, 시대와 연결될 수밖에 없다고 보고 있는 것이다. 그래서 이일은 이 글에서 진정한 해방을 추구하기 위한 방식으로 '통일된 원리'를 '개개의 욕망' 가운데서 얻기를 주문하고 있다.

이처럼 1920년대 초기 조선의 문인들은 상징주의를 형식의 차원에 국한하거나 자신들의 자아를 구속하는 대상으로만 받아들이기보다 자신의 생활에서 적극적으로 실천되어야 할 태도와 같은 것으로 받아들였다. 그들은 '순간'과 '영원'을 연결하여 개인의 생활을 '생명의 지속'이라는 전체와 연결하였을 뿐만 아니라 개체를 타자와 사회와 같은 전체와의 관계에 두기 위해 상징주의를 수용하고 있었다. 이러한 상징주의의 생활화는 당대의 문단에서 '인생의 예술화'라고 할 만한 독특한 문학관을 산출시킨다.

> **한아는 '藝術 自身의 藝術'와 다른 한아는 '人生 自身의 藝術'이라는 것이다, 藝術 自身의 藝術이란 것은 글 뜻과 갓치 人生과는 쩌러저잇는 獨立혼 것이다.** 人生의 작난감이 아니고 人生을 위하야 생긴 것이 아니다. 低級한 勸善懲惡的이 되어서는 안 된다, 政治, 道德, 宗敎, 經濟의 改革手段物이 아니다 하는 것이 그들의 主張이다 (……) 이만하고 **다음 人生 自身의 藝術을 듯어 보기로 하겟다. 이것은 藝術 自身에 對한 正反對, 卽 藝術에 對한 人生至上主義라고 할 만한 것이다. 人生업시도 藝術이 무슨 갑이 잇느냐, 藝術이라는 것은 畢竟 人生에게 有益한 것이 아니여서는 아니 되겟다, 人生을 위한 目的도 되며, 手段도 되지 아니하여서는 못슨다 하는 말하자면, 만흔 사람을 求하자 하는 人生의 모든 活動에 對한 滿足을 주랴고 하는 藝術을 뜻한다.** 象牙의 塔 또는 藝術의 宮殿에 잠겨잇

지를 말고 卽 平凡하게 말하면 慰安의 藝術이 되지 말고 人生, 社會를 위하라 하는 것이겟다.

—「文學 니야기」 부분[25]

김억은 이 글에서 고전주의, 낭만주의, 자연주의, 신이상주의로 이어지는 근대 예술을 소개하고 있으나, 여기서 주목할 점은 예술에 대한 그의 관점을 보여주는 부분이다. 그는 예술을 '예술 자신의 예술'과 '인생 자신의 예술'로 구분하고 각각의 특색을 설명하고 있다. 그에 따르면, '예술 자신의 예술'은 정치, 도덕, 종교, 경제를 개혁하는 '수단물'이 아닐 뿐만 아니라 인생을 위하여 저급한 '권선징악'을 행하는 것이 아니다. 이는 오히려 인생과 독립하여 '미'라는 자족적인 세계를 구축하려는 목적을 가지고 있다. 이에 반해, '인생 자신의 예술'은 인생에 유익한 것으로 인생의 모든 활동에서 만족을 주려는 예술이다. 말하자면, 이는 '미' 자체만을 고집하기보다 '인생'과 '사회'를 위한 미를 추구하려는 목적을 가지고 있다. 이처럼 김억은 이 글에서 '예술 자신의 예술'과 '인생 자신의 예술'을 소개하고 둘 중에서 어느 것에 동의하는지에 대한 자신의 입장을 보류하면서 글을 마무리하고 있으나, 그의 입장은 결국 후자에 있다고 볼 수 있다.

이는 실제로 그가 지속적으로 견지해오던 문학관이었다. 다시 말해, 김억은 초기의 글에서부터 인생과 예술을 동일선상에 두려는 '인생의 예술화'를 내세웠다. 예컨대, 그는 이전의 글에서 예술은 인생을 '향상', '창조', '발전'시킨다는 전제 아래 개인의 생활을 예술화하면 인생과 사회가

25 김억, 「文學 니야기」, 『학생계』 제1호, 1920. 7; 박경수 편, 『안서김억전집』 5(문예비평론집), 한국문화사, 1987, 38~39면.

예술적으로 된다는 '인생을 위한 예술'을 주장한 바 있다.[26] 그리고 그는 이후의 글에서도 예술이 작가 개인의 내적 요구에 따른 인생의 표현이자 다른 사람의 마음에 '공명'을 일으킨다는 점에서 '예술은 인생을 위한 존재'라는 관점을 제시하고 있다.[27] 이런 점들을 상기한다면, 이 글에서 예술에 대한 관점을 소개하기 위해 편의상 '예술을 위한 예술'과 '인생을 위한 예술'을 구분하고 있지만, 그가 추구하려는 예술의 방향은 결국 자신뿐만 아니라 그를 둘러싼 타인과 사회를 구제하기 위해 '인생을 예술화'하는 것이었다.[28] 이는 앞에서 이일이 '순간'과 '영원', '개체'와 '전체'의 축을 연결하기 위해 '상징주의의 생활'을 도입하는 것과 같은 맥락에 있다고 볼 수 있다. 따라서 1920년대 초기 조선의 문인들은 전대의 상징주의를 적극적으로 수용하여 '인생을 위한 예술'로 집약되는 예술관을 수립하려 했다고 볼 수 있다. 이를 위해 그들은 '순간'과 '영원', '개체'와 '전체'의 축을 연결하기 위한 매개항으로서 '생명'의 개념을 도입하고 있었다.

이러케 생각한 則 **藝術에 對한 우리의 要求는 라이푸를 심폴라이쓰하야 주시오 함에 不外한다.** 그러한 까닭에 技巧는 甚히 巧妙할지라도 그 內容이 充實치 못하다는 것은 表面 現象의 模範 方面은 잘 整理되야 웃슬지

26 김억, 「藝術的 生活(H君에게)」, 『학지광』 제6호, 1915. 7, 60~62면.

27 김억, 「藝術 對 人生問題(一~六)」, 『동아일보』, 1925. 5. 16~1925. 6. 9; 박경수 편, 『안서 김억전집』 5(문예비평론집), 한국문화사, 1987, 38~39면.

28 참고로 김억의 스승인 이광수는 예술과 인생의 문제를 전면에 내걸고 있는 글에서 '개인적 생활'과 '사회적 생활'의 불가분성을 전제로 하여 개인적 측면에서의 '인생의 예술화'를 사회적 측면에서의 '인생의 도덕화'와 연결시키고 있다. 그러기 위해 그는 '나' 자신으로부터의 예술적 개조에서 시작하여 '조선 민중 전체'가 향락할만한 예술로 나아가기를 주문하고 있다(이광수, 「藝術과 人生(新世界와 朝鮮民族의 使命)」, 『개벽』 제19호, 1922. 1, 1~21면).

라도 그 속의 流出하는 生命을 노아바렷다 함이다. 어대를 베든지 쿨々 피와 生氣가 쏘아 나오는 生命을 捉來한 表現이라야 價値가 잇다. (……)

古昔부터 偉大한 作家는 다 自己 個性에 依하야 그 生命의꼿을 잘 培養한 者이다. **그리하고 個性의 泉을 깁히 하고 또 그 個性이 十分 表現된 그것일다. 그리하고 우리 自身과 作家 그의 個性과 다시 말하면 自己 生命과 作家의 生命과 接觸交錯에 依하야 우리 自我의 生命을 照明하고 集中하고 豊富히 하고 힘세게 하야 自由의 流動을 엇게 하는 것이다.** 一言而明之면 우리 自身의 生命을 가장 完全하게 길너가는 일이 이 亦是 우리가 藝術에서 求하는 窮極이다.

–「文藝에서 무엇을 求하는가」 부분[29]

이 글에서 노자영은 문예에서 인간의 생명을 가장 진실하고 용기 있게 표현할 것을 주문하고 있다. 그에게 문예는 두 가지 측면에서 생명의 표현이라 할 수 있다. 첫 번째로, 문예는 작가의 입장에서 보건대 그 사람 자신의 '개성(個性)'을 표현해낼 수 있다는 점에서 생명의 표현이라 할 수 있다. 노자영은 "라이푸를 심폴라이쓰"하는 것에 문예에 대한 자신의 요구가 있다고 말한다. 그가 이 글에서 '생명(生命)'이라는 개념을 쓰고 있음에도 여기서 '라이프(life)'를 발음대로 표기하고 있는 것은 '생명'과 '생활'이 미분화된 의미를 강조하기 위해서이다. 말하자면, 그는 작가의 '개성'이 그 자신의 '생활'에서 우러나올 때 '생명'을 지닐 수 있다고 보고 있다. 그래서 그는 작가 자신의 '라이프'를 '심볼라이즈(symbolize)'하여 자신의 '개성'

29 노자영, 「文藝에서 무엇을 求하는가」, 『창조』 제6호, 1920. 5, 70~71면.

을 십분 발휘하기를 바랐던 것이다. 물론, 그가 말하는 대로 이는 한시적으로 이루어지는 것이 아니라 지속적으로 이루어져야하는 문제이다. 그러할 때 작가의 '개성'은 '생명의 지속'이라는 영원한 흐름 가운데 놓일 수 있다. 왜냐하면 '생명'은 고정적이 아니라 무한히 변화해가기 때문이다. 두 번째로, 노자영은 문예가 독자의 입장에서 보건대 서로의 '생명'이 교통하고 감응하는 것을 구할 수 있다는 점에서 생명의 표현이라 보고 있다. 그는 작가의 개성이 '생명의 꽃'을 잘 배양할 때 독자의 생명에 자유의 활기를 줄 수 있다고 말한다. 다시 말해, 그는 작가의 개성이 지닌 생명과 독자의 개성이 지닌 생명이 '접촉'하고 '교착'하여 우리의 자아를 풍부하고 자유롭게 할 또 다른 '생명'을 얻을 수 있다고 보고 있는 것이다. 그는 거기에 바로 문예의 '궁극'이 있다고 말한다.

이 지점에서 그가 '생명'의 개념을 어떠한 의도로 도입하고 있는가가 드러난다. 노자영은 일차적으로 각자의 '생활'에서 우러나오는 '개성'을 강조하기 위해 '생명'을 도입하고 있다. 이는 사람마다 지니고 있는 '생명'의 특수한 가치를 바탕으로 하고 있다. 왜냐하면, 개인에게 유의미한 '생명'이 타인에게도 유의미하다고 인정될 때, 그 사람 자신의 '개성'을 수긍할 수 있기 때문이다. 하지만 노자영은 이러한 생명의 특수성을 보편적인 차원과 연결시키는 것으로 나아가고 있다. 말하자면, 그는 각자가 무한히 배양하는 '생명'이 그 자체로 끝나지 않고 타인의 '생명'과 감응함으로써 더 큰 '생명'의 흐름을 이끌어낼 수 있다고 보고 있는 것이다. 이때 노자영은 개체와 전체의 축을 매개하기 위해 '생명'의 개념을 도입하고 있는 셈이다. 이처럼 1920년대 초기의 조선에서는 '순간'과 '영원', '개체'와 '전체'을 연결시키는 방향으로 '상징주의'가 전개되고 있었으며 두 개의 항을 매개하는 개념으로 '생명'을 도입하고 있었다.

4. '찰나'를 통한 '생명'의 자각과 '조선' 기호의 함의

지금까지의 논의에서 우리는 근대 초기 한국과 일본의 시인들이 공통적으로 상징주의를 동일한 타자로 설정하여 근대시를 형성해가는 과정에서 '생명' 개념을 도입할 때 서로 다른 근대시를 창출하고 있다는 것을 알 수 있었다. 메이지 40년경 일본 시인들의 경우 '간바라 아리아케'로 대표되는 상징주의가 시어나 형식의 측면에서 근대시를 제대로 구현하고 있지 못하다는 판단 아래 현대인의 감정을 있는 그대로 표출하려는 구어자유시를 주창하였다. 말하자면, 그들은 신체시나 상징주의와 같은 전대의 '전통'과 단절하고 근대 자유시를 출범시키기 위해 '생명'의 개념을 도입했던 것이다. 이에 반해, 일본 문단과 직접적인 영향관계에 있었던 조선의 문인들은 상징주의를 형식의 제약이나 구속의 측면에서 받아들이기보다 그들의 생활에서 적극적으로 실천해야할 태도와 같은 것으로 받아들였다. 그들은 특히 개인의 생활과 사회의 생활을 연결시키려는 '인생의 예술화' 논리를 구축하여 상징주의를 조선적 맥락에서 변용하였으며 '순간'과 '영원', '개체'와 '전체'를 매개하는 항으로 '생명'의 개념을 도입하려 했다.

이처럼 근대시의 형성 과정에서 '생명' 개념의 도입에 따라 서로 다른 근대시를 창출해간 일본과 한국의 시인들은 실제 작품에서 '찰나'를 형성화하는 방식에서도 서로 다른 차이를 낳고 있었다.

근대적 시가는 이러한 의미를 가지고 종래의 노력과는 전혀 다른 노력을 요한다. **형식만의 시, 나를 속이는 시, 현대를 떠난 시에 대해 근대적 시가는 주관 형식의 표리 없는 일체의 시이다.** (……)

원래 주관 정서 그대로를 노래한다고 해도 자신의 주관 정서를 객관시하고 노래하는 것이고 인격 전체, 인간의 성격 전체가 흥분하는 찰나를 노래한다손 치더라도 이미 노래한다고 하는 이상 객관적인 태도와 만나고 있다. 근대적인 내부 경험, 현대인으로서 정신생활의 고민, 비애, 경험의 찰나 찰나의 정서는 흑백도 분간할 수 없는 맹목적인 것이라고 해도 찰나를 넘어 노래한다고 하는 경우에는 일단 그 찰나를 객관으로 놓고 보고 객관화하는 문자로 나타난다.

–「소위 근대적 시가」 부분[30]

일본의 근현대문학사를 '생명주의'라는 일관된 관점으로 접근하려 한 스즈키 사다미에 따르면, 베르그송의 주저 『창조적 진화』는 메이지 30~40년경의 일본에서 '생명'에 대한 인식을 파생하는 데 중요한 계기로 작동하였다. 특히, 당시 지식인들에게 베르그송만의 독특한 개념인 '순수지속(durée pure)'은 '생의 비약(élan vital)'과 연결하여 '생명'의 실체를 주는 개념으로 받아들여졌다. 이에 따라 일본 사회의 전반에서는 기계적 시간이 아니라 의식 안에 순수하게 흐르고 있는 관념에서 '생명'의 흐름이라는 실체를 포착하려는 움직임이 대두하였다. 이와노 호메이의 '신비적 반수주의'는 '생명'을 감각할 수 있는 시간으로 '찰나'를 제기한 대표적인 사례라 할 만하다.[31] 핫토리 요시카의 글 또한 이러한 분위기 가운데 문학의 영역

30 服部嘉香, 「所謂近代的詩歌」, 『詩人』 제10호, 1908. 5. 10, 3~4면.

31 鈴木貞美 外, 『生命で讀む20世紀日本文藝』, 至文堂, 1994, 26~28면.

에서 '찰나'의 시간과 '생명'을 연결시키고 있다.

이 글에서 핫토리 요시카는 간바라 아리아케로 대표되는 상징주의가 "기계적 형식"과 "수사 조탁"만을 보여주는 "유희시"라고 비판하고 있다. 그가 보기에 간바라 아리아케의 시는 시인 내부에서 우러나오는 주관과 동떨어진 "문자의 유희"에 불과해 보인다. 그리하여 그는 인간의 주관 정서를 그대로 노래하는 것에서 근대적 시가의 의의를 찾고 있는 것이다. 그는 이러한 근대적 시가를 간바라 아리아케 유의 "유희의 문학"과 구분하여 "생명의 문학"이라 정의하고 있다. 여기서 주목해야할 점은 그가 인간의 주관 정서가 그대로 표출되는 시간으로 '찰나'를 거론하고 있다는 것이다. 그래서 그는 시가를 "찰나적 주관 전체의 직접적인 발표"라고 말할 수 있었던 것이다. 이러한 점에서 핫토리 요시카는 이 글에서 인간의 주관 그대로를 표출할 때 '생명'을 느낄 수 있다는 것과 그것을 표출하는 시간으로 '찰나'를 말하고 있는 셈이다. 이제 그들의 시에서 '찰나'가 어떤 방식으로 형상화되고 있는가를 살펴보자.

> 흰-
> 언덕과 파도의 고요함.
>
> -망각-꿈-
> 고민의 그림자-
> 흰-
>
> 파도가 멀리 멀리

사르르

꿈과 같은 소리-광기-비탄

-흰

-흐린-바람

바람-

고요한 소리-

바람-

흰-

-「폭풍 후의 해안」 부분[32]

인용된 시의 바로 앞면에 실려 있는 핫토리 요시카의 시에 '단편시'라는 명칭이 붙어 있는 것에서 알 수 있듯이 이 시는 구어자유시의 한 장르인 '기분시'이다. 이외에도 '인상시'라고 부르기도 하지만 통상적으로 '기분시'라고 통칭하고 있다. '기분시'는 지금—여기에 있는 자아의 목소리를 직접적으로 표출하기 위한 구어자유시 본래의 목적을 특화시킨 장르라는 점에서,[33] '찰나'의 순간에 초점을 맞추고 있다.

이 시에서 가와지 류코는 폭풍이 지나간 해안을 현재 자아가 바라보고 느끼는 그대로 노출하고 있다. 좀 더 구체적으로 말해, 시적화자는 폭풍이

32 川路柳虹, 「暴風の後の海岸」, 『早稲田文学』 明治 41년 10월의 권, 1908. 10, 40~41면.

33 佐藤伸宏, 앞의 책, 55~64면.

지나간 해안에서 고요함과 밝음, 그리고 거칠고 흐린 바람이 공존하고 있는 상황을 '희다'와 '흐리다'는 시어를 교차하면서 표현해내고 있다. 하지만 그런 상황에서도 그가 '망각'과 같은 '꿈'을 '희다'는 시어와 연결시키고 멀리 사라지는 파도를 '꿈과 같은 소리'와 연결시키고 있다고 볼 때, 전반적으로 폭풍이 지나간 해안은 점차 밝아질 것을 암시하고 있다. 이와 함께 이 시에서 형식상의 측면에서 명사형의 종결과 대시(—)를 사용하는 것은[34] 지금—여기에 있는 자아의 단편적인 인상을 전달하는 기능을 하고 있다. 전반적으로 이 시에서는 명사형과 대시를 빈번하게 사용함에 따라 유기적으로 의미를 연결하지 못하고 있다. 결과적으로 이 시에서는 시적화자가 순간적으로 느끼는 단편적인 인상을 전달하고 있음에도 불구하고 그것이 결국 외계와 단절된 자아의 표현에 불과하다는 것을 말해주고 있다.

이처럼 메이지 40년경 일본의 문단에서 출현한 구어자유시는 '찰나'의 순간에 자아의 직접적인 목소리를 표출함으로써 '생명'을 획득할 수 있었으나 이때의 자아는 오히려 외계와 차단된 공허한 자아에 불과했던 것이다. 메이지 42년 일본의 문단에서는 히토미 도우메, 가토 가이슌 등을 주축으로 '기분시'의 창작을 모토로 하는 '자유시사'가 결성되기도 하였다. 자아의 주관 그대로의 감정을 표현하면서도 외계와 차단된 이들이 할 수 있는 것은 '내면화'로 경사되거나 '우울'의 기분으로 뒤덮인 '무정형의 세계'로 기울어지는 것이었다.[35] 이에 따라 '기분시'는 당대 문인들에게 막연한

---

34 구어자유시 담론에서 명사형과 대시가 새로운 시의 음악적 요소가 될 수 있다는 논의로는 川路柳虹, 「自由詩形—强烈なる印象」, 『新潮』, 1910. 1, 30면; 服部嘉香, 「詩歌の主觀的權威」, 앞의 책, 41면 참고.

35 참고로 자유시사의 동인 중 한 명이었던 미토미 큐요우(三富朽葉) 또한 그의 '기분시'에서 '하나의 방'이라는 공간이나 '창'이라는 소재를 자주 등장시켜 외부 현실의 침입

인상만을 전달하고 있다는 이유로 수많은 반발을 불러일으킬 수밖에 없었다. 그러면 1920년대 초기 조선의 시인들은 '찰나'의 시간을 어떻게 형상화하고 있는가?

일찍이 미키 로후를 사사한 황석우는 시론에서 '기분시'를 예로 들면서 그것이 다만 '몽롱한 기분'을 띠고 "탄미형식(嘆美形式)"에 의한 표현일 뿐이라고 비판한 바 있다.[36] '기분시'에 대한 이러한 비판적 태도는 조선의 시인들이 '찰나'를 다르게 인식하고 형상화하고 있을 거라는 추측을 불러일으킨다. 이는 아래의 글에서 확인할 수 있다.

> 그러치요? 여러 말이 만흘 것 갓슴니다만은 **詩라는 것은 刹那의 生命을 刹那에 늣기에하는 藝術이라 하겟슴니다. 하기 때문에 그 刹那에 늣기는 衝動이 서로 사람마다 달를 줄은 짐작합니다만은 廣義로의 한 民族의 共通的되는 衝動은 갓틀 것이여요.** (……) **因習에 起因되기 때문에 佛文詩와 英文詩가 달은 것이요. 朝鮮사람에게도 朝鮮사람 다운 詩體가 생길 것은 毋論이외다.** 內部와 外部의 生活이 달은 것만큼 鼓動도 달나지지요. 甚하게 말하면 血液 돌아가는 힘과 心臟의 鼓動에 말미암아서도 詩의 音律을 左右하게 될 것임은 分明합니다. (……)
>
> 兄의 말슴과 갓치 **詩는 詩人 自己의 主觀에 맛길 때 비로소 詩歌의 美와 音律이 생기지요.** 다시 말하면 詩人의 呼吸과 鼓動에 根底를 잡은 音律이 詩人의 情神과 心靈의 産物인 絶對價値를 가진 詩 될 것이오. 詩形으로

을 거부하고 현실을 몰각한 꿈으로 경사하려는 의도를 보여주고 있다(이에 대해서는 佐藤伸宏, 「三富朽葉論－口語自由詩から散文詩へ」, 『東北大学教養部紀要』 제54호, 東北大学教養部, 1990, 23~45면 참고).

36 황석우, 「詩話－氣分과 叡智」, 『삼광』 제3호, 1920. 4, 14~16면.

의 音律과 呼吸이 이에 問題가 되는 듯 합니다.

―「詩形의 音律과 呼吸―劣拙한 非見을 海夢兄에게」 부분[37]

이 글에서 김억은 시를 "찰나(刹那)의 생명(生命)"을 '찰나'에 느끼게 하는 예술이라 정의하고 있다는 점에서 '찰나'의 순간에 '생명'을 느낄 수 있다고 보고 있다.[38] 그는 '찰나'를 두 가지의 맥락에서 사용하고 있다. 먼저, 그는 예술의 '특수성'을 나타내는 표지로서 '찰나'를 도입하고 있다. 글에서 밝히고 있듯이 애초 김억이 기획하고 있는 궁극적인 목적은 '민족의 공통적 시형(詩形)'을 확립하는 데 있었으나, 그러기 위해 그가 선결적으로 해결해야할 과제가 바로 개인의 특수한 예술성을 담보하는 것이었다. 이 지점에서 그는 새로운 시를 산출시키는 조건으로 '찰나'를 도입한다. 말하자면, 그에게 시를 비롯한 모든 예술이 '정신'(내부)과 '육체'(외부)의 조화라고 할 때, 사람마다 다르게 지니고 있는 '혈액 돌아가는 힘'과 '심장의 고동'은 '찰나'마다 다르게 표출될 것이며, 그것이 '시의 음률'을 좌우할 것이다. 이는 개인 간의 차이에 국한된 문제라기보다 동양과 서양, 민족과 민족 사이의 차이까지 포함하는 문제이다. 이처럼 김억은 '찰나'를 표출하는 육체의 물질적인 표지로 '호흡'과 '고동'을 제시함에 따라 개인적인 차원에서 이루어지는 '시의 음률' 문제를 해결하려 하였으며, 이를 '민족의 공통적 시형'의 문제와 연결시키려 했던 것이다.

---

37 김억, 「詩形의 音律과 呼吸―劣拙한 非見을 海夢兄에게」, 『태서문예신보』 제14호, 1919. 1. 13; 박경수 편, 『안서김억전집』 5(문예비평론집), 한국문화사, 1987, 38~39면.

38 참고로 한계전은 김억이 이 글에서 보이고 있는 '생명'에 대한 인식을 핫토리 요시카를 비롯한 일본 근대 자유시 담론을 직접적으로 수용한 것에서 연유하였다고 보고 있다(한계전, 앞의 책, 27~30면).

하지만 김억은 '찰나'를 개인이라는 특수성과 민족이라는 일반성으로 연결시키는 것에서 한 걸음 나아가려는 인식을 보이고 있다. 그것이 바로 '전통'이다. 말하자면, 그는 개인의 예술적 특수성이 "민족(民族)의 공통적(共通的) 조화(調和)"를 이루는 인식론적 근거로서 '전통'을 발견하고 있다. 그는 이 글에서 "인습(因襲)"에서 기인되기 때문에 "불문시(佛文詩)"과 "영문시(英文詩)"를 다른 것으로 보고 있다는 점에서 결코 '전통'을 부정하고 있지는 않다. 오히려 그는 '전통'을 "전통주의(傳統主義)"라는 명목 아래 무비판적으로 '이입(移入)'하는 것에 대해 비판적인 태도를 보이고 있을 뿐이다. 이러한 맥락에서 보건대 그가 '프랑스', '지나(支那)'와 같은 고유명을 출현시키고 있는 점은 개인과 민족을 조화시키는 근거로서 '전통'이 필연적으로 작동할 수밖에 없다는 것을 보여준다.[39] 말하자면, '프랑스'와 '지나'가 개인과 민족을 조화시키기 위해 서로 다른 '전통'을 가지고 있는 것처럼, '조선' 또한 그와는 다른 '전통'에 따라 개인과 민족을 조화시키는 예술을 창출할 것이다. 이 지점에서 김억은 앞에서 논의한 '특수성'과는 다른 '특이성'을 내보이는 인식론적 근거로서 '전통'을 제시하고 이를 나타내는 기호로서 '조선'을 도입하고 있는 셈이다. 이처럼 한국 근대시 논의에서 '찰나'는 개인과 민족을 연결시키는 지표일 뿐만 아니라 개인과 민족을 조화시키는 토대를 발견하기 위한 지표로서 도입되고 있었다. 이러한

39 가라타니 고진은 개체의 지위를 '특수성-일반성'의 축에서 보는 것과 '단독성-보편성'의 축에서 보는 것을 구별하고 있다. 그에 따르면, 특수성(particularity)은 일반성에서 본 개체성인데 비해, 단독성(singularity)은 일반성에 속하지 않는 개체성이다. 다시 말해, 단독성은 다른 것을 근본적으로 전제하고 다른 것과의 관계 속에서 발견될 수 있다. 그것은 '이것'만이 아닌 '저것'일 수도 있었지만 '다름 아닌 이'를 지시하는 '고유명' 속에서 출현한다(가라타니 고진(柄谷行人), 「개체의 지위」, 이경훈 옮김, 『유머로서의 유물론』, 문학과학사, 2002, 11~28면 참고).

측면은 아래의 시에서도 확인할 수 있다.

풀, 너름풀,
代代木들의.
이슬에 저진 너를,
지금 내가 맨발로 삽붓~~밟는다.
愛人의 입살에 입 맛초는 맘으로.
정말 너는 짜의 입살이 아니냐.

그러나 네가 이것을 야속다하면,
그러면 이러케 하자.—
내가 죽거던 흙이 되마,
그래서 네 뿌리에 가서,
너를 북돗아 주맛구나.

그래도 야속다 하면,
그러면 이러케 하자.—
네나 내나,—우리는
不死의 둘네(圈)를 돌아단니는 衆生이다.
그 永遠의 歷路에서 닥드려 맛날 때에,
맛치 너는 내가 되고,
나는 네가 될 때에.
지금 내가 너를 삽붓 밟고 잇는 것처럼,

너도 나를 삽붓 밟아 주려무나.

–「풀」 전문[40]

이 시에서 남궁벽은 현재 이슬에 젖은 '풀'을 바라보는 상념을 직접적으로 노출하고 있다. 주지하다시피, 이 시를 게재하고 있는 『폐허』가 독일의 시인 실러의 시구에서 제호(題號)를 취한 것이자[41] 잡지 전반에서 '생명'에 대한 인식을 내보이고 있는 것과 마찬가지로 이 시를 포함한 남궁벽의 시편들 또한 '생명'에 대한 인식을 표출하고 있다. 이 시에서 남궁벽은 '찰나'의 순간에 느끼는 '생명'에 두 가지의 의미가 담겨 있다고 보고 있다. 먼저, 그는 '찰나'를 '영원'과 연결시킴에 따라 '개체'와 '전체'를 조화시키는 의미에서 '생명'이 발생한다고 보고 있다. 좀 더 구체적으로 말해, 현재 그와 그가 맨발로 밟고 있는 '풀'은 서로 다른 개체에 불과하지만, 이를 '영원(永遠)'의 시야에서 보게 된다면 생태계 혹은 우주라는 '전체'와 결속되어 있는 개체라고 볼 수 있다. 그래서 그는 "영원(永遠)의 역로(歷路)"에서 자신과 풀이 맞닥트릴 때 현재 그가 밟고 있는 풀이 언젠가 그를 밟아주고 있을 거라는 말을 하는 것이다. 그와 풀은 결국 "불사(不死)"의 둘레를 돌아다니는 "중생(衆生)"이기 때문이다. 이처럼 남궁벽은 '찰나'와 '영원'을 연결키시고 '개체'와 '전체'를 조화시키는 맥락에서 '생명'에 대한 인식을 내보이고 있다.

다음으로, 남궁벽은 이 시에서 '찰나'와 '영원', '개체'와 '전체'를 조화시키는 '생명'의 근원에 대한 인식을 보여주고 있다. 그것이 바로 '대지(大

40 남궁벽, 「풀」, 『폐허』 제2호, 1921. 1, 48~49면.

41 「想餘」. 『폐허』 제1호, 1920. 7, 128면.

地)'이다. 그는 자신과 풀이 '영원'의 관점에서 '우주'라는 전체와 연결되면서도 각자가 '생명'으로서 고유성을 가질 수 있는 근거로 '대지'를 제시하고 있다. 이는 이 시의 다음에 이어지는 시들에서 구체적으로 드러난다. 말하자면, 그는 「생명(生命)의 비의(秘義)」에서 '풀'이 '물', '구름', '비'와 일체를 이뤄 '생명'을 획득할 수 있는 근거로서 '대지'를 제시하고 있다면, 「대지(大地)와 생명(生命)」, 「대지(大地)의 찬(讚)」에서는 '대지'를 '어머니(모성)'의 이미지와 결부함으로써[42] '생명'의 근원이라는 인식을 명확히 하고 있다. 이 지점에서 김억이 '찰나'의 지표를 도입하여 개인과 민족을 조화시키는 근거로서 '전통'을 발견하고 이를 '조선'이라는 기호로 지시하려 했다는 점을 상기해보자. 다시 말해, 1920년대 초기 조선의 문인들은 '전통=조선'의 기호를 당대의 시에서 '어머니(모성)'의 이미지로 구체화함으로써 '생명'의 근원이라는 점을 보여주고 있는 셈이다. 이처럼 1920년대 초기의 조선에서는 일본과는 달리 '전통'을 받아들이고 존재의 근원을 발견하는 방식으로 '생명' 담론을 전개하고 있었던 것이다.

5. 한일 근대시에서 '생명' 개념 도입의 맥락과 한국적 '생명주의'의 가능성

이 글은 근대 초기 한국과 일본에서 '상징주의'를 타자로 설정하여 근

42 참고로 김행숙은 1920년대 초기 동인지에서 여성의 이미지들이 현실(속세)의 물질적인 가치에서 벗어나 예술을 통한 이상적인 미적 가치를 표상하는 것으로 해석하고 있다. 이런 시각은 기존 논의에서 1920년대 초기문학을 바라보는 '미적 근대성'의 관점에서 크게 멀리 떨어져있지 않다(김행숙, 『문학이란 무엇이었는가—1920년대 동인지 문학의 근대성』, 소명출판, 2005, 176~214면).

대시를 형성해가는 과정을 면밀하게 추적하는 가운데 각각의 자유시를 성립시키는 논리를 비교·고찰하고자 했다. 초창기 연구와는 달리 한국 근대시의 원천을 일본에 두려한 기존 연구에서는 조선 근대문학을 일본 근대문학과 동일선상에서 파악하거나 자유시 담론에서 '율격'에 대한 인식상의 차이를 유발하게 된 배경에 대해 간과해왔다. 이에 따라 이 글에서는 근대초기 한국과 일본에서 자유시 논의를 전개할 때 '생명' 개념이 어떠한 맥락에서 도입하고 있는가를 고찰하려 했다. 뿐만 아니라 그러한 과정에서 드러나는 '생명'에 대한 인식의 차이가 양국의 근대문학이 지니고 있는 특이성을 해명할 수 있는 계기가 된다는 점을 밝히려고 했다.

메이지 40년경 일본의 문단에서는 '간바라 아리아케'에서 정점을 이룬 상징주의가 시어나 형식의 측면에서 근대인의 생활 감정을 노래하지 못한다고 판단함에 따라 자아 그대로의 감정을 노래하는 자유시를 주창하기 위한 근거로서 '생명' 개념을 도입하고 있었다. 다시 말해, 일본의 문단에서 청년시인들은 상징주의를 비롯한 전대의 '전통'과 단절하고 개인의 자율성을 담보하는 자유시를 내세우기 위해 '생명' 개념을 도입했던 것이다. 이에 반해, 근대 초기 조선의 문단에서는 상징주의와 단절하는 혁신적 문학을 내세우기보다 상징주의를 생활의 방면으로 확대하여 개인의 생활을 구제할 뿐만 아니라 개인을 둘러싼 전체의 생활과 조화를 이루기 위해 '생명' 개념을 도입하고 있었다.

이러한 맥락의 차이는 양국의 근대시에서 '찰나'의 시간을 형상화하는 방식에서도 결정적인 차이를 낳고 있었다. 말하자면, 메이지 40년경 일본의 구어자유시 시인들은 '기분시'라는 장르에서 현재 자아가 느끼는 '자기중심의 목소리'를 드러내기 위해 '찰나'의 시간을 도입하고 있었다. 그에 반해, 1920년대 조선의 시인들은 '순간'와 '영원', '개체'와 '전체'를 결합하여 자아를 존속시키는 '외연'을 탐색하기 위해 '찰나'의 시간을 도입하고 있다. 특히, 1920년대 초기 조선의 시에서 빈번하게 나타나는 '어머니(모성)'의 이미지는 '조선=전통'이 당대 문인들에게 존재의 근원으로 받아들여지고 있었다는 것을 보여준다. 이처럼 한일 근대시에서 '생명'에 대한 서로 다른 인식을 내보이게 된 것은 일본의 경우 '언어'와 '시형'의 구속에서 벗어나 자율적인 주체를 모색하기 위한 것이었다면, 조선의 경우 그러한 측면과 함께 국가가 없는 식민지 상황에서 상실된 공동체적 의미망을 회복하기 위한 것에서 연유한 것으로 보인다. 따라서 한일 근대시에서 보여준 '생명'에 대한 인식의 차이는 조선의 문학이 일본의 문학을 제대로 수용하지 못했다는 한계를 보여주기보다 그 자체로 특이한 지점을 형성하고 있었다는 것을 말해준다. 이 글은 조선의 근대문학에 내재하고 있는 그러한 특이성에 대한 논의를 '생명주의'라는 담론상의 문제로 확대할 수 있기를 기대한다.

2

'인생(人生)' 개념의 정립과 한일 근대문학관 형성에 관한 비교 고찰:

'life'의 번역과 '생명' 개념의 정착을 중심으로

—

1. '생명(life)'의 유동성과 '인생' 개념의 다의성

동아시아에서 근대문학이 어떠한 경로를 거쳐 탄생하게 되었는가를 탐색하려고 할 때, 개념어의 수용과 정착 과정을 고찰하려는 작업은 필수적으로 요청되는 일이 아닐 수 없다. 이에 대해 스즈키 사다미(鈴木貞美)는 "근대라는 시대의 총체를 역사적으로, 그리고 지리적으로 상대화"해야 한다는 문제의식 아래 '개념편성사(概念編成史) 연구'의 필요성을 제기한 바 있다. 그에 따르면, '개념편성'은 단순히 구(舊)가 신(新)으로 교체된다기보다 전통 관념을 '수용장치(receptor)'로 하여 전통을 갱신하는 방향으로 진행되거나, 서구에서 동아시아로 일방적으로 전개된다기보다 수용자의 독자적인 시스템에 따라 구축되어가는 역동적인 현상이다.[43]

일찍이 이에 주목한 야나부 아키라(柳父章)는 서구에서 수용된 용어가 에도막부 말기에서 메이지시기에 이르는 일본에서 번역어로 정착되어가는 과정을 추적한 결과, 번역어의 유형을 다음과 같이 분류한 바 있다. 첫 번

43 鈴木貞美, 「東アジア近代の知的システムを問いなおす」, 孫江·劉建輝 編, 『東アジアにおける近代知の空間の形成』, 東方書店, 1~4면.

째는 '사회', '개인', '근대', '미', '연애', '존재' 등과 같이 번역을 위해 만든 신조어이며, 두 번째는 '자연', '권리', '자유', '그' 등과 같이 원래 일상어로 쓰이다가 나중에 번역어로서 새로운 의미를 갖게 된 것이다.[44] 서로 다른 문화권 사이의 만남으로 탄생하는 이러한 번역은 물론 출발어와 도착어 사이의 등가성(equivalence)을 전제로 하면서도 번역하는 주체의 의도에 따라 새로운 의미를 획득해간다.[45] 따라서 동아시아에서 번역을 통해 근대적인 개념을 형성해가는 과정은 각국이 처한 역사적이고 지리적인 맥락에 따라 다양한 방식으로 나타날 수밖에 없다.

이러한 관점에 따라 앞으로 이 글에서 중점적으로 다루려는 '생명(life)'이라는 개념에 주목해본다면, 그간 서구에서 유입된 '생명(life)'이라는 개념과 그에 기반하는 사상이 동아시아에서 어떻게 유통되고 있었는가를 고찰한 연구들은 논의의 시각을 다소 단순화하고 있는 것처럼 보인다.[46] 왜냐하면, 이 연구에서는 '생명'에 관한 인식이 공적 담론으로 부상한 '다이쇼 생명주의'의 연장선상에서 한국 문학에 부상하는 '생명'의 문제를 다루고 있기 때문이다. 하지만 서구로부터 유입된 '생명(life)'이라는 개념 자체가 애초 명확한 의미로 정착시킬 수 없는 유동적 속성을 지니고 있었다는 사실을 상기한다면, 논의의 방향은 충분히 달라질 수 있다. 말하자면, 다이쇼기 일본에서 'life'의 역어로서 '생명'이라는 관념이 확산되어가면서도

---

44 야나부 아키라(柳父章), 김옥희 옮김, 『번역어의 성립』, 마음산책, 2011, 10면.

45 위의 책, 218~219면.

46 대표적으로 심원섭, 「1910년대 일본 유학생 시인들의 대정기(大正期) 사상 체험－김여제, 최소월, 주요한을 중심으로」, 『한·일 문학의 관계론적 연구』, 국학자료원, 1998, 67~98면; 권정희, 「'생명력'과 역사의식의 간극: 김우진의 '생명력'의 사유와 일본의 생명담론」, 『한국민족문화』 제40집, 부산대 한국민족문화연구소, 2011, 63~91면 등을 들 수 있다.

프랑스어 'La vie(인생)'와 'vie(목숨)'로 표현할 수밖에 없는 생명관이 존재하고 있었다는 것은 개념의 수용과 정착이 다각도로 이루어질 수 있는 가능성을 시사한다. 실제로 영국과 프랑스에서 유학하고 온 다카무라 고타로(高村光太郎)가 'La vie'와 'vie'로 당대의 미술전을 비판하거나 아쿠타가와 류노스케(芥川龍之介)가 소설 『무도회(舞踏会)』에서 "'vie'와 같은 불꽃"이라는 표현을 썼다는 것은 논자마다 '생명'의 인식과 그에 대한 사용방식이 달랐다는 것을 보여준다.[47] 이런 점으로 미뤄볼 때, '생명' 개념을 둘러싼 논자들의 미세한 인식의 차이는 담론상의 측면에서 현격한 결과를 파생할 여지를 품고 있었다.[48]

이 글은 바로 '생명'이 지니고 있는 이러한 유동성에 주목하여 근대 초기 한국과 일본에서 근대적인 문학관을 형성해가는 과정을 검토하고자 한다. 보다 구체적으로 이 글에서는 '생명(life)'에 관한 인식을 밑바탕에 깔고 있는 '인생(人生)' 개념의 다의성을 통해 논자의 입장에 따라 다양한 문학관을 전개해가는 양상을 살펴보고자 한다. 따라서 이 글에서는 한국과 일본에서 '생명'이라는 개념을 각국의 상황에 맞게 맥락화하는 과정을 살펴봄으로써 한국 근대문학에서의 독특한 '생명주의'에 접근할 발판을 마련하고자 한다.

---

47 鈴木貞美 外, 『生命で讀む20世紀日本文藝』, 至文堂, 1994, 14~15면.

48 이러한 문제의식 아래 김병진은 다이쇼기 일본에서 오스기 사카에(大杉栄)의 사상이 단순한 서구 아나키즘의 이식이 아니라 '생명'을 근본원리로 하여 아나키즘을 보편적인 주의주장으로 정착시키려는 시도로 해명하였다(김병진, 「20세기 전환기 자유의 각성과 생명의식」, 『일본문화연구』 제62집, 동아시아일본학회, 2017, 27~48면).

2. 한일 근대문학관의 한 원천과 매슈 아놀드의 '인생비평'

근대 초기 한국과 일본의 문학을 검토해보면, 공통적으로 문학의 본질을 '어떻게 살아야 할 것인가'와 같은 인생의 근본 문제와 연결하여 사유하려는 현상과 마주할 수 있다. 예컨대, 앞으로 이 글에서 집중적으로 살펴볼 야마지 아이잔(山路愛山)과 기타무라 도코쿠(北村透谷)의 논쟁은 메이지시기 일본문학의 방향을 계몽주의에서 낭만주의로 전환시킨 분기점에 해당하는 것으로,[49] '인생(人生)'에 관한 양자의 입장 차이에서 유발한 것이었다. 흔히 그들의 논쟁을 규정하는 '인생상섭논쟁(人生相涉論爭)'이라는 용어 자체가 '인생'을 바라보는 관점에 따라 서로의 문학관이 충돌할 수밖에 없었다는 것을 말해주고 있기도 하다. 이처럼 '인생' 문제를 바탕으로 각자의 문학관을 형성해가는 점은 조선 문단에서도 마찬가지였다. 근대 초기 조선에서 각각 계몽주의와 낭만주의를 대표하는 문인으로 자리매김해온 이광수와 김억의 글을 검토해보면, 이들의 문학론이 인생과 예술의 관계성에 따라 전개되거나[50] 특정한 문인의 인생에 초점을 맞춰 그의 예술세계를 조명하는 방식으로[51] 전개되고 있기 때문이다. 이런 점에서 근대 초기 한국과

---

49 이 당시 일본 문단의 분위기와 기다무라 도코쿠의 위치에 대해서는 이에나가 사부로(家永三郎) 편저, 연구공간 '수유+너머' 일본근대사상팀 옮김, 『근대 일본 사상사』, 소명출판, 2006, 103~119면 참고.

50 이에 관한 대표적인 글로는 이광수의 경우 「宿命論的 人生觀에서 自力論的 人生觀」, 『학지광』 제17호, 1918. 8; 「文士와 修養」, 『창조』 제8호, 1921. 1; 「藝術과 人生」, 『개벽』 제19호, 1922. 1 등을, 김억의 경우 「藝術的 生活」, 『학지광』 제6호, 1915. 7; 「文學 니야기」, 『학생계』 제1호, 1920. 7; 「直觀과 表現(1~2)」, 『동아일보』, 1925. 3. 25~4. 13; 「藝術 對 人生問題(1~6)」, 『동아일보』, 1925. 5. 11~6. 9; 「藝術의 獨立的 價値-詩歌의 本質과 現詩壇」, 『동아일보』, 1926. 1. 1~3 등을 들 수 있다.

51 이에 관한 대표적인 글로는 이광수의 경우 「톨스토이의 人生觀」, 『조광』 창간호, 1935 등을, 김억의 경우 「쏘로굽의 人生觀(1~4)」, 『태서문예신보』, 1918. 11. 30~1919. 1. 13; 「톨스토이」, 『서울』 제8호, 1920. 12; 「로덴빠흐(1~2)」, 『개벽』, 1921. 4~5; 「쯀로베르論」,

일본에서는 인생 문제를 둘러싸고 근대적인 문학관을 형성해갔다고 볼 수 있다.

이 지점에서 우리는 각국에서 인생 문제와 관련하여 어떠한 문학관을 형성해갔는가를 살펴보기에 앞서, 과연 어떤 연유에서 문학의 본질을 인생의 문제와 연결하게 되었는가에 대한 의문을 느낄 것이다. 바꿔 말해, 근대 초기 한국과 일본의 문인들이 그들의 문학론에서 어떠한 계기로 '인생' 개념을 도입하게 되었는가에 대한 질문을 던져볼 수 있다. 물론 이러한 경로는 전통적 측면에서든, 근대적 측면에서든 다양한 방향으로 상정될 수 있을 테지만, 이 글에서는 '인생' 개념의 한 원천으로 영국의 비평가인 매슈 아놀드(Matthew Arnold, 1822~1888)의 문학론을 거론하고자 한다. 왜냐하면, 앞서 언급한 기타무라 도코쿠가 당대 사회에서 다양한 의미로 통용되고 있던 'life'라는 용어를 "인생이라는 한 글자"에 맞춰 사용하는 일이 많은 것을 "영문학 사상"의 유입에서 찾고 있거니와[52] 이보다 앞서 실제로 야마지 아이잔과의 논쟁 과정에서는 매슈 아놀드의 말을 인용하여 자신의 주장을 펼치고 있기 때문이다.[53] 마찬가지로 이광수는 1920년대 중반 조선에서 일시적으로 인심을 현혹시키는 '변(變)의 문학'을 배격하고 인생의 보편성을 추구하는 '상(常)의 문학'을 내세우기 위한 근거로서 매슈 아놀드의 문

『개벽』 제15호, 1921. 9 등을 들 수 있다.

52 北村透谷, 「人生の意義」, 『文學界』 제5호, 1893. 5; 勝本清一郎 編, 『北村透谷全集』 제2권, 岩波書店, 1977, 230면.

53 北村透谷, 「明治文學管見」, 『評論』 제1~4호, 1893. 4. 8~5. 20; 위의 책, 150면. 참고로 이 글에서 기타무라 도코쿠가 "인생의 비평으로서의 시에서는 시의 이치, 시의 미의 정법에 응하는 한 인생을 위로하고 인생을 지키는 것이 될 수 있다"고 매슈 아놀드의 말을 인용하고 있는 부분은 아놀드의 평론 "The study of poetry"에서 가져온 것이다. 이에 대해서는 다음 장에서 자세하게 논할 것이다.

학론을 언급하고 있기 때문이다.[54] 이런 맥락에서 당대 동아시아 문청들에게 선풍적인 인기를 누린 구리야가와 하쿠손의 『근대문학 10강(近代文學十講)』(1912)에서 근대 영문학의 경향을 설명하기 위해 매슈 아놀드의 관점에 기대고 있다는 점을 감안한다면,[55] 매슈 아놀드의 영향력은 동아시아 차원으로 확대해볼 수 있을 것이다.

하지만 무엇보다 매슈 아놀드의 문학론이 동아시아 문인들에게 강한 호소력을 발휘할 수 있었던 것은 문학의 존재 의의를 인간의 실제 삶과 접목하여 이해하려는 방식에 있었다. 주지하다시피, 매슈 아놀드가 살았던 빅토리아 시대는 1832년에서 1870년에 이르는 대영제국의 절정기로서 산업화와 자본주의를 바탕으로 본격적인 근대화를 이룩한 시기였다. 당시 영국에서는 진보에 대한 자신감의 이면에 계급 갈등, 인구 팽창, 빈부 격차, 실업난 등 다양한 사회문제를 야기하고 있었을 뿐만 아니라 기존의 가치관이 몰락할 위기에 놓여 있었다. 아놀드를 비롯하여 이런 상황을 목도한 지식인들은 급속한 물질적 진보가 과연 인간 생활의 진정한 개선을 가져왔는가에 대한 물음, 즉 인간 삶의 질에 대한 근본적인 물음을 던지게 되었다. 이에 따라 아놀드는 문학을 '삶'과 밀접한 관련을 가진 것으로 이해하였으며, '인생의 비평(criticism of life)'으로서의 문학을 주장하였던 것이다.[56]

이처럼 진보주의를 기반으로 하는 근대성에 대해 근본적인 의문을 제

---

54 이광수, 「中庸과 徹底」, 『동아일보』, 1926. 1. 2~1. 3; 『이광수전집』 10, 삼중당, 1971, 431면.

55 구리야가와 하쿠손(厨川白村), 임병권·윤미란 옮김, 『근대문학 10강』, 글로벌콘텐츠, 2013, 148~168면.

56 빅토리아 시대의 전반적인 특징과 아놀드 사상의 의의에 대해서는 윤지관, 「해설: 아놀드의 문학사상과 사회사상」, 『삶의 비평—매슈 아놀드 문학비평선집』, 민지사, 1985, 249~274면 참고.

기하고 인간의 보편적 가치를 탐색하려 했던 아놀드의 문학론은 점차 사회진화론의 세계관에 대한 신뢰를 잃어갔던 동아시아 지식인들에게 공감을 불러일으키기에 충분했다.[57] 특히, 근대 초기 한국과 일본의 문인들은 문학을 사회정치적 영역과 구별되는 독자적 영역에 위치시키려하면서도 문학과 사회와의 접점을 모색하려 했다는 점에서[58] 아놀드의 문학론을 유효적절하게 받아들일 수 있었을 것이다. 여기서는 한국과 일본의 문인들이 인생과 문학의 관계를 어떻게 설정하여 근대문학관을 형성해갔는가를 살펴보기 위한 실마리로서 다음 두 가지의 측면에서 아놀드의 '인생의 비평'에 담긴 문제성을 검토하고자 한다. 첫 번째는 아놀드가 설정하고 있는 '인생(life)' 개념이 어떠한 함의를 가지고 있는가를 검토하는 것이며, 두 번째는 아놀드가 인생과 문학의 관계를 어떠한 관점에 따라 바라보고 있는가를 검토하는 것이다.

---

57 이와 관련하여 '근대주의'와 '반근대주의'의 역동적 움직임을 추적하여 '근대 초극'의 계보를 탐색하려 했던 스즈키 사다미가 '근대 초극' 사상의 기원을 19세기 후반의 영국으로 설정하고 있는 것은 중요한 시사점을 안겨준다. 물론 스즈키 사다미는 매슈 아놀드를 직접 언급하고 있지는 않지만 그와 같은 갈래로 묶일 수 있는 칼라일(T. Carlyle)과 러스킨(J. Ruskin)에게서 '근대주의'에 대응하는 '정신적 에너지'를 발견하고 있기 때문이다. 이에 대해서는 鈴木貞美,『近代の超克－その戰前·戰中·戰後』, 作品社, 2015, 93~134면 참고.

58 일본의 경우 이는 이상주의, 문화주의, 교양주의 등 자연과학적 세계관에 대한 회의를 극복하기 위해 인간의 인격적이고 문화적인 존재성을 강조하는 방식으로 나타났으며, 1920년대 초반 조선에서도 문화주의의 영향을 크게 받은 것으로 알려져 있다(이에 대한 자세한 사항은 이에나가 사부로 편저, 앞의 책, 260~290면; 최수일,『『개벽』 연구』, 소명출판, 2008, 420~461면 참고). 이와 관련하여 일본의 영문학자인 도이 코지(土居光知, 1886~1979)는 1923년 켄큐샤(研究社)에서 매슈 아놀드의 비평을 선별하고 거기에 대한 주석을 단 *Essays in criticism*을 간행한 바 있는데, 이에 앞서 그는 본격적인 일본문학 연구서인『文學序說』(岩波書店, 1922)에서 아놀드의 비평적 정신을 '문화주의'의 관점에 기초하여 소개하고 있다(土居光知,『文學序說』, 岩波書店, 1954, 235면).

나는 오래 전에 호머(Homer)에 대해 말하면서, **인생에 사상을 숭고하고 심오하게 적용하는 것이 시적 위대성의 가장 본질적인 부분이라고 말한 적이 있다.** 나는 위대한 시인은 시적 미와 시적 진실의 법칙으로 움직일 수 없게 고정된 조건 아래서, 말하자면, 그가 혼자서 획득한

인간에 대한, 자연에 대한, 인간 생활에 대한

사상을 자기의 주제—그것이 무엇이든지 간에—에 적용함으로써 뚜렷한 우월성을 보여주게 된다고 말했다. **인용한 행은 워즈워드 자신의 것이며, 그의 우월성은 최상의 시편에서 볼 수 있는 그의 강력한 활용력, 즉 "인간에 대한, 자연에 대한, 인간 생활에 대한" 사상을 그의 주제에 강력하게 적용하는 힘에서 나온다.**

—「워즈워드」 부분[59]

먼저, 아놀드는 '인생(life)' 개념을 인간이라면 누구에게나 적용할 수 있는 보편적인 영역에 위치시키고 있다. 이러한 인식은 시의 존재 의의를 '인생비평'의 관점에서 접근하고 있는 부분에서부터 찾아볼 수 있다. 그에 따르면, 우리는 시에서 "시적 진실과 시적 미의 법칙", 즉 다른 분야와 구별되는 고유한 형식과 내적 구조에 의해 인생에 대한 '위안'과 '기반'을 찾을 수 있다. 왜냐하면, 그에게 시는 필연적으로 인간의 실제 '삶'과 관계하

59 매슈 아놀드, 「워즈워드」, 윤지관 옮김, 『삶의 비평—매슈 아놀드 문학비평선집』, 민지사, 1985, 179면.

지 않을 수 없기 때문이다.[60] 여기서 흥미로운 점은 아놀드가 인간의 실제 '삶'을 뜻하는 '인생'의 범주를 시공간의 제약을 벗어난 보편적인 지점에 위치시키고 있다는 것이다. 이는 시를 한 나라의 역사적 상황과 결부시켜 평가하려는 "역사적 평가"와 개인마다 가지고 있는 취향에 따라 평가하려는 "개인적 평가"를 넘어선 지점에 위치시키고 있는 부분에서 여실하게 드러난다.[61] 왜냐하면, 그는 인간이라면 누구나 진실하다고 느낄 수 있다는 보편타당한 불변성에서 시의 최상의 가치를 찾고 있기 때문이다.

이처럼 아놀드가 '인생' 개념을 인간의 보편적 영역과 연결하려는 시도는 인용한 글에서 보다 구체적으로 드러난다. '인생비평'을 바탕으로 한 작가론이라 할 수 있는 이 글에서 아놀드는 마찬가지로 시에서 '가장 본질적인 부분'을 시 자체의 독자적인 법칙에 따라 '인생'에 대한 보편타당한 '사상'을 적용하는 것에서 찾고 있다. 나아가 그는 영국의 낭만주의 시인인 워즈워드(W. Wordsworth)의 시 구절을 인용하여 시에서 다루는 '인생'의 범주를 밝히고 있다. 말하자면, 그가 시에 "인간에 대한, 자연에 대한, 인간 생활에 대한" 사상을 강력하게 적용하는 것에서 워즈워드의 '우월성'을 확인하고 있는 것처럼, '인생' 개념은 "인간", "자연", "인간 생활"과 같이 시공간의 제약을 넘은 보편타당한 요소를 포괄하고 있다. 아놀드는 이러한 입장을 명확하게 하려는 듯이, 워즈워드가 시에서 "끌어내는 기쁨의 원천은 인간이 다가갈 수 있는 가장 진실하고 가장 끝없는 원천이다. 그것은 또한 보편적으로 다가갈 수 있는 것이다"라고 말하고 있거니와 "누구나가 도달하여 무엇인가를 끌어낼 수 있는 원천"을 시에서 추구해야할

---

60 매슈 아놀드, 「시의 연구」, 위의 책, 131면.

61 위의 책, 132면.

"가장 진실한 최상의 원천"이라고 정의하고 있다.[62]

따라서 매슈 아놀드는 시와 관계하는 인간의 '삶'을 가변적인 역사를 넘어 불변하는 보편성에 위치시키고 있는 셈이다. 이 지점에서 문제적인 것은 '인간', '자연', '인간 생활'이 그 자체로 '인생'의 보편타당한 요소라고 볼 수도 있지만, 아놀드에게 '시'가 결국 인간의 실제 '삶'과 불가분의 관계에 놓여있다고 한다면 이러한 요소들이 오히려 수용자의 입장에 따라 다양한 방향으로 해석될 수 있는 여지를 안고 있다는 점이다. 바꿔 말하자면, 아놀드가 제시한 '인생(life)' 개념은 '인간', '자연', '인간 생활'과 같이 잉여적이고 유동적인 속성을 내포함에 따라 다양한 문학관을 파생시킬 여지를 마련하고 있었다고 할 수 있다. 이런 점은 아래에서 보다 구체적으로 확인할 수 있다.

> 그리고 시적 미와 시적 진실의 법칙에 의해 우리에게 고정된 조건 아래서 이 사상을 적용함을 뜻한다. 만약 이 사상들을 도덕적 사상이라 부름으로써 크고 해로운 한계가 생기는 셈이라는 말이 있다면, 나는 이는 절대 그런 종류의 일이 아니라고 대답하겠다. 왜냐하면 **도덕적 사상은 인간 생활에서 참으로 주된 부분이기 때문이다. 어떻게 사느냐의 질문 그 자체가 도덕적 사상이다. 그리고 이것은 누구나 가장 관심을 갖는 질문이며, 어떤 방식으로든 영원히 사로잡혀 있는 질문이다.** 폭넓은 의미가 도덕적이라는 용어에 주어짐은 물론이다. '어떻게 사느냐'라는 질문에 관계되는 것은 무엇이나 이 아래 포괄된다.
>
> —「워즈워드」 부분[63]

62 위의 책, 188~189면.

63 「워즈워드」, 위의 책, 180면.

다음으로, 아놀드는 시와 관계하는 '인생'을 '도덕'의 관점에서 접근하고 있다. 그는 바로 '인생'에 적용된 '사상'을 "도덕적 사상"이라 정의하고 있다. 물론 그가 말하는 도덕은 한 사회를 지배하는 "사고 및 신념의 체계"와 같이 윤리적인 분야에 국한되어 있지 않다. 그가 '인생'을 인간이라면 누구나 진실하다고 느끼는 보편적 요소에 위치시킨 것과 마찬가지로, 이 또한 시공간의 제약을 넘은 인간의 보편적인 존재 문제라고 할 수 있다. 왜냐하면, 그가 보기에 어떠한 시대라도 "어떻게 사느냐의 질문"은 "누구나 가장 관심을 갖는 질문이며, 어떤 방식으로든 영원히 사로잡혀 있는 질문"일 수밖에 없기 때문이다. 그래서 그는 이미 "도덕적이라는 용어" 자체에 '폭넓은 의미'가 주어질 수밖에 없다고 말하고 있는 것이다.[64]

이런 점으로 미루어볼 때, "어떻게 사느냐"의 질문 그 자체는 '인간 생활'에서 요청되는 본질적인 질문이기도 하지만, 이에 대한 사람들의 해답은 필연적으로 다를 수밖에 없으며, 시대와 장소에 따라 서로 다른 기준을 내놓을 수밖에 없다. 앞서 매슈 아놀드가 제시한 '인생'의 보편적 요소들이 인간의 실제 '삶'과 관계함에 따라 다양한 방향으로 해석될 여지를 안고 있었던 것처럼, 삶의 보편적인 질문에 대한 '도덕'의 해답 또한 상대적일 수밖에 없는 것이다. 따라서 아놀드의 문학론은 '인생' 개념의 다의성과 '도덕' 개념의 상대성으로 인해 수용자의 입장에 따라 다양한 문학관을 파생시킬 여지를 마련하고 있었다고 할 수 있다. 이러한 점은 '인생' 개념

---

64 이에 대해 윤지관은 "'어떻게 사느냐'하는 삶의 문제가 바로 도덕적이라면, 도덕은 좁은 의미의 사회윤리가 아닌 삶 자체의 성격이 되는 셈이다"라고 말하면서 아놀드에게 '도덕'이 삶이라는 '저 거대하고 다함없는 말(that great and inexhaustible word)'과 일치하는 것이라고 보고 있다. 윤지관, 『근대사회의 교양과 비평–매슈 아놀드 연구』, 창작과비평사, 1995, 229~230면.

을 중심으로 일본과 한국에서 근대적인 문학관을 형성해가는 과정을 살펴보는 부분에서 여실히 확인할 수 있다.

3. 공리주의 문학관의 탄생과 '생명'을 통한 주체적 개인의 옹호

일본 근대문학사에서 흔히 '인생상섭논쟁'으로 기록되는 야마지 아이잔과 기타무라 도코쿠의 논쟁은 '문학의 목적과 역할이 어디에 있으며, 문학의 공리성을 어떻게 이해할 것인가'에 관한 입장 차이에서 발생한 것으로 알려져 있다.[65] 이에 대해 아이잔은 문학을 통해 세상에 '이익'을 주기 위한 목적을 달성하려 했다는 점에서 '공리주의'를 주장하였고, 도코쿠는 문학을 통해 개인의 자율성이라는 독자적인 영역을 표방하려 했다는 점에서 '낭만주의'를 주장하려 했다고 보는 것이 통상적인 견해였다. 이를테면, 양자의 논쟁 과정을 고찰한 허배관의 논의는 이 논쟁이 '문학에 관한 가치관의 차이'에서 비롯하였으며 세상에 대한 문학의 효용성을 내세운 아이잔에 대해 도코쿠가 인간의 정신을 대치시켰다고 보고 있다. 이에 따라 이 논의에서는 도코쿠가 '무한한 존재(정신)를 유한한 존재(인생) 속에 정착시키기' 위한 해답으로 '내부생명론'을 제출하였다고 결론내리고 있다.[66]

하지만 '인생상섭논쟁'의 원인을 '공리주의'와 '낭만주의'로 표상되는

---

65 정병호, 「일본 근대문학·예술 논쟁 연구(3)－인생상섭논쟁(人生相涉論爭)과 공리주의」, 『일본학보』 제72집, 한국일본학회, 2007, 230면.

66 허배관, 「「인생상섭논쟁(人生相涉論爭)」의 전후－「내부생명론(內部生命論)」과의 관련을 중심으로」, 『일본근대학연구』 제26집, 한국일본근대학회, 2009, 65~80면.

문학관의 대립에서 찾기에 앞서 보다 근본적인 문제를 제기할 수 있다.[67] 왜냐하면, 아이잔과 도코쿠는 공통적으로 문학이 인생과 깊은 관계를 맺고 있다는 점에서는 동의하고 있으며, 오히려 논쟁의 과정에서 도코쿠가 '인생(life)' 개념의 유동적 속성에 따라 아이잔의 문학관을 '공리주의'에 정초시키고 '정신의 자유'의 측면에서 자신의 문학관을 합리화하고 있기 때문이다. 따라서 우리는 양자의 논쟁 과정에서 '인생(life)' 개념이 어떠한 방식으로 정착되어 가는가를 살펴볼 필요를 느낀다.

내가 문장은 사업이 된다고 말한 것은 문장은 곧 사상의 활동이기 때문이다. 사상이 한번 활동하면 세상에 영향을 주기 때문이다. 적어도 세상에 조금의 영향도 주지 않을 수 있겠는가. 다시 말하면 이 세상을 한층 더 좋게 만들고, 이 세상을 한층 더 행복으로 나아가게 하지 못한다면 그는 시인도, 문인도 아닐 것이다. **만약 '사업'이란 문자를 단지 보기 위한 것으로 한다면, 만약 '세상과 관계한다'라는 글을 물질적 세상과 관계한다는 것으로 한다면, 나의 문장은 사업이 된다고 하는 것은 오류이다.** 그러나 그리스도의 사업이 3년간의 전업(伝業)으로 끝나지 않음을 안다면(그의 사업은 만세에 아우르는 정신계의 사업이다), 에머슨이 이야기한 것처럼 대저술가는 짧은 전기를 가지는 것을 안다면(그가 세상과 관계한다는 것은 책 안에 살아있는 그의 정신

67 이와 관련하여 정병호는 '인생상섭논쟁'의 원인을 '공리주의'와 '낭만주의'의 대립으로 환원시키는 종래의 견해에 의문을 제기하고 이 논쟁에서 '공리주의'가 내포하는 의미를 당대 환경 속에서 파악하고자 했다. 그에 따르면, 당대의 문학 개념은 오늘날의 문학 개념과 다르다는 점에서, 아이잔이 말하는 문학은 시·소설·희곡 등 오늘날 문학 개념에 가까운 '연문학'을 의미하는 것이 아니라 '사론'을 중심으로 하는 '경문학'을 지칭하고 있었다고 할 수 있다(정병호, 앞의 논문, 231~234면). 이런 점을 감안하여 당대 일본의 맥락에서 양자의 문학관을 파생시킨 보다 근본적인 문제제기가 필요해 보인다.

에 있다), 내가 그렇게 이야기한 것은 당연하다.

—「명치문학사」 부분[68]

주지하다시피, 인용된 글은 기타무라 도코쿠가 이 글보다 한 달 전에 발표한 「인생에 상섭한다는 것은 무슨 뜻인가(人生に相渉るとは何の謂ぞ)」(『文學界』 제2호, 1893. 2)에 대한 반론을 하기위해 쓰였다. 도코쿠의 글 또한 이보다 한 달 전에 아이잔이 발표한 「라이 노보루를 논하다(頼襄を論ず)」(『國民之友』 제178호, 1893. 1)를 반박하기 위해 쓰였다고 점을 감안한다면, 인용된 글은 도코쿠와 본격적인 논쟁으로 접어든 시기에 아이잔의 입장을 여실하게 보여준다는 점에서 주목을 요한다.

이 글에서 아이잔의 입장을 압축하고 있는 "문장은 사업이 된다"라는 대목은 역시 「라이 노보루를 논하다」의 서두에 등장하는 문장으로서 도코쿠의 오해를 불러일으킨 결정적인 부분이다. 도코쿠의 입장에서 보건대, 「라이 노보루를 논하다」에서 아이잔이 "문장은 즉 사업이 된다"고 말하는 맥락은 충분히 논란을 불러일으킬 만하다. 왜냐하면, 아이잔은 여기서 '문사필(文士筆)'과 '영웅검(英雄劍)'을 대비하여 "화려한 글, 미묘한 문장으로 천지간에 몇 백 권의 책을 남긴다고 해도", "세상을 이롭게 하지 못한다면 공(空)의 공(空)일 뿐"이라고 말하고 있기 때문이다. 도코쿠의 입장에서 '영웅의 검'이 세상에 실제적인 힘을 행사할 수 있는 것에 비해, '문사의 붓'은 별다른 가시적인 영향력을 행사하지 못한다고 비칠 수 있다는 점에서, 아이잔의 문학관은 문학의 효용성을 추구하는 '공리주의'로 받아들여질 법

68 山路愛山, 「明治文学史」 『國民新聞』, 1893. 3. 1~5. 7; 隅谷三喜男 編, 『日本の名著－德富蘇峰·山路愛山』, 中央公論社, 1983, 470면.

하다.

이런 맥락에서 그가 "문장은 사업이 된다"는 입장에 대한 예시로 제시하고 있는 라이 산요(賴山襄, 1781~1832)가 에도시대 후기의 역사가로서 "존왕도막(尊王倒幕)의 이데올로그"로[69] 자리매김하고 있다는 점을 상기해 본다면, 도코쿠가 아이잔의 문학을 협소한 '속세'에 위치시키고 거기에 대한 자신의 문학을 자유로운 '자연'에 위치시킬 법도 하다.[70]

하지만 도코쿠의 글을 좀 더 들여다보면 그가 결정적으로 아이잔이 논의의 전제로 깔고 있는 '문장은 인생과 상섭한다'는 부분에 대해 자의적으로 해석하고 있다는 것을 알 수 있다. 왜냐하면, 도코쿠와 달리 아이잔에게 문학 자체의 존재 의의를 모색하는 것과 문학과 인생의 긴밀한 관계를 모색하는 것은 별반 다른 문제가 아니었기 때문이다. 이런 점에서 아이잔은 도코쿠가 "고(高)·장(壮)·미(美)·숭(崇)·연(恋)" 등 문학을 고유한 영역으로 성립시키는 요소를 마치 "자기 독점의 소유물"로 삼는 태도를 비판함에 따라 자신 역시 문학의 독자적인 가치를 인정하고 있다고 말하고 있기도 하다. 거기서 나아가 그는 문학의 가치를 인생과의 관계에 따라 부연하고 있다. 그에 따르면, "문장은 사상의 활동"이라는 점에서 세상에 영향을 주고 세상을 한층 더 좋게 만들 수 있다. 이를 앞서 살펴본 매슈 아놀드의 관점에서 접근해 보자면, 시가 "시적 진실과 시적 미의 법칙", 즉 다른 영역과 구별되는 독자적인 법칙에 따라 인생에 대한 "위안과 기반"을 갖출 수

69 濱野靖一郎, 『頼山陽の思想: 日本における政治学の誕生』, 東京大学出版会, 2014, 1~4면.

70 北村透谷, 「人生に相渉るとは何の謂ぞ」, 『文學界』 제338호, 1893. 2; 勝本清一郎 編, 『北村透谷全集』 제2권, 岩波書店, 1977, 124~125면.

있는 것처럼,[71] 아이잔에게 문학은 필연적으로 독자적인 가치를 가지면서도 인생의 방면으로 확장될 수밖에 없는 것이었다. 그는 이러한 점을 보여주기라도 하듯이, '자연'을 매개로 하여 인간의 '영혼(Soul)'을 우주적 차원의 시공간으로 확장시키고자 했던 에머슨(R. W. Emerson)의 관점에 기대 인간의 '정신'이 문장을 통해 '물질적 세상'의 제약에서 벗어나 무한하게 확장될 수 있다고 말하고 있다.[72]

따라서 아이잔은 문학이 '사상의 활동'이라는 점에서 인생과 긴밀한 관계를 맺고 있다고 보고 있는 셈이다. 이는 도코쿠의 논지에서도 마찬가지로 깔린 전제이지만, 도코쿠는 아놀드의 문학론을 자신의 방식으로 해석하는 과정에서 인간 정신의 자유를 역설하고 있으며, 보다 근본적으로 '인생(life)' 개념에 내포된 유동적 속성에 따라 아이잔의 문학관과 자신의 문학관을 변별하고 있다.

> (가) **문학이 한편으로 인생을 비평하는 것이라는 것은 나도 의심하지 않는다. 그렇지만 아놀드(Arnold)가 말한 것처럼, 인생의 비평으로서의 시는 또한 시의 이(理)와 시의 미(美)를 겸하지 않으면 안 된다. 우리 문학을 연구하는 것은 단순히 인생의 비평만을 하는 것이 아니라 시의 이와 시의 미도 연구하지 않으면 안 된다.** (……)
>
> 도쿠가와 시대의 초기를 보면 한편으로는 실용의 문학을 크게 장려하

71 매슈 아놀드, 「시의 연구」, 윤지관 옮김, 『삶의 비평—매슈 아놀드 문학비평선집』, 민지사, 1985, 131면.

72 랄프 왈도 에머슨(R. W. Emerson), 신문수 옮김, 『자연』, 문학과지성사, 1996, 134~167면. 참고로 기타무라 도코쿠 또한 에머슨의 영향에 따라 인간의 내부에 있는 '마음'과 '정신'을 무한하고 영원한 시공간으로 확장시키면서 느끼는 생의 에너지로서 '생명'을 발견하고 있다. 이에 대해서는 제5장에서 자세하게 논할 것이다.

는 사이에 다른 한편으로는 단지 쾌락의 목적에 응하는 문학을 부흥시키는 것을 볼 수 있다. **무사는 윤리에 붙잡혀 있으나 평민은 자유의 의지에 이끌려 방종한 문학을 형성한다. 여기에 이르러 평민적 사상이 되는 것이 비로소 문학이라는 거울상에 비춰오는 것이고 이것이 일본문학사에 특서해야 할 문학상의 대혁명이 된다.**

—「명치문학관견」 부분[73]

(나) 도대체 인생이라는 말에는 다양한 의미가 있다고 해도 지극히 보통의 의미는 인간의 생애라는 것이다. 그러나 최근 영문학 사상이 점차 들어옴에 따라 이 인생이라는 한 자를 그가 말하는 라이프(life)에 맞춰 사용하는 일이 많아졌다.

내가 「인생상섭론」에서 사용한 '인생'의 한 글자는 「라이 노보루론(賴襄論)」의 저자가 사용한 글자를 취하고 있고 **나는 그 당시에 그 저자에게 그 글자의 의의를 따질 때에 저자는 이를 팩트(fact, 사실)의 것이라고 대답하였고, 여기에 대해 나는 저자가 사용하는 '인생'은 인간 현존의 상태라는 의의로 결코 인성(人性)이나 생명(生命)이라는 의미로 사용되고 있지 않다는 것을 안다.** (…) 그러나 세간에서는 '인생'이라는 글자를 잘못 사용하기 쉽기 때문에 때때로 나로 하여금 라이프(life)라는 것을 가볍게 사용하는 자와 같이 인식하여 섣부른 공격을 시도한 자가 있다. **인성이라는, 인정이라는 등 원래의 '인생', 적어도 「라이 노보루론」의 저자가 사용하는 '인생'이라**

73 北村透谷, 「明治文學管見」, 勝本淸一郎 編, 『北村透谷全集』 제2권, 岩波書店, 1977, 150~166면.

는 것과는 그 의의를 달리한다.

—「인생의 의의」 부분[74]

(가)에서 도코쿠는 "문학이 인생과 상섭한다는 것"을 둘러싸고 아이잔과 논쟁이 일어났다고 말하면서 아이잔의 문학관을 세상에 대해 실제적인 이익을 발휘하려는 '공리주의'에 위치시키고 있다. 아울러 그는 종래의 일본문학사에서 특정한 목적 하에 문학의 신성한 가치를 종속시켜 온 '세익주의(世益主義)', '권징주의(勸懲主義)', '목적주의(目的主義)'를 비판하고 있다. 이를 합리화하기위해 시에서 "시적 진실과 시적 미의 법칙에 의해" 인생에 대한 '위안'과 '기반'을 찾으려 했던[75] 매슈 아놀드의 '인생 비평' 개념을 끌어오고 있다. 여기서 주목해야할 점은 도코쿠가 아놀드의 개념에서 주축을 이루는 '진실(truth)'과 '미(beauty)'에 대해 각각 '이(理)'와 '미(美)'를 대응하고 있는 부분에서 드러나듯이[76] '인생 비평' 개념을 자기 식으로

---

74 北村透谷, 「人生の意義」, 위의 책, 229~231면.

75 매슈 아놀드, 「시의 연구」, 윤지관 옮김, 『삶의 비평-매슈 아놀드 문학비평선집』, 민지사, 1985, 131면.

76 참고로 도코쿠는 "매슈 아놀드는 '인생의 비평으로서의 시에서는 시의 이(理), 시의 미(美)의 정법(定法)에 들어맞는 한 인생을 위로하고 인생을 보전할 수 있게 된다'고 말했다"고 인용하고 있는데, 이 부분의 원문은 "In poetry, as a criticism of life under the conditions fixed for such as a criticism by the laws of poetic truth and poetic beauty, the spirit of our race will find, we have said, as time goes on and as other helps fail, its consolation and stay"이다(Matthew Arnold, 土居光知 編住, "The study of poetry", *Essays in criticism*, 研究社, 1923, 126면). 이에 대해 주석을 달았던 도이 코지는 "poetic truth"에 대해 "시적 진(眞)", "poetic beauty"에 대해 "시적 미(美)"라고 해석한 바 있다(土居光知, 앞의 책, 334면). 이후 "The study of poetry"에 대한 역주에서는 "poetic truth"과 "poetic beauty"를 각각 "시적 진실(詩的 真実)"과 "시적 미(詩的 美)"라고 번역하고 있는 사례를 감안한다면(Matthew Arnold, 成田成寿 訳注, 『詩の研究』, 研究社, 1973, 7면), 근대 초기 일본에서 수용된 번역어가 명확한 개념으로 정립되기까지 수용자에 따른 개념의 굴절이 진행되었던 것으로 추측된다.

해석하고 있다는 것이다.

좀 더 구체적으로 말해, 도코쿠는 '인생 비평'의 관점에서 시가 실제 삶과 긴밀한 관계를 가진다는 점에 대해서는 동의하면서도 시의 구성요소인 '이(理)'와 '미(美)'를 어떤 관점에서 바라보느냐에 따라 인생에 대한 문학의 성격이 달라질 수밖에 없다고 보고 있다. 이러한 점을 보여주기라도 하듯이, 그는 '이'와 '미'에 각각 '실용(Utility)'과 '쾌락(Pleasure)'을 대응시키고 양자가 각각 인생의 '보전'와 '위로'에 기여한다는 점에서 필수불가결한 문학의 요소라고 말하고 있음에도, 결국 문학의 최종 목적을 '미'에 두고 있다. 이는 명치문학의 전사로서 도쿠가와(德川) 시대의 문학을 탐사하는 부분에서 여실히 나타난다. 왜냐하면, 도코쿠는 도쿠가와 시대에 무사들이 '윤리'를 고취하기 위한 '실용의 문학'을 장려하는 사이에, '자유의 의지'에 이끌린 평민들이 '쾌락의 목적에 응하는 문학'을 부흥시킴에 따라 '사상계의 대혁명'을 일으켰다고 보고 있기 때문이다. 이런 점에서 도코쿠는 문학이 인생과 긴밀한 관계를 가진다는 점에서는 아이잔과 공통된 의견을 보이면서도, 문학에서 '쾌락'(미)을 통한 '정신의 자유'야말로 인생에 대한 근본적인 변화를 일으킬 수 있다고 보고 있는 것이다.

이처럼 인생에 대한 양자의 입장 차이에 따라 각자의 문학관이 산출되고 있는 점은 (나)에서도 살펴볼 수 있다. (가)에서 도코쿠가 '인생(life)'을 사회적인 차원에서 관찰할 수 있다고 해도 "인생(人生)의 Vitality에 이르러서는 전능의 신 외"에 알 수 없다고 단언하고 있는 것과 마찬가지로,[77] (나)에서도 도코쿠는 '인생(人生)' 개념에 내포된 유동적인 속성에 따라 자신의

77 北村透谷「明治文學管見」, 勝本淸一郎 編,『北村透谷全集』제2권, 岩波書店, 1977, 150~151면.

문학관을 합리화하고 있다. 그에 따르면, '인생'이라는 말은 당대에 수용된 '영문학 사상'의 영향으로 인해 'life'에 맞춰 사용하는 일이 많아짐에 따라 '인간의 생애'를 뜻하는 통상적인 의미 이외에 다양한 의미로 사용되는 일이 많아지고 있었다. 이런 점에서 도코쿠는 '인생상섭논쟁'을 유발한 '인생' 개념에 대해 명확한 의미를 밝힘으로써 자신의 입장을 제시하고 있다. 말하자면, 그는 아이잔이 사용하고 있는 '인생' 개념이 '인간 현존의 상태'와 같은 외부의 사실을 가리키고 있다는 점에서 '인성(人性)'이나 '인정(人情)'의 의미를 담고 있다고 보고서, 자신이 사용하고 있는 '인생' 개념은 현실 이상의 자유를 가리키고 있다는 점에서 '생명(生命)'의 의미를 담고 있다고 보고 있다. 이 지점에서 도코쿠는 아이잔이 사용하고 있는 '인생' 개념을 사회적인 차원의 현실에 위치시킴에 따라 그의 문학관을 '공리주의'로 규정할 수 있었다면, 자신이 사용하고 있는 '인생' 개념을 현실의 구속에서 벗어난 세계에 위치시킴에 따라 개인의 정신의 자유를 역설하는 문학관을 정립할 수 있게 된다.[78] 따라서 메이지기 일본에서 '인생' 개념은 '개인'와 '사회'의 영역으로 분화되어가면서 '생명'에 의해 양자가 충돌하는 지점을 안고 있었다고 할 수 있다.

---

78 참고로 이는 도코쿠의 '내부생명론'으로 구체화된다. 도코쿠는 인간의 내부에 잠재해 있는 '생명'의 자각에 의해 유한한 현실의 제약에서 벗어나 무한한 우주의 정신과 합일할 수 있다고 말하고 있다(北村透谷, 「内部生命論」『文學界』 제5호, 1893. 5; 위의 책, 246~249면). 여기서 도코쿠는 '인생'을 '인성'과 '인정'의 의미로 국한시키는 것을 비판하면서 그보다 근본적인 '생명'에 위치시키고 있다.

4. '생명'을 통한 개인과 사회의 조화와 '인생을 위한 예술'의 확립

지금까지 우리는 메이지기 일본에서 야마지 아이잔과 기타무라 도코쿠 사이에 일어난 '인생상섭논쟁'을 통해 양자의 문학관이 형성되어가는 과정을 살펴보았다. 아이잔과 도코쿠는 매슈 아놀드의 관점에 따라 시가 독자적인 가치를 가지고 실제 삶과 긴밀한 관계를 맺을 수 있다는 점에서는 동의하면서도, 문학과 인생의 관계를 바라보는 입장에서는 차이를 보이고 있었다. 말하자면, 아이잔의 경우 문학이 사회적인 차원으로 확장될 수 있는 측면에 강조점을 두려 했다면, 도코쿠는 문학의 독자적인 가치를 성립시키는 정신의 자유에 강조점을 두려 했다. 이에 대해 도코쿠는 아이잔이 사용하는 '인생' 개념을 '인성'과 '인정'의 의미로 해석함에 따라 그의 문학관을 '공리주의'에 위치시킬 수 있었다면, 자신이 사용하는 '인생' 개념을 '생명'의 의미로 해석함에 따라 주체적인 개인을 옹호하는 문학관을 정립할 수 있었다. 따라서 메이지기 일본에서는 '인생' 개념을 둘러싼 입장 차이에 따라 각자의 문학관을 형성해가고 있었다고 볼 수 있다.

그러면 마찬가지로 인생과 예술의 관계를 둘러싸고 문학론을 모색하려 했던 조선의 상황은 어떠한가? 메이지기 일본에서 아이잔과 도코쿠가 '인생' 개념을 수용할 수 있었고 이에 대한 입장 차이를 보이는 데 아놀드의 문학론이 기여할 수 있었던 것처럼, 조선에서도 아놀드의 문학론은 '인생' 개념을 둘러싸고 독특한 문학관을 형성하는 데 적잖은 기여를 하고 있었다. 이에 대해 송명희는 일찍이 이광수의 '인생을 위한 예술관'의 원천을 아놀드의 '인생비평'에 두고서 시대의 흐름을 초월하는 '중용의 문학'

을 주장한 것에 양자의 공통점이 있다고 말하고 있다. 그는 특히 이광수가 일본유학을 통해 아놀드의 원전과 그의 문학 이론을 접하는 경로를 실증적으로 추적해내었다.[79] 송명희의 논의가 일본문단의 영문학적 배경 아래 이광수에 대한 아놀드의 영향관계를 밝히려 했다면, 이재선은 아놀드의 고전주의 문학관과 이광수의 상(常)의 문학론의 영향관계를 해명하는 가운데 아놀드—구리야가와 하쿠손—이광수로 이어지는 경로를 구체적으로 추적해내고 있다.[80] 이런 점에서 우리는 아놀드와 근대 초기 조선 문인 간의 영향관계에 대한 노선을 그리는 작업을 반복하지 않아도 된다. 그보다 여기서는 근대 초기 조선의 문인들은 '인생' 개념을 둘러싸고 어떠한 문학관을 형성하고 있었는지, 그리고 이것이 가지는 독특한 함의는 무엇인가에 대해 살펴보고자 한다.

> 各 個人이 幸福되랴니 人生의 藝術化가 必要하고 各 個人이 社會的 生活을 하랴니 人生의 道德化가 必要한 것이외다. **무릇 個人의 藝術에는 分離할 수 업는 兩面이 잇스니 가튼 個人的 生活과 社會的 生活이외다. 다시 말하면 個人의 生活을 個人이라는 見地에서 보면 個人生活이오 社會라는 見地에서 보면 社會生活이오 單一한 한 生活인데 보는 點이 다를 쁜 이외다.** 그럼으로 道德化한 生活과 藝術化한 生活이란 것도 決코 二種의 生活이 아니오 單一한 生活의 兩面이라 하겟습니다. (……)
>
> 이것이 個人의 肉的 改造의 道德的 一面이니 이것만 가지고 될 수 업습

79 송명희, 「李光洙의 文學評論 硏究(其二)–아놀드(Matthew Arnold)와의 文學觀 比較」, 『부산수대 논문집』 제31호, 부산수대, 1983, 253~267면.

80 이재선, 「'상(常)의 문학'론과 매슈 아널드와 구리야가와 하쿠손–「중용과 철저」, 「「철저와 중용」을 읽고」론」, 『이광수 문학의 지적 편력』, 서강대출판부, 2010, 267~294면.

니다. **이것으로써 사람의 葛藤과 肉的 不平을 除할 수 잇지마는 더욱 積極的이오 建設的으로 人生의 幸福을 發하게 하는 것은 人性의 藝術的 改造외다.**

—「藝術과 人生—新世界와 朝鮮民族의 使命」 부분[81]

인용된 글을 발표하기 일 년 전에 이광수는 당대 조선 문청들의 예술관과 생활태도에 대해 일침을 가하고자 「문사(文士)와 수양(修養)」이라는 글을 발표한 바 있다. 이 글에서 이광수는 문예가 민족의 정신을 계발하는 데 큰 역할을 한다는 전제 아래 당대 문청들이 개인의 일시적 쾌락에 침잠해 있는 생활에서 벗어나 민족을 위한 인격의 수양에 매진하기를 당부하고 있다.[82] 이런 점에서 그간 이광수는 공공의 대의에 기여하기 위한 효용적 문학관을 내세운 것으로 평가되어 왔다. 이는 특히 이광수가 당대 문청들을 사로잡았던 데카당스(Décadence) 혹은 퇴폐주의 문학을 "예술을 위한 예술(Art for arts sake)"로 배격하고서 그의 문학을 "인생을 위한 예술(Art for life's sake)"로 주장하는 부분에서 단적으로 드러난다고 보았다.[83] 이러할 때 이광수의 문학은 공리주의 또는 계몽주의로 환원됨에 따라 그가 '인생' 개념에 담아내려 했던 미세한 함의는 간과되고 만다. 따라서 우리는 "인생을 위한 예술"을 "예술을 위한 예술"의 대립항으로 설정하기에 앞서 이광수가 과연 인생과 예술의 관계를 어떻게 보려고 했는가에 대한 의문을 느낀다.

81 이광수, 「藝術과 人生—新世界와 朝鮮民族의 使命」, 『개벽』 제19호, 1920, 4~6면.

82 이광수, 「文士와 修養」, 『이광수전집』 10, 삼중당, 1971, 9~17면.

83 이러한 관점은 앞서 이광수의 문학관을 매슈 아놀드의 문학론과 비교한 논의들에서 찾아볼 수 있다(송명희, 앞의 논문, 260면; 이재선, 앞의 책, 293~294면).

인용된 글은 바로 인생과 예술의 관계를 바라보는 이광수의 관점을 여실하게 보여준다는 점에서 주목된다. 먼저, 이 글에서 이광수는 '인생을 행복하게 하는 길'에 대한 해답을 "인생의 예술화"에서 찾고 있다. 이를 위해 그는 개인의 "주관적 개조"를 제시한다. 왜냐하면, 그가 보기에 인생에서 적극적이고 건설적으로 행복을 찾기 위해서는 외부 현실의 개선도 중요하지만 보다 근본적으로 이를 받아들이는 삶의 자세가 더 중요하기 때문이다. 이런 점에서 이광수는 개인을 능동적 주체로 서게 만드는 기반으로 '인성'을 '예술화'하기를 주문하는 것이다. 이를 인생과 깊은 관계를 맺고 있는 문학을 통해 인생에 대한 '위안'과 '기반'을 찾으려 했던 매슈 아놀드의 관점에서 보자면,[84] 이광수 또한 문학이 인생의 목적과 긴밀한 관계를 맺고 있다는 전제 아래 이를 개개인의 생활에서 추구할 수 있는 발판을 마련하고자 했던 것이다. 개인이 일상생활에서 인생을 능동적으로 보고 실천할 수 있도록 하는 방안이 바로 "인생의 예술화"이다.

다음으로, 이광수는 앞서 개인적 측면에서 성립한 '예술화'를 사회적 측면으로 확장시키기 위한 근거를 마련하고 있다. 그것이 바로 인생의 "도덕화"이다. 그에 따르면, 개인이 행복하기 위해 인생을 예술화하는 것과 개인이 사회적 생활을 하기 위해 인생을 도덕화하는 것은 별개의 문제가 아니었다. 왜냐하면, 각 개인의 생활은 "개인이라는 견지에서 보면 개인생활"이라 할 수 있겠지만, "사회라는 견지에서 보면 사회생활"이라는 "단일한 생활"을 형성하기 때문이다. 이를 문학과 인생의 관계를 통해 "어떻게 사느냐"와 같은 도덕적 질문을 던지려 했던 아놀드의 관점에서 보자

84 매슈 아놀드, 「시의 연구」, 윤지관 옮김, 『삶의 비평—매슈 아놀드 문학비평선집』, 민지사, 1985, 130~131면.

면,[85] 이광수는 문학의 보편성을 개인과 사회의 조화에서 찾으려 했다고 할 수 있다. 따라서 우리는 「문사(文士)와 수양(修養)」을 둘러싼 종래의 평가에서 이광수가 지나치게 개인의 자율성을 배제하고 민족이라는 대의에 개인을 복무시키기 위해 문학의 효용성을 내세운 것으로 보려 했다는 사실을 알게 된다.

물론 이광수가 사회적 측면에 방점을 두고 있는 것에 대해서는 부정할 수 없지만, 그에 앞서 개인의 인생을 어떻게 예술화하여 여기에서 사회적 가치를 찾을 수 있는가에 대한 고민을 전개하려 했다는 점을 간과해서는 안 될 것이다. 이런 점에서 이광수가 내세운 "인생을 위한 예술"이라는 개념은 "예술을 위한 예술"의 대립항이기에 앞서 개인과 사회의 접점을 마련하기 위한 고육책이었던 셈이다.[86] 흥미로운 점은 당대 문단에서 이광수와는 다소 다른 활동을 보이고 있는 김억 또한 '인생'의 관점에서 보건대 이광수의 "인생을 위한 예술"과 만나고 있다는 것이다.[87]

(가) 그런데, 藝術은 藝術自身을 위하야의 藝術이오 斷然코 人生을 위하야의 藝術은 아니라고 (art is for its own sake, but not for the life's sake)

85 위의 책, 180면.

86 이와 관련하여 이광수가 초기의 글에서부터 '인생' 문제를 사유하는 과정에서 각자의 인생에 주어진 능동적 정신을 발휘하는 것과 함께 이를 '사회'와 '국가'의 차원으로 확대하기 위한 매개로 '생명' 개념을 도입하고 있다(이광수, 「余의 自覺한 人生」, 『소년』 제3년 제8권, 1910. 8, 17~23면). 개인과 사회를 조화시키기 위한 계기로 '생명'을 도입하려는 시도는 아래 김억의 글에서도 찾아볼 수 있다.

87 이에 대해 선행연구에서는 1920년대 조선에서 예술은 문화주의의 자장 내에서 미적 형식을 확보하기 위한 문제와 함께 어떻게 사회를 예술화할 것인가의 문제와 결부되어 있었다는 점을 해명한 바 있다. 이에 따라 1920년대 조선 문단에서는 예술지상주의와 인생주의가 공존해 있었다고 평가하고 있다. 박근예, 「1920년대 예술로서의 문학 개념의 형성」, 『이화어문논집』 제24·25집, 이화여대 한국어문학연구소, 2007, 365~381면.

主張하는 사람의 말을 나는 자조 々々듯는다. (……) **내의 要求하는 바 藝術은 人生으로 向上, 創造, 發展식이는 이 點에 잇나니, 웨 그려냐 하면 藝術은 改革者이며, 模倣者임으로 나는 藝術을 人生을 위하야 要求한다.** (……)

個人의 中心的 生活을 藝術的되게 하여라. 그려면 社會的 生活도 藝術的되리라, —몬져, 個的 生命의 斷片을 모아, 藝術的되게 하여라. 그려면 藝術은 人生로의 藝術的되리라.

—「藝術的 生活(H君에게)」 부분[88]

(나) 藝術 對 人生問題에는 두 가지 말이 잇습니다 하나는 藝術은 藝術自身을 위한 存在라는 것과 다른 하나는 藝術은 人生自身을 위한 存在라는 것입니다 (……)

그러기에 作品을 作者의 創作的 心理로 볼 때에는 藝術은 藝術을 위한 存在이며 그 結果로 볼 때에는 藝術은 人生을 위한 存在라 할 수가 잇스나 勿論 이것은 廣義의 見解에 지내지 아니합니다 (……)

偉大한 作家의 作品을 읽을 때에 構想갓튼 것이 任意대로 되야 不自然하야 作者가 形便좃케 만들엇다는 感이 잇스면서도 그것이 讀者의 生活과 接近되야 眞實하다는 생각을 주게 됨은 作者 個人을 感動거친 內部生命의 暗示에 共鳴된 때문임니다 **讀者의 生活과 接近하고 眞實한 생각을 주기 때문에 읽어가면 읽어갈사록 構想의 모든 不自然한 것은 다 니저 바리고 作中의 人物에 同化되야 그 人物과 함께 울기도 하며 웃기도 하며 괴롭아도**

88 김억, 「藝術的 生活(H君에게)」『학지광』 제6호, 1915. 7. 23; 박경수 편, 『안서김억전집』 5(문예비평론집), 한국문화사, 1987, 11~12면.

하며 깃버하기도 함은 다 作者의 內部生命의 感動과 暗示의 催眠을 밧아 크게 共鳴된 싸닭임니다

—「藝術 對 人生問題(1~6)」 부분[89]

이광수와 마찬가지로 김억은 초기부터 지속적으로 예술과 인생의 관계에 따라 문예론을 전개하려 했으며 '예술을 위한 예술'과 '인생을 위한 예술'의 구도에 따라 '인생'에 대한 관점을 보여주고 있다. (가)에서 김억은 예술을 그 사람의 실생활에서 우러나온 산물이라 봄에 따라 인생을 떠나 아무 의미가 없는 예술, 즉 '예술을 위한 예술'을 비판하고 있다. 그에게 실생활에서 우러나오는 예술이야말로 인생을 향상, 창조, 발전시키는 원동력이 되기 때문이다. 이에 따라 김억은 각 개인이 자기의 생활과 밀접한 관계를 가지는 예술을 자각하고, 각자의 인생에서 불완전한 것을 완전한 것으로 이끄는 데 예술이 기여하기를 바라고 있다. 그것이 바로 "예술적 생활"이다. 이 지점에서 김억은 예술과 인생의 관계를 통해 예술의 창조주체로서 '개인'을 표방하고 있는 것이다. 하지만 그가 내세우고 있는 개인적 생활의 '예술화'는 결국 사회적 생활의 '예술화'로 확장될 수 있는 것이라는 점에서, 이광수가 제시한 '인생을 위한 예술'과 별반 멀리 떨어져 있지 않다. 이광수가 다소 사회적 측면에 방점을 두는 반면에, 그가 다소 개인적 측면에 방점을 두고 있으면서도, '인생을 위한 예술'이라는 견지에서는 양자의 예술관이 개인과 사회의 조화를 모색하고 있기 때문이다.

이러한 맥락에서 김억은 (나)에서 '인생' 개념에 담긴 개인과 사회의 영

89 김억, 「藝術 對 人生問題(1~6)」, 『동아일보』, 1925. 5. 11~6. 9; 위의 책, 314~318면.

역을 조화시키는 매개로서 '생명' 개념을 제시하고 있다. 이 글에서도 그는 예술과 인생의 관계에 따라 부상하는 '예술을 위한 예술'과 '인생을 위한 예술'의 문제를 거론하면서 양자의 접점을 찾으려는 시도를 보이고 있다. 그가 보기에 '작품'을 '작가의 창작적 심리'로 볼 때 예술은 '예술을 위한 존재'일 수밖에 없지만, 그 '결과'로 볼 때 예술은 '인생을 위한 예술'이라는 점에서 양자의 관점은 결코 배타적이라고 볼 수만은 없다. 왜냐하면, 김억은 예술이 각 개인의 생활에서 우러나오는 개성적 표현이면서도, 그것이 작가 개인에게 한정되기보다 독자와의 접촉을 통해 인생을 보다 윤택하게 만드는 데 기여할 수 있다고 보고 있기 때문이다. 이런 점에서 김억은 개인의 생활에서 탄생하는 '생명력의 표현'이 '사람의 마음'을 움직이게 하는 '큰 공명과 자극'이 될 수 있다고 말하고 있는 것이다. 이 지점에서 김억은 '생명'을 각 개인의 인생에 미적 가치를 부여하는 근거로 사용하는 것에서 나아가 개인의 고유성 간의 접촉을 통해 사회적 차원을 형성할 수 있는 근거로 사용하고 있다.[90] 따라서 근대 초기 조선에서 '인생' 개념은 개인과 사회의 측면으로 분화되고 있으면서도 '생명' 개념에 의해 양자가 서로 조화되는 위치에 놓여 있었다고 할 수 있다. "인생을 위한 예술"은 근대 초기 조선에서 형성된 독특한 문학관을 보여주는 개념이었던 셈이다.

90 이는 물론 김억 개인의 견해라기보다 당대 조선 문단에서 어느 정도 보편화되고 있던 현상이었다. 예컨대, 노자영 역시 일차적으로는 각자의 생활에서 우러나오는 '개성'을 강조하기위해 '생명' 개념을 도입하고 있으면서도 각자의 '생명'이 타인의 '생명'과 감응하여 더 큰 '생명'의 흐름을 이끌어낼 수 있다고 말하고 있다. 노자영, 「文藝에서 무엇을 求하는가」 『창조』 제6호, 1920. 5, 70~71면.

5. 한일 근대문학관의 차별성과 '생명주의'의 여러 갈래

지금까지 우리는 근대 초기 한국과 일본의 문단에서 '인생(人生)'이라는 개념을 둘러싸고 어떠한 논의를 전개하고 있으며, 이 과정에서 형성되고 있었던 근대문학관의 특징에 대해 살펴보고자 했다. 근대 초기 한국과 일본에서 '인생' 개념은 공통적으로 근대적인 문학관을 형성하는 데 주요한 계기를 마련했다는 점에서 주목을 요한다. 애초 '인생' 개념의 기저에 깔려있는 '생명(life)'이라는 개념 자체가 유동적 속성을 지님으로써 '인생' 개념이 다의성을 띨 수밖에 없었으며, 이에 따라 논자가 처한 맥락에서 다양한 문학관을 표출하는 근거가 되고 있기 때문이다.

이 글에서는 먼저 한일 근대문학에서 '인생' 개념을 도입하는 데 결정적인 영향을 미친 매슈 아놀드(Matthew Arnold, 1822~1888)의 문학론을 검토하고자 했다. 실제로 아놀드는 '인생' 개념을 인간이라면 누구에게나 적용할 수 있는 보편적인 영역에 위치시키고자 했으며, "어떻게 사느냐"와 같이 "인간 생활"에서 요구되는 본질적인 질문과 연결시키고자 했다. 이에 따라 그는 문학을 인간의 실제 삶과 긴밀하게 연계시킬 수 있는 발판을 마련할 수 있었으면서도, '인생' 개념의 다의성과 '도덕' 개념의 상대성으로 인해 수용자의 입장에 따라 문학과 인생의 관계에 대한 다양한 해석의 여지를 마련하고 있었던 것이다. 이런 점은 실제로 그의 문학론이 일본과 조선의 문인들에게 수용되는 과정에서 여실히 드러난다. 메이지 시기 일본에서 기타무라 도코쿠와 야마지 아이잔이 '인생'을 둘러싸고 벌인 '인생상섭 논쟁'은 '인생' 개념에 대한 입장 차이에 따라 각자의 문학관을 파생하는 계기가 되었다. 엄밀히 말해, 양자는 기본적으로 문학이 인생과 긴밀한 관계를 가져야 한다는 입장을 가지고 있으면서도, 기타무라 도코쿠(北村透谷)가 세상을 이롭게 하는 방향으로 인생 문제를 논하려 했던 야마지 아이잔(山路愛山)의 문학관을 '공리주의'에 위치시키고 개인의 정신의 자유를 표방하는 방향으로 자신의 문학관을 정립하고자 했던 것이다. 이 과정에서 그는 야마지 아이잔이 말하는 '인생'에 대해 '인성(人性)'과 '인정(人情)'의 의미로 정의하고서, 이와 변별하여 그가 말하는 '인생'에 대해 '생명(life)'의 의미를 내세우고 있다. 이런 점에서 메이지기 일본에서 '인생' 개념은 '개인'와 '사회'의 영역으로 분화되어가면서 '생명'에 의해 양자가 충돌하는 지점을 안고 있었던 것이다.

1920년대 조선에서 또한 '인생' 개념은 논자의 입장에 따라 '개인'과 '사회'에 방점을 두는 문학관을 산출하는 계기가 되면서도 '생명'에 의해 서로 조화되는 위치에 놓여 있었다. 이는 이광수와 김억이 표방한 '인생을 위한 예술'로 나타나고 있었다. 이런 점에서 근대 초기 한국과 일본의 문단에서 '인생' 개념을 둘러싸고 근대문학관을 형성해가는 과정에는 보다 근본적으로 '생명(life)' 개념에 대한 인식의 차이가 가로놓여있다는 것을 알 수 있다. 앞서 언급했다시피, 기존 논의에서 근대 초기 동아시아에서 분출된 '생명'의 문제를 다루고자 할 때 주된 참조 대상으로 거론되었던 것이 바로 '다이쇼 생명주의'였다. 특히, 메이지 45년부터 다이쇼 3년 사이에 집중되어 있는 '생명'에 관한 담론들은 종래의 신이나 사회제도로부터 독립한 '개인'을 인간 본래의 존재로 서게 만드는 근거를 '생명'에서 찾고 있었다.[91] 하지만 이 당시 일본에서 '생명'을 'life'의 역어로 맞추는 것 이외에

91 鈴木貞美 外, 『生命で讀む20世紀日本文藝』, 至文堂, 1994. 6~36면.

프랑스어 'La vie(인생)'와 'vie(목숨)', 독일어 'Leben(삶)' 등으로 표현해야 하는 등 논자에 따라 다양한 생명관이 공존하고 있었다.

이런 맥락에서 보건대, 근대 초기 한국과 일본에서 '인생' 개념의 정립과 그에 따른 근대문학관의 형성 과정을 살펴보는 것은 한국과 일본의 근대문학에 내재해 있는 편차를 보여주는 것에서 나아가 그 밑바탕에 근본적으로 '생명' 개념에 대한 인식의 차이가 개입해 있다는 것을 말해준다. 따라서 이 글은 한국과 일본에서 '생명주의'가 각국의 맥락에 맞게 정초되어 가는 현상에 접근할 실마리를 마련하기를 기대한다.

3
1920년대 조선 문단에서 '천직론'과 '공동체주의'의 구조

—

1. '천(天)' 개념의 변천과 근대 담론의 탄생

소위 근대 담론이 형성되어가는 과정과 그것의 성격을 검토하는 작업은 여러 방식으로 이루어질 수 있으나, 그 중에서 개념사적 접근은 담론을 구성하는 기본 성분으로서 언어 자체에 초점을 맞춘다는 점에서 필수적인 작업이 아닐 수 없다. 이러한 개념사적 접근은 대체로 다음과 같은 두 가지의 측면에 초점을 맞출 수 있다. 첫 번째로는 다른 나라로부터 새로운 개념이 들어오고 그에 알맞은 번역이 이루어짐에 따라 기존에 없던 개념이 탄생하는 경우를 들 수 있다. 이를 테면, 근대 초기의 조선에서 춘원 이광수가 서구 'literature'의 번역어로서 '문학(文學)'이라는 개념을 도입하고 조선 근대문학을 선포한 사례는 익히 알려져 있다. 그에 따르면, 기존의 '문(文)'이라는 개념이 도덕적이고 권선징악적 관념을 담아냄으로써 인간의 마음을 구성하는 자질 중 '의(意)'를 고취시켜왔다면, '문학(文學)'은 인간의 실제 사상과 감정과 생활을 여실하게 재현시킴으로써 '정(情)'을 만족시킨다. 그리고 기존의 '문'이 『논어』, 『맹자』 등과 같이 중국에서 전해진 '한문'으로 사상을 담는 그릇에 불과했다면, '문학'은 시, 소설, 극, 평론 등 특정한 형식 하에 조선인의 감정과 생활을 발표한 문장을 가리킨다.[92] 이처럼 이광수는 서구 'literature'의 번역어로서 '문학'을 도입하여 전통적인 '문' 개념과 차별화되는 근대적인 의미에서의 '문학' 개념을 정립시킬 수 있었다. 물론 이러한 시도는 이광수의 독자적인 행위라기보다 이보다 이른 메이지 시기의 일본에서도 찾아볼 수 있다는 점에서,[93] 번역을 통해 근대 담론을 생산해내는 행위는 동아시아 차원에서 이루어진 현상인 것으로 보인다.

두 번째로는 이미 기존에 존재해오던 기표에 새로운 기의가 보충됨에 따라 개념이 탄생하는 경우를 들 수 있다.[94] 예컨대, 앞으로 이 글에서 중점적으로 논의할 '천(天)'이라는 개념을 들 수 있다. 주지하다시피, '천'은 한자문화권을 형성하고 있는 동아시아에서 오래 전부터 다양한 방식으로 통용되어오던 개념이었다. 동양에서 '천'은 '천공(天空)', '천지(天地)', '천연(天然)' 등 다양한 의미로 활용되는 가운데 주로 도가와 유가철학에서 우주

92 이광수, 「文學이란 何오」, 『매일신보』, 1916. 11. 10~12. 3; 『이광수 전집』 1, 삼중당, 1976, 547~555면.

93 이와 관련하여 에도막부 말기에서 메이지 시대에 걸친 일본에서 서구의 개념을 번역하여 일본의 근대가 형성되어가는 모습을 조명한 야나부 아키라(柳父章)의 작업에 대해서는 제2장에서 소개한 바 있다.

94 기존의 논의에서 이러한 관점을 바탕으로 개념의 전개 과정을 추적하고 거기에 담긴 함의를 해명한 사례로는 송민호, 「1920년대 초기 김동인-염상섭 논쟁의 의미와 '자연' 개념의 의미적 착종 양상」, 『서강인문논총』 제28집, 서강대 인문과학연구소, 2010, 105~138면; 김태진(a), 「근대 일본과 중국의 'society' 번역-전통적 개념 속에서의 '사회적인 것'의 상상」, 『개념과 소통』 제19집, 한림과학원, 2017, 179~217면 등을 들 수 있다.

의 존재 근거이자 작용 근거로서의 '도(道)'로 받아들여져 왔다.[95] 말하자면, 기존의 동양철학에서는 '천'이라는 개념을 대체로 인간의 세계관과 생활을 지배하고 있는 외재적 근거로 받아들이는 경향을 보였다.[96] 하지만 근대로 접어들면서 '천(天)'이라는 기표가 여전히 유지되는 가운데 기존에 내포되어 있던 외재적 초월성의 기의에다 내재적 주체성이라는 기의가 새롭게 보충되는 현상이 일어난다. 이러한 현상은 기존의 주자학적 전통을 비판적으로 고찰하려 했던 양명학에서부터 그 맹아를 찾아볼 수 있지만,[97] 특히 새뮤얼 스마일스(Samuel Smiles, 1812~1904)의 『자조(Self-Help)』 번역은 이러한 현상에 일조한 대표적인 사례라 할 만하다.[98] 자수성가한 선인들의 본보기를 통해 '자조정신'을 양성하려는 목적으로 쓰인 이 책에서 "하늘은 스스로 돕는 자를 돕는다"라는[99] 유명한 구절이 '신'과 같은 절대적 존재에 의지하기보다 인간 자신의 주체적 정신을 발휘할 것을 강조하고 있기 때

95 이기상, 『글로벌 생명학–동서 통합을 위한 생명 담론』, 자음과모음, 2010, 101~105면.

96 물론 기존의 동아시아에서 '천' 개념의 전개 과정을 추적하는 작업은 이 논문이 감당할 수 없는 일이다. 하지만 메이지기 이전의 일본에서 '천도의 도리'나 '천제의 관념'을 내포하고 있는 '천도사상'이 폭넓게 지배하고 있었으나, 그 이후에는 '천부인권설'을 바탕으로 '사회적 평등'을 주장하는 흐름이 나타났다는 지적을 감안한다면, 근대의 동아시아에서 '천'개념을 둘러싼 관점의 전환이 일어난 것은 분명해 보인다(鈴木貞美, 『生命観の探求–重層する危機のなかで』, 作品社, 2007, 75~81면).

97 양명학에서는 '천'을 인간의 마음에 선천적으로 구비해있는 것으로, 여기에서 인간 자신의 생명본질(性)이 파생한다고 보았다(김세정, 『왕양명의 생명철학』, 청계출판사, 2006, 148~149면; 172~173면).

98 새뮤얼 스마일스의 『자조론(Self-Help)』(1859)은 일본의 나카무라 마사나오(中村正直)에 의해 『서국입지편(西國立志編)』(1871)으로 번역되고 이를 참조하여 조선의 최남선에 의해 『자조론(自助論)』(1918)으로 번역되었다. 번역을 통한 '자조론'의 수용 양상에 대해서는 김남이·하상복, 「최남선의 「자조론(自助論)」 번역과 重譯된 '자조'의 의미–새뮤얼 스마일스(Samuel Smiles)의 『자조(Self-Help)』, 나카무라 마사나오(中村正直)의 『서국입지편(西國立志編)』과의 관련을 중심으로」, 『어문연구』 제65집, 어문연구학회, 2010, 239~270면 참고.

99 새뮤얼 스마일스(Samuel Smiles), 장만기 옮김, 『자조론 인격론』, 동서문화사, 2006, 75면.

문이다. 이 지점에서 '천'이라는 개념은 인간에 내재한 주체성을 지시하고 있다는 점에서 인권이나 개인의 평등을 표방하기 위한 사상적 근거로[100] 작동했으리라 생각된다.

이처럼 전통적인 측면에서 외재적 초월성이라는 기의를 부여해왔던 '천'이라는 기표에는 근대적인 측면에서 내재적 주체성이라는 기의가 새롭게 보충되었던 것이다. 이런 상황에서 문제적인 것은 개념 자체에 내포된 혼종적인 속성으로 인해 '천'이라는 개념이 전반적인 경향이든, 개인적인 경우이든 수용자가 처한 맥락에 따라 다양하게 해석될 여지가 있다는 것이다. 이와 관련하여 스즈키 사다미가 개념편성사(槪念編成史)의 필요성을 제안하는 과정에서 외래의 개념이나 신사상을 받아들이는 수용자의 입장과 환경을 고려하기 위해 '수용장치(receptor)'라는 방법론을 제시하고 있는 것은 이 글에 시사하는 바가 크다.[101] 따라서 이 글에서는 1920년대 초기 조선의 문단에서 '천' 개념이 어떠한 관점으로 논의되고 있었는가를 살피고자 한다. 보다 구체적으로 '천' 개념이 '천직론'의 사상적 근거로서 근대적 주체의 발견에 기여하고 있을 뿐만 아니라 당대 조선의 상황에 걸맞은 공동체론과 결부되어 있었다는 것을 해명하고자 한다. 나아가 이러한 '공동체주의'가 1920년대 초기 문학에 절대적인 과제로 부여해왔던 민족주의의 이념을 보다 생산적인 관점으로 접근할 수 있는 시야를 제공하기를 기대한다.

100 鈴木貞美, 『生命で読む日本近代－大正生命主義の誕生と展開』, NHK BOOKS, 1996, 38~39면.

101 鈴木貞美, 「東アジア近代の知的システムを問いなおす」, 孫江·劉建輝 編, 『東アジアにおける近代知の空間の形成』, 東方書店, 2014, 1~5면.

2. 근대적 주체의 발견과 공동체 형성 원리의 탐색

1920년대 초기 조선의 사상계에서는 기존에 존재하던 '천' 개념에 대한 관점을 전환함으로써 근대적 주체를 탐색하려는 시도를 전개하고 있었다. 그 대표적인 사례로 자산 안확이 1920년에 발행한 『자각론』과 『개조론』을 들 수 있다. 그는 특히 『자각론』의 첫 장에서부터 '천도(天道)'와 '인도(人道)'를 대비시키는 방식으로 개조에 관한 자신의 입장을 천명하고 있다. 좀 더 그의 주장을 들여다보자면, 그는 '물리의 자연법칙'이나 '성리학적 세계관'의 기저에 깔린 '천도'와 같이 그동안 인간을 구속해온 외부의 초월적 근거에서 벗어나 인간이 스스로의 '자유의지'를 발휘하여 '세계의 주인'이 되는 '인도'를 내세우고 있다.[102]

이 지점에서 그는 인간의 존립 근거와 행위의 동기를 인간의 내부에서 우러나는 자율성에 둠으로써 근대적 주체를 확립하려는 의도를 내비치고 있지만, 우리는 그가 기존의 '천'에 내재한 관념을 부정하고 있을 뿐 여전히 '인도'를 성립시키는 근거로서 '천' 개념을 활용하고 있는 점에 주목해야한다. 다시 말해, 안확은 인간 개개인이 가지고 있는 '자유의지'를 강조하기 위해 '천직(天職)'이라는 수사를 동원함으로써[103] 외부의 초월적 근거

---

102 안확, 『자각론』, 회동서관, 1920; 정숭교 편저, 『자산 안확의 자각론·개조론』, 한국국학진흥원, 2004, 253~256면.

103 이는 다음과 같은 부분에서 단적으로 확인할 수 있다. "自己가 世에 生한 것은 決코 他를 爲하야 生한 것도 안이오 他의 命으로 生한 것도 안이니라 下等動物과 其他事物은 目的이 업시 生한 故로 自然法則에 服從하는 것이오 人은 自己目的이 有함으로 天地萬物 以外에 獨立自由로 存在한 것이라 故로 人은 自然法則에 屈從치 안코 自主 自治 自由의 意志로써 活動할 새 自己에 憑하야 行爲를 決定하며 自己에 依ᄒᆞ야 事物을 撰擇ᄒᆞ나니 此가 卽 人의 天職이니라"(위의 책, 252면).

로서의 '천'을 인간 내부에 구비하고 있는 신성성을 지시하는 근거로 활용하고 있다는 것이다.[104]

이처럼 안확은 외재적 초월성의 기의로 작동하던 '천'의 개념을 내재적 주체성의 기의로 치환시킴으로써 근대적 주체를 성립하려는 논리를 공고히 할 수 있었다. 이런 관점은 물론 메이지기의 일본에서 '천부인권설'을 통해 개인의 평등을 내세웠던 사상적 근거와 흡사해 보인다는 점에서[105] 비단 안확의 독자적인 견해라고 보기는 어렵다. 그보다 1920년대 초기 조선의 사상계에서는 다음과 같은 방식으로 소위 '천직론'을 구체화시키고 있었다. 첫 번째의 방식은 '천'의 개념을 통해 인간 개개인이 선천적으로 타고나는 고유한 특성을 발견하는 것이며, 두 번째의 방식은 '천직'의 개념을 통해 개체와 전체의 긴밀한 유대관계를 모색함으로써 공동체 형성 원리를 탐색하는 것이다. 각각의 사항에 대해 살펴보자.

> (가) 世上에는 代價— 無한 物이 無한 同時에 우리의 幸福은 決코 偶然한 것이 안이웨다 **天이 우리의게 如此한 幸福을 賦與하심은 如彼한 責任을 堪當하라 함이웨다** (……)
>
> 이에 나는 이러케 主張함이다 무엇보다도 **各自의 天能을 마음것 發表하라 天與의 幸福을 마음것 利用하라 합니다 그리하야 圓滿한 人格을 養成하야 自力的 幸福을 挑得하라 합니다** 우리의 人格 우리의 幸福은 決코 臂

104 이러한 관점은 이보다 앞서 이광수의 글에서도 살펴볼 수 있다는 점에서 근대 초기 조선에서 어느 정도 유통되고 있었다고 할 수 있다(이광수, 「余의 自覺한 人生」, 『소년』 제3년 제8권, 1910. 8, 17~23면).

105 鈴木貞美, 『生命で読む日本近代－大正生命主義の誕生と展開』, NHK BOOKS, 1996, 38~39면.

力脚力의 體的 康健에만 在한 것이 안이라 知的 識的의 充實한 精神에 在한 것이웨다

ㅡ「우리의 幸福과 責任을 論하야써 靑年동무에게 告함」 부분[106]

(나) 사람은 生하면서브터 하날에게서 밧은 自己라고 하는 것의 特性을 가졋습니다. 다시 말하면 남과는 다른 性質을 가젓습니다. **싸라서 自己를 標準하야 主觀으로한 事物에 대한 善惡의 判斷 쏘는 好不好의 늣김이 잇슬 것입니다.** 갓흔 일에 對하야서도 엇던 사람은 그것을 善으로 判斷을 나리고 엇던 사람은 그것을 惡으로 判斷을 나리며. 쏘는 다ㅡ갓흔 色가온데서도 누구는 赤色이 조타하고 누구는 靑色이 조타하야 각々 意見이 不一致한 것은 分明코 이 하날에게서 밧아가지고 나온 天性이 달은 싸닥을 밝키는 것입니다. (……)

余는 이러한 實證下에서 偶然이라고 말할 슈 업습니다. 이는 다만 **사람 사람이 다ㅡ 各各 하날에게서 밧은 天品이 달은 것을 確證하는 것입니다. 그 天品이라는 것을 밧고아 말하면 하날에게 밧은 바 性質과 才能이라 할 슈 잇겟습니다. 싸라서 이 性質과 才能으로는 무엇이 되기에 合當하다하는 職分싸지 固定되야 잇슬 것입니다. 이를 가라처서 天職이라 합니다.**

ㅡ「천직론」 부분[107]

인용된 글에서는 공통적으로 '천'의 개념을 통해 인간 개개인이 능동적

106 박달성, 「우리의 幸福과 責任을 論하야써 靑年동무에게 告함」, 『서광』 제4호, 1920. 3, 49~50면.

107 오천석, 「천직론」, 『학생계』 제1호, 1920. 7, 8면.

인 주체로 존립할 수 있는 근거를 마련하고 있을 뿐만 아니라 다른 인간과 구별되는 각자의 고유성을 발견하는 계기를 마련하고 있다. (가)에서 박달성은 행복을 '외적 행복'과 '내적 행복'으로 대별하고 '천' 개념에 내포된 절대적 '권능'을 통해 '내적 행복'에 대한 자각의 필요성을 역설하고 있다. 그에 따르면, '근역 삼천리'로 표상되는 우리나라는 지리적으로나 환경적으로 "천여(天與)의 행복(幸福)"을 갖추고 있기 때문에 세계무대에서 활약할 조건을 충분히 구비하고 있으나, 그러한 '외적 행복'을 발휘할 '내적 행복'을 자각하지 못한 상황에 처해 있다. 이런 점에서 그가 당대의 청년들에게 '외적 행복'을 마음껏 이용하기 위해 '내적 행복'을 자각하기를 주문하는 것은 납득할 만한 일이다. 여기서 그가 말하는 '내적 행복'은 우리가 스스로의 힘으로 주변 상황을 개척하여 성취할 수 있는 행복을 가리킨다. 다시 말해, 우리가 "원만(圓滿)한 인격(人格)"을 '양성'하여 "자력적(自力的) 행복(幸福)"을 달성할 수 있다는 이면에는 개개인이 무엇보다 능동적인 주체로 서야한다는 전제가 깔려 있다.

이 지점에서 주목해야 할 점은 박달성이 개인의 주체성을 담보하기 위한 근거로 '천(天)'이 우리에게 부여하고 있는 '책임(責任)'을 강조하는 것에서 나아가 이를 '천능(天能)'과 연결시키고 있다는 것이다. 말하자면, 박달성은 '외적 행복'을 만들어준 절대적 '권능'으로서의 '천'을 우리의 '정신'과 '인격'에 구비하고 있는 무한한 가능성과 연결시킴으로써 개개인이 능동적 주체로 존립할 수 있는 근거를 마련할 수 있었다. 하지만 박달성은 개인을 주체적인 존재로 자리매김하는 것에 머물지 않고 다른 인간과 구별되는 각자의 가치를 탐색하는 데까지 나아가고 있다. 그것이 바로 고유성이다. 인간 개개인은 각자 지니고 있는 고유한 '천능(天能)'을 발휘하게 될 때 각자의 삶에서 온전한 '내적 행복'을 달성할 수 있다. 왜냐하면, 그가 예시로 들고 있는 '나폴레옹', '유방', '콜럼버스' 등은 공통적으로 자신의 의지에 따라 외부의 환경을 개척한 능동적 주체이면서도 각자 처한 나라와 시대에서 자신만의 고유한 삶을 영위한 인물이기 때문이다. 이처럼 박달성은 외적으로 절대적 권능을 발휘하던 '천' 개념을 인간 내부에서 파생하는 '천능'으로 전환시킴에 따라 주체성과 고유성을 지닌 근대적 주체를 확립할 수 있었다. 이런 점은 (나)에서 보다 구체적으로 나타나있다.

(나)에서 오천석은 먼저 '천' 개념에 근거하여 인간 개개인이 능동적인 주체로서 존립할 수 있다고 보고 있다. 그에 따르면, 사람은 태어나면서 하늘로부터 "자기(自己)라고 하는 것의 특성(特性)"을 부여받는다. 여기서 '하늘', 즉 '천'은 외계의 자연법칙이나 사회의 규범과 같이 인간의 행위를 규율하는 외재적 초월성을 의미한다기보다 인간이 필연적으로 구비하고 있는 능동적인 '천성(天性)'을 의미한다고 봐야할 것이다. 왜냐하면, 그는 이어서 인간이 '자기'를 '표준'으로 한 주관에 의거하여 사물에 대한 "선악(善惡)의 판단(判斷)"이나 "호불호(好不好)의 느낌"을 표현할 뿐만 아니라 어떠한 현상에 대해 타인의 의견과 "불일치(不一致)"하더라도 각자의 의견을 표출하는 능동성을 갖추고 있다고 보고 있기 때문이다. 또한 당대 조선의 청년들이 사회에서 일시적으로 유행하는 가치관을 좇기보다 "자기의 성질(性質)과 재능(才能)"에 적합한 '천성'을 각자의 행위의 동기로 삼기를 바라고 있기 때문이다. 이런 점에서 오천석은 기존에 외재적 초월성의 기의로 작동하던 '천' 개념을 내재적 주체성의 기의에 위치시킴으로써 근대적 주체의 존립 근거를 마련할 수 있었다고 볼 수 있다.

다음으로, 오천석은 '천' 개념을 통해 인간 개개인이 다른 인간과 구별되는 고유한 가치를 가질 수 있다고 보고 있다. 그는 기본적으로 인간이 태어나면서 하늘로부터 '천품(天品)', 즉 각자의 '성질과 재능'을 부여받는 것으로 보고 있으며 거기에 합당한 '천직'을 발휘할 수 있다고 보고 있다. 여기서 '천'의 개념은 개인적 측면에 한정되는 주체성의 근거이기보다 인간 개개인이 다른 사람과 구별되는 고유한 가치를 담보하는 근거라고 볼 수 있다. 왜냐하면, 오천석은 개인적 측면에서 하늘이 부여한 '천직'을 자각하는 것을 결국 사회적 측면에서 각자의 고유한 가치를 발휘할 수 있는 것과 연결시키고 있기 때문이다. 이런 점은 마틴 루터와 괴테가 자신의 '천직'을 자각하고 거기에 헌신함에 따라 당대 세계에 일대 변혁을 일으켰다는 사례를 제시하고 있는 것에서 단적으로 확인할 수 있다. 이 지점에서 오천석은 '천' 개념을 통해 개개인이 타인과 구별되는 존재론적 근거를 마련하는 것에서 나아가 개인의 고유한 가치를 공동체의 차원으로 확대시고 있는 셈이다.

따라서 1920년대 초기 조선에서는 '천' 또는 '천직' 개념을 근거로 하여 능동적인 개인을 주체로 정립하는 것에서 나아가 개인의 고유성을 사회적인 차원에서 발휘하는 방향으로 근대적 주체를 확립하려 했던 것이다. 조선의 특수한 현실에 따른 이러한 '천직론'의 관점은 실제로 당대의 사상계에서 공동체론을 전개하는 배경으로 작동하고 있다.

(다) **卽 第一은 自主의 道德이다 自我本位로 自己로 自己를 治하고 自己로 自己를 命하는 道德이다** 他의 命令에 盲從하고 他의 支配가 안이면 動치 못하는 道德은 活動에 脫線된 古代의 道德이다. (……)

吾人은 모름직이 其 胸中에 十年 二十年 或은 五十年 以後의 大理想을

抱負하고 將來를 爲하야 活動하는 勇士가 되지 안임이 不可하다 **文藝 科學 哲學 法律 實業 宗教 何者됨을 勿論하고 各其의 天職에 依하야 各其의 特殊的 發達을 要함이 卽 其 活動主義의 道德이다.**(……)

第三은 結局一共同生活을 目的하는 道德이다 共同이라하는 者는 實노 人間社會에 缺키 不可한 者이다 人은 自己一人쁜으로만은 能히 完全無缺키 不能하다

—「活動을 本位로 한 道德」 부분[108]

(라) 個々의 個人을 基礎로 한 社會의 組織을 익히々々 생각하야 보면 그 組織된 法이 사람의 生理組織과 다를 것이 업스며 쏘는 그처럼 되지 안으면 안됩니다 (……) **그리하야 그 細胞의 各個와 그 機關의 各部가 그 形體에 在하야 쏘는 그 作業에 在하야 서로 갓지 안은 것이 잇다할지라도 갓지 안은 그것이 도르혀 全體의 生命 同時에 各個의 生命을 保全하는 天然의 法律이 되엿습니다** 胃腸은 食物을 消和함으로써 그 職分을 삼으나 이는 다만 그 自體의 生만을 爲함이 아니오 同時에 人身全體에 營養을 供給하기 爲함이며 肺臟은 空氣를 呼吸함으로써 그 職分을 삼으나 이는 다만 그 自體의 生만을 爲함이 아니오 同時에 人身全體에 酸素를 供給하기 爲함이며 心腸은 血液을 交代로써 그 職分을 삼으나 이 亦是 그 自體의 生만을 爲함이 아니오 同時에 人身全體에 血液을 循環식히기 爲함이며 其他 손이며 발이며 耳目이며 口鼻 等 그 어느 것이나 그러치 안은 것이 업습니다 **이와 갓치 各部는 서로서로 도옴으로 全體는 그 生命을 保全하며 全體가 生命을**

108 이돈화, 「活動을 本位로 한 道德」, 『서광』 제2호, 1920. 1, 123~124면.

保存함으로써 各個의 細胞도 그 生命잇는 存在를 維持합니다 이러한 點으로 보아서 人身全體는 細胞의 共同生命體라고 할 수 잇습니다

—「共同生活論」 부분[109]

주지하다시피, 이돈화는 천도교의 교리를 철학적으로 집대성한 사상가이며, 최팔용은 아나키즘의 성향을 띤 독립운동가라는 점에서, 양자의 사상은 뚜렷한 차별성을 띠고 있지만, 인용된 글에서 이들의 사상은 공동체주의라는 공통성으로 묶일 수 있다. 왜냐하면, 이들은 각자의 고유한 가치를 함의하는 '천직' 또는 '직분' 개념에 근거하여 개체와 전체의 긴밀한 유대관계를 모색함으로써 공동체 형성 원리를 탐색하고 있기 때문이다. (다)에서 이돈화는 당대 사회에서 시대의 추세에 적합한 도덕, 즉 '활동주의의 도덕'의 필요성을 역설하는 가운데 개인과 사회의 긴밀한 관계성에 따른 '공동생활'의 도덕을 주장하고 있다. 특히, 그는 '활동주의의 도덕'을 세 가지 측면으로 구분하고 각각의 요소 간의 상호관련성에 근거하여 공동체 형성 원리를 탐색하고 있다. 그에 따르면, '활동주의의 도덕'은 첫 번째로 "자아본위(自我本位)로 자기(自己)로 자기(自己)를 치(治)하고 자기(自己)로 자기(自己)를 명(命)하는" "자주(自主)의 도덕(道德)"이다. 이는 말하자면, 과거의 도덕, 학교의 규칙, 국가의 법률 등과 같이 외부에서 행위의 동기를 규율하기보다 자기의 내부에서 우러나는 자유의지에 따라 자기가 행위의 주체가 되는 것을 가리킨다. 이러한 도덕은 앞서 살펴본 대로 '천'의 개념에 근거하여 개개인마다 지니고 있는 내재적 주체성을 강조함으로써 능동

109 최팔용, 「共同生活論」, 『학생계』 제9호, 1921. 8, 3면.

적 개인을 근대적 주체로 표방하려는 관점과 맞닿아 있다.

하지만 이돈화는 개인의 주체성과 함께 개인마다 지니고 있는 고유한 가치를 타진하는 방향으로 나아가고 있는데, 그것이 '활동주의의 도덕'의 두 번째 요소로서 "진보적(進步的) 도덕(道德)"으로 나타난다. 이는 각각의 개인들이 '자기의 주인'이 되는 것에서 나아가 사회와 함께 진보하는 도덕을 의미한다. 여기서 주목해야 할 점은 이돈화가 사람마다 지니고 있는 고유한 가치의 근거가 바로 '천'으로부터 비롯되었다고 보고 있으며 이를 바탕으로 개인과 사회의 긴밀한 유대관계를 강조하고 있다는 점이다. 다시 말해, 이돈화는 각 개인이 문학, 과학, 철학, 법률, 실업, 종교 등 어떤 방면을 막론하고 자신이 타고난 "천직(天職)"에 충실하게 될 때 개인적 측면뿐만 아니라 사회적 측면에까지 자신의 고유한 가치를 발휘할 수 있다고 보고 있는 것이다. 그리고 그는 이러한 관점을 토대로 하여 '활동주의의 도덕'의 세 번째 요소로서 "공동생활(共同生活)을 목적(目的)으로 하는 도덕(道德)"을 표방하는 것이다. 왜냐하면, 개인이 자신의 고유한 가치에 의해 사회와 연결될 수밖에 없는 이상 필연적으로 이에 따른 도덕이 요청되지 않을 수 없기 때문이다. 이런 점에서 이돈화는 '활동주의의 도덕'이 결국 "협동적(協同的) 정신(精神)"으로 관철될 수밖에 없다는 결론에 이르고 있다.[110]

앞서 이돈화가 윤리성의 관점에 따라 공동체론을 전개하려 했다면, 최

110 이와 관련하여 이돈화가 '천직론'의 관점을 향후 천도교의 '인내천(人內天)' 사상으로 집대성해내는 한편, '후천개벽(後天開闢)' 사상을 표방하고 있는 점이 주목된다. 그는 기본적으로 사람마다 자신의 안에 '하늘'의 무궁성을 구비하고 있다고 보고서 안으로 '하늘의 덕'과 합하고 이를 응용하여 밖으로 '만유동화(萬有同化)의 계기(契機)'를 만드는 '인내천' 사상을 내세운다. 그리고 이러한 '인내천'을 실천 동력으로 하여 '후천시대(後天時代)'로 표상되는 당대의 사회에서 "이상천국(理想天國)"을 건설하기 위한 '후천개벽' 사상을 표방하였다(이돈화, 『인내천요의』, 천도교중앙총부, 1924, 9~28면).

팔용은 기능주의의 관점을 투영하여 개인과 사회의 관계성을 모색하는 가운데 '천직론'을 보다 적극적으로 공동체론과 결부시키고 있다. (라)에서 그는 개인을 "생리조직(生理組織)"에, 사회를 "사람이라 하는 전체(全體)"에 비유하여 개인과 사회의 긴밀한 유대관계를 역설하고 있다. 그에 따르면, 인체조직은 세포를 통해 '형체'와 '작용'이 다른 각자의 고유한 기관을 형성하는데, 이러한 기관은 "각개(各個)의 생명(生命)"을 보전할 뿐만 아니라 "전체(全體)의 생명(生命)"을 보존하는 데 기여한다. 그리고 상호관계성에 놓여있는 각개의 기관 역시 전체가 '생명'을 보존함에 따라 "생명(生命) 있는 존재(存在)"로 거듭날 수 있는 것이다. 여기서 주목해야 할 점은 최팔용이 각개의 기관을 전체와 접속시키기 위해 '천직'의 개념을 근거로 하고 있다는 것이다. 말하자면, 그는 각개의 기관이 "자연(自然)의 법칙(法則)"이나 "천연(天然)의 법률(法律)"과 같이 '천'이 부여한 고유한 성질을 지니고 있으며 이러한 각각의 고유성이 "직분(職分)"을 통해 전체에 발휘될 수 있다고 보고 있는 것이다. 이 지점에서 최팔용은 '천직론'을 바탕으로 하는 고유성을 공동생활의 원리로 삼고 있는 셈이다.[111] 따라서 1920년대 초기 조선에서 '천직론'은 조선의 특수한 현실에 따른 근대적 주체의 발견에

111 이와 관련하여 1920년대 초기 조선에서는 개인과 사회의 관계성에 따라 공동체 형성 원리를 탐색하려는 논의가 활발하게 전개되고 있었다. 당대 지식인들은 각자의 사상적 차이를 보존하는 가운데 개인의 고유한 가치가 사회적인 차원에서 발휘되어야한다는 원리 아래 개인—사회—국가—인류—우주로 확대되는 공동체의 범주와 '공동책임', '사회봉공의 정신'과 같이 공동체의 윤리를 탐색하는 방향으로 공동체론을 전개해갔다(당대 공동체론을 대표하는 글은 서춘, 「社會生活과 共同責任」, 『학생계』 11호, 1922. 3, 5~8면; 김도태, 「우리는 엇더한 生活을 할가?」, 『학생계』 제12호, 1922. 4, 1~5면; 장응진, 「團體生活과 犧牲의 精神」, 『학생계』 제17호, 1922. 9, 2~6면 등을 참고; 당대 사상계에서 전개된 공동체론의 특징에 대해서는 최호영, 『한국 근대시의 형성과 '생명'의 탄생—숭고와 공동체를 둘러싼 시학적 탐색』, 소명출판, 2018, 263~379면 참고).

기여했을 뿐만 아니라 당대 공동체론을 전개하는 데 중요한 사상적 근거를 마련했다고 볼 수 있다.

3. '천직론'의 구체화와 공동체 담론의 심화

지금까지 우리는 1920년대 초기 조선에서 '천' 또는 '천직'의 개념을 바탕으로 '천직론'이 전개되어간 양상을 살펴보았다. 우리는 당대 사상계에서 외재적 초월성의 기의로 작동하던 '천'의 개념을 내재적 주체성의 기의로 전환시킴으로써 근대적 주체를 표방하려는 시도가 다음과 같은 특징을 나타내고 있다는 것을 확인할 수 있었다. 첫 번째의 측면은 1920년대 초기 조선에서 '천'의 개념을 통해 능동적인 개인을 주체로 표방하는 것에서 나아가 인간 개개인이 선천적으로 타고나는 고유한 특성을 발견하고 있었다는 것이며, 두 번째의 측면은 '천직'의 개념을 통해 개인의 고유한 가치를 사회적인 차원에서 발휘하는 방향으로 근대적 주체를 확립하려 했다는 것이다. 이런 점에서 '천직론'은 조선의 특수한 현실을 '수용장치'로 하여 개체와 전체의 긴밀한 유대관계에 따른 공동체 형성 원리를 탐색하는 데 중요한 사상적 근거로 작동하였다고 볼 수 있다.

이처럼 우리는 앞선 논의에서 '천직론'이 1920년대 초기 조선의 특수한 현실을 고려하는 방향으로 전개됨에 따라 당대의 공동체론과 긴밀하게 연결되어 있었다는 점을 살펴보았다면, 이제 '천직론'이 사상계 차원에서의 논의에 그치지 않고 당대의 예술론에서 어떠한 방식으로 전개되고 있었는가를 살펴볼 수 있다. 특히, 당대 문단을 대표하는 김억과 염상섭은 전통적인 한학의 소양을 바탕으로 일본유학을 통해 서구 근대지식을 수용했다는 점에서 전통적인 의미와 근대적인 의미가 혼재되어 있는 '천'의 개념을 바탕으로 자신들의 예술론을 전개했으리라 짐작된다. 말하자면, 김억과 염상섭은 '개성(個性)'과 '생명(生命)'이라는 문학어를 통해 당대에 유포되고 있었던 '천직론'을 구체화시킬 수 있었다.

> 모든 藝術은 精神 또는 心靈의 產物이지요. 하고요, 精神이라든가 心靈이라든가 그 自身을 包容하는 肉體란 그것의 調和라 할 슈 잇스면 아마 藝術이라는 그것은 作者 그 사람 自身의 肉體의 調和의 表示이라고 하여도 올흘 줄 알어요. 그러기 찌문에 **얼골과 눈과 코가 사람마다 다른 것과 갓치 肉體의 調和는 달름으로 말미야셔 個人의 藝術性도 다 다를 줄 압니다—天理에요, 달으지요. 사람의 藝術作品도 그러하지요, 또한 西洋과 東洋과에 文學이 서로 달은 것도 이 点에셔겟지요.** (……)
>
> 言語와 文字는 衝動을 그려닐 슈 업지요. 사람마다 다 갓지 아니한 文體와 語體를 가지게 된 것도 이것인 줄 압니다. 또한 그것이 短点이라고 하는 것보다 長点되며 特色되는 것이라 싱각하여요. **呼吸의 長短에는 生理的 機能에도 關聯되는 것이지요. 만은 다시 말하면, 即 맘이 肉體의 調和인 이상에는 그 文章도 그 調和를 具體化된 것인 것을 말씀하여야 하겟습니다.** (……)
>
> 한데 朝鮮사람으로는 엇더한 音律이 가쟝 잘 表現된 것이겟나요. 朝鮮말로의 엇더한 詩形이 適當한 것을 몬저 살펴야합니다. **一般으로 共通되는 呼吸과 鼓動은 어더한 詩形을 잡게할가요. 아직까지 엇더한 詩形이 適合한**

것을 發見치 못한 朝鮮詩文에는 作者 個人의 主觀에 맛길 수밧게 업습니다. 眞正한 意味로 作者 個人이 表現하는 音律은 不可侵의 領域이지요.

—「詩形의 音律과 呼吸—劣拙한 非見을 海夢兄에게」 부분[112]

김억의 본격적인 첫 시론이라 평가받는 이 글은 조선의 근대 자유시를 표방한 출사표로서 자리매김해왔다.[113] 이 글에서 김억은 개체적인 차원과 전체적인 차원에서 '개성'에 초점을 맞춰 각자가 지니고 있는 예술의 고유성을 내세우고 있으며 조선 민족의 공통적 음률을 발견하기 위해 "작자(作者) 개인(個人)의 주관(主觀)"에 절대적인 가치를 부여하고 있다. 여기서 주목해야할 점은 김억이 '천(天)'의 개념에 근거하여 '개성'에 대한 관점을 보여주고 있다는 것이다. 이에 따라 이 글은 논리적인 전개상 총 두 부분으로 나뉘는 가운데 앞서 살펴본 '천직론'과 '공동체론'이 접목되는 양상을 보여주고 있다.

먼저, 김억은 시 혹은 예술에서 '개성'이 지니는 절대적인 가치를 표방하기 위해 '천'의 개념, 즉 "천리(天理)"를 제시하고 있다.[114] 그에 따르면, 사람마다 선천적으로 부여받은 '얼굴', '눈', '코' 등 생김새가 천차만별인 것처럼 그 사람의 '정신'과 '육체'가 조화를 이룬 예술 또한 다를 수밖에

112 김억, 「詩形의 音律과 呼吸—劣拙한 非見을 海夢兄에게」, 『태서문예신보』 제14호, 1919. 1. 13, 5면.

113 정한모, 앞의 책, 290~292면; 김용직, 『한국근대시사(상)』, 학연사, 2002, 120~124면.

114 이에 대해 김억의 문학세계를 '한문맥'의 토대 아래 재구성하려 했던 선행연구에서는 한문맥에서 절대적 이치를 의미하는 개념이자 절대적 위상을 지닌 개념인 '천리'가 기존의 한문맥적 사고방식과는 달리 '개성'을 타당하게 만드는 근거로 작동하고 있다고 보았다(정기인, 「김억 초기 문학과 한문맥의 재구성」, 『한국현대문학연구』 제59집, 한국현대문학회, 2014, 16~23면).

없다. 이는 개인적인 차원에 한정되지 않고 '서양'과 '동양'의 문학이 다른 것과 같이 사회적인 차원으로까지 확대될 수 있는 절대적인 성질을 지닌다. 김억은 바로 이러한 절대성을 담보하기 위한 근거로서 '천리'를 제시한다. 이 '천리'를 구성하고 있는 '천' 개념은 인간 외부에서 세계를 움직이는 절대적인 원리를 의미한다. 이 지점에서 우리는 김억이 앞서 살펴본 '천직론'에서와 같이 기존에 외재적 초월성의 기의를 부여받아 온 '천' 개념을 내재적 주체성의 기의로 치환시키지 않고 오히려 내재적 주체성의 근거로 삼음으로써 '개성'의 절대적인 가치를 내세우고 있다는 것을 알 수 있다. 이에 따라 김억은 일반성의 측면에서 '개성'의 특수한 지점을 파악할 수 있었으나, 그는 거기서 나아가 '개성'의 고유한 지점을 보편성의 측면에서 파악하려는 시도를 보여주고 있다.

다음으로, 김억은 시에서 '개성'을 담보하기 위한 물질적인 표지에 대해 거론하고서 이를 통해 '민족의 공통적 시형(詩形)'을 탐색하려는 시도를 보여준다. 말하자면, 위에서 그가 제기한 '개성'은 시에서 '호흡(呼吸)'과 '고동(鼓動)'에 기반한 '음률(音律)'로 실현될 수 있다. 왜냐하면, 선천적으로 '천리'라는 원리에 의해 사람마다 서로 다른 개성을 부여받는 것처럼, 개개인이 타고나는 '호흡'과 '고동' 또한 서로 다를 수밖에 없기 때문이다. 이런 점에서 김억은 사람마다 서로 다른 '호흡'과 '고동'을 시에서 '개성'의 지표로 삼고 이것이 매번 다르게 나타날 수 있는 시간성으로 '순간'을 도입하여 '음률'의 절대적인 가치를 표방할 수 있는 것이다. 이는 물론 김억이 구체적인 국가명을 거론하고 있는 것에서 나타나듯이 개인적인 차원에 그치지 않고 사회적인 차원으로도 확대해볼 수 있다. 여기서 주목해야 할 점은 앞서 살펴본 '천직론'에서 '천직' 개념에 근거하여 개인의 고유한 가치를 공동체의 차원으로 확장하려고 했던 것과 마찬가지로, 김억이 단순한 '개성'의 자각에서 나아가 개인의 고유한 개성을 조선 민족의 차원으로 확장시키고 있다는 것이다. 이런 점에서 그는 "시인(詩人)의 호흡(呼吸)과 고동(鼓動)에 근저(根柢)를 잡은 음률(音律)이 시인(詩人)의 정신(精神)과 심령(心靈)의 산물(産物)인 절대가치(絶對價値)를 가진 시(詩)"를 주창할 수 있었던 것이다. 왜냐하면, 조선어를 바탕으로 하는 개인의 고유한 음률은 결국 조선 민족의 공통적 시형과 조화를 이룰 수 있기 때문이다.

따라서 이 글에서 김억은 당대 사상계에서 활발하게 논의되고 있었던 '천직론'과 '공동체론'의 관점을 바탕으로 하여 조선의 근대시를 표방하고 있었다고 볼 수 있다. 그는 특히 주체성과 고유성의 근거로 제시되었던 '천'의 개념을 '개성'의 문학어에 투영하는 방식으로 예술론을 전개해갔다고 볼 수 있다. 김억의 시도에 담긴 이러한 관점은 동시대의 염상섭이 '개성'과 '생명'의 문학어를 통해 예술론을 전개해가는 과정에서 살펴볼 수 있다.

> (가) 그러한데 以上에, 나는 自我의 覺醒은, 靜으로부터 動에 血잇고 肉잇고 涙잇는, 知情意의 活躍잇는 生命的 飛躍이라고 말하얏다. 함으로 **近代人이 自我를 覺醒함으로써, 各個의 個性을 發見 確立하고, 그 偉大와 尊嚴을 自覺하며 主張함도 쏘한 生命的 勇躍이 아니면 아닐 것이다.** 그러하면, 所謂 個性이라는 것은 무엇인가. 卽 個個人의 稟賦한 獨異的 生命이, 곳 그 各自의 個性이다. **함으로 그 거룩한 獨異的 生命의 流露가 곳 個性의 表現이다. 이것은 一見하면 甚히 難解한 듯하나, 百萬事物에 個性이 업슴이 업고 그 個性은 곳 그 事物自體의 生命임을, 容易히 了解할 수가 잇는**

것이다.

(나) 그러하면 所謂 生命이란 무엇인가. (……)

나는 이것을, 無限히 發展할 수 잇는 精神生活이라 하랴한다. (……) 다시 말하면 **孔子의 一生事業은 孔子의 個性의 發展이며 表現이엇고, 釋迦의 佛道는 釋迦의 性格의 現露이엇다는 意味이다. 이와 가티 그 天賦한 個個의 天性을 自由로히 發揮하는 거긔에, 그의 精神生活의 全局을 窺知할 수 잇고, 그 精神生活이 곳 그 自身의 거룩하고 獨異한 生命의 發露라 할 것이다.** (……)

다시 말하면 그의 精神生活과 人格의 發露인 偉大한 事業에 內在한 그의 個性이 永遠히 빗남을, 가르처서 靈魂의 不滅이라 하며 死後의 再生이라 이른다 함이다. **이러한 意味로 古今의 聖賢은 그 經典과 事業이, 人類社會를 支配할 때까지, 東西의 碩學과 天才는, 그 文獻과 作品의 生命이 存續될 때까지, 그의 靈魂은 永遠히 不滅할 것이다.**

—「個性과 藝術」 부분[115]

염상섭은 자신의 본격적인 첫 예술론이라 할 만한 이 글에서 다음 두 가지의 측면에서 '천직론'과 '공동체론'의 관점에 의거하여 조선 민족의 개성적 예술을 표방하고 있다. 첫 번째로, 그는 '천'의 개념에 근거하여 '자아의 각성'으로 인한 '개성의 발견'이라는 과제에 절대적인 가치를 부여하고 '생명'의 개념에 의거하여 이를 심화시키고 있으며, 두 번째로, '생

115 염상섭, 「個性과 藝術」, 『개벽』 제22호, 1922. 4, 4~6면.

명'의 개념을 통해 개인의 고유한 개성을 민족적인 차원으로 확장시키고 있다. 각각의 사항을 살펴보자.

먼저, 염상섭은 기존의 초월적 규범이나 외부의 권위에서 벗어나 '자기'를 행위의 주체로 두고 '자기'에 충실한 '자아 각성'을 '개성의 발견'이라는 문제와 연결시키고 있다. 그에 따르면, '개성'은 개체적인 측면에서나 전체적인 측면에서 '자아'를 근대적인 주체로 성립시키는 지표라고 볼 수 있다. 이를 위해 그는 능동적인 주체를 표상하는 '개성'을 정당화하기 위해 '천'의 개념을 근거로 삼고 있다. 말하자면, 그는 '개성'이 '천지만물'에 선천적으로 구비되어 있으며 "사물자체(事物自體)"를 움직이는 절대적인 동력이라고 보고 있는 것이다. 물론 이러한 점은 앞서 김억이 당대의 '천직론'을 바탕으로 '개성'을 개인의 예술성의 표지로 삼는 방식과 비슷하다는 점에서 특별할 것은 없지만, 염상섭은 거기서 나아가 '생명'이라는 개념을 도입하고 이를 "천부(天賦)한 개개(個個)의 천성(天性)"이라고 봄에 따라 '개성'에 대한 자신의 입장을 보충하고 있다. 왜냐하면, 동아시아에서 전통적으로 '생명(生命)'이라는 개념은 '수명(壽命)', '성명(性命)'과 같은 형태로 사용되는 가운데 그 속에 하늘로부터 부여받은 명(命)과 사람이나 사물이 태어나면서 얻은 소질(性)의 의미가 담겨있다는 점을 감안한다면,[116] 그가 '개성'에 절대적인 가치를 부여하기 위해 충분히 '생명'이라는 개념을 동원할 만하기 때문이다. 이에 따라 염상섭은 자아를 각성한 능동적인 주체를 근대적 주체로 표방할 수 있었던 것이다.

---

116 이에 대해서는 鈴木貞美, 『生命で読む日本近代－大正生命主義の誕生と展開』, NHK BOOKS, 1996, 37~38면; 최재목, 「동양철학에서 보는 '생명'의 의미」, 『동양철학연구』 제46집, 동양철학연구회, 2006, 348~350면 참고.

다음으로, 염상섭은 '생명'이라는 개념을 '자아'에 내재된 주체성의 근거로 삼는 것에서 나아가 개인의 고유한 가치를 담보하는 근거로 활용하고 있으며 이를 민족적인 차원으로 확장시키려는 시도를 보여준다. (나)에서 나타나 있듯이, 그는 '생명(生命)'을 "무한(無限)히 발전(發展)할 수 있는 정신생활(精神生活)"이라[117] 정의한 다음 이를 '공자(孔子)'와 '석가(釋迦)'의 예를 들어 설명하고 있다. 왜냐하면, '생명'이라는 개념이 모든 "생물(生物)에 공통(共通)한 현상(現象)"이자 나아가 "일반적(一般的) 인간성(人間性)의 표현(表現)"임에도 불구하고 결국 "인격(人格)"이나 "성격(性格)"과 같이 그 사람이 일생일대에 형성해온 고유성의 산물이라는 것을 '공자'와 '석가'가 보여주고 있기 때문이다. 그리고 '생명'에 담긴 이러한 각자의 고유성은 시공간적인 제약을 넘어 인류라는 보편을 향해 발휘될 수 있는 정신적 가치라는 점을 그들이 보여주고 있기 때문이다. 이 지점에서 염상섭은 앞서 '천직론'에서 '천직' 개념을 통해 개인적인 차원에서의 고유성을 사회적인 차원으로 확장시키자고 했던 것과 마찬가지로 '생명'이라는 개념을 통해 개체의 개성과 전체의 개성을 조화시키고 있다. 실제로 그는 이러한 점을 보여주기라도 하듯이 글의 후반부에서 야나기 무네요시(柳宗悅)가 조선의 예술을 '곡선미'로 정의하는 것에 대해 "곡선(曲線)의 내부(內部)에는 작자자신(作者自身)의 개성(個性)이 표현(表現)된 동시(同時)에, 민족적(民

117 여기서 염상섭이 사용하고 있는 '정신생활(精神生活)'이라는 개념은 글의 맥락상으로 보건대 '신이상주의' 철학을 주창한 독일의 철학자인 오이켄(R. Eucken)에게서 연유한 것으로 보인다. 오이켄은 주저인 『신이상주의철학』, 『정신생활의 철학』, 『인생의 의의와 가치』 등에서 인간의 정신적 가치를 인정하여 자기의 인격을 우주적인 차원으로까지 확장시키려는 '정신생활'을 제시한 바 있다. 그가 1908년 노벨문학상을 수상한 이래 동아시아에서는 오이켄 붐이라 할 만한 현상이 일어나는데, 조선의 사상계에서는 오이켄의 사상을 여러 방식으로 유통하고 있던 일본을 매개로 하여 오이켄을 수용한 것으로 보인다. 이에 대해서는 제4장에서 자세하게 고찰할 것이다.

族的) 개성(個性)이 표현(表現)"된 것에 "예술적(藝術的) 가치(價値)"가 있다며 비판을 가하고 있다.[118] 이처럼 1920년대 초기 조선에서는 '개성'과 '생명'이라는 문학어를 통해 '천직론'을 구체화시키는 가운데 조선의 근대문학이 추구해야할 지향점을 모색하고 있었다.

4. '생명'의 발현과 '노동'을 통한 '공동체주의'의 형상화

앞에서 우리는 1920년대 초기 조선의 사상계에 유포되고 있었던 '천직론'이 당대의 예술론에서 '개성'과 '생명'의 문학어와 결부하여 구체화되는 방식을 살펴보았다. 간략하게 논의한 내용을 정리해보자면, 당대의 예술론에서는 '천'의 개념과 이를 바탕으로 하는 '생명'이라는 개념을 통해 개체적인 측면에서나 전체적인 측면에서 '개성'에 대한 절대적인 가치를 부여할 수 있었으며 능동적인 자아를 근대적 주체로 확립할 수 있었다. 나아가 '생명'이라는 개념을 개체가 무한히 발전시킬 수 있는 '정신생활'의 산물로 봄에 따라 개체의 고유한 가치를 '인류'와 같은 전체적인 차원으로 확장시키고자 했다. 이처럼 1920년대 초기 조선에서는 개체의 '개성'과 전체의 '개성'을 조화시키려는 '공동체주의'를 바탕으로 조선적 공동체의 지평을 탐색하고자 했던 것이다.

그러면 지금까지 우리가 1920년대 초기 조선에서 '천직론'이 '공동체

---

118 이와 관련하여 선행연구에서 염상섭이 개인적 차원의 개성과 함께 민족적 차원의 개성을 자각하였으며 '생활'의 문제를 통해 양자가 별개의 것이 아니라 상호결합된 것으로 보았다는 지적은 주목할 만하다(장두영, 「염상섭의 『만세전』에 나타난 '개성'과 '생활'의 의미—아리시마 다케오(有島武郎)의 『아낌없이 사랑은 빼앗는다(惜みなく愛は奪ふ)』와의 비교를 중심으로」, 『일본학연구』 제34집, 단국대 일본연구소, 2011, 351~374면 참고).

주의'를 형성하는 데 주요한 사상적 근거를 마련하고 있었다는 것을 확인하였다면, 이제 당대의 시에서 이러한 점들이 어떠한 방식으로 형상화되고 있었는가를 살펴볼 필요가 있다. 이는 다음과 같은 두 가지 측면으로 구체화할 수 있다. 첫 번째로, 당대의 시에서는 '개성'을 담보하는 '생명'의 관점에 따라 모든 생명체들이 각자의 고유한 자리를 보전하는 공동체의 이상을 노래하고 있으며, 두 번째로, 각각의 생명체들이 각자의 자리를 영위하기 위한 방식으로 '노동'을 제시하고 이를 공동체 전체의 '진화'와 연결시키고 있다.

> 동무야 아, 나의 동무들아!
> 男性이던지 女性이던지 老人이던지 幼兒던지,
> 오너라 나와 함씌 입마추자!
>
> 동무야 아, 나의 동무들아!
> 쏫이냐 나뷔냐 물이냐 이슬이냐,
> 네 발 가진 짐생이냐 두 발 가진 새이냐,
> 물속의 고기이냐 버레이냐,
> 潛在한 生이냐 表現된 生이냐,
> 오! 只今 이때 이 짱의 槪念아!
> 오너라 오너라 나의 사랑의 잔치에,
> 다가치 노래하고 춤추자 지금 이때에.
>
> 아! 우리는 다시 못 맛날 나그내八字

이때 이 자리에 다가치 맛남은,

얼마나 고마운 일이겟느냐!

아, 아, 生命의 잔에 사랑의 술을 부어라,

醉토록 마시고 깨이지 말자.

동무야 아, 나의 동무들아!

體面은 차리어 무엇하리오?

더웁거든 벗고 처웁거든 입어라.

조금도 다툴 것은 업다 서로 입마추자.

그짓말은 하여서 무엇하느냐,

세고 둥글고 하고십흔 대로 하자.

그리하야 우리의 잔치를 씃까지 질기자.

그러나 동무야 나의 동무들아!

오기도 가치 오고 놀기도 갓치 하고.

가기도 쏘한 가치 할 동무들아!

우리의 가는 곳은 果然 어듸인가?

歷史의 冊張 속인가 虛無의 어둔 房인가.

아니다, 우리의 도라가는 곳은,

언제든지 생명의 쏫이 滿發하는,

모든 槪念이 한데 뭉처지는,

地上에서는 想像도 못할 樂園이다.

그곳에서야 비로소 우리는 永住할 것이다.

詐欺, 嫉妬, 謀害, 戰爭, 殺戮이 업는,

가장 平和한 社會는 그곳에 비로소,

우리의 손으로 세워질 것이다.

아! 동무야 나의 동무들아!

그대들 잔을 마시엇는가, 生命의 잔을,

이제는 一齊히 이러나서 노래부르자—

生의 讚美! 오, 生長의 讚美

—「生長讚美」 전문[119]

김석송의 시는 그간 그의 신경향파 활동에 초점을 맞춰 현실주의의 범주 안에서 논의되어 왔다. 하지만 그의 시를 검토해보면 초기에서부터 과거 '인습'의 구속이나 정치·경제적 측면에서의 갈등으로 인해 생명력을 상실한 당대의 현실을 '묘지'의 이미지로[120] 표현해내는 한편, 각각의 생명체들이 '자연'으로 표상되는 우주의 거대한 질서와 조화를 이루는 세계를[121] 추구하려는 시도를 보여준다.[122] 인용된 시에서 또한 '생명'이라는 시어를

119 김석송, 「生長讚美」, 『생장』 창간호, 1925. 1, 3~5면. 이 시는 말미에 1924년 1월 15일 경성에서 썼다는 부기가 달려있는 것으로 보아 1920년대 초기 시의 범위에 포함시킬 수 있다.

120 이와 관련된 시로는 「墓地」(1920), 「生命의 葛藤」(1922). 「生命의 썩은 내」(1922) 등을 들 수 있다.

121 이러한 점을 보여주는 시로는 「五月 아츰」(1922), 「生長의 均等」(1923), 「奇蹟」(1923), 「自然, 나, 詩」(1923), 「感謝」(1924) 등을 들 수 있다.

122 선행연구에서는 김석송의 초기 활동을 보여주는 『개벽』과 『생장』을 바탕으로 그의 문학세계가 주로 '감정'을 위주로 한 생활지향으로부터 '민중'을 향한 민주지향의 문학

빈번하게 활용하고 있듯이, 그가 초기부터 지속해오던 관점을 이어받는 가운데 모든 생명체들이 조화를 이룬 이상적인 세계를 보다 구체적으로 그려내고 있다.

먼저, 김석송은 '생명'의 관점에 따라 우주만물의 모든 존재들이 동등한 생명을 부여받은 것으로 보고 있다. 그는 '남성(男性)', '여성(女性)', '노인(老人)', '유아(幼兒)'의 구별 없이 어떠한 인간이라도 '생명'을 가지고 있으며, '꽃', '나비', '물', '이슬', '네 발 가진 짐승', '두 발 가진 새', '물속의 고기', '벌레' 등과 같이 유기체와 무기체의 구분이나 "잠재(潛在)한 생(生)"과 "표현(表現)된 생(生)"의 구분을 넘어 주변의 모든 대상들이 생명체로서의 가치를 지니고 있다고 말하고 있다. 왜냐하면, 그들은 선천적으로 하늘로부터 살라는 명(命)을 받고 태어났기(生) 때문이다. 그래서 그들은 지금 고귀한 생명체로서의 의의를 가지고 삶의 터전인 '땅' 위에 거주하는 가운데 나날이 '태양'으로부터 생명의 에너지를 받으며 각자의 삶을 영위하고 있는 것이다. 이런 점에서 김석송은 "유형무형(有形無形)"으로 결속되어 있는 모든 생명체를 "생명(生命)"이라는 "개념(概念)"으로 집약해내고 있으며 그들을 여러 차례 "동무"라고 호명해내면서 자신과 동등한 가치를 부여하고 있다.

다음으로, 김석송은 모든 생명체들이 각자의 자리에서 고유성을 발휘할 수 있는 공동체의 이상을 노래하고 있다. 그가 '동무'라고 호명하는 대

관으로 변모한 것으로 보고 있다(강호정, 「석송 김형원 시 연구—잡지 『開闢』과 『生長』 사이」, 『한국학연구』 제47집, 고려대 한국학연구소, 2013, 101~119면). 하지만 그가 민주주의 문예론을 전개하기 이전부터 이미 당대 조선의 현실을 '생명'과 '반생명'의 대립 구도로 파악하고 있었다는 점을 고려한다면, 김석송은 '생명'에 관한 인식의 맹아를 일찌감치 키워왔으며 오히려 휘트먼의 문학을 접하게 되면서 그러한 인식을 더욱 심화시킬 수 있었던 것으로 보인다.

상들은 '생명'이라는 개념으로 동등한 가치를 부여받았으면서도 현재 '이 자리'에서 각자의 고유한 자리를 가지고 있다. 이에 따라 김석송은 모든 생명체들이 각자의 자리에서 고유한 가치를 발휘하는 측면을 "사랑"이라는 친밀한 감정으로 표현하고 있으며, 각자의 고유성이 사회적인 차원에서 조화를 이루는 상황을 "잔치"라는 축제적인 분위기로 그려내고 있는 것이다. 이러할 때 각각의 생명체들은 공동체 내에서 각자가 지니고 있는 필연적인 '차이'에 따라 자신의 존재 가능성을 충분히 발휘할 수 있다는 점에서 서로 싸울 필요가 없다. 다만 그들은 생명체로서 자신의 고유한 가치를 발휘하고 다른 존재의 고유성과 조화를 이루는 "낙원(樂園)"을 건설할 수 있다. 이는 "역사(歷史)의 책장(册張) 속"에서나 볼 수 있는 지난 과거의 이야기라거나 "허무(虛無)의 어두운 방(房)"에서 꿈꾸는 공상이 아니라 지금 바로 "우리의 손으로 세워질" "사회(社會)"이다. 이런 점에서 김석송은 시의 말미에서 '생명'을 영위할 주인을 '동무'로 호명해낸 다음 그들이 각자의 자리에서 자신의 '생명'을 마음껏 '향유'할 수 있는 '잔치'에 동참하기를 바라고 있다.

따라서 김석송은 이 시에서 '생명' 개념을 바탕으로 개체의 고유한 가치를 전체적인 차원으로 확장할 수 있는 공동체의 이상을 추구하려 했다고 볼 수 있다. 실제로 그는 이 시와 같은 지면에 실린 글에서 자신의 의도를 명시적으로 보여주기도 한다. 말하자면, 그는 다른 무엇보다 개체의 자기 존립을 선결적인 과제로 제시하면서도 '개체의 생명'을 '전체의 생명'으로 확장하는 단계를 주체 형성의 필수적인 과제로 설정하고 있는 것이다.[123]

123 이러한 인식은 다음과 같은 부분에서 확인할 수 있다. "그러나 나는 아즉도 '하나'라 하는 數의 起源이 업스면 둘이나 셋이나 열이나 百이나 千萬의 數를 이룰 수 업다는 생

이 지점에서 '생명'이라는 개념은 개체가 생명체로서 부여받은 신성한 가치를 담보하는 근거이자 개체의 고유성을 공동체의 차원으로 발휘할 수 있는 근거가 되고 있다. '생명'에 관한 김석송의 이러한 관점은 당대의 시에서 '노동'을 통해 각자의 고유성을 발휘하고 이를 공동체 전체의 진화와 연결하는 방식으로 나타나기도 한다. 아래의 시를 통해 확인해보자.

우리 두 사람은
키 놉피 가득 자란 보리밧, 밧고랑 우헤 안잣서라.
일을 畢하고 쉬이는 동안의 깁븜이여.
지금, 두 사람의 니야기에는 쏫치 필 때.

오오, 빗나는 太陽은 나려 쪼이며
새무리도 즐겁은 노래, 노래 불너라.
오오 恩惠여, 사라 잇는 몸에는 넘치는 恩惠여,
모든 慇懃스럽음이 우리의 맘속을 차지하여라.

世界의 쯧튼 어듸? 慈愛의 하늘은 넒게도 덥폇는데,
우리 두 사람은 일하며, 사라 잇서서,
하늘과 太陽을 바라보아라, 날마다 날마다도

각에 잡히어잇다. 다시 말하면 '하나'가 잇슴으로 비로소 千萬의 數가 잇슴과 가티 個體가 잇슴으로 비로소 全體가 成立되리라는 생각을 가지고잇다. (……) 그러타. 自己一個體의 生命은 社會一全體의 生命과 조금도 다름이 업슬 것이다. 意識的으로 自己를 否認할 때에는 個體의 生命으로 하야금 全體의 生命에 加入하는 가장 거룩한 瞬間의 行爲일 것이다. 이곳에 비로소 生命의 全的 躍動은 展開될 것이오 自己의 完成을 볼 수 잇슬 것이다." (김석송, 「自己·妥協·他人」, 『생장』 창간호, 1925. 1, 68~69면)

새라 새롭은 歡喜를 지어내며, 늘 갓튼 짱 우헤서.

다시 한 번 活氣잇게 웃고 나서, 우리 두 사람은
바람에 일니우는 보리밧 속으로
호미 들고 드러 갓서라, 가즈란히 가즈란히
거러 나아가는 깁븜이어. 오오 生命의 向上이어.

—「밧고랑 우헤서」 전문[124]

최근 이 시에 나타난 '노동'에 주목한 선행연구에서는 당대 노동담론의 영향에 따라 김소월이 '노동을 통한 삶의 완성'을 시의 핵심기제로 내세웠다고 보고 있다. 좀 더 구체적으로 이 논의에서는 김소월이 노동의 '보편성'과 '신성성'을 강조하는 당대 노동담론의 영향 아래 '노동'을 통한 '생명의 향상'을 추구할 수 있었던 한편, 식민지 자본주의로부터 해방된 삶을 완성하려 했다고 보고 있다.[125] 이에 따라 이 논의는 김소월의 시를 당대의 사회문화적 담론으로 확장해볼 수 있는 가능성을 열고 있음에도 김소월이 '노동'을 통해 창조하려 했던 세계를 '반제국주의'와 같은 정치적 상상력으로 귀결시키고 만다. 여기서는 김소월이 '노동'을 통해 창조하려 했던 세계를 당대 '공동체주의'의 연장선상에서 접근해보고자 한다.

김소월은 이 시를 발표하기 이전에 스승 김억의 매개로 『학생계』 현상문예란에서 활발하게 활동한 바 있는데, 당시 『학생계』를 관통해간 주된

124 김소월, 「밧고랑 우헤서」, 『영대』 제3호, 1924. 10, 32~33면.

125 김지혜, 「1920년대 초기 노동담론과 김소월 시에 나타나는 노동의 의미—「밧고랑 우헤서」를 중심으로」, 『대동문화연구』 제86집, 성균관대 대동문화연구소, 2014, 229~259면.

담론은 앞서 편집주간이었던 최팔용의 글을 통해 살펴보았듯이 '공동체'론이었다. 말하자면, 최팔용은 기능주의의 관점에 따라 개체의 생명과 전체의 생명이 조화를 이루는 '공동생활'의 필요성을 강조한 바 있는데, 흥미롭게도 그는 개체가 공동체의 차원에서 고유한 가치를 발휘할 수 있는 매개로서 '노동'을 제시하고 있다. 왜냐하면, 개체가 수행하는 '노동'은 각자의 직분(職分)에 근거하고 있다는 점에서 그 자체로 신성하며 결국 '공동생활'에 미치는 영향에 따라 평가될 수 있기 때문이다.[126] 마찬가지로 장도빈은 밥 한 그릇이 자연에서부터 수많은 인간의 손을 거쳐 밥상에 오르기까지의 과정을 연쇄적으로 보여줌으로써 세상을 '하나의 큰 노동단체'에 비유하고 있다. 이에 따라 그는 노동단체의 일원으로서 '개인'이 수행하는 '노동'을 '사회 전체'의 진화와 연결시킬 수 있는 것이다.[127] 이러한 '노동'에 대한 관점은 당대 노동담론에서 '인격주의'나 '이상주의'의 형태로 보급되고 있었다는 점에서,[128] 김소월의 시 또한 그러한 맥락에서 접근해볼 수 있다.

먼저, 김소월은 인간이 자기의 삶과 일체화된 '노동'을 제시하고 있다. 시에서 김소월은 유독 '우리 두 사람'을 내세움으로써 이들이 다음과 같은 측면에서 '노동'을 통해 자신들의 자아를 실현해간다는 것을 보여준다. 첫 번째로, 이들은 부부로서 새로운 생명체를 탄생시키고 길러냄으로써 가족을 구성해내고 사회의 구성원을 창조해낼 수 있다. 1연에서 '키 높이 자란

---

126 최팔용, 「共同生活論」, 『학생계』 제9호, 1921. 8, 7~8면. 참고로 이러한 최팔용의 관점은 「勤勞의 光」, 『학생계』 제12호, 1922. 4, 6~8면에 보다 구체적으로 나타나있다.

127 장도빈, 「勞動團體」, 『학생계』 제14호, 1922. 7, 17~18면.

128 '인격주의'와 '이상주의'는 '노동'을 생산을 위한 수단이 아니라 그 자체로 신성한 의미를 가진 것으로 본다. 이런 맥락에서 보자면, '노동'은 개개인의 '인격'을 실현하는 수단이자 사회나 인류와 같은 공공의 대의에 헌신하는 수단이 된다(이에 대해서는 김경일, 『노동』, 소화, 2014, 248~254면 참고).

보리'는 바로 그들의 아이가 훌쩍 커버린 상황을 암시하며, 일을 쉬는 동안 '두 사람'이 나누는 이야기는 그들이 부부로서 살아온 희로애락이 담겨 있을 것이다. 두 번째로, 그들은 '보리밭'을 삶의 터전으로, '호미'를 노동의 도구로 삼아 노동의 주체가 되어 자신들의 생활을 영위해가고 있다. 그들은 대지에 씨를 뿌리면 언젠가 열매를 맺는다는 자연의 순리를 알고 있기 때문에 나날이 자신들의 생활을 영위해갈 수 있다. 이런 점에서 '키 높이 자란 보리'는 그들의 삶 자체가 노동과 일체화되고 있다는 것을 암시하고 있다. 따라서 김소월은 인간이 '노동'을 통해 자신의 능동적인 생활을 영위해갈 수 있다는 것을 보여주고 있는 것이다.

다음으로, 김소월은 인간이 삶속에서 실현하는 '노동'을 '하늘'과 '땅'과 조화를 이룬 공동체로 확장하고 있다. 그가 보기에 '하늘'은 만물을 약동시키는 '태양'을 내리쬐는 방식으로 자신의 자리를 영위하고 있으며, '땅'은 만물들에게 삶의 터전을 마련하고 그들이 생명을 보존할 수 있는 양식을 마련하는 방식으로 자신의 자리를 영위하고 있다. 이러한 각각의 고유성은 서로 연결되어 우주적인 차원에서의 공동체를 형성하는 동력이 되고 있다. 왜냐하면, 하늘과 땅의 중간에 선 인간은 하늘에서 내리쬐는 '태양'으로부터 자신의 '몸'에 가득 넘치는 생명력을 느낄 수 있으며, 그러한 '은혜'를 날마다 새로운 '환희'로 '땅' 위에 펼쳐냄으로써 자신의 삶을 풍요롭게 영위해갈 수 있기 때문이다. 이런 점에서 김소월은 시의 말미에서 '우리 두 사람'의 '노동'이 자신들의 삶에 국한되지 않고 '하늘'과 '땅'과 조화된 공동체의 범주 내에서 "생명(生命)의 향상(向上)"을 실현해나갈 수 있다는 것을 보여주는 것이다. 따라서 김소월은 이 시에서 개체의 고유한 가치를 공동체 전체로 확장할 수 있는 '노동'을 그려내고 있다고 할 수 있다. 이처럼 1920년대 초기 조선에서는 개체와 '개성'과 전체의 '개성'을 조화시키려는 '공동체주의'를 바탕으로 조선적 공동체의 지평을 탐색하려 했다.

5. '공동체주의'의 탐색과 조선적 공동체의 지평

지금까지 우리는 1920년대 초기 조선에서 활발하게 논의되고 있었던 '천직론'의 구조를 확인해보고 이를 당대 '공동체주의'의 맥락에서 살펴보고자 했다. '천직론'의 사상적 근거로 작동하고 있는 '천(天)'이라는 개념은 전통적으로 존속해오던 기표에 새로운 기의를 보충한 것이자 기표가 놓인 맥락에 따라 해석이 가능하다는 점에서 조선의 사상계에서 전개된 '천직론'의 특수한 지점을 보여준다. 말하자면, 당대의 지식인들은 동아시아의 차원에서 외재적 초월성의 기의로 작동하던 '천'의 개념을 내재적 주체성의 기의로 치환시킴으로써 근대적 주체의 존립 근거를 마련할 수 있었으며, 거기서 나아가 개체의 고유한 특성을 발견하고 개체와 전체의 긴밀한 유대관계를 모색하고자 했다.

이러한 '공동체주의'는 당대의 예술론에서 '개성'과 '생명'의 개념어와 결합하여 보다 구체화되는 양상을 보인다. 당대의 문인들은 실제로 '천'에 근거를 둔 '생명'이라는 개념을 통해 개체적인 측면에서나 전체적인 측면에서 '개성'에 대한 절대적인 가치를 표방할 수 있었으며 능동적인 자아를 근대적 주체로 확립할 수 있었다. 또한 '생명'이라는 개념을 개체의 고유성이 인류라는 보편을 향해 발휘될 수 있는 '정신생활'의 산물로 보고서 개인의 개성을 조선 민족의 개성과 조화시키려는 예술론을 모색하고자 했다. 이런 점에서 1920년대 초기 조선에서는 개체의 '개성'과 전체의 '개성'을 조화시키려는 '공동체주의'를 바탕으로 조선적 공동체의 지평을 탐색하고자 했던 것이다. 이는 당대의 시에서 각각의 생명체들이 각자의 자리를 보전하여 '생명'을 실현해나가는 한편, '노동'을 통해 각자의 고유한 가치를 공동체의 차원에서 발휘하는 것으로 형상화되어 있기도 했다.

따라서 1920년대 초기 조선에서 '천(天)' 개념의 맥락과 이를 바탕으로 한 '천직론'을 검토하는 것은 당대 조선의 사상계를 추동해간 '공동체주의'의 원리를 파악하는 일이자 '민족주의'의 이념이 가로놓인 맥락을 탐색하는 일과 통한다. 특히, '공동체주의'가 1920년대 초기 조선에서 '인류'로 표상되는 세계적 보편성을 향해 조선적 공동체를 표방할 수 있는 지평으로 작동하고 있었다는 점을 감안한다면,[129] 그간 '개인'을 '민족'이라는 집단적 과제에 복무시키는 이념으로 자리매김해온 '민족주의'는 보다 다양한 서사에 따라 재구성될 수 있다. 앞서 '천' 개념이 '생명' 개념과 밀접한 관련을 맺고 있었다는 점이 드러났듯이, 이 글에서 '천직론'을 '공동체주의'의 맥락에서 검토하려 했던 것은 '생명주의'가 조선의 특수한 상황에 따라 부상하고 있는 사례를 보여준다는 점에서도 충분한 의의를 가지고 있다.

---

129 이와 관련하여 기존의 '민족주의'에 대한 관점을 보다 생산적으로 바라보려는 최근의 논의가 주목된다. 신범순의 경우 무력과 율법체계를 기반으로 하는 역사시대의 '국가'와 구별하여 존재의 고유한 특수성을 인정하는 통합적 공동체로서 '나라'라는 개념을 제시한 바 있다. 그에 따르면, 1920년대 조선에서 오산학교와 대성학교 출신 문인들의 활동, 천도교의 이상향 운동, 대안적 조직체로서 계명구락부의 활동 등은 '나라'가 역사시대를 거치는 동안 파괴되었음에도 불구하고 역사의 저층에서 흘러와 여전히 정신사적 토대로 작동하고 있다는 것을 보여준다(신범순, 『노래의 상상계－'수사'와 존재생태기호학』, 서울대출판문화원, 2011, 253~268면). 비슷한 관점 하에 정주아는 서북지방 출신의 문인들이 '로컬'을 중심으로 집단적 정체성을 형성해가면서도 세계주의 혹은 보편주의를 향한 지향성을 보여준다고 해명한 바 있다(정주아, 『서북문학과 로컬리티－이상주의와 공동체의 언어』, 소명출판, 2014, 277~279면).

2부

동아시아 생명 사상과 한일 '생명주의'의 비교문학적 고찰

4

오이켄(R. Eucken)의 '신이상주의' 수용과 한일 '문화주의'의 전개 양상에 관한 일고찰:

이쿠다 조코(生田長江)와 노자영(盧子泳)을 중심으로

—

1. 한일 근대문학과 '문화주의'라는 단계

제1차 세계대전 이후 일본과 조선의 사상계를 살펴보면 '코페르니쿠스적 전환'이라 할 만한 크나큰 변화를 감지할 수 있다. 조선의 사례를 먼저 살펴보면, 『개벽』 창간호의 권두언에서는 강자와 약자, 물질과 정신 등 이분법적 구도에 따라 양자의 경쟁을 부추기던 과거 사회를 "병적 상태"로 보고 "세계인류 전체를 유일의 도의(道義)체계"로 간주하는 "공존주의(共存主義)"나 "상보주의(相保主義)"를[1] 새로운 사회의 원리로 내세우고 있다. 비슷한 시기에 간행된 『문우』에서 최정묵은 약육강식과 우승열패의 논리에 지배되어 온 인류의 역사가 종식되고 "인권자유(人權自由)"나 "정의인도(正義人道)"와 같이 '자유'와 '평등'에 입각한 신사상(新思想)이[2] 세계 전체에 팽배해 있다며 『개벽』의 사상적 지향점에 화답하고 있다. 마찬가지로 『서광』 창간호에서 신종석은 제1차 세계대전이 생활의 표준을 '물적 경쟁'에 두려는 과거의 생활방식에서 비롯했다고 보고 '정신적 방면'의 필요성

1 「世界를 알라」, 『개벽』 제1호, 1920. 6. 25, 6면.

2 최정묵, 「新時代와 新生活」, 『문우』 창간호, 1920. 5. 15, 32~33면.

을 역설했으며 상호부조론에 입각한 공동생활을 주장하였다.[3] 이처럼 약육강식과 우승열패로 집약되는 사회진화론의 세계관 대신에 '자유'와 '평등'에 입각한 '공존'의 논리를, 그리고 물질만능주의와 자연과학의 세계관 대신에 '정신'과 '인격'의 가치를 내세우려는 관점은 제1차 세계대전 이후 조선의 사상계를 지배하는 입장이었다고 볼 수 있다.

이런 변화는 일본의 사상계에서 좀 더 직접적으로 확인할 수 있다. 주지하다시피, 메이지(明治) 유신 이후 서구열강과 어깨를 나란히 하기 위해 근대국가체제 만들기에 매진해온 일본은 청일전쟁과는 달리 러일전쟁 이후 민중의 급격한 반대에 부딪히게 된다. 이른바 '다이쇼 데모크라시'라 불리는 시기의 일본에서는 국가와 사회에 대한 관심보다 '자아'나 '자기'를 자각하고 완성하기 위한 사상이 성행함에 따라 민본주의와 인도주의가 고조되어 가는데, 이러한 민본주의의 풍조는 제1차 세계대전을 계기로 한층 고조되어간다.[4] 이런 상황에 발맞춰 일본의 사상계에서는 러일전쟁으로 조성된 피로감과 허무감을 반영하는 자연주의에조차 염증을 느끼면서 새로운 이상을 찾기에 이르렀다. 이때 문학사상으로는 시라카바파(白樺派)의 '인도주의'가, 철학사상으로는 '신칸트주의', '인격주의', '신이상주의'라 불리기도 하는 '문화주의'가[5] 출현하게 된

3 신종석, 「時代의 變遷과 吾人의 覺醒」, 『서광』 제1호, 1919. 12, 20~24면.

4 鈴木貞美, 『生命で読む日本近代ー大正生命主義の誕生と展開』, NHK BOOKS, 1996, 101~104면.

5 사실 '신이상주의', '신칸트주의', '인격주의', '문화주의'는 논자가 사용하는 문맥에 따라 의미상 미세한 차이를 보인다. '신칸트주의'는 독일에서 마르부르크(Marburg) 학파의 코헨(H. Cohen, 1842~1918)과 나토르프(P. Natorp, 1854~1924), 서남학파의 빈델반트(W. Windelband, 1848~1915)와 리케르트(H. Rickert, 1863~1936) 등을 주축으로 자연과학의 권한을 인정하면서도 인간의 인격적이고 문화적인 존재성을 인정하기 위해 칸트로의 회귀를 주창한 신칸트학파의 철학을 가리킨다. 일본에서는 메이지 30년 이후 이러한 신칸트학파의 철학이 활발하게 보급되어 구와키 겐요쿠(桑木嚴翼)와 소다 기이치로(左右田喜一郎)가 문화가치의 실현과 인격 함양을 이상으로 삼는 '문화주의'를 주

다.[6] 특히 후자의 '문화주의'는 자연주의의 급격한 발흥이 막다른 길에 처한 일본의 지식인들에게 열렬한 환영을 받았다.[7]

이처럼 제1차 세계대전 이후 기존의 사회진화론에 대한 인식론적 단절로서 등장한 '문화주의'는 일본과 조선에서 사상적 지형의 변화를 보여준다는 점에서 일찌감치 연구사의 주목을 받아왔다. 이 글에서는 그중에서도 일본과 조선에서 전개된 '문화주의'를 비교하면서 양자의 특징을 고찰하는 논의를 중심으로 다룰 것이다.[8] 신인섭의 논의는 일본에서 전개된 '문화주의'의 정체를 다각도로 밝히고 일본과 조선의 '문화주의'를 비교하려는 후속 연구에 일정한 관점을 제공한다는 점에서 주목을 요한다.

이 논의에 따르면, 일종의 '문화주의'로서 '다이쇼 교양주의'는 근대 교육제도의 정비와 새로운 지식인 계층의 형성이라는 사회적 맥락과 함께 '수양주의'를 모토로 하는 사상운동의 차원에서 형성되었다. 특히, 이 논의에서 주된 분석의 대상으로 삼고 있는 '수양주의'는 메이지 말 국가적 인

창한다. 이 '문화주의'의 주체적 측면을 강조하는 것이 바로 '인격주의'다. '신이상주의'는 원래 『신이상주의의 철학』이라는 주저에 나타나 있듯이 19세기 후반 과학적·유물적 풍조에 반대하여 형이상학적이고 도덕적인 정열을 강조하는 오이켄(R. Eucken, 1846~1926)의 철학을 가리키는 개념이었다. 오이켄의 '신이상주의'는 당대 동아시아 지식인들에게 열렬한 환영을 받았으며 각국의 '문화주의'를 전개하는 데 주된 사상적 근거를 마련한 것으로 보인다(다이쇼기 일본의 사상적 분위기에 대해서는 이에나가 사부로(家永三郎) 편저, 연구공간 '수유+너머' 일본근대사상팀 옮김, 『근대 일본 사상사』, 소명출판, 2006, 273~278면 참고).

6 위의 책, 260~266면.

7 위의 책, 273~274면.

8 영향사의 관점에서 볼 때 '문화주의'에 관한 연구는 그 원천을 '독일'에 두려는 논의와 일종의 중개자로서 '일본'에 두려는 논의로 대별된다. 전자의 사례로는 박현수, 「염상섭의 초기 소설과 문화주의」, 『상허학보』 제5호, 상허학회, 2000, 309~341면; 정용화, 「1920년대 초 계몽담론의 특성－문명·문화·개인을 중심으로」, 『동방학지』 제133집, 연세대 국학연구원, 2006, 173~198면; 유선영, 「식민지의 '문화'주의, 변용(變容)과 사후(事後)」, 『대동문화연구』 제86집, 성균관대 대동문화연구소, 2014, 365~407면 등을 들 수 있다.

간에서 개인성으로 눈을 돌린 유신 2세대들의 교육을 위한 사상운동이었다는 점에서 '다이쇼 교양주의'의 성격을 해명하는 데 중요한 단서인 것으로 보인다.[9] 이에 따라 '다이쇼 교양주의'는 국가와 개인이라는 긴장관계에서 벗어나 '개인'을 중심에 두는 흐름으로 볼 수 있다는 점에서 일본에서 전개된 '문화주의'를 여실히 보여주는 사례라 할 수 있다.

이러한 관점은 그간 일본과 한국에서 전개된 '문화주의'의 특징을 고찰하는 과정에서도 반복되어 나타난다는 점에서 문제적이다. 손유경의 논의에서는 일본의 '문화주의'가 독일의 신칸트학파 철학과 맺은 특수한 관계를 천도교 잡지 『개벽』의 특수성과 어떻게 조화를 이루고 충돌했는가를 밝히려 한다. 좀 더 구체적으로 말해, 이 논의에서는 일본과 조선의 '문화주의'가 공통적으로 '인격'의 문제에 천착하고 있다고 보면서도, 일본의 '문화주의'가 인격창조, 수양, 심성개조 등 개인적 인격 수양으로 전개된 반면에, 『개벽』의 '문화주의'는 사람들 간의 '평등'이라는 사회적 의미망을 형성해 갔다고 보고 있다.[10]

이러한 관점은 『개벽』에 관한 후속연구에서도 동일하게 나타난다. 대표적으로 일본의 '문화주의'가 개인의 완성 혹은 정신적 개조에 초점을 둔 사상인 데 반해, 조선의 문화주의는 '민족적 색채'를 가미했다고 본 최수일의 논의를 들 수 있다.[11] 오문석의 논의는 신칸트학파의 철학을 기반으로 하는 앞선 논의와 달리 버트런드 러셀(Bertrand Russell)의 개조론과 관련하여

9 신인섭, 「교양개념의 변용을 통해 본 일본 근대문학의 전개양상연구-다이쇼 교양주의와 일본근대문학」, 『일본어문학』 제23집, 한국일본어문학회, 2004, 343~364면.

10 손유경, 「『개벽』의 신칸트주의 수용 양상 연구」, 『철학사상』 제20집, 서울대 철학사상연구소, 2005, 81~105면.

11 최수일, 『『개벽』 연구』, 소명출판, 2008, 432~454면.

1920년대 조선의 '문화주의'를 살펴보면서도 앞선 논의와 같은 견지의 결론에 이르고 있다. 그에 따르면, 조선의 '문화주의'가 정신적 차원에서 '민족성 개조론'으로 정비되고 '국학'의 정신으로 개화한다고 볼 때 그것은 "민족주의 출현의 배경"이 되고 말기 때문이다.[12]

이러한 논의에 따라 일본과 조선에서 전개된 '문화주의'의 양상과 특성이 명확하게 나타나게 되었지만, 그 결과 일본의 '문화주의'가 다소 '개인'의 층위로, 조선의 '문화주의'가 '사회'나 '민족'의 층위로 이분화되어 왔다. 이러한 경향은 시기상 일본보다 나중에 '문화주의'를 형성한 조선의 경우 당대의 맥락에 맞게 '문화주의'를 정착시키기 위한 과정에서 다양한 시도가 나타나고 있는 것은 아닌지 의문을 불러일으킨다.

이 지점에서 앞선 논의와 마찬가지로 일본과 조선의 '문화주의'를 비교하는 방식을 취하면서도 조선의 '문화주의'가 일본의 '문화주의'와 같이 교양, 교육을 통해 개인의 인격을 완성시키려는 방향과 함께 민중계몽이라는 사회적 차원의 문제와 결부되어 있다고 해명한 논의는 이 글에 시사하는 바가 크다.[13] 따라서 이 글에서는 선행연구의 성과에서 나아가 오이켄의 '신이상주의'를 통해 일본과 조선에서 '문화주의'가 전개된 양상을 살펴보고 조선의 '문화주의'에 내재한 독특한 지점을 읽어내고자 한다. 이 글에서 다루고자 하는 오이켄의 '신이상주의'는 그간 일본과 조선의 '문화주의'를 살펴보려는 연구사에서 제대로 논의되지 못했을 뿐만 아니라,[14] 이쿠

---

12 오문석, 「1차대전 이후 개조론의 문학사적 의미」, 『인문학연구』 제46집, 조선대 인문학연구소, 2013, 299~323면.

13 홍선영, 「1920년대 일본 문화주의의 조선 수용과 그 파장」, 『일어일문학연구』 제55집, 한국일어일문학회, 2005, 455~480면.

14 현재까지 오이켄의 '신이상주의' 수용에 대해 살펴본 연구로는 송민호의 논의가 유일

다 조코와[15] 노자영이라는 직접적인 영향 관계에 의해 한국과 일본에서 '문화주의'가 굴절되어가는 양상을 뚜렷하게 부각시킨다는 그 자체로도 의미가 있다고 할 수 있다.

2. 이쿠다 조코의 매개와 노자영의 오이켄 수용

1920년대 조선의 지식인들 사이에서 오이켄이 선풍적인 인기를 일으키고 있었다는 것은 당대에 발표된 글들에서 쉽게 확인할 수 있다. 권덕규는 당대 조선의 사상계가 주체적인 사상을 잃어버리고 서구의 사상에 부화뇌동하는 상황을 탄식하는 부분에서 오이켄을 등장시킨다. 물론 이 글에서 오이켄은 '나'에 대한 주체적인 사상을 가지고 주변 환경을 개척한 '역사의 조선인'과 구별하여 당대 조선의 사상계가 처한 상황을 비판하기 위한 방식으로 등장하고 있지만, 글의 맥락상으로 '톨스토이'와 같은 비중으로 조선의 사상계를 매혹시킨 사상가였다고 볼 수 있다.[16] 오이켄의 영향력은

하다. 이 논의에서는 1920년대 박영희가 감상적 낭만주의로부터 신경향파로 전향하기까지 오이켄의 '신이상주의'를 통해 자연주의적 과학을 보완하려는 고투의 과정이 있었다는 점을 밝히고 있다(송민호, 「카프 초기 문예론의 전개와 과학적 이상주의의 영향 – 회월 박영희의 사상적 전회 과정과 그 의미」, 『한국문학연구』 제42집, 동국대 한국문학연구소, 2012, 146~178면).

15 이쿠다 조코(生田長江, 1882~1936)는 일본의 평론가, 소설가, 희곡가, 번역가로 본명은 히로하루(弘治)이며, 1903년 도쿄제국대학 철학과에 입학하여 미학을 전공했다. 그는 1906년 「오구리 후요론(小栗風葉論)」을 발표하여 문단에 등장한 이래 「소위 자연주의란 무엇인가(謂ふところの自然主義とは何ぞや)」(1907), 「자연주의와 사실주의(自然主義と写実主義)」(1907), 「자연주의론(自然主義論)」(1908) 등의 글을 통해 일본에서 자연주의 운동을 일으키는 데 일조했으며, 니체를 일본에 본격적으로 소개하는 데 중요한 역할을 했다(이쿠다 조코에 관한 자세한 사항은 『日本近代文学大事典(第1巻) あ-け』, 日本近代文学館 編, 講談社, 1977, 79~81면 참고).

16 권덕규, 「自我를 開闢하라」, 『개벽』 제1호, 1920. 6. 25, 50~52면.

황의돈의 글에서 좀 더 구체적으로 살펴볼 수 있다. 황의돈은 '세계개조'의 분위기에 있는 조선 청년들에게 개조의 방향을 제시하는 과정에서 오이켄을 제시하기 때문이다. 말하자면, 황의돈은 개조론의 관점에서 오이켄의 사상이 '육적 생활', '자연생활'과 함께 '영적 생활', '정신생활'의 중요성을 설파하고 있다고 본 점에서 오이켄의 사상적 핵심을 어느 정도 파악하고 있었다. 나아가 그는 오이켄이 말하는 '영적 생활'의 실천 방안으로 현대 문화의 이해와 발전을 거론하고 있었다는 점에서 오이켄의 사상을 '문화주의'의 맥락에서 읽어내고 있었다.[17] 이처럼 오이켄의 사상은 1920년대 조선의 사상계에 지대한 관심을 불러일으켰으며 개조론과 결부해 당대 조선의 현실 문제를 해결하기 위한 이론적 근거였다고 할 수 있다.

그러면 오이켄의 사상은 어떠한 경로를 통해 조선으로 유입되었을까? 여러 통로를 가정해볼 수 있겠지만, 이 당시 조선의 제반 환경이 가까운 일본과의 영향관계에 놓여 있었던 것처럼 오이켄의 사상을 발 빠르게 받아들인 일본 사상계의 통로를 들지 않을 수 없다. 일례로, 1914년에서 1918년 사이 일본의 와세다대학(早稻田大學)에서 수학한 바 있는 현상윤은 유학생활을 전하는 글에서 에머슨, 오이켄, 베르그송 등의 철학을 통해 현실에서 이상으로 나아가려는 생의 새로운 요구를 자각했다고 고백함으로써[18] 당대 일본 사상계의 분위기를 전달하고 있다.[19] 실제로 당시 일본에서는 1908년

17 황의돈, 「文化發展을 催促하라」, 『개벽』 제6호, 1920. 12. 1, 33~34면.

18 현상윤, 「東京 留學生 生活」, 『청춘』 제2호, 1914. 11, 113면.

19 참고로 『개벽』 제3호에서는 「오이켄 博士의 獨逸」이라는 제목으로 독일의 이상주의적 문화와 생활에 관한 오이켄의 이야기를 전하고 있는데, 이는 글에서 밝히고 있는 것처럼 오이켄이 일본의 모(某)신문에 기고한 것을 바탕으로 하고 있다. 1921년 조선에서는 이범일(李範一)이 오이켄 철학의 개론서라고 할 만한 『어이켄 哲學』(조선도서주식회사)을 번역한 바 있는데, 이것은 선행연구에서 적절하게 지적하였듯이 이나게 소후(稻

에 오이켄이 노벨문학상을 수상한 이후 오이켄 붐(boom)이라 할 만한 현상이 사상계에 나타나고 있었다.[20] 이러한 점들을 감안해볼 때, 조선의 지식인들은 조선보다 일찍 오이켄을 받아들이고 있었던 일본의 사상계를 통로로 하여 오이켄을 수용할 수 있었다고 추정해볼 수 있다. 이 글에서는 이러한 추정에서 나아가 이쿠다 조코와 노자영의 영향관계를 통해 오이켄이 일본을 거쳐 조선으로 유입되는 노선을 좀 더 구체적으로 그려보고자 한다. 실제로 이쿠다 조코는 1920년대 조선에서 황석우와 현철 사이에 벌어진 이른바 '신시 논쟁'을 촉발시키는 계기를 마련한 인물로 알려져 있는데,[21] 동시대의 노자영이 근대적인 지식의 수입을 통해 조선의 근대문학을 형성하려는 과정에도 적잖은 영향을 미치고 있었다. 왜냐하면 노자영이 1920년대 전후에 발표한 글의 출처로 이쿠다 조코를 제시하는 부분을[22] 심심치 않게 볼 수 있기 때문이다. 그러면 노자영과 이쿠다 조코의 영향관계를 좀 더 구체적으로 추적해보는 과정에서 노자영이 이쿠다 조코를 매개로 하여 오이

毛詛風)의 『오이켄의 철학』(オイケンの哲學)(大同館書店, 1913)을 저본으로 하고 있다(이에 대해서는 송민호, 앞의 글, 156면 참고).

20 오이켄의 주저라 할 수 있는 『대사상가의 인생관(大思相家の人生觀)』(安倍能成 譯, 東亞堂書房, 1911), 『현대종교철학의 주요문제(現代宗教哲學の主要問題)』(加藤直士 譯, 警醒社, 1913), 『신이상주의의 철학(新理想主義の哲學)』(波多野精一·宮本和吉 譯, 內田老鶴圃, 1913), 『정신생활의 철학(精神生活の哲學)』(得能文 譯, 弘道館, 1914), 『인생의 의의와 가치(人生の意義と價値)』(三竝良 譯, 大同館, 1914) 등이 해마다 번역되었으며 그와 발맞춰 오이켄의 철학과 사상에 관한 개론서라 할 수 있는 『오이켄의 철학(オイケンの哲學)』(稻毛詛風 著, 大同館, 1913), 『오이켄(オイケン)』(伊達源一郎 編著, 民友社, 1914), 『오이켄과 베르그송의 철학(オイケンとベルグソン哲學)』(E. Hermann 著, 下野哲四郎 譯, 春畝堂, 1914), 『오이켄의 현대사조(オイケンの現代思潮)』(稻毛詛風 著, 大京堂書房, 1915) 등이 간행되고 있었다는 것은 그러한 현상을 뒷받침하고 있다.

21 이에 대해서는 강용훈, 「문학용어사전의 계보와 문학 관련 개념들의 정립 양상」, 『상허학보』 제38집, 상허학회, 2013, 156~159면 참고.

22 노자영, 「輓近思想의 趨勢」, 『기독신보』, 1919. 6. 4, 1088면; 노자영, 「近代思想研究」, 『서울』 1주년기념호(임시호), 1920. 12, 32~36면 등을 들 수 있다.

켄의 사상을 접하는 장면을 살펴보자.

(가) ① 文藝復興 前, 中世時代에는 基督舊教가 全 歐洲를 支配하야 그 教義압헤는 下等의 理由와 意味도 업시 그저 盲目的으로 服從하지 아니하면 아니되엿다. 學問이라도 教會의 御用學問이엇스며. (……) 中世紀의 사람들은 다못 神의 僕이오 教會의 奴隷엿다. 사람은 罪人이며 그 罪를 救贖하기 위하야는 이 世上에서는 苦痛을 밧지 아니하면 아니된다 하엿다. (……)

② 그러면 擬古主義에 反動으로 일어난 浪漫主義(Romanticism)는 엇더한 것인가? 文藝復興에 依하야 知識的으로 覺醒한 사람은 다시 知識方面에 拘俗이 되야 擬古主義에 빠젓스나 이번은 感情的으로 復活하야 標準을 바려라!! 法則을 바려라!! 因襲을 바려라!! 다못 自我의 個性을 尊重하여라!! 하고 絶叫한 것이—곳 浪漫運動의 主義이다 (……) 이것이 '루—소'의 "自然에 歸하라"하는 自由와 平等과 博愛의 叫號가 되엿스며. (……)

③ 이것(『民約論』과 『人類不平等原因論』-인용자 주) 곳 "自然에 歸하라!!" 하는 뎌의 부르지즘이오 뎌의 思想的 本元이다. 人間의 罪惡은 文明으로부터 起한다 文明의 進步는 個人의 地位를 不平케 하고 人間의 自然性을 損傷케 하야 人類를 墮落케 한다고 力說하엿다. (……) 이것(『에밀』-인용자 주)도 亦是 人爲를 排斥하고 自然에 放任하라는 것이 그의 論議의 眼目이엿다. 곳 教育上에 自然主義라고 할 만한 것이다.

—「近代思想研究」 부분[23]

---

23 위의 글, 33~36면.

(나) ①' 사상의 방면에서는 기독교의 천하로 로마법왕은 그 교권을 무상의 것으로 사람들에게 군림하고 있었다. 온갖 학문은 기독교의 교의를 증명하기 위해 존재하고, 교육, 문예 모두 교회가 좌우하는 것이었다. (……) 그리하여 기독교는 가르친다. 인간은 죄의 아들이고 태어나면서부터 신에게 죄를 범했다. 이 죄를 속죄하지 않는다면, 미(未)내세에서 천국으로 들어가는 것을 허락받을 수 없다.

②' 그러나 이미 자각의 물고를 열어 제친 인간이 이것(의고주의—인용자 주)에 만족하고 있을 수는 없다. 지식의 자유를 얻은 사람은 더욱 더 감정의 자유를 추구했다. 인간으로서의 자각을 얻은 사람은 좀 더 일보를 나아가 개인으로서 자각하기 시작한 것이다. 거기서 낭만주의가 일어났다. (……) 천진유로(天眞流露) 그대로 살아가고, 어디까지나 자연스러우며, 자연으로 돌아가라고 말한다. 그 장 자크 루소(Jean Jacques Rousseau)는 실로 근대 낭만주의의 제1인자다.

—「근대사상의 개관」 부분[24]

③' 정치 및 경계에 관해서는 『인간불평등원인론』, 『민약론』 등에서 그의 주장을 서술하고 있다. 『인류불평등원인론』은 문명사회의 폐해를 없애기 위해서는 원시적인 자연의 상태로 돌아가는 것이 제일이라는 그의 근본사상을 서술한 것이다. (……)

루소는 그 교육에 관한 의견을 『에밀』 한 편에 의해 나타내고 있다.

---

24 生田長江·中澤臨川, 「近代思想の概觀」, 『近代思想十六講』, 新潮社, 1915, 4~12면.

『에밀』은 소설체로 쓰인 그의 교육론으로 그의 "자연으로 돌아가라"라는 주장에 입각한 교육의 주의, 즉 교육에서의 자연주의를 역설한 것이다.

―「근대주의의 제1인자 루소」 부분[25]

주지하다시피, 노자영이 1920년대 초기에 『개벽』 필진들과 함께 서구 근대사상과 인물을 조명하는 기획에서 이쿠다 조코가 나카자와 린센(中澤臨川)과 함께 쓴 『근대사상 16강(近代思想十六講)』(新潮社, 1915)과 혼마 히사오(本間久雄)와 함께 쓴 『사회개조의 8대사상가(社會改造の八大思想家)』(東京堂書店, 1920)를 저본으로 삼았다는 것은 익히 밝혀진 사실이다.[26] 이를 염두에 두고 노자영의 글을 살펴보면, 그가 이쿠다 조코의 사상을 접한 통로를 좀 더 명확하게 파악할 수 있다. 왜냐하면, 노자영이 (가)의 서두에서 일본의 대표적인 사상연구가인 이쿠다 조코가 '문장학원(文章學院)'에서 강의한 내용을 토대로 하고 있다고 밝히고 있으며[27] 이보다 일찍 발표한 다른 글에서 자신을 "문장학원득업사(文章學院得業士)"로까지 소개하고 있는 것을[28] 확인할 수 있기 때문이다. 이런 점에서 그가 '문장학원'을 매개로 이쿠다 조코의 사상을 접하게 되었다는 것은 명확한 사실인 것으로 보이는데, 엄밀히 말해 인용한 세 글을 비교해 보면 노자영이 이쿠다 조코의 『근대사상 16강』을 일종의 참고서로 삼아 서양 근대사상의 흐름을 소개하고 있다는

---

25 生田長江·中澤臨川, 「近代主義の第一人者ルッソオ」, 위의 책, 57~70면.

26 이에 대한 자세한 설명은 허수, 『이돈화 연구』, 역사비평사, 2011, 93~99면 참고.

27 노자영, 「近代思想研究」, 『서울』 1주년기념호(임시호), 1920. 12, 32면.

28 노자영, 「黃昏의 一瞬間」, 『기독신보』, 1918. 11. 13, 920면. 여기서 문장학원은 아마도 당시 일본의 신조사(新潮社)에서 경영하던 잡지 『문장구락부(文章俱樂部)』를 달리 이르던 명칭인 것으로 추정된다.

것을 알 수 있다.

(가)에서 노자영은 '르네상스(Renaissance)', '의고주의(擬古主義)에서 낭만주의(浪漫主義)에', '제1인자 루소'와 같이 세 부분으로 나눠 근대사상으로서 '낭만주의'가 태동하기까지의 과정을 설명하고 있다. 이를 (나)와 겹쳐서 보면, 이 중에서 첫 번째와 두 번째의 부분은 『근대사상 16강』의 서론 격이라 할 만한 제1강 「근대사상의 개관」에, 세 번째의 부분은 제3강 「근대주의의 제1인자 루소」에 의존하고 있다는 것을 알 수 있다. 이것을 하나씩 확인해 보면, 노자영은 첫 번째 부분에서 근대사상의 기원을 '문예부흥'에 두고 '문예부흥'이 일어나는 데 결정적인 계기가 된 기독교의 폐단을 두 방향에서 서술하고 있다. 말하자면, 그는 기독교가 사상의 측면에서 인간의 자유를 억압함에 따라 인간을 기계화하고 비인간화하는 폐단을 낳는 것과 함께 인간에게 원죄설을 부가하여 내세를 위한 고통을 정당화하는 폐단을 낳고 있다고 보고 있다(①). 이는 (나)에서도 마찬가지다(①'). 그래서 (가)와 (나)는 모든 방면에서 인간 본위의 정신을 회복하기 위해 '문예부흥'이 일어났다고 본다.

두 번째 부분에서 노자영은 문예부흥의 결과로 인간으로서의 자각을 얻었으나 '지식의 자유'에 얽매인 인간이 '의고주의'에 갇힘에 따라 '감정의 자유'를 얻기 위해 '낭만주의'가 출현했다고 보고 있다(②). 이는 의고주의와 낭만주의를 대비시키고 있는 (나)에서도 찾아볼 수 있는 대목이다(②'). 특히 (가)와 (나)에서 공통적으로 "자연으로 돌아가라"는 모토를 내건 루소를 근대 낭만주의의 제1인자로 보고 있는 것은 그러한 관점을 보충하고 있기도 하다. 마지막으로, (가)에서 노자영은 정치와 경제의 측면에서 루소의 주저인 『인간불평등원인론』과 『민약론』을 통해,[29] 교육의 측면에서 『에밀』을 통해 "자연으로 돌아가라"로 집약되는 그의 사상적 특질을 설명하고 있다(③). 이는 (나)에서 루소 사상의 핵심을 그의 주저를 통해 확인하는 부분에서 발췌해온 것이다(③'). 이런 점에서 노자영은 『근대사상 16강』에서 전개된 내용상의 흐름과 서술 방식에 충실하여 낭만주의가 태동하기까지 근대사상의 흐름을 소개하고 있다.

이때 흥미로운 지점은 노자영이 이쿠다 조코와의 영향관계를 내보이는 가운데 오이켄의 철학과 사상을 수용하고 있는 측면을 뚜렷하게 감지할 수 있다는 것이다. 그러면 그가 『근대사상 16강』을 매개로 오이켄의 사상과 철학 중 어느 부분에 초점을 맞추고 있는가를 살펴봄으로써 차후 한일 문화주의의 전개 양상을 비교할 지점을 구체화해보자.

(다) 이(정신생활의 세 계급ㅡ인용자 주)ᄂᆞᆫ 當今 思想界의 權威者인 외이켄 哲學者의 分類일다 ④ 第一級은 肉慾의 制裁를 밧ᄂᆞᆫ 生活이다 精神의 要求를 沒却ᄒᆞ고 靈의 教訓을 無視하ᄂᆞᆫ 生活이다 다시 말ᄒᆞ면 精神과 靈魂이 壓迫을 밧아 다못 肉의 命令ᄃᆡ로 唯唯樂從ᄒᆞ며 所措를 不知ᄒᆞ고 날ᄯᅱ는 生活이다. (……) ⑤ 第二階級은 肉界를 ᄯᅥᄂᆞᆫ 孤立의 生活일다 初級生活과ᄂᆞᆫ 正反對의 生活이다 一도 二도 肉이라ᄒᆞ면 全혀 蔑視ᄒᆞ고 否定ᄒᆞᄂᆞᆫ 生活일다. 다시 말ᄒᆞ면 世上을 ᄯᅥ나고 社會를 ᄯᅥᄂᆞᆫ 孤立의 生活일다 勿論 그이들은 理想의 憧憬兒오 美의 渴望者일다. (……)

⑥ 第三階級의 生活－世上을 陶化ᄒᆞᄂᆞᆫ 活動의 生活일다 (……) 다시 말

29 각각의 저서는 오늘날 『인간불평등기원론』, 『사회계약론』으로 번역되고 있으나, 당대의 표기를 그대로 따르도록 한다.

ᄒᆞ면 無情ᄒᆞ고 野薄ᄒᆞᆫ 世上을 道德과 宗敎로써 淨化케 ᄒᆞ고 神化케 ᄒᆞ고 愛化케 ᄒᆞ고 美化케 ᄒᆞ며 괴롭고 沓沓ᄒᆞᆫ 世上을 仁愛와 溫善으로써 시원케 ᄒᆞ고 多情케 ᄒᆞ며 疲困ᄒᆞ고 不便ᄒᆞᆫ 世上을 學文과 藝術로써 光明ᄒᆞ고 平安ᄒᆞ게 改造ᄒᆞ야 地上의 天堂을 形成ᄒᆞ도록 ᄒᆞ여야ᄒᆞᆫ다

—「精神生活의 三階級」 부분[30]

(라) 대개 인간의 정신생활에는 세 단계가 있다. ④' 첫 번째는 자연계급(自然階級)이라고도 칭할 수 있는 것인데, 인간과 자연이 동일한 수준면에 있는 것으로 모두 감각에 지배되고 인습에 맹종하여 상식의 지도 그대로 생활하는 계급이다. 동물적·물질적 생활로 대부분 정신생활의 이름에 어울리지 않는다. 물론 이 계급에서는 정신의 자유 따위를 바랄 수도 없다. ⑤' 두 번째는 부정계급(否定階級)이라도 칭할 수 있는 것으로 이 계급이 된다면 온갖 물질적·자연적인 질곡을 모조리 파괴·부정하고 거기서 정신적 도립을 얻으며 동시에 이지향(理知鄕)의 유혹에 발을 들여놓아 거기서 절대적으로 대하는 정서를 즐기려고 하는 생활이다. (……) 이것에는 아직 실제의 인생에 철저한 것이 아니고, 지금 일단의 향상을 하지 않으면 안 된다. ⑥' 즉, 세 번째의 재흥계급(再興階級)이라고도 이름 붙일 수 있는 계급이 있다. 이 계급은 부정계급과 같이 정신의 독립을 인정하는 것과 함께 더욱 더 그 신념으로부터 자기의 인격을 확대하고 자기 이외에까지 미치게 하며 우주의 정신적 개정(改整)에 종사하려고 하는 정신적 노력주의다. 즉, 활동주의(活動主義)다.

30 노자영, 「精神生活의 三階級」, 『기독신보』, 1919. 11. 19~26, 1232면; 1238면.

-「오이켄의 이상주의」 부분[31]

(다)에서 밝히고 있듯이 노자영은 오이켄의 분류법에 따라 정신생활의 세 계급을 설명하는데, 여기서 그가 참조하는 부분은 『근대사상 16강』에서 오이켄의 사상을 설명하고 있는 제13강 「오이켄의 이상주의」에서 확인할 수 있다. 이를 구체적으로 살펴보면, (다)에서 노자영이 '육욕(肉慾)의 제재를 받는 생활', '육계(肉界)에서 떠난 고립의 생활', '세상을 도화하는 활동의 생활'로 나누고 있는 정신생활의 세 계급은 (라)에서 각각 '자연계급(自然階級)', '부정계급(否定階級)', '재흥계급(階級階級)'과 호응하고 있다. 그뿐만 아니라 (다)에서 노자영이 정신생활을 세 계급으로 나누는 관점은 (라)에서 각각의 계급을 설명하는 관점과도 호응하고 있다.

첫 번째로, '육욕(肉慾)의 제재를 받는 생활'은 물질과 감각에 지배된 생활로 '나' 이외의 대상과는 무관한 '이기주의'에 빠짐에 따라 정신생활로서는 가장 낮은 단계에 속해 있다(④). (라)에서의 '자연계급' 또한 마찬가지다(④'). 두 번째로, '육계(肉界)에서 떠난 고립의 생활'은 첫 번째의 생활과는 반대로 물질과 감각을 부정하는 생활로서 세상과 사회를 떠나 고립을 자처하는 생활이라 할 수 있다(⑤). (라)에서 '부정계급'이라 정의하고 있는 이 생활은 물론 이상이나 미와 같은 절대적인 세계를 동경하기는 하지만, 결국 스스로의 안심입명에 치우쳐 있다는 점에서 첫 번째의 생활과 같이 '이기주의'에 빠져 있다(⑤'). 세 번째로, '세상을 도화하는 활동의 생활'은 두 번째의 생활과 같이 정신적 가치를 인정하고 있으면서도 이것이 자기를

31 生田長江·中澤臨川, 「オイケンの理想主義」, 앞의 책, 375~376면.

향하는 것에 그치지 않고 세상을 도야하는 것으로 향하려는 특징을 지닌다(⑥). (라)에서 또한 '재흥계급'이라 정의하고 있는 그러한 생활은 자기의 인격을 우주의 정신적 개조에까지 확대하고 있다는 점에서 다른 생활보다 고급의 생활이라 할 만하다(⑥').

이런 점으로 미루어볼 때, (다)와 (라)에서는 공통적으로 정신생활의 필요성을 역설하는 가운데 정신생활 중 세 번째의 계급을 오이켄 철학의 핵심으로 파악하고 있는 셈이다. 달리 말하면, 제1차 세계대전 이후 일본과 조선에서는 개조론의 향방을 '정신생활'에 두기 위해 오이켄의 사상을 수용하고 있었으며 '개인'의 인격을 '사회', '우주' 등과 같은 '전체'로 확장하는 방식으로 '정신생활'을 실행하려 했다고 볼 수 있다. 그러면 이제 노자영과 이쿠다 조코가 오이켄의 '신이상주의'를 어떤 방식으로 각자의 문맥에 맞게 활용하고 있으며, 조선과 일본의 '문화주의'에서 각각 어떠한 위치에 있는가를 살펴보자.

3. 세계적 보편성과 '다이쇼 교양주의'의 이상

이쿠다 조코가 오이켄의 '신이상주의'를 수용하는 태도를 파악하는 작업은 다음과 같은 두 가지 문제를 해결하는 실마리가 된다. 첫 번째 문제는 오이켄의 '신이상주의'가 일본의 '문화주의'와 공명할 수 있었던 지점을 밝히는 것이고, 두 번째 문제는 다이쇼기 일본에서 오이켄의 '정신생활'을 실현해간 방식을 밝히는 것이다. 그러할 때, 이쿠다 조코의 오이켄 수용을 다이쇼 시기 일본의 맥락에서 읽어내는 가운데 일본의 '문화주의'에 내재한 특징이 드러날 것이다. 먼저, 이쿠다 조코가 오이켄의 '정신생활'을 어떤 맥락에서 파악하고 있는가를 확인하기 위해서는 이쿠다 조코가 기존의 서구철학사의 흐름과 오이켄의 철학을 구분 짓고 있는 방식을 살펴봐야 할 것이다. 왜냐하면, 이쿠다 조코는 오이켄의 철학이 당대의 사상계에 출현하고 성행할 수 있었던 배경을 기존의 서구철학사와 오이켄의 철학을 분절시키는 과정에서 설명하는 가운데 오이켄의 '정신생활'을 '문화주의'의 맥락에 위치시키고 있기 때문이다.

(가) 本篇은 벌셔 過去의 歸혼, **늬튜랄이쏨(自然主義) 哲學者의 極端的으로 主張혼 唯物論, 無神論 等을 皮相的으로 겨우 咀嚼ᄒᆞ고, 心靈方面을 等閒히 녁이는 者에게 警醒을 주고져**, 日本 生田 文學士의 硏究를 參照ᄒᆞ야, 極히 不完全혼 最近思想의 片影을 紹介홈이다.

쪰쓰. 오이켄. 벨윽손 等 此數三人의 哲學을 通ᄒᆞ야 보면, 唯心的 傾向이엿다. 이 三人은 어듸든지 **現實에 根底를 두면셔도, 決코 物質에 促迫을 밧지 아니ᄒᆞ고, 어듸ᄭᆞ지든지, 心靈의 힘으로 發揮홈으로 其論의 要旨를 삼는다.** 참말 實驗을 要ᄒᆞ는 点에셔는, 科學的 精神을 奉ᄒᆞ고 잇섯스나, 그러나 科學의 唯物的 視方과는 反對로, 自由意志를 設ᄒᆞ고, 物質的 生活보다, 心靈方面에, 만흔 價値를 認혼다홈이, 最近哲學界의 傾向이엿다.

—「輓近思想의 趨勢」 부분[32]

(나) 자연주의는 자연생활을 우리 생활의 전부로 되게 하고 정신생활을 부정하여 정신적 요구를 공상에 지나지 않는 것이라고 한다. **이 자연주의**

32 노자영, 「輓近思想의 趨勢」, 『기독신보』, 1919. 6. 4, 1088면.

와 정확히 반대의 주장을 하는 것이 오이켄의 정신철학이다. 오이켄의 철학은 정신적 활동(정신생활의 인간에서의 현현)을 수긍하고 자연을 초월하려는 철학이다. 즉, 자연생활을 초월하는 정신생활을 인간의 참된 생활이라고 하는 것이다. 이 정신생활은 단순히 인간으로부터 독립할 뿐만 아니라 자연으로부터, 세계로부터, 또한 독립된 우주생활이다. 그래서 이 정신생활을 따를 때, 인간과 자연 내지 세계의 반대는 모두 초월되는 것이다. 인간은 그 협소한 객관적 범위를 탈출하여 세계와 하나가 될 수 있는 동시에 세계 또한 인간과 관계 없이 그 자신의 필연적 법칙에 따라 활동하는 외력은 없게 되는 것이다.

—「오이켄의 이상주의」 부분[33]

인용한 글은 각각 노자영과 이쿠다 조코가 쓴 것이지만 기존의 철학사와 오이켄의 철학을 대비하면서 오이켄의 사상적 특징을 소개하고 있다는 점에서는 공통점이 있다. 서두에서 밝히고 있듯이 (가)에서 노자영은 이쿠다 조코의 연구에 기대 오이켄을 비롯한 당대 사상의 경향성을 소개하고 있다. 노자영에 따르면, 오이켄의 철학은 '유물론', '무신론'을 기반으로 하는 '자연주의'의 극단적인 주장에서 벗어나 '심령' 방면의 필요성을 주장한다는 점에서 의의가 있다. 말하자면, 기존의 자연주의 철학은 과학적 정신을 가지고 현실을 있는 그대로 바라보려는 의의를 지니지만 현실을 지나치게 '유물적 기계관'에 입각하여 바라봄으로써 인간 본연의 가치와 동떨어진다는 문제점을 파생시킨다. 그러한 '유물적 관점'과는 반대 측면에

33 生田長江·中澤臨川, 「オイケンの理想主義」, 앞의 책, 403~404면.

서 '심령' 방면의 가치를 주장하는 오이켄의 철학은 철저하게 현실에 근저를 두면서도 '심령의 힘'으로 현실의 생활을 영위하려 한다는 점에서 인생의 의의와 가치를 찾기 위한 생활태도에 한층 더 가까워 보인다.

이처럼 기존의 자연주의 철학과 대비하여 오이켄 철학의 특징을 드러내는 노자영의 방식은 실제로 (나)에서 이쿠다 조코가 오이켄의 사상을 소개하는 과정에서도 나타나고 있다는 점에서 일면 타당해 보인다. 여기서 흥미로운 점은 이쿠다 조코가 서구철학사의 여러 경향을 통시적인 관점에 따라 거론하고 있으면서도 그 중에서 유독 '자연주의'와 대비하여 오이켄의 '정신철학'이 가지는 의의를 설명하고 있다는 것이다. 그러면 이쿠다 조코가 서구철학사에서 오이켄의 철학을 위치시키는 방식을 좀 더 구체적으로 살펴보는 과정에서 거기에 담긴 의도를 고찰해보자.

(나)에서 이쿠다 조코는 오이켄이 종래의 서구철학사를 대상으로 해온 '역사적 연구'를 소개하는 것에 많은 비중을 할애하고 있다. 이쿠다 조코에 따르면, 오이켄은 인생의 가치와 의의에 대한 해답을 내놓은 종래의 철학사상을 '종교', '내재유심론', '자연주의', '지력주의', '사회주의', '개인주의' 등 여섯 가지의 유형으로 분류한다. 이 중에서 '종교'와 '내재유심론'은 '고대의 인간생활에서 가치와 권위를 가진 해답'이라는 점에서 시의성을 상실했을 뿐 아니라 무엇보다 현실의 생활과 괴리되어 있기 때문에 인간의 실생활에서 인생의 의의와 가치를 탐색하려는 오이켄의 철학과는 먼 지점에 놓여 있다. 이보다 '자연주의'와 '지력주의', 그리고 '인도주의'로 묶일 수 있는 '사회주의'와 '개인주의'는 근대인의 생활에 대한 해답을 제시한다는 점에서 오이켄의 철학과 관련이 있을 법하다. 하지만 오이켄은 전자가 세계, 즉 객관을 위주로 한다는 점에서, 후자가 인간, 즉 주관을 위

주로 한다는 점에서 인생의 의의와 가치를 발견할 수 없다고 주장한다. 그리하여 오이켄은 기존의 철학사에 의해 세계(객관)와 인간(주관)으로 나눠진 경향을 '조화' 혹은 '융합'시키는 것에서 인생의 의의와 가치를 구할 수 있다고 말하며, 그러한 경지를 지향하는 자신의 철학을 '정신철학'으로 내세운다.

이처럼 오이켄의 '정신철학'은 실생활의 기초를 객관과 주관의 결합, 세계와 인간의 결합에 두려는 목적에서 출현했다고 할 수 있다. 이 지점에서 문제적인 것은 이쿠다 조코가 지금까지 살펴본 서구철학사에서 여타의 경향을 제쳐두고 유독 '자연주의'와 대비하여 오이켄의 '정신생활'을 설명하고 있다는 점이다. 왜냐하면, 그가 (나)에서 오이켄의 '정신생활'을 객관과 주관, 세계와 인간의 대립을 '초월'시키는 활동으로 보면서도 "자연주의와 정확히 반대의 주장을 하는 것"으로 위치시키고 있기 때문이다. 이쿠다 조코가 '자연주의'로 집약되는 기존의 세계관을 극복하기 위한 방안으로 오이켄의 '정신생활'을 제시하고 있는 것은 아마도 오이켄의 '신이상주의'를 당대 일본의 '문화주의' 내에 정초하기 위한 의도에서 연유한 것으로 보인다.[34] 주지하다시피, 제1차 세계대전 이전의 일본에서는 '문명'의 진보와 발전을 통해 국민국가를 형성하려는 움직임이 가속되어왔다면, 그 이후의 일본에서는 그러한 자연과학적 사고방식과 사회진화론의 세계관에 회의를 느끼고 '문화'에 초점을 맞춰 새로운 이상을 찾으려는 시도들이 나타난다. 그 당시 고등학교를 다녔던 철학자 미키 기요시(三木清, 1897~1945)

---

34 참고로 당대에 간행된 서적에서도 오이켄의 '신이상주의'는 일본의 '문화주의'를 출현시키는 데 이론적 자양분이 되었던 '신칸트학파'와 같은 맥락에서 수용되고 있었다는 것을 확인할 수 있다(이에 대해서는 渡部政盛, 『新カント派の哲學とその教育學說』, 啓文社書店, 1924, 104~121면 참고).

가 당시의 일본에서 '물질문명'과 '정신문화'의 대비법에 따라 '문명개화'를 추구하던 종래의 '계몽사상'에 대한 반발로 '교양' 등 정신적인 가치를 중요시하는 '문화주의'가 나타나고 있었다고 회고한 데서[35] 그러한 점을 확인할 수 있다.

이런 맥락에서 보건대, 이쿠다 조코가 유독 서구철학사 중에서 '자연주의'와 오이켄의 '정신철학'을 대비시켰던 것은 당대 일본에서 형성되고 있던 '문화주의'의 조류에서 별반 멀리 떨어져 있지 않다는 것을 보여준다. 그러면, 이제 이쿠다 조코가 오이켄의 '정신철학'을 다이쇼 시기 '문화주의'의 맥락 속에 정초시키는 방식을 좀 더 구체적으로 확인해보자.

> (다) 앞장에서 서술한 것과 같이 러일전쟁 후 (1) 어쨌든 일본의 국제적 지위가 안정적인 것이 되어 반세기에 걸친 국제적 긴장도 어느 정도 해이함과 피로를 가져왔기 때문에, (2) 국가적 융성이 곧 반드시 국민 개개의 복리를 의미하지 않는 것을 상당히 비참하게 체험했기 때문에, 또 (3) 산업계의 근대적 전개에 의한 자유경쟁과 생활불안으로부터 과감히 이기주의로 내몰렸기 때문에 **메이지 40년경부터의 일본인은 일체로 그때까지의 국가지상주의적 사상에 대해 반동적인 사상을 품고 심각한 개인주의적 자아주의적인 사고방식을 가지게 되었다. 그리고 이러한 새로운 견지는 종래와 비교도 되지 않을 만큼 실로 자유롭고 실로 용감하며 실로 철저한 태도로 외래사조를 받아들여 특히 개인주의적 자아주의적 근대사상으로 완전히 경도되는 것에 이르게 되었던 것이다.**

35 三木清, 「科學と文化」, 『三木清全集』 제17권, 岩波書店, 1968; 야나부 아키라(柳父章), 박양신 옮김, 『한 단어 사전, 문화』, 푸른역사, 2013, 44~47면 참조.

—「명치문학개관」 부분[36]

(라) 인간의 생활은 인간의 것이다. 사람은 자기를 위해 존재하는 것이다. 나는 나를 위해 살아가는 것이다. 결코 자연을 위해 존재하는 것이 아니라면, 사고를 위해 존재하는 것도 아니다. 아울러 **오직 자기를 위한 존재, 나를 위해 살아간다는 것은 순전히 개성적 존재일 뿐 이것을 인격이라 할 수는 없다. 그 나 가운데 정신생활이 현현하는 것에 이르러 비로소 인격이 나타나는 것이다.** 인간의 자유가 획득될 수 있는 것이다. 나 가운데 정신생활이 현현한다—그것은 저절로 현현하는 것이 아니라 나의 노력으로, 활동으로 정신생활에 참여함으로써 정신생활은 현현하는 것이다. **그리하여 '자기를 위한 존재'를 '인격'에까지 밀고 가는 것은 노력이고, 활동이며, 이를 요컨대 행위라고 한다.**

—「오이켄의 이상주의」 부분[37]

인용된 글에서 이쿠다 조코는 오이켄의 '신이상주의'를 '문화주의'의 맥락 속에 위치시키는 과정에서 '문화주의'의 주체를 명확하게 설정하고 있으며 '문화주의'를 향유할 수 있는 방식을 구체적으로 제시하고 있다. 미리 이쿠다 조코의 관점을 말해두자면, 그는 '문화주의'의 주체로서 세계적 보편성을 향해 있는 '개인'을 내세우고 있으며, 그러한 '개인'이 세계적 보편성을 향해 자신의 '인격'을 발휘하는 방식으로 '문화주의'를 향유할 수 있다고 보고 있다.

36 生田長江, 「明治文學概說」, 『生田長江全集』 제1권, 大東出版社, 1936, 59면.

37 生田長江·中澤臨川, 「オイケンの理想主義」, 앞의 책, 407면.

(다)에서 이쿠다 조코는 메이지 말엽 일본 사상계의 분위기를 전하는 과정에서 '문화주의'가 출현하는 배경은 무엇이며 그 사상적 특질이 어떠한가를 말하고 있다. 그에 따르면, 일본에서 '문화주의'의 출현은 러일전쟁을 계기로 한다. 러일전쟁은 일본에서 자본주의의 발달과 제국주의 체제의 확립에 기여했지만, 그 이후 일본에서는 국제적 긴장이 해소되면서 해이함과 피로를 느꼈고 국가의 이익과 국민의 복리 사이의 불일치를 노출함에 따라 각종 사회적 문제가 야기되고 있었다. 그리하여 일본에서는 그때까지 사상계의 중심을 이루던 '국가지상주의적 사상'에 대한 '반동적인 사상'으로서 '개인주의적'이고 '자아주의적'인 근대사상이 출현하게 된 것이다. 이러한 근대사상은 개인의 자주성을 국가주의에 흡수시키는 종래의 방식에서 벗어나 세계적 보편성을 향해 개인의 자주성을 해방시키려는 의의를 지닌다.[38]

이처럼 기존의 사상에서 주체의 자리에 있던 국가 대신 개인을 주체로 세우고 세계시민으로서의 '자기'를 형성하려는 움직임은 메이지 시기를 넘어 다이쇼 시기로까지 이어지고 있었다.[39] 이것이 바로 다이쇼 시기의 '문화주의'를 형성하는 발판이 되는 것이다. (라)에서도 세계적 보편성을 향해 있는 '개인'을 '문화주의'의 주체로 내세우는 가운데 '문화주의'를 향유하는 방식을 구체적으로 제시하고 있다. 이쿠다 조코는 '개인'으로서의 '나' 혹은 '자기'가 세계적 보편성을 향해 자신의 '인격'을 나타내는 방식으로 '문화주의'를 향유할 수 있다고 보고 있다. 여기서 그는 오이켄의 '정신생활'의 관점을 활용하여 '나'가 세계적 보편성을 향해 자신의 '인격'을 발휘

---

38 이에나가 사부로 편저, 앞의 책, 166~167면.

39 위의 책, 260~266면.

할 수 있는 실천 덕목으로 '노력', '활동', '행위'를 제시하고 있다. 결국 그는 우리가 '행위'를 통해 '정신생활'에 참여할 수 있으며 우리의 '인격'을 발휘할 수 있다고 말한다.

그러면 우리는 이 지점에서 세계적 보편성을 향한 '개인'이 자신의 '인격'을 발휘하기 위해 요청받은 '행위'가 구체적으로 어떠한 것을 가리키고 있는가에 의문이 들 것이다. 왜냐하면, 이러한 질문은 일본에서 전개된 '문화주의'의 특색이 어떠한가를 묻는 질문과 연결되어 있기 때문이다. 이는 『근대사상 16강』 전체의 구도와 이쿠다 조코의 활동을 연계해보면 해결할 수 있다. 주지하다시피, 이쿠다 조코의 『근대사상 16강』은 오이켄을 비롯하여 루소, 니체, 톨스토이, 도스토예프스키, 제임스, 베르그송, 졸라 등 서구의 사상가뿐만 아니라 타고르와 같은 동양의 사상가까지 종합적으로 소개하려는 기획의 산물이다.[40] 이와 연장선상에서 이쿠다 조코는 니체 전집을 위시하여 플로베르의 『살람보』(1913), 단눈치오의 『사의 찬미』(1913), 투르게네프의 『광인일기』(1918), 마르크스의 『자본론』(1919), 호머의 『오디세이』(1922), 단테의 『신곡』(1929) 등 다방면에서 서구의 고전을 번역해내고 있었다. 이런 점에서 이쿠다 조코는 시대와 나라를 불문하고 방대한 지식을 섭취하는 '행위', 즉 '독서'를 통해 세계적 보편성을 향한 '개인'의 인격을 함양하려 했다고 볼 수 있다. 이러한 그의 시도는 당대 일본의 맥락에서 보면 '이것이냐 저것이냐'를 구별하기보다 '이것은 물론 저것도'라는 '종합주의'를 이상으로 삼은[41] 다이쇼 시기의 '교양주의'를 단적으로 보여주는

---

40 허수는 『근대사상 16강』의 구도를 분석하는 과정에서 "이 책에는 동서양 문명의 융합을 지향하고 그 융합의 주체로 일본을 상정하고자 했던 다이쇼기 일본 지식인의 욕망이 깔려 있다"고 서술한다(허수, 앞의 책, 95~99면 참고).

41 '문화주의'의 일환으로서 '다이쇼 교양주의'에 대한 구체적인 사항은 신인섭, 앞의 글,

것이라 할 수 있다.

4. 전통의 발견과 조선적 공동체의 창출

앞에서 우리는 이쿠다 조코가 오이켄의 '정신철학'을 기존의 서구철학사 중에서 '자연주의'와 대비시키는 방식이 오이켄의 '신이상주의'를 다이쇼 시기의 '문화주의'에 위치시키기 위한 시도임을 살펴보았다. 다시 말해, 그는 '국가주의'를 지향하는 종래의 사회진화론에서 벗어나 세계적 보편성을 향해 있는 근대적 주체로서 '개인'을 내세우기 위한 근거를 오이켄의 '정신철학'에서 마련하고 있었던 것이다. 이 과정에서 이쿠다 조코는 세계적 보편성을 향한 '개인'이 자신의 '인격'을 발휘할 수 있는 실천덕목으로 '노력', '활동', '행위'를 제시했는데, 이는 그의 활동과 당대 일본의 맥락에 비춰보건대 동서양의 지식을 다방면으로 섭취하여 교양적 인간을 형성하려는 '다이쇼 교양주의'의 흐름과 맞닿아 있다. 이런 점에서 이쿠다 조코의 오이켄 수용은 일본에서 전개된 '문화주의'의 특징을 여실히 보여주는 사례라 할 만하다.

그러면 이쿠다 조코를 매개로 오이켄의 '신이상주의'를 수용한 노자영의 경우는 어떠한가? 마찬가지로 노자영 역시 세계적 보편성을 향해 인생의 의의와 가치를 발휘하기 위한 방법으로 '인격'을 최우선으로 제시하고 있다. 일례로, 제목에서부터 '인격'을 표방하고 있는 글에서 그는 완전한 인격을 창조하기 위한 덕목으로 '감정의 승리자가 될 것', '양심의 소유자

343~364면 참고.

가 될 것', '학문의 수양을 받을 것', '애(愛)의 인(人)이 될 것'을 요청하고 있다.[42] 이 중 세 번째의 덕목은 교양의 섭취를 통해 개인의 인격을 수양하려는 '다이쇼 교양주의'의 흐름과 별반 멀리 떨어져 있지 않다. 이를 보여주듯 노자영은 사람을 올바른 길로 인도하는 것을 학문의 목적으로 두고 있는 오이켄의 말을 인용하면서[43] 학문의 수양을 통해 완전한 인격을 창조할 것을 주문하고 있다. 실제로 노자영은 이 당시 조선에서 『매일신보』, 『창조』, 『백조』, 『장미촌』 등을 통해 시, 소설, 평론, 기행서사를 위주로 문예 방면에서의 활동을 전개하는 것과 함께 『기독신보』, 『서울』, 『학생계』, 『신생활』, 『서광』 등에 산업, 노동, 인물, 생물학, 세계정세, 사상 등 다방면에 걸친 기사를 게재함으로써 독자들의 '교양'을 고취하고 있었다.

이런 현상에 대해 선행연구에서는 당시 문인들을 매개하던 '매체'와 '인적 네트워크'에 초점을 맞춰 '문학'과 '사상'이 분화·전문화되기 전에 '문화'라는 범주에 함께 묶여 있었다는 점을 지적함으로써 거기에 담긴 '문화주의'의 성격을 읽어낸 바 있다.[44] 좀 더 구체적으로 노자영이 관여하고 있었던 『학생계』에 대한 선행연구에서는 중등학교 재학 이상 학력의 소유자들을 독자로 설정하여 근대적 지식을 보급하고 있는 점이나[45] 문인과 독자의 소통공간인 현상문예란을 통해 근대시의 미학적 규범을 확립하고 있

42 노자영, 「人格의 創造」, 『학생계』 제6호, 1921. 1, 7~11면.

43 "너희들은 學問을 힘써 배우라!! 이것이 너희 生命이오 길이로다. 學問 中에는 사람을 玉으로 純化식히는 神秘的 힘이 잇고 사람을 完全한 길로 引導하는 指南針이 잇다"(위의 글, 9~10면).

44 정우택, 「『문우』에서 『백조』까지–매체와 인적 네트워크를 중심으로」, 『국제어문』 제47집, 국제어문학회, 2009, 35~65면.

45 박지영, 「잡지 『학생계』 연구–1920년대 초반 중등학교 학생들의 '교양주의'와 문학적 욕망의 본질」, 『상허학보』 제20집, 상허학회, 2007, 121~164면.

다는 점을[46] 들어 잡지의 의의를 '교양주의'의 차원에서 읽어낸 바 있다. 이는 앞에서 살펴본 것처럼 노자영이 이쿠다 조코와 직접적인 영향관계에 놓여 있다는 점을 감안한다면 일면 타당해 보이기도 한다. 하지만 노자영은 그러한 측면과 함께 오이켄의 '신이상주의'를 당대 조선의 특수한 현실에 맞게 수용하고 있었다는 점에 주목해야 할 것이다. 아래의 글을 통해 이를 두 가지 측면에서 확인해보자.

> (가) 생활의 의의 및 가치의 문제는 결코 금일에 시작된 문제가 아니다. 인간의 생활이 시작됨과 동시에 시작된 문제다. **선인이 이 문제 때문에 소비한 노력은 존경해야 할 유산으로 우리에게 남아 있다. 이 유산, 이 선인의 노력의 흔적, 이 역사의 연구는 다양한 의미에서 우리를 이롭게 한다. 첫 번째로 우리는 이 과거의 역사를 새로운 정신으로 해석하여 그 중에서 새로운 정신의 요구에 응할 것을 탐색할 수 있다. 즉, 역사로 하여금 영구한 정신적 현재가 되도록 할 수 있다.** 그리하여 영구히 소멸되지 않는 것을 역사로부터 포착해내고 이를 현재의 생활에서 새로운 힘으로 삼는 것이 가능하다.
>
> —「오이켄의 이상주의」 부분[47]

> (나) 百祥樓 다음에는 大佛寺가 잇고 그 다음에는 乙支文德의 碑가 잇으며 其他 些少한 古蹟이 만흔대 이것은 安州 古蹟保存會에서 極力 管理하

46 노춘기, 「잡지 『학생계』 소재 시 작품 연구—주필진과 독자의 영향관계를 중심으로」, 『한국시학연구』 제38호, 한국시학회, 2013, 9~32면.

47 生田長江·中澤臨川, 「オイケンの理想主義」, 앞의 책, 384~385면.

야 그의 生命을 永遠히 維持코저 한다한다 나는 이 百祥樓를 보고 安州 古蹟保存會의 美擧를 中心으로 讚頌하는 同時에 京城에 古蹟保存會가 업슴을 甚히 遺憾으로 싱각한다 京城에 散在한 無數한 古蹟! **그곳으로부터는 우리의 歷史的 산記念과 우리 祖上의 生命의 表現과 우리 民族性의 表現과 우리 藝術의 價値를 차저 볼 수가 잇다** 그러나 나의 聞見이 적음인지는 아지 못하나 京城에서 古蹟保存會를 보지 못하엿다 (……) 萬若 京城에 뜻 잇고 피 잇는 者가 잇슬진대 古蹟保存會를 設하라 勸하노라 그리하야 **우리의 歷史的 生命을 永遠히 維持하라 하노라**

―「放浪의 夏路(8)」 부분[48]

첫 번째로, 노자영은 인생의 의의와 가치를 발견하려는 자신의 노력이 세계적 보편성뿐만 아니라 '전통'을 배경으로 하고 있다는 것을 보여준다. 그는 세계적 보편성을 향해 조선적 특수성을 발휘하는 방향으로 오이켄의 '정신철학'을 수용하고 있다. 이는 오이켄의 역사철학에서 과거의 '전통'에 대한 창조적 수용의 태도를 읽어낼 수 있다는 점과 노자영이 '생명'을 매개로 하여 과거 선조들의 문명을 배경으로 하는 자신의 역사적 지평을 확인하고 있는 점에서 살펴볼 수 있다.

(가)에서 이쿠다 조코는 오이켄의 역사철학이 '온고지신'의 태도를 가지고 있다고 보면서 과거에 선조들이 기울인 노력 중에 영구히 변하지 않는 어떤 것이 오늘날의 우리에게도 큰 광명을 던져주고 있다고 말한다. 왜냐하면, 인생의 의의와 가치를 발견하는 문제는 인간의 생활이 시작함과

48 노자영, 「放浪의 夏路(8)」, 『동아일보』, 1921. 8. 6, 1면.

동시에 시작된 문제라는 점에서 이 문제에 대해 선인이 소비한 노력은 여전히 존경해야 할 것으로 남아 있기 때문이다. 그래서 오늘날의 우리는 과거의 역사를 '새로운 정신'에 의해 해석하여 '현대생활의 요구'에 맞게 수용할 수 있는 것이다. 이런 점에서 오이켄은 인생의 의의와 가치를 발견하기 위해 '정신철학'의 인식론적 지평을 '전통'에 두고 있다고 볼 수 있다.[49] 이는 이쿠다 조코보다도 노자영이 오이켄의 '신이상주의'를 조선의 '문화주의'와 접속시키는 과정에서 확인해볼 수 있다.

(나)의 글은 1921년 7월 29일부터 1921년 8월 8월까지 『동아일보』에 총 10회에 걸쳐 연재된 기행문으로 서울에서 평양을 거쳐 평안북도에 이르는 여정을 담고 있다. '표박(漂迫)과 몽상(夢想)의 여로(旅路)'라는 부제에서 나타나듯이 이 글에서 노자영은 '금전'의 가치와 '이기주의'로 점철된 도시에서 벗어나 '자연'을 대상으로 방랑의 자유를 만끽하는 상황을 보여주면서도 무엇보다 인생의 문제를 해결하기 위한 사색을 전개하고 있다. 그가 톨스토이의 『참회록』을 언급하면서 '인생의 무상(無常)을 생각하고 슬퍼하며 그 의의를 찾으려고 애쓰는 것'을 인생의 진면목이라고 말하는 부분이나[50] 인생과 사회의 방면에서 당대 청년들이 처한 문제를 거론하는 부분에서[51] 그러한 점을 살펴볼 수 있다. 여기서 주목해야 할 점은 그가 지향하려는 예술의 가치는 과거 선조들의 '전통'을 배경으로 삼고 있다는 것이

49 실제로 오이켄은 독일 철학의 이상주의적 경향을 라이프니츠(G. Leibniz), 쇼펜하우어(A. Schopenhauer), 칸트(I. Kant), 헤겔(F. Hegel) 등 종래의 전통철학에서 찾고 독일 문화에서 '정신문명'으로서의 자긍심을 발견하고 있기도 하다(이에 대해서는 오이켄이 일본의 모 신문에 기고한 원고를 번역한 「오이켄 博士의 獨逸자랑」, 『개벽』 제3호, 1920. 8, 62~70면 참고).

50 노자영, 「放浪의 夏路(2)」, 『동아일보』, 1921. 7. 30, 1면.

51 노자영, 「放浪의 夏路(7)」, 『동아일보』, 1921. 8. 5, 1면.

다. (나)에서 그는 안주 청천강과 백상루에서 조상들의 자취와 역사를 확인하면서 고적 보존의 필요성을 말하고 있는데, 여기서 고적은 단순히 과거의 역사를 기념하기 위한 산물에 그치지 않는다. 왜냐하면, 그에게 고적은 조상들의 '생명의 표현'이자 자신도 포함하고 있는 '민족성의 표현'이라는 점에서 당대의 그가 새롭게 전승해야할 전통적 가치를 의미한다고 볼 수 있기 때문이다.[52]

이처럼 노자영이 세계적 보편성과 함께 '전통'을 자신의 역사적 지평으로 설정하고 있는 방식은 당대의 조선에서도 흔히 찾아볼 수 있는 현상이다. 예컨대, 노자영이 실제 편집 실무를 담당하고 있었던 『학생계』의 경우 편집주간이 오천석에서 최팔용으로 바뀌게 되면서 잡지의 방향성을 선조들로부터 유전된 전통을 세계화하여 후세에 전하는 것에 두려는 움직임이[53] 구체화되고 있다. 마찬가지로 노자영이 관여하고 있던 『서울』에서도 개조론의 방향을 물질계와 정신계의 양 방면에 두는 가운데 종으로 선조들의 문명을 회복하고 횡으로 세계의 문명을 확장시키는 것에[54] 자신들의 과제를 부여하고 있었다. 이런 점으로 미뤄보건대, 1920년대 조선에서 전개된 '문화주의'는 세계적 보편성을 향해 조선적 특수성을 발휘하는 방향으로 오이켄의 '신이상주의'를 정초시키고 있었다고 볼 수 있다.

---

52 조상들이 남긴 유산에 대한 노자영의 관점은 노자영, 「古城의 廢墟」, 『학생계』 제8호, 1921. 5, 10면; 노자영, 「追憶」, 위의 책, 11면 등에도 나타나 있다.

53 이러한 점은 최팔용, 「讀者諸君에게 드리는 처음인사」, 『학생계』 제7호, 1921. 3, 2~5면에서 단적으로 확인할 수 있다.

54 이러한 점은 장도빈, 「我等의 曙光」, 『서울』 제1호, 1919. 12, 1~17면에 단적으로 나타나 있다.

(다) 우리의 젹은 타임을 爲ᄒᆞ야, 生活을 要홈은, 이 타임이 지는 後에, 져 金殿玉樓갓흔 '무엇'을 建ᄒᆞ랴홈니다, 果然 生活의 意義가 이러ᄒᆞ기에, 男女老少를 勿論ᄒᆞ고, 本能的으로 生活을 切實히 激烈히 要求ᄒᆞ는 것이다. 그러면 이 '무엇'을 엇더케 解決홀 것인가? **그것은 現在 우리의 살고잇는 世界의 背後에 잇는 永久不變의 實世界엿다. 곳 樂園이니, 理想鄕이니 파라따이스니ᄒᆞ는 곳이다,** 그러면 生活의 意義가 여게 잇고, 生活의 目的이 全혀 이곳을 爲홈이라고 確固ᄒᆞᆫ 新案을 下ᄒᆞ기에, 躊躇홀 것이 업다. (……)

아, **우리 生活로 高尙尊重케 ᄒᆞ랴면, 쏘는 獸的 生活을 쩌나, 靈的 樂的 生活을 ᄒᆞ랴면, 生活의 意義를, 未來樂境에 定ᄒᆞ고, 그곳을 向ᄒᆞ야, 널이 人生과 社會와 公衆을 爲ᄒᆞ면셔, 이 蕭條索莫ᄒᆞᆫ 生의 타임을 通過ᄒᆞ여야 홀 것이다.**

—「生活의 意義」 부분[55]

(라) 靑春 少年 諸君兄들이여, 아, 將來 天國에 貴ᄒᆞᆫ 鎖鍵을 잡으실 二十前後의 우리 愛兄들이여, 貴兄들의 責任은 重ᄒᆞ고 貴兄들의 前程은 遙遠ᄒᆞ외다. **只今은 不飛不鳴ᄒᆞ고 幕後에셔 準備ᄒᆞ며 幕後에셔 修養ᄒᆞ고 잇스나, 이 準備와 이 修養을 맛친 後에는 우리 冷靜ᄒᆞᆫ 社會에 雄飛活躍ᄒᆞ실 勇將이 아니십닛가? 우리 暗黑ᄒᆞᆫ 心靈界에 燈明臺가 되실 諸君이 아니십닛가?** 金枝玉葉ᄀᆞᆺ흔 諸君들 掌中寶玉ᄀᆞᆺ흔 愛兄들, 아, 나는 諸兄들을 尊敬ᄒᆞ고 愛重히 역임니다. **아, 兄님들이여 奮勵ᄒᆞ시랴구요. 잘 修養ᄒᆞ시구요. 夢生에 쏘는 醉中에 쑥— 쩌러젓든 우리 敎會 우리 社會, 아마 ᄉᆡ날 된 줄을 ᄭᆡ**

55 노자영, 「生活의 意義」, 『기독신보』, 1919. 7. 2, 1112면.

다른 듯홉니다.

—「우리 뎐님들이여」 부분[56]

두 번째로, 노자영은 당대 사회에서 조선적 공동체를 창출하는 방향으로 오이켄의 '정신생활'을 수용하고 있었다. 이는 그가 개인과 사회의 긴밀한 관계성을 설정하는 방식으로 '정신생활'의 원리를 제시하고 있는 점과 개인 차원에서의 인격적 수양을 사회 전체의 발전과 연결시키는 방식으로 '정신생활'의 실천 덕목을 제시하고 있는 점에서 확인할 수 있다.

앞에서 살펴보았듯이 노자영은 오이켄의 분류법에 따라 '정신생활'의 계급을 '육욕(肉慾)의 제재를 받는 생활', '육계(肉界)에서 떠난 고립의 생활', '세상을 도화하는 활동의 생활'로 나누고서 개인의 활동적 생활을 사회나 세계와 같은 전체의 개조와 연결시키는 세 번째의 계급을 긍정한 바 있다.[57] 마찬가지로 노자영은 (다)에서 당대 조선의 맥락에서 개인과 사회의 긴밀한 관계성을 설정하는 방식으로 오이켄의 '정신생활'을 수용하고 있다. 좀 더 구체적으로 살펴보면, 그는 '과학만능'과 '물질주의'를 기반으로 하는 기존의 사회진화론에 의해 '이기주의'로 점철된 생활에서 벗어나 개인의 '생활의 의의'를 사회 전체의 '행복'과 연결시키고자 했다. 그러할 때, 당대 조선에서 '낙원', '이상향', '파라다이스'와 같은 이상적 공동체를 구축할 수 있다고 보고 있다. 이러한 점은 그의 다른 글에서도 일관되게 살

56 노자영, 「우리 뎐님들이여」, 『기독신보』, 1919. 1. 8, 968면.

57 노자영, 「精神生活의 三階級(續)」, 『기독신보』, 1919. 11. 26, 1238면. 참고로 오이켄의 '신이상주의'는 개인의 인생을 사회나 역사와 같은 전체의 사업과 긴밀하게 연결시키고 있다는 점에서 역사철학적 성격을 띠고 있다고 할 수 있다(이에 대해서는 生田長江·中澤臨川, 「オイケンの理想主義」, 앞의 책, 374~383면 참고).

펴볼 수 있다. 예컨대, 그는 '문화주의'의 관점을 적잖이 반영한 한 글에서도 개인의 '생명'을 사회 전체의 '운명'과 연결시키는 가운데 당대의 청년들이 조선 사회에 '이상향(理想鄕)'과 '문화원(文化園)'과 같은 공동체를 건설하기 위한 의무와 책임을 다하기를 요청하고 있다.[58] 이처럼 노자영은 개인과 사회의 긴밀한 관계성을 설정하는 방식으로 '정신생활'의 원리를 제시하고 있었다.

이와 함께 노자영은 개인의 '생활의 의의'를 사회 전체로 확대시키는 원리를 공고히 하기 위해 '정신생활'의 실천 덕목을 제안하고 있다. 그 실천 덕목으로 노자영은 개인 차원에서의 '인격 수양'을 내세운다. (라)에서 그는 이십 세 전후의 시기에 있는 조선의 청년들에게 비록 앞길이 요원할지라도 각자의 자리에서 '준비'와 '수양'을 철저하게 하기를 바라고 있다. 왜냐하면, 그들은 장차 갈 바를 잃어버린 불쌍한 영혼을 '생명의 나라'로 인도할 뿐만 아니라 어려운 상황에 처한 조선 민족에게 '신생명'과 '신사상'을 불어넣을 책임을 지니고 있기 때문이다. 마찬가지로 노자영은 이십 세 전후의 청년들을 대상으로 하는 다른 글에서도 그들이 이 시기에 무수한 의혹으로 인해 장래에 대한 목적과 이상을 잃거나 덧없는 공상으로 심령을 구원하기 어려운 상황에 빠지거나 생리적 방면의 영향으로 감정이 예민해진다는 점에서 이 시기의 난관을 무사히 헤쳐가기를 바라고 있다. 왜냐하면, 이 시기는 인생관을 결정하는 시기라는 점에서 인생의 중요한 단계이기도 하지만 무엇보다 이 시기의 난관을 잘 통과하는 것이 장차 사회 전체의 행복과 연결되어 있기 때문이다.[59]

---

58 노자영, 「朝鮮青年의 覺悟」, 『학생계』 제4호, 1920. 11, 7~9면.

59 노자영, 「二十前後에 最難關」, 『기독신보』, 1919. 5. 7, 1064면.

노자영은 개인 차원에서의 인격 수양을 강조하고 있지만 이를 결국 사회 전체의 발전과 연결시킴으로써 개인과 사회의 관계성을 돈독하게 구축하고 있는 셈이다. 이처럼 노자영은 1920년대 초기의 조선에서 오이켄의 '정신생활'을 수용하여 세계적 보편성을 지향하는 것과 함께 조선적 공동체를 창출하려는 시도를 보여주고 있었다. 따라서 노자영의 오이켄 수용은 '공동체주의'라고 명명할 수 있는 조선에서의 '문화주의'의 특징을 여실히 보여주는 사례라 할 수 있다.[60]

5. 오이켄의 '신이상주의' 수용과 한일 '문화주의'의 특이성

지금까지 이 글에서는 일본에서의 이쿠다 조코와 조선에서의 노자영의 활동에 초점을 맞춰 오이켄의 '신이상주의'가 일본과 한국의 '문화주의'의 맥락 속에서 정초되어간 양상을 살피고자 했다. 기존의 연구에서는 제1차 세계대전 이후 종래의 사회진화론을 반성하기 위해 일본과 조선에 등장한 '문화주의'를 비교하는 가운데 양자의 성격을 대체로 '개인'과 '민족'의 층위로 이분화시킴으로써 '문화주의'에 얽힌 다양한 서사를 단순화시킬 우려를 보여주었다. 이에 따라 이 글에서는 이쿠다 조코와 노자영이라는 직접적인 영향 관계에 의해 한국과 일본에서 '문화주의'가 굴절되어가는 양상을 추적해봄으로써 양자의 접점과 함께 조선의 '문화주의'에 내재한 독특한 지점을 밝히고자 했다.

---

60 여기서 노자영의 사례를 통해 조선의 '문화주의'에 내재한 특징을 '공동체주의'라고 명명하는 것은 기존의 논의에서 상상을 통해 재구성된 것으로 본 근대적 '민족' 개념과 변별하기 위해서다. 1920년대 조선에서 노자영이 추구하려 한 '공동체주의'에 대해서는 이 책의 제9장에서 자세히 논할 것이다.

1920년대 조선에서 노자영이 오이켄의 '신이상주의'를 접할 수 있었던 것은 일본의 사상계라는 통로와 보다 직접적으로는 이쿠다 조코라는 매개가 있었기에 가능한 일이었다. 이쿠다 조코는 1908년에 오이켄이 노벨문학상을 받은 이래 일본의 사상계에 일기 시작한 오이켄 '붐'이라는 분위기 속에서 자연스레 오이켄의 사상을 접할 수 있었던 것으로 보인다. 그는 특히, 오이켄의 '정신철학'을 기존 서구철학사의 '자연주의'와 대비시키는 방식으로 소개함으로써 기존의 사회진화론을 극복하기 위한 '문화주의'의 일환으로 오이켄의 사상을 정초하고자 했다. 다시 말해, 이쿠다 조코는 '국가지상주의'를 지향하는 사회진화론에서 벗어나 세계적 보편성을 향해 있는 근대적 주체로서 '개인'을 내세우기 위한 근거를 오이켄의 '정신철학'에서 마련하고 있었던 것이다. 이 과정에서 그는 세계적 보편성을 향한 '개인'이 자신의 '인격'을 발휘할 수 있는 실천덕목으로 '노력', '활동', '행위'를 제시했다. 이러한 실천 덕목은 그의 활동과 당시 일본의 상황에서 보건대 동서양의 지식을 다방면으로 섭취하여 교양 있는 인간을 형성하려는 '다이쇼 교양주의'의 이상과 맞닿아 있다는 것을 알 수 있다.

이쿠다 조코를 통해 오이켄의 '신이상주의'를 수용한 노자영 또한 세계적 보편성에서 출발하고 있었다. 하지만 노자영은 그러한 측면과 함께 오이켄의 '신이상주의'를 당대 조선의 특수한 현실에 맞게 수용하고 있었다. 노자영은 세계적 보편성을 향해 조선적 특수성을 발휘하는 방향으로 오이켄의 '정신철학'을 수용하고 있었다. 이는 오이켄의 역사철학에서 과거의 '전통'에 대한 창조적 수용의 태도를 읽어낼 수 있다는 점과 그가 '생명'을 매개로 하여 과거 선조들의 문명을 배경으로 하는 자신의 역사적 지평을 확인하고 있는 점에서 살펴볼 수 있었다. 나아가 노자영은 당대 사회에서 조선적 공동체를 창출하는 방향으로 오이켄의 '정신생활'을 수용하고 있었다. 이러한 점은 그가 개인과 사회의 긴밀한 관계성을 설정하는 방식으로 '정신생활'의 원리를 제시하고 있는 점과 개인 차원에서의 인격적 수양을 사회 전체의 발전과 연결시키는 방식으로 '정신생활'의 실천 덕목을 제시하고 있는 점에서 확인할 수 있다. 요컨대, 이쿠다 조코가 오이켄의 '신이상주의'를 수용하여 세계적 보편성을 표방하기 위한 '교양주의'를 지향하려 했다면, 노자영은 세계적 보편성을 향해 조선적 특수성을 발휘하기 위한 '공동체주의'를 지향하려 했다고 할 수 있다.

따라서 이쿠다 조코와 노자영에 초점을 맞춰 오이켄의 '신이상주의'가 일본과 한국에서 정초되어가는 과정을 살피는 작업은 양국이 처한 상황에서 '문화주의'의 양상을 밝힐 수 있을 뿐만 아니라 조선에서 전개된 '문화주의'의 역동적인 지점을 해명할 수 있다는 의의를 지닌다.

5

1920년대 조선 문단에서 '자연'론의 원천과 한일 '생명주의'의 전개 양상에 관한 일고찰:

에머슨(R. W. Emerson) 사상의 수용을 중심으로

—

1. 한일 근대문학의 기원과 '자연'이라는 개념

초창기 한일 근대문학의 현장에서 소위 근대문학의 기원을 탐사하고자 할 때 '자연'이라는 개념어가 필수적으로 검토해야 할 사안이라는 점은 여러 사례들에서 확인할 수 있다. 예컨대, 조선의 문단 상황을 먼저 살펴본다면, 근대비평사의 첫 장을 차지한 염상섭과 김동인의 논쟁이 백악 김환의 소설 「자연(自然)의 자각(自覺)」(『현대』 창간호, 1920년 1월)에서 빈번하게 나타나는 '자연' 또는 '자연주의'라는 개념을 둘러싼 입장 차이에서 기인하였다는 것은 익히 알려져 있다.[61] 말하자면, 김환은 이 소설에서 '자연'이라는 개념의 함의를 외부의 실제 대상으로서의 자연이라든지, 동양에서의 정신적 차원의 자연과 같이 명확하게 그 의미를 구별하지 않은 채 사용하고 있다는 점에서 이미 논쟁의 여지를 마련하고 있었다.[62] 이처럼 '자연'이라는 개념을 둘러싸고 근대적인 문학관을 형성해간 사정은 일본에서도 마찬

61 염상섭과 김동인의 논쟁에 관한 자세한 사항에 대해서는 김영민, 「비평의 공정성과 범주, 역할 논쟁」, 『한국근대문예비평사』, 소명출판, 1999, 13~38면 참고.

62 송민호, 「1920년대 초기 김동인－염상섭 논쟁의 의미와 '자연' 개념의 의미적 착종 양상」, 『서강인문논총』 제28집, 서강대 인문과학연구소, 2010, 105~138면.

가지였다. 일본 근대문학사에서 본격적인 문학논쟁의 시발점이라 할 만한 '문학과 자연 논쟁'에서도 이와모토 젠치(岩本善治)와 모리 오가이(森鷗外)가 각각 '실제파'와 '이상파'의 입장에 따라 '자연'이라는 개념을 해석함으로써 자신만의 '미'의 개념을 산출해내고 있기 때문이다.[63] 이런 점에서 보건대, 외부에서 수용된 번역어로서 '자연'은 초창기 한국과 일본의 근대문학을 형성하기 위한 인식론적 조건으로 작동하고 있었던 셈이다.[64]

주지하다시피, 이러한 현상에 착안하여 가라타니 고진은 일본 근대문학을 형성하는 계기 중 하나로서 '풍경'과 일종의 근대적 제도로서 '풍경의 발견'을 제시한 바 있다. 간략하게나마 그의 설명을 요약하자면, '풍경'은 이전부터 존재해왔을지는 모르지만 그것을 '발견'한 뒤에야 존재하게 되며, '풍경'이 출현하기 위해서는 '풍경'을 '풍경'으로 발견할 수 있는 지각양태의 변화가 선행되어야 한다.[65] 고진은 이를 '내적 인간'의 상태, 즉 '내면'의 문제와 결부시키면서 '내적 인간'의 사례로 메이지 시기 낭만주의 문학가인 기타무라 도코쿠(北村透谷)를 지목하고 있다.[66] 여기서 흥미로운 지점은 그가 다른 글에서 메이지 시기 일본에서 낭만주의의 한 분파로서 자연주의가 어떠한 경로를 통해 형성되었는가를 밝히고 있는 부분이다.

---

63 실제 논쟁의 과정에서 이와모토 젠치는 '자연 그대로의 자연을 베껴내는 것'으로 집약되는 '실제파'의 입장을, 모리 오가이는 '예술가의 정신상의 상(想, 이데아)에 의한 창조'로 집약되는 '이상파'의 입장을 내비치고 있다. 이에 대한 자세한 사항은 정병호, 「일본근대문학·예술논쟁(2)—〈문학과 자연논쟁〉·〈소설론략논쟁〉과 자연」, 『일본문화학보』 제22집, 한국일본문화학회, 2004, 263~277면 참고.

64 이런 관점에 의거하여 필자는 1920년대 한국문학에서 '자연'의 발견과 근대적 '자아'의 탄생 간의 관계를 해명한 바 있으나, 이 글은 거기서 나아가 '자연'의 원천을 상정하여 한일 '생명주의'의 특수성을 구체적으로 비교하고자 한다(최호영, 앞의 책, 61~94면).

65 가라타니 고진(柄谷行人), 박유하 옮김, 『일본근대문학의 기원』, 민음사, 1997, 17~36면.

66 위의 책, 43면.

말하자면, 고진은 구니키다 돗포(国木田独歩)가 '자연'에 '신비'의 관념을 덧붙이고 이와노 호메이(岩野泡鳴)가 '자연'에 '심령'의 관념을 덧붙인 것이 '미국적 숭고함'으로 대표되는 '에머슨'의 수용에서 비롯되었다고 보고 있다는 점이다.[67] 이런 점들을 종합해본다면, 가라타니 고진은 메이지 시기 일본에서 근대적인 의미에서의 '자연'의 발견에 기여한 계기 중 하나로서 '에머슨'의 영향을 지목하고 있는 셈이다.

실제로 가라타니 고진의 관점은 이 글의 주요한 관심사라 할 수 있는 에머슨과 기타무라 도코쿠의 영향관계나 에머슨과 동아시아 문학의 영향관계를 설명할 실마리를 제공하고 있기도 하다. 이런 관점에 힘입어 그간 일본 근대문학 연구에서는 에머슨이 기타무라 도코쿠의 문학론을 형성하는 데 어떠한 영향을 미쳤는지에 대한 비교문학적 논의가 포괄적으로 전개되어 왔다.[68] 그 대표적인 사례로서 허배관의 논의는 에머슨과 기타무라 도코쿠가 기독교에 대한 비판의식을 가지게 된 배경의 공통성과 실제로 기타무라 도코쿠가 유작 「에머슨」을 통해 에머슨의 사상을 연구하려 했다는 실증적 사실을 바탕으로 자연관, 자아의식, 우주관 등의 측면에서 영향관계를 고찰해내고 있다.[69] 이러한 과정에서 이 논의는 기타무라 도코쿠가 기독

---

67 가라타니 고진(柄谷行人) 외, 송태욱 옮김, 『근대 일본의 비평(1868~1989)』, 소명출판, 2002, 72~94면.

68 이 글에서는 사실 에머슨 자체에 초점을 맞춘다기보다 범박하게 말해 에머슨과 기타무라 도코쿠, 기타무라 도코쿠를 경유한 에머슨과 1920년대 조선 문인들과의 영향관계에 초점을 맞추기 때문에 에머슨에 대한 선행연구는 따로 언급하지 않기로 한다.

69 허배관, 「기타무라 도코쿠(北村透谷)와 에머슨의 사상: 「내부생명론」과 「대령론」의 관계에 관하여」, 『일본문화연구』 제5집, 동아시아일본학회, 2001, 245~259면; 허배관, 「기타무라 도코쿠와 에머슨의 자연관 비교연구」, 『일본문화학보』 제14집, 한국일본문화학회, 2002, 35~45면; 허배관, 「기타무라 도코쿠의 에머슨 수용: 그 범신론적 경향에 대하여」, 『일본문화연구』 제11집, 동아시아일본학회, 2004, 203~214면.

교의 형식이나 국가와 공동체와 같은 외부의 제약에서 벗어나 외부세계를 움직이는 근본 동력으로서 내부의 '정신'(혹은 '영혼')을 발견하고 이를 토대로 자연—우주로 이어지는 초월적 자아를 구축하는 궤적을 해명해내었다. 이에 따라 이 논의에서는 기타무라 도코쿠가 정치에서 문학의 길로 이행하게 된 내적 동기라든지, 그의 사상이 당대 사상계에서 차지하는 위치가 밝혀질 수 있게 되었으나, 에머슨과 기타무라 도코쿠의 사상적 차별성에 대한 의문을 불러일으킨다.

앞서 살펴본 허배관의 논의가 주로 에머슨과 기타무라 도코쿠의 영향관계에 초점을 맞추고 있다면, 이철호의 논의는 1910년대 조선의 『학지광』 세대들이 기타무라 도코쿠를 매개로 하여 에머슨 사상을 어떠한 입장에서 수용하고 있는가를 다루고자 했다는 점에서 주목할 만하다. 이 논의에서는 『학지광』 세대의 문인들이 자유의 근원을 인간 내부에 두는 기타무라 도코쿠의 '영혼' 개념을 받아들여 개인주체를 탄생시키고, 인간 내부의 '심령'과 우주 만물의 '대령'을 연결시키는 에머슨의 범신론적 초월주의를 받아들여 민족주체를 탄생시키는 과정을 추적하고 있다.[70] 이 과정에서 이 논의는 1910년대에서 20년대에 이르는 조선의 문단에서 개인적 자아와 민족적·사회적 자아로 분화되는 지형도를 그려내고 자아의 각성에 내재한 민족주의 이데올로기의 논리를 해부해내고 있다. 이에 따라 이 논의에서는 당대 조선에서 에머슨과 기타무라 도코쿠의 사상을 수용하여 구축해간 근대적 자아의 정체를 해명할 수 있었으나, 결과적으로 일반성—특수성의 관점에 따라 근대적 자아의 문제를 바라봄으로써[71] 조선에서의 특이한 지점에 대

70 이철호, 『영혼의 계보—20세기 한국문학사와 생명담론』, 창비, 2013, 66~103면.

71 개체에 대한 논의에서 '특수성—일반성'의 짝과 '단독성—보편성'의 짝을 대비시킨 관

한 의문을 불러일으킨다.

따라서 이 글은 선행연구의 성과에서 나아가 1920년대 초기 조선에서 활발하게 전개된 '자연'론의 한 원천을 에머슨과 기타무라 도코쿠와의 영향관계에 따라 풀어내고자 한다. 이 과정에서 이 글은 한국 근대문학에서의 '자연'론이 서구와 일본 담론에 대한 영향에서 촉발하고 있으면서도 단순한 영향관계로만 환원할 수 없는 중층성을 띠고 있다는 점을 밝힐 것이다. 이를 통해 이 글은 '자연'의 발견을 둘러싸고 1920년대 초기의 조선에서 전개된 '생명주의'의 독특한 지점을 해명할 수 있으리라 기대한다.

2. '내부생명'의 절대화와 근대적 개인의 탄생

기타무라 도코쿠가 메이지 20년(1887) 8월에 후일 "바울의 소위 불의 세례"라[72] 일컬은 신비 체험을 한 사건은 그의 인생에서뿐만 아니라 일본 문학사에서도 중요한 전환점으로 알려져 있다.[73] 주지하다시피, 메이지 16년(1883) 9월 와세다대학교 정치과에 입학하여 정치가가 되려는 야심을 품었던 기타무라 도코쿠는 메이지 18년(1885)을 전후로 자유민권운동으로부터 이탈해감에 따라 정치의 세계와 멀어진다. 이후 그는 장차 애인이자 아

점은 가라타니 고진(柄谷行人), 권기돈 역, 『탐구 2』, 새물결, 1998, 11~72면 참고.

72 北村透谷, 「各人心宮内の秘宮」, 『平和』 제6호, 1892. 9; 勝本清一郎 編, 『北村透谷全集』 제2권, 岩波書店, 1977, 11면.

73 선행연구에서도 기타무라 도코쿠가 '불의 세례'로 형용되는 메이지 20년(1887년) 8월의 영감 체험에 의해 자신의 문학의 입각지를 세우게 되었으며 현실세계와 대조를 이루는 심령의 세계, 즉 '상세계(相世界)'를 자신의 문학의 중추로 형성하게 되었다고 보고 있다. 이에 대해서는 米山禎一, 「北村透谷論ー生命主義思想を中心に」, 『淡江日本論叢』, 淡江大學日本研究所·日本語文學系, 2011. 5, 16면 참고.

내가 될 이시자카 미나(石坂ミナ)의 감화를 받아 메이지 21년(1888) 스키야바시(數奇屋橋) 교회에서 세례를 받음으로써 기독교에 입신하게 된다.[74] 이로부터 얼마 뒤 그가 처녀시집 『초수의 시(楚囚之詩)』(1889)와 두 번째 시집 『봉래곡(蓬萊曲)』(1891)을 내놓고 있다고 볼 때, 기타무라 도코쿠가 정치에서 문학의 길로 들어서는데 종교의 체험은 중요한 계기로 작용했다고 할 수 있다.

하지만 기타무라 도코쿠가 자신만의 독자적인 문학관을 성립해가는 것은 세례와 성경을 위주로 하는 기독교의 방식에 회의를 느끼고 비판하는 과정과 도쿠토미 소호(德富蘇峰), 야마지 아이잔(山路愛山) 등 사회개량을 목적으로 하는 당대 문학자들과 논쟁을 벌이는 과정에서라고 볼 수 있다. 이 글에서는 기타무라 도코쿠와 당대 문학자들의 논쟁 과정을 살피는 것이 주된 관심사는 아니기 때문에[75] 그의 문학 내적 논리를 따라가는 가운데 그의 문학관이 성립되어가는 과정을 살피고 그 과정에서 에머슨의 사상이 끼친 영향에 대해 밝히고자 한다.

(가) **마음속에 궁(宮)이 있고 궁의 안에 비궁(秘宮)이 있다. 그 첫 번째 궁에는 사람이 들어와 보는 것을 허락해도, 그 비궁에는 각인(各人)이 거기**

---

74 기타무라 도코쿠의 전기적 사실에 대한 자세한 사항은 이종환, 『메이지 낭만주의자 기타무라 도코쿠』, 보고사, 2001, 11~117면 참고.

75 기존의 논의에서 도쿠토미 소호, 야마지 아이잔과 기타무라 도코쿠 간에 있었던 논쟁 과정을 살피고 그의 문학관이 형성되어간 과정을 살핀 논의로는 허배관, 「인생상섭논쟁(人生相涉論爭)」의 전후－「내부생명론(內部生命論)」과의 관련을 중심으로」, 『일본근대학연구』 제26집, 한국일본근대학회, 2009, 65~80면; 허배관, 「기타무라 도코쿠와 도쿠토미 소호의 문학－「인스피레이션」에서 「내부생명론」으로」, 『일본근대학연구』 제31집, 한국일본근대학회, 2011, 99~112면 참고.

에 자물쇠를 채워 쉽게 사람이 접근하지 못하게 한다. 그 첫 번째 궁에서 사람은 그 처세의 도리를 강구하고, 그 희망, 그 생명의 표현을 이루어도, 두 번째의 비궁은 항상 침명(沈冥)하며 무언(無言)하여 개세(蓋世)의 대시인도 거기에 들어갈 수가 없다. (……)

사람은 모름지기 마음 안의 비궁을 중요시하고 이를 바르게 하며 이를 아름답게 하고 이를 세워야한다. 대죄대악(大罪大惡)을 없애는 것은 이 안에 있고 대인대선(大仁大善)이 생겨나는 것은 이 안에 있으며 비사비밀(秘事秘密)의 하늘을 통하는 것은 이 안에 있고 침묵무언(沈黙無言)의 대웅변도 이 안에 있으며 영원의 생명이 존재하는 것도 이 안에 있고 저 설명할 수 없다고 말하는 인생 일단이 설명되는 것도 이 안에 있다. **이 안에야말로 인생의 최대지중의 것이 있다.**

— 「각인심궁내의 비궁」 부분[76]

(나) 고대(高大)한 사업은 경우 등에 따라 (절대적으로) 생겨나는 것이 아니라 정신의 영동(靈動)에 의거하는 것이어야 한다. 인간의 궁통(窮通)은 기회가 독단하는 것이 아니라 정신의 동정(動靜)에 의하는 것이어야 한다. 정신은 스스로 존재하는 것이고, 정신은 스스로 아는 것이며 정신은 스스로 움직이는 것이다. (……) **그리하여 인간을 기록하는 역사는 정신의 정동을 기록해야하는 것이며 물질의 변천은 정신의 뒤를 잇는 것이기 때문에, 구차하게 말하자면, 진정한 역사의 목적은 인간의 정신을 연구하는 것에 있다.** (……)

---

76 北村透谷, 「各人心宮內の秘宮」, 앞의 책, 9~14면.

하지만 윤리라는 실용으로 문학의 명운을 단축시키는 것을 시신(詩神)은 허락하지 않는다. (……) 도쿠가와(德川) 시대의 초기를 보면 한편으로는 실용의 문학을 장려하는 사이, 다른 한편으로는 단지 쾌락의 목적에 응하는 문학을 부흥시키는 것을 볼 수 있다. 무사는 윤리에 사로잡혀 있으나 평민은 자유의 의지에 이끌려 방종한 문학을 형성한다. **여기에 이르러 평민적 사상이 비로소 문학이라는 거울 위로 비춰오는 것이며 이것이 일본문학사에서 특서해야할 문학상의 대혁명이 된다.**

—「명치문학관견」 부분[77]

인용된 글은 기타무라 도코쿠가 정치의 세계에서 벗어나 본격적으로 문학의 길로 접어드는 시기에 쓰였다는 점에서 주목을 요한다. 이 글에서 기타무라 도코쿠는 각각 기독교와 공리주의 문학을 대타항으로 설정하여 자신의 문학적 입장을 설파하는 형식을 취하고 있다. 말하자면, 그는 표면적으로 인간의 외부에 있는 현실과 인간의 내부에 있는 '마음'이나 '정신'을 대비시키는 방식을 취하고 있지만,[78] 그 이면에는 인생의 궁극적인 의의와 가치가 파생하는 근본적인 지점으로서 인간의 내부를 강조하기 위한 의도와 그러한 내부의 자각에 의해 외부의 현실이 변혁될 수 있다는 의도를 내포하고 있다. 각각을 살펴보자.

앞서 지적한 첫 번째의 시도는 주로 (가)에서 살펴볼 수 있다. 왜냐하면 기타무라 도코쿠는 이 글에서 단순히 외부의 현실과 인간의 내부를 대비시

77 北村透谷, 「明治文學管見」, 『評論』 제1~4호, 1893. 4. 8~5. 20; 위의 책, 162~166면.

78 참고로 그간 선행연구에서는 기타무라 도코쿠의 「염세시가와 여성」(1892. 2)에 나오는 '실세계'와 '상세계'라는 용어의 대립에 근거하여 그의 문학에 내재한 구조를 파악해왔다. 대표적으로 米山禎一, 앞의 글, 21~28면; 이종환, 앞의 책, 327~384면 참고.

키고 있는 것이 아니라 내부의 '마음' 자체를 두 가지로 분류하고 대비시키는 과정에서 종교적으로 보다 근본적인 의의를 지니는 '마음'이 무엇인지 타진하고 있기 때문이다. 그가 보기에 기독교에서 세례를 행하거나 성경을 위주로 종교 활동을 행하는 것은 오래전 폐습을 이어받은 '피상적인 신앙'일 뿐 인간의 내부에 있는 '마음'의 문을 근본적으로 열지 못한다. 왜냐하면 그는 인간의 '마음' 안에 또 다른 '마음'이 있다고 보고 있기 때문이다. 좀 더 구체적으로 말해, 그가 '예루살렘의 신전'에 있는 '성소'와 '지성소'의 차이를 예로 들고 있듯이, 인간의 마음속에는 '궁(宮)'과 '비궁(秘宮)'이 있다. 그가 보기에 첫 번째의 '궁'은 속인들의 생활 원리라 할 수 있는 '처세의 도리'로도 열 수 있지만, 두 번째의 '비궁'은 사람마다 고유하게 내재해있는 것이기에 다른 사람이 쉽게 접근할 수가 없다. 문제는 세례와 성경을 위주로 하는 기독교의 종교 활동이 첫 번째의 '궁'을 여는 것에 만족하고 있다는 것이다. 오히려 '비궁'에서야말로 '영원의 생명'이 존재하고 '인생 최대최중의 것'이 존재한다는 점에서 보다 근본적인 종교의 대상이 아닐 수 없다. 따라서 기타무라 도코쿠는 기존의 기독교를 비판하는 가운데 각자의 마음속에 있는 '비궁'의 중요성을 부각시킴으로써 인생의 궁극적인 의의와 가치가 파생하는 장소로서 '내부'를 강조하고 있는 셈이다. 이런 점은 (나)에서 보다 구체적으로 드러난다.

(가)에서 기타무라 도코쿠가 인간의 내부에 있는 '마음'의 자각에 따라 인생의 문제에 접근하려 했다면, (나)에서는 인간의 내부에 있는 '정신'의 자각에 따라 외부 현실과의 관계에 관한 문제에 접근하고 있다. 이 글에서 기타무라 도코쿠는 명치문학사를 탐사하기 위한 전제로서 '정신사적 접근'의 필요성을 누차 제기하고 있다. 먼저, 그는 '쾌락'과 '실용'의 관계에 따

라 명치문학의 성질을 논하는 가운데 야마지 아이잔을 비롯하여 기존의 일본문학사에서 주요한 지위를 점하고 있는 '공리주의' 문학관에 대한 비판을 가하고 있다. 그가 보기에 소위 세도인심을 이롭게 해야 한다는 논리인 '세익주의'라든지, 선을 권하고 악을 징벌한다는 논리인 '권징주의'라든지, 어떤 목적을 세우고 이에 대해 말해야 한다는 논리인 '목적주의' 따위는 고래로부터 주요한 지위를 차지하고 있음에도 오히려 '신성한 문학'을 '윤리'라는 '실용'에 예속시키고 있다는 점에서 문제적이다. 왜냐하면, 기타무라 도코쿠에게 인간의 궁극은 '정신의 자유'이기 때문이다. 따라서 그는 '물질의 변천'이 '정신의 뒤'를 잇는 것이라고 하면서 "진정한 역사의 목적은 인간의 정신을 연구하는 것"에 있다고 말하는 것이다. 이런 점에서 그는 문학의 근본이 '정신'의 자각에 있으며 종래의 문학사를 탐구하는 자세로서 '정신사적 접근'의 필요성을 제기하고 있는 셈이다.

다음으로, 기타무라 도코쿠는 '정신사적 접근'에 따라 명치문학의 전사(前史)로서 도쿠가와(德川) 시대의 문학을 관찰하는 가운데 '정신'의 자각이라는 사상의 자유를 외부 현실과의 관계에 따라 해명해내고 있다. 말하자면, 그는 도쿠가와 시대의 초기에 한편으로 세도를 이롭게 하고 세상을 고상하게 하는 것과 같이 윤리에 얽매인 실용의 문학을 크게 장려하는 사이에, 다른 한편으로는 쾌락의 목적에 응하는 방종한 문학을 부흥시키고 있었다고 보고 있다. 다시 말해, 그는 윤리에 붙잡힌 전자의 무사들과 달리, 자유의 의지에 이끌린 후자의 평민들에 의해 특기해야할 '문학상의 대혁명'이 일어났다고 보고 있다. 뿐만 아니라 그러한 대혁명이 '유신 혁명'과 같은 명치기의 혁명으로까지 이어졌다고 보고 있는 것이다. 하지만 여기서 그가 정치상의 혁명보다 사상의 혁명을 근본적인 지점에 두고 있는 것에서 단적으로 드러나듯이 기타무라 도코쿠는 무엇보다 외부의 현실을 변혁시킬 수 있는 근본적인 지점을 '정신의 자유'에 두고 있었다는 것을 간과해서는 안 될 것이다.

이런 점에서 기타무라 도코쿠가 초기의 글에서부터 일관되게 인간의 내부에 있는 '마음'과 '정신'에 방점을 두고 있었던 것은 단순히 사회나 국가로 표상되는 외부와 대비시키기 위한 것이라기보다 인간의 궁극적인 가치가 파생하는 장소가 바로 내부이며 그러한 내부의 자각이 있어야만 외부의 현실이 변혁될 수 있다는 것을 강조하기 위함이었다고 볼 수 있다. 그가 정치의 길에서 문학의 길로 급전할 수밖에 없었던 내적인 논리는 바로 여기에 있었다. 하지만 기타무라 도코쿠가 애초 지향하고자 했던 의도는 실상과 괴리될 수밖에 없었는데, 이는 그가 에머슨의 사상을 접하고 '자연'이라는 개념을 도입하는 과정에서 엿볼 수 있다.

> 자연은 인간을 지배하지만 인간 또한 자연을 지배하며 인간 안에 존재하는 자유의 정신은 자연에 묵종하는 것을 긍정하지 않는다. 자연의 힘은 크지만 인간의 자유 또한 크다. 인간은 어찌 자연에 귀합(歸合)하는 것만으로 만족할 수 있으랴. 하지만 **자연 또한 우주의 정신의 한 발표이고 신의 형상을 드러내며 그 중에 지대지순(至大至純)의 미를 담고 있는 것은 의심할 수 없는 사실이다. 이에 대해 인간의 마음이 스스로로부터 외경의 뜻을 나타내고 스스로로부터 정신적 경험을 생겨나게 하는 것은 어찌 부당한 것이 될 수 있겠는가.** (……)
>
> 이 감응은 인간 내부의 생명을 재조(再造)하는 것이고 이 감응은 인간 내부의 경험과 내부의 자각을 재조하는 것이다. **이 감응으로부터 순시(瞬**

時)의 사이 인간의 안광(眼光)은 감각적 세계를 떠나게 되고 우리의 육을 떠나며 실(實)을 떠나게 된다. 하지만 몽유병환자와 같이 '나'를 잊고 나서는 것이 아니라 어디까지나 생명의 눈으로 초자연의 것을 보는 것이다. 재조되는 생명의 눈으로.

—「내부생명론」 부분[79]

아마도 인용된 글의 제목으로 명시되어 있는 '내부생명'은 기타무라 도코쿠의 사상을 집약하고 있는 개념이라 할 법한데, 앞선 글에서 그가 사용하고 있는 '내부'라는 개념의 함의를 살펴보았다면, 여기서는 '내부'에 대한 자각이 어떻게 '생명'과 연결되고 있는가를 살펴봐야할 것이다. 이를 위해 그가 이 글에서 본격적으로 도입하고 있는 '자연'이라는 개념에 주목해본다면, 그의 '내부생명'이 차지하는 위치가 명확하게 드러날 것이다.

앞선 논의와의 연장선상에서 보건대, 기타무라 도코쿠는 인간의 '마음'과 '정신'이 파생하는 '내부'에 무한한 권능을 부여하기 위해 '자연'이라는 개념을 도입하고 있다. 그는 특히 '인간의 안에 존재하는 자유의 정신'을 절대화시키기 위해 '자연'이라는 개념에 '무한'과 '영원'이라는 관념을 덧붙이고 있다. 말하자면, 그에게 '자연'은 '우주의 정신'과 '신의 형상'을 드러내고 '지대지순(至大至純)의 미'를 담아내는 '항구불변'한 대상이다. 하지만 인간의 내부에 있는 '자유의 정신'은 그러한 '자연'에 순전히 지배되거나 복종하지 않고 '자연의 힘'을 방불케 하는 '크기'를 지니고 있다. 이 지점에서 기타무라 도코쿠는 '무한'과 '영원'이라는 수사와 결부된 '자연'이

79 北村透谷,「內部生命論」,『文學界』 제5호, 1893. 5; 勝本淸一郞 編,『北村透谷全集』 제2권, 岩波書店, 1977, 238~249면.

라는 개념을 인간의 '정신'과 연결시킴으로써 인간의 '마음'과 '정신'이 파생하는 '내부'라는 장소에 무한한 권능을 부여하고 있는 셈이다. 물론 '자연'에 대한 이러한 관점은 인간의 '영혼(Soul)'을 '자연'의 '심령(The-Soul)'과 우주의 '대령(Over-Soul)'과 통일시키려 했던[80] 에머슨의 영향에서 비롯되었을 것이다.[81] 주지하다시피, 에머슨은 기타무라 도코쿠와 마찬가지의 이유로 성찬의식에 얽매인 기독교의 신앙에 회의를 느끼고서 시공간의 한계와 제약에서 벗어나 인간의 '영혼'을 '자연'과 같은 무한한 활동의 영역으로 확장시키고자 했다. 이런 점에서 기타무라 도코쿠가 '정신'을 '자연'과 '우주'와 연결시키는 발상은 이른바 '초절주의(Transcendentalism)'라 불리는 에머슨의 사상에서 연유하였다고 할 수 있다.

이를 바탕으로 기타무라 도코쿠는 '자연'의 도입에 따라 인간의 내부에 있는 '마음'과 '정신'을 무한하고 영원한 시공간으로 확장시키면서 느끼는 생의 에너지를 개념화시키고 있다. 그것이 바로 '생명'이라는 개념이다. 말하자면, 기타무라 도코쿠는 인간이 순간순간 느끼는 '영감(inspiration)'에 의해 '마음'과 '정신'이 '자연'과 조화를 이룰 뿐만 아니라 나아가 '우주의 정신', 즉 '신'과도 일체화를 이룰 수 있다고 보고 있다. 이러할 때 인간의 내부에서는 현실을 벗어난 초자연적 대상과 감응함으로써 발생하는

80 랄프 왈도 에머슨(R. W. Emerson), 신문수 옮김, 『자연』, 문학과지성사, 1998, 77~82면. 이는 기타무라 도코쿠의 에머슨 연구에서도 살펴볼 수 있다. 北村透谷, 「エマルソン」, 1894. 4; 勝本清一郎 編, 『北村透谷全集』 제3권, 岩波書店, 1977, 40~48면.

81 기타무라 도코쿠는 「エマルソン」을 유작으로 남기기 전부터 에머슨의 영향을 받고 있었다. 말하자면, 그의 글에서 에머슨의 이름이 처음으로 등장하는 것은 「염세시가와 여성」(1892. 2)에서부터이며 메이지 25년(1892) 이후, 즉 「각인심궁내의 비궁」(1892. 9), 「심기묘변을 논하다」(1892. 9), 「타계에 대한 관념」(1892. 10) 등 여러 평론에서는 에머슨의 영향이 확실하게 나타난다. 이에 대해서는 이종환, 앞의 책, 352~353면 참고.

에너지로서 '생명'이 약동하게 된다. 이후에도 기타무라 도코쿠는 무한한 속성을 지닌 '자연'과 일체화됨으로써 느끼는 '생명'을 전략적으로 표방하고 있지만,[82] 오히려 그가 애초 외부 현실을 변혁시키기 위해 천착했던 '내부'의 자각이라는 시도는 실상 외부 현실과 동떨어진 시공간에서 이루어질 수밖에 없었던 것이다. 왜냐하면, 그가 인간의 내부에 있는 '정신'에 권능을 부여하기 위해 도입했던 '자연'과 '우주'라는 개념들이 사실은 사회나 국가로 집약되는 외부 현실을 대체해버린 관념에 불과했기 때문이다.[83] 이런 점에서 보건대, 에머슨이 '나'에게 특수하고 모든 사람들에게 보편적인 '영혼'을 내세움으로써 미국적 개인주의를 확립하고 민주주의의 기초를 마련하였다면,[84] 기타무라 도코쿠는 '영혼'을 매개로 '내부의 생명'을 절대화시킴으로써 개인으로서의 근대적 자아를 마련할 수 있었다고 할 수 있다.[85] 이처럼 기타무라 도코쿠의 '내부생명'은 애초 외부의 현실을 변혁시키기 위한 기획으로 출현하였음에도 오히려 역사성이 소거된 시공간에 머물고

---

82 대표적으로 北村透谷, 「人生に相渉るとは何の謂ぞ」, 『文學界』 제338호, 1893. 2; 北村透谷, 「萬物の聲と詩人」, 『評論』 제14호, 1893. 10 등을 들 수 있다.

83 참고로 선행연구에서도 기타무라 도코쿠가 애초 '사회'와의 관계에 따라 자신의 '내부의 생명'을 전하려고 했지만 이후에 발표된 글들에서는 '내부생명'과 일체화되지 않는 비탄이 나타남에 따라 비생명적, 비활동적, 허무적인 무상관으로 전락해버렸다고 결론 내리고 있다. 米山楨一, 앞의 글, 32~38면.

84 랄프 왈도 에머슨(R. W. Emerson), 앞의 책, 228~229면. 이러한 점은 다음과 같은 에머슨에 관한 선행연구들에서도 수긍하고 있기도 하다. 김태진(b), 「反캘빈主義運動과 超絶主義: R. W. Emerson을 中心으로」, 『미국학 논집』 제7집, 한국아메리카학회, 1974, 85~86면; 신재실, 「에머슨의 超絶主義와 美國詩의 傳統」, 『현대영어영문학』 제16권 제1호, 한국현대영어영문학회, 1980, 96~97면.

85 이에 대해 스즈키 사다미는 기타무라 도코쿠가 에머슨의 사상을 통해 외부의 제도로부터 독립한 개인의 내면을 자기의 것으로 삼고자 했으면서도 에머슨과 달리 그의 관심이 '내부'로 향해있는 것에 그의 독자성이 있다고 평가하고 있다. 鈴木貞美, 『生命で読む日本近代ー大正生命主義の誕生と展開』, NHK BOOKS, 1996, 52~55면.

말았던 것이다. 그의 '내부생명'은 결국 전적으로 자유로운 근대적 개인을 표방하기 위한 문학적 기호에 불과했던 것이다.

3. '생명'의 기원 발견과 공동체의 결속 방식

앞에서 우리는 기타무라 도코쿠가 정치의 길에서 문학의 길로 급전할 수밖에 없었던 내적 논리를 살펴보았다. 그는 초기의 글에서부터 인간의 내부에 있는 '마음'과 '정신'에 강조점을 두고서 인간의 궁극적인 가치가 파생하는 장소가 바로 내부이며 그러한 내부의 자각이 있어야만 외부의 현실을 변혁시킬 수 있다는 논리를 전개하고자 했다. 그 과정에서 그는 인간의 '영혼(Soul)'을 '자연'의 '심령(The-Soul)'과 우주의 '대령(Over-Soul)'과 연결시키는 에머슨의 사상을 접하게 되면서 자신만의 '내부생명'론을 확립하였다. 그에게 '내부생명'은 인간의 '정신'이 무한하고 영원한 '자연'과 '우주'와 연결되면서 발생하는 생의 에너지라고 할 수 있으나, 이는 기존의 사회와 국가를 괄호 친 시공간에서 나타날 수밖에 없다는 한계를 노정하고 있었다. 이러한 점을 감안하고 상대적으로 늦게 '자연'론이 부상한 1920년대 초기 조선의 상황을 살펴보자.

1920년대 초기 조선에서 근대적인 '자연'론이 산출될 수 있었던 계기는 보들레르, 베를렌느 등 상징주의, 예이츠, 타고르 등 낭만주의, 마테를링크 등 신비주의와 같이 여러 각도에서 접근이 가능하지만,[86] 이 글에서 살피고

---

86 이러한 문제의식 아래 오윤호는 1920년대 조명희의 시집에 나타나는 '자연관'과 '생명의식'이 동서양의 다양한 사상들과 교섭하는 과정에서 형성되었다고 보고서 거기에 담긴 다층적인 문제의식뿐만 아니라 조명희의 주체적인 '생명의식'을 읽어내고 있다(오윤호, 「조명희의 『봄잔듸밧위에』에 나타난 자연관과 생명의식」, 『문학과 환경』 제16권

자 하는 에머슨, 기타무라 도코쿠, 1920년대 조선의 문인 간의 영향관계는 비교적 뚜렷하게 나타난다. 이를 테면, 현상윤이 1914년에 일본 유학 생활을 전하는 글에서 에머슨, 오이켄, 베르그송 등의 철학을 통해 생의 새로운 요구를 자각했다고 고백하는 사례로 미루어볼 때,[87] 당시 일본에서 에머슨의 사상을 손쉽게 접할 수 있었으며 이에 따라 1920년대 조선의 문인들은 자연스레 근대적인 '자연'관을 접할 수 있었던 것으로 보인다. 그리고 1918년부터 1919년 사이 일본 유학 생활을 한 주요한이 근대 일본 시단의 흐름을 소개하는 글에서 메이지 20년 문단의 구도를 '국민지우(國民之友)'와 '문학계(文學界)'로 설정하고서 기타무라 도코쿠를 언급하고 있다는 점에서,[88] 1920년대 조선의 문인들은 에머슨의 영향을 받은 기타무라 도코쿠를 매개로 하여 근대적인 '자연'관을 받아들일 수 있었다고도 할 수 있다. 이러한 점을 염두에 두고서 1920년대 초기 조선에서 활발하게 전개되었던 '자연' 담론을 검토해보면, 앞서 살펴본 에머슨과 기타무라 도코쿠의 '자연'론과 마찬가지로 인간의 정신을 무한하고 영원한 시공간으로 확장시키려는 시도를 살펴볼 수 있다.

우리는 뎌 星辰과 이 墳墓에 對ᄒᆞ야 엇지 "何故오"라는 疑問을 니르키지 아닐 수 잇스리오. 그러나 **우리의 生活은 因襲的이오 盲守的이며 形式的이오 皮殼的임으로 宇宙와 萬有와 人生에 對ᄒᆞ야 큰 敬歎도 업고 ᄯᅩᄒᆞᆫ 큰 疑惑도 업도다.**

1호, 문학과환경학회, 2017, 123~157면).

87 현상윤, 앞의 글, 113면.

88 주요한, 「日本近代詩抄(1)」, 『창조』 제1호, 1919. 2, 76면.

虛空에 "永遠의 花"가 滿發ᄒᆞ야 잇슴이 큰 驚異오 ᄯᅩ 큰 奇蹟인 것은 勿論이어니와 **그 큰 驚異오 ᄯᅩ 큰 奇蹟인 것을 "큰 驚異오 ᄯᅩ 큰 奇蹟"으로 認識ᄒᆞ는 "나의 存在"는 더욱 큰 驚異오 더욱 큰 奇蹟이 아닌가.** (……)

그러면 우리는 "永遠의 花"의 威壓下에 跪座ᄒᆞ고 말며 "自然"의 暴力前에 屈服ᄒᆞ고 말 것인가. 무엇이 이에 지나는 큰 疑問이리오만은 우리는 도모지 疑問으로 녁이지 안는도다. (……) 위선 **宇宙間 森羅萬象에 對ᄒᆞ야 "何故오"라는 疑問을 니르켜라.**

—「何故오」 부분[89]

인용된 글이 기독교 신문에서 발표되었다는 점을 감안한다면,[90] 기타무라 도코쿠가 종교의 세례를 받은 이후에 문학의 영역에서 본격적인 '자연'론을 전개해간 것과 마찬가지로 남궁벽 또한 종교적인 분위기 가운데 범신론적 신비주의라 할 만한 '자연'론을 전개해가고 있다.[91]

표면적으로 남궁벽은 당대 조선이 처해있는 생활의 유한성과 대비시키는 방식으로 '자연'이라는 개념을 도입하고 있다. 그가 보기에 우리의 생활은 '인습적', '맹목적', '형식적', '피상적'인 틀에 갇혀 있기 때문에 그 밖의 '우주', '만물', '인생'에 대해서는 어떠한 '경탄'이나 '의혹'을 품지 못한다. 이 지점에서 '성신(星辰)'과 '분묘(墳墓)'와 같은 '자연'을 언급하

89 남궁벽, 「何故오」, 『기독신보』, 1918. 2. 13, 686면.

90 『기독신보』에서 남궁벽이 전개한 문예 방면에서의 활동 양상에 관해서는 최호영, 「『기독신보』에 나타난 문인들의 활동과 '이상향'의 의미」, 『민족문학사연구』 제56호, 민족문학사학회, 2014, 331~360면 참고.

91 이러한 측면은 이 글의 맨 마지막에 삽입되어 있는 다음과 같은 문구에서 단적으로 드러난다. "ᄒᆞᆫ송아리ᄭᅩᆺ에도 하ᄂᆞ님의 能力은 드러 잇ᄂᆞ니라 / 黎明의 寂寞을 破ᄒᆞ는 一聲의 鷄鳴도 能히 萬古의 消息을 傳ᄒᆞ는 者이니라."(남궁벽, 앞의 글, 686면)

는 것은 개인의 주체성을 상실하고 기존의 타성적이고 무기력한 생활에 젖어있던 자신의 모습을 비판하는 의도를 지닌다. 왜냐하면, 하늘에 있는 '성신'에는 '무한'이라는 관념이, 땅에 있는 '분묘'에는 '영원'이라는 관념이 부가되어 있는 것에서 알 수 있듯이, '자연'에는 기존의 생활방식에 얽매인 자들이 보지 못하는 세계가 펼쳐져 있으며 그러한 세계가 시시각각 우리의 '찰나적 생명'을 압도하고 있기 때문이다. 이런 점에서 남궁벽은 '자연'의 도입을 통해 생활의 유한성에서 벗어나 자신의 자아를 무한하고 영원한 시공간으로 확장시킬 수 있었다고 할 수 있다.

하지만 남궁벽의 관심은 생활의 유한성과 자연의 무한성을 대비시킴으로써 단순히 기존의 가치관에 구속되어 있던 당대 조선의 생활방식을 비판하는 것에 있지 않다. 그보다 그는 인간의 정신이 비롯되는 내면을 자각함으로써 자율적이고 능동적인 생활을 영위할 수 있는 근대적 주체를 지향하려 하고 있다. 이는 무한하고 영원한 '자연'을 받아들이는 '나'의 태도에서 단적으로 드러난다. 말하자면, 그에게 큰 '경이'이자 '기적'인 자연 그 자체보다는 그것을 큰 '경이'이자 '기적'으로 인식할 수 있는 "나의 존재" 자체가 더욱 큰 '경이'이자 '기적'이라고 할 수 있다. 왜냐하면, 그가 보기에 "나의 존재"가 품고 있는 '정신'에는 우주에 있는 '삼라만상' 어느 것에 대해서도 현상의 본질에 대한 '의문'을 품고 궁극의 진리를 추구하려는 본성을 갖추고 있기 때문이다. 이 지점에서 남궁벽은 생활의 유한성과 자연의 무한성을 대비시키는 것에서 나아가 인간의 정신을 '자연'과 같은 숭고한 위치에 끌어올림으로써 근대적 주체를 확립하고 있다고 할 수 있다. 이러한 점은 앞에서 기타무라 도코쿠가 인간의 '영혼(Soul)'을 '자연'의 '심령(The-Soul)'과 우주의 '대령(Over-Soul)'과 통일시키는 에머슨의 사상을 받

아들여 근대적 자아를 확립하려 했던 시도와 맞닿아 있다.[92]

하지만 1920년대 초기 조선의 문인들은 그러한 시도와 함께 무한하고 영원한 시공간으로 확장시키는 '자연'의 도입을 통해 자신들의 '생명'의 근원을 탐색하고자 했으며 각자의 개성적인 '생명'의 접촉을 통해 공동체의 구성원들을 결속시키려는 시도를 전개하고 있었다. 이제 아래의 글들을 통해 1920년대 초기 조선에서 전개되고 있었던 '자연'론의 중층적인 지점들을 살펴보자.

(가) 이 따의 種族은 "現實的인 自然主義"를 가지고 있었다 "自然 까닭의 自然 사랑을 가졌었으며 自然의 魔術에 對한 싱々한 感情도 가지고 있었다.

이 自然의 魔術이란 사람이, **自然을 對할 쩍에마다 그대로 저절로 알아졌으며 남들이 自己起源이나 自己의 運命을 自己에게 말아야 들리여 주듯이 어렴풋하게 깨오처지고 늣기여지는 그 憂鬱도 섯기여 있었다"** (……)

"부루種族의 歷史는 한가락 길고 느릿한 상두군의 소리였었으니 애끗는 시름도 애오라지 二十餘年……녯날의 追放을……東大陸 그윽한 따에서 南으로 南으로 半島의 最南端까지 잣고 잣고 올망올망 한 거름 두 거름 뒤를 도라보면서 遊離逃亡하야 나려오든 그 記憶을 시방도 아즉껏 짐작하고 있었다 追想하고 있었다" (……)

自然 對한 부루의 情熱이야 거의 自然의 '美'感 그것에서보담도 시러금 自然의 '神秘感' 그것에서 물이 뭇허올으든 것이며 自然의 후리는 힘과 魔

---

92 이에 대해 선행연구에서는 『학지광』 세대를 중심으로 근대 초기 조선의 문인들이 기타무라 도코쿠를 경유한 에머슨의 수용을 통해 자아의 절대성과 그 입법적 지위의 정당성을 주장하는 근대적 개인을 성립하게 되었다고 보고 있다. 이철호, 앞의 책, 66~103면 참고.

術 그것을 더 다시 불쏘시개로 집어느코 부채질을 하든 것이엿엇다.

—「白潮時代에 남긴 餘話—젊은 文學徒의 그리든 꿈」 부분[93]

(나) **우리가 文藝를 찻고 求함은 우리 全的 生命에 말지 아니치 못할 深遠한 '무엇'이 잇다.** 그러나 그 무엇은 恒久不變의 것은 안일다. 우리의 思想과 智識과 感情이 變化發展함을 짜라 다시 말하면 우리 內部生命이 向上하고 變化함을 쏫차 複雜에서 複雜으로 深刻에서 深刻으로 進하는 것이다. (……)

生命이 無限히 잇고 無限히 變化함과 갓치 藝術도 無限히 잇고 無限히 變化한다. (……) 古昔부터 偉大한 作家는 다 自己個性에 依하야 그 生命의 꼿을 잘 培養한 者이다. 그리하고 個性의 泉을 깁히 하고 또 그 個性이 十分 表現된 그것일다. 그리하고 **우리 自身과 作家 그의 個性과 다시 말하면 自己生命과 作家의 生命과 接觸交錯에 依하야 우리 自我의 生命을 照明하고 集中하고 豊富히 하고 힘세게 하야 自由의 流動을 엇게하는 것이다.** 一言而明之면 우리 自身의 生命을 가장 完全하게 길너가는 일이 이 亦是 우리가 藝術에서 求하는 窮極이다.

—「文藝에서 무엇을 求하는가」 부분[94]

첫 번째로, 1920년대 초기 조선의 문인들은 '무한'과 '영원'의 수사와 결부된 '자연'을 통해 자신들의 존재의 기원을 탐색하고자 했다. 이는 홍

---

93 홍사용, 「白潮時代에 남긴 餘話—젊은 文學徒의 그리든 꿈」, 『조광』 제2권 9호, 1936. 9, 131~132면.

94 노자영, 「文藝에서 무엇을 求하는가」, 『창조』 제6호, 1920. 5, 70~71면.

사용이 1920년대 초기 조선의 문단을 대표하던 『백조』 동인들의 활동을 회상하는 장면에서 단적으로 확인할 수 있다. (가)에서 홍사용은 아일랜드의 시인 예이츠(W. Yeats)의 술회를 토대로 『백조』 시기 자신들이 추구하던 예술의 목적이 '초자연적인 미', '불가능의 예술미'에 두었다고 언급하고 있다. 말하자면, 그들에게 유한한 현실에 얽매인 '자연'이나 그러한 생활에 구속된 자가 파악하는 '자연'에 대한 '미감(美感)'은 별다른 의미를 가지지 않는다. 그보다 그들에게는 유한한 현실에서 벗어난 시공간으로 자신들을 확장시키는 '자연'의 '신비감(神秘感)'이야말로 불가항력의 대상이었다. 그래서 그들은 일상생활에서도 사상이나 사물의 표면에 도취되기보다 자신들의 내부에 있는 '영혼'을 통해 그러한 것들을 내심으로 경험함에 따라 사물의 깊이를 이해하고 사물의 본질과 일체가 되려는 실천을 하였던 것이다. 이처럼 1920년대 조선의 문인들은 '무한'과 '신비'의 수사가 부가된 '자연'을 도입함으로써 자신들의 '영혼'을 숭고한 위치에 둘 수 있었으며 자신들의 예술을 정당화시킬 수 있었다. 물론 이러한 점은 앞에서 남궁벽이 근대적 주체를 확립하기 위해 '자연'을 도입한 시도와 같은 맥락에 서있다.

하지만 거기서 나아가 1920년대 조선의 문인들에게 '자연'은 자신들의 '생명'의 기원을 탐사하는 계기가 되고 있다. 실제로 홍사용은 이 글에서 자기들이 '자연'을 대할 때마다 '남들이 자기 기원이나 자기 운명을 자기에게 말하여 들려주듯이 어렴풋하게' 조선민족의 기원이 깨우쳐 진다고 말하고 있다. 그것이 바로 '부루 종족의 역사'이다. 다시 말해, 홍사용은 '자연'에 대한 '신비감'을 통해 '부루 종족'이 동대륙의 그윽한 땅에서 남으로, 남으로 쫓겨 와 한반도에 정착할 수밖에 없었던 역사의 시공간으로 거슬러 올라가고 있다. 이는 단순히 공상이나 몽상에서 촉발된 것이 아니다.

왜냐하면, 아직도 역사의 기원에서 파생된 기억들이 '상두꾼의 소리', '아리랑 타령', '열두 가락 메나리' 등과 같은 노래를 통해 전승되어 오고 있기 때문이다.[95] 그런 점에서 '부루 종족의 역사'는 그들의 '생명'의 기원이라 할 수 있다. 이를 염두에 둔 것처럼 홍사용은 존재의 기원과 마주하려는 자신들의 태도에 대해 "현실적인 자연주의"라는 정의를 내리고 있기도 하다. 이처럼 1920년대 조선의 문인들은 무한하고 영원한 '자연'을 통해 자신들의 '생명'을 산출한 역사의 기원을 탐색하고자 했다.

두 번째로, 1920년대 조선의 문인들은 '생명'의 근원에 대한 탐색을 바탕으로 각자의 개성적인 '생명'의 접촉을 통해 공동체의 구성원들을 결속시키고자 했다. (나)에서 노자영은 문예를 '개개인의 생명의 표현'이라 정의하고 있다. 그에게 사람마다 영위하는 생활은 다르며 각자의 생활 또한 고정적인 것이 아니라 시간이 지날수록 복잡하게, 심각하게 변화해간다는 점에서, 그러한 개별적인 생활에서 우러나는 표현 또한 다를 수밖에 없다. 이런 점에서 무한하게 변화해가는 '생명'은 문예에서 개개인의 '개성'을 담보하는 예술적 표지라고 할 수 있다. 이 지점에서 노자영이 말하는 '생명'은 앞에서 기타무라 도코쿠가 근대적 자아를 절대화시키기 위해 개념화한 '내부생명'과 다소 흡사해 보인다고 볼 수도 있다. 하지만 노자영은 단순히 각자의 '개성'을 확립하기 위해 자기의 내부에서 우러나는 '생명'을 잘 배양하는 것에 그치고 있지 않다. 그는 거기서 나아가 각자가 배양한

95 신범순에 따르면 '부루'는 단군 조선으로부터 이어지는 종족의 명칭이라 할 수 있다. 그리고 고조선 이래 역사 강역이 점차 축소되고 남쪽으로 남쪽으로 쫓겨 내려온 역정을 비탄의 감정으로 회상하는 것이 홍사용의 '상두꾼적 관점'이라 할 수 있다. 이에 대해서는 신범순, 『노래의 상상계—'수사'와 존재생태기호학』, 서울대출판문화원, 2011, 470~471면 참고.

'생명'을 서로 '접촉'하고 '교착(交錯)'시킴으로써 우리의 자아를 보다 풍부하고 완전하게 길러가는 일을 예술에서 추구해야할 '궁극'이라고 말하고 있다. 요컨대, 그에게 '생명'은 공동체의 구성원들이 주체적인 개인으로 존재하기 위한 표지일 뿐 아니라 공동체의 구성원들을 긴밀하게 결속시키는 표지이기도 하다. 이처럼 1920년대 조선의 문인들은 무한하고 영원한 '자연'을 통해 '생명'의 근원을 탐색하는 한편, 각자의 고유성을 발휘하는 조선적 공동체를 추구하고자 했다.

4. '순간'의 형상화 방식과 '숭고'의 두 갈래

지금까지 우리는 근대 초기 일본과 조선에서 '자연'론을 전개해간 양상을 살펴보았다. 기타무라 도코쿠가 인간의 '영혼'을 무한하고 영원한 시공간으로 확장시키는 에머슨의 사상을 바탕으로 근대적 주체를 확립하려 했다면, 1920년대 조선의 문인들은 '생명'의 근원에 대한 모색과 함께 개인의 개성을 발휘할 수 있는 조선적 공동체를 확립하려 했다는 것을 살펴볼 수 있었다. 그러면 앞선 논의들에서 근대 초기 일본과 조선에서 '자연'론이 서로 다른 맥락으로 전개되었다는 것을 확인하였다면, 이제 실제 그들의 작품에서는 이러한 인식론적 차이가 어떠한 방식으로 나타나고 있는가를 살펴보도록 하자.

흥미롭게도 앞서 살펴본 '자연'론에서 그들의 작품에 접근할 실마리를 찾을 수 있는데, 그것이 바로 '순간'이라는 시간과 '숭고'라는 방식이다. 실제로 기타무라 도코쿠는 시인이 '영감'에 의해 '인간의 정신'을 '우주의 정신', 즉 '신'과 감응시키는 시간으로서 '순간'을 몇 차례 제시하고 있다.

그는 '내부생명'을 자각한 인간이 '순간'을 통해 감각적이고 경험적인 현실에서 벗어나 초자연적인 세계와 접촉하는 '숭고'를 체험할 수 있다고 보았던 것이다.[96] 이러한 측면은 아래의 시에서 단적으로 살펴볼 수 있다.

대지는 망망, 하늘은 막막,
삼계 제천(諸天)의 경계가 뚜렷해진다.
만경만색(萬景萬色)이 매한가지로 펼쳐지고,
산하 도읍이 무차별한 야음(夜陰) 가운데.
육도(六道) 팔유(八維)가 구름 속에 숨고 구름에 나타나면서,
모두 내 발 아래 엎드리도다.
철위(鐵圍)—금강(金剛)—수미(須彌)—환상과 현실 두 세계 가운데 보인다.
무변(無邊) 무애(無涯) 무방(無方)의 불법도, 현현무색의 자연도,
이 영산(靈山)에서야말로 깨우쳐지게 되고,
약아빠진 소귀(小鬼)! 무익한 세상의 지혜!
대지는 크나크지 않고, 창천도 드높지 않고!
내 눈! 내 심안(心眼)! 지금 신에게 들어가리,
이 순시를 내 생명의 열쇠로 삼으리.
라고 눈을 밟고서 저기 위암(危巖) 위에 서다.

—「봉래산정」 부분[97]

96 北村透谷, 「內部生命論」, 勝本淸一郎 編, 『北村透谷全集』 제2권, 岩波書店, 1977, 248~249면.

97 北村透谷, 「蓬萊山頂」, 『蓬萊曲』, 養眞堂, 1891. 5; 『北村透谷全集』 제1권, 勝本淸一郎 編, 岩波書店, 1977, 131~132면.

인용된 시는 기타무라 도코쿠의 두 번째 시집 『봉래곡(蓬萊曲)』의 제3구 제2장의 서두에 있는 부분이다. 주지하다시피, 『봉래곡』은 1884년 여름 기타무라 도코쿠가 후지산에 등반한 경험을 토대로 하여 본편과 별편으로 구성된 극시이다. 본편에서는 야나기다 모토오(柳田素雄)라는 수행자가 꿈속에서 죽은 연인 쓰유히메(露姬)의 화신인 야마히메(仙姬)를 따라 '뜬세상(浮世)'을 떠나 '대해원(大海原)'을 거쳐 '봉래산(蓬萊山)'에 오르지만 '봉래산정'에서 대마왕과의 싸움으로 죽게 되는 과정을 담고 있다. 별편에서는 죽은 야나기다 모토오가 쓰유히메가 켜는 비파소리를 듣고 살아나 두 사람이 함께 '봉래산'을 떠나 '자항호(慈航湖)'를 건너 피안의 세계인 '서쪽나라'로 향하는 여정을 그리고 있다.[98] 제목에서 "야나기다 모토오가 산정에 도달하여 사방을 조망하는 곳"이라 부기되어 있듯이, 인용된 부분에서 야나기다 모토오는 '봉래산정'에 이르러 '봉래산' 주변의 자연을 바라보는 감회를 노래하고 있다.

여기서 기타무라 도코쿠는 '봉래산'을 무한하고 영원한 '자연'을 깨우칠 수 있는 장소로 설정해놓고 있다. 말하자면, 그는 '봉래산'을 '무변(無邊)', '무애(無涯)', '무방(無方)'의 '불법'을 담고 있는 종교적인 대상이자 '현현무색'과 같은 궁극의 자연미를 담고 있는 대상으로 그려놓음에 따라 '숭고한 위치로' 끌어올리고 있다. 그리고 '영산(靈山)'이라는 시어에서 드러나듯이 그는 '영혼'을 통해 '봉래산'과 일체화될 뿐 아니라 '봉래산'을 매개로 하여 우주의 정신, 즉 '신'에게 들어갈 수 있다는 것을 보여주고 있다. 이는 앞서 살펴본 것처럼 인간의 '영혼(Soul)'을 '자연'의 '심령(The-

98 『봉래곡』의 서사와 구성상 특징에 대한 자세한 사항은 이종환, 앞의 책, 181~242면 참고.

Soul)'과 우주의 '대령(Over-Soul)'과 연결시키는 에머슨의 사상을 적잖이 상기시키고 있는데, 기타무라 도코쿠는 이 시에서 인간의 정신과 우주의 정신을 통일시키는 시간으로 "순시(瞬時)", 즉 순간을 도입하고 있으며 인간의 정신과 우주의 정신이 통일되면서 발생하는 생의 에너지로서 '생명'을 표출하고 있다. 이런 점에서 '봉래산'은 인간의 정신이 '순간'의 시간을 통해 무한하고 영원한 시공간으로 나아갈 수 있는 '숭고'를 체험할 수 있는 장소라 할 수 있으며, '생명'은 그러한 '숭고' 체험으로 획득한 고양감이라 볼 수 있을 것이다.

하지만 기타무라 도코쿠가 '자연'을 매개로 그리고 있는 '숭고' 체험은 이 시에서 이미 속세의 인간을 "약아빠진 소귀(小鬼)"라고 폄하하거나 "세상의 지혜"를 무익한 대상으로 치부하는 방식으로 나타나 있다는 것을 간과해서는 안 될 것이다.[99] 실제로 우리는 앞서 기타무라 도코쿠가 인간의 '정신'을 '자연'과 '우주'와 연결시키는 방식으로 외부의 현실을 변혁시키고자 했음에도, 결국 그의 '내부생명'이 기존의 사회와 국가와 동떨어진 시공간에서 나타날 수밖에 없었다는 한계를 살펴본 바 있다. 이런 점으로 미루어볼 때, 그가 '순간'의 시간을 통해 자연과 일체화되고 우주적인 시공간으로 나아가려는 '숭고' 체험은 현실계를 부정하는 방식으로 이루어질 수밖에 없었던 것이다. 그러면 1920년대 초기 조선의 시인들에게 '숭고'가 어떠한 방식으로 형상화되어 있는가를 살펴보자.

99 선행연구에서는 기타무라 도코쿠의 숭고미가 과학과 합리주의에 의한 신비적 초자연적인 것에 대한 멸시, 우주와 신과의 분리, 우주로부터의 신의 배제(우주의 분묘화), 또는 신의 부정에 대한 반격과 같이 인류사적 문제에 대한 정신적 고투에서 비롯되었다고 보고 있다. 이처럼 기타무라 도코쿠의 '숭고'는 당대 일본의 현실과 괴리된 관념적 시공간에서 행해졌다고 볼 수 있다. 이에 대해서는 米山禎一, 앞의 글, 16~19면 참고.

(가)

풀, 녀름풀,

代代木들의.

이슬에 저진 너를,

지금 내가 맨발로 삽붓~~밟는다.

愛人의 입살에 입 맛초는 맘으로.

정말 너는 짜의 입살이 아니냐.

그러나 네가 이것을 야속다하면,

그러면 이러케하자.—

내가 죽거던 흙이 되마,

그래서 네 뿌리에 가서,

너를 북돗아 주맛구나.

그래도 야속다 하면,

그러면 이러케 하자.—

네나 내나, 우리는

不死의 둘네(圈)를 돌아단니는 衆生이다.

그 永遠의 歷路에서 닥드려 맛날 때에,

맛치 너는 내가 되고,

나는 네가 될 때에.

지금 내가 너를 삽붓 밟고 잇는 것처럼,

너도 나를 삽붓 밟아 주려무나.

—「풀」 전문[100]

(나)

말 업슨 불길은 하늘을 태우며,

향긔러운 말소슨 짱을 채웟다.

쓰거운 흙을 버슨 발로 발브면서

드을의 感覺속에 나는 안긴다.

(……)

오— 이러한 날에 나의 生命은 저긔 끌토다,

저긔 山우에 거러 가리라,— 나무겁질을 흐르는

향긔 잇는 송진 냄새와, 햇비체 피여난

빗毒한 쏫의 길을, 더운 벌겅 흙의 길을,

거긔서 나는 쉬리라,—숨 쉬는 풀미테,

거긔서 나는 쉬리라—수근거리는 나무그늘,

아— 마치 즐거운 뜰에 잇는 것가치

나는 취하엿다.—짬 배인 짱을, 東편에서 부러오는 더운 바람을,

써단니는 구름을, 소낙비를, 넘치는 洪水를,

나는 사랑한다, 나는 마음쎗 셔안는다—흙에 무친 시절을, 흙에서 픠어

100 남궁벽, 「풀」, 『폐허』 제2호, 1921. 1, 48~49면.

난 이 시절을,

(……)

지금 나는 이 말믄한 두 손을 그 불 속에 너으리라.
偉大한 季節이여, 나를 위하야 채리는 華麗한 잔츼에
오직 하나인 내 불쏫의 '말'을 金으로 색이리라.
나는 네 푸르른 바람에 쉬는 것보다,
네 달삼한 피곤을 맛보는 것보다,
다만 네 가슴에 더욱 쓰거운 '말업슴'의 길을 불로 닥그리라.

오々 모든 사람의 녀름이여,
질기고 질긴, 쓴을 수 업슨 사랑의 시절이여,
엇더한 光彩 만흔 새벽에,
苦待하는 나의 마음을 시러가려 하느냐!
기리 불에 쌔운 너의 爲待한 祖國으로.—

—「해의 시절」 부분[101]

일단 인용된 시는 남궁벽과 주요한이 이른바 '다이쇼 생명주의'의 영향권에 있었다는 점에서[102] 특별한 주목을 요한다. 그래서 그런지 남궁벽은

101 주요한, 『창조』 제2호, 1919. 3, 31~32면.

102 주요한의 일본유학생활을 실증적으로 추적하는 가운데 당대 일본에서 유행한 베르그송의 『창조적 진화』와 관련하여 그의 초기 시에 나타난 '의지적 건강성'을 해명한 논의로는 심원섭, 「주요한의 동경 유학시대」, 『한·일 문학의 관계론적 연구』, 국학자료원,

(가)와 함께 「생명(生命)의 비의(秘義)」, 「대지(大地)와 생명(生命)」, 「대지(大地)의 찬(讚)」을 연작으로 게재하면서 제목에서부터 '생명'을 표나게 내세우고 있으며, 주요한은 첫 시집 『아름다운 새벽』(1924)을 상재할 당시 (나)를 비롯하여 『창조』에 발표한 「아츰 처녀(處女)」, 「외로움」, 「큰길을 사모함」 등 12편의 시를 모아 "힘잇는 생명"이라는 제목을 부기하고 있다는 점에서, 이 시들에서 공통적으로 '생명'에 관한 인식을 깔고 있다는 것을 보여주고 있다. 이런 점들에 유념하여 1920년대 초기 조선에서 형성되고 있었던 '생명주의'에 접근해본다면, 당대 조선에서는 '생명'의 근원에 대한 자각을 바탕으로 만물들이 고유한 개체성을 가지고 조화를 이루는 공동체를 그려냄으로써 한국적 '생명주의'를 창출해내고 있다.

(가)에서 남궁벽은 '순간'의 시간을 매개로 하여 '자연'과 일체화되는 '숭고' 체험을 통해 '생명의식'을 표출하고 있다. 이 시에서 그는 '여름풀'로 표상되는 '자연'을 호명하는 가운데 나중에 그가 죽게 되면 '흙'이 되어 풀의 '뿌리'를 북돋아주는 방식으로, 나아가 '영원'한 생명의 순환에 의해 자신이 풀이 되고 풀이 자신이 되는 방식으로 일체화를 이루고 있다. 이는 '순간'의 시간을 '영원'과 연결시킴에 따라 삶과 죽음의 경계를 벗어나 있으며 근대의 진보적 역사를 합리화시키는 선형적 시간에서 벗어나 순환적 시간을 지향하고 있다는 점에서 자못 숭고한 방식이라 하지 않을 수 없다. 물론 이러한 방식은 앞서 살펴본 기타무라 도코쿠와 마찬가지로 '자연'과의 일체화를 통해 무한하고 영원한 시공간으로 나아가려는 '숭고'와도 비슷한 맥락에 놓여 있다고 할 수 있다. 하지만 남궁벽은 거기서 나아가 '순

1998, 293~314면 참고.

간'의 시간을 통해 '생명'의 근원을 탐색하려는 시도를 보여주고 있다.

이 시에서 그는 '생명'이 탄생하는 모성적 공간으로 '대지'를 등장시키고 있다. 말하자면, '대지'는 그가 죽고 나서 '흙'이 되어 '풀'의 뿌리에 영양분을 공급해줄 수 있는 곳이자 '영원'한 생명의 순환에 의해 언젠가 그가 '풀'로 탄생할 수 있는 '생명'의 근원이기도 하다. 이러한 점은 그가 (가)와 함께 배치한 시들에서 공통적으로 '대지'와 '생명'을 연결하는 방식으로, '대지'를 "만물(萬物)을 생장(生長)"시키는 모성적 공간으로 그리고 있는 것에서도[103] 단적으로 드러난다. 그런 점에서 '대지'는 그에게 순환적 시간에 따라 '만물'을 탄생시키고 성장시키는 '생명'의 근원이라 할 만하다. 뿐만 아니라 '대지'는 그와 '풀'을 순환적 시간에 의해 결속시키는 가운데 '찰나'의 시간에는 각각 '나'와 '너'와 같이 각자의 고유성을 파생시키는 공간이라고도 볼 수 있다. 이처럼 남궁벽은 '생명'의 근원에 대한 자각을 바탕으로 개체의 고유성이 조화를 이루는 공동체를 그려내고 있다. 이는 (나)에도 나타나 있다.

(나)에서 주요한은 여름의 '태양'에 의해 만물이 생동하고 생명력에 충일한 경지를 그려내고 있다. 이 시에서 그는 아침이 밝아와 '태양'에서 쏟아지는 에너지를 받고서 하늘에서는 '바람', '구름', '소나기' 등이, 땅에서는 '샘물', '바다', '나무그늘', '이삭', '벌레떼' 등이 각자의 자리를 보존하면서 생동하는 장면을 감각적 이미지로 형상화해내고 있다. 그런 상황에서 그는 '농부'로 표상되는 '나'를 등장시켜 그가 들판을 거닐면서 느끼는 강렬한 생명력을 표출하는 가운데 만물들이 일체화된 경지를 "화려한 잔

---

103 남궁벽, 「生命의 秘義」, 「大地와 生命」, 「大地의 讚」, 『폐허』 제2호, 1921. 1, 49~53면.

치"와 같은 축제적인 분위기로 승화시키고 있다. 이 지점에서 주요한이 제시하는 생명력이 충일한 세계는 각자의 '개성'을 표출하는 것에 그치지 않고 타자의 '개성'과 조화를 이룸에 따라 보다 큰 사회적 범주로 확장될 수 있는 경지를 가리킨다고 볼 수 있다.[104] 이런 점에서 보건대, 그가 시의 말미에서 "위대(偉大)한 조국(祖國)"을 자신의 지향점으로 제시하는 것은 단순히 민족주의와 같은 정치적 이념으로 귀결되기에 앞서 지금까지 그가 그려온 생명력이 충일한 세계를 조선적 공동체의 이상으로 삼으려는 의도를 보여주는 것이라 할 수 있다. 이처럼 1920년대 조선의 시인들은 무한하고 영원한 시공간으로 나아가는 '숭고' 체험을 통해 '생명'의 근원을 탐색하고자 했으며 이를 통해 만물들이 고유한 개체성을 가지고 조화를 이루는 공동체를 그려냄으로써 한국적 '생명주의'를 창출하고자 했다.

5. 한국 근대문학에서 '자연'론과 한국적 '생명주의'의 맥락

지금까지 이 글은 한국 근대문학의 기원으로 제시되었던 '자연'의 원천을 고찰하는 것과 함께 1920년대 초기 조선에서 전개된 '생명주의'의 특수한 지점을 해명하고자 했다. 이 글에서는 주로 한국 근대문학에 도입된 '자연'의 함의를 멀게는 미국의 초절주의 사상가인 에머슨(R. W. Emerson)과 가깝게는 메이지 시기 일본의 낭만주의 문학자인 기타무라 도코쿠(北村透

---

104 참고로 주요한은 『아름다운 새벽』의 후기에서 시집에 실려 있는 시들이 "'나'라는 개성"에 충실함에 따라 나타나는 '마음의 파동의 기록'이라고 하면서도, "'나'와 '사회'"는 불가분의 관계에 놓여 있음에 따라 그동안 사회에 건강한 생명력이 미치는 예술을 추구하려 했다고 고백하고 있다. 주요한, 「책끗헤」, 『아름다운 새벽』, 조선문단사, 1924; 『주요한 문집－새벽』 1, 요한기념사업회, 1982, 548면.

谷)와의 영향 관계에 따라 풀어내고자 했다.

메이지 20년을 전후로 정치의 세계에서 벗어나 문학의 길로 들어선 기타무라 도코쿠는 기독교와 공리주의 문학을 비판하는 과정에서 자신만의 독자적인 문학관을 성립해갔다. 그는 표면적으로 외부의 현실과 내부의 '정신'(혹은 '마음')을 대립시키는 가운데 인생의 궁극적인 의의와 가치가 파생하는 근본적인 지점으로서 인간의 내부를 강조하고자 했으며 그러한 내부의 자각에 의해 외부의 현실을 변혁시키려는 모험을 감행하고자 했다. 이 지점에서 그는 인간의 영혼(Soul)을 자연의 심령(The-Soul)과 우주의 대령(Over-Soul)과 통일시키는 에머슨의 관점에 따라 '자연'을 도입함으로써 인간의 내부에 있는 '정신'에 무한한 권능을 부여할 수 있었다. 하지만 그가 절대화시킨 '내부생명'이라는 개념은 기존의 사회와 국가를 괄호 친 시공간에서 출현할 수밖에 없었다는 한계를 노정하고 있었다. 이는 실제로 그의 시에서 '순간'의 시간을 통해 '봉래산'이라는 무한하고 영원한 시공간과 일체화된 '숭고'로 형상화되어 있기도 했다. 따라서 기타무라 도코쿠는 '영혼'을 매개로 '내부의 생명'을 절대화하여 개인으로서의 근대적 자아를 마련하는 방식으로 '생명주의'를 전개해갔다고 할 수 있다.

1920년대 초기 조선의 문인들 또한 기타무라 도코쿠와 마찬가지로 '무한'과 '영원'의 수사와 결부된 '자연'을 도입함으로써 구습이나 인습으로 대변되는 외부 현실의 제약에서 벗어나 개인의 주체성을 자각하는 방식으로 '생명'을 표출하려고 했다. 하지만 그들은 거기서 나아가 '자연'을 통해 자신들의 존재의 기원을 발견해낼 뿐만 아니라 그러한 '생명'의 근원을 바탕으로 공동체의 구성원들을 결속시키는 방향으로 '생명의식'을 추구하고자 했다. 실제로 그들의 시에서는 '생명'의 근원을 '태(胎)'나 '대지'와 같은 모성적 세계로 형상화하고 있으며 개체의 고유성이 조화를 이루는 공동체의 이상을 그려내고 있었다. 이런 점에서 한국 근대문학에서 '자연'론은 서구와 일본의 영향관계만으로 접근할 수 없는 중층성을 가지고 있을 뿐만 아니라 '다이쇼 생명주의'의 연장선상에서 바라볼 수 없는 독특한 '생명주의'를 창출해내었다고 할 수 있다. 이 글은 특히 에머슨, 기타무라 도코쿠, 1920년대 조선 문인 간의 영향관계에 초점을 맞춰 서구와 일본의 담론과 조선의 담론을 적극 대결시킴으로써 한국적 '생명주의'의 맥락을 고찰하려 한 의의가 있다.

6

야나기 무네요시(柳宗悦)의 생명 사상과 1920년대 한국시의 공동체 문제

—

1. 1920년대 한국 문인들과 야나기 무네요시의 관계

일찍이 근대적인 문학의 본격적인 출발점으로 평가받아온[105] 『창조』, 『백조』, 『폐허』를 검토해보면 1920년대 한국 문학에 편만해 있던 '생명의식'의 일단을 엿볼 수 있다. 이를테면, 최승만은 '불평'으로부터 파괴와 건설의 원리를 바탕으로 하는 '생명'을 읽어냄으로써 이를 개인과 사회가 발전하는데 기여한 원동력이라 보고 있다.[106] 그리고 노자영과 김찬영은 '문예(넓게는 예술)는 무엇인가'를 다루는 글에서 예술을 '생명의 표현'으로 정의하거나[107] 현대예술의 '생명'을 현실의 모든 구속을 벗어난 자아의 '자유로운 감정'과 '속임 없는 감각의 표현'으로 정의내리고 있으며,[108] 염상섭은 자신들을 '폐허'가 되어버린 '성전'을 파괴하고 새로운 '생명'을 탄생시킬 무리에 비

---

105 박현수, 「1920년대 초기 문학의 재인식」, 상허학회 편, 『1920년대 동인지 문학과 근대성 연구』, 깊은샘, 2000, 13면.

106 최승만, 「불평」, 『창조』 제3호, 1919. 12, 1~3면.

107 노자영, 「文藝에서 무엇을 求하는가」, 『창조』 제6호, 1920. 5, 70~71면.

108 김찬영, 「現代藝術의 對岸에서」, 『창조』 제8호, 1921. 1, 19~24면.

유하면서 『폐허』의 지향점을 명확히 선언하였다.[109] 그뿐 아니다. 우리는 『백조』 전체에 걸쳐 있는 과도한 죽음충동을[110] 감상적 낭만주의의 산물이라기보다 허위로 점철된 속세에서 벗어나 강렬한 '생'을 추구하려는 상징적 태도라고 볼 수 있을 것이다.

이처럼 1920년대 한국 문학에서 여러 장르에 걸쳐 '생명의식'이라 불릴 만한 것은 왜 등장하며, 어디에서 연유하는 것일까? 기존의 손쉬운 접근법대로라면 우리는 1920년대 한국 문학에 나타나는 '생명'이라는 개념어를 그와 비슷한 맥락에 있는 '자아', '개성', '감정' 등의 용어와 관련하여 전대의 계몽적 문학관에서 벗어나 개인의 자율성을 표상하는 지표로 이해할 수 있을 것이다. 이 과정에서 확립된 자율적인 주체 혹은 미적 주체는 그간 사회적 근대성과는 다른 미적 근대성의 성과로서 평가되어 왔다.[111] 또한 우리는 1920년대 한국 문학에 나타나는 '생명의식'을 외부 담론의 영향과 수용의 산물로 받아들일 수도 있다. 보다 구체적으로 이는 기독교와 같은 외래 종교의 수용이나 1920년대 한국 문인들과 야나기 무네요시(柳宗悅)의 교류[112] 등 다양한 경로를 통해 이루어진다. 이러할 때 1920년대 한국 문학에 나타나는 '생명의식'은 서구적인 의미에서 근대성을 담보하는 지표이거나 외부 담론과의 영향 관계의 산물에 그침에 따라 실제 1920년대 한국 문

---

109 염상섭, 「廢墟에 서서」, 『폐허』 제1호, 1920. 7, 1~3면.

110 일례로 박종화, 「密室로 돌아가다」, 『백조』 제1호, 1922. 1, 11~15면; 박종화, 「黑房秘曲」, 『백조』 제2호, 1922. 5, 115~117면; 박종화, 「死의 禮讚」, 『백조』 제3호, 1923. 9, 95~97면 등을 들 수 있다.

111 김행숙, 『문학이란 무엇이었는가—1920년대 동인지 문학의 근대성』, 소명출판, 2005, 93~193면; 여태천, 『미적 근대와 언어의 형식』, 서정시학, 2007, 18~54면.

112 1920년대 한국 문인들과 야나기 무네요시의 교유관계에 대해서는 남궁벽, 「同人印象記—吳相淳 君의 印象」, 『폐허』 제2호, 1921. 1, 107~108면; 남궁벽, 「廢墟雜記」, 위의 책, 151면; 민태원, 「音樂會」, 위의 책, 111~148면 등에서 확인할 수 있다.

단에서 차지하는 미세한 함의는 무엇이었는가에 대한 의문을 불러일으킨다. 따라서 이 글은 1920년대 한국 문단에서 여러 가지 방식으로 전개되고 있었던 '생명의식'의 한 기원으로 야나기 무네요시의 생명사상을 검토하는 한편, 당대 조선의 맥락에서는 어떠한 생명 담론을 형성하였으며 그 특수한 의의가 무엇인지에 관해 살펴볼 필요성을 느낀다.

기존 연구에서 1920년대 한국 문인들과 야나기 무네요시를 비롯한 시라카바파(白樺派)와의 사상적 관련성에 대해서는 몇 차례 논의된 바 있다.[113] 먼저, 김윤식은 1920년대 한국 문단을 대표하는 염상섭이 개성의 자각, 자아의 각성에 따라 고백체의 형식을 만들게 된 계기를 '다이쇼 교양주의'에서 찾고 그 중에서도 시라카바파와의 영향관계에 대해 고찰하고 있다. 그에 따르면, 당시 염상섭뿐만 아니라 김동인, 주요한 등은 일본유학 체험을 통해 외부의 정치적 권력에 대해 '내면'을 맞세웠던 흐름과 접하게 되었으며 특히, 염상섭에게 야나기 무네요시와의 관계는 그러한 사상적 흐름에 다가서는 데 결정적인 계기가 되었다.[114] 이 논의는 염상섭이 초기 문학에서 개성의 자각, 자아의 각성을 주장하게 된 연원을 야나기 무네요시와의 교유 관계에 따라 실증적으로 밝힌 의의가 있으나, 1920년대 한국 문단의 특수한 사정을 고려하는 방향으로는 나아가지 못하고 있다. 이에 반해, 조윤정은 야나기 무네요시에 대한 기존 연구가 '일본에서부터 조선으로'라는 단선적 방향성을 설정하고 있다는 문제의식 아래, 『폐허』 동인들의 활동에 초점을 맞춰 야나기 무네요시의 사상을 검토하고자 했다. 보다 구체적으로

113 이 글에서는 사실 야나기 무네요시 자체를 논의의 대상으로 삼고 있지 않기 때문에 야나기 무네요시에 관한 연구 현황은 따로 검토하지 않기로 한다. 다만, 논의하는 과정에서 필요하다고 판단되는 부분에서만 간략하게 언급하도록 한다.

114 김윤식, 「폐허파와 백화파」, 『염상섭 연구』, 서울대출판부, 1987, 67~95면.

이 논의에서는 『폐허』 동인들이 『폐허』에 가담하기 이전에 『근대사조』에서 『삼광』에 걸쳐 전개한 사상과 시라카바파 사상과의 공명점으로 '아나키즘'을 제시하고 거기서부터 분화된 조선의 사상운동을 살펴보고자 했다.[115] 이에 따라 이 논의는 당시 조선의 문인들이 야나기 무네요시의 종교·예술론을 주체적으로 변용한 양상을 살펴보면서도 이를 주로 정치적인 측면에서 해명하는 데 그치고 있다.

따라서 이 글은 선행 연구의 성과에서 나아가 1920년대 한국 문학에서 나타나는 '생명의식'의 특수한 지점을 읽어내고자 한다. 이를 위해 이 글에서는 1920년대 한국 문학에서의 '생명의식'이 야나기 무네요시의 생명 사상과 공명할 수 있었던 지점뿐만 아니라 서로 갈라지는 지점을 고찰하고자 한다. 이 글에서는 특히 1920년대 한국의 맥락에서 '생명의식'이 차지하는 독특한 위상을 당대 '공동체'론과 관련하여 해명하고자 한다.

2. 야나기 무네요시의 생명 사상의 구조와 '실재'의 의미

주지하다시피, 야나기 무네요시를 비롯하여 시라카바파(白樺派)가 제출한 사상적 공통성을 '생명'의 관점에서 접근한 논의는 스즈키 사다미에 의해 이루어진 바 있다. 그에 따르면, 메이지 45년(1912)부터 다이쇼 3년(1914)에 걸쳐 일본 사회 전반에서는 '다이쇼 생명주의'라고 부를 만한 흐름이 폭넓게 전개되고 있었으며 개인의 자각을 통해 인류의 의지를 실현

115 조윤정, 「사상의 변용과 예술적 공명, 『폐허』 동인과 야나기 무네요시」, 『야나기 무네요시와 한국』, 소명출판, 2012, 294~336면.

하려 했던 시라카바파는 '다이쇼 생명주의'의 한 계보를 이루고 있었다.[116] 앞서 거론한 선행연구에서는 1920년대 한국의 문인들이 이러한 환경 속에서 자연스레 '생명의식'을 추구하게 되었다고 지적해왔다. 따라서 우리는 1920년대 한국 문인들이 전개하려 했던 생명 담론의 특징을 살펴보기 전에 그들과 직접적인 영향 관계에 놓여 있던 야나기 무네요시의 생명 사상의 정체를 좀 더 구체적으로 살펴볼 필요성을 느낀다.

야나기 무네요시는 실제로 1913년 「생명의 문제」라는 장문의 글을 발표하여 생명에 대한 자신의 입장을 본격적으로 개진한 바 있다. 그가 글의 말미에서 밝히고 있듯이 이 글은 당대 대표적인 자연주의 소설가인 나가이 가후(永井荷風)의 「생명론(生命論)」에 대한 반론으로 쓰였다. 말하자면, 그는 '기계론'에 의해 왜곡된 생명 현상을 비판하고 '생기론'의 차원에서 생명 현상의 본질을 회복하기 위한 의도로 이 글을 집필하였던 것이다. 이런 점에서 여기서는 야나기 무네요시가 '기계론'으로 대표되는 종래의 생명 사상을 비판하는 입장과 그에 대한 대안으로 제시한 '생기론'의 내적 구조를 고찰하고자 한다.

> 지금 새로운 장으로 들어가기에 앞서 우리는 기계론이 생명의 문제에 대해 해설할 수 있는 힘이 부족한 것을 (지금까지) 입론한 것에 의해 다음 세 가지의 중대한 결과를 추론할 수 있음을 적요(摘要)해야 한다.
>
> 첫째, 생물현상은 물질적 표현에 한정되지 않는다. 아니, 오히려 생명은 그 표현에 대해 물질을 사용하고 이를 통체(統體)로 하는 힘을 의미한다.

---

116 鈴木貞美 外, 『生命で讀む20世紀日本文藝』, 至文堂, 1994, 8면.

따라서 물질 및 생명은 상호의존(interdependence), 혹은 상관(correlation)의 관계에 있다. 고로 기계론자가 비평한 것과 같이 양자를 독립 개개의 존재로 간주하는 것은 오류이지만 또 그것으로 생명을 물질현상의 일면으로 돌아가게 하는 것은 기계론의 오견(誤見)이다. 즉, 자연에서는 생명 및 물질의 두 가지 순서(order)를 인정해야 한다.(5장 참조)

둘째, 생명의 승인은 결코 기계론이 주장하는 것과 같이 물질의 이화학적 현상과 모순되는 것이 아니라 생명과 물질에는 떨어질 수 없는 조화가 있다. 생명은 결코 이화학적 법칙과 상용할 수 없는 것이 아니다. 우리는 여기에서 기계론과 생기론과의 조화를 인정하게 될 것을 믿는다. 다만, 그들의 다툼은 항상 정해진 연구 범위를 넘어서는 죄로부터 일어난다.

셋째, 자연은 유물의 일면에 한정되지 않기 때문에 자연의 과학은 유일하지 않다. 적어도 이화학적 순수과학과 함께 생물학의 자율성을 인정해야 한다. 즉, 양자는 각각 다른 연구 범위를 가지는 과학이라고 말해야 한다. 전자는 순수하게 물질적 현상을, 후자는 생명의 현상을 그 주요한 대상으로 하는 것이다. 고로 전자에는 완전한 기계적 설명의 가능을 보고, 후자에서는 생기론의 가능을 인정해야 하는 것이다. 따라서 **결과적으로 자연의 현상을 유물의 일면으로부터 설명하려고 하는 기계론은 생명의 문제에 대해 엄연하게 어떤 것도 말할 수 없다는 것을 알아야 한다.**

—「생명의 문제」 부분[117]

이 글에서 야나기 무네요시는 생명에 대한 자신의 관점을 내세우기 위

117 柳宗悅, 「生命の問題」, 『白樺』, 1913. 8. 5~20; 『柳宗悅全集』 제1권, 筑摩書房, 1981, 272~324면.

해 당시 유기체의 모든 생명 현상을 무기체와 같은 원리로 파악하려는 '기계론'을 비판적으로 분석하고 있다. 그가 보기에 '기계론'이 유기체의 생명 현상을 바라보는 방식은 다음과 같은 문제점을 안고 있다. 첫째, '기계론'은 생물 현상을 물질적 표현에 한정함에 따라 생명의 특수존재를 부정하고 자연현상을 물질적 현상의 범주로 설명하려고 한다. 이에 따라 '기계론'으로 생물 현상을 설명하게 될 경우 '상호의존'과 '상관'의 관계에 놓여있는 '물질'과 '생명'의 관계는 깨지게 되며 오히려 '물질'을 움직이도록 하는 '생명'의 근본적인 힘은 간과되고 만다. 둘째, '기계론'은 생명 현상을 '이화학적 법칙'에 따라 파악하고 모든 것을 이화학의 안에 포함시키려함으로써 자신의 연구범위를 초과하고 만다. 셋째, '기계론'은 '자연'을 '유물'의 일면에 한정시키기 때문에 '이화학적 순수과학'과는 다른 '생물학'의 자율성을 자연 부정하고 만다. 종합해보면, 야나기 무네요시는 모든 자연현상과 생물의 진화를 '이화학적 법칙'으로 환원시키는 '기계론'의 일원론을 비판하고 이원론의 관점을 바탕으로 '기계론'과 '생기론', '물질'과 '생명'의 조화를 역설하고 있으며 물질의 세계에 의미와 가치를 부여하는 근본적인 원동력으로서 '생명'을 내세우고 있는 셈이다.

이 지점에서 우리는 야나기 무네요시가 말하고자 하는 '생명'의 의미를 좀 더 구체적으로 파악하기에 앞서 그가 '기계론'과 '생기론', '물질'과 '생명'의 관계에 따라 '생명'의 문제를 풀어가는 방식이 가로놓여있는 맥락을 살펴볼 필요성을 느낀다. 왜냐하면, 이 글에서 야나기 무네요시가 모든 생명 현상을 무기체와 같은 물질적인 표현으로 간주하는 '기계론'을 부정하는 관점에는 당시 일본이 처해있던 역사적인 상황이 일정 부분 개입하고 있기 때문이다. 주지하다시피, 20세기 초반의 일본에서는 청일전쟁과 러일전쟁으로 인해 크나큰 사상자가 속출하고 중화학공업의 발전과 도시의 발달로 인해 '신경증'이라는 시대의 병이 생겨남에 따라 사회 전반에서 '생명'의 불안과 위기를 노출하고 있었다.[118] 이런 분위기 가운데 야나기 무네요시가 특히 '생명'을 물질적 표현으로 간주하는 '기계론'을 비판하고 '물질'을 움직이는 근본동력으로서 '생명'을 표방하고 있는 것은 그 전까지 일본 사회를 지탱하던 사회진화론에 대한 비판과 맞닿아 있다고 할 수 있다. 실제로 야나기 무네요시는 이 글에서 '생명'에 대한 '기계론'의 관점을 사회에 적용한 다윈(C. Darwin)의 진화론을 자신의 '생명'에 관한 관점과 구별하고 있기도 하다.[119] 그가 '기계론'을 비판하고 '생기론'을 표방하는 것은 바로 이러한 상황과 결부되어 있다.

여기서 야나기 무네요시는 '물질'과 '생명'의 조화를 모색하기 위한 방향으로 '생기론'을 정립해가기 위해 이를 철저하게 '과학적 사실'로부터, 또는 '철학적 논거'로부터 입증하려 한다. 이 중에서 우리의 눈길을 사로잡는 것은 파브르(J. H. Fabre), 크로포트킨(P. A. Kropotkin), 마테를링크(M. Maeterlinck) 등의 사례로 논의한 과학적 예증보다 블레이크(W. Blake), 에머슨(R. W. Emerson), 베르그송(H. Bergson) 등을 통한 철학적 근거의 제시이다.

(가) 우리가 앞에서 명확히 한 것과 같이 생명의 현상은 항상 긴 과거와 먼 미래를 가지고 있다. **생물의 창조적 진화는 생명의 부단한 활동을 가지고 비로소 행할 수 있으며 따라서 그 본질은 항상 역사적인 곳에 있다. 베르그송도 이 점을 주의한 것과 같이 생물의 활동은 항상 역사적 관계를 배**

118 鈴木貞美 外,『生命で読む20世紀日本文芸』, 至文堂, 1994, 10~26면.

119 柳宗悅,「生命の問題」,『柳宗悅全集』 제1권, 筑摩書房, 1981, 277면.

경으로 하고 있다. (……) 게다가 그들은 오히려 금일의 상태에서 정지하는 것에 만족하지 않고 희망을 무한의 미래로 이어간다. 그들은 사위(四圍)의 경우를 이겨내고 자기를 개진하고 창조하려고 한다. 그들은 영원의 변화를 운명으로 하고 과거, 현재를 타파해가면서 미래에서 미래로 살아가려고 한다. (……) **생명의 진화 발전은 결코 모든 것을 외위(外圍)의 영향에서 기대하는 것이 아니다. 진화의 진의를 이해하려고 시도한다면, 우리는 모든 생물에 내재하는 생명에 대해 이를 내부로부터 관찰해야 한다. 우리는 진화가 어떠한 외위의 여러 가지 사정에 관계하더라도 그 근본적 소인을 항상 살아가게 하는 생명의 충동(vital impetus)에서 구해야 한다.**

(나) 게다가 **우리가 앞에서 암시한 것과 같이 생명이 물질세계와 상관관계에 있다는 것은 즉 의미 세계의 표현을 의미한다. 오늘날 진화의 의의는 실로 생명의 왕국을 표현하기 위함이고 그 최고의 단계에 있는 우리 인류의 창조는 생명이 그 존재의 극치인 가치의 세계에 들어가기 위함이다.** 진화는 끝날 수 없는 생명의 발전이고 자연의 깊은 의지의 표현이다. (……) **생물 진화의 의의는 실로 이러한 의미의 세계, 실재의 세계에 닿기 위함이다. 생명의 활동 그 자체는 실로 유현한 실재계에 접촉하고 있다. 그가 무한의 미래를 추구하는 마음은 실로 무궁의 실재를 동경하기 때문이다.** 이러한 견해는 결코 우리의 공허한 상상이 아니다. 실로 여러 가지 위대한 종교가, 철학자, 예술가의 일생과 사업이라는 것은 이 자연의 진의를 이해하고 표현한 영원의 기념비라고 해도 좋다.

—「생명의 문제」 부분[120]

120 위의 책, 308~310면; 311면.

인용된 글에서 야나기 무네요시는 '생기론'의 입장에 서서 '생명'의 존재 방식을 설명하고 '진화'의 의의를 밝히고 있다. 이를 위해 그는 생물의 활동이 필연적으로 역사적 관계를 바탕으로 하고 있다는 전제 아래 생명 현상을 '시간'의 흐름에 따라 설명하고 있다. 그가 보기에 현재 진행되고 있는 생명 현상은 '긴 과거'와 '먼 미래' 사이의 어딘가에 놓여 있다. 다시 말해, 생명 현상의 중심을 생물에 놓고 보자면, 이는 생물이 현재에 이르기까지 자신의 주변에 닥친 어떠한 상황도 타파해가면서 미래로 생명의 활동을 이어가는 것을 의미한다. 이처럼 생물은 역사적인 흐름 가운데 발생, 생장, 사망을 반복해오는 과정에서 진화해왔고 앞으로도 계속해서 진화할 지속의 과정에 놓여 있다. 이런 점에서 야나기 무네요시는 생물이 현재의 상태에 멈추지 않고 '무한의 미래'로 지속해가는 '생명의 부단한 활동'을 '창조적 진화'로 보고 있는 것이다.

여기서 야나기 무네요시는 자신의 '생기론'을 정당화하기 위해 몇 가지 철학적 근거를 제시하고 있다. 첫 번째의 근거가 진화의 원동력을 생물 내부에 내재해 있는 '충동'에서 찾고자 했던 베르그송이다. 실제로 야나기 무네요시는 이 글에서 베르그송의 『의식의 직접 소여에 관한 시론』(1889)에 큰 빚을 지고 있다고 고백하고 있거니와[121] 이를 바탕으로 베르그송이 집대성한 『창조적 진화』(1907)에 의지하여[122] 생명과 진화에 대한 자신의 입장을 전달하고 있다. 이런 관점에 따라 야나기 무네요시는 앞서 그의 생명 사상이 기존 사회진화론의 비판과 일정 부분 맞물려 있다고 살펴본 것과 같

---

121 위의 책, 312면.

122 선행연구에 따르면 베르그송의 『창조적 진화』는 1912년 일본에 수용되었다는 점에서 야나기 무네요시가 「생명의 문제」를 집필할 당시에는 충분한 참고자료가 되었던 것으로 보인다(심원섭, 앞의 책, 309면).

이 이 글에서도 생명 진화의 원인을 외부 환경의 영향에서 찾거나 생명현상을 인위적인 법칙으로 분석하려는 '기계론'의 오류를 비판하는 가운데 모든 생물의 내부에 내재해 있는 생명으로부터 '진화의 진의'를 이해해야 할 필요성을 제기하고 있다. 말하자면, 그에게 생물의 진화는 베르그송과 마찬가지로 외부 환경과 관련을 맺고 있으면서도 보다 근본적으로 생물의 내부에서 비롯하는 '생명의 충동'에 의해 가능한 것이었다.[123] 생물은 바로 자신의 내부에서 파생하는 '충동'에 따라 과거와 현재를 타파하고 자기를 '미래에서 미래로' 창조해가는 것이다.

두 번째로, 야나기 무네요시는 생물이 부단한 생명활동을 전개하여 가닿을 수 있는 궁극적인 세계를 설명하기 위해 블레이크의 관점을 제시하고 있다. 그에게 생명활동은 물질세계와 상관의 관계에 놓여 있다는 점에서 '추상적 활동'이 아닌 '구상적 활동'이었다. 그는 생명현상을 '물질적 표현'으로 규정하려는 태도를 비판하였을 뿐 결코 물질세계를 부정하지 않았으며 '물질'과 '생명'의 조화를 역설하고자 했다. 그가 보기에 생물은 '물질'을 통해 '의미의 세계'를 표현하고 '가치의 세계'에 들어설 수 있다. 앞선 논의의 연장선상에서 보건대 생물은 결국 자신의 내부에서 우러나는 '생명의 충동'에 따라 물질세계에 의미와 가치를 부여하는 과정에서 과거와 현재를 넘어 '무한의 미래'로 진화할 수 있는 것이다. 야나기 무네요시에게 생물이 생명활동에 의해 가닿을 수 있는 '극치'가 바로 "실재의 세계"이다. 생물이 생명활동으로 '무한의 미래'를 추구하는 것은 궁극적으로 '실재'에 대한 동경에 다름 아니었기 때문이다. 이러한 경지에는 그가 블

123 앙리 베르그송(H. Bergson), 황수영 옮김, 『창조적 진화』, 아카넷, 2005, 140~157면.

레이크의 시를 통해 설명하고 있듯이 '무한'이나 '영원'과 같은 절대적인 시공간이 펼쳐져 있다.[124] 결국 야나기 무네요시는 이곳에 문학, 종교, 철학 등 모든 학문의 궁극이 존재한다고 봄에 따라 그의 생명 사상을 '실재'에 귀결시키고 있다. 이런 점에서 '실재'가 그의 철학체계에서 차지하는 위상을 좀 더 구체적으로 파악하는 과정에서 그의 생명 사상이 내포하고 있는 독특한 지점을 살펴볼 수 있을 것이다.

> 따라서 실재를 사유 혹은 형태의 세계에서 찾으려고 하는 철학적 사색은 우리의 요구가 견딜 수 있는 바가 아니다. 사유의 세계는 차별의 세계이고 형태의 세계는 대립의 세계이다. 생명의 지상요구로서의 충전(充全)이어야 할 실재는 일체의 대립적 구획을 절멸한 제1의 것이어야 한다. 대치적 관계는 절대적 지상에 도달하려는 노력의 도정이다. 차별 분리는 오히려 모순, 모색의 세계이다. **생명이 최후의 평화를 채워야 할 곳은 이러한 시도의 세계를 지나 주객의 싸움이 끝나는 곳이어야 한다. 요구 확충의 실재에서는 물심의 차별도 융화에서 미소 지어야 한다. 아(我)라고 하는, 비아(非我)라고 하는 이러한 태도는 이미 실재 그것의 진경(眞景)으로부터 멀리 떨어져 있다. 생명이 확충되는 곳은 일체를 포함하는 융합혼일의 경지이다.** (……)
>
> 실로 내가 추구하는 실재는 사랑(愛) 그것이다. 거기에서 일체의 차별은 융합하고 대립은 포옹한다. 남는 것은 단지 기쁘게 빛나는 사랑의 사실이다. 나는 경건한 마음으로 가득차고 **철학적 지상요구로서 이 실재가 종교적 지상요구로서 신 그것과 일치한다는 것을 덧붙여야 한다.** 신은 실재

---

124 야나기 무네요시에게 블레이크의 사상이 끼친 영향에 대해서는 中見眞理, 『柳宗悅: 時代と思想』, 東京大學出版會, 2003, 35~58면 참고.

의 형상(Eidos)이다.

—「철학적 지상요구로서 실재」 부분[125]

인용된 글에서 야나기 무네요시는 기계론적 법칙과 인과론적 원리에 따라 '실재'에 접근하는 방식을 비판하고 철학의 형이상학적 방식에 따라 거기에 접근하고 있다. 이런 점에서 이 글은 「생명의 문제」에서 결론으로 제시한 "실재의 세계'를 좀 더 보충하기 위한 의도로 쓰였다고 볼 수 있다. 실제로 야나기 무네요시는 이 글에서 베르그송의 주저 『창조적 진화』를 언급하면서 모든 이론철학이 "생명의 학문"이어야 한다는 것을 강조하고 있으며,[126] 거기에서 나아가 휘트먼과 블레이크의 시구까지 동원하여 '실재'를 종교, 철학, 문학의 궁극이 되는 지점으로 확장시키고 있다. 야나기 무네요시는 추상적 형식에 빠진 기존의 철학을 비판하고 철학이 진정 인간의 생명을 일깨워 줄 수 있는 지향점을 말하고 있다. 그것이 바로 '실재'이다. 그에게 철학의 궁극적인 진리는 주관과 객관, 보편성과 특수성, 관념론과 실체론으로 이분화할 수 있는 것이 아닌 합일과 융화의 세계이다. 철학은 그러한 진리를 추구할 때 자연과 인생을 진정한 사랑(愛)에 이르게 할 수 있다. "실재는 생명으로 실현된 구경의 세계이다"라는 구절은[127] 그러한 의미를 단적으로 보여준다. 이런 점에서 그가 '실재'와 접촉할 때 파생하는 감정으로 제시한 '사랑(愛)' 또는 '사모(思慕, eros)'는 「생명의 문제」에

---

125 柳宗悅, 「哲學的至上要求として實在」, 『白樺』, 1915. 1; 『柳宗悅全集』 제2권, 筑摩書房, 1981, 241~243면.

126 위의 책, 239면.

127 위의 책, 같은 면.

서 제기한 '생명의 충동'을 보충하는 철학적인 개념이라 볼 수 있다.

하지만 여기서 우리가 주목해야 할 부분은 '실재'가 구현되는 방식이다. 왜냐하면, 야나기 무네요시에게 '실재'가 '철학적 지상요구'로서 '절대성'을 띨 수 있는 것은 '대립'과 '차별'을 벗어나 "일체를 포함하는 융합혼일의 경지"를 의미하기 때문이다. 물론 모든 대상은 거기서 "극성의 원리"에 따라 각자의 개성적 차이를 간직할 수 있다고 해도 실재를 구현하는 과정에서 각자의 개체적 특질은 전체적인 차원으로 통합되어 버리고 만다. 실제로 야나기 무네요시는 모순과 모색의 단계를 멸각해버린 궁극의 종합에 "제1의 것"을 부여하고 있기도 하다. 야나기 무네요시의 이러한 시도는 당시 인도적인 차원에서 인류평화를 지향하려 했던 시라카바파의 이상과 맞닿아 있다고 볼 수도 있지만,[128] 그가 보여준 '실재'의 비역사성과 초월성은 오히려 내셔널리즘으로 함몰될 위험성을 노출하고 있다는 점에서[129] 문제적이다. 이런 맥락에서 야나기 무네요시는 '실재'가 모든 자연현상에 내재해 있어서 인간이 그것을 체감하고 맛볼 수 있는 세계로 보면서도, 이를 어떠한 개념이나 판단으로도 위치시킬 수 없는 것으로 파악하고 있는 것이다. 그에게 '실재'는 "명명할 수 있는 물체"가 아니었다. 뿐만 아니라 '실재'는 일체의 사유나 반성을 끊어버리고 '가치적 사실'이나 '순수한 구상적 경험'으로 체감될 수 있는 당위적인 곳에 놓여 있었다. 그리하여 야나기 무네요시는 '철학적 지상요구'의 귀착점을 "종교적 법열"의 상태에 둠

128 이에 대해서는 池内輝雄, 「「白樺」ー武者小路実篤と志賀直哉」, 『生命で読む20世紀日本文芸』, 至文堂, 1994, 147~154면 참고.

129 스즈키 사다미 또한 일본의 '생명주의'는 '전체주의'로 포섭되어버릴 위험이 있다고 말한 바 있다. 그에 따르면, '다이쇼 생명주의'가 태평양 전쟁 하에 단절되었던 것은 전쟁으로 인해 개체의 생명이 국가라는 제2의 생명으로 치환되고 말았기 때문이다(鈴木貞美 外, 위의 책, 8면).

에 따라 오히려 '실재'의 비역사성과 초월성을 더욱 강조하는 결말에 이르게 된 셈이다.

물론 야나기 무네요시의 '종교'에 대한 인식이 향후 어떠한 방향으로 전개되었는지에 대해 보다 세심한 검토가 필요할지 모른다.[130] 하지만 이 당시의 맥락에서 '종교'라는 개념이 공적인 영역과 사적인 영역으로 편성되면서도 언제든지 그보다 상위에 있는 '천황제 이데올로기'에 포섭될 위치에 놓여 있었다는 점을 감안해볼 때,[131] 야나기 무네요시 또한 '실재'를 정치와 역사의 외부에 위치시킬수록 그것과 결부될 위험성을 노출했던 것은 아닐까. 이 지점에서 우리는 야나기 무네요시의 생명 사상이 그와 직접적인 교유 관계를 맺은 한국 문인들의 '생명의식'과 공명하면서도 서로 갈라지는 측면을 안고 있을 거라는 문제의식을 품게 된다. 다음 장에서 이를 구체화해보자.

---

130 야나기 무네요시의 사상에서 '종교'의 문제를 거론한 사례로는 이병진의 논의를 들 수 있다. 그는 야나기 무네요시의 '민예'론이 대두하게 된 배경을 프롤레타리아 문학운동의 태동과 일본 낭만파로의 계승과 같은 당대 문단의 상황이나 블레이크의 신비사상과 휘트먼의 본능적 자아와 같은 서구사상 수용의 맥락에서 살펴보고 있다. 이에 따라 야나기 무네요시를 비롯한 시라카바파가 문예운동에서 발견하려 한 '미'의 이상이 현실의 정치적인 측면과는 먼 지점에 있다고 지적하고 있다(이병진, 「야나기 무네요시의 인간부재로서의 '민예'론 읽어보기」, 『야나기 무네요시와 한국』, 소명출판, 2012, 195~220면).

131 이소마에 준이치(磯前順一), 「일본 근대 종교개념의 형성」, 일본 근대와 젠더 세미나팀 옮김, 『근대 지의 성립(1870~1910년대)』, 소명출판, 2011 185~218면.

3. '내부생명'의 전개와 생명의식의 표현으로서 '비애'

앞에서 우리는 야나기 무네요시가 외부의 인위적이고 기계론적인 법칙에 따라 생명 현상을 파악하려는 종래의 생명 사상을 극복하기 위해 '생기론'의 관점에서 전개해간 생명 사상의 일단을 살펴보았다. 그는 생물이 물질세계와 필연적인 관계를 맺을 수밖에 없다고 보면서도 생물의 물질적인 표현을 가능하게 하는 근본적인 동력으로 생물에 내재해 있는 '생명의 충동'을 발견하였으며 그것을 종교적인 차원의 '실재'에까지 확장하고자 했다. 그러면 이러한 야나기 무네요시의 생명 사상은 그와 긴밀한 교유 관계를 맺고 있던 한국의 문인들에게 어떠한 방식으로 받아들여진 것일까?

야나기 무네요시와 1920년대 한국 문인들이 본격적인 관계를 맺기 시작한 것은 그가 3·1운동의 무참한 무력진압을 목도하고 쓴 「조선인을 생각하다」(『讀賣新聞』, 1919년 5월 20~24일)와 「조선의 친구에게 보내는 글」(『改造』, 1920년 6월)에서 비롯하였다. 익히 알려졌다시피, 당시 『동아일보』 기자였던 염상섭은 이 두 글을 번역하여 『동아일보』의 지면에 실었을 뿐만 아니라 장차 염상섭, 오상순, 변영로, 황석우 등과 함께 『폐허』 동인으로 활동하는 남궁벽은 야나기 무네요시의 글이 발표된 후 얼마 지나지 않아 그를 만나러 갔다.[132] 이 글에서 야나기 무네요시는 무력을 앞세운 정치적 행위에 의해 다른 나라를 지배하는 방식을 비판하고서 종교나 예술을 매개로 타자를 이해할 필요성을 제기하고 있다. 이러한 입장 아래 그는 조선예술의 미적 특질로서 '선(line)'을 제시하고 조선예술에서 표현된 '선'의 아

---

132 이러한 실증적 사실에 대해서는 김윤식, 앞의 책, 67~90면; 정일성, 『야나기 무네요시의 두 얼굴』, 지식산업사, 2007, 91~98면 참고.

름다움을 찬양하기도 한다.[133] 이처럼 '정(情)'에 기초한 야나기 무네요시의 태도는 표면적으로 3·1운동의 실패로 깊은 실의에 빠져 있던 조선 청년들을 움직이기에 족했을 것이다.[134] 하지만 문제적인 것은 야나기 무네요시가 표출한 '동정'이 외부로부터 내부를 바라보는 시선에 의해 가능한 것이라는 점에서 실상 온전하게 이루어지기 불가능한 것이었다는 점이다.

> 利益關係의 立場에서는 一致가 難한 것이라도 그들의 一致를 招來함은 唯獨 宗教와 藝術의 領分 內에서 産하는 特産物이라합니다 政治의 立地에서 觀察하면 日本과 英國은 어대까지던지 國境이 잇습니다 **그러나 宗教와 藝術의 見地에서보면 그 境界線을 發見할 수 업습니다 眞理와 美에 對하야서는 憧憬이 同一한 所以외다** (……) 朝鮮을 政治하는 政治者 中에 朝鮮에 長久히 居住도 하고 實際 政治上에 多大한 經驗도 所有하기는 하얏지만 **그 經驗은 量의 多少에 不過하고 決코 質의 善惡이 아니며 그 觀察은 外部로부터 內部를 窃視하는 것이고 決코 內部로부터 外部를 보는 것이 되지 못합니다** 外部의 것이 如何히 만이 잇다 할지라도 相互의 理解를 招來키는 不能합니다
>
> ―「朝鮮에 來한 感想」 부분[135]

133 柳宗悅, 「朝鮮人を想ふ」, 『朝鮮とその藝術』, 日本民芸協会, 1972, 1~17면; 柳宗悅, 「朝鮮の友に贈る書」, 위의 책, 18~52면.

134 이와 관련하여 야나기 무네요시의 생명사상을 이후 전개된 조선미술론과의 관계에 따라 해명한 논의로는 서동주, 「야나기 무네요시의 '생명론'의 사상적 원천과 자장」, 『일본사상』 제33호, 한국일본사상사학회, 2017, 83~110면.

135 柳宗悅, 「朝鮮에 來한 感想」, 『서광』 제7호, 1920. 9, 28~29면.

야나기 무네요시를 도요대학(東洋大學) 교수로 소개하고 있는 이 글은 글의 말미에 명시하고 있는 것처럼 당시 광남기독교회(廣南基督敎會)에서 문흥사(文興社)가 주최한 야나기 무네요시의 강연을 현장에서 필기하여 소개한 것이다. 이 글은 타민족에 대한 억압적인 동화정책을 비판하고 '정'(인정, 동정)에 기초한 관계를 강조하고 있는 점, 정치보다 예술과 종교를 통한 이해관계의 필요성을 강조하고 있다는 점에서 앞서 발표한 「조선인을 생각하다」와 「조선의 친구에게 보내는 글」과 연결되어 있으면서도 지금까지 그 중요성에 대해 별다른 주목을 받지 못했다. 이 글은 여러 군데에서 복자로 처리되어 있다고 볼 때, 간행 전부터 당국의 검열을 상당하게 받았던 것 같다.[136] 아마도 조선의 동화정책에 대한 비판 때문이었을 것이지만, 보다 근본적으로 정치상의 수단에 의한 타민족의 동화 불가능성에 대한 지적 때문이었을 것이다. 이 글에서 야나기 무네요시는 '외부로부터 내부를 보는 것', 즉 자기(자민족)를 중심으로 하는 시선으로는 결코 타민족의 '내부'를 이해할 수 없다고 말하고 있다. 이에 따라 그는 '내부로부터 외부를 보는 것'에서 타민족에 대한 이해를 발견하고자 했다.

이러한 입장 아래 그는 정치보다는 종교와 예술의 견지에서 일치점을 찾기를 바라고 있다. 다시 말해, 그는 정치의 견지에서 보면 두 나라가 국경에서 벗어날 수 없으나, 종교와 예술의 견지에서 보면 경계선을 벗어나 진리와 미에 대한 동경이 동일하다고 보았던 것이다. 그래서 그는 어떠한 대립이나 반목이라도 무화시키기 위해 종교와 예술을 끌고 오게 된 것이다. 그가 이해하려 한 조선 민족의 '내부'는 결국 종교와 예술을 통해 접근

136 실제로 이 글이 실린 『서광』 제7호(1920. 9, 88면)에서는 복자로 처리된 것이 당국의 검열로 인한 것이라는 점을 밝히고 그 슬픔을 토로하고 있다.

할 수 있는 것이자 조선 민족의 '생명'을 발견할 수 있는 원천이었던 것이다. 물론 이는 앞서 살펴본 「생명의 문제」나 「철학적 지상명령으로서의 실재」의 논지를 생각해보면 야나기 무네요시가 충분히 취할 수 있는 태도라고 생각된다. 하지만 정작 이 글에서 주목해야 할 것은 야나기 무네요시가 '외부'와 '내부'라는 공간의 표상에 의해 민족 간의 이해관계에 접근하고 있는 방식일 것이다. 왜냐하면, 야나기 무네요시는 무력에 따른 강압적인 행위를 '외부에서 내부를 바라보는 태도'로 비판하고 '내부에서 외부를 바라보는 태도'로써 이해와 동정을 표방할 수는 있었으나, 그가 조선 민족의 '생명'이 자리 잡고 있다고 본 '내부'는 결코 온전히 이해할 수 없기 때문이다. 그가 말하는 '동정'이라는 것은 타인의 고통에 대한 윤리적인 태도일 수는 있지만 자기 나름의 '상상적 재현'을 바탕으로 할 수밖에 없다는 한계를 안고 있기 때문이다.[137] 따라서 야나기 무네요시가 말하는 '동정' 자체가 이미 자아의 한계를 전제로 하는 노력이라는 점에서, 상호간의 일치점을 찾기 위한 그의 시도는 애초 명확하게 이루어지기 불가능한 지점을 안고 있었던 것이다.

이러한 점을 염두에 둘 때, 우리는 야나기 무네요시와 1920년대 한국 문인들의 시선이 갈라지는 지점에 대한 모색의 필요성을 느끼게 된다. 이는 물론 시라카바파와 자신들의 문학을 구별 짓는 공민(公民)의 글에서 그 단초를 살펴볼 수 있지만,[138] '생명'에 초점을 맞춘 이 글의 문제의식에서 보

137 손유경, 『고통과 동정』, 역사비평사, 2008, 13~24면.

138 공민은 시라카바파(白樺派) 화가와의 대화 형식으로 자신들과 시라카바파가 지향하는 예술에 대한 견해에서부터 시작하여 예술과 현실의 관계, 예술의 향유자, 예술과 형식의 관계 등을 바라보는 관점의 차이를 명시하고 있다(공민, 「「洋鞋」와 「詩歌」」, 『폐허』 제1호, 1920. 7, 31~36면)

건대 1920년대 한국 문단에 폭넓게 걸쳐져 있던 '생명의식'을 통해 야나기 무네요시의 생명 사상과 갈라지는 지점을 살펴볼 수 있을 것이다. 보다 구체적으로 야나기 무네요시가 '내부의 생명'을 이해할 수 있는 통로로 제시한 종교와 예술을 바라보는 관점의 차이, 그리고 그가 조선 민족의 '내부 생명'에 대한 미학적 특질로 제시한 '비애'를 바라보는 시선의 차이를 들 수 있다. 각각의 사항에 대해 검토해보자.

먼저, 1920년대 한국 문인들은 자신들의 예술론에서 유한한 인생에 영원한 생명을 부여하는 요소로서 종교와 예술을 거론하면서도 양자의 영역을 구별하고 있다.

> 然타 **藝術과 宗教는 幾多 其 道의 方面을 有함에 不拘하고 其 間에 스사로 各自의 特色이 잇고 優劣이 잇고 長短이 잇다.** 如斯함은 兩者의 人生에 對한 使命이 좀 其 趣를 달니하는 所以를 示함이니, 吾人이 人生의 二大要素로 認하는 바 悅樂하고 有意한 生涯에 對하야 藝術 宗教의 二者 其一을 不可缺할 理由도 亦實在此라. 卽 樂하고 趣味 깁흔 人生의 一面은 此를 藝術에서 發揮함을 得할지오. 有意하고 價値 만흔 生活의 他一面은 此를 宗教에 依치 안코는 實現하기 不能하도다.
>
> 玆에 吾人은 再言하노니, **趣味 깁고 價値 만흔 生活이 眞으로 人生의 二大 要素인 以上은 藝術과 宗教와는 卽 人生의 謎를 解할 楔子요 生命의 秘密을 闡할 鍵鑰이라.**
>
> 「宗教와 藝術」 부분[139]

139 오상순, 「宗教와 藝術」, 『폐허』 제2호, 1921. 1, 2~3면.

이 글은 예술과 종교의 관계를 설명하는 방식으로 전개되고 있다. 오상순은 예술과 종교, 심미성과 종교심이 역사적으로 인생과 긴밀한 관계를 맺어왔다고 보면서 양자의 공통점을 논하고 있다. 그에 따르면, 예술과 종교는 인간의 감정을 만족시키고 향상시킨다는 점, 상상력과 직각력을 통해 우주 삼라만상에 깊이 잠재해 있는 '대의의(大意義)'를 이해할 수 있다는 공통점을 지닌다. 이와 함께 오상순은 글의 말미에서 양자의 현격한 차이를 다음 호에서 논의할거라고 밝히고 있다는 점에서,[140] 예술과 종교가 각각의 독특한 영역을 가지고 있다고 보고 있다. 이는 앞서 야나기 무네요시가 생명의 관점에서 문학, 종교, 철학의 경계를 넘어 종교적인 차원의 '실재'로 나아간 것과 다른 지점에 놓여 있다는 점에서 주목할 만하다. 안타깝게도 『폐허』는 당시 2호로 종간됨에 따라 오상순이 차후 예술과 종교의 차별성에 대한 논의를 어떻게 진행해갔는지 명확하게 파악할 수는 없지만, 우리는 위의 글에서 부분적이나마 그것에 대한 단초를 읽어낼 수 있을 것이다.

여기서 오상순은 예술과 종교가 인생의 이대 요소인 이상 인생의 수수께끼를 풀고 인생의 비밀을 이해하는 데 기여하고 있음에도 각자의 특징에 따른 우열과 장단이 있을 수밖에 없다고 말하고 있다. 말하자면, 그는 예술이 '심미성'의 측면에서 인생의 '취미'를 깊게 한다는 점과 종교가 인간의 생활을 유의미하고 가치 있게 한다는 점에서 양자를 구별하고 있다. 뿐만 아니라 그는 종교가 예술에 비해 보다 '근본적'이고 '심령적'이라는 점에서 '신인합일의 대자각'에 도달할 수 있으며 '영원한 생명'을 준다고 봄으로써 양자를 구별하려는 의도를 더욱 분명히 하고 있다. 즉, 그에게 종교

140 위의 책, 21면.

와 예술은 인생의 '생명'에 관여하면서도 다른 차원에 속하는 것이었다.[141] 이러한 시각은 이보다 앞서 『서광』 제5호에 실려 있는 쓰나시마 료센(綱島梁川)의 글과 비교해보면 더욱 분명해질 것이다. 쓰나시마 료센은 러일전쟁 중 '견신체험'을 고백한 저술로 당대 청년들의 관심을 불러 모았으며 특히 여러 종교에 공통하는 근본원리를 탐색하는 방식으로 다이쇼기의 종교의식을 이끈 인물이다. 그의 '견신체험'은 기독교에 불교가 더해짐으로써 각각의 경계가 무화되는 경지를 보여주는 것으로 알려져 있다.[142] 이때 료센은 개인과 사회, 국가와 세계를 구별하지 않고 공통의 원리를 추구하는 것에 '종교'를 두면서도 종교와 예술, 즉 '미적 의식'과 '종교적 의식'을 구별하고 있다.

그에 따르면, 미와 종교는 '아(我)'를 초월하고 유한과 무한, 주관과 객관이 서로 합일되는 세계를 표현한다는 공통점이 있으나, 미는 우리의 '주관'을 중심으로 하고 종교는 객관적 실재인 '신'을 중심으로 하는 차이를 보인다. 그리고 미는 우리의 '감각적 상상력'을 통해 나타날 수 있는 반해, 종교는 '직각(直覺)'과 '영각(靈覺)'을 통해 실현될 수 있는 차이가 있다.[143]

---

141 1923년 7월 창문사(彰文社)에서는 월간 기독잡지 『신생명』을 간행하여 '신생명'이 기독교에 있음을 명확히 하고 신을 기독교에 한정하고 있다. 그리고 이 『신생명』의 광고를 싣고 있는 『영대』에서 임노월은 자신이 추구하는 예술이 종교적 욕구에서 떠난 미의 '절대성'과 '영원성'에 있다고 말하고 있다(임노월, 「藝術과 階級」, 『영대』 제2권 제1호, 1924. 12, 58~65면). 이러한 점으로 미루어볼 때, 1920년대 한국 문단에서는 종교와 구별하여 문학의 영역에서 미의 절대성을 추구하려 했던 것으로 보인다.

142 쓰나시마 료센이 다이쇼기의 종교의식을 형성하는데 기여한 점에 대해서는 藤本寿彦, 「北原白秋と光明信仰—『白金之独楽』と「畑の祭7における〈田園〉の造型」, 『生命で讀む20世紀日本文藝』, 至文堂, 1994, 119~120면; 鈴木貞美, 『生命で読む日本近代—大正生命主義の誕生と展開』, NHK BOOKS, 1996, 116~119면 참고.

143 綱島梁川, 「美的 意識과 宗敎的 意識」, 『서광』 제5호, 1920. 6, 57~60면. 『서광』에 실린 료센의 글은 그가 초기 『와세다분가쿠(早稻田文学)』를 중심으로 문학과 미술에 대한 글을 발표한 것 중 하나를 대상으로 한 것으로 보이나 이에 대한 보다 실증적인 검토가

그에게 '무한소(無限小)'와 같은 협소한 세계에 머물러 있는 '미적 의식'보다 '무한대(無限大)'와 같은 절대적인 세계로 나아갈 수 있는 '종교적 의식'이 보다 유의미한 것이었다. 이런 점에서 료센은 종교적인 영역과 미적인 영역을 구별하고 있다는 점에서 오상순과 비슷한 견지에 서 있으면서도 예술보다 종교를 상위의 가치로 설정하고 있는 점에서는 오상순의 입장과 갈라지고 있다. 달리 말하자면 오상순은 종교보다 문학의 차원에서 '생명의식'을 추구하려 했던 것이다. 이러한 측면은 앞서 야나기 무네요시가 자신의 생명 사상을 정당화하기 위한 근거로 제시하였던 블레이크에 초점을 맞춘다면 보다 명백하게 드러날 것이다. 주지하다시피, 야나기 무네요시가 블레이크를 거쳐 예술과 종교의 구분이 무화되는 궁극적 '실재'로 나아간 것과는 달리, 1920년대 한국의 문인들은 블레이크를 '상징주의'나 '신비주의'와 같은 문예사조에 위치시키거나[144] '생명'을 철저하게 기독교에 두려는 잡지의 의도에 맞게 블레이크의 시를 번역함으로써[145] 양자를 구분하려는 관점을 어느 정도 정립하고 있었다. 그러면 1920년대 한국의 문단에서 문학을 통한 '생명의식'은 어떠한 방식으로 표출되고 있었는가? 생명의식의 구체적인 표현으로 등장하는 것이 바로 '비애'이다.

> **우리 朝鮮은 荒凉한 廢墟의 朝鮮이요, 우리 時代는 悲痛한 煩悶의 時代일다.** 이 말은 우리 靑年의 心腸을 쌱이는 듯한 압흔 소래다. 그러나, 나는 이 말을 아니 할 수 업다, 嚴然한 사실이기 때문에. 소름이 씻치는 무서운

필요해 보인다.

144 대표적으로 황석우, 「日本 詩壇의 二大 傾向(1)-附 象徵主義」, 『폐허』 제1호, 1920. 7, 85면; 변영로, 「메-터링크와 예잇스의 神秘思想」, 『폐허』 제2호, 1920. 1, 31~36면.

145 윌리엄 블레이크, 「해바라기」, 김억 옮김, 『신생명』 창간호, 1923, 76~77면.

소리나, 이것을 疑心할 수 업고 否定할 수도 업다. (……)

우리의 生은 實로 宇宙的 生命의 流動的 創造요, 그 活現임을 깨다랏고, 우리가 이 天地에 主人임을 確實히 알엇다. 우리의게 엇지 永久한 죽음이 잇스랴. (……)

荒凉ᄒᆞᆫ 廢墟를 뒷고 선 우리의 발 밋헤, 무슨 한 개의 어린 싹이 소사난다. 아—貴ᄒᆞ고도 반갑다. 어리고 프른 싹! (……)

이 어린 싹은 다른 것 안이다. **一切를 破壞하고, 一切를 建設하고, 一切를 革新 革命하고, 一切를 改造 再建하고, 一切를 開放 解放하야 眞正 意味잇고 價値잇고 光輝잇는 生活을 始作코자 하는 熱烈한 要求!** 이것이 곳 그것일다.

—「時代苦와 그 犧牲」 부분[146]

이 글에서 오상순은 당대의 조선이 처한 상황을 '황량한 폐허'로, 거기서 자신들이 느끼는 '비애'를 '시대고(時代苦)'라는 개념으로 압축하고 있다. 표면적으로 '시대고'는 '내적'과 '외적' 혹은 '물적'과 '심적' 등 폐허의 모든 방면에서 파생하는 결핍감을 의미한다는 점에서 문제적이지만, 보다 문제적인 것은 이러한 감정이 적잖이 '외부에서 내부를 바라보는' 시선에 의해 만들어졌다는 것이다. 주지하다시피, 야나기 무네요시가 중국, 일본, 조선의 미를 각각 '형태', '색채', '선'으로 정의하고 특히 조선 예술품에 나타난 '곡선'에서 오랜 고난의 역사로 인해 사랑에 굶주린 마음의 '비애'를 읽어낸 사례는 익히 알려져 있다.[147] 그리고 당대 문청들에게 열렬한

146 오상순, 「時代苦와 그 犧牲」, 『폐허』 제1호, 1920. 7, 52~53면.

147 柳宗悅, 「朝鮮人を想ふ」, 『朝鮮とその藝術』, 日本民芸協会, 1972, 1~17면; 柳宗悅, 「朝鮮

환영을 받은 구리야가와 하쿠손이 자연과학의 발달이 막다른 길에 다다른 근대 사회 전반을 관통하는 정조로서 '비애'를 제시한 것은 야나기 무네요시의 관점과 별반 멀리 떨어져 있지 않다.[148] 말하자면, 이들은 예술을 외부환경에 따른 결정론적인 산물이라 전제 하고서 '비애'를 정의하고 있다는 것이다. 그러할 때, 1920년대 한국 문학에 나타나는 '비애'는 외부의 구속이나 억압으로 인해 파생하는 수동적이고 반동적인 감정에 불과해 보인다.[149]

하지만 우리는 오상순의 글에서 '비애'를 창조적이고 주체적인 '생명의식'으로 전환하려는 사유를 발견할 수 있다. 보다 구체적으로 오상순은 '폐허'의 조선에 만연한 일체의 인습적이고 노예적인 생활양식을 발견하고 그에 대한 파괴와 건설을 요구하는 방향으로 '생명의식'을 전개하고 있다. 이 지점에서 '비애', 즉 '시대고'는 외부환경을 비극적으로 파악하는 데 머무르지 않고 그러한 상황과 적극적으로 대결하려는 '시대정신'과 결부되어 있다. 우리는 '비애'를 반동적이고 수동적인 감정이 아니라 능동적이고 주체적 감정으로 전환하는 부분과 대면하게 된 것이다. 실제로 오상순은 시대의 고뇌를 체험하는 데 그치지 않고 그것을 파괴와 건설의 원리에 따라 "우주적(宇宙的) 생명(生命)의 유동적(流動的) 창조(創造)"로 전환하는 데로

の友に贈る書」, 위의 책, 18~52면; 柳宗悅, 위의 책, 102~139면.

148 구리야가와 하쿠손(廚川白村), 임병권·윤미란 옮김, 『근대문학 10강』, 글로벌콘텐츠, 2013, 110~168면.

149 고미숙은 비애의 극한, 슬픔의 절대적 경지와 같은 '한'이 조선적 특성과는 거의 무관한 심미적 자질이라 보고서 그것이 20세기 초 민족 담론에 의해 역사 전체로 증폭되어 갔다고 본다. 그러면서 민족 고유의 정서로 수용되어온 이러한 정서적 기제와 결별하기위해 그 근저를 폭파해야할 필요성을 제기하였다(고미숙, 『한국의 근대성, 그 기원을 찾아서－민족·섹슈얼리티·병리학』, 책세상, 2010, 61~78면).

나아간다. 여기서 오상순은 과거와 현재를 벗어나 끊임없이 미래로 유동해가는 '생명'의 흐름을 통해 부단한 창조의 의지를 보이고 인간의 '생명'을 우주적 보편성의 차원에서 사유함에 따라 '시대고'에 대한 자신의 주인의식을 강조하고 있다. 이런 점에서 글의 서두와 말미에 등장하는 '폐허'를 덮는 "생명수(生命樹)"는 오상순의 문학적 지향점이라 할 만하다.[150] 이는 당대의 역사적 모순과 철저하게 대면하여 이를 극복하려는 '생명의식'을 담아내고 있기 때문이다.

따라서 우리는 이 글에서 현재의 폐허를 파괴하고 미래의 생활을 영위하려는 '생명의식'의 표현으로서 '비애'를 확인한 셈이다. 특히, 도시샤대학(同志社大學)에서 종교학과를 졸업한 오상순이 '종교'가 아닌 '문학'의 측면에서 '생명'을 우주적인 차원으로 확대하려는 시도를 보여주는 점은 여러 모로 인상 깊다.[151] 그가 자신의 관점을 보충하기 위해 니체의 초인 사상을 끌고 오는 점은 '시대고'에 담긴 '생명의식'을 더욱 강조하는 효과를 거두고 있기도 하다. 그러면 다음 장에서 오상순을 비롯한 1920년대 초기 시인들은 어떠한 수사와 이미지를 동반하여 자신들의 문학에서 '생명의식'을 표현하고 있는가를 살펴보자.

---

150 이와 같이 '생명'과 '나무'의 이미지를 결합하는 수사는 기타무라 도코쿠와 박영희의 글에서도 찾아볼 수 있다는 점에서 어느 정도 보편화된 관점이라 볼 수 있다(北村透谷, 「內部生命論」, 『文學界』 第5호, 1893. 5; 勝本淸一郎 編, 『北村透谷全集』 제2권, 岩波書店, 1977, 240면; 박영희, 「生의 悲哀」, 『백조』 제3호, 1923. 9, 178면)

151 실제로 오상순은 『폐허』 동인으로 활동하던 중 기독교 신자에서 불교로 개종하여 1921년 조선중앙불교학교 등에서 교편을 잡기도 한다. 이후 그가 여러 사찰을 돌아다니며 방랑과 참선을 계속했다고 볼 때 그의 삶에서 종교적인 부분은 큰 영역을 차지하고 있음에 틀림없다.

4. '생명의식'의 문학적 수사와 공동체 담론과의 관련성

1920년대 한국 문학에서 '생명의식'은 강렬한 죽음충동과 결부되어 있거나[152] '자연'을 매개로 하는 체험과 결부되어 있는 등 다양한 방식으로 전개되고 있었다. 이를테면, 후자의 측면에서 남궁벽은 오산학교 교사시절에 '자연'과 일체화된 체험을 전한 바 있다.[153] 그는 특히 '흙'(=대지)을 토대로 하는 순환적 시간을 통해 자신과 '풀'을 동일시하고 있으며, 언젠가 '풀'이 그가 되는 일체화를 통해 영원한 '생명'을 느끼고 있다.[154] 이때 남궁벽이 대지를 만물의 근원으로 설정하고 거기에 결속된 생명감을 노래하고 있는 점은 앞서 야나기 무네요시가 생명의 관점에서 모든 대립과 차별을 통합하는 '궁극의 실재'에 신성함과 숭고함을 부여한 방식과 별반 멀지 않은 것으로 보인다. 그러할 때 남궁벽이 생명의 기원으로 제시한 '대지'는 개체의 존재 의의를 전체적인 차원으로 환원시키고 있다는 점에서 민족주의 이념을 고취하고 있는 것처럼 보일 수 있다. 이와 다른 각도에서 '대지'가 국가, 선악, 계급, 종(種) 등 일체의 대립과 차별을 포용하는 세계이며 남궁벽이 그러한 세계를 '이상향'으로 설정하고 있다고 한다면, 이 시는 아나키즘 의식을 적잖이 투영하고 있는 것처럼 보일 수도 있다.[155]

---

152 일례로 이장희 시에서 '죽음충동'은 상징계의 질서에서 벗어나 상상계적인 시적 언어로 나타나고 있으며 모성적 세계에 대한 강렬한 지향성을 보여준다(최호영, 「이장희 시에 나타난 '우울'의 미학과 모성적 정치성」, 『한국시학연구』 제32호, 한국시학회, 2011, 309~334면).

153 남궁벽, 「自然―五山片信」, 『폐허』 제1호, 1920. 7, 67~72면.

154 남궁벽, 「풀」, 『폐허』 제2호, 1921. 1, 48~49면.

155 조영복은 남궁벽을 직접적으로 다루지는 않았지만 『장미촌』에서 활동한 비전문 문인들의 작품에 주목하여 당시 일본이나 조선에서 아나키즘이 상징주의나 신비주의와 명확하게 구별되지 않은 채 수용되고 있던 현상을 해명한 바 있다(조영복, 「『장미촌』의

하지만 우리는 외부 담론이나 정치적 이념의 차원에서 시세계를 재단하기에 앞서 남궁벽이 연작의 형식으로 그리고자 하는 '생명'의 미세한 함의'에 대해 좀 더 적극적으로 살펴볼 필요성을 느낀다. 이런 문제의식 아래 남궁벽의 시를 들여다보자면, '생명'에 대해 유독 '비밀'이나 '불가사의' 등 신비로운 함의를 담은 수사를 결부시킴으로써[156] 명확하게 의미를 확정지을 수 없다는 의식을 보이고 있는 것이 주목된다. 바꿔 말해, 1920년대 한국 문학에서 '생명의식'은 현실적인 차원의 협소한 의미에서 벗어나 좀 더 거대한 지평에 의해 작동하고 있다는 것을 알 수 있다.[157] 그 구체적인 지점으로 남궁벽과 함께 야나기 무네요시와 직접적인 교유관계에 있었던 오상순의 시를 통해 살펴보자.

오 너는, 멀고 먼 나라 나라를 漂浪하야 헤매이다가 故鄕을 그리워 도라온 疲困하고 孤獨한 旅客의 唯一한 希望과 抱擁과 慰安의 源泉일 것이다.

오 그러나 나는 슬퍼한다. 너와 나를 爲하야 痛哭한다. **그윽하게도 아름다운 曲線의 리듬에 쪄(浮) 멋잇게도 흐르는 듯이 축축 느러저 가브여운 微風에 步調맛추어 춤추던 너의 가지가지(枝)는 理解업는 모르는 異邦사람의 손에 蹂躪을 밧고 거친 環境에 외로히 서 잇는 너의 모양!** (……)

녯날 동무야 용서하라! 나의 不純의 罪를 容恕하라! 내가 이제 너의 몸으로 기어올러가 굴거진 너의 목을 얼싸안고 오래 간만에 以前과는 意味다

비전문 문인들의 성격과 시 사상」, 『1920년대 초기 시의 이념과 미학』, 소명출판, 2004, 203~247면).

156 남궁벽, 「生命의 秘義」, 「大地와 生命」, 『폐허』 제2호, 1921. 1, 49~52면.

157 남궁벽의 '자연' 체험과 거기에 담긴 '생명의식'에 대해서는 이 책의 제5장에서 자세하게 논한 바 있다.

른 눈물 흘느며 너에게 興奮에 熱한 나의 입을 대임은, 니질 수 업는 녯날의 깁흔 追憶과 아즉 生命 以前의 分裂作用이 生기々 以前의 混一純眞하던 無意識的의 어린 熱情을 못니짐으로세라. **나의 生命은 어느 意味로는 그동안 成長하고 發展하엿슴은 疑心할 수 업는 事實이다. 너의 그것과 마찬가지로.** (……)

그러나 나의 內面的 不純과 邪氣는 가릴 수 업는 嚴肅한 事實이다. 그는 너 自身도 應當 늣겻슬 것이다.

以前에 天眞하고 爛漫하던 때에 生命의 피와 熱에 김서리는 맨발이 너의 살에 다을 적—그때에는 너의 몸의 넘치는 生命과 生氣는 나의 맨발을 슴이여 나의 핏줄을 짜러 全身에 自由로 도랏슬 것이 의심업다—과 밋헤 쇠못 박은 가죽신이 너의 가슴에 다을 적과 比較感이 엇더하냐. 나는 이제 너의 가슴에 눈물까지 쑤렷슴은 事實이나 一種의 무섭은 隔離感—너와 나 사이에—의 苦痛을 견댈 수 업다. 오—두렵은 悲劇!

엇지하면 조흘가! 엇지하면 조흘가!

오—벗아, 녯 동무야! 나는 다시 한 번 발거벗고 맨몸으로 너의 傷한 가슴 싸안으련다!

버들! 오! 버들!
너는 다른 아모 것도 아니다
東洋藝術의 象徵!
朝鮮의 사람과 自然의 血脈을 通하야
永遠히 悠久히 흘러가는 線의 藝術의 象徵!
목슴은 짧다, 그러나 藝術은 悠久하다

—「虛無魂의 獨語—廢墟行」 부분[158]

---

158 오상순, 「虛無魂의 獨語—廢墟行」, 『폐허이후』 제1호, 1924. 1, 121~122면.

이 시에서 오상순은 탕자의 귀향 모티프를 통해 고향을 떠나 오랫동안 방랑하던 나그네가 훗날 고향으로 돌아온 감회를 노래하고 있다. 나그네는 외부의 수난으로 인해 파괴된 고향을 보고서 일종의 '죄의식'을 느끼고 있다. 그는 구체적으로 '버드나무'라는 대상을 통해 파괴된 '고향'과 마주하면서 느끼는 감정을 표출하고 있으며 본래의 '고향'을 회복하기 위한 의지를 보여주고 있다. 이러한 상황에서 오상순이 마지막 연에서 버드나무의 가지로부터 읽어낸 '곡선(曲線)'을 "동양예술(東洋藝術)의 상징(象徵)"이라 부르짖고 거기에 조선의 예술이 나아가야할 방향성을 설정하고 있는 것이 주목된다. 왜냐하면, 이는 앞서 야나기 무네요시가 조선예술의 미적 특질로 '곡선'을 읽어내고 이를 '비애'로 압축되는 조선민족의 특질과 연결시킨 점을 적잖이 상기시키고 있기 때문이다. 이런 점을 감안하여 우리는 당대 문학에서 폭넓게 찾아볼 수 있는 탕자의 귀향 모티프에서 '민족심'과 '조선심'을 고취하기 위한 국민문학운동의 이념을 읽어낼 수도 있을 것이다.[159] 하지만 우리는 문학적인 층위를 외부 담론의 차원으로 환원시키기에 앞서 시에서 탕자의 귀향 모티프가 어떠한 지평에 의해 이루어지고 있는가를 살펴봐야 한다.

이 시에서 시적화자는 물리적으로는 '고향'에 돌아왔으나 심리적으로 그의 '고향'으로의 회귀는 '불가능'하다. 왜냐하면, 그가 돌아와 목도한 곳은 이미 '다른 나라 사람의 마을'이 되어 있다는 점에서 예전의 고향이 아니기 때문이다. 이런 상황에서 그가 과거와 현재의 시간을 넘나드는 방식으로 자신과 버드나무 사이의 현격한 '거리감'을 표출하는 부분은 '고향'

159 구인모, 『한국 근대시의 이상과 허상—1920년대 '국민문학'의 논리』, 소명출판, 2008, 233~310면.

에 대한 그의 회귀 불가능성을 더욱 강조하는 효과를 거두고 있다. 물론 현재의 그는 유년시절 자신의 동무로서 버드나무와 미분화된 추억에 젖어보지만, 이제는 서로 동화되지 못하거나 합일될 수 없다는 무서운 "격리감(隔離感)"만 느낄 뿐이다. 그래서 시적화자의 고향으로의 회귀는 결과적으로 실패할 수밖에 없다. 하지만 그에게 실패 자체가 문제가 되는 것은 아니다. 그는 버드나무와의 추억에 의한 상상적 '합일'이 실제 현실과는 괴리된 낭만적 합일에 불과하다는 것을 자각하고 있거니와 나아가 그의 고향으로의 회귀가 앞으로 계속해서 이루어져야 할 '실패'임을 자각하고 있기 때문이다. 이와 함께 시적화자가 느끼는 '비애'는 단순히 '고향'의 상실로부터 파생하는 수동적이고 반동적인 감정에 그친다기보다 그가 계속해서 반복해가야할 것이라는 점에서 '고향'에 대한 지향성을 더욱 추동하는 효과를 거두고 있다.

그러면 이 시에서 시적화자는 왜 '고향'으로의 회귀가 실패할 수밖에 없다는 사실을 알면서도 '고향'에 대한 강렬한 지향성을 표출하고 있는가? 그것은 바로 '고향'이 자신에게 진정한 '생명'을 주는 기원이기 때문이다. 실제로 그는 고향을 등진 이국생활을 통해 "나의 생명(生命)이 그동안 성장(成長)하고 발전(發展)하였음은 의심(疑心)할 수 없는 사실(事實)"이지만 '고향'의 '생명' 또한 마찬가지라고 봄으로써 자신과 '고향'을 '생명'의 관점에서 연결시키고 있다. 다시 말해, 그는 지금까지 자신이 추구해왔던 소위 근대적 생활을 철회하고 전통으로 표상되는 '고향'으로 회귀하겠다고 말하는 것이 아니다. 그보다 그는 전통으로 표상되는 풍부한 유산을 바탕으로 지금까지 자신이 쌓아온 '생명'을 한층 주체적으로 도약시키려 하고 있는 것이다. 왜냐하면, 그에게 조선민족의 '생명'은 오랜 역사적 세월 동안

"조선(朝鮮)의 사람과 자연(自然)의 혈맥(血脈)"을 이어 존속해오는 것이라는 점에서, 현재의 그가 그러한 민족적 '생명'을 배경으로 할 때 자신의 고유한 '생명'을 발견할 수 있기 때문이다.[160] 따라서 우리는 이 시의 귀향 모티프를 전통주의 혹은 민족주의의 산물로 평가함에 따라 '생명'을 협소한 이념성에 가두기보다 좀 더 거대한 지평에 따라 접근해야 할 필요성을 확인한 셈이다. 이를 아래의 시를 통해 좀 더 확인해보자.

廢墟의 祭壇에 길(丈)이 넘는 검은 머리를 풀고
맨발로 素服입은 處女들의
말도 업시 敬虔히 드리는
목檀香과 기름燈불은
죽음갓치 소래 업는 廢墟의 하늘
끗도 밋도 업는 밤 '어둠속'에
短調하고 憂鬱하고도 끈임업는
曲線의 간은 '길'을 차저 虛空에
헤매이다, 헤매이다!

廢墟의 밤은 깁허 가고서
茫茫히 끗업는 廢墟 벌판 한모퉁이
쓸々히 서 잇는 한 間 풀집 속에

160 이처럼 개체의 '생명'을 민족적인 차원의 '생명'과 관련하여 사유하는 가운데 특이한 '개성'을 발견하려는 시도는 차후 염상섭의 「個性과 藝術」(『개벽』 제22호, 1922. 4)에서 보다 구체적으로 이루어진 바 있다. 이에 대해서는 이 책의 제3장에서 자세하게 논한 바 있다.

짜우에 갓쩌러지는

발거버슨 핏덩이의 애기 소래!

産苦를 닛고

새로 나는 이의 深刻한 복비는 敬虔한

廢墟의 어머니의 쩌는 소래—

애기의 묵은 보곰자리

그의 녯 王座의 胎 살으는 불빗은

呻吟에 쩌는 '廢墟의 밤' 갈르는(剪)

알 수 업는 새로운

創造의 神의 거룩한 홰불!

—「廢墟의 祭壇」 부분[161]

이 시에서 오상순은 '흰옷의 무리'가 '폐허'로 표상되는, 모든 것이 파괴된 공간에서 살아가는 '수난'과 '비애'를 그리고 있다. 옛날의 '영광'을 상실한 그들이 할 수 있는 일은 소리 없는 시름을 하며 '폐허의 제단'에 엎드려 기도를 드리는 소극적 행위밖에 없어 보인다. 이때 그들이 찾아 헤매는 '곡선(曲線)의 길'은 앞서 살펴본 시와 마찬가지로 야나기 무네요시가 언급한 조선의 민족적 특질을 환기시킨다. 하지만 앞에서 우리가 '곡선'으로 표상되는 "선(線)의 예술(藝術)"에서 오랜 역사적 세월을 따라 흘러온 민족적 '생명'을 확인한 것과 마찬가지로 이 시에서도 '흰옷의 무리'들이

161 오상순, 「廢墟의 祭壇」, 『폐허이후』 제1호, 1924. 1, 5~6면.

끊임없이 '곡선의 길'을 찾아 헤매는 것은 바로 '생명'의 기원에 대한 지향성을 보여주는 것이라 할 수 있다. 그것이 바로 '태(胎)'라는 시어로 나타나 있다.

물론 현재 그들이 처해있는 상황은 '밤'과 '폐허'의 이미지로 점철되어 있다는 점에서, 그들과 '생명'의 기원 사이에는 현격한 '거리감'이 가로놓여 있지만, 이런 상황에서도 그들은 '태'와 '아이'의 이미지를 결부시켜 강렬한 '생명의식'을 표출하고 있다. 말하자면, 그들에게 '태'는 과거와 현재의 시간적인 격차를 넘어 개체를 탄생시키는 '생명'의 기원이기도 하지만, 후세대의 '생명'을 잉태하고 탄생시킬 수 있는 모성적 공간이기도 하다. 그들은 이처럼 '생명'을 이어받고 '생명'을 존속시킴으로써 새로운 생명으로 거듭날 수 있다는 것을 보여주고 있다. 이런 점에서 "옛 왕좌(王座)의 태(胎)를 사르는 불빛"은 단순히 과거에 대한 부정이라기보다 '생명'의 기원을 토대로 '창조적 진화'를 거듭해가려는 '생명의식'의 표현이라 할 수 있다. 따라서 1920년대 한국 문인들이 추구하고자 한 '생명의식'은 존재의 기원에 대한 탐색을 바탕으로 자신의 '생명'을 미래적인 차원으로 확장하려는 시도에서 파생한 것이라 할 수 있다.

이러한 '생명의식'은 당대 문단에서 문학적으로 다양한 수사를 동반하여 나타나고 있었다. 예컨대, 현재의 자아가 존재의 기원을 자각하고 고유한 '생명'으로 도약하는 시간으로 '찰나(순간)'를 제시하거나 기독교의 차원에서 '생명'의 함의를 담고 있는 '동산'이나 '낙원' 등을 '폐허'의 현실에 도래해야 할 이상향으로 그리고 있는 등 여러 사례를 들 수 있을 것이다. 뿐만 아니라 당대 담론의 측면에서 이러한 '생명의식'은 단군으로 표상되는 선조들의 문명을 '생명'의 궁극적 기원으로 설정하는 방식이나 개체와 전체를 조화시키는 원리와 윤리성을 모색하는 방식으로 나타나는 등 '공동체'론과 긴밀하게 연결되어 있었다.[162] 이런 점으로 미루어볼 때, '생명의식'은 순전히 문학적 수사의 차원에 그치지 않고 당대 현실에서 식민지 조선의 한계를 넘어서는 대안으로 작동하고 있었던 것으로 보인다.

이를 공동체의 측면에서 접근해본다면, 1920년대 한국 문인들에게 공동체는 전통적인 형식이나 정치적 이념으로 접속되는 공동체가 아니라 오히려 그러한 공동체를 초과했을 때 떠오르는 실존적 경험이라 할 수 있다.[163] 앞서 그들이 자신과 '고향'의 관계를 끊임없이 유동하는 '생명'의 관점으로 접근하려 했던 것은 자신들의 공동체의 과제를 닫히고 완결된 형태로 두기보다 그 모든 완성을 넘어서는 어떤 움직임 가운데 두려는 의도를 보여준다. 우리는 이처럼 1920년대 한국 문인들이 유동적이고 불확정적인 '생명'을 바탕으로 존재의 기원을 탐사하는 과정에서 창출한 공동체에 대해 조선적 공동체라는 이름을 붙일 수 있을 것이다. 1920년대 한국 문학에 나타난 '생명의식'의 특수한 지점은 여기에 있다고 할 수 있다.

5. 1920년대 한국 문학에서 '생명의식'과 공동체의 과제

지금까지 이 글은 1920년대 한국 문학에서의 '생명의식'을 야나기 무네요시의 생명 사상과 관련하여 검토하고자 했다. '다이쇼 생명주의'의 한

162 '생명'에 얽힌 여러 문학적 수사를 유형화하고 이를 공동체 담론과 연결하여 논의한 것은 최호영, 『한국 근대시의 형성과 '생명'의 탄생－숭고와 공동체를 둘러싼 시학적 탐색』, 소명출판, 2018, 263~379면 참고.

163 모리스 블랑쇼(Maurice Blanchot)·장-뤽 낭시(Jean-Luc Nancy), 박준상 옮김, 『밝힐 수 없는 공동체/마주한 공동체』, 문학과지성사, 2005, 11~49면.

계보를 이룬 야나기 무네요시의 생명 사상은 당시 '생명(life)'이라는 개념조차 명확하게 정립되어 있지 않은 상황에서 '생명'을 물질적 표현의 근원으로 위치시키고 '물질'과 '생명'의 조화를 역설한 의의를 지닌다. '생기론'으로 대변되는 야나기 무네요시의 관점은 실제로 1920년대 한국 문인들에게 적잖은 영향을 미쳤으며, 이들은 야나기 무네요시와의 생산적인 대화를 거쳐 당대 조선의 현실에 걸맞은 '생명의식'을 창출하고자 했다.

먼저, 야나기 무네요시와 1920년대 한국 문인들은 '내부 생명'을 일치시킬 수 있는 매개로서 종교와 예술에 대한 견해를 달리하고 있었다. 야나기 무네요시의 경우 인도적인 차원에서 인류평화를 지향하려는 시라카바파(白樺派)의 연장선상에서 '생명'의 궁극을 문학, 철학, 종교를 넘어서는 '실재', 즉 종교적인 차원의 '법열'에 두려 했으나, 1920년대 한국 문인들은 예술과 종교의 영역을 엄밀하게 구별하는 방향으로 '생명의식'을 추구했다. 그들은 야나기 무네요시가 조선 민족의 특질로서 규정한 '비애'를 수동적이고 반동적인 관점에서 벗어나 당대의 역사적 모순과 대면하고 이를 극복할 수 있는 계기로 삼고자 했다. 그들의 예술론과 작품에 나타난 '비애'는 바로 창조적인 '생명의식'의 표현이었던 것이다.

다음으로, 1920년대 한국 문인들은 존재의 기원에 대한 탐색을 바탕으로 독특한 공동체의 상을 창출하였다. 그들은 탕자 모티프를 통해 '생명'의 근원에 대한 탐색을 보여주었으며, '태'와 '아이'의 이미지를 통해 현재 자신들의 '생명'이 미래적인 차원으로 거듭날 수 있다는 것을 보여주었다. 이는 야나기 무네요시의 영향관계에 따라 고향'에 대한 그들의 지향성을 단순히 전통주의의 회귀나 민족주의 이념의 고취로 환원할 수 없는 지평에 있다는 것을 말해준다. 다시 말해, 그들은 자신들과 '고향'의 관계를 유동적인 '생명'의 차원에 둠으로써 1920년대 한국에서 공동체의 이상이 끊임없이 새롭게 열리고 도래해야 할 과제였다는 것을 보여주었다. 이처럼 우리는 '생명'의 기원에 대한 탐색을 바탕으로 현재의 '생명'을 끊임없이 새로운 지평에 두려 했던 공동체에 대해 조선적 공동체라는 특수한 이름을 부여하고자 했다. 공동체에 대한 이러한 관점은 1920년 한국 문학에 나타난 '생명의식'의 특수한 지점으로 평가할 수 있을 것이다.

3부

한국 문단의 현장과 '생명주의'의 여러 사례

7

『태서문예신보』에 나타난 자아 탐색과 '대아(大我)'의 의미지평에 관한 고찰

—

1. 『태서문예신보』의 근대성과 자아 탐색의 문제

『태서문예신보』(이하 『신보』)는 1918년 9월 26일에 발행인 윤치호, 주간 겸 편집인 장두철에 의해 창간된 타블로이드판 8면의 주간 문예지로서 1919년 2월 17일에 발행된 16호를 마지막으로 종간되었다. 그간 단편적으로 알려졌듯이 『신보』의 종간은 독립 운동가였던 장두철의 3 · 1운동 참가와 상해로의 망명에서 연유하였다. 『신보』는 잡지의 제호(題號)뿐만 아니라 윤치호의 창간사에서 단적으로 확인할 수 있듯이 번역을 통해 서구의 문예를 조선에 소개하려는 목적으로 발행되었다. 그래서 일찍이 이에 주목한 선행연구에서는 번역이라는 행위에 초점을 맞춰 조선의 근대문학을 형성하려는 측면에서 『신보』의 문학사적 의의를 거론해왔다. 정한모는 특별히 문학사의 한 절을 『신보』에 할애하여 이 잡지의 서지 사항과 개별 텍스트의 성격을 실증적으로 검토하는 과정에서 소설보다 시 장르에서 돋보이는 문학사적 의의를 해명하였다.[1] 그는 김억과 황석우의 시를 근거로 하여 근대시 형성기에서 『신보』의 시사적인 의의를 서구의 근대시와 사조의 영향

1 정한모, 『한국현대시문학사』, 일지사, 1994, 243~250면.

에 따른 "서정적 미의식"의 자각과 "자유시의 운율"에 대한 이해로 평가하였다.[2] 김용직 또한 비슷한 관점에서 『신보』 소재의 시에 주목하여 이 잡지에 이르러서야 기존의 교술성과 계몽주의에서 벗어난 "비교술, 순수시"가 가능했으며 해외시와 시론의 도입을 통한 한국 근대시의 본격화가 가능해졌다고 평가하였다.[3]

이처럼 초창기 연구에서 『신보』의 문학사적 의의를 서구 문학의 번역과 소개, 자유시(론) 전개의 측면에서 근대문학의 본격적인 출발점으로 설정하려는 관점은 후속연구에서도[4] 별다른 이견 없이 이어졌다. 여기서 『신보』가 담지하고 있는 근대성의 층위를 예리하게 해부한 논의를 들 수 있다. 대표적으로 김행숙의 논의는 『신보』에서 비문예적인 기사들이 문예적인 글들을 압도할 정도로 많은 분량을 차지하고 있는 점에 착안하여 그간 연구목록에서 배제된 글들을 논의의 대상으로 삼았다는 점에서 주목된다. 이러한 글들을 꼼꼼하게 검토한 결과 이 논의에서는 『신보』의 근대성이 계몽주의가 기획한 근대성과 근대예술의 근대성과 같은 두 가지 층위를 포함하고 있다고 해명하였다. 『신보』의 텍스트에 나타난 '근대인'이 파괴의 대상인 전통을 동일한 타자로 갖는 "열렬한 계몽주의자"와 "고독한 예술가"로 나타나고 "근대와 전통의 틈에 낀 신여성"으로 나타난다는 점을 근거로 제시하였다.[5] 따라서 이 논의는 『신보』에서 "계몽성과 낭만성이 근대성이라

2 위의 책, 290~292면.

3 김용직, 『한국근대시사』(상), 학연사, 2002, 120~124면.

4 대표적으로 심선옥, 「근대시 형성과 번역의 상관성 - 김억을 중심으로」, 『대동문화연구』 제92집, 성균관대 대동문화연구원, 2008, 321~351면을 들 수 있다.

5 김행숙, 「『태서문예신보』에 나타난 근대성의 두 가지 층위」, 『국어문학』 제36집, 국어문학회, 2001, 5~33면.

는 가치에 의해 평면화되는 배치"를 보여주고 있다고 결론을 내림으로써 『신보』의 근대성을 입체적으로 바라볼 수 있는 관점을 제공하였다.

이와 관련하여 『신보』를 직접 다루진 않았지만 1910년대에서 1920년대 문학에 걸쳐 자아의 문제를 검토한 이철호의 논의는 『신보』를 통해 자아의 문제를 검토하려는 이 글에 주요한 참조점이 된다. 이 논의에서 1920년대 한국 문인들이 '영혼'이나 '생명'이라는 개념을 통해 근대적인 자아를 발견하는 과정을 추적하는 방식은 '행복'이나 '생명'의 개념을 『신보』에 도입하는 현상에 접근하는 데 유효한 관점을 제공한다. 그럼에도 이 논의는 1920년대 한국에서 근대적인 자아가 개인적 자아와 민족적·사회적 자아로 분화된다는 결론에 다다름으로써 여전히 『신보』의 근대성을 계몽성과 낭만성의 층위로 바라보았던 김행숙의 관점을 이어받고 있다.[6] 이에 따라 『신보』는 계몽성과 낭만성, 집단성과 개인의 층위에서 '나는 무엇인가'와 같이 자아의 의미를 탐색한 현장으로 자리매김할 수 있게 되었다.

하지만 기존의 논의에서 지적되었다시피 근대 초창기의 한국에서 근대성이 어떠한 방식으로 전유되었는가를 살피는 것도 중요하지만 이와 함께 그 반대의 측면도 고려해야하는 것은 아닌가? 다시 말해, 이 당시 한국에서 근대적인 요구와 충격파가 사회적 기반과 공동체적 의미망을 뒤흔들었을 때 그 반대의 측면에서 자아를 감싸는 공동체적 의미망에 대한 요구 또한 분출한 것은 아닌지에 대한 질문을 던질 수 있다.[7] 이러한 맥락에서 『신보』의 근대성을 전통성과의 관계에 따라 접근하고 있는 선행연구는 우연한

6 이철호, 『영혼의 계보 - 20세기 한국문학사와 생명담론』, 창비, 2013, 106~254면.

7 권희철, 「"'나'는 누구인가?"에 대한 1920년대 문학의 문답 지형도」, 『한국현대문학연구』 제29권, 한국현대문학회, 2009, 143~146면.

현상이라 보기 어렵다. 대표적으로 여지선의 논의는 1910년대까지 '전통'이 생래적으로 "당대적인 경향으로 인식"되었다는 전제 아래 『신보』의 창작시를 장르, 혹은 율격의 측면에서 전통 장르와의 관련성에 따라 해명한 사례이다. 그 결과 이 논의에서는 『신보』의 근대성이 '전통성'을 바탕으로 하여 형성되었다고 봄에 따라 그간 『신보』의 근대성을 서구 문학의 영향에 따라 파생한 것으로 보는 관점에서 일정 부분 벗어나고 있다.[8] 그럼에도 이 논의에서는 『신보』에서의 전통성이 다소 오래된 양식이나 복고적인 민족주의에 한정되어 있는 것처럼 보인다.

따라서 이 글은 자아의 문제에 천착하여 『신보』의 근대성에 담긴 독특한 지점을 해명하고자 한다. 그러기 위해 이 글에서는 먼저 그동안 『신보』에서 제대로 논의되지 못했던 사설을 중점적으로 검토하여 『신보』에서 전개된 자아론을 검토하는 것에서 시작한다. 이와 함께 1910년대 자아론의 맥락에서 장두철, 김억, 황석우 간에 이루어진 상호대화적인 관계를 검토하여 『신보』에서의 자아론의 특징을 해명하고자 한다. 그리하여 이 글은 『신보』에서의 자아론이 '나는 무엇인가'와 같은 질문을 통해 자아의 구성요소를 규정하려는 시도에서 '나는 누구인가'와 같은 질문을 통해 자아의 의미망과 지평을 탐색하려는 시도로 나아가고 있었다는 점을 밝힐 것이다.

8 여지선, 「『태서문예신보』에 나타난 전통성 연구」, 『겨레어문학』 제31집, 겨레어문학회, 2003, 181~203면.

2. 사설을 중심으로 본 자아론의 특징과 '행복'의 수사

『신보』에서는 1호에서부터 16호에 이르기까지 매호 첫 면에 사설을 게재하고 있다. 1호에서는 달리 '사설(社說)'이라고 명시하지 않고 「창간의 사」에 이어 "우리는 아러야 ᄒᆞ겟다"라는 소제목으로 사설임을 환기하고 있으나 2호에서부터는 '사설'이라는 점을 명시하면서 내용을 집약하고 있는 소제목을 달고 있다. 일례로 근대문학 초창기에 최남선이 『소년』의 매호 첫 면마다 권두언을 삽입하여 해당 매체의 지향점을 표방하고 있었다는 점을 상기한다면, 『신보』에서의 사설 또한 필수적으로 검토해야할 사항임에도 불구하고 그간 이에 대해 제대로 주목받지 못했다. 『신보』 제3호부터는 '사설'이나 '편집인의 말'을 뜻하는 영문 'editorial'을 국문 '에듸토리알'로 표기하면서 사설의 부제로 '대아(大我)'를 달고 있는 것이 눈에 띈다. 말하자면, 『신보』에서는 사설에서부터 '자아'의 문제를 탐색하려는 의도를 보여주고 있는 것이다. 특히, 1호를 제외하고 2호부터 주간 장두철이 쓴 것으로 보이는 매 사설마다 '행복', '희망', '인격', '진취주의' 등과 같이 인생의 여러 가지 문제를 환기하는 소제목을 달고 있는 것은 그러한 점을 보여주고 있기도 하다.

따라서 우리는 『신보』에서의 '자아'의 문제를 검토하기 위한 선결적인 작업으로 사설의 내용을 구체적으로 검토해볼 필요성을 느낀다. 이러한 문제의식 아래 『신보』의 사설을 검토해보면 대략적으로 다음과 같은 경향성을 띠고 있다. 『신보』에서는 첫째, '행복'의 궁극적인 목적을 탐색하고 있으며, 둘째, '행복'을 달성하기 위해 실행해야할 덕목과 가치관을 제시하고 있으며, 셋째, '행복'을 달성하기 위한 시간성을 모색하고 있다. 이처럼

『신보』에서는 매 사설마다 공통적으로 인류와 인생의 문제를 '행복 찾기' 혹은 '행복에 이르는 길'로 비유하거나 '행복'의 수사를 동원하여 설명하는 특징을 보여준다. 각각의 사항에 대해 구체적으로 살펴보자.

> **이 世上에 무엇이든지 다 公義를 爲ᄒᆞ야 創造되엇다. 이ᄂᆞᆫ 아조 容易ᄒᆞ게 알 수 잇다. 罪가 잇슬 ᄶᅢ에 刑罰바들 것은 우리가 안다.** 누가 우리를 刑罰ᄒᆞ나냐? (……)
>
> 그러나 **우리ᄂᆞᆫ 우리의 形便보다 우리 周圍의 形便으로 因ᄒᆞ야 밧ᄂᆞᆫ 苦痛, 虛喜가 얼마나 만흐냐**—우리ᄂᆞᆫ 참 日三省ᄒᆞ여야ᄒᆞᆫ다. 習慣이 第二 天性이며, 우리의 平生에ᄂᆞᆫ 天性보다 우리의 習慣으로 지어진 第二 天性으로붓터 더 만흔 影響을 밧ᄂᆞᆫ다. (……)
>
> 善을 ᄉᆡᆼ각ᄒᆞ여라, 그러면 惡은 自然 아니ᄒᆞ게 될 것 일다. **眼界를 넓히고 公益을 보아라, 그러면 우리의 寶庫ᄂᆞᆫ 富ᄒᆞ여 질 것이고**, 義를 ᄉᆡᆼ각ᄒᆞ여라, 그러면 죽엄이 무셥울지 아니 ᄒᆞᆯ 것이다. 그리ᄒᆞ면 그의 報酬ᄂᆞᆫ—젹으면 우리의 平生을 幸福의 平生으로 만들 것이오, 크며ᄂᆞᆫ 우리의 平生을 歷史的 平生을 만들 것이다.
>
> —「에듸토리알(大我)— 人格(4)」[9]

서적의 효용성을 갈파하려는 2호 사설을 제외하고 『신보』의 사설에서 자주 발견할 수 있는 사항은 인류의 차원에서 '어떻게 살아야 하는가'라는 인생의 긴요한 문제를[10] 바로 '행복'이라는 궁극적인 목적을 찾는 것과 일

9 「에듸토리알(大我)-人格(4)」, 『신보』 제13호, 1919. 1. 1, 1면.

10 「에듸토리알(大我)-인류의 톄일 큰 문뎨」, 『신보』 제3호, 1918. 10. 9, 1면.

치시키고 있다는 점이다. 좀 더 구체적으로, 『신보』에서는 3호 사설에서부터 '대아(大我)'라는 부제를 달고 매 호마다 '희망', '인격' 등과 같은 가치들이 인생의 궁극 목적인 '행복'과 어떠한 관련성을 가지고 있는가를 서술하고 있다. 이런 점에서 『신보』에서 '자아' 탐색의 문제는 '행복' 찾기의 문제로 귀결되고 있었던 것이다. 인용된 사설에서도 '인격'은 인생의 문제를 거론하고 해결하기 위한 차원에서 제기되고 있으며 "우리의 평생을 행복의 평생으로 만들"기 위해 필수적으로 검토해야 할 사항으로 나타나 있다. 특히 이 사설에서 주목할 수 있는 점은 바로 인생의 궁극 목적인 '행복'이 어떠한 방향성을 추구할 때 비롯되는가를 밝히고 있다는 것이다.

사설의 첫머리에 나타나 있듯이 '행복'은 인생의 문제를 해결하는 가치들이 결국 "공의(公義)"와 통할 때 나타난다. 사설에서는 그것을 '선'과 '기쁨'을, '악'과 '고통'을 연결시키는 이분법적인 사고와 '죄'를 범하는 악은 '형벌'로 귀결된다는 보상의 원칙에 따라 설명하고 있다. 좀 더 정확하게 말해, 이 논의의 근저에는 개인의 활동이 개인 자체에 끝나지 않고 직·간접적으로 타인과 연결되어 있다는 관점을 토대로 하고 있다. 사설에 따르면, 우리는 "우리의 형편보다 우리 주위의 형편으로" 인해 받는 고통이 더 많다. 그리고 우리는 타고난 '천성'보다 제2의 천성인 '습관'으로부터 더 많은 영향을 받고 있다. 따라서 우리의 삶이 사회적인 환경으로부터 형성된 것이 많다는 점을 고려한다면, 우리의 활동은 개인 자체의 활동에 그치지 않고 타인 혹은 사회와 밀접한 관련을 가질 수밖에 없는 것이다.

이처럼 '나'의 인생 문제는 타인과 관련될 수밖에 없으며, '나'의 '행복' 또한 궁극적으로 타인 혹은 사회 전체의 '행복'과 관련될 수밖에 없다. 사설에서는 그러한 점을 의식하고 있는 것처럼 글의 초반부에서 제기한

'선'과 '악'의 문제를 다시금 환기하면서 '나'의 '행복'이 개인에 머물지 말고 사회 전체의 이익, 즉 "공익"으로 확장하기를 바라고 있다. 다시 말해, 우리가 '선'을 행하고 '악'을 행하지 않는 것은 나의 안계를 넓혀 타인과 사회의 "공익"을 위하는 것과 같으며 죽음에 대한 두려움에서 벗어나 '의'를 행하는 것과 같다. 그러한 행위가 제대로 이루어진다면 적어도 "우리의 평생"을 "행복의 평생"으로 만들어줄 '보수'가 주어질 것이며, 크게는 "우리의 평생"을 "역사적 평생"으로 만드는 '보수'가 주어질 것이다. 이와 비슷한 맥락에서 장두철은 사설의 곳곳에서 자기만의 만족을 위한 "이기주의"를 '초월'하기를 주문하고 있다는 점에서[11] 행복의 최종 귀착점이 '나' 혹은 '자기'에 있지 않고 사회 전체의 '공익'에 있다는 점을 강조하고 있다.

따라서 『신보』의 사설에서는 인생의 문제를 '나'의 문제에서 벗어나 타인과 사회의 문제로 확대하고 있었으며 '행복'의 지향점을 개인의 만족과 이익보다 공공의 이익으로 확대하는 차원에 두고 있었던 것이다.

> 勿論 이것(재능과 인격—인용자 주)을 區別ᄒᆞ야 其 價値를 比較ᄒᆞ자난 것이 나의 主見은 안일다. 마난 或 人格이라ᄂᆞᆫ 것을 ᄉᆡᆼ각ᄒᆞᆯ ᄯᅢ에 才能이라ᄂᆞᆫ 迷路로 깁히 ᄲᅡ지ᄂᆞᆫ 일이 만흔 故로 어ᄂᆡ 程度ᄭᆞ지ᄂᆞᆫ 이를 말ᄒᆞ여 두고저 ᄒᆞᆫ다. (……) **이것을 아ᄂᆞᆫ 힘—卽 理解力이라ᄂᆞᆫ 것은 才能이오, 이를 向ᄒᆞ고 나아가ᄂᆞᆫ 것이 뜻의 굿음, 人格의 忠實이다.**
>
> 이 '行爲'와 이 '修行'이라난 것이 뜻의 굿음과 人格의 忠實을 가리킨 것이

11 「에듸토리알(大我)-인류의 뎨일 큰 문뎨(2)」, 『신보』 제4호, 1918. 10. 26, 1면; 「에듸토리알(大我)-人格(2)」, 『신보』 제11호, 1918. 12. 14, 1면.

다.

이것이 참 知慧로온 사람의 人格의 表象일다. 驕慢이 決코 人格을 도두우지 아니ᄒᆞ며, 奢侈가 決코 價値를 놉히우지 아니한다. **忠實한 人格을 으드랴면 謙遜, 仁慈, 誠勤, 忍耐, 果敢, 等 모든 美德에 忠實한 修養의 力을 ○하여야 한다.** (……)

우리는 무엇보다도 忠實한 人格을 修養키에 努力ᄒᆞ여야 한다.

—「에듸토리알(大我)—人格(1)」 부분[12]

다음으로, 『신보』의 사설에서는 인생의 궁극 목적인 '행복'을 달성하기 위해 실행해야 할 덕목과 가치관을 제시하고 있다. 사설을 검토해보면, 특히 '행복'을 성취하기 위한 '실행', '행위', '행동', '수행', '수양'의 필요성을 유독 강조하고 있는 것이 주목된다. 예컨대, "행위가 즉 생명이다"라는 문장에서 단적으로 우리가 '행복'과 '번영'을 이루기 위한 '행위'의 중요성이 압축되어 있다.[13] 뿐만 아니라 우리의 평생에 일어나는 여러 가지 일을 오로지 '운명'에만 두려는 태도를 비판하고 우리가 자신의 운명의 '주인'이 되어 인생을 '개척'하기를 바라는 부분에서도 나타나 있다.[14]

인용된 사설에서도 장두철은 '행복'을 성취하기 위한 '실행'을 강조하기 위해 인생의 문제 중 하나인 '인격'에 대한 자신만의 관점을 내비치고 있다. 그는 우선 우리가 살아가면서 흔히 마주치는 '재능'과 '인격'의 개념을 구별하여 그 가치의 경중을 달리하는 방식을 취하고 있다. 그에 따르

---

12 「에듸토리알(大我)-人格(1)」, 『신보』 제10호, 1918. 12. 7, 1면.

13 「에듸토리알(大我)-人格(4)」, 『신보』 제13호, 1918. 10. 9, 1면.

14 「에듸토리알(大我)-인류의 뎨일 큰 문뎨2)」, 『신보』 제11호, 1918. 12. 14, 1면.

면, 우리가 옳은 것을 이해하는 것보다 그것을 행하는 것이 가치의 면에서 더욱 낫다. 다시 말해, 옳은 것을 아는 힘, 즉 '이해력'을 '재능'이라 정의하고 이것을 향해 나아가는 '뜻의 굳음'을 "인격의 충실"이라고 정의한다면, 단연코 '인격'은 '재능'보다 월등한 가치를 지닌다. 그래서 행복을 성취하기 위한 '행위'와 '수행'이라는 것은 '뜻의 굳음'과 "인격의 충실"을 가리키는 것이다. 다음으로, 장두철은 "인격의 충실"을 얻기 위한 덕목으로 '겸손', '인자(仁慈)', '성근(誠勤)', '인내', '과감' 등을 제시하여 인격의 힘을 키우기를 바라고 있다. 그리고 그는 지금까지 제시한 인격의 중요성과 그것을 실행하기 위한 덕목을 바탕으로 결론에서 다시금 무엇보다 "충실한 인격"을 수양하기 위해 노력해야 할 필요성을 환기하고 있다.[15]

이외에도 장두철은 인생의 과정에서 직면하는 '위험'을 피하려고 하기보다 용감하게 그것과 맞서려는 자세로써 '담력'을 제시하고 '비애', '고초'가 오는 어떠한 상황 속에서도 '행복'을 누리기를 바라고 있다.[16] 또한 그는 당대 사회에서 만연하는 '소박', '수구(守舊)', '청렴', '검약'과 같은 "소극적 덕목"이나 "묵수주의(墨守主義)"와 대비되는 덕목으로 "적극적 진취주의"를 주장하고 있기도 하다.[17] 이때 장두철이 제시하고 있는 덕목들은 '본능'만을 가진 동물과 구별되는 인간의 고유한 가치로 나타나거나 '야만'과 구별되는 '문명'의 '이상적 행복'을 달성하기 위한 동력으로 나

---

15 이러한 '인격'이라는 개념은 멀게는 독일의 철학자 오이켄(R. Eucken)의 '신이상주의'로부터, 가깝게는 다이쇼기 일본의 '문화주의'로부터 수용된 것으로 1920년대 한국 문학에서도 적극적으로 유통되고 있었다(다이쇼기 일본의 '문화주의'에서 표방하는 '인격' 개념에 대해서는 미야카와 토루(宮川透) 외, 이수정 옮김, 『일본근대철학사』, 생각의나무, 2001, 203~309면 참고).

16 「에듸토리알(大我) - 希望(2)」, 『신보』 제9호, 1918. 11. 30, 1면.

17 「에듸토리알(大我) - 進取主義」, 『신보』 제14호, 1919. 1. 13, 1면.

타나 있는 점에서[18] 그 실천의 지향점을 명확히 하고 있다. 따라서 『신보』의 사설에서는 인생의 궁극 목적인 '행복'을 성취하기 위해 '실행'의 중요성을 강조하는 것과 함께 실행을 위한 구체적인 덕목과 가치관을 제시하고 있는 특징을 보여주고 있다.

—ᄋᆞᆺ더한 目的으든지 目的을 定ᄒᆞ고 그것을 으드랴고 奮鬪ᄒᆞ고 그곳에 이르랴고 勇進한난—卽 目的의 持久力과 堅着力은 希望의 所産일다. **人格의 價値에난 一時的 勇斷力보다 繼續的 持久力이 얼마나 越等하냐—何如間 훨신 高尙한 것이다.**

萬若 우리가 우리의 存在로 不滿足할진ᄃᆡ 여러 가지를 다 밧구든지 다 밧굴 수 업스면 아조 아니 밧구든지 할 것이다. 그리하고 **그 不滿足ᄒᆞᆫ 現在로 滿足ᄒᆞᆫ 未來를 만들기에 努力ᄒᆞᆯ 것일다.** (……)

活動을 爲ᄒᆞ야, 勿論 現在가 最要ᄒᆞ다. (……) —卽 未來의 幸福과 其 幸福의 未來로 因ᄒᆞ야 ᄋᆞᆺᄂᆞᆫ 精神上 現在의 滿足을 犧牲ᄒᆞᄂᆞᆫ 것이, 現在만으로 볼지라도 얼마나ᄒᆞᆫ 損失이냐! **우리의 精神을 快活케ᄒᆞ고, 우리의 勇氣를 鼓動케ᄒᆞᄂᆞᆫ 것은 이 希望이라ᄂᆞᆫ 것의 偉力일다.**

—「에듸토리알(大我)—希望(1)」 부분[19]

마지막으로 『신보』의 사설에서 찾아볼 수 있는 경향은 앞에서 제기한 사항들을 바탕으로 '행복'을 달성하기 위한 '시간성'을 모색하고 있는 것이다. 좀 더 구체적, 이는 과거보다는 현재와 미래의 관계에 따라 모색되고

18 「에듸토리알(大我)-인류의 뎨일 큰 문뎨: ᄒᆡᆼ복의 길(4)」, 『신보』 제6호, 1918. 11. 9, 1면.

19 「에듸토리알(大我)-希望(1)」, 『신보』 제7호, 1918. 11. 16, 1면.

있으며 '행복'이 달성되는 이상적인 시간으로 '미래'를 설정하고 있는 특징을 보인다. 인용된 사설에서도 시간성을 모색하기 위한 예비 작업으로 우리가 목적을 정하고 그것을 얻기 위해 분투하고 용진하는 과정에서 산출되는 "인격의 가치"를 논하고 있다. 이 글에 따르면, '인격의 가치'는 "일시적 용단력"보다 "계속적 지구력"이 훨씬 "고상한 것"이다. 이때 우리가 현재의 시점에서 어떠한 위험과 두려움을 무릅쓰고 나아갈 수 있는 근거가 바로 '희망'이다. 희망은 결코 우리가 현재를 비관하고 미래만을 몽상하는 것이 아니라 현재로부터 느끼는 불만족을 "만족한 미래"로 만들기 위해 노력하는 동력을 의미한다. 이에 따라 이 글에서는 행복이 달성되는 시점을 불완전한 '현재'보다는 완전한 '미래'에 두고 있는 것처럼 보인다.

하지만 글의 후반부에서는 우리에게 가장 중요한 시간으로 '현재'를 거론하고 있다. 그것은 물론 앞에서 제시한 '행복'의 이상적 시간으로서 '미래'를 부정하는 것이 아니라 '현재'와의 관계를 통해 '미래'에 대한 지향점을 더욱 강조하려는 의도를 보여주는 것이다. 왜냐하면, 장두철은 우리가 평생 느끼는 대부분의 '비애'가 "미래의 행복"에 대한 기대로 인해 "현재의 만족"을 '희생'하는 것에서 비롯하였다고 보고 있기 때문이다. 다시 말해, 그는 우리가 단순히 미래에의 기다림이나 운명에의 내맡김을 통해 현재를 흘려보내기보다 '활동'을 통해 희망의 미래를 개척하기를 바랐던 것이다. 지금까지 살펴본 것을 종합해보면, 『신보』의 사설에서는 현재의 시점에서 내가 인생의 갖가지 문제를 해결하기 위한 덕목과 가치관을 실행에 옮기는 것이 미래의 시점에서 봤을 때 타인 혹은 사회 전체의 행복으로 확장될 수 있다고 보았던 것이다.

그러면 사설의 부제인 '대아(大我)'가 자아의 문제와 관련하여 어떠한 의미를 가지는가가 궁금해진다. 선행연구의 관점에서 보자면, 이는 자아를 자율적인 주체보다 집단의 이상을 실현하기 위한 계몽의 대상으로 내세우는 것처럼 보이기 때문이다. 하지만 장두철은 제14호의 사설에서 "개인의 최고 표준"을 향해 "전심력(全心力)"을 다하는 것과 "전체의 최고 표준"을 향해 "전심력"을 다하는 것을 동일선상에 두고 있었다. 비슷한 맥락에서 그는 "개인의 미"를 획득하는 것과 전체의 미"를 획득하는 것 역시 동일선상에 두고 있었다.[20] 이러한 점은 그가 접한 것으로 보이는[21] 아리스토텔레스의 행복론을 참조해보면 더욱 명확하게 드러난다. 주지하다시피, 아리스토텔레스는 '행복'을 동물에게 없는 인간의 윤리학적 탐구의 대상으로 삼았으며 이성을 기반으로 하는 인간이 가장 완전한 탁월성에 다다를 수 있는 영혼의 활동으로 정의한 바 있다. 그는 탁월성을 지혜, 이해력, 실천적 지혜를 가리키는 "지적 탁월성"과 '자유인다움', 절제를 가리키는 "성격적 탁월성"으로 구분하면서 이론과 실천의 지속적인 병행을 통한 자기실현을 강조하였다. 이때 아리스토텔레스가 말하는 행복은 각자의 본성과 여건에 따라 "자신의 고유한 탁월성"을 완전하게 수행하게 될 때 '개인'의 활동을 넘어 '전체'의 삶으로 확장될 수 있는 것이었다.[22]

이러한 맥락에서 봤을 때 장두철이 제시한 '행복'은 '나' 혹은 '자기'로 표상되는 '개인'의 축과 사회 혹은 인류로 표상되는 '전체'의 축을 매개하

---

20 「에듸토리알(大我)-進取主義」, 『신보』 제14호, 1919. 1. 13, 1면.

21 5호 사설에서 장두철은 향락, 유쾌, 환희 등과 같은 감각이 사람들에게 요긴하다고 하는 소크라테스의 말을 부정하고 이보다 지혜, 학식, 기억력, 의견, 이치가 더 좋고 부럽다는 자신의 의견을 개진하고 있다. 이러한 맥락에서 장두철은 아리스토텔레스의 행복론을 어느 정도 접하고 있었던 것으로 보인다.

22 아리스토텔레스(Aristoteles), 강상진 외 옮김, 『니코마코스 윤리학』, 도서출판 길, 2015, 13~50면.

는 수사의 역할을 담당하고 있었던 것이다. 물론 그가 말하는 '대아(大我)'가 개인보다 사회 전체의 이상에 방점을 두고 있었던 것은 사실이지만 그는 결코 개인의 자율성을 배제하지 않았으며 개인과 전체를 포괄하는 지점을 겨냥하고 있었다. 이러한 점들에 대해서는 그와 다른 방면에서 지속적인 대화를 시도하였던 김억의 글을 통해 좀 더 구체적으로 보충할 수 있다.

3. 대아(大我)의 구성 요소와 '생명'의 매개항 도입

김억이 『신보』에서 자신의 이름을 내걸고 활동하는 계기는 러시아 시인 투르게네프의 산문시를 소개하는 글[23]이라는 점에서 사설이나 비문예적인 글을 통해 주로 활동한 장두철과는 다른 측면에서 그의 역할을 지적할 수 있을지도 모른다. 하지만 김억의 이러한 활동 또한 장두철과의 부단한 대화의 산물이라는 점에서 계몽성과 낭만성의 이분법으로 쉽사리 재단할 수는 없다. 이런 점을 보여주듯이 김억은 『신보』 5호에 장두철에게 부치는 두 편의 창작시를 발표하고 있다. 그는 이 시에서 현재의 고통과 어둠이 지나 언젠가는 밝은 미래가 열릴 거라는 낙관을 보여주거나 어떠한 상황에서도 희망을 발견하려는 자세를 보이고 있다는 점에서,[24] 장두철의 사설에 화답하고 있었다. 따라서 장두철과 다른 축에 서 있는 것처럼 보이면서도 상호 대화적인 관계를 보이고 있는 김억의 글을 검토하는 것은 『신보』가 표방하려는 자아론의 특징을 좀 더 세공하는 작업에 속한다.

---

23 김억, 「로서아의 유명훈 시인과 십구셰긔의 대표뎍 작물」, 『신보』 제4호, 1918. 10. 26, 4면.

24 김억, 「밋으라(산문시)-H.M.兄에게」, 「오히려-H.M.兄에게」, 『신보』 제5호, 1918. 11. 2, 6면. 김억은 이 시에서 부제로 장두철의 호인 해몽(海夢)의 이니셜을 따서 그에게 부친다는 점을 명시하고 있다.

선행연구에서 누차 지적해왔듯이 김억이 『신보』에서 전개한 활동 중 투르게네프의 산문시와 베를렌느의 상징주의 시를 번역하거나 백대진과 함께 프랑스 상징주의를 소개한 활동은 조선의 근대 자유시를 형성하는 데 중요한 역할을 감당하였다.

하지만 김억이 인생의 관점에서 자아의 문제를 탐색하려 했다는 점은 그간 그러한 점에 가려 제대로 주목받지 못했다. 이제 이를 아래의 글에서 확인해보자.

> **사ᄅᆞᆷ은 웨 사는냐, 個人, ᄯᅩ는 왼人類의 生存의 意義ᄂᆞᆫ 무엇이냐 하는 날근 問題이면셔도 一面으론 가쟝 ᄉᆡ로운 疑問일 이 問題ᄂᆞᆫ 人生의 意識이라ᄂᆞᆫ 것이 업서지지 안는 以上에ᄂᆞᆫ 누구든지 반드시 한번은 이 急切ᄒᆞᆫ 問題를 풀기에 모든 悲痛 苦痛을 맛보지 안을 슈 업다,** (……)
>
> 밝키 말ᄒᆞ면 個人의 生活이나 人類 一般의 生活이 無意味라 ᄒᆞ면 無意味에 滿足식히고 담언 自己는 '美'를 가지고 自己가 創造한 隱世안에 숨어셔 自身의 生活을 지으랴ᄒᆞ는 것이 쏘로굽의 哀願이엇다. (……) 만은 한 가지 니저서는 안될 것이 잇다,—俗世에는 만흔 사람이 잇고 自己 自身의 世界에는 自己 혼ᄌᆞ만 잇게 된다는 것이다. 幻想의 墻壁으로 外界를 斷絶하랴는 것은 自己를 孤獨속에 집어넛는 것이다. (……)
>
> **쏘로굽이 어대ᄭᅡ지 놉고놉흔 '唯我'의 塔上에 셧슬 슈 잇다하면 人生의 問題은 解釋할 슈 업는 것이다 唯我를 가지고 個人의 生活, 個人의 苦痛은 自己意識 狀態로 說明ᄒᆞᆯ 슈 잇스나 唯一絶對의 意識인 生活 苦痛은 무엇으로 說明ᄒᆞᆯ 슈 잇스랴.** 쏘로굽의 孤獨을 피하기 위ᄒᆞ야 唯我속으로 들어간 것은 前에 말ᄒᆞᆫ 비를 避ᄒᆞ기 위ᄒᆞ야 굴 속에 들어갓다는 것과 別로 틀임이 업다. (……)

人生의 意義라는 것은 結局 主觀的이고, 別로 엇더케 되는 것이 아니다. 괴로움, 즐거움, 미움, 사랑, 싸홈, 이김, 또는 죽음,—**이러훈 生의 充實에 人生의 모든 意義가 包含되엿슬 뿐이고, 그 밧게는 아무것도 업다, 過去에도 업섯다, 未來에도 업겟다.**

—「쏘로굽의 人生觀」 부분[25]

이 글은 김억이 『신보』에서 총6회나 연재한 기획물이라는 점에서 중요한 입지를 차지하는 글임에도 불구하고 그간 상징주의 소개의 연장선상에서 러시아 상징주의 작가인 솔로구프(Fëdor Sologub)의 작가론 정도로 평가받아왔다.[26] 그리고 이 글은 김억이 "이빤노프, 라즘니코쭈"라는 러시아인의 이름을 제목에 부기하고 있으며 10호의 「바랍니다」에서 "안서(岸曙)군의 붓으로 충실히 번역ᄒᆞ야"라는 사실을 밝히고 있다는 점에서 그의 창작이 아닌 번역물로 지적되어왔다.[27] 하지만 이 글에서 주목되어야 하는 것은 김억이 솔로구프라는 한 개인의 인생관을 통해 인생이라는 문제에 어떻게 접근하면서 '자아'의 문제를 풀어내고 있는가이다.

이 글은 내용상으로 생에 대한 솔로구프의 기본적인 태도, 생의 문제를 해결하기 위한 그의 상징주의적 방식, 생의 문제를 해결하는 과정에서의 깨달음 등을 논의하는 식으로 전개되고 있다. 먼저, 김억은 글의 첫 부분에서 "상징파 작가"로서 솔로구프의 시적 의의를 현세의 범속과 타협하

25 김억, 「쏘로굽의 人生觀」, 『신보』 제9~14호, 1918. 11. 30~1919. 1. 13; 박경수 편, 『안서 김억전집』 5(문예비평론집), 한국문화사, 1987, 16~26면.

26 정한모, 앞의 책, 278~279면.

27 김행숙, 앞의 글, 26면.

지 않고 "죽음과 갓튼 광병의 시적세계"를 발견하려 한 것에 있다고 말한다. 그러면서 그는 무엇보다 그의 문학이 '왜 사는가'하는 "생존의 의의"에 대해 자기만의 해석을 내린 점에 의의가 있다고 말하면서 인생의 관점에서 그의 문학에 접근하려는 의도를 보인다. 그에 따르면, 생에 대한 솔로구프의 기본적인 태도는 인생의 의의를 알지 못하는 "번민" 혹은 "생의 공포"로 요약될 수 있다. 그는 생의 의의에 대한 진리를 찾으려고 하는 과정에서 급변하는 외계의 현상에 대한 고통을 느낌에 따라 "물질적 세계"에서 오는 번뇌를 벗어나기 위해 죽음을 추구하였다. 그가 인간을 현실세계라는 "동물원" 안에 갇힌 짐승이라고 정의하고 있는 것은 그러한 절망감을 적잖이 압축하고 있다.

이 지점에서 솔로구프는 인생의 문제를 해결하고 행복의 구원을 얻기 위한 방식으로 '상징주의'를 도입하였던 것이다. 김억은 현실을 벗어난 미래에 대한 '몽상'과 생의 모든 의의를 '미'라는 말에 귀착시키려는 것으로 솔로구프의 '상징주의'를 설명하고 있다. 그는 솔로구프가 지상의 고통과 번민을 '환영'이라 보고서 미래의 모든 공상, 희망, 열락을 꿈꾸었으며 찰나에서 찰나로 옮겨가는 생을 비롯하여 '자연', '정신'까지도 '미'라는 말에 포용하는 방식으로 생의 문제를 해결하려 했다고 말하고 있다. '상징주의'에 대한 이러한 관점은 실제로 러시아의 '상징주의'를 바라보는 문학사적 시각과도 부합한다.[28] 하지만 이 글에서 솔로구프의 '상징주의'에 대한

28 1895년에서 1925년 사이에 출현한 러시아의 상징주의는 기존의 유물론적 유산에 대한 저항을 위해 '다른 세계'에 대한 지향을 미학적 출발점으로 삼았다. 이러한 분위기 속에서 솔로구프 또한 물질적 현실의 무의미함을 자각하고 그것을 보상할 현실 너머의 세계에 대한 구원을 추구하였다고 한다(박혜경, 「상징주의 단편에서의 여성의 상징성 연구 - 상징주의에서 메타 상징주의로」, 『러시아어문학 연구논집』 제27집, 한국러시아문학회, 2008, 61~85면 참고).

설명보다 중요한 것은 솔로구프의 인생관을 통해 인생의 문제를 제기하고 있는 부분일 것이다. 왜냐하면, 『신보』의 「바랍니다」에서는 인류의 역사와 함께 시작된 '왜 사는가'와 같은 문제에 대한 적절한 참조점으로 이 글을 지목하고 있기 때문이다.[29]

이러한 맥락에서 보건대 솔로구프의 '상징주의'는 몽상의 세계와 현실의 세계를 이분화시킬 뿐만 아니라 인간이 결코 현실의 세계에서 벗어날 수 없다는 점에서 실패할 수밖에 없다. 이에 대해 이 글에서는 지상의 모든 번민을 망각하는 것이 과연 해답이 될 수 있는가라는 의문을 제기하고 있다. 다시 말해, 솔로구프는 자기가 창조한 세계에서 생의 공포를 피할 수 있었지만 그것은 결국 '나'의 세계에 침잠한 "유아론적 경향"에 불과하였다. 이 글에서는 그보다 '나'에 대한 "광적"이고 "귀족적 오만"을 버리고 "범속의 사람으로 인생사회"에 들어오는 것에서 더 큰 생의 의의를 찾고 있다. '나'의 인생은 자연을 비롯한 타자와 연결되어 있는 생의 무대에서 찾을 수 있는 것이며 미래가 아닌 현재의 이곳에서 구할 수 있기 때문이다. 그것을 강조하기라도 하듯 연재의 마지막 글에서는 '나'라는 것이 어떠한 순간에서도 "원인", "결과", "수단", "목적"의 "교착점(交着點)"이라 정의 내리면서 '괴로움'이나 '즐거움' 등 현재의 생에서 느끼는 갖가지 감정에 대한 '충실'에서 그 의의를 찾고 있다.

이처럼 이 글에서는 솔로구프의 '상징주의'에 대한 소개에서 나아가 솔로구프의 인생관을 통해 인생의 문제를 논하고 있다. 김억은 특히 현실세계에 대한 강한 긍정과 함께 '나'의 인생이 필연적으로 타인 혹은 사회와

29 「바랍니다-편즙실에서」, 『신보』 제10호, 1918. 12. 7, 3면.

연결되는 가운데 생의 의의를 획득할 수 있는 측면에 공감을 나타낸 것으로 보인다. 이를 『신보』 전체의 맥락에서 보면 어떠한가? 앞에서 살펴보았다시피 장두철의 경우 문명으로 표상되는 집단의 이상에 초점을 맞추면서도 개인의 자율성을 배제하지 않은 가운데 개인과 전체가 조화를 이룬 개념으로 '대아'를 제시하였다. 김억 또한 이와 다른 측면에서 '미'로 대변되는 개인의 자율성에 초점을 맞추면서도 사회와의 관계를 부정하지 않는 가운데 개인과 전체의 조화를 역설함으로써 '대아'의 개념을 보충하였다고 할 수 있다.

1910년대에 전개된 자아론의 맥락에서 볼 때에도 이러한 점은 『신보』에서만 나타난 특수한 현상은 아닌 것 같다. 예컨대, 이보다 앞서 『학지광』에서도 장두철과 김억이 보여준 관점을 살펴볼 수 있기 때문이다. 현상윤의 경우 초기의 글에서는 생존경쟁과 약육강식을 바탕으로 하는 사회진화론을 통해 문명이라는 집단의 이상을 달성하려는 방향으로 자아실현의 목적을 두었다가[30] 점차 사회적 공공성을 달성하기 위해 개인의 개성과 자유를 요청하고 있었다.[31] 이와 다른 측면에서 최승구는 개인의 개성을 발휘하기 위한 감정을 긍정하는 방향으로 자아론을 전개하면서도[32] 결국 개인의 자아실현이 '공공'을 배제할 수 없으며 전체와 통일되는 가운데 나타날 수 있음을 역설하였다.[33] 『학지광』에 나타난 자아에 대한 이러한 관점을 『신보

30 대표적인 글로는 현상윤, 「强力主義와 朝鮮青年」, 『학지광』 제6호, 1915. 7, 43~49면.

31 이에 대한 논의로는 정우택, 「한국 근대자유시 형성기의 현상윤」, 『기당 현상윤 연구』, 한울아카데미, 2009, 222~223면 참고.

32 대표적인 글로는 최승구, 「感情的 生活의 要求(나의 更生)(K.S兄의게 與허는 書)」, 『학지광』 제3호, 1914. 12, 16~18면; 최승구, 「너를 혁명하라!("Revolutionize yourself!")」, 『학지광』 제5호, 1915. 5, 12~18면; 최승구, 「不滿과 要求」, 『학지광』 제6호, 1915. 7, 73~80면.

33 이에 대한 논의로는 권유성, 「1910년대 '학지광' 소재 문예론 연구」, 『한국민족문화』 제

』와의 연장선상에서 보자면, 현상윤은 장두철의 관점과, 최승구는 김억의 관점과 친연성을 보이고 있는 셈이다.

따라서 1910년대에 자아론은 각자의 사상에 입각해 있으면서도 개인으로 표상되는 개체와 사회 혹은 인류로 표상되는 전체가 조화를 이루는 방향으로 전개되었다는 것을 알 수 있다. 『신보』에서 표방한 '대아(大我)'는 바로 그러한 개체의 축과 전체의 축을 포괄하는 개념으로 등장하였던 것이다. 이러한 맥락에 따라 『신보』에서 전개된 자아론의 특징을 좀 더 살펴보기 위해 아래의 글을 검토해보자.

> 눈에 보이지 아니하는 不幸이라는 大敵과 싸호며, 한 거름, 한 거름식 압흐로 慰安의 새 길을 발버야 합니다, 그 갓튼 때에 眞正한 '나'를 차자 그 '나'를 살니지 아니하면 안됩니다. 몬져 '나'라는 무엇이냐 하는 것이 찾는 順序입니다, 한데 그 眞正한 '나'를 찾는 데는, 美를 求하기 위하야는 醜를 對象으로 하는 것과 갓치 다른 '나'를 對象으로 하고써 나아가 다른 '나'와 싸호야 됩니다. **'나'를 살니는 힘과 理解하는 心情을 가지고 '남'도 살녀야 합니다. '나'를 헤아리는 헤아림으로 '남'을 헤아릴 때에 비로소 生命의 힘을 가진 理解가 생깁니다. 그리하고 同感의 共歡이 우리의 말은 맘밧을 적시어 새 힘을 돗게 합니다.** (……)
>
> 우리가 아츰에 새의 소리를 슷고서는, 적어도 새와 갓튼 늣김과 갓튼 맘을 經驗하게 되지안는 限에서는 '사람으로의 全的 生活'이 업는 줄 압니다, **다시 말하면 '남'과 '나'와를 논호지도 아니하고 서로 支配밧음도 업시 '한아'되는**

45집, 부산대 한국민족문화연구소, 2012, 25~49면 참고.

点으로의 生活이 비로소 뜻할 것이 잇다고 합니다 그러기에 녯적부터 오늘까지의 나려온 人類의 긴 살님은 적어도 '한아됨'을 根底로 하고의 理解, '나'와 '남'과를 갈이지 아니 하자는 갓튼 生命의 길을 차즈려, 애쓰든 苦悶 歷史라고 합니다. (……)

自己를 理解하며, 남을 理解하며, 다시 나아가서는 自己를 無限으로 向上식히는 路程에 잇는 "悲哀를 뚤코의 歡喜"를 맛보며 잇는 이에게는 죽음은 아모러한 힘도 업습니다. 그러한 "살음의 살음"으로의 生의 길을 것는 이에게는 죽음과 괴롭음은 刻一刻으로 그 늣김이 엿터집니다, **다만 共歡이며, 眞正한 意味로의 놉흔 "寂寞鄕"이 갓가와질 뿐입니다.**

ㅡ「가난한 벗에게」 부분[34]

이 글은 앞서 살펴본 「쏘로쉽의 인생관(人生觀)」에서 환기하고 있는 자아에 대한 관점을 선명하게 내비치고 있다. 그는 이전에 『학지광』에 발표한 글에서도 '인생을 근저로 하지 않는 예술은 무의미하다'라는 요지의 '인생의 예술화'를 내걸고 개인의 예술적 생활이 사회로 확대되어야 한다고 말한 바 있다.[35] 그와 비슷한 맥락에서 김억은 이 글에서도 '나'를 중심으로 하여 '나라는 것은 무엇인가'와 같은 자아 탐구의 문제를 선결적인 과제로 두고 타인과의 조화를 역설하고 있다.

김억은 "K형(兄)"이라는 수신인에게 보내는 편지의 형식으로 봄날의 산책 중 느끼는 감상을 표출하고 있다. 그는 기본적으로 인간의 삶을 "고

34 김억, 「가난한 벗에게」, 『신보』 제16호, 1919. 2. 17, 5~6면. 선행연구에서 밝혀졌다시피 이 글은 원래 『신보』에 발표되었다가 1년 4개월 뒤에 부분적으로 가필되어 같은 제목으로 『서울』 제4호(1920. 6. 15)에 발표된 바 있다.

35 김억, 「藝術的 生活(H君)」, 『학지광』 제6호, 1915. 7, 60~62면.

뇌의 외마대길"이라 보면서도 인간이 결코 현실세계를 벗어날 수 없다는 점에서 현실세계의 괴로움 가운데 즐거움을 찾아야 한다고 말하고 있다. 이때 그는 필연적으로 해결해야할 인생의 문제로 '나'는 무엇인가를 제시하면서 "진정한 '나'"를 찾고 그 '나'를 살리는 일의 중요성을 언급하고 있다. 「쏘로쉽의 인생관(人生觀)」에서 그는 유아론에서 벗어나 타인과 사회와의 관계성 속에서 '나'의 의의를 찾았던 것처럼, 이 글에서도 진정한 '나'를 이해하고 살리는 것과 '남'을 이해하고 살리는 것을 동일한 층위에 두고 있다. 심지어 그는 '남'을 "다른 '나'"라고 지칭함으로써 '나'와 '남'이 편의상 언어적으로 구분됨에 불구하고 위계에 따라 구획할 수 없는 위치에 놓여있다고 말하고 있다. 이에 따라 김억은 "'나'를 헤아리는 헤아림"으로 "'남'을 헤아릴" 때에 비로소 우리의 마른 "맘밧"에 "공감의 공환(共歡)"이 흐르고 "새 힘"이 돋는 체험을 할 수 있다고 말하는 것이다.

이 지점에서 김억이 '나'뿐만 아니라 그 외연에 있는 타자의 존재까지 포괄하고 그러한 자아의 구성 요소들을 매개하는 항으로서 '생명'의 개념을 도입하고 있는 것이 주목된다. 그는 앞서 언급한 『학지광』의 글에서도 개인의 개성을 담지하는 표지이자 인생의 관점에서 개인과 사회를 연결하는 매개로 '생명'이라는 개념을 도입한 바 있다. 이 글에서도 김억은 '나'와 '남'이라는 개체를 존속시키는 동력이자 자아의 맥락에서 '나'와 '남'을 불가분의 관계로 연결시키는 근거로 '생명'의 개념을 도입하고 있다. 말하자면, 그에게 '생명'은 '나'와 '남'과 같은 개체를 움직이는 동력이기도 하지만 '나'와 '남'을 긴밀하게 연결시키는 근거가 되기도 한다. 그는 실제로 글의 말미에서 "'남'과 '나'"를 나누지 않고 "'한아'되는 점으로의 생활"에서 '생명'의 의의를 발견하고 있다. 그것이 바로 "사람으로의 전적(全的)

생활(生活)"이다. 그는 "'나'와 '남'"을 나누지 않는 이러한 "한아됨"에서 진정한 "생명의 길"을 찾으려고 했으며 지금까지 전개되어온 인류의 역사에서 그러한 '생명'의 진화를 읽어내고 있다. 이처럼 김억은 개체와 전체로 이루어지는 '대아'의 구성 요소를 탐색하는 것과 함께 인생의 관점에서 '대아'의 구성 요소를 통합시키는 매개로서 '생명'의 개념을 도입하고 있었던 것이다.

김억은 이후 이 글을 『서울』에 같은 제목으로 발표하는 과정에서 '인생'과 '죽음'의 관계를 설명하는 부분을 추가하여 자신의 논지를 한층 선명하게 전달하고 있다. 그는 현실세계의 생을 구가하려는 우리에게 가장 무서운 적으로 '죽음'을 지적하고 있다. 죽음은 현세의 모든 '권위', '광영', '열락' 등과 같은 모든 '유'를 '무'로 보내는 "생의 근본파괴자"라는 점에서 무서운 '대적'이자 인간이 결코 벗어날 수 없는 "불가항적" 대상이다. 하지만 그럼에도 불구하고 그는 앞에서 말한 '자기'를 이해하고 '남'을 이해하며 나아가 "자기를 무한으로 향상"시키는 도정에 있는 사람에게 죽음은 아무런 힘이 없다고 말한다. 왜냐하면, 죽음은 생의 필연적인 귀결임에도 불구하고 "살음의 살음으로" 나아가며 '생명'으로 인한 "공환"을 느끼는 이에게는 별다른 영향을 미치지 못하기 때문이다. 그는 그처럼 '나'와 '남'이 '생명'이라는 개념으로 연결될 때 느끼는 "공환"만이 죽음의 두려움을 넘어서고 진정한 의미에서 높은 "적막향(寂寞鄕)"과 같은 이상향을 체험할 수 있다고 보았던 것이다.

4. 자아의 존립 근거와 '조선'의 발견

앞선 논의에서 드러났듯이 김억은 일견 사설이나 비문예적인 글을 중심으로 활동한 장두철과는 반대의 지점에서 놓여 있는 것처럼 보이지만, 장두철과 상호대화적인 관계에 따라 자아를 바라보는 장두철의 문제의식을 공유하고 있었다. 다시 말해, 장두철과 김억은 '대아'의 구성 요소로서 개인으로 표상되는 개체와 사회 혹은 인류로 표상되는 전체의 조화를 인정하였다. 다만, 장두철이 '대아'의 구성 요소 중에서 전체에 초점을 맞추고 있었다면, 김억은 개인에 초점을 맞추고 있는 차이를 보인다. 이러한 점에서 『신보』에서 계몽성과 낭만성, 집단성과 개인은 서로 대립된다기보다[36] 서로 조화되어야 할 대상으로 인식하고 있었다고 할 수 있다. 선행연구의 관점에서 볼 때 『신보』의 근대성은 계몽성과 낭만성, 집단성과 개인의 조화에 따라 파생될 수 있는 것이었다.

그러면 우리는 『신보』에서 왜 두 개의 항을 조화시키려 했는가에 대한 의문을 느낄 것이다. 이 글의 문제의식에서 보자면 이는 계몽성과 낭만성의 층위에서 '나는 무엇인가'와 같이 자아의 구성 요소를 탐색하려 했던 시도에서 한걸음 나아간 질문이라고 할 수 있다. 좀 더 구체적으로, 『신보』에서는 1910년대 자아론의 맥락에서 '나는 무엇인가'에 대한 질문을 던진 것에서 나아가 '나는 누구인가'에 대한 질문을 던짐으로써 전자의 질문을 더욱 풍요롭게 하는 논의를 전개하고 있었다. 바꿔 말하면, 『신보』에서의 자아론은 근대성의 층위에 머물지 않고 근대성의 '외연'을 건드리고 있었다. 이러한 측면을 아래의 글에서 살펴보자.

> 民族과 民族과의 사이에 셔로 다른 藝術을 가지게 된 것도 民族의 共通的 調和—內部와 外部生活로 말미야셔 되는 調和가 셔로 달으기 째문이라 할 슈

36 김행숙, 앞의 글, 5~33면.

있지요. 쓸데업는 말이지요마는 어떤 이의 말하는 傳統主義 移入은 적어도 닉게 대하야는 無意味로밧게 뜻이 업세요. 毋論 셔로 文字의 解釋이 잘못되엿슴으로 그리할 줄은 생각됩니다만은 그러기에 支那사람에게는 支那사람다운 調和가 잇고 프란스 사람들에게는 프란쓰 사람다운 調和가 잇지요, 그것은 엇지할 수 업는 줄로 생각ᄒᆞ여요. (……) 하기때문에 그 剎那에 늣기는 衝動이 셔로 사람마다 달를 줄은 짐작합니다만은 廣義로의 한 民族의 共通的되는 衝動은 갓틀 것이여요. (……) 사람마다 다 갓지 아니한 文體와 語體를 가지게 된 것도 이것인 줄 압니다, 쏘한 그것이 短点이라고 하는 것보다 長点되며 特色되는 것이라 생각하여요, 呼吸의 長短에는 生理的 機能에도 關係되는 것이지요 만은 다시 말하면, 卽 맘이 肉體의 調和인 이상에는 그 文章도 그 調和를 具體化된 것인 것을 말씀하여야 하겟습니다. **因襲에 起因되기 때문에 佛文詩와 英文詩가 달은 것이요. 朝鮮사람에게도 朝鮮사람다운 詩體가 생길 것은 毋論이외다.** (……)

兄의 말슴과 갓치 詩는 詩人 自己의 主觀에 맛길 때 비로소 詩歌의 美와 音律이 생기지요. 다시 말하면 **詩人의 呼吸과 鼓動에 根底를 잡은 音律이 詩人의 精神과 心靈의 産物인 絶對價値를 가진 詩될 것이오. 詩形으로의 音律과 呼吸이 이에 問題가 되는 듯합니다.** 말하려면 답지못한 管見이나마 ᄋᆞ직 더 잇슴니다만은 이만합니다.

—「詩形의 音律과 呼吸—劣拙한 非見을 海夢兄에게」 부분[37]

37 김억, 「詩形의 音律과 呼吸 - 劣拙한 非見을 海夢兄에게」, 『신보』 제14호, 1919. 1. 13, 5면.

주지하다시피 이 글은 일찍이 『신보』에서 김억이 감당해온 상징주의 소개와 시 번역의 연장선상에서 조선의 근대 자유시를 본격적으로 논의하려 한 시론으로 주목받아 왔다.[38] 하지만 김억이 글의 부제로 해몽 장두철에게 부친다는 점을 명시하고 있다거나 글의 말미에서 이 글이 장두철과의 대화의 산물이라는 점을 밝히는 점은 그간 선행연구에서 제대로 주목받지 못했다. 이 글은 지금까지 논의해온 '자아론'의 맥락에서 살펴볼 수 있다.

김억은 이 글에서 새로운 '시풍'을 수립하기 위한 시의 '음률' 문제를 거론하고 있다. 그는 '개성'의 관점에 따른 예술의 정의, 시에서 '개성'을 나타내기 위한 시간성과 육체적인 표지, 시의 음률과 시형의 관계를 논하는 순으로 글을 전개하고 있다. 앞에서 제기한 질문에 응답하기 전에 이 글의 논지를 대략적으로 살펴보자면, 그는 먼저 예술을 '정신'이나 '심령'과 그 사람의 "육체의 조화"라고 정의한다. 사람마다 생김새가 다른 것과 같이 "육체의 조화"에 따른 "개인의 예술성" 또한 다르다. 그것은 동양과 서양을 막론하고 나타나는 보편적인 현상이다. 다음으로, 김억은 시에서 개인과 민족마다 서로 다른 '개성'을 나타내는 지표로 '찰나'의 시간을 제시하고 그것을 담보하는 육체적인 표지로서 '호흡'이나 '고동'을 제시하고 있다. 마지막으로, 김억은 사람마다 다른 '호흡'과 '고동'을 근거로 하여 시의 '음률' 문제를 논의하고 있다. 그는 이러한 음률을 효과적으로 구현하기 위해 새로운 '시풍', 즉 '시형(詩形)'을 확립해야할 필요성을 제기하고 있다.

---

38 한계전은 김억이 말하고 있는 소위 자유시의 리듬이 보다 직접적으로 핫토리 요시카(服部嘉香), 가와지 류코(川路柳虹)를 위시한 일본 구어자유시 운동의 영향 하에서 산출되었다고 밝히고 있다(한계전, 『한국현대시론연구』, 일지사, 1983, 20~33면 참고).

애초 김억은 시의 '음률' 문제를 시형과의 관계에 따라 해명하려 했던 것으로 보인다. 이는 글의 말미에서 "시형으로의 음률과 호흡"이 결국 문제가 된다고 말하고 있는 부분에서 여실히 드러난다. 이때 주목해야 할 점은 그가 "시인 자기의 주관에 맛길 때 비로소 시가의 미와 음률"이 생긴다는 장두철의 말에 호응하여 그러한 음률이 지금까지 구체화한 "시인의 정신과 심령의 산물인 절대가치의 시"가 될 거라고 말하고 있는 부분이다. 말하자면, 김억은 시인 개인의 주관에 내맡길 때 우러나는 음률의 문제를 거론하는 과정에서 시인 자신의 개성이 우러나올 수 있는 근거로서 '정신'과 '심령'을 내세우고 있다. 이는 글의 곳곳에 나타나 있듯이 바로 '민족'을 가리킨다. 왜냐하면, 그가 사람마다, 그리고 민족마다 다른 예술을 가지게 된 것은 "민족의 공통적 조화"가 다르기 때문이라고 단적으로 말하고 있기 때문이다.

이러한 점은 앞에서 살펴본 자아론의 맥락에서 봤을 때 충분히 가능한 일이다. 김억은 개인의 '개성'이 전체와 조화를 이루어야 한다고 보았던 것처럼 이 글에서도 개인의 주관을 담지하는 음률이 '민족'이라는 전체의 항과 조화를 이루어야 한다고 보았던 것이다. 그러할 때 김억이 말하는 개인의 '개성'이란 결국 '민족'이라는 '일반성'에 수렴되는 '특수성'에 불과해 보인다.[39] 김억은 물론 그러한 근대적인 인식을 보이고 있으면서도 근대성의 '외연'을 건드리고 있다. 그것은 그가 '전통'을 언급하고 있는 부분에서 드러난다. 말하자면, 그는 '전통'에 대한 "문자의 해석"이 다르다고 말

39 이러한 관점 아래 1920년대 한국 시인들의 활동을 메이지 시기 일본의 고쿠분가쿠(國文學) 운동과의 연장선상에서 파악한 논의로는 구인모, 『한국 근대시의 이상과 허상 - 1920년대 '국민문학'의 논리』, 소명출판, 2008, 13~232면 참고.

하고 있을 뿐 결코 '전통'을 부정하지 않았다. 왜냐하면, 그는 이후에 '인습'으로 인해 "불문시와 영문시"가 서로 다를 수밖에 없다고 말하고 있기 때문이다. 따라서 그는 "전통주의"의 수동적인 '이입'을 비판하고 "조선사람"이 선험적으로 존재하는 '전통'을 창조적으로 받아들여 "조선사람다운 시체"를 만들어낼 수 있을 거라 말할 수 있었던 것이다.[40]

이 지점에서 김억은 개인과 민족을 포괄할 수 있는 근거로서 '조선'이라는 기호를 발견하고 있다. 좀 더 정확하게 말해, 그는 근대성을 작동시키는 외연에 '전통'이 있다는 것을 알고 있었으며 그것을 '조선'이라는 기호로 지시하려 했던 것이다. 이러한 점은 앞에서 논의해온 자아론의 맥락에서 봤을 때 '나는 무엇인가'의 문제를 '나는 누구인가'의 문제로 전환시키고 있다는 점에서 주목을 요한다. 즉, 김억은 개인의 '개성'을 특수성의 관점에서 바라보는 것에서 나아가 특이성의 관점으로 바라보고 있다.[41] 그것은 위에서 제기한 '전통'에 대한 태도를 바탕으로 "엇지할 슈 업"이 "지나(支那)사람"에게는 "지나(支那)사람"다운 조화가 있고 "프란스 사람"에게는 "프란쓰 사람다운 조화"가 있다고 말하는 부분에서 단적으로 드러난다. 다시 말해, 김억은 '민족'이라는 일반성이 아니라 "지나"나 "프란쓰"와 같은 고유명을 거론함으로써 개인의 '개성'을 고유한 특이성의 관점에서 포착하려는 의도를 보여주는 것이다. 물론 김억이 제기한 '조선'이라는 기호는 지금까지의 논의와 관련해봤을 때 개인과 민족을 포괄하는 '대아'

40 이런 맥락에서 여지선이 『신보』의 근대성을 성립시키는 토대로서 '전통성'을 지적하고 있는 측면은 일면 타당해 보인다(여지선, 앞의 글, 181~203면).

41 개체의 지위를 '특수성－일반성'의 축에서 보는 것과 구별하여 '단독성－보편성'의 축에서 보는 관점은 가라타니 고진(柄谷行人), 「개체의 지위」, 이경훈 옮김, 『유머로서의 유물론』, 문학과학사, 2002, 11~28면 참고.

의 지평으로 기능하고 있다는 것 외에 구체적으로 어떠한 실체를 가리키는가에 대해서는 알 수 없다. 그 의미에 대해서는 아래의 시를 통해 좀 더 보충할 수 있다.

勇士야 들으라, 未來의 戶口에 나가 들으라,
官能의 廢垢, 噫, 落月의 빗으로
고요히, 哀달게, 울녀 나오는
尊한 蓐日의 曲—新我의 頌.

僞의 骨董에 魅한 날근 나는 가고
嬰兒는 懺悔의 闇—**三位一体의 胎**에 頻笑ᄒᆞ다.
自然. 人間. 時間.

新我는 불으짓다 "오오 **大我의 引力**에
感電된 肉의 刪木——我, 一我야
新我의 血은 世의 始과 終과에 흘너가고, 흘너오다.

나의게 哀愁업다, 恐怖업다, 苦惱업다,
춤의 '나' 無限의 傷과 滅亡밧게
噫, 死와 老는
調和의 花化일다, 夕宴일다"라고.

—「新我의 序曲」 전문[42]

---

42 황석우, 「新我의 序曲」, 『신보』 제14호, 1919. 1. 13, 6면. 이 시는 이후 표기법이나 형식상의 측면에서 개작되어 다른 시와 함께 묶여 『삼광』 창간호(1919. 2)에 같은 제목으로 발표된 바 있다. 개작양상이나 거기에 담긴 의도에 대해서는 최호영, 『한국 근대시의 형성과 '생명'의 탄생—숭고와 공동체를 둘러싼 시학적 탐색』, 소명출판, 2018, 223~229면 참고.

황석우는 이 시를 발표하기 전에 조선 문단의 낙후성을 타개하기 위한 "천재"로서 김억의 출현을 바라는 글을 발표한 바 있다.[43] 그는 실제로 인용된 시와 함께 「은자(隱者)의 가(歌)」라는 제목으로 싣고 있는 「송(頌)」이라는 시에서 "K형(兄)의게"에게 부친다는 부제를 달고 있다. 그것은 오랜 침묵을 깨고 『신보』를 통해 문단의 활동을 시작한 김억의 출현에 보내는 찬사였을 것이다. 이 시에서 그는 김억을 천재라고 칭송한 것처럼 '군'이 한 번 '입'을 다물고 '눈'을 닫고 '연인'을 향하면 그에 따라 그의 '육(肉)', '영(靈)', '안(眼)'에서 계절의 변화가 일어나거나 '신월(新月)'이 비치는 극적인 변화가 일어나는 것으로 그리고 있다.[44] 이러한 점으로 미루어 볼 때, 인용된 시가 자아의 문제를 탐색해온 김억의 시도에 대한 화답의 의미를 담고 있을 거라 추측하기는 어렵지 않다. 그리고 김억이 근대적인 자아를 모색하는 것에서 나아가 그것을 더욱 풍요롭게 하는 '외연'을 탐사하고 있었다는 점을 고려한다면, 이 시에서 '신아(新我)'는 기존의 구제도와 인습에서 벗어난 근대적인 자아를 의미하는 것으로만[45] 환원할 수 없을 것이다.

황석우는 먼저 '나'가 진화의 관점에서 '미래'로 도약할 수 있는 시간성으로 '찰나'를 도입하고 있다. 그가 보기에 미래의 '용사'로 부름을 받은 '나'는 "관능의 폐구(廢坵)"와 같은 기존 상황을 타개하기 위해 고요하고 애달픈 분위기에서 울려나오는 "신아의 송(頌)"을 부른다. 그래서 황석우는 현재의 시점에서 미래를 도입하여 기존의 제도와 인습과 같은 "골동"

43 황석우, 「現代朝鮮文壇(1)」, 『매일신보』, 1918. 8. 28; 정우택 편, 『황석우 연구』, 박이정, 2008, 139~140면.

44 황석우, 「頌(K兄의게)」, 『신보』 제14호, 1919. 1. 13, 6면.

45 노춘기, 「황석우의 초기 시와 시론의 위치 - 잡지 『삼광』 소재의 텍스트를 중심으로」, 『한국시학연구』 제32호, 한국시학회, 2011, 48~53면.

에 매료된 낡은 '나'와 거짓된 '나'를 버리고 새로운 자아의 탄생을 갈망하고 있는 것처럼 보인다. 그러한 점은 현재의 '나'를 진정한 미래의 시간으로 도약시킬 수 있는 시간성으로서 '찰나'를 도입하고 있는 것에서 강렬하게 드러난다. 그가 보기에 "신아의 혈(血)"이 세상의 '처음'과 '끝'으로 흘러가고 흘러오며 "무한의 상(傷)과 멸망(滅亡)"을 거듭할 때에는 "애수", "공포", "고뇌"와 같은 감정조차 느낄 수 없다. '신아'는 그러한 시간에 놓인 가운데 불꽃과 같은 '찰나'를[46] 느끼게 될 때 자아로서의 실체를 획득할 수 있는 것이다. 그는 그러한 순간을 "석연(夕宴)"과 같은 축제적인 분위기로 그려내고 있다.

이 지점에서 그가 3연에서 두 차례나 호명하고 있는 "일아(一我)"의 의미가 드러난다. 황석우는 그것을 '대아(大我)'라고 말하고 있기도 하다. 앞에서 장두철의 사설과 김억의 글을 통해 살펴본 '대아'가 개체와 전체를 포괄하는 개념이었다면, 이 시에서 '대아'는 세상의 처음과 끝으로 흘러가는 시간 위에서 불꽃과 같은 '찰나'를 통해 나타난 수많은 '나'를 포괄하는 개념이라고 할 수 있다. 그러할 때 수많은 '나'는 '대아' 속으로 수렴되어버림에 따라 개별적인 위상을 확보하지 못하고 만다. 그러면 그러한 '나'들이 각자의 고유성을 가지기 위해서는 어떻게 해야 하는가? 황석우는 바로 '나'들이 고유한 질적 차이를 유발하는 근거로서 '태(胎)'를 언급하고 있다. 이는 그간 '나'의 삶을 압축한 "인생"과 인생의 "시간"과 인생의 무대인 "자연"까지 포함하는 "삼위일체"의 공간이다. 수많은 '나'들은 그러한 모성적 공간에서 "영아"로 태어나 "춤의 '나'"로서 실체를 부여받는 것이

46 이 시에 나오는 "화화(花火)"는 일본식 한자로 '불꽃'의 의미를 지닌다.

다. 따라서 황석우는 '대아'의 외연에 있는 모성적 공간으로서 "태"를 제시하여 개인과 민족의 조화를 성립시키는 근거로서 '전통'과 '조선'의 기호를 제시한 김억의 논의에 화답하고 있는 셈이다.

5. 1920년대 한국 문학의 징후와 『태서문예신보』의 자아론

이 글은 지금까지 서구문학의 번역과 소개를 위한 매체의 측면에서 주로 다뤄진 『신보』를 자아의 문제와 관련하여 검토하려 하였다. 실제로 『신보』에서는 인생의 난관을 극복하여 성공에 이른 인물들의 삶을 다루고 있거나 사설에서 '대아'라는 부제를 달고 인생의 여러 문제점을 모색하고 있었다. 이러한 점에서 자아 탐구의 문제는 『신보』의 성격과 문학사적 위치를 밝히기 위해 중요하게 검토해봐야 할 사항임에도 불구하고 그간 제대로 주목받지 못했다. 뿐만 아니라 『신보』를 근대성의 관점에서 접근해온 선행연구의 시각에서 봤을 때, 『신보』에서 표방하려는 자아는 '계몽성'과 '낭만성'의 두 측면으로 분리되어 있으며 전자보다는 주로 후자의 측면에서 문학사적 의의를 인정받고 있다는 점에서 더욱 문제적이다.

이 글은 먼저 『신보』에서 자아론의 특징을 살펴보기 위해 사설의 내용을 중점적으로 검토하였다. 『신보』의 사설에서는 인생의 궁극적인 목적으로서 '행복'을 내세우고 그것을 성취하기 위해 실행해야 할 덕목과 가치관을 제시하였으며 '나'의 '행복'을 미래의 시점에서 타인 혹은 사회 전체의 '행복'으로 확장하려는 이상을 말하고 있었다. 『신보』의 사설에서 '행복'은 '나'와 타인 혹은 사회를 조화시키는 수사의 역할을 하고 있었던 것이다. 이러한 점은 『신보』에서 주로 비문예적인 글을 담당하는 장두철과 다른 측면에 서 있는 것처럼 보이면서도 상호대화적인 관계에 놓여 있던 김억의 글에서도 드러난다. 김억은 인생의 관점에서 자아의 문제를 탐구하는 과정에서 '나'와 그 외연에 있는 '남'을 포괄하는 '대아'의 지형도를 그려내고 '대아'의 구성요소들을 매개하는 항으로 '생명'의 개념을 도입하였다. 따라서 1910년대 자아론의 맥락에서 봤을 때, 『신보』에서의 자아론은 각자의 사상에 입각하면서도 개체와 전체의 조화를 역설하는 방향으로 전개되고 있었다. 이것은 물론 계몽성과 낭만성, 집단성과 개인의 대립에 따라 『신보』의 근대성을 바라보는 기존의 관점에서 나아가 두 개의 항이 조화를 이루는 방향으로 『신보』의 근대성의 의의를 찾고 있다는 점에서 의미가 있다.

하지만 『신보』에서 자아론은 계몽성과 낭만성의 층위에서 '나는 무엇인가'의 질문에 답하는 것에서 나아가 '나는 누구인가'의 질문을 던짐으로써 전자의 질문을 더욱 풍요롭게 하는 방향으로 전개되고 있었다. 바꿔 말하면, 이것은 『신보』에서의 자아론이 근대성에만 머물지 않고 근대성의 '외연'을 건드리고 있었다는 것을 의미한다. 그 예로 김억은 조선의 근대 자유시를 모색하는 시론에서 개인의 고유한 개성을 나타낼 수 있는 근거로 '전통'을 제시하였으며 '민족'의 외연에 '조선'이라는 기호가 있다는 것을 발견하였다. 이러한 김억의 글에 화답한 황석우는 수많은 '나'의 존재가 '찰나'의 시간 가운데 자아로서의 실체를 획득할 수 있는 근거로서 "태(胎)", 즉 모성적 공간을 제시하고 있었다. 이처럼 『신보』에서는 '나는 무엇인가'에서 '나는 누구인가'로 나아가는 자아론을 통해 불충분하나마 근대성을 더욱 풍요롭게 만드는 지평으로 '전통'과 '조선'이라는 기호를 발견하고 있었다.

이러한 점은『신보』의 다음 단계인 1920년대 문학에서 자아론을 바라볼 적절한 실마리를 제공한다. 선행연구에서 지적되었다시피 1920년대 문학에서 자아는 '생명', '개성', '내면' 등의 문학어와 그에 합당한 형식의 도입을 통해 미적 주체로 거듭나면서도 그러한 미적 근대성으로 환원할 수 없는 기호로서 '전통'이나 '조선'을 노출하고 있었다. 이런 관점 아래 1920년대 한국 문단에서는 전통주의, 민족주의, 사회주의, 아나키즘 등 이념적인 경계를 넘어 식민지 조선의 한계를 극복할 '공동체'론을 폭넓게 전개하고 있었다.[47] 이 글에서『신보』에서의 '자아' 문제를 검토하려 했던 것은 당대 '공동체'의 의미망을 보다 뚜렷하게 보여줄 뿐만 아니라 자아론을 성립시키는 '생명 개념이 조선적 맥락에서 작동하는 방식을 보여준다는 점에서 의의가 있다.

47 이에 대해서는 최호영, 앞의 책, 263~379면 참고.

8

자산(自山) 안확(安廓)의 내적 개조론과 '조선적 문화주의'의 기획

—

1. 제1차 세계대전과 조선 담론 지층의 변화

전 세계를 크나큰 충격에 몰아넣은 제1차 세계대전은 조선의 지식인들이 기존의 세계상을 반성하고 세계를 향한 조선의 위치를 새롭게 조정하는 계기로 다가왔다. 이를 테면, 1920년대 조선에서 다양한 사상을 결집하는 데 기여한 종합잡지 『서광』에서는 제1차 세계대전 이후 세계 각국이 모든 방면에 걸쳐 기존의 모순된 생활에서 벗어나기 위한 '개조'를 전개하고 있는 분위기를 전하면서 자신들 또한 그러한 대세에 동참해야 할 절박함을 전달하고 있다. 그러면서 자신들의 사명을 조선의 청년들에게 '신지식'과 '신사상'을 고취하는 데 위치시킴으로써 생존경쟁과 약육강식에 기초한 기존의 사회진화론과 자신들의 '개조'에 대한 입장을 변별하고 있다.[48] 이러한 잡지의 취지와 맞물려 『서광』에서는 '물적 경쟁'으로 인해 발생한 제1차 세계대전 이전의 생활방식을 비판하는 한편, '물질'보다 '정신'의 중요성을 강조하거나 인류 보편의 차원에서 개개인의 자아를 '개조'해야 할 필

---

48 「發行의 辭」, 『서광』 창간호, 1919. 11, 1~2면.

요성을 제기하는 글들이[49] 잇따라 등장한다. 이는 비단 『서광』에만 국한된 것이었다기보다 조선 사상계 전반에 걸쳐있는 현상이었다는 점을 자산(自山) 안확(安廓, 1886~1946)의 개조론이 보여준다. 주지하다시피, 안확은 1920년에 개조에 대한 자신의 입장을 담은 『자각론』과 개조에 대한 구체적인 방향을 제시하는 『개조론』을 간행한 바 있다. 특히, 『개조론』에서는 윤익선(尹益善)이 붙인 서문에서 당대의 시기를 "물질의 전성시대"를 지나 "쇠퇴한 도덕정신의 회복이 충만해지려고 하는 시기"로 규정하고 있거니와 서언에서 제1차 세계대전 이후 세계적으로 일어나는 개조의 사상이 '개성의 가치'를 인식하고 '자아의 권위'를 자각하기 위해 생겨난 것으로 보고 있다.[50] 이런 점에서 안확의 개조론을 살펴보는 작업은 제1차 세계대전 이후 조선 사상계의 동향을 엿보는 일이자 소위 그의 국학 연구를 태동시킨 사상적 배경을 살펴보는 일이기도 하다.

안확이 평생 문학, 어학, 역사, 철학, 정치, 음악, 체육 등 다방면에 걸쳐 폭넓은 저술활동을 전개한 것과 맞물려 현재까지 그에 관한 선행연구 또한 다각도로 전개되어왔으나, 그의 개조론과 조선 문화 연구의 관련성에 초점을 맞추는 이 글에서는 다음과 같은 연구 경향들이 주목된다. 첫 번째로, 안확의 국학 연구에 내재한 방법론의 성격을 읽어내고 그것이 당대 조선에

49 대표적으로 신종석, 「時代의 變遷과 吾人의 覺醒」, 위의 책, 20~24면; 장도빈, 「精神的 墮落을 悲하노라」, 『서광』 제2호, 1920. 1, 36~38면; 이돈화, 「活動을 本位로 한 道德」, 위의 책, 122~124면; 장응진, 「改造의 第一步」, 『서광』 제3호, 1920. 2, 4~10면; 박달성, 「우리의 幸福과 責任을 論하야써 青年동무에게 告함」, 『서광』 제4호, 1920. 3, 48~51면; 홍병선, 「改造論의 眞意」, 『서광』 제5호, 1920. 6, 23~28면 등을 들 수 있다.

50 안확, 『개조론』, 회동서관, 1920; 정승교 편저, 『자산 안확의 자각론·개조론』, 한국국학진흥원, 2004, 63~68면. 이 글에서 다루는 『자각론』과 『개조론』의 원전은 이 책의 부록으로 실려 있는 영인본이며 편의상 이하 제목과 페이지만 밝히도록 한다.

서 차지하는 의의를 해명하려는 논의를 들 수 있다. 서형범의 논의는 안확의 국학 연구에서 '근대적 주체의식' 혹은 '근대적 자아관'으로 규정지을 수 있는 주체적이고 능동적인 시선을 읽어내고 있다. 이를 위해 그는 안확의 국학연구를 조선적인 것의 발견과 체계화라는 당대 학계의 문맥과 개화 계몽기 국학연구자들과의 비교를 통해 살펴봄으로써 그것을 '조선학'의 일환이자 지식인으로서 '주체화 기획'의 일환으로 밝혀내고 있다.[51] 비슷한 맥락에서 이행훈의 논의는 '문화'를 재현하는 주체의 해석의 산물로서 안확의 '조선' 연구를 바라보면서 그것이 '주체의 기원'을 탐색하고 '공동체 의식'을 강조하는 방식으로 전개되었다고 해명한다. 그러면서 그는 안확의 '조선' 연구가 민족주의적 관점을 견지하면서도 일제의 식민사관에 저항하려 한 의의를 밝혀내었다.[52] 이러한 논의를 통해 안확의 국학 연구가 당대 조선의 문맥에서 차지하는 연구사적 의의가 적극적으로 밝혀지게 되었으나, 그의 국학 연구에 내재한 사상의 원리가 무엇이며 어떤 과정을 거쳐 형성하게 되었는가에 대한 의문을 불러일으킨다.

두 번째로, 안확의 국학 연구를 제1차 세계대전 이후 조선에서 일어난 '개조론'의 흐름과 관련하여 접근하려는 연구를 들 수 있다. 이는 안확이 전개한 '개조론'의 원천을 어디에 두느냐에 따라 다음 두 가지 경향성을 보인다. 먼저, 류시현의 경우 1910년대 중후반 『학지광』에 게재된 안확의 글과 1920년대 초중반에 발표된 글 간에 연속성과 함께 불연속성을 읽어냄으로써 안확의 '개조론'을 그의 독자적인 산물로 정초시키고 있다. 이는 특

51 서형범, 「1910~20년대 自山 安廓의 國學硏究를 통해 본 近代 知識人의 主體的 自己 理解」, 『어문연구』 제38권 3호, 한국어문교육연구회, 2010, 255~275면.

52 이행훈, 「안확의 '조선' 연구와 문명의 발견」, 『한국철학논집』 제52권, 한국철학사연구회, 2017, 213~241면.

히 『학지광』의 글들에서 서구 근대에 관한 문제제기보다 조선 문화의 '계통화'를 시도하려는 점을 읽어 내거나 그의 『개조론』에 나타난 관점을 사회주의계열과 동아일보 중심의 민족주의 계열의 '개조론'과 대비시키고 있는 부분에서 단적으로 드러난다.[53] 이와 달리 유준필과 오문석의 논의는 안확의 '개조론'의 원천을 『학지광』을 통로로 하는 일본의 '문화주의' 담론에 두고서 세계와 같은 보편 영역을 향해 민족의 독자적 가치를 실현하려는 시도가 그의 국학 이념의 조건이 되고 있다고 보고 있다.[54] 이러한 논의를 통해 안확의 '개조론'과 국학 연구와의 관련성이 해명될 수 있었으나, 정작 그의 '개조론'이 일본의 '문화주의'와 교섭하는 과정에서 어떤 원리로 구성되고 있으며, 그것이 그의 국학 연구에 어떠한 방법론으로 구체화되었는지에 대한 의문점을 남기고 있다. 달리 보자면, 이는 '개조론'의 원천을 그의 내부에 두고서 '민족주의적' 정서와 일정한 거리두기가 가능했다고 보든,[55] 그를 둘러싼 외부에 두고서 '민족주의' 출현의 배경이 되었다고 보든,[56] 근대성과 긴밀하게 연결되어 있는 '민족주의'의 토대를 탐색하는 일이라는 점에서 중요하지 않을 수 없다.

따라서 이 글에서는 선행연구의 성과에서 나아가 안확이 전개한 '개조론'의 관점과 원리를 면밀하게 고찰해보고자 한다. 그리고 그의 '개조론'

---

53 류시현, 「1910~1920년대 전반기 안확의 '개조론'과 조선 문화 연구」, 『역사문제연구』 제21호, 역사문제연구소, 2009, 45~75면.

54 류준필, 「1910~20년대 초 한국에서 자국학 이념의 형성 과정－최남선과 안확을 중심으로」, 『대동문화연구』 제52권, 성균관대 대동문화연구소, 2005, 35~61면; 오문석, 「1차대전 이후 개조론의 문학사적 의미」, 『인문학연구』 제46집, 조선대 인문학연구소, 2013, 299~323면.

55 류시현, 앞의 논문, 72면.

56 오문석, 앞의 논문, 300면.

이 다이쇼기 일본의 '문화주의' 담론과 어떠한 지점에서 만나고 있으며 갈라지고 있는가를 『학지광』 소재의 글을 통해 밝히고자 한다. 나아가 '문화주의' 담론을 거쳐 형성한 그의 '개조론'이 향후 국학 연구에서 어떠한 방법론으로 기능하고 있는가를 주로 『조선문학사』를 통해 밝히고자 한다. 그럼으로써 이 글은 1920년대 조선에서 안확이 기획하고자 했던 '조선적 문화주의'의 의의를 해명하기를 기대한다.

2. 안확의 내적 개조론과 근대적 주체(상)의 확립

1920년 3월 10일 회동서관에서 간행한 『자각론』과 『개조론』은 1917년 유일서관에서 간행한 『조선문법』과 함께 안확의 초기 학문 연구를 대표하는 저작이다. 주지하다시피, 안확은 1913년부터 1916년까지 일본대학 정치학과에 수학하는 동안 동경 조선유학생학우회의 기관지인 『학지광』에 많은 글을 기고하면서 학문 연구의 토대를 닦은 것으로 알려져 있다.[57] 안확이 일본유학생활을 마치고 국내로 돌아와 간행한 『조선문법』은 그가 『학지광』 4호(1915. 2)에 발표한 「조선어(朝鮮語)의 가치(價値)」를 바탕으로 하고 있으며, 『자각론』과 『개조론』은 『학지광』 5호(1915. 4)에 발표한 「조선(朝鮮)의 미술(美術)」이나 6호(1915. 7)에 발표한 「조선(朝鮮)의 문학(文學)」에 나타난 관점을 자신만의 '개조론'으로 풀어내고 있기 때문이다. 특히, 『자각론』과 『개조론』은 『학지광』을 관통하고 있었던 다이쇼기 일본의 '문화주의' 담론을 전유하고 있을 뿐만 아니라 향후 국학연구의 본격적인 출발

57 안확의 생애에 관한 사항은 정승교 편저, 앞의 책, 10~13면 참고.

점이라 할 수 있는 『조선문학사』(1922)와 『조선문명사』(1923) 사이에 놓여 있다는 점에서[58] 문제적이다. 따라서 『자각론』과 『개조론』을 살펴보는 작업은 안확의 '개조론'을 '문화주의'의 관점에서 접근하는 것일 뿐만 아니라 향후 그의 국학연구의 체계를 해명하는 데 있어 방법론적 기초를 마련하는 것이라 할 수 있다.

여기서는 안확의 『자각론』과 『개조론』에 내재한 관점과 사상의 원리를 분석적으로 살펴보고자 한다. 안확은 『자각론』에서 '개조'에 관한 자신의 입장을 설파하려 했다면, 『개조론』에서는 '개조'의 구체적인 방향을 타진하고 있는데,[59] 두 책에 일관되어 있는 '개조'에 관한 관점은 다음 두 가지 측면으로 요약해볼 수 있다. 첫 번째로, 안확은 '외적 개조'의 선결과제로서 '내적 개조'를 제시하는 과정에서 개인의 '자유의지'를 강조함으로써 개조의 주체로서 개체의 지위를 확보하고 있다. 두 번째로, 안확은 개인과 사회의 관계성을 모색하는 과정에서 '공동생활'의 필요성을 강조하고 있으며 '공동생활'을 영위하기 위한 방식으로 '인격' 양성의 문제를 거론하고 있다. 각각의 사항에 대해 살펴보자.

(가) 吾人이 이믜 天道와 人道의 區別과 人의 本分本性을 覺悟한 바 此로 由하

58 실제로 안확은 『조선문학사』의 마지막 장인 「第六章 最近文學」의 마지막 절의 제목을 「自覺論」이라 붙이고서 이 책을 저술한 동기를 『자각론』의 서문으로 대신한다고 말하고 있다. 그리고 그가 『개조론』에서 조선 민족성의 약점과 장점을 논한 부분은 「朝鮮人의 民族性」으로 확대되어 『조선문학사』의 부록으로 실리기도 한다. 이런 점에서 그의 '개조론'은 차후 국학연구에까지 지속되고 있다고 할 수 있다(안확, 『朝鮮文學史』, 한일서점, 1922, 134~175면).

59 『자각론』과 『개조론』에 대한 윤문과 해설을 한 정숭교는 "『자각론』에서 문화주의의 철학을 선포했다면 『개조론』에서는 문화운동의 구체적 방향을 논한 것"이라고 보면서 이 책들을 "문화주의의 경세론"이라고 평가하고 있다(정숭교 편저, 앞의 책, 24면).

야 現像世界에 一種 新世界가 有함을 領得하니 卽 **精神界가 此 精神界는 意思로써 成立하고 肉體界는 行爲로써 支配하나니** (……)

然이나 肉體理像의 行爲活動은 擦히 意思로써 基本하니 萬一 意思가 無하면 我도 無 汝도 無 世界萬物은 오직 死物에 不外하다 故로 **意思는 精神界만 支配할 뿐안이라 肉體界도 支配하나니 意思는 卽 兩界의 源泉이라** 吾人은 此 二重世界의 關係를 和하는 同時에 行爲가 貴치 안코 意思가 重함을 覺할지니 意思를 尊重할 時는 行爲가 스스로 附屬하야 來하나니라

故로 吾人은 意思의 命令을 服從하야 永久的 生活을 要할 뿐이니 此等 本分을 盡키 爲하야 知識을 養成하고 能力을 涵養하야써 本體의 自我實現을 目的할지니 於是乎 人生은 一大希望이라 可謂할 새 注意努力으로 邁進活動을 施할지니라

—「新生活」 부분[60]

(나) 大抵 改造라 함은 外面 卽 文物制度를 改함과 內面 卽 精神思想을 改함의 二方面이 잇는지라 此 二方面에 就하야 卒急한 欲求는 社會制度를 改良하야 一新한 空氣中에서 安寧한 生活을 得함에 在할지라 그러나 此는 曲徑이라 **大體의 順徑으로 涉하는 方法은 內面心性을 改造하야 外的 改造를 徹底的으로 取함이 可하다** 或 境遇에 處하야는 社會制度를 先改함이 必要함도 有하나 이는 外面的 壓力을 對抗할 能力이 些少라도 有한 以上에 言함이라 (……)

內的 改造가 업시 오즉 外的 改造만 取하면 이는 基礎가 不健全한 沙上樓閣과 如한 것이라 故로 內改는 外改의 力이니 卽 社會의 改造는 此 力에 依하야 產出하는 것이라 是以로 **余가 本論을 提한 主眼은 改造의 力을 養成하야 몬**

60 안확, 「新生活」, 『자각론』, 31~32면.

저 新社會의 基礎를 確定함에 在한 바 卽 人의 頭腦를 開拓하야 內的 改造를 完成케 함을 望함이로라

—「改造의 力」 부분[61]

인용된 글에서 안확은 공통적으로 개개인의 '자유의지'를 자각하고 개조의 주체로서 '개인'을 표방하기 위해 '외적 개조'보다 '내적 개조'의 중요성을 강조하고 있다. (가)에서 안확은 이미 글의 서두에서 사람을 '이성적 자아'와 '감각적 자아'로 나누고 양자를 조화시키기 위해 후자보다 전자의 발휘를 강조했던 것처럼,[62] 인간을 둘러싼 세계를 '정신계'와 '육체계'로 나누고서 양자의 관계를 조화롭게 영위하기 위해 후자보다 전자의 중요성을 강조하고 있다. 그에 따르면, '정신계'는 '무형', '무한', '자유', '절대', '영생', '본체' 등 현상세계 밖의 속성을 띠고서 주로 '의사(意思)'로써 성립되는 반면에, '육체계'는 '유형', '유한', '부자유', '상대', '죽음', '현상' 등 현상세계의 속성을 띠고서 주로 '행위'로써 나타난다. 물론 '정신계'와 '육체계'는 각각의 특색을 지니고서 세계를 영위하는 데 기여하고 있다는 점에서 조화로운 관계를 유지해야 함에도, 안확은 이 중에서 인간의 삶에 보다 근본적인 가치를 부여하는 요소로서 '정신계'를 지목하고 있다. 왜냐하면, 그는 우리가 자신의 내부에 있는 "의사의 명령"을 따르게 될 때 그에 알맞은 '행위'가 스스로 따라오는 것이라고 보고 있기 때문이다.

이처럼 안확이 '행위'의 동기를 인간 내부에 있는 '의사'에 두려는 방

---

61 안확, 「改造의 力」, 『개조론』, 5~6면.

62 안확, 『자각론』, 5~6면.

식은 개개인의 '자유의지'를 발견하고 개조의 주체로서 개인을 내세우기 위한 시도인 것으로 보인다. 이는 그가 '천도(天道)'로 대변되는 기존의 성리학적 세계관을 비판하고 '인도(人道)'에서 사람 본연의 가치를 발견하는 부분에서 단적으로 드러난다. 그가 보기에 행위의 동기와 표준은 '천도'와 같은 자연법칙이 아니라 '자유의지'로 대변되는 '인도'에서 비롯되는 것이기 때문이다.[63] 뿐만 아니라 안확은 사람의 내부에서 우러나는 '자유의지'가 선험적으로 주어져 있으며,[64] 누구나 그것을 자각하고 그에 따라 활동하는 것을 "사람의 천직"이라고 보고 있기 때문이다. 이런 점에서 안확은 '내적 개조'를 통해 근대적 주체로서 개인을 확립하려 했던 것으로 보인다. 이는 (나)에서 보다 구체적으로 나타난다.

(가)에서 안확이 전근대적인 도덕률을 비판하는 방식으로 '내적 개조'의 필요성을 이끌어냈다면, (나)에서는 제1차 세계대전 이후 조선에서 전개되고 있는 개조의 후진성을 비판하는 방식으로 '내적 개조'의 필요성을 이끌어내고 있다. 글의 서문에 나타나 있듯이, 제1차 세계대전은 '물질'로 표상되는 사회진화론의 세계관으로 인해 발생하였으며, 이후 세계 곳곳에서는 이에 대한 반성으로 '쇠퇴한 도덕정신'을 회복하기 위한 개조를 각 방면에서 활발하게 전개하고 있었다.[65] 그런 가운데 문제적인 점은 조선은 여전히 종래 사회진화론의 세계관으로 인한 폐해에서 벗어나고 있지 못하다는

---

63 위의 책, 1~4면.

64 이는 "人의 理性은 人의 根本으로 自賦한 것이라 天이 賦한 것도 안이오 地가 與한 것도 안이니라 人의 本性이 自在한 것이라"고 말하는 부분에서 단적으로 드러난다(위의 책, 4면). 이에 대해 선행연구에서는 안확이 감각적 자아와 대비시키고 있는 이성적 자아를 신칸트주의 철학의 '선험적 자아'와 통하는 개념으로 보고 있다(위의 책, 22면).

65 안확, 『개조론』, 1~2면.

것이다. 말하자면, 당대 조선에서는 갑오경장을 계기로 '외적 개조'만을 성취하는 데 그침에 따라 "객관적인 외물(外物)의 자극"에만 휘둘리게 되고, 사회 곳곳에서 자유로운 활동을 힘들게 할 정도로 외부의 '사회 조직'이 기형화되어 있던 상태였다. 이런 상황에서 안확은 이른바 '외적 개조'에 치중하고 있는 사회진화론의 세계관에서 벗어나기 위해 '내적 개조'의 중요성을 내세우는 것이다. 그가 보기에 '내적 개조'야말로 '외적 개조의 원동력'이 되기 때문이다. 이 '내적 개조'는 (가)에서와 마찬가지로 개개인의 '내부'에서 비롯하는 '자유의지'를 자각하고 양성하는 것으로 나타나 있다.

이처럼 안확은 『자각론』과 『개조론』에서 공통적으로 종래의 '외적 개조'에서 벗어나 '내적 개조'의 필요성을 제기하는 과정에서 인간의 내부에 선험적으로 주어져 있는 '자유의지'를 발견하고 개조의 주체로서 개체의 지위를 확보하려 했다. 이는 그의 입장에서 볼 때 '유교 윤리'와 같은 전근대적인 도덕률뿐만 아니라 전세대의 사회진화론의 세계관을 비판의 대상으로 삼는 방식으로 전개되고 있다는 점에서, 새로운 근대적 주체를 마련하려는 시도라고 볼 수 있을 것이다. 이와 함께 안확은 『자각론』과 『개조론』에서 당대 조선의 상황에 걸맞게 독특한 근대적 주체상을 마련하려 했다. 이는 개인과 사회의 관계성을 모색하는 과정에서 '공동생활'의 필요성을 강조하고 '공동생활'을 영위하기 위한 방식을 제기하는 부분에서 살펴볼 수 있다.

(다) 本來 **人은 理性의 自由意思로 活動하매 互相影響的 行動을 及치 안할 수 업다 此 各自의 對同類的 觀念을 從하야 互相間의 影響的 行動을 取함을 云**

하되 共同生活이라 하나니 於是乎 社會의 成立을 此로 因하야 可知라 社會는 卽 理性的 同類의 人이 合理的으로 成한 것이니 故로 其 社會의 興替는 各人의 分擔責任이오 決코 社會의 主人이 別有한 바 異材의 聖人英雄이 支配하는 것은 안이니라 (……)

今에 吾人은 此의 關係를 認識하야 스스로 社會에 對한 義務를 自覺하는 同時에 轉하야 自己存在의 價値를 感하며 또한 스스로 無窮連鎖의 一關節됨을 自覺하는 同時에 自己가 社會의 主人됨을 悟할지니 此 本分을 果하는 方法은 **自己自由를 尊重히 하는 同時에 他人의 自由를 尊重히 하며 萬人이 各其 理想을 發揮하는 同時에 그 程度를 平等에 到하야 完全圓滿에 達케할지니 此를 日 社會的 道德이라 하나니라**

—「人生의 本分(其二)」 부분[66]

(라) 是以로 今日은 父子 君臣 兄弟 朋友 夫婦 等의 關係 以外에 如한 人을 接하던지 道德을 行得할 精神狀態를 養成함이 必要하다 故로 道德은 몬저 人格의 槪念을 第一의 標榜으로하야 假令 血族이 안이오 또한 平生 特殊의 關係가 업는 人이라도 一早 相接한 以上은 卽 人의 道를 實行할 수 잇는 方法을 取할 것이라 然卽 倫理의 改造는 人格의 槪念을 理解하는 것이 最緊要한 일이라

人格의 意義는 何오 人은 自己目的되는 價値가 有하다 詳言하면 神 及 事物의 價値는 全혀 人이 附加하는 것이오 神 及 事物의 其者가 根本價値가 自有한 것은 안이라 人生의 價値도 自然으로 잇는 것이 안이라 人이 各其 自己價値를 自作自出하는 것이라 (……)

66 안확, 「人生의 本分(其二)」, 『자각론』, 8~10면.

그러면 團體를 無視하고 協同生活을 輕視한다 할지나 人格의 成立 及 發展은 오로지 社會 協同生活에 依하는 것이라 認識함은 勿論

—「新倫理의 精神」 부분[67]

인용된 글에서도 안확은 공통적으로 사람이 본래 가지고 있는 '이성의 자유의사'에 따라 활동해야 할 필요성을 제기하는 가운데 개인과 사회의 관계성을 모색하고 '공동생활'의 중요성을 강조하고 있다. (다)에서 안확은 사람의 '자유의사'가 서로 영향을 미치는 행동을 하지 않을 수 없다는 전제 아래 그러한 행동을 취하는 것을 '공동생활'이라는 개념으로 정의하고 있다. 그에 따르면, 개인과 사회는 다음과 같은 두 가지의 측면에서 필연적인 관계를 형성할 수밖에 없다. 먼저, 개인이 자신에게 주어져 있는 '자유의지'를 깨닫고 '자기 존재의 가치'를 깨닫는 일 자체에는 타인 역시 자신과 마찬가지로 '신성한' 존재라는 인식이 깔려 있기 때문이다. 그래서 개인은 자기의 자유를 존중하는 것과 동시에 타인의 자유를 존중할 수밖에 없으며 자기가 사회의 주인이라는 점을 깨닫는 동시에 타인 역시 사회의 주인이라는 점을 인정할 수밖에 없는 것이다. 그런 점에서 개인과 타인은 긴밀한 관계성에 따라 사회라는 상위개념으로 결속되게 되고 '공동생활'의 주인으로 거듭날 수 있는 것이다.

다음으로, 개인이 자신의 위치에서 본분에 충실한 것 자체에는 사회와 상호작용할 수밖에 없다는 인식이 깔려 있기 때문이다. 말하자면, 각 개인이 자신의 지식과 능력을 통해 자기의 생활을 누리는 것 자체에는 이미 자

67 안확, 「新倫理의 精神」, 『개조론』, 21~22면.

신의 지식과 능력이 '사회의 소유'라는 전제가 깔려 있다. 안확이 보기에 과거부터 현재에 이르기까지 이룩한 '의식주의 편리함'은 바로 자기와 타인 사이에 이루어진 상호작용을 단적으로 보여주는 사례이다. 이런 점에서 안확은 개인과 사회의 긴밀한 관계성을 모색하는 가운데 각자의 본분에 충실하여 사회 전체의 이상을 달성할 수 있는 '공동생활'의 필요성을 역설할 수 있었던 것이다. 나아가 그는 개개인이 자신의 이상을 발휘하여 사회 전체의 '원만한 상태'에 도달할 수 있는 방안으로 '사회적 도덕'을 제시하고 있다. 이처럼 안확이 '공동생활'의 필요성과 함께 '공동생활'을 영위하기 위한 방식을 제시하려는 측면은 (라)에서 보다 구체적으로 나타난다.

(라)에서 안확은 개인이 자신의 '자유의지'를 양성하고 실행해야 할 필요성을 강조하고 '부자', '군신', '형제', '붕우', '부부' 등 어떠한 관계에 있는 사람이라도 "도덕을 행할 수 있는 정신 상태를 양성"해야 할 필요성을 제기하고 있다. 좀 더 구체적으로, 그는 도덕을 실천하기 위한 근거로 '인격(人格)'의 개념을 도입하고 있다. 이때 그가 도입한 '인격'은 '오륜'과 같이 외부적으로 규율된 협소한 도덕에 얽매이는 것에서 벗어나 사람이 스스로의 '자유의지'를 가지고 있는 존재라는 것을 자각하고 그에 따라 각자 '자기의 가치'를 스스로 만들어내는 것을 가리킨다. 물론 이는 개개인이 먼저 능동적인 주체로 거듭나야 된다는 전제를 깔고 있지만, 안확은 거기서 나아가 개인이 각자의 위치에서 자신의 본분에 충실하여 스스로의 가치를 창조해내는 의의를 사회적인 차원에서 읽어내고 있다. 말하자면, 그는 개인의 '인격'이 '사회의 협동생활'을 통해 발휘하게 될 때 도덕으로서의 본래 의의를 달성할 수 있다고 보고 있는 것이다. 이 지점에서 안확은 근대적 주체로서 개인을 표방하는 것에서 나아가 '공동생활'의 차원에서 독특

한 근대적 주체상을 마련하고 있는 셈이다.

지금까지 살펴본 것처럼, 안확은 '내적 개조'를 통해 개인의 '자유의지'를 강조하고 개조의 주체로서 개인을 내세움으로써 근대적 주체를 확립하고자 했다. 나아가 그는 개인과 사회의 관계성을 모색하는 과정에서 '공동생활'을 영위하기 위한 방식으로 '인격'의 문제를 거론함으로써 당대 조선에서 실질적으로 실현되어야 할 근대적 주체의 상을 제시하고자 했다. 여기서 흥미로운 점은 안확이 개조의 주체로서 개인을 표방하고 '인격'의 문제를 거론하는 방식이 거슬러 올라가면 다이쇼기 일본의 '문화주의'의 논리와 통하고 있다는 것이다.[68] 따라서 안확의 내적 개조론을 그가 활동한 바 있는『학지광』의 '문화주의' 담론과 연계하여 읽어내는 가운데 그 특이한 지점을 고찰해볼 필요가 있을 것이다.

3. 내적 개조론의 배경과『학지광』의 '문화주의' 담론

현재까지 안확이 일본 유학생활을 하는 동안 동경 조선유학생학우회의 기관지인『학지광』에 발표한 글은「위인(偉人)의 편영(片影)」(『학지광』 제3호, 1914. 12),「금일(今日) 유학생(留學生)은 여하(何如)」(『학지광』 제4호, 1915. 2),「조선어(朝鮮語)의 가치(價値)」(『학지광』 제4호, 1915. 2),「조선(朝鮮)의 미

68 1920년대 초기 조선에서 유행한 개조주의의 원천으로 다이쇼기 일본의 '문화주의'를 거론한 사례로는 이철호의 논의를 들 수 있으며,『자각론』과『개조론』을 해설한 정숭교에 의해 안확의 '개조론'이 일본의 '문화주의'를 배경으로 하고 있다는 점이 짤막하게 제기되기도 했다(정숭교 편저, 앞의 책, 15~29면). 이철호의 경우 "시민적 교양 혹은 문화적 소양이 조화롭게 통일된 자아의 내면성이 곧 '인격'에 해당"한다고 보면서 "'문화주의'는 독일의 정신(Geist)이 만들어낸 문화와 그 문화를 창조하고 향유할 수 있는 내적으로 통일된 '인격'의 형성을 최우선시하고 있었다"고 평가하고 있다(이철호, 앞의 책, 176면 참고).

술(美術)」(『학지광』 제5호, 1915. 4), 「이천년래(二千年來) 유학(留學)의 결점(缺點)과 금일(今日)의 각오(覺悟)」(『학지광』 제5호, 1915. 4), 「조선(朝鮮)의 문학(文學)」(『학지광』 제6호, 1915. 7) 등 총6편인 것으로 알려져 있다.

그가 글을 게재하고 있는 『학지광』 전반을 검토해보면, 앞서 살펴본 내적 개조론의 관점이 투영된 글을 심심치 않게 찾아볼 수 있다. 몇몇 사례를 들어보자면, 최정순(崔珵淳)은 종래의 '유물적 사회관'에 입각한 개조에서 벗어나 '물질'을 '마음'의 산물로 보는 '유심적 사회관'에 입각한 '내적 개조'를 제시하고 있으며 나아가 개인의 생장을 사회의 진보와 연결시키고 있기도 하다.[69] 그리고 안확이 '내적 개조'를 성립시키는 원리로 '인격'을 제시한 것처럼 여익우(余翊禹)는 자기의 생활을 완전하게 하고 사회의 일원이 되기 위해 각자의 '인격'을 제대로 구비해야 할 필요성을 제기하고 있으며,[70] 심지어 편집인이던 최원순(崔元淳)은 권두언에서 모든 사람들이 각자 '인격적 가치'를 배양하고 발휘하여 '공동생활'의 목적을 달성하기를 주문하고 있다.[71] 뿐만 아니라 김항복(金恒福)은 기존의 물질적이고 과학적인 문명과 구별하여 '고상한 정신적 산물'이자 '인격적 가치'를 나타내는 개념으로 '문화'를 제시하여[72] 내적 개조론의 방향을 구체화하고 있기도 하다. 이런 점으로 미루어 볼 때, 『학지광』 소재의 글들에서 일관되게 나타나 있는 내적 개조론은 당시 일본에서 유행하고 있던 '문화주의' 담론을 배경으로 하고 있다는 것을 알 수 있다.

---

69 최정순, 「社會生長의 社會學的 原理」, 『학지광』 제20호, 1920. 6, 2~15면.

70 여익우, 「人格形成의 三要素」, 『학지광』 제18호, 1918. 8, 47~55면.

71 최원순, 「人格本位의 生活」, 『학지광』 제21호, 1921. 1, 1~4면.

72 김항복, 「文化의 意義와 其 價値」, 『학지광』 제22호, 1921. 6, 37~43면.

이 지점에서 우리는 앞서 살펴본 안확의 내적 개조론이 어떤 측면에서 『학지광』을 관통하고 있었던 '문화주의' 담론과 공명할 수 있는가에 대한 의문을 느낄 것이다. 주지하다시피, 청일전쟁을 계기로 강력한 국민국가체제를 형성하고 국제적 지위를 확보할 수 있었던 일본에서는 다이쇼기에 접어들면서 기존의 국가주의와 충돌하는 사회적인 분위기가 나타난다. 1910년에 고토쿠 슈스이(幸德秋水) 등 무정부주의자에게 가해진 탄압으로 알려진 이른바 대역사건을 계기로 하여 일본에서는 여성해방운동, 헌정옹호운동, 보통선거론 운동이 나타나는 등 기존의 국가지상주의에서 벗어나 '민본주의'를 기반으로 하는 데모크라시운동이 사회 전반에서 일어난다.[73] 때맞춰 일본의 사상계에서는 기존의 국가주의를 지탱하던 자연과학적이고 유물적인 세계관의 한계를 극복하기 위해 인간의 인격적이고 문화적인 존재성을 인정하는 철학이 출현하였던 것이다. 그것이 바로 '문화주의'이다. 이 '문화주의'의 사상적 근거를 마련하고 있는 철학은 보통 마르부르크(Marburg)학파의 코헨(H. Cohen, 1842~1918)과 나토르프(P. Natorp, 1854~1924), 서남학파(西南學派)의 빈델반트(W. Windelband, 1848~1915)와 리케르트(H. Rickert, 1863~1936) 등으로 칸트로의 회귀를 주장하던 신칸트학파의 철학으로 알려져 있으며,[74] 좀 더 넓게 보자면 오이켄(R. Eucken, 1846~1926), 에머슨(R. W. Emerson, 1803~1882), 베르그송(H. Bergson, 1859~1941)과 같이 인간 내부의 '정신'과 연결되어 있는 '우주적 생명'을

---

73 메이지 말기부터 다이쇼 초기에 걸친 일본의 사정에 대해서는 이에나가 사부로(家永三郎) 편저, 연구공간 '수유+너머' 일본근대사상팀 옮김, 『근대 일본 사상사』, 소명출판, 2006, 166~225면 참고.

74 위의 책, 273~278면.

자각하려는 이른바 '생명주의' 철학과도 연계되어 있었다.[75]

이런 점에서 우리는 기존 사회진화론의 세계상을 반성하고 개인의 주체적 지위를 확보하기 위해 출현했던 안확의 내적 개조론이 일본의 '문화주의'와 동일한 문제의식 아래 있다고 보고서 그 직접적인 원천과 비교·고찰하는 방식을 취할 수 있을 것이다. 하지만 이 글은 그보다 안확의 내적 개조론이 『학지광』 소재의 글과 어떠한 연관이 있으며, 거기에 담긴 특이한 지점은 무엇인지에 대해 살펴보고자 한다. 그러할 때, 안확이 일본유학 생활을 마치고 본격적인 국학 연구에 돌입하기에 앞서 『자각론』과 『개조론』을 간행하게 된 의도가 분명하게 드러날 것이기 때문이다.

> 更言하면 **人文이 漸次 進化할사록 美術의 發達은 此를 伴하야 改進함으로 國의 文野를 不問하고 人民이 有한즉 美術이 必有할새 此 美術은 人民開不의 意想을 表하는 一種의 活歷史니라** (……)
>
> 大體는 如此한 故로 美術의 如何를 觀하면 能하면 能히 其 國의 榮落을 推測할지오 又 美術이 發達하면 工藝가 隆盛함은 勿論이오 德性을 涵養함이 有하니 **美는 優美한 思想을 起하고 雅趣한 力을 養하며 邪惡의 念을 去케 하고 粗野의 風을 殺하며 또한 人心을 慰安케 하나니** (……)
>
> 是以로 文化史를 硏究함에는 其 國人이 自然의 事物을 征服利用하야가는 經路 卽 物質的 文化를 觀하고 精神的 方面으로는 人格的 意識의 活動 卽 哲學과 藝術 等을 觀察하는지라 然則 我朝鮮은 五千年來 其 精神文化上 美術이 如

75 러일전쟁과 제1차 세계대전 이후 일본에서 '다이쇼 생명주의'가 탄생하게 된 경위에 대해서는 鈴木貞美, 『生命で読む日本近代 - 大正生命主義の誕生と展開』, NHK BOOKS, 1996, 101~131면 참고.

何히 發達되얏는가 此를 반다시 硏究할지라 (……)

然則 **朝鮮美術思想의 動機는 檀君時代에 個人이 通常 生活態度를 脫하야 理想上의 感激을 發하매 祭祀法을 用하고 彫刻으로 記念物을 作하던지 目覺에 異常할 만한 形式 惑 彩色을 用함에셔 次々 美術動機가 生하야 獨立的으로 大發達을 呈하얏나니라**

—「朝鮮의 美術」 부분[76]

인용된 글에서 안확은 앞서 살펴본 개조론의 관점을 이미 전제로 깔고서 '미술'에 관한 정의를 내리고 있으며 '미술'이 역사상 시기별로 '고유성'을 가지고 발달해온 과정을 추적해내고 있다. 먼저, 안확은 '내적 개조'를 통해 개개인을 능동적인 주체로 표방하고 개인과 사회의 긴밀한 관계성에 따라 '공동생활'의 필연성을 강조했던 것처럼, 이 글에서 그는 '미'를 개인의 감정의 산물로 보면서도 정서적 효용성의 관점에 따라 '미'의 범주를 사회적인 차원으로 확대하고 있다. 말하자면, 그에게 '미술'은 "심미심의 감성이 발달함"에 따라 나타난 미적 산물이며, '미'는 개개인의 내부에 있는 '정신'을 외부로 표출해낸 일종의 "사상의 표현"이라 할 수 있다. 이처럼 '미'는 개인의 자율적인 내면을 자각한 산물이기도 하지만 안확은 거기에 그치지 않는다. 왜냐하면, 그는 '미'가 "우미(優美)한 사상"을 일으키고 "아취(雅趣)한 힘(力)"을 기르는 정서적 감응력을 가지고 있다는 점에서 타인의 '인심'을 위안케 하거나 "사악(邪惡)의 염(念)"을 버리고 "조야(粗野)의 풍(風)"을 없애는 효용적 기능을 할 수 있다고 보고 있기 때문이다.

---

76 안확, 「朝鮮의 美術」, 『학지광』 제5호, 1915. 4, 47~50면.

이러한 안확의 '미'에 대한 관점은 최두선(崔斗善)이 몇 달 앞서 '문학'의 요소를 '지식(知識)'과 대비하여 '정의(情意)'에 두려는 글에서 '생명(生命)'의 개념을 도입하여 시공간의 제약을 넘어선 문학의 정서적 감응력을 강조하는 측면과도[77] 겹쳐진다는 점에서 당대에 어느 정도 유통되고 있었던 관점이었다.

다음으로, 위의 관점을 바탕으로 안확은 '정신적'이고 '인격적' 활동의 산물로서 '미술'이 역사적으로 전개되어온 "정신문화상"의 발달 과정을 추적해내고 있다. 여기에는 개개인의 능동적인 정신의 산물로서 '미술'이 당대의 내·외부적인 환경과 상호작용을 하여 각 시기별로 특이한 '문화'를 만들어낸다는 인식과 함께 그러한 각 시대의 특징이 다음 시대로 이어져 고유한 '정신문화'를 만들어낸다는 인식이 개입해 있다. 이를 밝혀내기 위해 안확은 '단군시대'로부터 이어져오는 조선미술의 기원을 설정하고서 각 시대별로 당대 조선이 처해 있는 특수한 환경과 함께 '한문', '유교', '불교' 등 외부 환경의 영향과 교섭하는 가운데 조선의 미술이 독립적으로 발달해가는 과정을 일별하고 있다. 이런 점에서 안확은 조선의 미술을 역사의 기원에서 태동하여 각 시기별로 형성한 고유한 특징을 계승하여온 '정신문화'의 산물이라 정의할 수 있었던 것이다. 따라서 안확의 내적 개조론은 그가 조선의 고유한 '정신문화'를 탐색하기 위한 전제조건으로 깔려 있었다고 할 수 있다. 이러한 점은 아래의 글에서 보다 구체적으로 확인할 수

---

77 참고로 다음과 같은 언급에서 그러한 인식을 엿볼 수 있다. "얼는 말하면 文學에는 文學의 生命이 잇슬지오 더욱 그 生命은 그 文學이 價値가 잇스면 잇슬수록 그 生命이 더욱더욱 長久할지니 그 文學을 産出한 人은 有限한 壽命을 有하나 産出된 바의 文學 그것은 千百年이라도 그 生命을 保存할지로다 또 吾人이 千百年間 그 文學을 感賞함은 곳 그 生命을 맛봄이니라."(최두선, 「文學의 意義에 關하야」, 『학지광』 제3호, 1914. 12, 27면)

있다.

> 다시 文學의 功效로 말할진대 一面으로 觀하면 娛樂의 材料와 消閑의 具가 될 뿐이나 然이나 他面으로 보면 또한 人의 思想을 活動식히며 理想을 振興식히는 機械니라 蓋 **吾人이 生存競爭 間에 立하야 其 複雜히 使用하는 心思를 高潔케 하고 深遠케 하고 滿足케 하고 理想의 境에 遊치 안이키 不可하니 是가 文學의 終極的 目的이라** (……)
>
> 我朝鮮의 文學도 歐洲 及 印度와 가치 宗敎의 神話歌가 先起하고 其 次에 史詩가 生하며 其 後에 遠히 戲曲小說 等이 次々 發達한지라 **神話는 我朝鮮 最古의 文學이라 祖先이 棲居하든 바 自然의 狀態를 話하며 往古人文의 蹟을 口碑로 傳來하다가 文字가 生한 以後에 此를 記한 者니** (……)
>
> 又 小說 等을 見하면 此는 特히 漢文學에 陷한 民性을 鼓吹함이 明白하니 何如한 이야기册이던지 玉童子女를 生하야 早失父母로 苦楚를 經하다가 戰勝의 功名을 立하고 富貴하얏다는 趣旨가 多하니 **此는 卽 我朝鮮 上古 數千年의 固有한 武力精神을 感銘케 하야 隱々中 漢文學을 擊退하고 배달혼을 發揚코쟈 함에 在하니라.**
>
> —「朝鮮의 文學」 부분[78]

앞서 살펴본 것과 마찬가지로 이 글에서도 안확은 내적 개조론의 관점을 전제로 하여 다음 두 가지의 측면에서 '문학' 개념을 정리하고 '정신문화'로서 조선 문학의 의의를 밝히고 있다. 첫 번째로, 안확은 '문학'을 개

---

78 안확, 「朝鮮의 文學」, 『학지광』 제6호, 1916. 7, 64~67면.

인의 '정신'에서 발현된 미적 산물로 보면서도 정서적 효용성을 바탕으로 그것을 사회적인 차원으로 확대시키고 있다. 그는 '문학'을 "미감상(美感想)을 문자로 표현"하는 것이라고 말하거나 당대 "문학미술"의 독자적 가치를 전근대적인 "교훈적 의식"을 버리고 "자유의 의사를 예술상"에 표현한 것이라 말함으로써 이를 개인의 미적 산물로 정의하는 것에서 출발하고 있다. 거기서 나아가 그는 개개인의 독자적인 정신에서 산출된 '미'가 타인의 '사상'을 활동시키거나 사회의 '이상'을 진작시키는 기능을 하고 있다고 봄으로써 문학의 효능을 공동체의 범주로까지 확장시키고 있는 것이다. 특히, 당대와 같이 극심한 '생존경쟁'에 처해 있는 조선의 상황에서 보건대 인간의 "정신을 좌우"하는 문학의 효능이 더욱 절실하게 요청되지 않을 수 없다. 그래서 안확은 사람들의 '심사(心思)를 고결하게 하고 심원하게 하고 만족하게' 하여 사회의 '이상'에 달하는 것에 '문학의 종국적 목적'이 있다고 천명하고 있는 것이다.

두 번째로, 안확은 조선 문학의 '기원'을 탐색하는 것과 함께 각 시기별로 고유한 문학을 형성하고 계승하는 과정을 추적해냄으로써 조선의 문학사를 '정신문화사'의 관점에서 정립하고 있다. 먼저, 전자의 작업을 위해 그는 세계 여타의 문학이 '종교 신화'를 기원으로 하여 출현하게 된 사례를 소개하는 것에서 나아가 조선의 문학 또한 '종교 신화'를 배경으로 태동하고 발달하게 되었다고 보고 있다. 그에 따르면, 조선의 문학은 '단군'이 "삼신(三神)의 도(道)"로써 나라를 건설한 신화가 후에 조선의 '고유한 문자'로 기록된 산물이라 할 수 있다. 다음으로, 안확은 이러한 기원을 바탕으로 역사상 각 시기별로 당대에 처한 내부의 환경을 비롯하여 한문, 유교, 불교 등 외부의 사상과 상호작용을 하는 가운데 조선의 고유한 문학이 발달해온 과정을 추적해내고 있다. 이는 물론 문학의 '기원'을 설명하는 방식과 마찬가지로 세계 문학사의 흐름과 조선 문학사의 흐름을 비교하는 방식으로 이루어지기도 하지만, 그보다 외부환경의 영향 가운데 기존의 고유한 특징들이 각 시기를 거쳐 어떻게 지속되고 있는가에 초점을 맞추고 있다. 예컨대, 인용된 글에서 안확은 중고시대 이후 한문이 유입되고 한문학이 발달함에 따라 조선의 고유한 문학이 발달하지 못하는 폐해가 나타나기도 하지만, 상고시대부터 수천 년 동안 이어져오던 "고유한 무력정신(武力精神)"이 중고시대의 '소설' 등에 이어져옴에 따라 조선의 "배달혼"을 '발양(發揚)'하고 있다고 말하고 있다. 이 지점에서 안확이 조선의 문학사를 조선 고유의 '정신문화사'로 정립하려는 의도가 단적으로 나타난다.

그러면 우리는 지금까지 안확이 다이쇼 시기의 일본에서 내적 개조론을 바탕으로 하여 조선의 '정신문화사'를 탐색하려는 시도를 살펴보았다면, 귀국 후에 그가 내적 개조론에 대한 입장을 담은 『자각론』과 『개조론』을 왜 간행하려 했는가에 대한 질문을 던질 수 있다. 아마도 귀국 후 실제 독립운동에 뛰어든 안확의 행보로 미뤄보건대, 그는 당대 조선을 '정신문화사'의 한 단계로 설정하고서 조선의 특수한 환경에 따른 '신문화'를 건설하려는 의욕에서 이 저서들을 간행하려 했을 것이다.[79] 이런 점은 실제로 『자각론』과 『개조론』에서 당대에 계승하지 말아야 할 전대의 폐단을 언급하는 가운데 지식인의 역할을 촉구하고 있거나 노동문제, 여성문제, 경제문제 등 당대 사회에서 실질적으로 해결되어야 할 현안을 거론하고 있

---

79 참고로 안확은 자신이 『자각론』을 간행하게 된 동기를 "混亂된 思想中에서 精神整理의 百分之一이라도 有助할가함에" 있다고 하면서 "自覺論의 腹案"을 세상에 내놓았다고 고백하고 있다(안확, 『朝鮮文學史』, 한일서점, 1922, 135면) 이런 점에서 안확은 당대의 조선에서 '정신'의 정립을 최우선의 과제로 삼고 있었다는 것을 알 수 있다.

는 점에서 확인할 수 있기도 하다. 그래서 안확은 1921년 조선청년연합회를 거점으로 활동할 때 조선청년연합회의 명의로 이 책들을 재발행한 것인지도 모른다. 결과적으로 이는 그가 '신문화' 운동의 현장에서 이탈하는 계기가 되어버렸지만,[80] 안확은 이후 '개조론'에서 성립한 관점을 바탕으로 본격적인 조선 문화 연구의 길로 들어서게 된다.

4. '문화'·'문화사'의 도입과 '정신'의 계보 탐색

앞에서 우리는 안확이 다이쇼 시기 일본의 '문화주의' 분위기 가운데 개인의 주체성을 '공동생활' 차원의 '인격'으로 발휘하려는 내적 개조론을 바탕으로 조선의 고유한 민족성을 발견하려는 시도를 하고 있었음을 확인할 수 있었다. 이때 안확은 개인의 내적 산물인 '미'의 개념을 사회적인 차원으로 확대하여 그 시기의 고유한 특징을 이룬다고 보았으며, 그러한 시기별 특징이 각 시기에만 그치는 것이 아니라 전대의 고유한 특징을 받아들여 후대에 계승한다고 보았다. 앞서 『학지광』 소재의 '미술' 연구와 '문학' 연구의 사례에서 살펴보았듯이, 여기서 이미 안확은 '미술'과 '문학' 개념에서 자체의 학문적인 개념을 넘어선 지점을 포함시키고 있거니와, '미술사'와 '문학사' 서술에서 분과학문으로서의 범주를 넘어선 관점을 투영시키고 있다. 말하자면, 안확은 '미술'과 '문학' 등과 같은 예술을 '정

80 안확은 『자각론』과 『개조론』을 조선청년연합회 명의로 발행했다가 내부 구성원과의 갈등으로 인해 거기서 이탈한 것으로 알려져 있다. 이에 대해서는 당시 노장파인 안확이 이 책들을 연합회 명의로 발행하여 연합회의 공식 이념으로 삼으려 했다가 젊은 세대들의 거부에 부딪쳤기 때문이거나, 조선청년연합회 내부의 사회주의세력과의 '개조'에 대한 입장 차이 때문인 것으로 보고 있다(정승교 편저, 앞의 책, 18~19면; 류시현, 앞의 글, 58~63면).

신생활'의 산물이라는 점에서 '문화'라는 상위개념으로 포섭하고 있으며, '미술사'와 '문학사' 등과 같은 예술사를 '정신'의 변천 과정을 축적한 산물이라는 점에서 '문화사'라는 상위개념으로 포섭하고 있다.

이처럼 안확은 '문화주의' 담론과 접촉하는 가운데 내적 개조론을 바탕으로 조선 문화 연구의 기초를 닦고 『자각론』과 『개조론』을 통해 현재 자신의 역사적 위치와 사명을 자각·정리할 수 있었다. 그리고 그는 이제 자신을 포함하고 있는 조선에서 '정신생활'의 산물로서의 '문화'가 어떠한 과정을 거쳐 '정신문화사'를 형성해왔는가를 고찰해야 할 필요성을 느꼈던 것이다. 그는 '문화'의 개념과 '문화사'의 방법론을 도입하여 지금—여기의 조선에서 방대한 '정신'의 계보를 추적하여 조선의 고유한 '정신문화사'를 정립하려 했던 것이다. 이러한 점은 주로 그가 『자각론』에 담긴 입장을 계승하였다고 표방한[81] 『조선문학사』를 중심으로 살펴볼 수 있다.

(가) 文學이라 하는 語는 여러 가지 意義로 解釋하야 或은 學問의 義라 하기도 하고 或은 文章으로써 解함도 잇고 又 或은 文質이라든지 典禮 等으로 解하기도 한지라 按컨대 此 文學이라 하는 語가 時와 處의 異함을 從하야 其 形質을 異함으로 一定의 意義를 有키 不能함에 至한 것이라 故로 此에 朝鮮文學史를 論함에 當하야 **文學이라는 語에 一定不易한 意義를 有케할 것은 자못 어려운지라** 然이나 余는 暫時

文學이라는 것은 美的 感情에 基한 言語 又는 文字에 依하야 사람의 感情을 表現한 것이라고 하노라 그런즉 **詩歌 小說과 가티 想像을 主한 것은 勿論이**

81 안확, 『朝鮮文學史』, 한일서점, 1922, 134~135면.

오 多少 考察을 加한 史傳 日記 隨錄 又 教誨啓發의 文類라도 實로 美的 感想에 基한 著作이 된 以上은 다 이를 文學中에 攝入되는 것이라

—「文學과 文學史」 부분[82]

(나) 그런데 **文學史라 하는 것은 文學의 起源 變遷 發達을 秩序的으로 記載한 것이라** 卽 一國民의 心的 現像의 變遷 發達을 推究하는 것이라 大盖 一國民의 心的 現像을 表한 것은 홀로 文學뿐 안이라 政治 美術 宗教 等 가튼 것도 不少하다 然이나 文學은 가장 敏活靈妙하게 心的 現像의 全部를 表明함으로 其國民의 眞正한 發達 變遷을 알고자하면 此보다 더 大한 것이 업나니 **故로 此点으로 말하면 文學史는 一般歷史보다 더욱 人文史의 重要되는 一部로볼 뿐안이라 飜하야 諸種의 歷史를 다 解明한 것이라 하기 可하니라**

今에 予輩가 朝鮮의 文學史를 考할진대 言語 風俗 習慣과 氣候 山川의 變化와 制度文物의 變遷 各 時代의 精神 各各 偉人의 事業 等을 討尋할 것이라

(……)

我朝鮮은 檀君브터 今日에 至하기 茫々 五千年이라 歌를 咏하기는 建國 以前브터 잇슬새 邇來로 時에 盛衰가 잇고 物에 興亡이 잇스니 文學은 多少 波瀾이 입지 안하다 或 時는 歌謠가 發達하고 散文이 行치 안 時도 잇고 或 時는 漢詩만 發達한 時도 잇섯스며 思想으로 말하야도 情調的 勢가 流한 時도 잇고 因果觀念의 傾向이 有한 時도 잇섯는지라 此時勢는 勿論 政治上의 時代와 相異할지라

然이나 其 大勢는 政治의 消長과 伴함과 가튼 지라 故로 政治史上의 時代

82 「文學과 文學史」, 위의 책, 1~2면.

를 以下 五大期로 分區하노라

—「文學과 文學史」·「文學時代의 區分」 부분[83]

흥미롭게도 안확은 『조선문학사』의 제1장 제1절의 제목을 「문학(文學)과 문학사(文學史)」라고 붙임으로써 '문학' 개념과 '문학사' 서술에 관한 입장을 명시하려고 했다. 먼저, 그는 '문학' 개념을 '정신생활'의 산물로 봄에 따라 '문화'라는 상위개념으로 포섭해내고 있다. 이 글에서 안확이 '문학' 개념을 편의상 "미적 감정"에 기초한 '언어'라든지, "문자에 의하여 사람의 감정을 표현한 것"이라 정의하는 것은 동시대에 이광수가 서구 'literature'의 번역어로서 '문학(文學)'을 "특정한 형식 하에 인(人)의 사상과 감정을 발표한 자"라고[84] 정의하는 것과 흡사해 보인다. 하지만 안확은 '문학' 개념을 "학문(學問)", "문장(文章)", "문질(文質)", "전례(典禮)" 등과 같이 시공간의 변화에 따른 가변적인 산물로 보거나 심지어 '문학'의 범주에 '시가', '소설'을 비롯하여 "사전(史傳)", "일기(日記)", "수록(隨錄)", "교회계발(敎誨啓發)"과 같은 "문류(文類)"까지 포함시킴에 따라[85] 근대적 문학관에서 벗어나 있기도 하다. 이런 현상은 그에게 '문학'이 순전히 "미적 감상"의 산물인 것에 그치지 않고 "일국민(一國民)의 심적 현상(心的現

83 「文學과 文學史」·「文學時代의 區分」, 위의 책, 2~3면.

84 이광수, 「文學이란 何오」, 『매일신보』, 1916. 11. 10~23; 『이광수 전집』 1, 삼중당, 1976, 547면.

85 참고로 이광수는 "詩·小說·劇·評論 등 文學上의 諸 形式이나, 記錄하되 體制가 無히 漫錄한 것은 文學이라 稱키 不能하다"고 말함에 따라 '문학'의 범주를 철저하게 시, 소설, 극, 평론과 같은 근대적 장르에 국한시키고 있다. 이 글에서 안확이 근대적 장르에 포함시키고 있는 여타의 장르들은 이광수가 '문학(文學)'과 구별한 '문(文)' 개념에 속한다고 볼 수 있다(위의 책, 548~552면).

像)", 즉 각 시대를 살아가는 인간과 그 사회의 '정신'을 노래한 산물이기 때문에 일어난 것이다. 그래서 안확은 각 시대를 살아가는 인간이 타인과 사회와 상호작용을 하는 가운데 '정신'을 영위할 수 있으며 그러한 복합적인 '정신생활'을 반영하고 있는 것을 '문학'이라고 보았던 것이다. 이 지점에서 '문학'은 '문화'의 개념으로 승격되고 있다.

이런 점은 그가 3·1운동 이후 당대의 문학을 '문화주의'의 관점에서[86] 접근하는 부분에서도 확인할 수 있다. 여기서도 안확은 '문학' 개념을 "일종의 미술"이라 정의함에 따라 개인의 '미적 감정'의 산물이라 보면서도 나아가 이를 '정신'의 산물로 봄에 따라 '문화'의 차원으로 확대하고자 한다. 왜냐하면, 그에게 '문학'은 내용으로서 '사상'과 형식으로서 "외형의 미"가 서로 동떨어져 있는 것이 아니라 서로 일치하게 될 때 성립할 수 있다는 전제를 깔고 있기 때문이다. 말하자면, 그에게 '외형의 미'가 '정신'을 담는 그릇으로 기능하게 될 때, '문학'은 성립할 수 있는 것이다. 이런 관점에서 보자면, 안확에게 '문학'은 개인의 주체적인 '정신'을 표현할 수 있는 매개체의 의미를 넘어서 있다. 그에게 개인의 '정신'은 타인과 사회와 상호작용을 하는 가운데 독특한 생활상을 낳을 수 있다는 점에서, '문학'은 자체의 독자적인 개념에서 벗어나 각 시대의 생활상을 반영하고 있

---

86 안확은 「第六章 最近文學」에서 당대 조선에 유행하고 있는 조류를 "문화운동(文化運動)"이라는 개념으로 정의내리고 있는데, 이는 '정치운동'과 대비되는 '사회운동'의 관점에서 사용되고 있다고 볼 때 '문화주의'의 개념과 가까워보인다. 최수일에 따르면, '문화운동'은 "1910년대의 실력양성론이 1차대전과 3·1운동을 통해 구체화된 것으로 그 기저에는 '개조주의'라는 시대정신이 자리하고" 있다는 점에서, '개조운동'이라할 수 있다. 이에 반해, '문화주의'는 개조운동의 한 축을 형성하면서도 "경제적 실력양성론과 경제적 사회주의"의 다른 축과 대비된다는 점에서 "개조주의가 이끈 '문화운동'의 한 지류로 자리매김"하는 것이 적절해 보인다(이에 대해서는 최수일, 『『개벽』 연구』, 소명출판, 2008, 441면 참고).

는 '문화'로까지 확장될 수 있기 때문이다. 따라서 안확이 당대 문인들을 겨냥하여 재래의 문학을 배척하기보다 이를 당대의 감각에 맞게 수용해야 한다거나 '자연주의' 문학과 '데카당스' 문학이 개인적인 세계에 침잠하는 것에서 벗어나 사회와의 관계성을 회복해야 한다고 말함으로써 '정신'의 "자각적 통일"을 강조하고 있는 것은 충분히 납득할 만한 일이다.

다음으로, 안확은 '문학사' 서술을 '정신'의 변천 과정을 추적하는 작업으로 봄에 따라 '문화사'라는 상위개념으로 포섭해내고 있다. 그가 '문학'을 '정신생활'의 산물로 본 것처럼, '문학사'는 그에게 단순히 "문학의 기원 변천 발달" 과정을 통시적으로 기술하는 것에 그치기보다 "일국민의 심적 현상", 즉 '정신'의 "변천 발달" 과정을 서술하는 것까지 포함하고 있다. 그래서 그는 '문학사'를 "인문사(人文史)의 중요한 일부"로 보고 있을 뿐만 아니라 심지어 "제종(諸種)의 역사를 다 해명한 것"이라고 말하고 있기도 하다. 왜냐하면, 그에게 '문학'이 각 시대마다 내·외부의 환경과 상호작용하는 가운데 발생하는 '정신생활'의 산물이라 한다면, '문학사'는 그러한 '정신생활'을 시기별로 묶어내고 '계통적'으로 정리한 산물이기 때문이다. 이런 관점에 따라 안확은 "시세(時勢)는 정치상의 시대와 상이"하다는 전제를 깔면서도 비교적 각 시대의 내·외부적인 환경과 그로 인한 생활상을 생생하게 보여주는 "정치사상(政治史上)의 시대를 중심으로 문학상(文學上)의 시대"를 구분하고 있는 것이다. 말하자면, 그는 '상고시대', '중고시대', '근고시대', '근세시대', '갑오경장에서 금일에 이르는 현대' 등 각 시기를 구체적인 시간으로 구분하는 것과 함께 각각 "소분립시대(小分立時代)", "대분립시대(大分立時代)", "귀족시대(貴族時代)", "독재정치시대(獨裁政治時代)", '신학문(新學問)의 서광(曙光)을 연 시대'와 같이 그 시대의 독특한 생활상과 결부시키고 있다.

뿐만 아니라 안확은 각 시기별로 나타난 '정신'이 그 시대에만 국한된 것이 아니라 전대의 '정신'과 상호작용하여 후대에 계승된다고 봄에 따라 각 시기의 관계성을 정립하는 방향으로 '문화사'를 서술하고 있다. 이는 조선의 고유한 '정신'이 '단군'을 기원에 두고서 각 시기별로 나타난 '정신'을 거쳐 어떻게 계승되고 형성되어왔는가에 초점을 맞추고 있다. 예컨대, 안확은 '상고시대'에 '단군'으로부터 비롯한 "종교적 관념"과 "선조(先祖) 숭배"가 "국민단합력(國民團合力)의 기초"를 이룬 조선의 "고유한 사상"으로 '유전'되어왔다고 보고 있다.[87] 좀 더 구체적으로, 그가 말하는 "종교적 관념"과 "선조 숭배"라는 정신은 '중고시대'에 중국으로부터 제도와 문물을 수입하는 가운데 "고유한 문화와 정신을 발달하여 인생을 적극적으로 교화"하는 방식으로 계승되었고,[88] '근고시대'에는 "국가적 생활을 분리한" 불교문학을 배척하여 유교문학을 일으켜 "공동생활의 자각"을 "국민적 기초"로 삼으려는 방식으로[89] 계승되었다. 그리고 '근세시대'에는 불교를 배척하고 유교를 장려하여 조선의 고유한 "자치정신(自治精神)을 발양(發揚)"하고 "국가사회주의(國家社會主義)"를 이루는 방식으로[90] 계승되었다. 이런 점으로 미루어볼 때, 안확은 각 시기마다 내·외부의 환경과 상호작용을 하는 가운데 독특한 '문화'를 형성하면서도 각 시대별 특징이 전대의 고유한 '정신'을 계승하여 후대에 전해지는 '문화사'를 서술하려 했다

87 안확, 『朝鮮文學史』, 한일서점, 1922, 6면.

88 위의 책, 41면.

89 위의 책, 60면.

90 위의 책, 76~81면.

고 할 수 있다.

이처럼 안확이 '문화'의 개념과 '문화사'의 방법론을 도입하여 '정신'의 계보를 탐색하고 조선의 고유한 '정신문화사'를 정립하려는 방식은 이후 그의 조선 문화 연구의 기초를 이룬다. 그는『조선문학사』를 간행한 이듬해에『조선문명사』를 간행하여 조선정치사를 탐구하기 위해 "조선 민족의 생활사"를 근본적으로 검토해야 할 필요성을 제기하고 있다. 왜냐하면, 그에게 각 시대마다의 '생활'은 시대별로 '독립'적이고 "특수한 문명"을 발휘한 산물이자 "조선 민족의 생명을 생명으로 보전"한 것이기 때문이다.[91] 이런 관점에 따라 안확은『조선문학사』와 마찬가지로『조선문명사』에서 구체적인 시대 구분과 함께 시기별 독특한 생활상을 결부시키는 방식으로 '단군 건국시대'부터 조선의 고유한 '자치제(自治制)'가 계승되어온 과정을[92] 서술하고 있다. 따라서 안확은 내적 개조론을 통해 현재 자신의 역사적 위치와 사명을 자각하고 자신을 포함하고 있는 조선에서 '정신생활'의 산물인 '문화'가 '정신문화사'를 형성하는 과정을 탐색하는 방향으로 조선 문화 연구를 구체화해갔다고 할 수 있다.

5. 민족주의의 토대 탐색과 '조선적 문화주의'의 기획

지금까지 우리는 제1차 세계대전 이후 조선 사상계의 동향을 담고 있는 자산 안확의 개조론을 다이쇼기 일본의 '문화주의'와의 관련성에 따라 접근해보고 그의 '문화주의' 기획에 담긴 특이한 지점을 고찰하고자 했다.

---

91 안확,『조선문명사(朝鮮文明史)—일명(一名) 조선정치사(朝鮮政治史)』, 회동서관, 1923; 송강호 역주, 우리역사재단, 2015, 36면.

92 위의 책, 37~38면.

안확은 자신의 개조론을 집약하고 있는 『자각론』과 『개조론』에서 '물질'로 대변되는 외적 개조를 위한 선결적인 과제로서 '정신'으로 대변되는 내적 개조를 제시한 바 있다. 좀 더 구체적으로, 그의 내적 개조론은 개인의 내부에 잠재된 '자유의지'를 발견하여 개조의 주체로서 개체의 지위를 확보하려는 의도에서 출발하였다. 이러한 안확의 관점은 거슬러 올라가보면, 종래의 국가주의를 지탱하던 사회진화론의 세계관에서 벗어나 개인의 인격적 존재성을 자각하려는 다이쇼기 일본의 '문화주의'와 맞닿아 있었다. 하지만 안확은 거기서 나아가 개인과 사회의 관계성을 모색하는 과정에서 '공동생활'의 필요성을 강조하고 '공동생활'을 영위하기 위한 '인격'의 문제를 거론하는 방식으로 내적 개조론을 구체화해나갔다. 이는 정서적 효용성을 바탕으로 '미'의 범주를 사회적인 차원으로 확대하거나 '정신적'이고 '인격적' 활동의 산물로서 '미술'이 역사적으로 발달해온 과정을 탐색하는 시도로 나타나 있었다.

일본유학생활을 마치고 귀국한 안확은 자신의 내적 개조론을 담고 있는 『자각론』과 『개조론』을 간행함으로써 당대 조선을 '정신문화사'의 한 단계로 설정하고 조선의 특수한 환경에 따른 '신문화'를 건설하려는 의욕을 내비친다. 애초 출발점은 조선 사회의 현장에서 실질적인 변화를 이끌어내는 것이었으나, 사정상 여의치 않았던 그는 앞서 '문화주의' 담론과 접촉하는 가운데 성립한 내적 개조론을 바탕으로 본격적인 조선 문화 연구의 길로 들어서게 된다. 이는 정신생활의 산물로서 '문화'의 개념과 정신의 변천 과정을 추적하기 위한 '문화사'의 방법론을 도입하여 '단군'으로부터 전개되어온 조선의 정신사적 계보를 탐색하려는 시도로 구체화되었다. 이런 점에서 안확의 내적 개조론은 당대 조선에서 자신의 역사적 위치와 사명을 자각하는 것은 물론이거니와 자신을 포함하고 있는 조선의 고유한 '정신문화사'를 탐색하려는 시도로 나아갔다고 볼 수 있다.

이러한 안확의 '문화주의' 기획은 다이쇼기 일본의 '문화주의'의 관점으로 환원할 수 없는 지점을 보여주는 것이자 근대성과 결부된 '민족주의'를 당대 조선의 맥락으로 정초시키려는 시도라는 점에서 중요하지 않을 수 없다. 최근 한국 근대문학연구에서 '민족주의'에 관한 논의는 세계적 보편성을 향해 조선의 지리적 확장성을 보여주는 것에서 '로컬'의 새로운 가능성을 제기하거나[93] '생명' 개념을 바탕으로 '조선적 공동체'의 저변과 구성원리를 탐색하려는 방향으로[94] 전개되는 등 좀 더 다양한 방식으로 이루어지고 있다. 이런 점에서 보건대 안확의 '문화주의' 기획 또한 이데올로기 차원에서 구성된 근대 민족주의의 산물로 일반화되기 이전에, 식민지 조선의 현실에 입각한 '민족주의'의 토대를 탐색하려는 작업의 일환이라는 점에서 중요한 입지를 차지한다고 볼 수 있다.

93 정주아, 『서북문학과 로컬리티』, 소명출판, 2014, 277~279면.

94 최호영, 앞의 책, 263~379면.

9

1920년대 초기 노자영 문학의 '생명의식'과 공동체의 이념

—

1. 1920년대 한국 문단과 노자영 초기 문학의 '생명의식'

춘성 노자영(1899~1940)은 한국근대문학사에서 시, 소설, 수필, 평론 등 다방면에서 활동하였다. 그는 생전 『처녀의 화환』(1924), 『내 혼이 불탈 때』(1928), 『백공작』(1938) 등 3권의 시집과 『반항』(1923), 『무한애(無限愛)의 금상(金像)』(1925), 『의지할 곳 없는 청춘』(1927) 등의 소설집을 상재하였다. 이와 함께 그는 『사랑의 불꽃』(1923), 『표박의 비탄』(1925), 『영원의 몽상』(1938), 『나의 화환―문예미문서간집』(1939) 등의 수필집을 간행함에 따라 상업적으로 크나큰 성공을 거둔 베스트셀러 작가로 부상하였다. 또한 그는 『창조』, 『장미촌』, 『백조』 등 1920년대 한국 문단을 대표하는 잡지에서 활동하여 문단적 입지를 굳히기도 하였다. 심지어 그는 작가로서의 삶 이외에 『동아일보』 기자로서, 그리고 한성도서주식회사, 조광사 등에서 편집자로서 활동하였으며 1923년 청조사(青鳥社)라는 출판사를 설립하여 출판활동을 전개하기도 하였다.[95]

95 노자영의 생애와 문학 활동에 대해서는 최양옥, 『노자영 시 연구』, 국학자료원, 1999, 367~375면; 심선옥, 「춘성 노자영 초기 시 연구」, 『반교어문연구』 제13집, 반교어문학

이처럼 노자영은 작가, 신문기자, 출판업자, 편집자 등 이색적인 이력을 거치면서 조선의 문화를 형성하는 데 적잖이 일조하였다. 하지만 지금까지 그가 전개한 왕성한 활동에 비해 그의 문학에 대한 논의는 턱없이 부족한 것이 사실이다. 그것은 아마도 이미 지적된 것처럼 노자영에 대한 동시대 문인들의 평가가 부정적인 것에서 기인하지만[96] 보다 직접적으로는 당대 문단을 떠들썩하게 했던 표절시비에서 연유하는 것으로 보인다. 당시 문단의 중추적인 문인이었던 염상섭은 한 월평에서 노자영의 시 「잠!」이 프랑스 상징주의 시인 베를렌느의 시와 흡사한 점을 지적하면서 그의 "예술적(藝術的) 양심(良心)"을 문제시하였고[97] 뒤이어 김억은 직접적인 이름을 거론하지 않았지만 노자영의 표절을 강력하게 질타하고 있다.[98] 이처럼 당시 문인들로부터 받은 평가 절하와 표절 의혹은 자연스레 이후 연구자들에게도 그의 작품의 질이 떨어질 것이라는 선입견을 형성하게 만든 것으로 보인다.

이런 상황에서 다음과 같이 이루어진 그의 문학에 대한 평가 역시 기존의 연구에서 1920년대 초기 문학을 바라보는 평가의 한계와 맞닿아 있다. 먼저, 노자영의 시에 대한 논의가 진행되어 오면서 그의 시에 내재한 주제와 미학적인 측면에 대한 유형화가 이루어졌다. 그의 주요 시집을 대상으로 한 이 연구에서는 '거룩한 님', '이상향', '겨레정서' 등과 같은 시적 주

회, 2001, 241~248면 참고.

96 노자영은 당시 베스트셀러 작가로서 독자들에게 대환영을 받았으나 동시대의 문인인 박종화, 김기진 등으로부터 '삼류작가'나 "연애지상주의 순예술파의 작자"로 폄하되었다. 이에 대해서는 서상영, 「노춘성 연구 - 『처녀의 화환』을 중심으로」, 『한국시학연구』 제37호, 한국시학회, 2013, 255~259면 참고.

97 염상섭, 「筆誅」, 『폐허이후』 제1호, 1924. 1, 124~127면.

98 김억, 「동인기」, 위의 책, 133~134면.

제를 추출하였으며[99] 순수와 이상향에 대한 동경, 그리고 그 반영으로서 '처녀'의 의의를 낭만주의의 관점에서 밝혀낸 바 있다.[100] 이러한 주제적 접근과 함께 1920년대 초기 시단에서 근대 자유시의 형성에 기여한 역할에 대해서도 적극적인 의미를 부여해왔다.[101] 이 연구들은 노자영 시에 대한 본격적인 연구로서의 의의를 지니지만 그의 문학을 현실과 이상의 이분법적 구도에 따라 추악한 현실과 유리된 비현실적인 세계로 도피하려는 산물로 봄으로써 1920년대 한국 문학에 대한 초창기의 연구에서 크게 벗어나지 못하고 있다. 또한 이 논의에서 노자영의 시가 거룩한 님과 이상향에의 동경을 통해 민족정서를 고취하고 있다고 보는 관점은 텍스트 내적인 의미를 텍스트 외부의 담론으로 환원시킴에 따라 1920년대 초기 시를 국민문학운동의 산물로 파악하려는 관점에서[102] 멀지 않은 지점에 놓여 있다.

다음으로, 노자영 시 자체의 검토를 넘어 그가 직접 관여했거나 글을 게재하고 있는 잡지를 중심으로 1920년대 한국 문단에서 그가 차지하고 있는 위상을 조명하려는 연구를 들 수 있다. 이 논의에서는 특히, 노자영이 주요 필진으로 참가하고 있는 『학생계』의 현상문예란을 대상으로 근대 문학의 재생산 제도에 기여하고 있는 역할을 밝히고 있다.[103] 물론 이러한 관

---

99 최양옥, 앞의 책, 261~366면.

100 서상영, 앞의 논문, 253~271면.

101 심선옥, 앞의 논문, 248~254면.

102 1920년대 조선에서 전개된 민요시 운동을 일본의 '고쿠분가쿠(國文學)' 운동과 구어자유시 담론의 연장선상에서 국민문학운동의 일환으로 파악한 논의로는 구인모, 앞의 책, 29~232면 참고.

103 노춘기, 「잡지 『학생계』 소재 시 작품 연구-주필진과 독자의 영향관계를 중심으로」, 『한국시학연구』 제38호, 한국시학회, 2013, 9~32면; 박지영, 「잡지 『학생계』 연구 - 1920년대 초반 중등학교 학생들의 '교양주의'와 문학적 욕망의 본질」, 『상허학보』 제20집, 상허학회, 2007, 140~155면.

점은 그의 공식적인 등단작을 발표하고 습작기의 작품을 배출한 '매신문단(每申文壇)'이 "초창기 문단형성의 필수요소인 문학기층의 형성에 기여하고" 있었다는 평가의[104] 연장선상에서 보자면 충분한 설득력을 지니고 있다. 하지만 이 논의는 『학생계』를 비롯하여 그가 관여한 잡지의 성격을 '근대적 지식의 보급'이나 '교양주의'로 규정함에 따라 참여하고 있던 필진들 간의 사상 교류의 의의를 간과하고 있다. 더군다나, 노자영이 한성도서주식회사를 통해 『학생계』와 『서울』 등의 필진으로 참가하여 예술주의, 민족주의, 사회주의, 아나키즘 등 여러 갈래의 필진들과 교류하는 가운데 자신의 문학적 정체성을 어떻게 형성해 가는지에 대한 의문이 생기지 않을 수 없다.

이러한 문제의식 아래 이 글에서는 노자영이 『백조』와 『장미촌』의 동인으로 활동하기 이전에 그가 『서광』, 『서울』, 『학생계』 등 다른 잡지에 발표한 글들을 중심으로 감상적 낭만주의로 재단할 수 없는 그의 문학적 성격을 재검토하고자 한다. 보다 구체적으로, 그의 시에서 기독교적 수사를 동반하여 '생명의식'을 형상화하고 공동체의 이상을 지향하는 것이 단순한 낭만주의의 표출에 그치기보다 그가 관여한 잡지를 관통하는 공동체 논의와 연결되어 있다는 것을 밝히고자 한다. 따라서 이 글은 노자영 시 자체의 검토에서 나아가 그의 다른 글과 잡지의 성격 등을 포괄적으로 살펴봄으로써 노자영 시가 지닌 미학과 이념성의 관계를 유연하게 읽어내고자 한다.

---

104 노자영을 비롯하여 임노월, 김석송, 황석우 등 1920년대 초기 시인들이 '每申文壇'에서 활동하고 있는 양상과 근대시의 형성에 기여한 측면에 대해서는 김영철, 「「每申文壇」의 文學史的 意義」, 『국어국문학』 제94집, 국어국문학회, 1985, 115~138면; 권유성, 「1920년대 초기 『每日申報』의 근대시 게재 양상과 의미」, 『한국시학연구』 제23호, 한국시학회, 2008, 93~121면 참고.

2. 잡지를 중심으로 한 노자영의 활동 양상과 한성도서주식회사

노자영은 『창조』, 『백조』, 『장미촌』을 중심으로 시, 소설, 수필, 평론 등 다방면에서 걸친 활동을 전개하기 이전부터 『서울』을 중심으로, 그리고 그 이후에는 『서광』, 『학생계』, 『신생활』을 중심으로 활발한 활동을 전개하였다. 지금까지 『학생계』와 관련하여 노자영의 활동을 환기한 논의는 몇 차례 진행되어 왔으나, 이외에 다른 매체를 통한 노자영의 활동에 대해서는 그간 제대로 주목받지 못했다. 노자영을 중점적으로 다루진 않았으나 그가 몇 편의 글을 발표한 『서광』과 『신생활』의 실체에 대해서는 매체와 인적 네트워크 조성의 측면에서 부분적으로 다루어졌다.[105] 이 논의에 따르면, 1919년 12월 경성의 문흥사에서 장응진을 주필로 발행된 『서광』에서는 1921년 1월 총8호가 간행되기까지 신종석, 황석우 등 소위 아나키즘 계열, 정백 등 사회주의 계열, 이돈화, 박달성, 장도빈 등 민족주의적 개조주의의 계열, 박종화, 홍사용 등 예술주의 계열들이 당대 조선의 낙후된 생활을 개조하려는 목적 아래 뒤섞여 있었다. 문흥사는 이후 박종화, 홍사용, 정백 등을 주축으로 1920년 5월 15일에 발행된 『문우』의 인쇄소이기도 했다. 그리고 『서울』과 『학생계』를 발행한 한성도서주식회사는[106] 1922년 3월에 창

---

105 정우택, 「『문우』에서 『백조』까지－매체와 인적 네트워크를 중심으로」, 『국제어문』 제47집, 국제어문학회, 2009, 35~65면 참고.

106 1920년 5월에 설립된 한성도서주식회사는 우리나라 출판사로서는 최초로 기업화된 주식회사의 체제를 갖춘 곳으로 김윤식과 양기탁을 고문으로 초빙하는 한편, 오천석·김억·김동인 등 당시 젊고 실력 있는 신진학자와 문인들에게 실무 편집을 맡겼다. 경영에 참여했던 장도빈은 출판부장을 겸임하면서 한국역사나 위인전집 그리고 문학전집 등의 발간과 외국사정을 알리는 데 힘썼다. 장도빈은 한성도서주식회사를 거점으로 『서울』,

간된 조선 최초의 사회주의 잡지인 『신생활』의 인쇄소이기도 했다.[107] 『서광』의 편집인이었던 정백과 『학생계』의 필자로 참가했던 김명식이 『신생활』에서 각각 주요 필진과 주필로 만나고 있었던 것은 당대 문인들이 매체와 인적 네트워크를 기반으로 하여 긴밀하게 얽혀있던 사정을 말해준다.

이러한 상황을 감안할 때, 노자영이 『서광』, 『서울』, 『학생계』, 『신생활』에서 필자로 참여할 수 있었던 계기는 아마도 그가 한성도서주식회사의 편집을 맡은 것과 관련이 있다. 그는 실제로 한성도서주식회사의 영업국장으로 있던 김진헌(金鎭憲)의 소개로 이 회사에 입사해 편집 실무를 맡았다. 따라서 그의 초기 문학세계를 이해하는 데 한성도서주식회사를 매개로 하는 활동뿐만 아니라 그것과 직·간접적으로 얽혀있던 『서광』, 『서울』, 『학생계』, 『신생활』과의 관련성에 대해 주목하지 않을 수 없다. 이에 따라 노자영이 이 잡지에 싣고 있는 글의 목록을 시대 순으로 일별하자면 아래와 같다.

『학생계』와 같은 잡지도 발간하였다. 『서울』의 편집 겸 발행인은 장도빈으로 1919년 12월 15일에 창간되어 1920년 12월 15일 통권 8호를 끝으로 폐간되었다. 『학생계』는 월간 학생잡지로 1920년 7월 1일에 창간되어 1922년 11월 1일 총18호를 발행하면서 폐간되었다. 이 잡지는 장도빈이 한성도서주식회사 출판부장으로 관여하면서 펴냈는데, 편집 겸 발행인은 처음에 오천석이었다가 이후 6호부터 『학지광』의 편집을 맡기도 했던 최팔용으로 바뀌었다. 한성도서주식회사에 대한 자세한 사항은 김동환, 『장도빈』, 역사공간, 2013, 73~85면; 김성연, 「1920년대 번역계의 세대교체－한성도서주식회사와 장도빈의 출판 활동을 중심으로」, 『반교어문연구』 제31집, 반교어문학회, 2011, 33~64면 참고.

107 이와 관련하여 조영복은 노자영을 직접 언급하지는 않았지만 『삼광』·『폐허』·『신생활』을 중심으로 한 초기 문인들과 사상운동가들의 교유가 "근대시(문학)에 대한 개념적 인식과 사상 체험의 미분화 과정" 속에서 이루어지고 있었다는 점을 밝힌 바 있다(조영복, 『1920년대 초기 시의 이념과 미학』, 소명출판, 2005, 249~266면).

제목	장르	잡지명/호수	발행일
滿洲의 天産物	기사	서울 4호	1920. 6
'크로포토긴'의 略傳	기사(전기)	서울 4호	1920. 6
聖母마리아-베르렌作	번역시	서울 4호	1920. 6
쉼의 동산	창작시	학생계 1호	1920. 7
鐵鋼王 카네지	기사(전기)	학생계 1호	1920. 7
理想鄕의 쉼(에스生)	기사(번역/발췌문)	서광 6호	1920. 7
孝女쓰론테(가련한 文學者)	기사(전기)	학생계 2호	1920. 9
月色	창작시	학생계 2호	1920. 9
노동문제(續)*	기사	서울 6호	1920. 9
타쿠르의 自然學園	기사	서광 7호	1920. 9
過激派首領 레닌	기사(전기)	서울 7호	1920. 10
압길이 洋洋한 者여	논	학생계 3호	1920. 10
朝鮮靑年의 覺悟	논	학생계 4호	1920. 11
滋味스러운 傳說	기사	학생계 4호	1920. 11
近代思想硏究	기사	서울 1주년기념호**	1920. 12
歐美 各國의 近世	기사	서울 1주년기념호	1920. 12
흰눈이 펄펄	창작시	학생계 5호	1920. 12
救國의 勇女 쨔크짝	기사(전기)	학생계 5호	1920. 12
人格의 創造	논	학생계 6호	1921. 1
新年의 아침	창작시	학생계 6호	1921. 1
黃金臺	창작시	학생계 7호	1921. 3
種의 起原(짜-윈)	기사	학생계 7호	1921. 3
古城의 廢墟	창작시	학생계 8호	1921. 5
自由의 英傑크롬웰	기사(전기)	학생계 8호	1921. 5

* 현재 『서울』 5호는 찾아볼 수 없으며 영인본에서도 누락되어 있다. 하지만 6호에서 노자영이 노동문제 속편을 싣고 있다고 볼 때, 5호에서는 노동문제의 전편(前篇)이 수록되어 있을 거라 추측할 수 있다.

** 기존에 알려진 대로 『서울』이 8호를 끝으로 종간되었다는 것은 좀 더 실증적인 검증이 필요해 보인다. 왜냐하면 『학생계』 6호의 앞부분에서는 『서울』 9호의 목차를 예고하고 있기 때문이다. 그래서 『서울』 9호를 기획하던 중에 폐간(종간)된 것인지, 아니면 아직 그 실물을 확인하지 못한 것인지는 추후 정밀하게 보완되어야 한다.

巴里의 밤하날 외 2편	창작시	학생계 9호	1921. 8
쉑스피아-와 그 生活	기사(전기)	학생계 9호	1921. 8
푸른 아참 외 2편	창작시	학생계 10호	1922. 2
라인江의 꿈	창작시	학생계 11호	1922. 3
아!! 靑春	창작시	학생계 12호	1922. 4
꼿필 때까지(타쿠르)	번역시	학생계 13호	1922. 5
靑春의 屍體	창작시	신생활 6호	1922. 6
記憶의 그림에서	창작시	학생계 15호	1922. 8
가을은 오다	창작시	학생계 17호	1922. 9
眞珠의 별 외 2편	창작시	신생활 9호	1922. 9

위에서 살펴볼 수 있는 것처럼 노자영은 한성도서주식회사의 편집을 맡으면서 『서울』, 『학생계』, 『신생활』, 그리고 『서광』에 글을 발표하였다. 이 중 『학생계』와 『신생활』에서는 주로 시를 발표하고 있다면, 『서울』, 『서광』, 『학생계』에서는 산업, 노동, 인물, 생물학, 세계정세, 문예 등 다방면에 걸친 기사뿐만 아니라 당대 조선 청년들의 사명감에 호소하는 논(論)을 게재하고 있다. 또한 노자영은 『학생계』에서 오천석(소설 부문), 김억(시 부문)과 함께 현상문예 중 감상소품(感想小品)의 심사위원으로 활동하기도 하였다. 물론 이와 같이 뚜렷한 체계를 찾을 수 없는 노자영의 활동을 당대 한국사회의 맥락 속에서 민족주의적 개조주의나[108] 근대적 지식의 보급을 위한 교양주의의 측면에서[109] 접근할 수도 있다. 그보다 우리는 노자영의 글들을 잡지 전체의 체제 속에서 꼼꼼하게 살펴보는 가운데 그의 시에서 일관되게 시도하고 있는 주제를 새로운 각도에서 접근할 수 있는 암시

108 서은경, 「잡지 『서울』 연구-1920년대 개조론의 대세 속 『서울』 창간의 배경과 그 성격을 중심으로」, 『우리어문연구』 제46집, 우리어문학회, 2013, 291~318면.

109 박지영, 앞의 논문, 140~155면.

를 받을 지도 모른다.

노자영은 『학생계』와 『신생활』에 게재한 일련의 시들에서 지속적으로 폐허가 된 현재를 벗어나 '낙원'이나 '에덴'으로 표상되는 '생명력'이 충일한 이상세계를 갈구하고 있다. 앞선 문제제기와 관련하여 그의 시에 나타난 이러한 '생명의식'과 이상세계의 지향은 그저 낭만적 정신의 산물로만 평가할 것이 아니라 그의 다른 글들과 상호텍스트의 관계에 따라 새로운 해석의 지점을 찾을 수 있을 것이다. 그리고 그의 글들을 잡지의 체제와 다른 필자의 글들과 보충의 관계에 놓게 된다면 그의 시에 새롭게 접근할 수 있는 지점을 발견할 수 있을 것이다. 그러면 노자영의 시를 본격적으로 검토하기 전에 각각의 잡지와 노자영의 글이 어떠한 상관관계에 놓여 있는가를 살펴볼 필요가 있다.

『서울』에 게재하고 있는 글에서 노자영은 산업, 노동, 인물 등과 얽힌 당시 세계정세를 여러 차례에 걸쳐 소개하고 있다. 『서울』의 창간사를 확인해 보면 이러한 현상에 담긴 의도가 드러난다. 말하자면, 『서울』은 전 세계가 개조의 추세에 있는 것에 비해 조선이 경제와 같은 물질계를 비롯하여 도덕, 학문, 제도, 예술과 같은 정신계에서도 혁신하지 않을 곳이 없다는 것을 반성함으로써 '개조'의 취지를 드러내고 있다.[110] 이러한 맥락에서 『서울』에 게재한 노자영의 글 또한 잡지의 취지와 그렇게 먼 지점에 있지 않다고 판단할 수 있다. 하지만 우리는 『서울』에서 표방하는 '개조'를 단순히 우승열패와 약육강식을 기반으로 문명 진보의 대열에 들어서기 위해 요청된 사안으로 파악해서는 안 된다. 왜냐하면, 창간사를 쓴 장도빈은 뒤

---

110 「創刊辭」, 『서울』 제1호, 1919. 12.

이어 자신들이 추구하는 '개조'를 기존의 사회진화론을 바탕으로 하는 물질적 방면에서의 진보가 아니라 '물질'과 '정신'의 두 방면을 포괄하는 것이라고 밝히고 있기 때문이다. 이러한 관점 아래 그는 물적 토대의 진화를 가능하게 하는 '정신'의 원천을 '개체'와 '전체'의 유기적인 발전과 나아가 선조들이 과거에 이룩한 문명한 역사에[111] 두었던 것이다. 다시 말해, 『서울』에서는 문명 진보의 종적인 축에 '민족성'의 회복을,[112] 횡적인 축에 '세계성'의 확장을 두고서 잡지의 체제를 구축해갔다.

이런 분위기 가운데 노자영이 서구의 다양한 지식을 소개하려고 했던 시도는 단순히 근대 지식의 보급이라는 측면에 한정된다기보다 그와 함께 그러한 세계성의 축을 가능하게 하는 종적인 축, 즉 상실한 선조들의 문명을 회복하기 위한 측면과도 결부되어 있다고 할 수 있다. 일례로 노자영이 이와 같은 맥락에서 아나키스트인 크로포트킨의 전기를 간략하게 소개하고 진화론의 관점에서 그의 사상적 의의를 평가하고 있는 점은 단순히 서구 사상을 소개하려는 의도를 넘어 『서울』이 표방하려 한 '개조'의 성격뿐만 아니라 그의 문학에 나타나는 '생명의식'과도 밀접하게 연결되어 있는 것이라 할 수 있다. 노자영은 크로포트킨의 생애를 연대별로 소개하고서 그의 사상을 '상호부조'라는 개념으로 압축하고 있다. 그는 특히 크로포트킨의 '상호부조'가 다윈의 생존경쟁에 대한 반발로 나오게 된 배경에 초점

111 장도빈, 「我等의 曙光」, 위의 책, 1~17면.

112 이는 현재 파괴되고 상실되어버린 선조들의 문명을 회복하고 광대한 고대사를 탐색하는 방식으로 전개된다. 『서울』 곳곳에서 우리나라의 역사를 단군조선에서 잡고 고대부터 정치, 도덕, 종교, 예술 등 다방면에서 세계적인 수준으로 발달해온 문명을 찬탄하는 대목은 쉽게 찾아볼 수 있다. 대표적으로 장도빈, 「現代의 思潮와 我人의 素質」, 『서울』 제4호, 1920. 6, 3~11면; 황달영, 「우리 民族性의 長所와 短所」, 『서울』 1주년기념호, 1920. 12, 3~23면 등을 들 수 있다.

을 맞추고 있다.[113] 노자영이 이후 다른 지면을 통해 다윈의 진화론을 소개하고 있다는 점을 감안한다면, 이 대목은 수용자로서의 주체적인 관점을 보여준다는 점에서 주목된다. 노자영은 다윈의 대표작인 『종의 기원』을 중심으로 그의 진화론이 자연도태의 법칙과 적자생존의 원리에 근거하고 있으며 주위의 환경에 적응하기 위한 생존 방식에 의존한다고 보고 있다.[114] 이로 미루어볼 때, 노자영은 다윈의 진화론을 바탕으로 한 기존의 사회진화론에서 벗어나 크로포트킨의 '상호부조'와 같은 새로운 대안을 모색하고 있던 맥락을 보여준다고 할 수 있다. 실제로 제1차 세계대전 이후 조선의 사상계에서는 '물질'을 중심으로 한 생존경쟁과 약육강식의 사회원리를 비판하고 생활의 근거를 '정신'에 두거나 '상호부조'를 통해 공동생활을 영위하려는 관점을 다방면에서 보여주고 있었다.[115] 따라서 노자영 또한 『서울』, 『학생계』 그리고 『서광』을 주요 무대로 하여 서구의 근대 지식으로 표상되는 세계성의 축과 현재 상실되어버린 선조들의 문명의 축 사이에서 식민지 조선의 현실이 나아갈 방향성을 모색하고 있었을 거라고 상상하기는 어렵지 않다.

이러한 측면에서 그가 『학생계』에 발표한 글들은 다른 각도에서 접근할 여지가 있다. 노자영은 시론(時論)격인 글을 통해 당대 청년들이 낙후된 조선에 "이상향(理想鄕)"과 "문화원(文化園)"과 같은 새로운 문명을 건설할 사명을 누차 강조하고 있다. 이를 달성할 구체적인 과제로 그는 감정의 승

113 노자영, 「'크로포토긴'의 略傳」, 『서울』 제4호, 1920. 6, 50~51면.

114 노자영, 「種의 起原(짜－윈)」, 『학생계』 제7호, 1921. 3, 36~39면.

115 당대 조선에서 진화론에 대한 이러한 관점이 대두하게 된 계기와 배경으로는 제1차 세계대전과 물질적 방면보다 정신적 방면의 가치를 옹호하는 일본 '문화주의'의 영향을 제시할 수 있다(이에 대해서는 최수일, 앞의 책, 436~461면 참고)

리, 양심의 소유, 학문의 수양, 애(愛)의 실현을 통한 완전한 '인격'의 양성을 제시하기도 한다.[116] 그리고 그는 『학생계』에 지속적으로 발표하고 있는 시들에서 '폐허'로 표상되는 현실에서 벗어나 '낙원'이나 '에덴'과 같이 '생명력'이 충일한 이상세계를 동경하려는 주제를 견지하고 있다. 이런 점들을 고려한다면, 우리는 노자영이 표출하는 '생명의식'을 추악한 현실을 벗어나 비현실적인 세계로 도피하려는 낭만적 정신의 산물이라기보다 '폐허'가 된 조선에서 새로운 문명을 동경하려는 산물로 볼 수 있을 것이다. 그의 '생명의식'은 『학생계』 6호를 기점으로 책임편집자가 오천석에서 최팔용으로 바뀌면서 그 지향점을 좀 더 분명하게 나타내고 있기도 하다. 당시 『학생계』에서는 개체와 전체의 상호의존성에 따른 공동생활의 원리를 탐색하고 개체의 특이한 고유성을 발휘하기 위해 직분, 노동 등과 같은 실천적 태도를 적극적으로 모색하고 있었다. 노자영이 견지해오던 '생명의식'은 이러한 공동체 논의의 맥락에서 더욱 구체화될 수 있을 것이다. 따라서 우리는 노자영의 시가 어떠한 수사적인 특징으로 '생명의식'을 형상화하고 있으며 그것이 1920년대 한국의 특수한 맥락과 어떻게 연결되어 있었는가를 살펴볼 필요성을 느끼게 된다.

3. 기독교적 수사의 도입과 '생명의식'의 발현

일찍이 노자영은 장로회와 감리회의 연합으로 발행된 『기독신보(基督申報, *The Christian Messenger*)』에서 작품 활동을 시작했다. 그는 남궁벽이 『기

116 노자영, 「朝鮮青年의 覺悟」, 『학생계』 제4호, 1920. 11, 7~9면; 노자영, 「人格의 創造」, 『학생계』 제6호, 1921. 1, 6~11면.

독신보』의 문학 코너라 할 수 있는 '소년문학'의 활동을 끝마칠 즈음에 등장하여 『기독신보』에서는 거의 유일하게 시, 소설, 수필, 논 등 다양한 장르에 걸쳐 문학방면의 글을 발표하였다. 이때 남궁벽이 주로 신문의 체제와 부합하여 교훈적인 내용이나 윤리적인 문제에 국한되어 있는 것에 비해, 노자영은 철저하게 문학의 차원에서 이상세계를 지향하려는 의도를 보여주었다. 좀 더 구체적으로, 그는 '에덴'과 같은 기독교의 수사를 동반하여 '생명'의 근원이 이상세계에 놓여 있음을 명확히 하였으며 실제 현실을 기반으로 하여 이상세계를 영위하려 하였다.[117] 이러한 현상은 일시적인 것에 그치지 않는다. 『기독신보』에서의 활동이 끝나고 종교적인 색채와 무관한 『매일신보』에 발표한 시에서도 이런 현상을 엿보이고 있기 때문이다.

가득히 찻다~
人間도 禽獸도 모든 草木도
恩化無窮한 네의 消息에
고마운 感情을 견딜 수 업서
感泣의 쓰거운 軟혼 눈물이
시希望을 숨쉬는 그의 눈 우에

117 선행연구에서는 노자영이 1918년 『기독신보』에 장시 「무화과보다도 더 속히 떠러지는 생명」을 발표했다고 언급하고 있으나, 서울대학교 중앙도서관 소재의 영인본을 바탕으로 확인해본 결과 그 시를 찾을 수 없었다. 이러한 현상은 아마도 이 시가 영인본에서 누락되었거나 선행연구에서 노자영의 회고를 그대로 받아들인 것에서 기인하였을 것이다. 남궁벽과 노자영이 『기독신보』 내에서 문예활동을 펼쳐나간 의의에 대해서는 최호영, 「『기독신보』에 나타난 문인들의 활동과 '이상향'의 의미—남궁벽과 노자영의 발굴자료를 중심으로」, 『민족문학사연구』 제56호, 민족문학사연구소, 2014, 331~360면 참고.

뉘 안이 讚美ᄒᆞ랴 네의 出現을
銀花를 실케ᄒᆞ든 미운 秋霜도
落葉을 보게ᄒᆞ든 무서운 北風도
萬物을 抑壓ᄒᆞᄂᆞᆫ 惡ᄒᆞᆫ 寒雪도
너의 쓰거운 愛의 우슴으로
모도다 幾萬里에 退却식히고
萬物로 ᄒᆞ야곰 웃고 노릐할
花爛春城의 고흔 에덴을
建設ᄒᆞ야 來臨ᄒᆞᄂᆞᆫ 너를 볼 ᄯᅵ에

(……)

오々 너는 아니냐
永遠ᄒᆞᆫ 生命을 宣傳ᄒᆞᄂᆞᆫ 神의 使徒가
너의 사랑 가ᄂᆞᆫ 곳에 和平이 돌고
너의 우슴 가ᄂᆞᆫ 곳에 ᄭᅩᆺ이 픠여서
美와 愛가 무루녹은 에덴의 숩이
깁허지리라 ᄯᅡᆺ듯하게 平安ᄒᆞ게

(……)

오々 너는 永遠의 참救主로다
찬 숩속에 몸을 ᄯᅥᆯ든 여러 生命은

永遠한 신衣服 가라 입고서

깃붐의 快흔 활기 싹 뻿치며

"오々 우리救主 오시네 할렐누야"흐고

和平의 奉祝旗를 놉히 들어

敬拜를 흐누나 너를 向흐야

(……)

쉬어보리라~

溫善美妙의 愛的 呼吸을

너의 산生命의 肺管과 갓치

나도 신靈魂의 반가운 消息을

人間的 本然性에 完全히 傳흐야

쏫피는 理想의 春 맛나 보랴고

—「新春」 부분[118]

노자영이『매일신보』에 발표한 9편의 시들은 형식적으로 대략 10연에 이르는 장시이자 일정한 주제를 구현하고 있다. 첫 번째로, 그는 애인과의 이별로 인해, 그리고 이상적인 세계로 가지 못하도록 가로막는 현실의 제약으로 인해 느끼는 슬픔을 토로하고 과도한 눈물로 자신을 위로하고 있다.[119] 두 번째로, 그는 꿈이라는 장치를 동원하여 영원으로 표상되는 이상

118 노자영, 「新春」, 『매일신보』, 1920. 1. 3, 2면.

119 이와 관련되는 시는 「月下의 夢」, 『매일신보』, 1919. 8. 25, 4면; 「雨天」, 『매일신보』,

적인 세계를 경험하게 되지만 그것이 결국 일시적인 것에 그친다는 것을 보여준다.[120] 이러한 두 유형은 공통적으로 그의 시에서 이상세계를 지향하다가 좌절한 자아의 왜소한 모습과 풍경을 환기하고 있다. 그런 가운데 인용된 시는 이상세계에 대한 지향을 좀 더 직접적으로 분출하고 있다는 점에서 주목된다.

제목과 발표된 날짜에서 짐작할 수 있듯이 총14연으로 이루어진 이 시에서는 신년에 겨울을 보내고 봄을 맞이하는 기대와 기쁨을 노래하고 있다. 전체적으로 이 시는 봄이 도래한 세상을 이상세계에 빗대고 있으며 '에덴'과 같은 기독교의 수사를 동원하여 이상세계에 대한 지향을 명확히 드러내고 있다. 먼저, 노자영은 1연에서 7연까지 겨울이 지나고 봄을 맞이하는 세상의 풍경과 그에 대한 자신의 감상을 노래하고 있다. 그가 보기에 겨울이 만물에게 폭력적이고 두려움의 대상이라면, 봄은 포용적이고 웃음을 유발하는 대상이다. 새해가 되자 봄은 그동안 겨울의 '폭위' 아래에서 신음하던 만물들이 유쾌하게 활개 칠 수 있는 '광명'을 주고 겨울의 '속박'에서 자유롭게 할 "평화(平和)의 소식(消息)"을 전하기 때문이다. 그런 상황에서 "인간(人間)", "금수(禽獸)", "초목(草木)" 등 세상의 만물들은 새로운 희망을 꿈꾸고 봄의 뜨거운 사랑에 대해 웃음과 노래로 화답하는 것이다. 이 장면을 지켜본 시적화자 또한 봄에게 달콤한 사랑의 키스와 부드러운 악수를 나누고 싶다면서 봄의 "생명(生命)"과 일체화하려는 소망을 내비치고 있다. 이 지점에서 봄은 세상의 만물뿐만 아니라 그에게도 생명의 활력을

1919. 10. 20, 4면; 「青春의 敗北者」, 『매일신보』, 1919. 12. 1, 4면을 들 수 있다.

120 이와 관련되는 시는 「愛友를 일코」, 『매일신보』, 1919. 10. 6, 4면; 「永遠의 憧憬」, 『매일신보』, 1919. 10. 13, 4면; 「破夢」, 『매일신보』, 1919. 11. 3, 4면을 들 수 있다.

불어넣어줄 이상적인 대상으로 거듭나고 있다.

다음으로, 노자영은 8연과 14연에 걸쳐 봄을 이상향으로 그리는 것에서 나아가 '에덴'이라는 기독교의 수사를 동원하여 이상세계에 대한 지향성을 명확하게 표출하고 있다. 그는 5연에서 이미 봄의 출현을 꽃이 만발하고 만물들이 웃고 노래하는 "에덴"으로 표현한 것처럼, 8연에서도 "에덴"이라는 표현을 거듭 등장시켜 봄이 도래한 세상을 그려내고 있다. 그가 보기에 봄의 사랑이 닿는 곳마다 "화평(和平)"이 돌고 봄의 웃음이 닿는 곳마다 꽃이 핀다는 점에서 봄은 "영원(永遠)한 생명(生命)"을 선전하는 "신(神)의 사도(使徒)"라고 할 만하다. 다시 말해, 세상의 어떤 자가 자기 세력을 확장하여 남의 "생명(生命)"을 '유린'하고 무력으로 '살육'하려 할지라도 봄은 오히려 남의 '생명'을 살리려고 한다. 그래서 노자영은 심지어 세상에 생명력을 충만케 하는 봄을 "영원(永遠)의 참구주(救主)"라고까지 찬양하는 것이다. 그뿐만 아니라 봄으로 인해 새로운 생명을 얻은 세상의 만물들은 "할렐루야"라고 외치며 봄이 도래한 기쁨을 노래하는 것이다. 이처럼 노자영은 기독교의 수사를 통해 겨울의 "고통(苦痛)"에서 만물을 "구원(救援)"하는 봄을 이상세계로 설정하고 있다. 그는 시의 말미에서 자신 또한 봄과 같은 사랑을 "인간적(人間的) 본연성(本然性)"에 전하려는 소망을 내비침으로써 그를 둘러싼 현실세계에서 이상세계를 실현하려는 의도를 강조하고 있기도 하다.

지금까지 살펴본 것처럼 노자영이 『기독신보』에서의 활동에서 벗어나 종교적인 색채와 무관한 매체에서 기독교의 수사를 동원하여 이상세계를 동경하려는 시도를 보여준 것은 그저 우발적인 현상으로 볼 수는 없다. 왜냐하면, 노자영은 이후 『학생계』에 지속적으로 게재한 창작시에서도 그러한 현상을 드러내고 있기 때문이다. 좀 더 구체적으로, 그는 달, 눈, 가을, 아침, 해 등과 같은 자연물을 동원하여 '자연'과 합일된 '생명력'을 노래하거나 이국에서 느끼는 향수를 극복하고 앞날의 이상을 동경함으로써 느끼는 '생명감'을 노래하고 있다. 그리고 그는 앞에서 살펴보았듯이 현재의 험난한 고난을 이겨내고 '생명'이 충일한 이상세계를 구현하려는 의지를 노래하고 있다. 그러면 아래의 시를 통해 노자영의 '생명의식'에 담긴 의도를 좀 더 구체적으로 살펴보자.

> 넓다란 실안개여
> 숢의 帳幕을 치는구나
> 東便의 언덕 고요한 곳에
> 그 곳에 버려선 솔나무 그늘노
> 발가케 핀 살구쏫 우슴으로
> 그 동산에 王者를 만들야고.
>
> 파란 하날에서는
> 水晶의 빗이 쏘다저 나리고
> 前左右 나무가지에서는
> 永遠의 歌者인 적은 새들이
> 白玉의 울임을 울니면서
> 네 동산의 光榮을 祝福하네
> **거짓 업는 새生命의 힘을 다하야**
>
> 해의 金빗 물결이
> 네 幕帳 우에 錦繡를 그리고

바람의 潺潺한 소래가
네 귀에 音樂이 될 때
하얀 옷 입은 적은 處女는
두 손에 올간을 들고
情다히 기여드는구나
네의 깨긋한 넓은 가삼으로.

아, 숨동산이여
너의 가삼은
聖女의 무릅쑨 祈禱室보다도
天使의 往來하는 노리터보다도
더 淨潔하고 더 神聖한 새에덴인저

아! 숨동산이여
나는 懇切히 바란다
네 가삼에 안겨서
世上의 擾亂 모든 苦痛을 이저바리고
平安한 마암 우에 '영원'을 그리면서
네 입술에 키쓰를 하고
네 팔목에 매여 달녀
한업는 숨에 깁히 잠기기를

—「숨의 동산」 전문[121]

---

121 노자영, 「숨의 동산」, 『학생계』 창간호, 1920. 7, 19면.

제목에서 알 수 있듯이 시적화자는 세상의 모든 고통을 잊어버리기 위한 안식처로서 "꿈의 동산"을 갈망하고 있다. 엷은 실안개가 꿈의 장막을 치는 그 동산은 늘어선 소나무가 빨갛게 핀 살구꽃과 조화를 이루고 있고 하늘에서는 수정 빛이 쏟아져 내리는 가운데 작은 새들이 거짓 없는 "생명(生命)"을 다해 동산의 '영광'을 '축복'하는 곳으로 그려져 있다. 시적화자에게 '동산'은 이처럼 평화로운 곳일 뿐만 아니라 하얀 옷을 입은 작은 '처녀'가 오르간을 듣고 깨끗하고 넓은 가슴으로 기어드는 곳이라는 점에서 순결한 곳이기도 하다. 나아가 그는 '동산'을 '성녀'가 무릎 꿇고 기도하는 '기도실'이나 '천사'가 왕래하는 '놀이터'보다도 더욱 '정결'하고 '신성'한 곳이라고 찬양하고 있다. 이런 점에서 노자영은 "꿈의 동산"에 깊이 안길 때 소란스러운 세상의 고통을 잊어버리고 '영원'한 안식을 누릴 수 있게 된다고 말하고 있다.

따라서 이 시에서 시적화자는 표면적으로 자신에게 고통과 슬픔을 주는 현실을 벗어나 '꿈'과 같은 장치를 통해 '동산'으로 표상되는 비현실적인 세계를 동경하고 있는 것처럼 보인다. 그러한 점에서 그간 노자영의 시세계는 감상적 낭만주의의 관점에서 접근되어 왔던 것이다.[122] 이러한 측면은 노자영이 메이지기 일본의 대표적인 평론가인 이쿠다 조코(生田長江)의 강의록을 바탕으로 낭만주의 운동의 태동을 소개한 내용에서 살펴볼 수 있기도 하다. 이 글에서 그는 현세주의, 물질주의, 개인주의를 기반으로 하는 근대에 들어와 생명 있는 개성의 세계를 잃어버림에 따라 자유분방한 자아의 개성과 감정을 회복하려는 '낭만주의'가 생겨났다고 말하고 있다. 그러

---

122 최양옥, 앞의 책, 298~317면; 심선옥, 앞의 논문, 260~267면.

면서 그는 문명으로 인한 인간의 타락에서 벗어나 '자연'을 통한 이상적 사회를 회복하려는 루소의 사상을 소개하면서 인간의 자연성을 통한 감정의 회복을 역설하였다.[123] 이와 비슷한 맥락에서 노자영이 위의 시에서 추악하고 고통스러운 속세에서 벗어나 영원의 안식을 주는 '꿈의 동산'을 갈망하는 것은 타락한 문명에서 벗어나 자연과의 합일을 지향하려는 낭만주의와 맞물려 있다고 볼 수도 있다.

하지만 우리는 그러한 손쉬운 접근법보다는 노자영이 기독교적 색채를 띠지 않는 매체에서도 '꿈의 동산'을 자신의 "생명(生命)"의 근원으로 설정하고 있는 것과 '에덴'과 같은 기독교의 수사를 동원하여 이상세계를 지향하고 있는 것에 주목해야 한다. 앞서 살펴보았듯이 이는 『기독신보』에 발표한 글에서도 살펴볼 수 있는 현상이거니와 『매일신보』 소재의 시에서도 일관되게 나타난 현상이었다. 이와 연장선상에서 노자영이 『학생계』에 발표하고 있는 시를 검토해보면, "하나님"(「월색」), "복음"(「신년(新年)의 아참」), "가나안"(「흰 눈이 펄펄」) 등과 같이 기독교의 용어와 수사를 빈번하게 사용하고 있는 장면을 쉽사리 목도할 수 있다. 물론 이러한 현상은 그가 기독교 신자였기 때문에 나타난 현상으로 볼 수도 있지만 동시대 문인들에게도 찾아볼 수 있는 현상이라는 점에서 문제적이다. 예컨대, 오상순은 예술과 종교를 대상으로 하는 글에서 당시 종교에 대한 지식과 이해가 다른 종교보다 '기독교의 그것'이 낫다고 말하면서 우주의 "오저(奧底)"에 배태되어 있는 인간 생명의 비밀을 열어줄 종교로서 기독교를 지목하고 있다.[124] 보다 직접적으로 『신생명』의 주필 전영택은 조선 사람들이 과거의 인습,

123 노자영, 「近代思想硏究」, 『서울』 1주년기념호, 1920. 12, 32~35면.

124 오상순, 「藝術과 宗敎」, 『폐허』 제2호, 1921. 1. 4~5면.

죄악, 형식, 허위를 파괴하고 새로운 '생명'에 살기를 바라면서 당대의 기독교가 조선 사람의 "대령(大靈)"을 부활시키기를 바라고 있다.[125]

이처럼 1920년대 한국에서 기독교를 새로운 '생명'의 근거지로 보려는 인식은 어느 정도 일반화되어 있었다. 이런 점에서 노자영의 시 또한 기독교의 수사를 동반하여 이상세계에 대한 지향성을 더욱 강조하려 했던 것은 아닐까? 말하자면, 그는 기독교를 매개로 '생명'에 대한 인식에 눈떴으며 나아가 기독교의 수사를 적극적으로 동반하여 이상세계에 대한 '생명의식'을 드러내고자 했던 것이다. 이런 점은 그가 이상세계를 주제로 한 글에서 보다 구체적으로 확인할 수 있다. 이 글에서 노자영은 기본적으로 한 사람이 다수의 이익을 독점하는 경제적 불평등에 반대하고 각 사람이 노동의 보수로부터 생활의 근거를 얻으며 자발적으로 조직의 이상을 실현하기 위한 노력을 긍정하고 있다. 이를 토대로 그는 모든 사회현상을 합리적으로 해결하려 하거나 행위의 외부에 치우쳐 있는 과학적 이상향과 정치적 이상향을 반대하고 인간의 '내부'와 '심령'을 개조하려는 종교적, 예술적 이상향을 주장하고 있다.[126] 따라서 노자영이 종교에 대한 관심을 보이는 가운데 그 중에서 유독 기독교의 수사를 동반하고 있는 것은 '생명의식'을 당대 조선적 현실에 걸맞게 모색하기 위한 일환이라 볼 수 있다. 이제 그것이 어떤 방식으로 구체화되고 있는가를 다음 장에서 살펴보자.

4. '생명'의 근원에 대한 인식과 공동체 존재방식의 구체화

---

125 「人類와 新生命」, 『신생명』 창간호, 1923. 7, 2~3면.

126 노자영, 「理想鄕의 꿈」, 『서광』 제6호, 1920. 7, 82~88면.

앞에서 살펴본 것처럼 우리는 노자영의 초기 시에서 기독교의 수사를 통해 이상세계에 대한 '생명의식'을 발현하고 있었다는 것을 확인하였다. 흥미롭게도 이러한 문제의식은 그가 『개벽』에 발표한 시뿐만 아니라[127] 한성도서주식회사를 매개로 조선 최초의 사회주의 잡지 『신생활』에 발표한 시에서도 반복해서 나타난다. 노자영은 특히 『신생활』에 발표한 시들에서 '청춘'을 유린하는 '현실'을 주로 '어둠'과 '묘지'의 이미지로 보여주는 가운데 "진주(眞珠)"의 별로 표상되는 이상세계를 '광명(光明)'의 길과 '에덴'으로 형상화하고 있다.[128] 그러면 노자영이 이러한 '생명의식'을 바탕으로 추구하는 이상세계가 좀 더 구체적으로 어떠한 세계인가에 대한 의문을 느낄 것이다. 이를 아래의 시를 통해 살펴보자.

거츠른 잇기(苔)와 풀속에
소래업시 누어(臥)
바람과 비에 하로 잇틀—
헛허저 가는 녯城의 모양!
그 우에 푸른 달빗은 나리(下)며
그윽한 山새는 슬피 울어
실(絲)갓치 느러저 가는 녯날의
아름답든 자랑을

127 참고로 노자영은 『개벽』에 발표한 「愛人의 그림자」(1921. 2)에서 '악마(惡魔)'의 입과 '허위(虛僞)'의 '신(神)'이 지배하는 세상을 벗어나 '애인(愛人)'의 그림자가 펼쳐진 이상향을 갈망하고 있다. "생명강(生命江)" 저 편에 있는 그 곳은 꽃과 향기와 힘과 노래와 빛이 가득한 "에덴"으로 나타나 있다.

128 이에 대한 시로는 「青春의 屍體」, 『신생활』 제6호, 1922. 6, 119면; 「眞珠의 별」, 『신생활』 제9호, 1922. 9, 130~132면 등을 들 수 있다.

오! 속삭이여라!

말업시, 말업시

하나, 둘—

헛허저 버린 돌조각

기와(瓦)장. 흙덩이.

그 우에는, (二行 削除)

勇猛잇고 힘잇든

貴여운 그림자가 흘너 잇서라!

돌 한조각!

흙 한덩이!

(一行削除)

참生命이 숨어잇는

거짓업는 表現이라 생각하매

나는 고요히 무릅을 꿀고

그 돌조각에

그 흙덩이에

오! 키쓰를 보내고 십다.

—「古城의 廢墟」 전문[129]

---

129 노자영, 「古城의 廢墟」, 『학생계』 제8호, 1921. 5, 10~11면.

주지하다시피, 이 시의 기저에 깔려 있는 '폐허(廢墟)'의 이미지는 1920년대 초기 한국 문단에서 폭넓게 나타난 현상이었다. 특히, 『폐허』에서는 구제도와 인습의 제약이 만연한 조선의 황량한 현실을 '폐허'의 이미지로 파악하거나 기존의 문학을 파괴하고 새로운 문학을 건설하려는 지표로서 '폐허'의 수사를 동원하고 있었다. 이런 점에서 '폐허'라는 개념은 외부현실에서 오는 수동적이고 반동적인 산물에 그치지 않고 인간 내부에서 우러나는 능동적이고 주체적인 산물이기도 하다는 점에서, 일종의 '생명의식'의 표현이라 할 수 있다. 이 시에 등장하는 '폐허' 또한 당대 조선이 직면해있는 현실을 표상하려는 이미지로 볼 수 있지만 노자영은 보다 근본적으로 '폐허'의 수사에 내재한 시간성을 탐색하고 있다.

시 말미의 부기로 미루어보아 시적화자는 구체적으로 북악산(北岳山)의 성터에 있는 것으로 보인다. '폐허'가 되어버린 '고성'을 바라보는 그의 시선에는 어떠한 인식이 내포되어 있다. 그가 바라보는 '고성'은 거친 이끼와 풀 속에 방치되어 바람과 비에 나날이 흩어져가고 있다. 주변에 하나 둘 흩어진 '돌조각', '기왓장', '흙덩이'는 현재 '폐허'가 된 '고성'의 풍경을 단적으로 보여준다. 그 위에 비치는 푸른 달과 산새의 울음소리는 '폐허'의 황폐한 이미지를 더해주고 있다. 하지만 이러한 상황에서 시적화자는 '고성'에서 '실'과 같이 풀려나오는 "녯날"의 아름답던 자랑의 속삭임을 읽어내고 있으며 흩어진 성터의 잔해에서 '용맹(勇猛)' 있고 힘 있던 "그림자"가 흘러나오고 있는 것을 바라보고 있다. 다시 말해, 그는 '폐허' 속에 담긴 '과거'의 영광을 발견하고 있으며 그것이 상실되어버렸음에도 불구하고 현재의 자신에게 여전히 "참생명(生命)"의 근원이 되고 있다는 것을 확인하고 있다. 그에게 '폐허'의 잔해는 황량한 현실을 환기하는 데 그치지 않고 이처럼 "참생명(生命)이 숨어 있는 거짓 없는 표현(表現)"이었던 것이다. 그래서 그가 '돌조각'과 '흙덩이'에 고요히 무릎을 꿇고 '키스'를 보내고 싶다고 하는 것은 결국 그러한 '생명'의 근원을 긍정하겠다는 의미를 담고 있다.

이러한 측면은 인용된 시 바로 다음에 이어지고 있는 「추억(追憶)」에서 보다 구체적으로 확인할 수 있다. 이 시에서 화자는 '고성'과 같은 공간처럼 보이는 '성터의 돌조각'에서 '무한(無限)의 비애(悲哀)'를 발견하고 있다. 물론 이때의 '비애'는 그가 가로놓인 상황으로 볼 때 표면적으로 '성터'의 파괴된 현장에서 비롯한 슬픔으로 볼 수 있으나 그는 오히려 자신의 현재 모습이 '여위고', '약한' 것에서, 그리고 자신의 '앞길'이 외롭게 느껴는 것에서 '비애'를 느낀다고 말하고 있다.[130] 이는 과연 무엇을 말하는 것인가? 앞서 살펴본 시의 연장선상에서 이는 바로 그가 진정한 '생명'을 느낄 수 있는 '성터'를 외면하고 앞으로 나아가게 된다면 현재 '폐허'에서 느끼는 슬픔보다 더 큰 슬픔을 느낄 거라는 것을 의미하는 것은 아닐까? 이런 점에서 그는 '비애'의 앞에 '무한'이라는 수사를 덧붙였던 것이다. 말하자면, 그에게 '비애'는 폐허화된 현실을 벗어나 진정한 '생명'의 근원으로 향하도록 추동하는 감정이라고 볼 수 있을 것이다.

위의 시에서 검열로 인해 삭제된 부분을 확인해보면 그러한 점이 더욱 명확해질 것이다. 노자영은 이 시의 삭제된 부분을 복원하여 1924년에 상재한 『처녀의 화환』에 수록했다. 이 시집에 실린 시에서 삭제된 부분은 각

---

130 노자영, 「追憶」, 위의 책, 11면. 참고로 앞에 8행이 삭제된 것을 제외한 시의 전문은 다음과 같다.
"푸른 솔그늘 / 成터에 흔들니고 / 하얀 돌조각, 바람에 소래처 / 無限에 悲哀를 말하고 잇다 / 외로은 길압ㅡ / 여위고 弱한 우리 모양에……."

각 "우리 조선(祖先)들의"와 "그것이 우리 조선(祖先)들의"이다. 이러한 맥락에서 노자영은 '성터'의 '폐허'에서 느끼는 '생명'의 근원을 과거 '선조'들에게 두려고 했으며 그러한 '선조'들에 대한 지향성을 추동하는 감정으로 '비애'를 도입하고 있었던 것이다. 이와 함께 노자영은 『학생계』에 게재한 시를 시집에 수록할 때 구두점의 변화를 주는 가운데 '성터'의 잔해에 서려있는 '선조'들의 '그림자'를 '용맹(勇猛)한' 것에서 '거룩한' 것으로 바꾸어놓았다. 이는 그만큼 '생명'의 근원으로서 '선조'가 자신에게 '신성한' 대상이라는 것을 보여주려 했던 것이다. 뿐만 아니라 그가 시집에서 감탄사와 함께 키스를 보내는 것이 아니라 '힘 있는 키스'를 보내는 것으로 개작한 것은 '생명'의 근원에 대해 더욱 강한 긍정을 하려 한 의도를 보여주는 것이다.

이와 같은 노자영의 면모는 그가 관여한 잡지의 취지와도 맞물려 있었다는 점에서 유의미하다. 앞서 살펴본 것처럼 그가 한성도서주식회사를 매개로 참여한 『서울』에서는 개조의 방향으로 횡적인 축을 '세계성'에 두고 종적인 축을 '민족성'에 두면서 당대 조선의 문명을 세계적으로 확장하기 위해 상실한 '선조'들의 문명을 회복해야 할 필요성을 역설하였다. 그리고 그가 참여한 『학생계』에서도 당대 청년들의 책임을 '선조'로부터 유전된 것을 세계화하여 후세에 전하는 것에 두고 있었다.[131] 이러한 점들로 미루어볼 때, 그가 『기독신보』에서부터 지속적으로 기독교의 수사를 동반하여 이상세계에 대한 '생명의식'을 드러내려 했던 의도가 드러난다. 말하자면, 노자영은 '선조'들의 문명을 '생명'의 근원으로 두고서 '폐허'로 표상되는

---

131 최팔용, 「讀者 諸君에게 처음 드리는 인사」, 『학생계』 제7호, 1921. 3, 3면.

식민지 조선의 현실에 실질적으로 구현되어야 할 이상세계를 모색하려 했던 것이다. 이러한 인식을 바탕으로 하여 그는 당대의 현실에 구현될 수 있는 공동체의 상을 구체적으로 그려내고 있다.

가베운 슬품과 서늘ᄒᆞᆫ 깃씀을 微笑ᄒᆞ며 讚美ᄒᆞ는 고요한 해가 비최다 々々々 黃金丹粧 곱게 ᄒᆞᆫ 벼이삭에

(……)

오々 歡迎ᄒᆞᆫ다 가삼에 넘치는 愉快ᄒᆞᆫ 感情으로 소래업ᄂᆞᆫ 萬歲를 크다케 불너 손의 낫(鎌) 들고 거러오는 養育을 밧은 自己主人에게

시퍼란 낫날(鎌刀)이 자기 몸을 안을 ᄯᆡ 고요ᄒᆞᆫ 눈빗으로 世上을 쪄나며 情깁픈 祝福의 ᄉᆡ呼吸 가만히 준다 자기의 愛友를 바람에도 그리ᄒᆞ고 하날에게도 물에게도

(……)

오々 나ᄂᆞᆫ 네의 幸運을 보고 쓰거운 浪教訓을 만히 밧앗다 舊闘 그 後에야 光明이 온다ᄂᆞᆫ 것을 눈물이 잇ᄉᆞᆫ 後에야 우숨이 잇다ᄂᆞᆫ 것을 그리ᄒᆞ고 큰 成功을 ᄒᆞ랴면 그만ᄒᆞᆫ 苦痛을 밧아야 된다ᄂᆞᆫ 것을

오々 나는 이제부터 너 본밧아 生의 들(野)우의 ᄂᆡ리고 부는 무서운 暴雨도

사나운 狂風도 氣運차게 勇猛잇게다 참고서 **나의 極히 憧憬ᄒᆞ는 理想의 나라로 가리라** 幸運歌 놉히 부르면서

—「黃金의 稻」 부분[132]

총12연으로 이루어진 이 시에서 노자영은 이상주의적 분위기 가운데 그가 지향하는 공동체의 상을 환기하고 있다. 이 시는 내용상의 측면에서 총 두 부분으로 나눌 수 있다. 1연에서 9연까지의 첫 번째 부분에서는 이 시의 주요 소재인 "황금의 벼"를 시적화자로 설정하여 수확되기 전에 느끼는 감회를 노래하고 있다. 여기서 "벼이삭"은 자신이 성장할 수 있었던 주된 원동력을 주변 대상들과의 관계에 두고서 그들에 대한 기쁨의 마음을 전하고 있다. 그는 먼저 자신에게 '다정'하고 거룩하며 '풍부'한 사랑을 준 "지구"에 대해 큰 기쁨을 전한다. 그리고 자신에게 '신성'하고 '경건'한 사랑을 주었을 뿐만 아니라 '의지'를 품은 무한한 하늘을 향해 "이제 당신의 큰 품을 떠난다"며 만수무강을 빈다. 또한 자신을 직접 양육한 "주인"에게는 정다운 '축복'을 건넨다. 이처럼 그는 지구, 하늘, 바람, 물, 인간 등 유기물과 무기물, 동물과 식물의 경계를 넘어 자신에게 거룩한 '사랑'과 '생명'을 준 대상에게 큰 기쁨을 전함으로써 자신의 진정한 성장이 공동체적인 환경과 유대관계에 의해 이루어질 수 있다는 것을 말해준다.

다음으로, 10연에서 12연까지의 두 번째 부분에서는 '나'라는 화자가 '황금의 벼'를 지켜본 감회를 노래하고 있다. 그는 가을에 벼가 "충실한 보옥(寶玉)"을 많이 모을 수 있었던 것이 '광풍'이나 '폭우'와 같은 모진 시련

132 노자영, 「黃金의 稻」, 『매일신보』, 1919. 11. 10, 4면.

을 견뎌왔기 때문이라고 말한다. 그러한 자연의 순리를 통해 그는 '성공'을 하려면 필연적으로 '고통'을 감내할 수밖에 없다는 '교훈'을 얻게 되었다고 말한다. 나아가 그는 자신 또한 벼의 자세를 본받아 앞날에 무서운 폭우가 내리고 사나운 광풍이 몰아치겠지만 그러한 상황에서도 자신이 동경하는 "이상의 나라"로 갈 거라고 다짐하고 있다. 이런 점에서 노자영은 '이상세계'에 대한 지향성을 단순히 낭만주의적인 동경으로 표출하려 하기보다 철저하게 자신을 둘러싼 현실을 기반으로 하여 구현할 수밖에 없다는 것을 보여주고 있는 것이다. 그러면 그가 지향하는 공동체의 상은 구체적으로 어떠한가? 이미 살펴본 것처럼 이는 첫 번째 부분에 압축되어 있었다. 노자영은 '벼이삭'의 발화를 통해 벼가 가을의 들판을 수놓을 만큼 성장하기 위해서는 결코 자기 혼자의 힘만으로 될 수 없다는 것을 보여주었다.

다시 말해, 벼가 보다 나은 생명으로 성장하기 위해서는 그것을 품어줄 '지구'의 가슴과 '하늘'의 사랑이 있어야 하고 그것에 영양분을 줄 '바람'과 '물'이 있어야 하며 그를 돌봐줄 '인간'의 손길이 있어야 한다. 벼는 그러한 사랑의 조화 속에서 성장할 수 있다는 사실을 알고 성장의 기쁨을 표현하려 했다. 뿐만 아니라 벼의 기쁨은 자기에게 끝나지 않고 자신을 양육해준 농부의 가슴에도 유쾌한 감정으로 이어지고 있었다. 이런 점에서 보건대 사랑을 기반으로 하는 생명의 진화는 결코 독단적인 노력이나 경쟁에 의해 이루어지기보다 서로 간에 긴밀히 연결되어 있는 '연대성'이나 '친밀감'에 따른 것이라고 할 수 있다. 노자영은 이 시에서 공동체의 이상을 효율적으로 작동시키는 원리로서 '상호부조'를 말하고 싶었던 것이다. 그가 실제로 진화론에 대한 관심을 보여주는 가운데[133] 다윈의 진화론보다 크로포트킨의 '상호부조'에 초점을 맞추고자 했던 것은 공동체의 존재방식에 대한 그의 관심을 반영하는 것이라 할 수 있다.[134]

또한 노자영은 이 시에서 '상호부조'를 기반으로 하는 공동생활과 함께 그러한 공동생활을 영위하는 원리로서 개체가 지닌 고유한 특이성을 긍정하고 있다. 벼의 입장에서 보건대 벼와 연결된 하늘, 땅, 인간, 바람, 물은 공동생활 내에서 각자의 고유한 자리를 배당받고 있기 때문이다. 그들은 '다름 아닌' 자신의 자리에서 자기가 가지고 있는 고유한 특이성을 나타내 보일 때 타자와 진정한 관계를 맺을 수 있는 것이다. 벼가 '거룩한 생명'을 얻는 것은 각자의 특이성이 인정받고 조화를 이루는 상황을 보여준다. 이런 점은 실제로 노자영이 타고르의 '자연학원'을 소개하는 과정에서 확인할 수 있기도 하다. 타고르의 '자연학원'은 자연 속에서 아이의 신성한 '심령'과 '정신적 인격'을 배양하고 인생의 '참생명'을 느끼는 교육법을 실천하려는 목적이 있었다. 그의 입장에서 그러한 교육법은 루소나 페스탈로치 등의 혁명적 교육법보다 더욱 근본적으로 보인다. 왜냐하면, 그것은 '자연'으로 돌아가는 방식으로 학교의 규칙과 규정의 속박을 부정하려고 하기보다 개인의 '자율성'과 이를 토대로 하는 '자치적 생활'을 철저하게 실행함으로써 개체의 존재 역량을 최대한 발휘하는 공동체를 도모하고 있기 때문

133 노자영, 「'크로포토긴'의 略傳」, 『서울』 제4호, 1920. 6, 50~51면; 노자영, 「種의 起源 -(짜-윈)」, 『학생계』 제7호, 1921. 3, 36~39면.

134 참고로 노자영이 4편의 시를 실고 있는 『신생활』에서도 이성태(李星泰)에 의해 크로포트킨의 '상호부조'론이 소개되기도 하였다(이성태, 「適者의 生存」, 『신생활』 제3호, 1922. 3, 32~35면; 이성태, 「크로포트킨學說 硏究」, 『신생활』 제7호, 1922. 7, 28~37면).

이다.[135]

이처럼 노자영은 '상호부조'와 개체의 고유한 특이성을 바탕으로 하는 공동생활을 통해 공동체의 존재 방식을 모색하고자 했다. 그의 시도는 그가 관여하던 『학생계』의 공동체 논의와 맞닿아 있다는 점에서 흥미롭다. 최팔용이 책임 편집을 맡은 이후 『학생계』에서는 서춘(徐椿), 김도태(金道泰), 김명식(金明植) 등 독립운동가 출신과 사회주의 경향의 필자들이 대거 등장하여 식민지 조선의 현실을 극복하려는 대안으로서 공동체의 논의를 활발하게 전개하였다. 이들은 개체와 전체의 관계를 '공동(共同)'의 원리로 접속시키는 매개로서 '생명' 개념을 도입하였으며 개체의 고유한 특이성을 '공동생활'의 차원에서 발휘할 수 있는 윤리적인 덕목으로 책임, 직분, 노동, 평등 등을 구체적으로 제시하기도 하였다. 이러할 때 1920년대 조선에서 공동체는 집단이나 단체와 같은 실체로 규정되거나 전통주의, 민족주의, 사회주의, 아나키즘 등과 같은 외부의 담론으로 규정될 수 있는 것이 아니었다. 그보다 노자영을 비롯한 당대 지식인들은 식민지 조선의 한계를 극복하기 위한 다채로운 사상과 입장들을 창출하는 이념으로서 공동체를 사유하고 있었던 것이다. 지금까지 살펴본 노자영의 시에서 지속적으로 이상세계에 대한 '생명의식'을 드러내고자 했던 것은 바로 당대 공동체의 논의와 멀지 않은 지점에 놓여 있으며 공동체의 '이념'이 파생한 결과였던 것이다.

5. 노자영 문학의 '생명의식'과 1920년대 한국 문단의 공동체론

135 노자영, 「타쿠르의 自然學園」, 『서광』 제7호, 1920. 9, 79~88면.

지금까지 우리는 1920년대 초기 노자영의 문학을 '생명의식'의 관점에서 읽어내고 당대 공동체 논의의 차원에서 그 의의를 밝히고자 했다. 이 글에서는 특히 그동안 주목받지 못한 노자영의 글들을 그가 한성도서주식회사를 매개로 관여하였던 『서울』, 『학생계』의 전체 체제와 연결해봄으로써 그의 문학에 나타난 '생명의식'을 유연하게 읽어내려 하였다. 이는 그의 문학을 감상적 낭만주의의 관점에서 재단하거나 근대적 지식의 보급과 교양주의 형성의 측면에서 평가하는 시각에서 벗어나려는 시도라는 점에서 충분한 의의를 가지고 있다. 이 글은 다음과 같은 측면에서 노자영 문학의 의의를 새롭게 찾고자 했다.

먼저, 노자영은 『기독신보』에서 『신생활』에 이르기까지 그의 시에서 '낙원', '에덴'과 같은 기독교의 수사와 용어를 시어로 사용함으로써 '생명의식'을 구체화하였다. 이는 순전히 그가 기독교 신자였다는 것에서 비롯되었다기보다 그가 기독교를 통해 '생명'에 대한 인식에 눈떴으며 새로운 '생명'의 근원을 기독교에 위치시키는 당대 담론의 영향에서 비롯되었다고 할 수 있다. 이러한 맥락에서 노자영이 '낙원'과 '에덴'과 같은 기독교의 수사를 통해 지향하려 한 이상세계는 그에게 '생명'의 근원지였다고 할 수 있다. 다음으로, 노자영은 '생명의식'을 바탕으로 당대 식민지 조선에 실질적으로 구현될 수 있는 공동체의 이상을 모색하려 했다. 그는 '폐허'의 이미지를 통해 '선조'로 표상되는 과거 유산이 자신에게 '생명'의 근원이라는 것을 보여주려고 했다. 이러한 점은 그가 관여한 잡지의 취지와도 맞물려 있었다. 이를 테면, 『서울』에서는 개조의 방향을 종적으로 '민족성'의 축에, 횡적으로 '세계성'의 축 사이에 두고서 당대 조선의 문명을 세계적으로 확장하기 위해 선조들의 문명을 회복해야 함을 역설하고 있었다.

그리고 그가 참가한 『학생계』에서도 당대 청년들의 책임을 선조로부터 유전된 것을 세계화하여 후세에 전하는 것에 두고 있었다. 이러한 분위기에서 노자영은 자신의 시에서 '생명'의 근원으로 향하도록 추동하는 감정으로 '비애'를 도입하고 있었던 것이다.

이와 같은 인식을 바탕으로 노자영은 당대 조선에 실현되어야 할 공동체의 존재 방식을 보다 구체적으로 그려내고 있었다. 그는 '상호부조'와 개체의 고유한 특이성을 바탕으로 하는 '공동생활'을 공동체의 이상으로 삼고 있었다. 이러한 측면은 그가 관여하던 『학생계』에서 개체와 전체의 관계를 '공동(共同)'의 원리로 접속시키는 매개로서 '생명' 개념을 도입하거나 개체의 고유한 특이성을 '공동생활'의 차원에서 발휘할 수 있는 윤리적인 덕목을 모색하려는 논의와 맞닿아 있었다. 이런 점에서 1920년대 한국에서 공동체는 집단이나 단체와 같은 실체로 규정되거나 외부의 담론으로 규정될 수 있는 것이 아니라 식민지 조선의 한계를 극복하기 위한 다양한 사상과 입장들을 창출할 수 있는 '이념'으로 작동하고 있었던 것이다. 이런 맥락에서 볼 때 노자영 문학의 '생명의식' 또한 공동체의 '이념'이 파생한 결과라 할 수 있다.

10

수주 변영로의 초기 문학에 나타난 방랑과 공동체 구상의 여정

—

1. 변영로 문학의 민족정신과 공동체의 관점

수주(樹州) 변영로(卞榮魯, 1898~1961)는 1918년 6월 최남선이 주재하는 『청춘』에 영시 「cosmos」를 발표하면서 문단에 등장한 이래[136] 1920년대의 대표적인 잡지인 『폐허』, 『장미촌』과 1930년대의 대표적인 동인잡지인 『시문학』을 거점으로 활발한 시작활동을 전개하였다. 그는 1924년 첫 시집 『조선의 마음』을 발간하고 해방 이후 시집 『수주 시문선』(1959)을 간행하기까지[137] 40년여 년에 걸친 시작활동을 전개하였을 뿐만 아니라 『명정 사십

136 이에 대해 김윤식은 변영로의 출신계층이 구한말 명문 출신의 계층에 있으면서도 근대성의 원천이라 할 만한 영문을 통해 시인으로서의 재능을 인정받았다고 보았다(처녀작에 대한 자세한 사정은 변영로, 「나의 處女作」. 『수주 변영로문선집』, 한진출판사, 1981, 276~279면; 김윤식, 「변영로의 문학사적 위치-「논개」의 기념비적 성격」, 김영민 편, 『차라리 달 없는 밤이드면』, 정음사, 1983, 196~202면 참고).

137 변영로는 애초 해방 이후의 시들을 모아 『수주광복시초』라는 제목의 시집을 간행하려 했으나 뜻을 이루지 못했다고 한다. 그리고 1959년에 나온 『수주 시문선』은 기존의 『조선의 마음』에 수록된 작품의 일부를 가려 뽑고 거기에 이후의 작품을 골라 실은 것으로 시와 산문, 한글과 영어의 표기방식에 따라 작품을 분류하고 있다. 그 뒤 변영로의 20주기 기념으로 유족들의 손에 의해 『수주 변영로문선집』(한진출판사, 1981)이 간행된 이후 민충환이 기존의 체제에 『동아일보』, 『조선일보』 소재의 발굴 작품뿐만 아니라 영시와 번역시를 보충하여 『수주 변영로 시전집』(부천문화원 향토문화연구소, 2010)을 엮어낸 바 있다.

년』(1953)과 『수주 수상록』(1954)을 통해 수필가로서 활동하기도 했다. 이외에도 변영로는 『신민공론』, 『신가정』 등의 주필로서, 중앙고보, 이화여전, 성균관대학교 등에서 교육자로 활동하였으며 그가 월간잡지 『신가정』의 주간으로 있을 당시 손기정의 일장기 말살사건에 연루되어 107일 동안 옥살이를 한 사건은[138] 유명한 일화로 남아 있다. 이처럼 변영로는 문인, 교육자, 언론인 등 다방면에서 활발한 활동을 해왔으며 한국의 근현대문학을 형성하는 데 중추적인 역할을 감당하였음에도 정작 그의 문학에 대한 학위논문은 단 두 편에 그치고 있다.[139] 이러한 상황에서 최근 들어 『기독신보』, 『조선일보』, 『동아일보』 등에서 그가 발표한 작품들이 꾸준하게 발굴됨에 따라[140] 그의 문학에 대한 연구의 필요성이 점차 커지고 있다.

아마도 그간 변영로의 문학에 대한 연구가 생산적으로 이루어지지 못한 근본적인 요인 중 하나는 그의 대표작인 「논개」가 민족정신을 고취하고 있는 작품으로 정전화되고 이러한 시각을 반영한 시사적(詩史的) 평가가 답

---

138 이에 대해서는 김영민, 『수주 변영로 평전 - 강낭콩꽃보다도 더 푸른 그 물결 위에』, 정음사, 1985, 128~131면 참고.

139 이선희, 「수주 변영로 연구」, 단국대 석사학위논문, 1985; 허수진, 「1920년대 시의 '님' 지향성 연구」, 건국대 석사학위논문, 1998. 사실 엄밀히 따지면 허수진의 논문은 '님'이라는 주제에 초점을 맞춰 변영로의 시를 1920년대 시의 범위 안에서 다루는 것이라 할 때, 변영로의 문학에 대한 본격적인 논문은 이선희의 논문 한 편뿐이라고 해도 과언이 아니다.

140 최근 한 연구에서는 1921년 7월 4일부터 같은 해 8월 27일까지 개설된 『조선일보』 문예란을 발굴하여 소개하는 과정에서 변영로가 게재하고 있는 시, 평론, 기행문 등을 소개하고 있으나 그전에 이미 민충환이 변영로가 『조선일보』와 『동아일보』에 발표하고 있는 작품들을 발굴하여 소개한 바 있다(민충환, 「변영로의 새로운 작품에 대해서 - 『조선일보』 발표본을 중심으로」, 『부천작가』 제8호, 산과들, 2008, 10~19면; 민충환, 「변영로의 새로운 작품에 대해서(2)-『동아일보』 발표본을 중심으로」, 『소설과 비평』 창간호, 산과들, 2009; 박현수·홍현영, 「1920년대 초기 『조선일보』 「문예란」 연구」, 『민족문학사연구』 제57호, 민족문학사연구소, 2015, 155~227면).

습되어 왔기 때문인 것으로 보인다. 일찍이 박두진은 「논개」를 거론하면서 변영로의 시가 1920년대의 문단에서 "민족 저항 의식의 서정시적인 승화, 시 기교의 일단의 전진을 가져오는 데 공헌하고" 있으며 일제 말기의 처절한 상황 가운데에서도 "고고한 민족정신"을 발휘하고 있는 것에서 그의 시사적 의의를 찾고 있다.[141] 김윤식 또한 이와 비슷한 관점 아래 「논개」에서 변영로가 '조선마음'이란 관념을 '논개'라는 역사적 매개에 의해 시적으로 승화시켰다면, 「봄비」에서는 '구체적인 한국의 풍경(감각)'에 의해 시적으로 승화시켰다고 말하고 있다. 그리고 우리 시사에서 '조선마음'이란 "관념을 이토록 높은 수준에서 시적으로 승화시킨 독특한 메타포의 방식이 1920년대 초반에 변영로에 의해 이룩되었다는 사실"에서 기념비적인 의의를 확인하고 있다.[142] 마찬가지로 구상은 변영로의 시적 주제를 "탐미", "민족애", "실존감성"의 세 가지로 압축하는 가운데 그의 「논개」에서 민족애를 "섬세한 비유구사와 고른 운율로 결정시켜" 놓았다고[143] 평가하고 있다. 이처럼 초창기의 선행연구에서부터 주로 변영로의 첫 시집 『조선의 마음』을 대상으로 '민족정신'을 확인하려는 논의가 반복적으로 이뤄져왔다. 바꿔 말해, 이는 변영로 초기 시에서[144] 빈번하게 나타나는 '꿈' 혹

---

141 박두진, 「민족 시인 변영로의 시」, 김영민 편, 『차라리 달 없는 밤이드면』, 정음사, 1983, 180~195면.

142 김윤식, 「변영로의 문학사적 위치 – 「논개」의 기념비적 성격」, 위의 책, 196~220면.

143 구상, 「탐미와 민족애와 실존감성 – 수주 변영로의 시세계 별견」, 『곧고 다감한 구원의 자유인 - 수주 변영로의 인생과 문학』, 수주 변영로기념사업회 발기준비위원회, 1985, 8~11면.

144 김영민은 변영로 시를 총3기로 분류한다. 그에 따르면 『조선의 마음』을 중심으로 하는 제1기의 시들은 '님' 심상을 통해 민족의식과 민족주의의 정서를 표출하고 있고 그 이후 해방 전까지 발표된 제2기의 시들은 절대고립의 상황 속에서도 '자아'를 지키려는 시도로 점철되어 있다. 『수주광복시초』를 중심으로 하는 제3기의 시들은 해방 이후 조

은 '추억'을 통한 과거로의 경사뿐만 아니라 당대 문학의 주된 경향인 감상주의나 퇴폐주의와 변별되는 성과를 제기하기 위해 '민족정신'을 내세우는 것이라 볼 수 있다.

이와 달리 몇 차례 후속연구가 전개됨에 따라 변영로의 시에서 '언어'에 대한 감각이나 기교의 구사를 고평하려는 논의가 이루어졌다. 이러한 논의는 거슬러 올라가면 김기진, 주요한 등 변영로와 동시대에 활동했던 시인들이 '언어'에 집중되어 있는 그의 시작 태도에 주목하여 그의 시에서 "기발한 비유와 관능 묘사에 편집하는 경향"이[145] 있다고 지적한 것과 맞닿아 있다. 예컨대, 김영석은 변영로 시에서 주체가 '구체적 현실'과 '추상적 현실' 사이에서 동요하고 있다는 전제 아래 「논개」에서 '관념성'을 "고도의 시적 장치와 언어기교"와 성공적으로 결합시키고 있다면, 「봄비」에서 "관념의 서정적 처리"에 성공하고 있다고 평가하였다.[146] 다시 말해, 이는 변영로의 시에서 관념이 형상화되기 위해서는 시적 기교가 뒷받침되어야 한다는 것을 말해준다. 오세인 또한 변영로의 시에서 '님'에 대한 지향성을 통해 역사적 인식을 드러내는 것과 함께 '현상'에 감각적 구체성을 부여함으로써 미적 인식을 드러냈다고 말한다. 그러면서 그는 변영로의 시사적 의의를 기존의 연구에서 「논개」로 대변되는 민족의식에 집중시키는 것에서 벗어나 '감각'을 매개로 '현상'을 형상화하려 한 것에도 있다고 해명

국 분단으로 접어드는 현실의 일면을 그려내고 있다.(김영민, 『차라리 달 없는 밤이드면』, 정음사, 1983, 264~283면) 이 글 또한 이러한 시기 구분에 동의하면서도 김영민이 주로 『조선의 마음』을 기준으로 시기 구분을 하고 있는 것과는 달리 변영로가 지닌 문제의식이 일관되게 나타나는 30년대 초반까지를 초기 문학으로 보고자 한다.

145 김기진, 「현시단의 시인」, 『개벽』, 1925. 3, 5면.

146 김영석, 「수주 변영로의 시세계 - 관념과 현실」, 『어문연구』 제12권 2~3호, 한국어문교육연구회, 1984, 406면.

하였다.[147]

물론 오세인의 논의는 감각적 구체성을 바탕으로 미학적인 관점을 제시하고 있음에도 여전히 변영로의 시에 '민족정신'의 이념이 내재해 있다는 전제를 수긍하고 있다. 이는 특히 후속연구에서 변영로의 시세계를 '현실공간'인 '도시'와 '상상된 장소'인 '시골'로 대별한 다음 그가 근대성의 공간에 있음에도 불구하고 '민족정신과 전근대적 삶의 방식'이 존재하는 장소를 환기하고 있다고 지적하는 부분에서[148] 단적으로 드러난다. 다시 말해, 기존의 논의에서 '민족정신'이 선험적으로 존재하는 실체와 같은 것이었다면, 이 논의에서 '민족정신'은 '상상'에 의해 재구성되는 이념과 같은 것으로 나타나 있다. 이러한 관점은 폭넓은 시각에서 봤을 때 1920년대 국민문학의 논리를 바라보는 관점과 연결되어 있다. 대표적으로 구인모는 1920년대 초기 시인들이 민요나 시조와 같은 전통적인 시형으로 복귀하게 된 것에 주목하여 그들이 '조선심'이나 '향토성'을 기반으로 하는 공통 감각과 음성중심주의를 기반으로 하는 '정형성'을 추구하게 된 의도가 근대적인 민족 개념과 민족 이데올로기의 구성에 있었다고 해명하였다.[149] 이러할 때 변영로를 비롯한 1920년대 초기 시인들은 개인보다 집단의 논리에 의거하거나 근대적으로 동일한 민족 담론을 구축하려는 문학에 복무한 것으로 비춰질 여지가 크다. 이에 대해 최근 '민족주의'라는 단일서사를 생산하는 학문적 풍토에 대해 이의를 제기하고 '로컬리티'의 관점에서 민족 공

---

147 오세인, 「변영로 시 연구—'관념'과 '감각'을 중심으로」, 『Journal of Korean Culture』 Vol.23, 한국어문학국제학술포럼, 2013, 9~40면.

148 오세인, 「변영로 시에 나타난 '거리(街)'와 '길'의 표상 대비 연구」, 『한국시학연구』 제39호, 한국시학회, 2014, 203~227면.

149 구인모, 앞의 책, 13~232면.

동체의 내부에 존재하는 중간 단계의 서사를 재구하려는 논의가 전개되거나[150] 근대 국민국가를 넘어 역사시대 이전의 정신사적 흐름과 관련하여 민족 공동체를 새롭게 해명하려는 논의가[151] 전개되고 있다는 것은 시사하는 바가 크다.

따라서 이 글은 변영로의 초기 문학을 단순히 '민족정신'의 이념으로 환원하려는 관행에서 벗어나 거기에 얽혀있는 미세한 의미망을 공동체의 관점에서 읽어내고자 한다. 먼저, 이 글에서는 변영로의 초기 시에서 상실한 '님'에 대한 지향성을 '방랑'과 '꿈'의 모티프를 도입하여 반복적으로 그려내는 의도를 살피고자 한다. 그리고 변영로가 '님'='조선'을 '생명'의 근원에 위치시키고 '개성'의 도입을 통해 구상하려는 공동체의 상(像)이 어떠한가를 확인하고자 한다. 나아가 이 글에서는 변영로가 기행의 방식과 시조의 형식을 통해 이상적 공동체의 원형을 탐색하고 있는 측면을 해명하고자 한다. 이를 통해 이 글에서는 1920년대 한국의 맥락에 따른 공동체의 논의가 이루어지는 과정에서 '생명'에 관한 주체적인 인식을 엿보이고 있었다는 것을 밝히고자 한다.

---

150 정주아, 앞의 책, 154~360면. 정주아는 전영택, 주요한, 김동인 등 이광수와 안창호의 계보를 잇는 1920년대 문인들이 서북지역 태생이라는 점에 주목하여 그들이 제출한 공동체의 이상주의가 '로컬'로서의 정체성을 형성하면서도 영토, 국경, 민족의 경계를 넘어 인류 공동체에 참여하려는 세계주의나 보편주의와 연결되어 있다고 해명하였다.

151 신범순, 『노래의 상상계—'수사'와 존재생태기호학』, 서울대출판문화원, 2011, 253~268면. 신범순은 선사시대의 암각화를 분석하는 과정에서 개체 존재의 생명창조가 전체 생태계의 진화로 도약하고 있는 측면에 대해 "존재 생태계"라는 개념을 제시하였다. 그에 따르면, "존재생태계"는 무력과 율법체계를 기반으로 하는 역사시대가 진행되는 과정에서도 역사시대의 저층에서 흘러와 정신사적 토대로서 작동하였다. 근대 초기에 오산학교와 대성학교 출신의 문인들이 전개한 사상, 천도교의 이상향 운동, 대안적 조직체로서의 계명구락부 등은 그러한 정신사적 토대를 배경으로 하고 있다.

2. 숭고한 대상을 둘러싼 '방랑'과 '꿈'의 모티프

선행연구에서 누차 지적되었다시피 변영로의 초기 시에서는 '님'이라는 대상이 빈번하게 등장한다. 김영민에 따르면, 변영로의 첫 시집 『조선의 마음』에서 '님'을 직접적으로 등장시키고 있는 시가 8편, '님'과 동일한 분위기를 가진 '그대'를 중심으로 하는 시가 5편, 그리고 '님'과 '그대'가 함께 나타나는 시가 1편으로 총14편에 달한다.[152] 이는 『조선의 마음』에 수록된 작품이 29편이라는 점을 감안할 때 시집의 절반을 차지할 정도로 적지 않은 숫자라 할 수 있다. 하지만 우리는 '님'이라는 대상을 시집의 표제로 삼고 있는 '조선'과 단선적으로 연결하여 변영로가 이 시집에서 '민족의식'이라는 이념을 구현하고 있다고[153] 단정 짓기에 앞서 시적화자에게 '님'이 어떠한 위치에 서 있는가를 살펴보아야할 것이다. 여기서 주목하고자 하는 점은 첫 번째로, 변영로가 '님'을 이미 상실한 대상으로 보고 있다는 것과 두 번째로, 그러한 '님'에 대해 방랑과 꿈의 모티프를 도입하여 만남의 갈망을 반복하고 있다는 것이다. 이에 대해 하나씩 살펴보자.

(가)

바다에 계신 그대를

더을로 찾아 다녔어라

152 김영민, 『차라리 달 없는 밤이드면』, 정음사, 1983, 265면.

153 위의 책, 같은 면.

그래 더을인가 하고 가보니

그대는 그 곳에도 안 계셔라.

—「放浪의 노래」 전문[154]

(나)

가장 놉혼 곳에 쇼릐 잇셔 "나를 치여다 보라"

가장 먼 곳에 쇼릐 잇셔 "山 넘고 믈 건너 닉게로 오라"

가장 깁흔 곳에 쇼릐 잇셔 "아아 어서와 이 품에 안기워라"

가장 갓가운 곳에 쇼군거리는 쇼릐 잇셔 "나를 위ᄒᆞ야 너의 목슘 버려라— 닉 사람아—"

—「久遠ᄒᆞᆫ 女性의 부름」 전문[155]

인용된 시에서 변영로는 공통적으로 상실한 '님'에 대한 거리감을 보여 주면서도 (가)에서는 '님'에 대한 수평적 거리감을, (나)에서는 '님'에 대한 수직적 거리감을 전면화하고 있다. (가)를 보면 그는 '그대'를 찾기 위해 '들'로 나섰고 결국 '들'을 찾을 수 있었으나 '그대'를 찾을 수는 없었다. 왜냐하면 그대는 '들'이 아닌 '바다'에 있기 때문이다. 이처럼 '들'과 '바다'라는 장소적 불일치는 그와 그대 사이에 가로 놓인 수평적 거리감을 현격하게 보여줌에 따라 두 사람이 결코 만날 수 없을 거라는 암시를 던지고 있다. (나)에서는 그러한 수평적 거리감과 함께 그와 님 사이에 가로 놓인 수직적 거리감이 부각되어 있다.

---

154 변영로, 「放浪의 노래」, 『조선의 마음』, 평문사, 1924, 33면.

155 변영로, 「久遠ᄒᆞᆫ 女性의 부름」, 『조선일보』, 1921. 7. 4, 1면.

이미 제목에 나타나 있듯이 이제 그에게 님은 '가장 높은 곳', '가장 먼 곳', '가장 깊은 곳'에 있는 대상이다. 그처럼 "구원(久遠)"한 곳에 있는 님이 그에게 "자신을 쳐다보라"고, "산 넘고 물 건너 자신에게 오라"고, "자신의 품에 안기라"고 말해도 그와 님은 만날 수 있기는커녕 둘 사이에 놓여 있는 거리감만 부각되고 있다. 이런 상황에서 님이 가장 가까운 곳에서 그에게 소곤거려 봤자 그가 '목숨'을 버리지 않는 한 결코 둘 사이의 만남은 성사될 수 없다는 점에서 결국 만남의 불가능성이 전면화되고 있다. 따라서 그에게 상실한 님은 다다를 수 없는 위치에 놓여 있을 뿐이다. 이처럼 변영로는 자신과 님 사이에 가로 놓인 수평적 거리감과 수직적 거리감을 보여줌으로써 님에 대한 상실감을 구체화하고 있다. 이와 함께 문제적인 것은 그가 초기 시들에서 일관적으로 '방랑'과 '꿈'의 모티프를 도입하여 님에 대한 지향성을 반복하고 있다는 점이다. 아래의 시들을 살펴보자.

(다)

數업ᄂᆞᆫ 불빗—數업ᄂᆞᆫ 門—數업ᄂᆞᆫ 窓

아—戀人이여 어느 房에 그ᄃᆡᄂᆞᆫ 잇ᄂᆞᆫ가? 어느 門을 쑤다리릿가? 어느 窓아—ᄅᆡ 가 노ᄅᆡ를 부르릿가? 밤 박쥐(蝙蝠)모양으로 **그ᄃᆡ 窓밋흐로 날지 못ᄒᆞ야 彷徨ᄒᆞᄂᆞᆫ ᄂᆡ로다**—아아 戀人이여 어느 곳에 그ᄃᆡᄂᆞᆫ 잇ᄂᆞᆫ가? 어느 門을 쑤다리릿가? 어느 窓아ᄅᆡ에셔 나의 노ᄅᆡ를 브르리잇가?

—「彷徨」 전문[156]

156 「彷徨」, 위의 신문, 같은 면.

(라)

생시에 못뵈올 님을 꿈에나 뵐가하여
꿈가는 푸른 고개 넘기는 넘엇스나
꿈조차 흔들니우고 흔들니여
그립든 그대 갓가울 뜻 머러라

아, 밋그럽지 안은 곳에 밋그러저
그대와 나 사이엔 만리가 격햇서라
다시 못뵈올 그대의 고흔 얼골
사라지는 옛꿈보다도 희미하여라

—「생시에 못 뵈올 님을」 전문[157]

위의 시에서 변영로는 각각 '방랑'과 '꿈'을 통해 님에 대한 지향성을 표출하고 있다. 제목에서 단적으로 나타나 있듯이 (다)에서 그는 님을 찾기 위해 방랑의 여정에 있다는 것을 보여주고 있다. 이 시에는 그가 가는 곳마다 수많은 '불빛', '문', '창'들이 있다는 점에서 그가 결코 '연인'을 찾지 못한 거라는 사실이 전제되어 있다. 그래서 그는 어디에 있는지도 모르는 '연인'을 향해 어느 방에 그대가 있으며 어느 문을 두드리고 어느 창 아래에서 노래를 불러야 하는가를 연달아 되묻고 있을 뿐이다. '밤 박쥐'와 달리 그는 결국 연인이 있는 창 밑으로 날지 못하는 존재에 불과하였던 것이다. 하지만 그런 상황 속에서도 그가 다시금 연인을 향해 어느 곳에 그대가

157 변영로, 「생시에 못 뵈올 님을」, 『조선의 마음』, 평문사, 1924, 6~7면.

있으며 어느 문을 두드리고 어느 창 아래에서 노래를 불러야 하는가를 되묻는 것은 앞에서와 같이 단순한 탄식의 의미에 머무르지는 않는다. 왜냐하면, 그가 이미 연인이 어디에 있는지 모르며 어느 방향으로 가야 할지조차 불확실한 상황에 처해 있다는 사실을 자각하고 있기 때문이다. 이런 상황에서도 그가 연인의 소재(所在)에 관한 질문을 반복하고 있는 것은 앞으로도 연인을 향한 방황을 계속해갈 것이라는 의미를 담고 있다고 할 수 있다. 따라서 변영로는 (다)에서 '방랑'의 반복성을 통해 님에 대한 지향성을 표출하고 있는 셈이다.

(라)에서 그는 '방랑'을 '꿈'의 모티프로 변주해내고 있다. 1연에서 그는 '꿈'에서 님을 만나러 가는 여정을 보여준다면, 2연에서는 님과의 만남에 실패하고 마는 장면을 보여주고 있다. 그는 '생시에' 그리워하던 님을 만나기 위해 꿈속에서 '푸른 고개'를 넘어 님에게 가까이 다가설 수는 있었으나 결과적으로 님과 만나지 못하고 만다. 이는 시에서 '꿈조차' 흔들린다는 염려에서 나아가 미끄럽지 않은 곳에 미끄러지고 마는 상황으로 그려지고 있다. 그에게 님은 결국 '만 리'나 떨어져 있는 대상이자 '생시에' 뵙지 못할 대상에 불과하였던 것이다. 그래서 그는 님과 얽힌 '옛꿈'보다 님의 '고운 얼굴'이 더욱 희미하다고 고백함으로써 자신과 님 사이의 거리감을 보여주는 것이다. 하지만 그러한 상황에서도 그는 '꿈'을 반복하여 님에 대한 지향성을 강렬하게 표출하고 있다. 다시 말해, 그는 「낫에 오시기 꺼리시면」,[158] 「꿈만은 나에게」,[159] 「나의 꿈은」 등 제목에서부터 꿈을 반복

158 위의 책, 39~40면.

159 변영로, 『신천지』, 1921. 7; 민충환 편, 『수주 변영로 시전집』, 부천문화원 향토문화연구소, 2010, 208면.

적인 모티프로 등장시키고 있으며 자신의 꿈이 '꽃 없는 잎(葉)'으로 이루어져 있더라도 '꿈속의 꿈'에까지 그 '꽃'을 찾아갈 정도로[160] 강박적인 충동을 보여주고 있다. 이와 함께 그는 '환상'의 산물인 '날개'를 동원하여 시간과 장소를 불문하고 '님 계신 곳'으로 '쉼 없이' 날아가려는 지향성을 표출하고 있기도 하다.[161]

지금까지의 논의를 정리하자면, 변영로는 초기 시에서 '거리감'을 통해 님에 대한 상실감을 구체화하면서도 '방랑'과 '꿈'의 모티프를 도입하여 님에 대한 지향성을 표출하고 있었다. 이는 결과적으로 님을 숭고한 위치에 두는 효과를 거두고 있는데, 칸트의 숭고론과 비교해 보면 변영로의 숭고에 대한 인식이 보다 선명하게 드러난다.[162] 칸트에 따르면, 절대적인 크기이든, 위력적인 대상에 직면하였든 인간이 상상력의 한계의식을 느낄 때에는 불쾌감을 느낄 수밖에 없지만 그것이 오히려 절대적인 총체성이라는 이념을 현시하려는 이성의 입장에서는 적합하다는 점에서 '숭고'가 발생한다. 다시 말해, 칸트에게서 '숭고'는 인간을 압도하는 대상 자체보다는 그것을 반성적·감성적으로 인식하는 인간의 탁월한 능력에서 찾을 수 있는 것이었다.[163] 하지만 변영로에게 '숭고'는 인간의 이성보다는 '방랑'과 '꿈'을 반복하게 하는 '님'에게서 촉발된다고 볼 수 있다. 그러면 이 지

---

160 변영로, 「나의 꿈은」, 『신천지』, 1921. 7; 위의 책, 212면.

161 이와 관련된 시로는 「追憶만이」, 「오 날개여」, 「오 날개여(2)」 등을 들 수 있다.

162 여기서 변영로의 숭고를 칸트의 숭고와 비교하는 방식을 취하는 것은 종래의 논의에서 한국 근대시에서의 '숭고'를 '민족주의'와 연결시키는데 주된 이론으로 칸트의 숭고론을 참조하고 있기 때문이다(이에 대한 논의로는 윤지영, 「한국 현대시의 숭고 연구에 관한 탈근대적 검토」, 『현대문학이론연구』 제48집, 현대문학이론학회, 2012, 371~392면; 윤의섭, 「근대시에서 '숭고'의 위상」, 『현대문학이론연구』 제52집, 현대문학이론학회, 2013, 67~89면 참고).

163 임마누엘 칸트(I. Kant), 백종현 옮김, 『판단력 비판』, 아카넷, 2014. 253~293면.

점에서 왜 변영로가 님을 숭고한 위치에 두려고 했는가에 대한 질문을 던져볼 수 있다. 이에 대한 해답은 다음 장에서 '님'과 연장선상에 놓여 있던 '조선'이 그에게 어떠한 의미를 가지고 있었는가를 살펴보는 과정에서 드러날 것이다.

3. '조선'에 대한 지향성과 '개성'의 도입을 통한 공동체 구상

앞에서 우리는 변영로의 초기 시에서 상실한 님에 대한 '방랑'과 '꿈'의 모티프를 반복적으로 도입함으로써 님을 숭고한 위치에 두려는 의도를 확인할 수 있었다. 아마도 이러한 점이 그간 변영로의 문학세계를 '민족정신'을 고취하기 위한 일환으로 직결시키는 근거로 작동해왔을 것이다. 하지만 우리는 변영로의 시를 단선적으로 '민족주의'의 이념에 연결시키기에 앞서 거기에 얽혀 있는 미세한 의미망들을 읽어낼 필요성을 느낄 것이다. 다시 말해, '님'이 그와 어떠한 관계에 놓여 있기에 그를 방랑하게 만들고 꿈을 반복하게 만드는가에 대해 살펴볼 필요가 있다는 것이다. 이는 '님'과 연장선상에서 그가 시집『조선의 마음』의 표제로 내세우고 있는 '조선'의 의미를 고찰하는 작업과 통한다. 왜냐하면, '님'과 마찬가지로 '조선' 역시 그가 상실해버린 대상임에도 불구하고 그에 대한 지향성을 반복하도록 추동하는 대상으로 나타나 있기 때문이다.

(가)

'조선마음'을 어대 가 차즐가?

'조선마음'을 어대 가 차즐가?

굴속을 엿볼가, 바다 밋을 뒤저볼가?

빽빽한 버들가지 틈을 헷처볼가?

아득한 하늘가나 바라다 볼가?

아, '조선마음'을 어대 가서 차저볼가?

'조선마음'은 지향할 수 업는 마음, 설혼 마음!

—「서 대신에」 전문[164]

(나)

나의 生命은 暴風에 불니우는 꼿이다—어느 때 무슨 異常훈 緣分으로 붉기 실은 봉오리(蕾)가 피워ㅅ다—그럼으로 나는 살아도 사는 것이 안이다 아직 죽지 안이 ᄒᆞ얏슬 뿐이다 다만 무엇에 셀니우고 셀니울 뿐이다 무슨 容赦업는 **큰 '손'이 나를 잡아 압흐로 압흐로 미는 것이다**—무슨 익일 쑤 업는 두려운 '힘' 나를 前에 거러보지도 못ᄒᆞ든 셔투른 길에 니셔우고 걸니우는 것이다 나는 다만 눈을 감고 其 偉力잇는 命令을 좃차 나갈 뿐이다 가는 데가 어딘지는 가는 나도 모른다 가는 데가 山이거나 바다거나 나는 相關치 안이혼다 가는 데가 '죽음'의 나라거나 '사랑'의 樂土거나 나는 뭇지 안이혼다 다만 ᄶᅢ니워 갈 뿐이다—

—「나의 生命」 전문[165]

일명 「조선의 마음」이라 불리는 (가)는 시집 『조선의 마음』의 서시라는 점에서 이 시집이 지향하는 바를 적잖이 담고 있다. 이에 대해 기존의 연구

164 변영로, 「서 대신에」, 『조선의 마음』, 평문사, 1924, 1면.

165 변영로, 「나의 生命」, 『조선일보』, 1921. 7. 4, 1면.

에서는 일찌감치 이 시를 "변영로의 민족정신과 시의 성격을 좀 더 포괄적으로 또 간명 직절하게 나타낸 시"라고[166] 평가내리고 있다. 그에 앞서 정작 이 시에서 주목해야 할 점은 변영로가 그저 '조선'이라고 하지 않고 왜 '조선마음'(또는 '조선의 마음')이라 하고 있는가이다. 시의 마지막 행에서 "지향할 수 업는 마음, 설흔 마음"이라는 상반된 표현을 병치시키고 있다고 볼 때, '조선마음'은 두 가지의 맥락을 가지고 있다. 첫 번째로, 변영로는 '조선마음'을 '조선이 가지고 있는 마음'으로 보고 있으며 그것을 찾을 수 없는 상황에 처해 있다는 것을 보여준다. 그래서 그는 1행과 2행에서 연달아 "'조선마음'을 어대 가 차즐가?"라며 반문하고 있는 것이다. 다시 말해, 그가 '굴속'이든, '바다 밑'이든, '빽빽한 버들가지 틈'이든 어느 곳을 찾아보아도 '조선마음'을 찾을 수는 없다. 그런 점에서 그는 그저 "아득한 하늘가나 바라다 볼가?"라고 탄식하며 '조선마음'에 대한 상실감을 토로하고 있는 것이다.

두 번째로, 변영로는 '조선마음'을 '조선을 향해 있는 마음'으로 보고 있으며 그것을 찾아 헤맬 수밖에 없다는 것을 보여준다. 우리는 앞에서 그가 '조선이 가지고 있는 마음'을 어디에서도 찾을 수 없는 상황에 처해 있다는 것을 알 수 있었다. 하지만 이런 상황에서도 그가 5연에서 이미 '조선마음'에 대한 상실감을 '아득한 하늘가'라는 '거리감'으로 구체화하고 6연에서 "'조선마음'을 어대 가서 차저볼가?"라고 말하는 것은 그저 '조선마음'을 찾을 수 없다는 탄식에만 머무르지 않는다. 왜냐하면, 그는 마지막 연에서 "설흔 마음"이라는 표현을 통해 '조선마음'을 상실한 상황에 처해

166 박두진, 앞의 책, 183면.

있을 뿐 그것을 필연적으로 찾아 헤맬 수밖에 없다는 것을 보여주고 있기 때문이다. 따라서 변영로는 이 시에서 '조선'을 상실해버린 상황에서도 그것에 대한 지향성을 표출하고 있는 셈이다. 이는 앞에서 변영로가 '님'이라는 대상에 대한 상실감을 수평적·수직적 거리감으로 표면화하면서도 그에 대한 '방황'과 '꿈'의 모티프를 반복하고 있는 것과 맞닿아 있다. 그러면 이 지점에서 변영로는 왜 '님'='조선'을 숭고한 대상으로 두려 했는가에 대한 의문을 제기해보자. 이것을 해결할 실마리는 바로 (나)에서 찾을 수 있다.

제목에서부터 변영로는 자신의 '생명'을 획득하려는 목적을 보여주고 있다. 이를 위해 그는 자신의 '생명'을 '폭풍'이 몰아치는 '꽃'에 비유하고 있다. 왜냐하면, 그는 '꽃'이 '봉오리'를 피운다고 해서 '꽃'으로의 '생명'을 가지는 것이 아니라 '폭풍'에 뒤흔들리는 것에서 '꽃'으로의 '생명'을 찾고 있기 때문이다. 그리하여 그는 현재 죽지 않고 살아 있는 것에 불과한 자신이 무언가에 강렬하게 이끌릴 때서야 진정 살아 있다는 징표로서 '생명'을 느낀다고 말하고 있는 것이다. 이처럼 변영로가 '봉오리'라는 정적인 아름다움을 거부하고 '폭풍'의 파괴성을 긍정하는 방식으로 자신의 '생명'을 확인하는 것은 당시 그가 처해 있던 내·외부적인 상황과 연계해보면 충분히 가능한 일이다. 먼저, 그가 이 시를 발표하기 이전에 당대 문단에서 『폐허』의 동인으로 참여한 것은 익히 알려진 사실이다. 주지하다시피, 『폐허』의 제호는 독일시인 실러의 "녯것은 멸(滅)하고, 시대(時代)는 변(變)하엿다, / 내 생명(生命)은 폐허(廢墟)로부터 온다"는[167] 시구에서 따온 것으

167 「想餘」, 『폐허』 창간호, 1920. 7, 128면.

로, 그들은 기존의 것을 파괴하고 새로운 것을 건설하는 것에서 자신들의 '생명'을 찾고자 했다. 이로 미루어볼 때, 변영로 또한 '꽃'의 '봉오리'와 같은 안일한 삶에 만족하기보다 '폭풍'의 파괴력을 수긍하는 것에서 약동하는 '생명'을 느낄 법하다. 다음으로, 그가 『폐허』를 발간하기 전에 일본의 도쿄에서 남궁벽, 오상순, 야나기 무네요시(柳宗悅)와 회합한 일 또한 이미 검증된 사실이다.[168] 다시 말해, 다이쇼기의 일본에서 '생명'의 실체를 획득하려는 다양한 움직임이 일어나고 야나기 무네요시 역시 '다이쇼 생명주의'를 형성하는 데 일조하였다는 점을 고려한다면, 변영로가 이 시에서 '폭풍'의 파괴력과 결합하여 그리고 있는 '생명'의 도약은 그러한 영향권에서 멀지 않다고 볼 법하다.

하지만 그와 같은 내·외부적인 상황에 따라 '생명'이 가지는 함의를 파악하기보다 이 시에서 '생명'이 나타나는 맥락을 좀 더 꼼꼼하게 들여다보면 어떠한가? 1차적으로 변영로는 이 시에서 폭풍의 파괴력을 등장시키고 이에 필연적으로 떠밀릴 수밖에 없는 상황을 보여줌으로써 자신의 '생명'을 고조시키고 있기는 하다. 그러나 여기서 주목해야 하는 점은 그가 거기에서 나아가 자신의 내부에 '생명'을 불러일으키는 근원을 암시하고자 한다는 것이다. 다시 말해, 그의 '생명'은 자신을 압도하는 "큰 '손'"이나 "두려운 '힘'"이 자신을 앞으로 떠미는 '위력 있는 명령'을 따름에 따라 느낄 수 있다. 이는 그의 '생명'을 움직이는, 보다 거대한 '생명'의 흐름이 있다는 것을 말해준다. 그래서 그는 자신이 가는 곳이 '산', '바다', "'죽음'의 나라", "'사랑'의 낙토" 등 어느 곳인지는 알 수 없지만 거부할 수 없는

---

168 이종호, 「일제시대 아나키즘 문학 형성 연구」, 성균관대 석사학위논문, 2005, 159~163면.

힘에 끌려갈 뿐이다. 따라서 그는 자신을 강렬하게 잡아끄는 어딘가에 내맡길 때 내부에서 약동하는 '생명'을 느낄 수 있는 것이다.

물론 이 시에서 변영로가 자신을 잡아끄는 그곳에 대해 "무슨"이라는 형용사를 연달아 사용하고 있을 정도로 그곳이 정확하게 어디를 가리키는지 파악할 수는 없지만 적어도 자신의 '생명'을 불러일으키는 근원임에는 틀림없다. 이는 그의 다른 글을 참고해보면 좀 더 명확해진다. 변영로는『장미촌』의 동인으로 참석하여『장미촌』의 지향점을 보여주는 글에서 자신들의 사명을 '성배'를 찾아나서는 원탁의 기사에 비유한 바 있다. 그가 보기에 '물질계'를 벗어나는 '정신계'에 바로 자신들이 살 수 있는 '생명'이 존재한다. 그는 심지어 거기에 자신들이 살아야만 하는 '숙명적 생명'이 흐르고 있다고 말하면서 자신들의 사명을 정당화하고 있다.[169] 이처럼 '생명'의 근원을 '정신'에 위치시키려는 관점은 그의 다른 글에서 일관되게 나타난다. 그는 제목에서부터 '정신'을 내세우는 짧은 글에서도 당대 프롤레타리아 문학의 장단점을 거론하는 가운데 문예에서 '심적', '정신적 방면'의 필요성을 역설하고 있다.[170] 이는 '물적' 방면에 속해 있는 그가 진정한 '생명'을 느끼기 위해서는 필연적으로 '정신적' 방면이 요구될 수밖에 없다는 점을 말해준다. 그러한 점에서 변영로는 초기부터 '생명'의 근원으로서 '정신'을 탐색하기 위해 '상징주의'와 '신비주의'를 수용하고 있다고 볼 수 있다. 말하자면, 그는 기계적 시간관에 얽매여 있는 '일생'에 '억만년'과 같은 시간을 부여할 수 있는 '상징적 생활'을 요청하고 있었으며[171]

169 변영로, 「薔薇村」,『장미촌』 제1호, 1925. 1, 1면.

170 변영로, 「至高至純한 精神的 文藝」,『조선지광』 제75호, 1928. 1, 8~9면.

171 변영로, 「象徵的으로 살자」,『개벽』 제30호, 1922. 12, 30~31면.

감상주의와 물질주의에 편중된 당대 문단에서 그동안 보지도 느끼지도 못한 새로운 세계를 찾기 위해 '신비주의'를 요청하고 있는 것이다.[172]

따라서 변영로는 초기의 글에서부터 '생명'의 근원을 자각할 때 내부에서 약동하는 '생명'을 느낀다고 보았던 것이며 이를 '정신'이라는 기호로 나타내고 있었던 것이다. 지금까지의 맥락으로 보건대 그가 '생명'의 근원으로 보고 있었던 대상이 바로 '님'이라는 수사를 동반한 '조선'이었다. 다시 말해, 그가 이미 상실한 '님'='조선'에 대해 '방랑'과 '꿈'의 모티프를 반복하여 이를 숭고한 위치에 두려 했던 것은 그러한 대상이 자신의 '생명'을 불러일으키는 근원이자 정신적 토대를 이루고 있다는 것을 보여주기 위함이었다. 이런 점은 그간 그의 시에서 '님'='조선'을 단순히 '민족정신'의 이념을 고취하기 위한 대상으로만 봄에 따라 가려져왔다. 보다 중요한 점은 변영로가 '생명'의 근원에 대한 탐색을 바탕으로 '개성'을 도입하여 개인의 주체성을 가능하게 하는 공동체를 구상하고 있다는 것이다.

> (다) 個性의 絶對命令에 忠實ᄒᆞ게 服從ᄒᆞ여야 한단 말이다 무슨 風(글쓰는)에 感染도 되지 말고 무슨 이슴쓰(主義)에 잡히지도 말고 또는 무슨 派, 무슨 流에 窒息이 되지도 말고 **오즉 自己式, 自己風, 自己流의 文藝를 自己가 스사로 創造ᄒᆞ여야 ᄒᆞᆯ 것이다. 그리ᄒᆞ여야 眞正ᄒᆞᆫ 文學이 産出될 것이다.**
>
> ㅡ「글 쓰는 벗에게 告ᄒᆞ노라=個性表現의 文藝를 建設ᄒᆞ라=(一)」 부분[173]

---

172 변영로, 「메ㅡ터링크와 예잇스의 神秘思想 - 「靑鳥」의 作者와 「秘密의 薔薇」의 作者」, 『폐허』 제2호, 1922. 1, 33면.

173 변영로, 「글 쓰는 벗에게 告ᄒᆞ노라=個性表現의 文藝를 建設ᄒᆞ라=(一)」, 『조선일보』, 1921. 7. 7, 1면.

(라) 要컨대 現代는 全人類社會가 魔界로 化하든가 大理想國을 建設하든가 하는 卽 簡單하게 말하면 將來의 隆○를 占하는 時代이며 **우리는 其 理想國을 建設하는 役軍의 一員이다** 엇지 高枕安臥하야 世事는 吾不關焉이라할가? **우리는 覺醒하고 奮起하야 全人類의 大共通理想을 向하야 勇往邁進하자**

우리의 處地와 境遇와 生活의 背景이 歐美 及 다른 나라와 相異하다 相異함으로 不安의 原因과 狀態와 程度가 亦 相異할 것이다 (……) 然則 우리가 우리의 生活上 不安을 救治하자면 以上 列擧한 三大 問題를 先決하여야 할 것이다 **第一로 우리는 境遇의 拘束을 버서야 于先 完全히 自己發展과 個性의 伸張을 圖하겟다** 그러면 如何한 方法과 手段으로써 이 境遇의 拘束에서 解放되야서 完全한 自己發展과 個性의 伸張을 期할 수 잇슬가?

—「現代生活의 不安(1~2)」 부분[174]

인용된 글은 각각 문예론과 시론(時論)이라는 점에서 서로 다른 경향을 보이고 있지만 공통적으로 논제에 대한 관점을 전개할 때 '개성'을 근거로 한다는 점에서 서로 겹쳐볼 만하다. 이 글에서 변영로는 일찌감치 '자아'를 표현하고 '자아'를 본령으로 하는 '자기적 생활'을 주창한 것의 연장선상에서[175] '개성'의 필요성을 말하고 있다. 여기서 주목할 점은 그가 '개성'을 개인의 자율성을 담보하는 척도로서 도입하고 있으면서도 그것의 범주를 당대 조선의 사회적 차원뿐만 아니라 세계적 차원으로까지 확대하고 있다는 것이다. 말하자면, 그는 개인적인 차원에서 도입한 '개성'을 그보다 상위의 차원인 '전체'와 조화시키려 하고 있다는 점에서, 식민지 조선의 현

174 변영로, 「現代生活의 不安(1~2)」, 『동아일보』, 1920. 9. 20~21, 1면.

175 변영로, 「主我的生活(一)」, 『학지광』 제20호, 1920. 7. 6, 55~56면.

실에 기반하는 공동체의 상을 구상하려 했다고 볼 수 있다.

(다)에서 변영로는 먼저 '개성'을 개인적인 차원에서 논하면서 '개성표현의 문예'를 주장한다. 이때 그가 '자기'의 위치에 서서 '개성'을 내세울 수밖에 없었던 이유는 당대의 문학이 '형식'의 구속과 같은 '틀'에 얽매여 있거나 '자연주의'나 '신비주의'와 같은 '주의'와 '태도'에 얽매여 있기 때문이다. 그래서 그는 그러한 형식과 주의의 구속으로부터 인간이 본래 가지고 있는 '인간성'을 회복하기 위해 '개성'을 도입하고 있는 것이지 사회로부터 차단한 개인의 공간을 마련하기 위해 '개성'을 도입하고 있는 것은 아니다. 왜냐하면, 그는 이 글보다 앞서 발표한 (라)에서 개인의 '개성'의 문제를 당대 사회와의 관련성에 따라 풀어내고 있을 뿐만 아니라 넓게는 세계적 보편성이라는 이상을 배경으로 풀어가고 있기 때문이다.

마찬가지로 변영로는 (라)에서 제1차 세계대전 이후 세계적으로 만연하고 있는 '불안'을 극복하기 위한 가장 선결적인 방안으로 '자기 발전과 개성의 신장'을 도모할 것을 주장하고 있다. 하지만 그가 여기서 말하고 있는 '자기'는 개인의 측면에 한정되어 있지 않고 당대 조선사회와 필연적으로 연결되어 있다는 것에 주목해야 한다. 이는 그가 '자기 발전과 개성의 신장' 문제를 해결하기 위한 과제로 '사상의 파괴와 건설', '남녀평등'과 같은 사회적인 문제를 구체적으로 제기하고 있는 부분에서 단적으로 드러나 있다. 이런 점에서 그가 개인적 차원에서 도입한 '개성'은 당대 조선사회와 조화를 이룰 때 성립될 수 있다고 볼 수 있다. 나아가 변영로는 조선사회 자체에 국한된 공동체가 아니라 "전인류의 대공통이상"으로 확대되는 공동체를 구상하고자 한다. 이를 위해 그는 당대 조선사회가 구미 및 다른 나라들과는 상이한 상황에 처해 있다는 인식을 바탕으로 세계적 보편성과 연결되는 공동체를 지향하고 있다. 따라서 변영로는 개인적인 차원에서 '개성'을 도입하고 있음에도 개인의 주체성이 당대 조선사회를 비롯하여 '전인류'의 차원과 조화를 이루는 공동체를 구상하려 했던 것이다.

4. 기행의 방식과 시조의 형식을 통한 공동체의 원형 탐색

지금까지 우리는 변영로의 초기 문학에서 '생명'의 근원에 대한 탐색과 함께 '개성'을 바탕으로 하여 개체와 전체가 조화를 이루는 공동체를 탐색하고 있는 측면을 살펴보았다. 이러한 측면은 기존의 연구사에서 다음과 같은 두 가지의 의의를 지닌다. 첫 번째로, 종래의 논의에서 변영로의 문학을 당대 동인지와 변별시키거나 그의 문학 내에서 '낭만적 감상주의'나 '소극적 퇴폐주의'의 성향을 띠는 작품들을 배제시키려는 선험적 시각을 일정 부분 덜어준다. 앞에서 우리는 변영로의 초기 시에서 반복적으로 나타나는 '방랑'과 '꿈'이 '조선'으로 표상되는 '생명'의 근원을 지향하려는 시도였다는 점을 확인한 바 있다. 이런 점에서 그의 초기 시에서의 모티프들은 일정한 주제 아래 모였다고 흩어지는 흐름을 가지고 있다. 두 번째로, 기존의 논의에서 변영로의 몇몇 작품들을 대상으로 그의 문학세계를 '민족정신'의 이념을 고취하려는 시도로 직결시키는 관점을 재고하게 만든다. 앞에서 우리는 그가 '생명'의 근원에 대한 탐색과 함께 개인의 주체성이 당대 조선사회뿐만 아니라 세계적 보편성과 조화를 이루는 공동체를 구상하려 했다고 살펴본 바 있다. 이런 점에서 그가 탐색하려 한 공동체는 개인의 '개성'을 집단의 이상에 희생시키거나 당대 조선사회에 국한된 배타적 공동체와는 거리가 멀다고 볼 수 있다. 따라서 우리는 공동체의 관점에서 보건대 변영로의 문학을 '민족주의'로 치환시키는 방식에서 가려져온 미세한 의미망들을 읽어낼 수 있게 된다.

이처럼 변영로가 초기부터 공동체를 탐색하려는 시도는 기행의 방식과 시조의 형식을 도입함으로써 좀 더 구체화된다. 그는 1921년 8월 1일부터 8월 18일까지 총14회에 걸쳐 금강산에 관한 기행문을 연재한 바 있다. 이 기행문에서 그는 원산 항구에서 금강산의 구룡담, 해금강, 삼일포, 백운대, 비로봉, 만폭동, 장안사 등에 이르는 열흘간의 여정을 그리고 있는데,[176] 대체로 명승지나 유적을 바탕으로 한 풍경묘사와 그것을 바라보는 단편적인 인상을 전달하고 있다. 그에 비해 그가 1930년 여름에 백두산을 등반한 여정을 담은 시편들은 백두산을 '님'으로 부르는 가운데 시상을 전개하고 있으며 초기의 주제의식을 이어받고 있다는 점에서 특별한 주목을 요한다. 이 시편을 쓰기 전에 변영로는 개성(開城)을 여행한 경험 가운데 개성의 명물인 정몽주와 박연폭포를 바탕으로 여정에서 느끼는 상념을 시조의 형식에 담아낸 바 있으나,[177] 백두산 등반의 여정을 담은 그의 시조들은 당대 문단의 맥락에서 봤을 때 다음과 같은 측면에서 문제적이라 할 수 있다.

먼저, 총14수로 이루어진 「백두산(白頭山) 갓든 길에(一景一首)」(이하 백두산 시편)는 당대 조선의 맥락에서 봤을 때 민족사의 본원지라 할 수 있는 '백두산'을 기행한 기록물과 연관되어 있다. 주지하다시피, 육당 최남선이 1926년 여름에, 그리고 이후 민세 안재홍이 1931년에 각각 백두산을 순례한

176 변영로, 「金剛行」, 『조선일보』, 1921. 8. 1~8. 18, 1면. 변영로는 『조선일보』 문예란(1면)에 1921년 8월 1일부터 5일까지 1회부터 5회를, 8월 11일부터 18일까지 8회부터 14회분을 연재하였다. 이때 8월 13일자의 「金剛行」은 17일자에 실린 14회와 동일한 내용이다. 이에 대해서는 박현수·홍현영, 앞의 글, 164면 참고.

177 변영로, 「송도偶吟」, 『동아일보』, 1925. 10. 30, 3면.

경험을 담은 「백두산 근참기」와 「백두산 등척기」라는 기행문을 발표했다는 것은 익히 알려진 사실이다. 이런 점에서 백두산을 대상으로 한 기행은 1920~30년대의 조선에서 활발하게 이루어진 움직임이라 할 수 있다. 다음으로, 변영로의 백두산 시편에서 취하고 있는 시조의 형식은 당대의 문단에서 민족적 시형을 탐색하기 위해 집중적으로 논의되었던 대상이었다. 말하자면, 김억이 조선적인 시형과 시가의 기원을 탐색하기 위해 '시조'의 문제를 다루거나[178] 최남선이 조선인의 생활과 감정을 가장 담은 '조선 문학의 극치'로서 '시조'를 제출하였다는 사실[179] 또한 익히 알려져 있다. 이런 점에서 1920~30년대의 조선에서 시조는 조선적인 감정을 담을 수 있는 시형으로 논의되고 있었다고 볼 수 있다.

따라서 당대의 맥락에서 보건대 변영로가 '생명'의 근원을 탐색하고 조선적 현실에 기반하는 공동체를 탐색해온 것의 연장선상에서 기행의 방식과 시조의 형식을 도입하는 것은 자연스러워 보인다. 여기서는 백두산 시편을 통해 초기 문학과의 연장선상에서 그가 어떠한 공동체를 탐색하려 했으며 그것이 그의 문학에서 차지하는 의의가 무엇인가에 대해 살펴보자.

一.

무틀峯 기여올라 **千里天坪** 내다보니

넓기도 넓을시고 **우리넷터** 예아닌가

178 이에 대해서는 김억, 「작시법(二)」, 『조선문단』, 1925. 5, 100~105면; 김억, 「밟아질 朝鮮詩壇의 길(上·下)」, 『동아일보』, 1927. 1. 2~1. 3; 박경수 편, 『안서김억전집』 5(문예비평론집), 한국문화사, 1987, 367~368면; 김억, 「「朝鮮詩形에 關하야」를 듯고서」, 『조선일보』, 1928. 10. 18~21; 위의 책, 374~384면 참고.

179 이에 대해서는 최남선, 「朝鮮國民文學으로의 時調」, 『조선문단』, 1926. 5, 3~7면; 최남선, 「時調胎盤으로의 朝鮮民性과 民俗」, 『조선문단』, 1926. 6, 3~7면 참고.

인興이 잣기도전에 눈물벌서 흐르네

二.

우리님 歸天한후 멧멧滄桑 지냇관대

녯神墟 어대가고 萬眼蒼鬱 樹林뿐가

생각이 녜로달리니 아득아득하여라

―「無頭峯上에서 天坪一帶를 俯瞰함(二首)」 전문[180]

백두산 시편은 '갑령(甲嶺)', '두만강(豆滿江)', '신무성(神武城)'을 지나 백두산의 '무두봉(無頭峯)', '정계비(定界碑)', '대장봉(大將峰)', '천지'에 이르는 여정으로 구성되어 있다. 그 중에서 인용된 부분은 '무두봉'에서 민족사가 발원한 기원과 마주하고 있다는 점에서 주목된다. 변영로는 '무두봉'에서 드넓게 펼쳐진 '천평(天坪)', 즉 민족의 '옛터'를 확인하고서 '흥'보다 먼저 '눈물'에 젖는다. 이는 아마도 민족사의 기원과 마주하는 데서 오는 감격에서 비롯되었다고 볼 수 있지만 보다 근본적으로는 그것을 상실해버리고 그것과 자신 사이에 가로놓인 현격한 '거리감'을 마주한 데서 오는 슬픔인 것으로 보인다. 그래서 변영로는 인용된 부분 이전에 멀리서 백두산을 보는 장면에서 '설움'을 느꼈다고 말하고 있는 것이다. 실제로 그는 위에서 자신과 '옛터' 사이에 가로놓인 시간적인 거리감을 "멧멧창상(滄桑)"이라는 시어와 "아득아득"이라는 부사로, 그리고 물리적인 거리감을 예전의 "신허(神墟)"를 찾을 수 없이 자신의 주변 곳곳에 "수림(樹林)"

180 변영로, 「無頭峯上에서 天坪一帶를 俯瞰함(二首)」, 『동아일보』, 1930. 9. 6, 4면.

만 울창하다는 표현으로 구체화하고 있다.

하지만 이때 변영로가 느끼는 슬픔을 그저 기원의 상실에서 오는 감정의 토로로만 볼 수는 없다. 왜냐하면, 앞에서 그는 '님'='조선'을 상실해버렸음에도 불구하고 그것이 자신의 '생명'의 근원을 이루고 있다는 점에서 숭고한 위치에 두었던 것처럼 여기서도 '옛터'를 물리적이고 시간적인 '거리감'에도 숭고한 위치에 두고 있기 때문이다. 이는 그가 인용된 부분 이후에 백두산 '천지'가에 팔베개를 하고 누우면서 자신이 '안 지은 죄'를 지은 것마냥 가슴이 뛴다고 고백하고 있는 부분에서 확인할 수 있다. 말하자면, 변영로는 백두산에서 마주한 기원을 상실한 데서 오는 슬픔을 죄책감으로 전이시킴에 따라 기원에 대한 지향성을 표면화시키고 있는 것이다. 이를 지금까지 논한 공동체의 관점에서 보자면, 그는 아득한 '옛터'에서 그가 지속적으로 구상해오던 공동체의 원형을 발견했다고 볼 수 있다. 하지만 안타깝게도 변영로는 백두산 시편을 발표하고 나서 일제 말기에 드문드문 내향적인 성향의 시들을 발표하기 전까지 별다른 시들을 발표하고 있지 않다는 점에서,[181] 그가 '옛터'에서 어떠한 공동체를 발견하려 했는가를 명확하게 규정할 수는 없다. 그리하여 여기서는 주변 인물과의 관계에 따라 간접적으로 그가 구상해오던 공동체의 상을 보충하고자 한다.

---

181 일제말기 변영로의 문학과 활동에 대해서는 김영민, 『수주 변영로 평전 - 강낭콩꽃보다도 더 푸른 그 물결 위에』, 정음사, 1985, 93~153면 참고. 아마도 현재의 추세로 미루어보아 앞으로 변영로의 작품들이 좀 더 발굴된다면 1930년부터 해방 전까지의 공백을 채워낼 수 있을 것이다. 한 가지 가능성으로는 변영로가 주필로 있었던 『신민공론』이 발굴된다면 당대 조선사회의 문제를 바라보는 변영로의 시각뿐만 아니라 그가 구상하고자 한 공동체의 상에 대한 구체적인 단서를 발견할 수 있을 것이다. 안타깝게도 『신민공론』은 현재 1923년 신년호만 확인할 수 있을 뿐이며 거기서 변영로는 별다른 글을 게재하고 있지는 않다.

(가) 대개 朝鮮族이 最初에 西方 파미르高原 或 蒙古 等地에서 光明의 本源地를 찾아 東方으로 나와 **不咸山(今 白頭山)을 明月이 出入하는 곳 곧 光明神의 棲宿으로 알아 그 附近의 土地를 朝鮮이라 稱하니** 조선도 古語의 光明이란 뜻이니 조선은 後世에 吏讀字로 朝鮮이라 쓰니라. (……)

朝鮮族은 宇宙의 光明(第一章 參考)이 그 崇拜의 對象이 되어 太白山의 樹林을 光明神의 棲宿所로 믿어 그 뒤에 人口가 繁殖하여 各地에 分布하매 각기 居住地 附近에 樹林을 길러 太白山의 것을 模像하고 그 樹林을 이름하여 '수두'라 하니, 수두는 神壇이란 뜻이니 (……) 强敵이 侵入하면 各 수두 所屬의 部落들이 聯合하여 이를 防禦하고 가장 攻이 많은 部落의 수두를 第一位로 尊奉하여 '신수두'라 이름하니 '신'은 最高最上을 意味한 것이며, (……) **수두는 小壇이요, 신수두는 大壇이니 수두에 檀君이 있었은즉 수두의 檀君은 小檀君이요, 신수두의 檀君은 大檀君이니라.**

―「조선상고사」 부분[182]

(나) "**朝鮮**"이라는 이름만 하여도 어떠한 一方, 一國을 特稱한 것이 아니요 그 語源이 **"管屬된 土境"이라는 意義이니** 治下에 國家를 衆建하여 가지고 이를 總括하여 부르는 恢濶한 名稱인즉 部落으로서와 小國으로서를 떠난 大一統의 結構ㅣ 이름만에도 宛然함은 물론이어니와 漢土로 말하면 가로되 天下라 하고 가로되 宇內라 하면서도 그 結構를 號함에는 唐이라 夏라 하여 區別的 表示가 있었건마는 "朝鮮"은 한갓 "所屬"이라 함에 그치는 말이요 어떠한 區別稱인 것이 아니니, 彼는 오히려 外地에 對함이 있음을 보이었으된 此는 一體同

182 신채호, 「조선상고사」, 단재신채호전집편찬위원회 편, 『단재신채호전집 상권 - 조선사 연구』, 을유문화사, 1972, 64~67면.

祖뿐으로 **天地間에 우리 以外가 없이 東西南北이 한 식구로만 지나던 그때를 如實하게 나타낸 것이니 다른 것은 다 그만두고라도 "朝鮮" 兩字ㅣ 古朝鮮을 映露하고도 남음이 있다.**

—『조선사연구』 부분[183]

그동안 선행연구에서 단재 신채호에 대한 변영로의 회고에 근거하여[184] 신채호의 투철한 민족의식이 변영로를 '민족시인'으로 자리매김하는 데 지대한 영향을 미쳤다고 판단해왔을 뿐[185] 실제로 신채호과 변영로가 어떠한 영향관계에 놓여 있었는가에 대해서는 제대로 주목받지 못했다. 마찬가지로 위당 정인보가 변영로의 첫 시집 『조선의 마음』 발문을 썼다는 사실에[186] 대해서도 별다른 주목받지 못했다는 점에서 정인보와 변영로의 영향관계에 대해서도 해명되지 못했다. 물론 우리는 문학과 역사의 층위를 고려하여 변영로가 구상하려는 공동체를 역사적 사실로 치환하지 않도록 경계해야하지만 적어도 역사적으로 성립된 공동체에서 공동체 구성 원리를 확인하는 작업은 충분히 가능할 것이다.

주지하다시피, 조선 상고시대의 역사를 기록한 단재 신채호의 저작 『조선상고사』는 해방 후 1948년에 간행되었지만 그 전에 1931년 『조선일보』

183 정인보, 『조선사연구(상)—담원 정인보전집3』, 연세대 출판부, 1983, 48면.

184 변영로는 신채호에 대한 회고를 담은 「國粹主義의 恒星인 丹齋 申采浩 先生」이라는 글을 『개벽』 제62호(1925. 8)에 발표한 바 있다.

185 김영민, 『수주 변영로 평전 - 강낭콩꽃보다도 더 푸른 그 물결 위에』, 정음사, 1985, 18~55면.

186 정인보는 「수주 시집 첫 장에」(『조선의 마음』, 1~4면)라는 서문에서 자신이 변영로를 가장 가까이 알고 지내던 사람이라 자부하고 있다. 그러면서 그는 수주의 걸음이 '월궁'에 들만큼 뛰어나면서도 시운과 사위의 불운으로 중간에서 '방황'하고 있는 것이라 말함에 따라 변영로의 시세계를 정확하게 이해하고 있었다는 것을 보여준다.

학예란에 연재되었다. 이 책에서 신채호는 '아(我)와 비아(非我)의 투쟁'으로 집약할 수 있는 역사관에 따라 올바른 '아'(我)를 찾고 나아가 조선 민족의 기원을 탐색하려 했다. (다)에서 그는 조선 민족의 기원을 '광명의 본원지'인 불함산(백두산)에 두면서 '국가' 시대 이전에 존재하였던 '수두' 시대에 대해 설명하고 있다. 그에 따르면, 조선 민족은 신성한 수림 속 신단(神壇)을 가리키는 '수두'를 기반으로 하여 각 지역의 자치조직을 형성하고 있었다.[187] 일종의 중앙수두라 볼 수 있는 신수두가 각 지역의 수두를 관장하면서도 각 지역의 수두 또한 자율적인 체제를 형성하고 있었던 것이다.[188] 말하자면, 신채호는 국가 시대가 전개되기 이전에 자율성과 독자성을 바탕으로 여러 소국들이 조화를 이루고 있는 연합체에서 조선 민족의 기원을 찾고 있는 것이다.

신채호의 이러한 관점은 이후 정인보가 1935년 1월 1일부터 1936년 8월 29일까지 『동아일보』에 연재한 것을 발간한 『조선사연구』(1946년 9월 상권, 1947년 7월 하권)에서도 살펴볼 수 있다. 정인보 또한 이 책에서 조선의 시조를 '단군'으로, 민족의 기원을 '백두산'으로 보고서 고조선의 역사를 기술하고 있다. 여기서 주목할 점은 그가 조선의 원시적 형태를 공동체의 관점에서 파악하고 있는 부분이다. 그에 따르면, '조선'이라는 이름은 "관속(管屬)된 토경(土境)"을 가리키는 것이지 어떠한 "일방(一方)"이나 "일국(一

187 신범순, 앞의 책, 259~260면.

188 이와 관련하여 신범순은 근대적 국민국가 개념을 넘어서는 개념으로 '나라'를 제시한다. 그는 '국가'라는 것이 어떤 특정한 권력집단의 제도와 사회적 틀로 작동하는 정치경계학적 범주인 반면에 '나라'는 그것을 넘어서 있는 것까지 포괄하고 있다고 보고 있다. 그에 따르면 '나라'는 권력에 의한 영토의 법적 귀속 한계에 그치지 않고, 그러한 법으로 파악되지도, 또 그것에 구속되지도 않는 영토의 자연물, 생명체, 그러한 것들이 복합된 생태 등까지 포함하고 있다(위의 책, 263~268면 참고).

國)"을 가리키는 것이 아니다. 그는 심지어 '조선'을 "천하(天下)"나 "우내(宇內)"라는 개념으로 지시하고 있기도 하다. 말하자면, '조선'은 종족이나 영토의 구분 없이 서로 조화롭게 "소속(所屬)"되어 있는 "식구"를 가리키는 말이었다. 이처럼 신채호와 정인보가 말하는 민족의 기원으로서 '조선'은 근대 국민국가의 개념이라기보다 그러한 체계가 형성되기 전에 각자의 자율성과 독자성을 토대로 조화를 이루고 있었던 공동체를 가리키는 개념이었다고 볼 수 있다.

이 지점에서 다시 시조의 형식을 통해 민족의 '옛터'인 백두산을 기행하고 기원에 대한 지향성을 보여준 변영로에게로 돌아가보자. 물론 우리가 이미 경계했다시피 그가 탐색하려 한 공동체를 영향관계에 따라 신채호와 정인보가 말한 '조선'으로 환원할 수는 없다. 하지만 공동체의 관점에서 보건대 적어도 그와 먼 지점에 있지는 않다. 앞에서 살펴본 대로 변영로는 초기 시에서부터 '방랑'과 '꿈'의 모티프를 통해 '님'='조선'을 숭고한 위치에 두고 이를 '생명'의 근원으로 지시하고자 했다. 이와 연장선상에서 그는 기행의 방식과 시조의 형식을 통해 '생명'의 근원을 본격적으로 탐색하는 것과 함께 자신이 추구하고자 하던 공동체의 원형을 백두산의 '옛터'에서 발견하고자 했다. 말하자면, 국가시대 이전에 존재하였던 공동체는 변영로가 초기부터 지속적으로 모색해오던 공동체의 원형이었던 것이다. 그러한 공동체는 당대에 이미 상실해버렸음에도 변영로는 '생명'의 개념을 도입하여 그것을 탐색하고자 했으며 아울러 '개성'의 원리를 토대로 개체의 자율성과 독자성이 당대 조선사회뿐만 아니라 세계적 보편성과 조화를 이루는 공동체를 구상하고자 했던 것이다.

5. 변영로의 문학과 1930년대 문단에서 '생명주의'의 행방

지금까지 이 글은 수주 변영로의 초기 문학에 나타나는 '방랑'의 모티프를 구체적으로 고찰하고 그에 따라 탐색하고자 하는 공동체의 상(像)과 의의를 해명하고자 했다. 기존의 논의에서는 변영로의 문학에서 1920년대 초기 시들에서 현저하게 나타나는 낭만적 감상주의와 소극적 도피주의와 변별되는 언어적 감수성을 확인해오거나 그의 대표작 「논개」를 중심으로 투철한 민족정신을 확인해왔다. 이에 따라 변영로는 일찌감치 '민족주의'를 고취하고자 한 시인으로 자리매김함에 따라 결과적으로 그의 문학을 다양한 측면에서 접근하려는 시도는 제한되어왔다. 이 글은 바로 변영로의 문학세계를 '민족주의'라는 이념성에 직결시킴으로써 결락되는 미세한 의미망을 공동체의 관점에서 고찰해봄으로써 그의 문학에 새롭게 접근할 가능성을 열어놓고자 했다.

변영로의 초기 시들을 검토해보면 일관적으로 '님'이라는 대상에 대한 상실감을 '거리감'으로 구체화하고 있을 뿐만 아니라 그에 대한 지향성을 '방랑'과 '꿈'의 모티프를 통해 반복적으로 표현해내고 있다는 것을 알 수 있다. 이러한 시도는 '님'='조선'이 그에게 '생명'의 근원이라는 것을 보여주기 위한 것이었다. 이와 연장선상에서 그는 '조선'을 '정신'이라는 기호에 위치시키고자 했으며 이를 탐색하기 위해 상징주의나 신비주의를 수용하려 하였다. 그리고 그는 '생명'의 근원에 대한 탐색과 함께 '개성'을 도입하여 개인의 주체성과 조선적 특이성이 세계적 보편성으로 확장될 수 있는 공동체를 구상하고자 했다. 1920년대 중반으로 접어들면서 변영로가 공동체를 탐색하려는 시도는 보다 구체화되고 있다.

변영로는 초기부터 일관해오던 방랑을 기행의 방식으로 구체화하였으며 당대 문단에서 대표적인 전통 양식으로 거론되던 시조를 도입하였다. 특히, 그가 민족사의 기원이라 할 수 있는 백두산을 기행하고 이를 시조의 형식에 담아내려 한 것은 단순히 민족정신에 복무하려는 시도로만 볼 수 없다. 그보다 지금까지 그가 구상하려는 공동체의 원형을 탐색하기 위한 것이었다. 이는 그와 정신적으로 큰 영향관계에 놓여 있던 단재 신채호와 위당 정인보의 역사관을 참조하여 확인해볼 수 있었다. 그들이 공통적으로 민족사의 기원으로 두고 있었던 '조선'은 국가시대 이전에 개체의 자율성과 독자성이 전체의 이상과 조화를 이루고 있는 공동체로 나타나 있었다. 그런 점에서 근대 국민국가라는 일반론의 관점에서 볼 때 '민족주의'가 개인의 개성을 집단의 이상에 희생시키거나 당대 조선사회에 국한된 배타적 공동체를 의미하는 측면이 강한데 반해, 변영로가 구상하려 한 공동체는 '생명'의 근원을 토대로 '개성'의 원리를 통해 개체와 전체가 조화를 이루는 공동체를 의미한다고 볼 수 있다.

따라서 이 글은 변영로의 문학세계를 근대적으로 구성된 민족주의의 이념으로 환원시키기보다 식민지 조선의 현실을 기반으로 하는 공동체를 구상하기 위한 차원에서 해명하려 했다는 의의를 지닌다. 뿐만 아니라 변영로가 '생명'에 관한 인식을 바탕으로 공동체를 구상하는 관점이 1930년대 한국에서 시조의 도입, 조선학의 흐름 등 다양한 방식으로 표출되고 있었다는 것을 밝힘으로써 '생명주의'의 지속가능성을 확인할 수 있었다.

11

식민지 시기 박팔양 시에 나타난 '생명의식'과 미학적 전위의 형상화

—

1. 리얼리즘과 모더니즘, 현실성과 서정성 사이에서 부유하는 '생명'

여수(麗水), 김여수(金麗水), 여수산인(麗水山人), 김(金)니콜라이, 박승만(朴勝萬), 박태양(朴太陽), 방랑아(放浪兒) 등 다양한 필명으로 활동한 박팔양(朴八陽, 1905~1988)은 한국 근현대문학의 다채로운 양상을 온전히 보여주는 인생역정과 문학적 궤적을 가진 시인으로 알려져 있다. 식민지 시기의 활동을 놓고 볼 때, 박팔양은 1925년 8월 계급문학 운동단체인 '조선프롤레타리아예술동맹(KAPF)'에 가담하여 제1차 방향 전환을 이룬 1927년까지 활동하였고 1934년 모더니즘문학 운동단체인 '구인회' 동인으로 합류하여 '구인회'가 해산되는 1936년까지 활동하였다는 점에서 식민지 시기 문학장의 양극단을 오간 셈이다.[189] 이런 점에서 그간 박팔양의 시세계는 식민지 시기 문학의 거대 조류를 '카프문학'과 '모더니즘문학'에 두려는 관점에 따라 리얼리즘과 모더니즘, 혹은 현실성과 서정성의 측면에서 평가되어왔다.

189 박팔양의 생애를 시기별로 구체적으로 다루고 기존 연구에서의 오류를 실증적으로 바로잡은 논의로는 조현아, 「박팔양 시 연구」, 공주대 박사학위논문, 2016, 22~50면 참고.

박팔양에 관한 비교적 초창기의 논의라 할 수 있는 김은철의 경우 박팔양의 시 경향을 '카프계열의 시', '자연 질서에 순응하는 생명의식 또는 이상주의적 시', '모더니즘 경향의 시'로 나누고서 그가 이러한 다양한 경향을 보인 원인을 해명하고 있다. 말하자면, 그는 박팔양이 '관념적 현실주의'와 '새로운 것에 대한 심리'를 근본적으로 가지고 있었다는 점에서 프로시에도 '막연한 분노와 관념적 저항의식'을 표출하는 것에 그치거나 모더니즘시에서도 도시문명의 충격을 개인의 병리현상으로 보는 것에 그치고 있다며 비판하고 있다.[190] 마찬가지로 이주열의 논의에서는 박팔양이 사회의식을 기반으로 한 프로문학활동이나 순수시를 지향하는 구인회 활동과 같이 일면 상반된 행적을 보인 것을 그의 현실추수적인 인식의 결과라 보고서 그를 계급성과 예술성을 잘 조화시킨 시인으로 평가하려는 종래의 견해에 이의를 제기하고 있다.[191] 왜냐하면, 기존의 논의에서는 박팔양이 "카프와 구인회라는 당대의 두 극점을 오간 사실"을 통해 "그의 시가 현실성과 시 자체의 예술성 사이에서 폭 넓은 진폭을 형성"하고 있었다고[192] 평가해 왔기 때문이다.

이처럼 식민지 시기 박팔양의 시적 행보가 급변함에 따라 선행연구 또한 상반된 관점을 가지고 전개되어왔지만, 그의 문단활동에 비춰 그의 시 세계를 리얼리즘과 모더니즘, 혹은 현실성과 서정성의 측면에서 자리매김

190 김은철, 「관념주의 그리고 뉴 콤플렉스 - 박팔양의 시 연구」, 『한국문예비평연구』 제2권, 한국현대문예비평학회, 1998, 55~80면.

191 이주열, 「박팔양 시의 형성에 대한 비판적 고구」, 『우리어문연구』 제31집, 우리어문학회, 2008, 443~469면.

192 유성호, 「현실성과 서정성의 갈등과 통합」, 『해방 전후, 우리 문학의 길 찾기』, 민음사, 2005; 박팔양, 유성호 엮음, 『박팔양 시선집』, 현대문학, 2009, 199면.

하려는 시도라는 점에서는 공통성을 띠고 있다. 이 지점에서 우리는 이러한 상반된 경향성을 산출할 수 있었던 박팔양의 근본적인 문제의식이 무엇인가에 대한 질문을 던져보자. 이는 식민지 시기 박팔양의 다채로운 시세계를 관통하는 주제를 탐색하는 것이자 그의 시세계를 지탱하는 사상적 배경을 살펴보는 일이라는 점에서 중요한 질문이다. 이런 맥락에서 보자면, 박팔양이 프로시와 모더니즘시와 같이 서로 다른 양상을 보일 수밖에 없었던 문학적 기저에 "생명사상과 민족주의, 낙관주의가 자리하고 있어서 항상 구심력으로 작용"하였다는 김은철의 지적은[193] 박팔양의 시세계에 관한 새로운 논의의 가능성을 열어준다. 그리고 이보다 앞서 박팔양의 시가 '생명'과 '반생명'의 자질로 구성된다고 보고서 그의 시적편력을 "역사의 질곡과 압박에 대항하는 한 개인의 줄기차고 일관된 정신사적 궤적"이라고 평가한 윤재웅의 논의는 '생명'의 관점에 따라 박팔양의 시세계에 접근할 방향성을 제공하고 있다. 그는 박팔양의 시에서 "리얼리즘(진화론과 사회주의 사상)과 모더니즘(신세대 의식과 소시민적 자의식)이 교직"될 수 있는 사상적 기반을 '민족주의적 이상주의', 즉 '생명'에 관한 인식에 두고 있기 때문이다.[194]

이에 따라 후속연구에서 박팔양의 시는 카프와 구인회와 같은 유파적 관점으로 재단되기보다 그가 지속적으로 견지해온 문제의식에 따라 재평가되게 된다. 예컨대, 최윤정의 논의는 박팔양의 시에 관한 최근 논의로서 그의 전체 시 텍스트를 카프나 모더니즘이 지향한 근대성보다 식민성이라는 민족적 문제의 측면에서 접근하려는 시도를 보여준다. 말하자면, 이 논

---

193 김은철, 앞의 논문, 79면.

194 윤재웅, 「박팔양론」, 홍기삼·김시태 편, 『해금문학론』, 미리내, 1991, 168~185면.

의에서는 박팔양이 카프시에서 요구되는 '민중-되기'나 모더니즘시에서 요구되는 '군중-되기'에서 탈주하여 '자연'과 '인생'에 대한 사유를 바탕으로 '민족'이 나아갈 영토를 제시한 것에서 그 의의를 찾고 있다.[195] 하지만 이 논의에서는 박팔양이 소위 반근대적 사유를 창출할 수 있었던 사상의 기반으로 '생명'의 정체가 무엇인가에 대한 의문을 불러일으킨다.[196] 이런 맥락에서 이보다 앞서 전개된 서민정의 논의는 '생명의식'의 관점에서 박팔양의 시세계에 접근하려는 이 글에 중요한 참조점을 제공한다. 이 논의에서는 '대지' 속에 감춰진 생명의 신비, '물'의 상징에서 발견한 재생력, '어둠'을 밝히는 '해'의 이미지 등 박팔양 시 자체의 소재뿐만 아니라 계급적 자아의 확립을 통한 프롤레타리아의 연대의식이나 도시문명으로 인한 생명력의 비애와 같이 외부 문단의 맥락에서 그의 시 전반에 흐르고 있는 '자연 친화적 상상력'을 읽어내고 있다.[197] 결과적으로 이 논의에서는 다소 '자연'을 우회하여 박팔양의 '생명의식'에 접근하고 있다.

이 지점에서 우리는 앞서 검토한 선행연구에서 박팔양이 '생명'에 관한 인식을 키울 수 있었던 내외부적 계기가 무엇이고 기존의 '생명' 담론과 관련하여 그의 '생명의식'이 가지는 독특한 측면은 무엇이며 일제 말기에 그의 '생명의식'이 가지는 역사적 의의는 무엇인가에 대한 문제를 제기할 수

---

195 최윤정, 「박팔양 시 연구」, 『한국문학이론과 비평』 제66집, 한국문학이론과 비평학회, 2015, 345~365면.

196 이와 관련하여 일본의 근·현대문학사를 '생명주의'의 관점에서 논의해온 스즈키 사다미의 최근 연구물은 이 글에 시사하는 바가 크다. 그는 근대와 반근대의 역동적인 흐름을 통해 '근대 초극'의 문제를 거론하려는 첫 번째 작업으로 '생명'의 문제가 공적으로 부상한 '다이쇼 생명주의' 담론을 논의하고 있기 때문이다(鈴木貞美, 『近代の超克 - その戰前·戰中·戰後』, 作品社, 2015, 93~162면).

197 서민정, 「박팔양 시의 특성 연구 - 자연 친화적 상상력을 중심으로」, 영남대 석사학위논문, 2002, 13~72면.

있다. 따라서 이 글에서는 식민지 시기 박팔양의 시세계를 '생명의식'이라는 일관된 관점 아래 밝히고자 한다. 보다 구체적으로 이 글에서는 박팔양이 '생명의식'을 형성해가는 과정을 1920년대 조선의 문단과 일본의 '다이쇼 생명주의'의 배경 가운데 추적해내고자 한다. 나아가 일제 말기에 정치적 전위가 봉쇄된 상황에서 그가 미학적 전위의 가능성을 표출하는 데 '생명의식'이 어떤 방식으로 작동하고 있는가를 해명하고자 한다.

2. 1920년대 문학의 출발점과 '생명의식'의 맹아

박팔양의 초기 시에서는 '폐허'로 대변되는 조선의 현실에 대한 '울분'과 '비애'의 정서로 점철되어 있다. 이는 그만의 시적 경향이라기보다 같은 세대 문인들의 글에서 빈번하게 찾아볼 수 있다는 점에서 당대 문단에 폭넓게 걸쳐있는 현상이었다. 1905년생인 박팔양은 1923년 『동아일보』 신춘문예에 「신(神)의 주(酒)」가 당선되기 전부터 1920년대 문인들과 긴밀한 관계를 형성하여 문학적 소양을 닦아온 것으로 알려져 있다. 그는 1916년 배재고등보통학교에 입학하여 동급생으로 박영희, 김기진 등을, 상급 학생으로 나도향, 김소월 등을 만나게 되었고, 경성법학전문학교에 재학할 당시 1922년부터 1923년까지 정지용·박제찬과 함께 등사판 동인지 『요람(搖籃)』을 발간하는 과정에서 이 동인지를 비평해준 홍사용을 만나게 되었다.[198] 이에 따라 박팔양은 문학수련시기에 1920년대 초기 문인들과 교유관계를 형성하고 이들의 문제의식을 일정 부분 공유하는 가운데 자신의 시세

198 조현아, 앞의 논문, 26~27면.

계를 모색해갔다고 할 수 있다.[199]

주지하다시피, 1920년대 초기 문인들의 글에서는 당대 조선의 현실을 '폐허'로 설정함에 따라 '비애'를 농후하게 표출하는 점과 함께 강렬한 '생명'에 이끌리고 있는 점을 발견할 수 있다. 그 단적인 예로, 김억, 남궁벽, 염상섭, 오상순, 황석우 등을 주축으로 창간된 문예잡지 『폐허』에서는 "넷것은 멸(滅)하고, 시대(時代)는 변(變)하엿다, / 내 생명(生命)은 폐허(廢墟)로부터 온다"라는[200] 실러의 시구에서 제호를 따왔다는 점을 명시함으로써 자신들의 사명이 '폐허'로부터 오는 '생명'에 있다는 것을 보여준다. 이에 대해 오상순은 다소 니체의 사상이 투영된 글에서 『폐허』를 비롯한 당대 청년들의 지향점을 선언적으로 제시하고 있다. 그에 따르면, 당대 청년들은 자신의 '생명'의 요구에 따라 '폐허'로 표상되는 조선의 모든 방면에서 인습적이고 노예적인 생활양식을 파괴하고 새로운 생활양식을 창조할 의무를 가지고 있다.[201]

이런 맥락에서 보건대, 박팔양 역시 초기 시에서 당대 조선의 현실을 '폐허'로 설정하고서 거기서 느끼는 '울분'과 '비애'의 정서를 노출하고 있는 이면에는 '생명'에 관한 인식을 적잖이 깔고 있을 거라고 추측해볼 수 있다. 여기서는 그의 초기 시에서 다음 두 가지의 측면에서 '생명의식'의 맹아를 살펴보고자 한다. 첫 번째로, 박팔양은 '폐허'로 표상되는 조선의

199 김은철의 경우 특히 "박팔양과 홍사용은 고향이 같았으므로 그들의 관계가 남달랐을 것이고 따라서 박팔양은 홍사용의 영향을 많이 받았을 것이라고 추단할 수도 있다. 이 경우 홍사용에게서 빈번히 나타나는 눈물과 슬픔, 감정의 유로 등이 박팔양에게서 엿보이는 것은 자연스럽다"고 지적하고 있다(김은철, 앞의 논문, 58면).

200 「想餘」, 『폐허』 창간호, 1920. 7, 128면.

201 오상순, 「時代苦와 그 犧牲」, 위의 책, 52~64면.

현실에서 벗어나 자유로운 세계를 지향하려는 방랑을 그리고 있으며, 두 번째로, '생명'이 유동하고 약동하는 흐름을 '목숨'으로 형상화하고서 이를 적극적으로 향유하려는 행위를 구현하고 있다. 이러한 측면은 앞서 살펴본 오상순의 '폐허의식'이 파괴와 건설의 양면성으로 작동하고 있는 것처럼 서로 동떨어져 있는 것이 아니라 긴밀하게 결부되어 있다.

(가)

여름구름이
바람을 타고
陸路로 千里를 거처서
바다길 十里를 간다

구름아
새의 깃(羽)보다도
더 가벼운 여름구름아
어느 峯을 넘고
어느 江을 지나
限업시 끗업시
어대로 가려는가

(……)

사람아

모든 괴로운 追憶과

모든 뜻업는 希望을

歷史를 忘却하고 잇는

푸른 하늘과 흰 구름으로

씨서 버리자

앗가운 마음 업시

씨서 버리자

여름구름은

모든 것을 이저 버리고

陸路로 千里

水路로 千里

—「여름구름」 부분[202]

(나)

괴로운 朝鮮의 우름소리가 들닌다

荒凉한 廢墟의 구석구석에서

오! 듯기조차 지긋지긋한

괴로운 우름소리가 들닌다

그러나 安心하라 나의 친구여

廢墟에 울니는 저 우름소리는

---

202 박팔양, 「여름구름」, 『동아일보』, 1924. 8. 18, 4면.

새生命을 낫는 産母의 呻吟이니

그대는 새生命을 爲하야 오히려 깃버하라

極烈한 陣痛—呻吟!

그 後에 躍動하는 새生命이 잇나니

지금에 괴로운 그 우름소리는

朝鮮의 딸 朝鮮의 아들

새로운 希望이 나오는 産母의 呻吟이라

괴로운 朝鮮 呻吟하는 産母여!

創造되는 새生命을 爲하야 勇氣를 가지라

오! 괴로운 현朝鮮은

至今에 새希望을 나흐랴 呻吟하도다

—「괴로운 조선」 전문[203]

인용된 시에서 박팔양은 당대 조선의 현실을 '폐허'로 설정함에 따라 발생하는 '비애'를 표출하는 것과 함께 새로운 현실을 창조하기 위한 동력으로 '생명력'을 노래하고 있다. 그가 초기 시에서 주로 '어둠'과 '묘지'의 이미지로 환기되는 조선의 현실을 떠날 수밖에 없는 상황을 그리는 것과 마찬가지로, (가)에서도 '슬픔'을 유발하는 현실세계에서 벗어나 방랑의 길로 들어서려는 소망을 내비치고 있다. 이에 대해 선행연구에서는 '폐허'로

203 박팔양, 「괴로운 조선」, 『동아일보』, 1924. 7. 7, 4면.

집약될 수 있는 현실로부터의 이탈을 식민지 조선이 처한 역사적 상황으로 환원해왔다. 물론 박팔양의 초기 시에서 방랑의 길에 있는 '나그네'가 '고향'에 대한 아득한 거리감을 가진 가운데 느끼는 '그리움'을 지속적으로 노래한다거나[204] '고향'을 상실한 '백성'들이 '북방'으로 어쩔 수 없이 집단적 '유랑'을 할 수밖에 없는 상황을 보여주고 있다는 점에서[205] 일면 그렇게 볼 수도 있다.

하지만 우리는 박팔양 시에서 방랑의 모티프를 당대의 역사적 상황과 결부시키기 이전에 그가 외부의 현실을 바라보는 세계관이 과연 어떠한지에 대해 물어야한다. 그런 점에서 보건대, 박팔양 시에서 방랑의 모티프는 현실의 층위와 연결될 수 있는 가능성과 함께 오히려 거기서 벗어나 있는 자유로운 세계를 지향하려는 '생명'의 표현이라 볼 여지를 가진다. (가)에서 박팔양은 바로 자유로운 정신의 표상으로 '여름 구름'을 등장시키고 있다. 말하자면, 그에게 '여름 구름'은 "인생의 한때 설움", "모든 괴로운 추억", "모든 뜻 없는 희망"과 같이 인간이라면 누구나 지닐 법한 사사로운 감정에서 벗어나 있는 대상일 뿐만 아니라 인간의 삶을 총체화한 '역사'마저도 '망각'하고 있는 대상으로 받아들여진다. 이는 어떤 면에서 당대의 궁핍한 현실로부터 도피하려는 산물로 볼 수도 있겠지만, 그보다 '여름 구름'이 "새의 깃"보다 가벼운 무게를 가지고 공간의 제약을 넘어 원하는 어디든 갈 수 있는 속성을 보인다는 점에서, 현실의 어떠한 구속에도 얽매이지 않으려는 정신을 표상한다고 봐야할 것이다. 실제로 박팔양은 그러

204 이와 관련한 시로는 「나그내」, 위의 신문; 「告別의 노래」, 위의 신문; 「鄕愁」, 『생장』, 1925. 2; 「故鄕생각」, 『삼천리』, 1929. 7 등을 들 수 있다.

205 이에 관한 시로는 「同志」, 『조선일보』, 1924. 11. 1; 「黎明以前」, 『개벽』, 1925. 7; 「밤車」, 『조선지광』, 1927. 9 등을 들 수 있다.

한 의도를 보여주기라도 하듯 당대의 사람들에게 '여름 구름'을 통해 '비애'로 점철되어 있는 현실을 "씻어버리자"라고 연달아 외침으로써 강렬한 '생명력'을 표출하고 있다. 따라서 박팔양 시에서 '방랑'의 모티프는 외부 현실과의 관계 이전에 인간의 내부에서 솟아나는 자유의지의 표현이라 봐야할 것이다.

(나)에서 박팔양은 '폐허'로 표상되는 조선의 현실에 대한 '울분'을 표출하는 것과 함께 새로운 현실을 창조하려는 의지를 노래하고 있다. 그가 보기에 당대 조선은 "황량한 폐허의 구석구석"에서 괴로운 '울음소리'가 들려오고 있으며 그 '울음소리'가 그에게 "듣기조차 지긋지긋"하다는 점에서 열악한 상황에 처해 있다. 하지만 박팔양은 "폐허를 울리는 저 울음소리"를 "산모의 신음"으로 전환시킴으로써 '폐허'의 현실을 파괴하고 새로운 현실을 건설하려는 의욕을 내비친다. 왜냐하면, '산모'는 미래의 조선에 "새로운 희망"을 안겨줄 후세대를 낳고 있는 대상이기 때문이다. 다시 말해, '산모의 신음'은 단순히 현실로부터 오는 '고통'의 표현이 아니라 그러한 현실을 변화시킬 "약동하는 새 생명"을 산출하기 위한 의지의 표현이라 할 수 있다. 그런 점에서 박팔양은 마지막 연에서 "괴로운 조선"을 "신음하는 산모"와 동일시하는 가운데 "괴로운 현 조선"이 "새 생명"을 '창조'하기 위한 상황에 놓여 있다고 강조하는 것이다. 따라서 박팔양이 당대 조선의 현실을 '폐허'로 설정하고 거기서 비롯되는 '비애'를 노출하는 이면에는 현실의 구속에 얽매이지 않는 자유로운 정신과 새로운 현실을 창조하려는 의지가 깔려있었던 것이다. 즉, 그가 도입하려 한 '폐허의식'은 '생명'에 관한 인식을 전제로 깔고 있었다.

이처럼 박팔양은 1920년대 초기 시인들이 자신들의 문학적 출발점으로

'폐허의식'을 선언한 것의 연장선상에서 '생명의식'의 맹아를 키워나갔다. 이러한 배경 아래 그는 '생명'이 유동하고 약동하는 흐름을 '목숨'으로 형상화하고 이를 적극적으로 실현하려는 행위를 구체화하고 있다.

(다)

내가 이 나라에 태여난 후
무엇이 나를 깃브게 하엿더뇨
아모 것도 업스되
오직 흐르는 시내물소리가 잇슬 쁜이로다.

내가 홀로 방안에 누어
모든 것을 생각하고 눈물흘릴 때
누가 나를 위로하여 주엇느뇨
오직 흐르는 시내물이 잇슬 쁜이로다.

(……)

아々 참으로 지금이 어느 때이뇨
새벽이뇨 黃昏이뇨 暗夜이뇨
이 百姓들은 아직도 疲困한 잠을 자네
이 마을에는 오즉 시내물소리가 잇슬 쁜이로다.

(……)

그러나 울기만 하면 무엇이 되느뇨
슯은 노래하는 詩人이 무슨 所用이뇨
光明한 아츰해가 빗최일 때에
우리는 밧그로 뛰여나갈 사람이 아니뇨.

"이러나라 이러나라, 누어만 잇느냐"
지금도 門밧게서 시내물이 催促하는데
나는 아직도 방안에 드러누어
한숨 쉬이고 생각할 뿐이로다.

—「시내물 소리를 드르면서」 부분[206]

(라)

不運의 아들 짓발힌 無窮花를 가슴에 안고
悲哀의 길 것는 나의 親舊여
씨를 뿌리자
기름진
이 짱을 북도드자!

(……)

씨를 뿌리자 우리의 손으로

206 박팔양, 「시내물 소리를 드르면서」, 『조선문단』, 1925. 10, 130~131면.

荒漠한 우리東山에 씨를 쑤리자

東山은 거츠러도 우리는 힘업서도

人情잇는 大地어머니 創造의 女神이

몸소 모든 것을 기르시며 안으시리라

不運에 우는 者여 大地를 미(信)더라

大地는 우리에게 偏僻되지 안으리라 그리고

봄바람 수양버들가지에 나붓기거던

씨를 쑤리자

收穫의 時節 가을을 爲하여

씨를 쑤리자

아々 나의 親舊 不運의 우는 者여!

—「씨를 뿌리자」 부분[207]

위의 시에서 박팔양은 인간의 내부에 고유하게 잠재되어 있는 '목숨'을 자각하고 '생명'의 무한한 가능성을 통해 외부 현실을 변혁시키기 위한 행위를 제시하고 있다. (다)에서 박팔양은 그를 둘러싼 현실을 '백성'들이 좀처럼 "피곤한 잠"에서 깨어날 줄 모르는 부정적인 상황으로 그려내는 가운데 외부 현실에 대한 반응을 두 가지 측면에서 보여주고 있다. 먼저, 그는 열악한 현실상황을 비관하거나 거기에 제대로 대처하지 못하는 자신을 비하하고 있다. 그가 보기에 이 '나라'에 태어난 후 주변에서 자신을 기쁘

207 박팔양, 「씨를 뿌리자」, 『동아일보』, 1923. 11. 4, 6면.

게 한 것이라고는 아무 것도 없을 뿐 아니라 현재 자신이 별달리 가진 것이 없고 특별히 한 일도 없다고 여겨질 정도로 현실상황은 녹록지 않다. 그런 상황에서 그가 한 일이라고는 '시냇물 가'에서 울기만 하는 수동적인 반응뿐이었다. 이런 점에서 시의 소재로 등장하는 '시냇물 소리'는 표면적으로 외부 현실에 대한 좌절로부터 오는 시적화자의 '눈물'을 강조하는 효과를 보이고 있다. 하지만 박팔양은 '시냇물 소리'를 외부의 대상으로 설정하는 것에서 나아가 자신의 내부에서 들려오는 '생명'의 표현으로 전환해내고 있다. 그는 자신의 내부에서 끊임없이 들려오는 '시냇물 소리'를 듣고 열악한 현실을 변화시킬 '목숨'을 자각함에 따라 외부 현실에 대한 능동적인 반응을 보여주고 있다. 그에게 '시냇물 소리'는 시공간과 상관없이 '오직 흐르고' 있다. 그는 '시냇물 소리'를 통해 '생명'이 '유동하는 흐름'을 감지함으로써 자신을 구속하고 있는 외부 현실의 제약에서 벗어날 수 있는 변화의 가능성을 자각하고 있는 것이다.

그래서 그는 시의 후반부에서 '슬픈 노래'를 통해 외부 현실에 대한 수동적인 반응을 하는 것에서 나아가 '광명한 아침 해'가 비칠 때 '밖으로 뛰어나갈 사람'이 되고자 하는 것이다. 말하자면, 박팔양은 자신의 내부에서 끊임없이 유동하고 약동하는 '목숨'을 발견하고 이를 외부 현실을 변화시켜갈 원동력으로 삼고자 했다. 이러한 자각 아래 그는 '목숨'을 '생명'의 표현으로 형상화하려는 시도를 여러 차례 선보인다. 예컨대, 그는 '청년'의 내부에서 우러나는 '목숨'을 어떠한 구속에서도 벗어나 '자유'를 추구하고 '불의'에 대한 '반역'을 수행하는 원동력으로 보고 있거니와,[208] '목숨'을

208 박팔양, 「젊은 사람!」, 『조선일보』, 1925. 4. 13.

표제로 단 시에서 '생명'의 원천으로서 '목숨'을 자각하여 삶의 터전을 영위해갈 의욕을 내비치고 있다.[209]

(라)에서 박팔양은 '목숨'의 자각에서 나아가 외부 현실을 변화시키기 위한 행위로써 '씨뿌리기'를 보여주고 있다. 이 시에서 그는 '남의 집'에 있는 '화원'에 꽃이 피었다고 부러워하거나 "꽃 없는 우리 동산(東山)"에 좌절하는 수동적인 반응에서 벗어나 있다. 왜냐하면, 그가 새로운 '생명'을 탄생시킬 근원으로 '목숨'을 자각한 이상 그를 둘러싼 현실은 정체되기보다 충분히 변화되어갈 가능성을 품고 있기 때문이다. 그는 바로 "짓밟힌 무궁화"로 표상되는 외부 현실을 변화시키기 위해 씨를 뿌린다. 그가 뿌린 씨는 '어머니'로 표상되어 있는 '대지'에서 새로운 생명을 잉태하고 탄생시킬 맹아이다. 다시 말해, 이 맹아는 만물이 생동하는 봄날 '대지'에 잉태되어 한해의 결실을 거두는 가을이 되면 완숙한 '생명'으로 거듭날 것이다. 이처럼 박팔양은 초기 시에서 인간의 내부에 잠재되어 있는 '목숨'을 자각하고 이를 외부 현실을 변화시키기 위한 발판으로 삼음으로써 '생명의식'의 맹아를 키워나갔다.

3. '다이쇼 생명주의'의 배경과 '생명의식'의 확립

앞에서 우리는 당대 조선의 현실을 '폐허'로 보고 거기에 대한 '비애'를 노출하는 1920년대 문학의 출발점에서 박팔양이 '생명의식'의 맹아를 키워나가는 과정을 살펴보았다. 이 과정에서 우리는 그가 '폐허'의 현실에

209 박팔양, 「목숨 - 病友R을 생각하고」, 『조선문단』, 1929. 12; 박팔양, 「失題」, 『조선문학』, 1934. 1. 참고로 「실제」는 『여수시초』에 수록될 때 「목숨」이라는 제목으로 바뀐다.

서 벗어나 자유로운 세계를 지향하려는 방랑을 그리거나 '생명'이 유동하고 약동하는 '목숨'을 자각하고 이를 적극적으로 향유하려는 행위를 구현하고 있다는 것을 확인하였다. 그러면 지금까지 박팔양의 '생명의식'을 형성한 맹아가 무엇인가를 살펴보았다면, 이제 그의 '생명'에 관한 인식이 어떠한 계기에서 촉발되어 어떠한 방향으로 나아갔는가를 살펴보자. 실제로 박팔양은 여러 지면에서 '도시생활'과 '전원생활'을 대비시키는 관점 아래 '자연'을 매개로 하여 '생명의식'을 구체화시켜나갔다.

> 그러나 自然은 藝術家에 잇서서만 貴重한 것이 아니다 **人生이란 그것이 이미 自然의 一部分인 以上 自然은 實로 宇宙 그것인 同時에 人生 그것이오 人生 그것인 同時에 實로 全生物界의 有機體들이 갓는 바 生命 그것일 것이다** 自然이 업는 곳에 生命이 업다 보라 太陽이 업스면 空氣가 업스면 물이 업스면 또 흙이 업스면 그 무슨 生命이란 것이 잇슬 수 잇겟는가
>
> 그러타! 自然은 生命이다 自然을 讚美하자 빗나는 太陽을 新鮮한 大氣를 맑은 물을 香氣로운 흙을! 거릿김업시 禮讚하자
>
> —「自然과 生命(一)—田園禮讚의 一節」 부분[210]

인용된 글에서 박팔양은 제목에서부터 '전원생활'을 '예찬'하는 방식으로 '자연'과 '생명'의 관계를 논하겠다는 의도를 보여주고 있다. 그는 특히 근대문명을 표상하는 '도시생활'과 거기서 벗어난 '전원생활'을 대비시키는 방식으로 이러한 문제의식을 지속해나갔다. 예컨대, 박팔양은 도

---

210 박팔양, 「自然과 生命(一) - 田園禮讚의 一節」, 『동아일보』, 1928. 8. 8, 3면.

시에서 '근대문명'의 꽃을 피울 수 있었지만 '우울'과 '신경병'과 같은 '불행'을 낳게 된 것이 '자연'을 잃어버린 생활에서 비롯되었다고 보고 있거니와[211] 도시 근교의 유원지에서 근대문명의 세례를 받은 도시인들이 오히려 '자연'에 대한 근원적인 향수에서 벗어나지 못하는 풍경을 목도하고 있다.[212] 심지어 그는 '자연'으로 표상되는 '나무'가 계절의 순환에 따라 '생명'을 영위해가는 원리를 통해 인간의 인생을 바라봄으로써 '자연'을 "우리의 스승"이라고까지 찬양하고 있기도 하다.[213] 이처럼 박팔양은 단순히 '도시'와 '자연'을 대비시키는 방식을 통해 '자연'으로 도피하기보다 '자연'을 매개로 하여 근대문명으로 인해 훼손이기 이전 인간이 본래 가지고 있던 '생명' 원리를 회복해가려 했던 것이다.

인용된 글은 바로 박팔양이 인간의 인생을 둘러싼 '생명'의 질서를 바라보는 관점을 보여준다는 점에서 주목할 만하다. 그가 보기에 인간은 '자연'을 지배하여 화려한 근대문명을 이룩할 수 있었지만, 오히려 '생명'의 관점에서 볼 때 인간은 '자연'의 일부분이라 볼 수 있다. 왜냐하면 인간은 '자연'에서 비롯되는 '태양', '공기', '물', '흙'이 없으면 결코 살아갈 수 없기 때문이다. 이런 점에서 박팔양은 "자연(自然)이 없는 곳에 생명(生命)이 없다"고 말함으로써 인간이 자연의 일부에 속하게 될 때 본래의 '생명'을 회복할 수 있다고 보고 있는 것이다. 나아가 그는 인간이 '자연'을 구성하는 "생물계의 유기체"와 같은 '생명'을 가지고 있다고 말함에 따라 인간의 인생이 '자연'을 매개로 하여 우주적인 차원에서의 '생명' 질서를 추구

211 박팔양, 「夏日散話－自然의 喪失」, 『조선중앙일보』, 1935. 7. 6, 4면.

212 박팔양, 「納凉紀行－漢水에 배를 띄어」, 『조선중앙일보』, 1935. 8. 10, 4면.

213 박팔양, 「無題錄」, 『조선중앙일보』, 1934. 5. 18, 3면.

할 수 있다고 보고 있다. 그리하여 그가 "자연(自然)은 생명(生命)이다"라고 말하고 '태양', '대기', '물', '흙'을 마음껏 '예찬'하는 것은 인생—자연—우주로 이어져 있는 거대한 생명의 질서를 긍정하려는 의도를 보여주는 것이다. 이처럼 박팔양은 초기 시에서 '폐허의식'을 통해 '생명의식'의 맹아를 싹틔운 것에서 나아가 본격적인 '생명의식'을 확립하려는 시도를 보여주고 있다.

이러한 박팔양의 '생명의식'은 거슬러 올라가보면 '생명'에 관한 사상이 공적 담론으로 부상한 일본의 '다이쇼 생명주의'와 맞닿아 있다. 앞서 살펴본 것처럼 문학적 출발점에서 박팔양과 비슷한 문제의식을 공유하고 있던 1920년대 문인들은 '다이쇼 생명주의'를 계기로 '생명(life)' 개념을 근대적인 문학어로 전유해갔을 뿐만 아니라 식민지 조선의 특수한 현실에 기반한 '공동체'의 문제를 해결하기 위한 방안으로 '생명주의'를 수용한 것으로 알려져 있다. 이런 점을 고려해볼 때, 1920년대 초기 문인들과 긴밀한 교유관계를 맺고 있었던 박팔양 또한 '다이쇼 생명주의'를 접하면서 '생명'에 관한 인식을 키워갔다고 볼 수 있으며, 보다 직접적으로는 1920년 배재고보를 졸업하고 1922년 경성법학전문학교에 입학하기 전 2년 동안의 일본유학을 통해[214] 당시 일본에서 유통되고 있었던 근대적 지식과 사상을 수용할 수 있었으리라 짐작할 수 있다. 그러면 박팔양은 '다이쇼 생명주의'를 계기로 어떠한 '생명' 인식을 내보이는 가운데 '생명의식'을 확립해 갔는가를 살펴보자.

214 당시 박팔양의 행적에 관한 실증적 사실은 조현아, 앞의 논문, 26면 참고.

내가 흙은 사랑함은

그가 모든 조화의 어머니인 짜닭이외다.

그대는 보섯스리다 여름 저녁에

곱게 곱게 픠는 어엽분 분꼿을!

진실로 奇績이외다 그 검은 흙속에서

어더케 그러케 고흔 빗갈들이 나오는가

그것은 아모도 몰으는 宇宙의 秘密이외다

내가 흙은 사랑함은

그가 모든 조화의 어머니인 짜닭이외다

그대는 보섯스리다 숩 욱어진 동산 우에

먹음즉스럽게 열니는 과실들을!

진실로 奇績이외다. 그 검은 흙속에서

어더케 그러케 맛잇는 실과들이 나오는가

그것은 아모도 몰으는 宇宙의 秘密이외다

—「내가 흙을」 전문[215]

인용된 시에서 박팔양은 '생명'을 탄생시키는 근원을 탐색하고 있다. 그것이 바로 '흙'이다. 이 시에서 '흙'은 '어머니'의 이미지와 결부되어 모든 생명체를 탄생시키는 모성적 공간으로 나타나 있다. 이는 앞서 살펴본 그의 다른 시에서도 '폐허'로 표상되는 '동산'에 '생명'의 맹아인 '씨'를

215 박팔양, 「내가 흙을」, 『시대공론』, 1931. 9, 97면.

뿌려 때가 되면 수확의 결실을 얻는 '대지'로 형상화된 바 있다.[216] 이런 점에서 '대지'를 모성적 공간과 결부시켜 '생명'의 근원으로 설정하는 방식은 그의 시에서 지속적으로 나타나는 발상이라 할 수 있다. 이를 감안하고서 시에 접근해보면, 우리는 박팔양의 '생명'에 관한 인식이 어떠한 공통성을 토대로 하고 있다는 것을 살펴볼 수 있다.

박팔양은 1연과 2연에서 각각 '여름 저녁에 곱게 피어나는 어여쁜 분꽃'과 가을이 되어 '숲 우거진 동산 위에 먹음직스럽게 열리는 과실'을 대상으로 하여 '생명'의 탄생에 얽혀 있는 '기적'적인 경이감을 노래하고 있다. 여기서 주목할 점은 그가 각기 다른 계절을 설정하고 그 계절에 속해 있는 생명체를 대상으로 하고 있다는 것이다. 왜냐하면, 그러한 시공간의 차이에도 불구하고 각자의 상황과 환경을 극복한 생명체가 탄생할 수 있었던 것은 우주와 같은 거대한 생명의 흐름을 탄생시킨 공통성이 있기 때문이다. 그래서 박팔양은 거대한 생명의 흐름 가운데 수많은 생명체가 창조되어 복잡하게 얽혀 있는 공통된 배경에 대해 "아무도 모르는 우주의 비밀"이라고 말했던 것이다. '생명'의 근원에 관한 박팔양의 이러한 인식은 '다이쇼 생명주의'에 이론적 자양분을 제공한 베르그송의 관점을 참조하여 접근할 수 있다. 주지하다시피, 베르그송은 다양한 생명체들 전체가 '공동의 기원'으로부터 오늘에 이르기까지 기나긴 지질학적 시간을 거쳐 부단히 변화해온 것으로 진화를 설명한 바 있다.[217] 다시 말해, 생명체로 도약하는 한 순간에 개체는 자신의 존재 이유를 전(全)과거의 유산이 응축되어 있는 직전의 순간에서 발견하지 않으면 안 된다. 그렇게 약동하는 순간에 생

216 박팔양, 「씨를 뿌리자」, 『동아일보』, 1923. 11. 4, 6면.

217 황수영, 『베르그손, 생성으로 생명을 사유하기』, 갈무리, 2014, 24~39면.

명체는 자신의 원시 조상과 일체를 이룰 뿐만 아니라 거기서 분산되어 내려오면서 분리된 모든 후손들과도 '보이지 않는 끈'으로 연결되어 있는 것이다.[218]

이런 점에서 보건대, 박팔양이 '여름'과 '가을'이라는 서로 다른 시간을 제시하여 '분꽃'과 '과실'이라는 각각의 생명체가 탄생하는 궁극적인 기원으로 '흙'을 설정한 것은 다양한 생명체를 탄생시킨 공통의 기원을 탐색하기 위함이었다. 그는 바로 이것을 "모든 조화의 어머니"라 부름으로써 다양한 생명의 탄생이 우주와 같이 거대하고 보편적인 생명의 흐름을 배경으로 하고 있다는 것을 보여준다. 이처럼 박팔양은 '생명'이 탄생하는 공통된 기원을 탐색하는 방식으로 '생명의식'을 확립해갔다.

검풀은 가을밤 한울 우에
총총히 빗나는 별들을 보고
나는 "自然"과 "人生"에 대하여
깁히 깁히 생각하여 본 일이 잇섯노라
그러나 그것은 진실로 나에게 잇서서
"永遠한 수수꺽기"이엇노라

(……)

나는 또 다시 소리 첫노라

---

218 앙리 베르그송(H. Bergson), 황수영 옮김, 『창조적 진화』, 아카넷, 2005, 49면; 83면.

"오직 科學發展의 힘으로!"

쓸々한 反響이 孤獨에 잠긴

나의 방에 니럿섯노라

그러나 나의 압헤 잇는 "自然"과 "人生"은

"커다란 神秘" 그대로 남어잇는 것을—.

(……)

나는 그때에 비로소 큰 목소리로

언덕을 노래하엿노라

시내를 노래하엿노라

비를, 바람을, 새들을, 쏫들을

바다를, 나무를, 숩풀을

"커다란 神秘"의 가지가지 모양을

노래하엿노라

이제 뜰 압헤 귀뜨람이 우는시절

나는 적은 귀뜨람이 벗을 삼어

그와함께 노래하리라

悠久한 自然을

또는 짧은 人生을—.

—「가을밤 한울에」 부분[219]

---

219 박팔양, 「가을밤 한울에」, 『삼천리』, 1931. 9, 82~83면.

인용된 시에서 박팔양은 앞서 탐색한 '생명'의 기원을 바탕으로 생명체 전체가 존재하는 방식에 대해 말하고 있다. 그가 "가을밤 하늘 위에 총총히 빛나는 별"을 보거나 비오는 밤 "시름도 없는 낙숫물 소리"를 들으면서 '자연'과 '인생'으로 표상되는 생명체 전체가 어떻게 존재하는가를 아무리 생각해보아도 이는 "영원한 수수께끼"를 남길 뿐이다. 왜냐하면, 다양한 생명체들은 공통된 기원에서 출현하였다고 해도 매순간 수많은 가능성 중 하나를 선취하여 현재까지 진화해온 산물이면서 앞으로도 수많은 우발적 상황을 거쳐 진화해나갈 산물이기 때문이다. 그처럼 생명의 진화는 예측 불가능한 방식으로 지금까지 전개해왔고 앞으로도 그렇게 전개해갈 것이라는 점에서 '수수께끼'일 수밖에 없다. 이를 합리적 사고와 실증적 분석에 기반하는 '과학'으로 접근해보아도 생명체 전체는 "'커다란 신비' 그대로 남아" 있을 뿐이다. 박팔양의 이러한 인식은 또한 앞서 살펴본 베르그송의 관점으로 접근해볼 수 있다. 베르그송 또한 생명의 진화를 외적 조건들의 영향으로 보는 기계론과 미래의 계획에 따른 전개로 보는 목적론에서 벗어나 생명이 그때그때 처해 있는 순간의 특징들과 합치한 것으로 보고 있기 때문이다.[220] 이러할 때 생명의 진화는 예측 불가능한 형태들이 우발적인 특징을 이루며 분기해가는 '경향성'을 가리키는 것에 다름 아니다.[221]

이런 점에서 보자면, 박팔양이 생명체 전체를 '과학'으로 파악하는 태도에서 벗어나 이를 "너무나 큰 '한 개의 신비'"라고 파악하는 의도가 드러난다. 말하자면, 그는 생명체 전체가 지금 이 순간 존재하기 위해 '과학'이라는 합리성으로 파악할 수 없는 수많은 우발적 상황을 거쳐 왔다는 것

220 황수영, 앞의 책, 34~35면.

221 앙리 베르그송, 앞의 책, 156면.

을 깨달았기 때문이다. 그래서 그는 "지극히 작은 벌레 하나", "지극히 작은 풀잎 하나", "지극히 작은 돌멩이 하나", "지극히 작은 씨앗 한 알"이지만 그것들이 현재 하나의 생명체로 존재하기 위해 거쳐 온 진화의 과정을 긍정하고 있는 것이다. 나아가 그는 '언덕', '시내', '비', '바람', '새', '꽃', '바다', '나무', '수풀', '귀뚜라미'들이 하나의 고유한 생명체로서 거대한 생명의 흐름 가운데 얽혀있는 질서를 예찬하고 있는 것이다. 이는 자신의 "짧은 인생"을 "유구한 자연"과 같은 거대한 생명의 흐름과 연결시키는 부분에서 나타나 있다. 따라서 지금까지의 논의를 정리해보자면, 박팔양은 '다이쇼 생명주의'를 계기로 '생명'에 관한 인식을 키울 수 있었으며 나아가 1920년대 조선의 현실을 '폐허'로 설정하여 식민지 조선의 현실과 결부된 방향으로 '생명의식'을 확립하려 했다는 것을 알 수 있다. 이러한 '생명의식'은 일제 말기에 그가 자신의 역사적 위치를 탐색하고 자각하는 데 중요한 발판으로 작동하고 있다.

4. 순환적 시간관의 도입과 미학적 전위의 실현방식

익히 알려진 대로 박팔양은 『동아일보』, 『조선일보』를 거쳐 기자로서의 활동을 이어가던 『조선중앙일보』가 1937년에 폐간되자 만주로 건너간다. 이때부터 그가 해방되기 전까지 만주에 머물면서 보여준 행적에 대해서는 다음과 같은 측면에서 접근해볼 수 있다. 첫 번째로, 박팔양이 만주 신경에서 발행되고 있던 『만선일보』에서 학예부장으로 활동하거나 협화회 홍보과에서 근무했다는 것은 '대일협력'이라 할 만한 정치적 성향을 보여준다. 주지하다시피, 『만선일보』는 일본의 국가적 목적을 달성하기 위한 시책으로 만들어졌으며, 만주국에 있는 조선인의 지도기관으로 설립된 신문사였다. 그리고 '만주제국협화회'를 가리키는 협화회는 내선일체를 내세워 만주 전체 주민을 사상적으로나 정치적으로 통일시키기 위한 목적으로 설립되었다. 두 번째로, 박팔양이 만주시기에 보여준 거의 절필에 가까운 문학적 태도는 어떤 면에서 '우회적인 저항'이라 할 만한 여지를 남기고 있다. 그가 이 시기에 전개한 문학 활동이라고는 20여년에 걸친 시 세계를 정리하여 첫 시집 『여수시초(麗水詩抄)』을 간행하거나 그가 편찬하고 두 편의 시를 수록하고 있는 『만주시인집』(길림시, 제일협화구락부)을 간행한 것에 그치기 때문이다.[222]

이런 점에서 그간 만주 시기 박팔양의 활동에 대해서는 정치적 행적과 문학적 태도에 따라 협력과 저항의 구도로 평가될 수 있었다. 이러할 때 그의 시세계를 '생명의식'의 관점에서 접근해온 이 글의 문제의식으로 보자면, 지금까지 그가 형성해온 '생명의식'은 일제의 식민주의로 표상될 수 있는 '전체주의'에 함몰될 위험성이 있어 보인다.[223] 하지만 이 글에서는 일제 말기 박팔양의 활동을 협력과 저항의 이분법으로 접근하기보다 오히려 그가 이때까지 견지하고 있던 '생명의식'의 관점에서 식민주의의 논리에 쉽사리 포섭될 수 없는 지점을 살펴보고자 한다. 이는 그가 이 시기에 조선민족의 고유한 역사를 탐색하는 방향으로 '생명의식'을 구체화하고 있었다는 점과 첫 시집 『여수시초』의 기저에 '생명의식'을 깔고 있는 점에서 확

222 만주 시기 박팔양의 행적과 활동에 관한 정리는 조현아, 앞의 논문, 40~46면 참고.

223 스즈키 사다미에 따르면, '생명주의'는 '전체주의'가 되어버릴 위험이 있다. '생명'이라는 개념이나 발상 자체가 기계론적으로 부분이나 요소를 분석하는 것이 아니라 전체를 생각하는 사고법의 하나이기 때문에 '생명'중심주의는 전체적으로 되어버리기 때문이다(鈴木貞美, 『生命で讀む20世紀日本文藝』, NHK BOOKS, 1996, 8면).

인할 수 있기 때문이다.

조선 문화에 대한 우리들의 인식은 먼저 조선민족의 역사에서 출발하지 않으면 안 된다. 조선민족은 다른 온갖 민족과 같이 그 고유의 역사를 지닌다.

대개 3200년 이상에서 4000년 가까이 이르는 유구한 시간동안 그들은 그 사색과 그 생활을 통해 그들의 고유한 하나의 민족문화를 구성했다. 금일 조선적이라고 하는 모든 것이 그것이다. 그 구성 과정은 멀리 단군의 신화시대로부터 시작되어 끊이지 않고 금일에까지 이르고 있다. 단군의 신화시대는 이윽고 기자조선이 되고, 삼한이 되고, 고구려가 되고, 고려가 되고, 혹은 이씨 조선이 되어 그 판도적(版圖的) 내지는 주권적인 양상의 변천은 수많은 파란으로 채워져 있지만, 그동안 끊이지 않고 이어져온 것이 그들의 하나의 민족문화이다.

우랄 알타이 계에 속하는 조선민족의 언어를 통해 혹은 한자, 혹은 신라시대의 이두문자, 이조 창제의 언문(諺文) 등의 문자를 통해 그들의 문화유산은 다음 시대로부터 다음 시대로 계승되어 금일과 같은 동양문화권 내에서도 중국적인 것이 되지 않고, 또 일본적인 것이 되지 않는 조선 문화의 고유면을 산출해낸 것이다. 이 역사적 사실을 도외시한다면 조선 문화의 인식은 있을 수 없다고 말할 수 있을 것이다.

—「전통의 탐구(상)—여성적인 것의 매력」 부분[224]

224 박팔양, 「傳統の探求(上)—女性的なものの魅力」, 『滿洲日日新聞』, 滿洲日日新聞社, 1940. 9. 6, 182면.

박팔양에 관한 연구에서 처음으로 소개되는 인용문은 현재까지 찾아볼 수 있는 박팔양의 글 중에서 유일하게 일본어로 쓰인 글이라는 점에서 주목을 요한다. 『만주일일신문』에[225] 두 차례에 걸쳐 게재된 이 글은 제목에서 표방하고 있듯이 조선 문화의 제 양상을 해명하기 위해 과거에 조선의 고유한 문화가 형성되어온 역사적 과정을 살피고 당대 조선의 곳곳에서 서구의 문화를 수용하여 새로운 문화가 태동하는 분위기를 전하고 있다. 여기서 주목해야할 점은 박팔양이 당대 조선에서 태동하고 있는 새로운 문화가 세계 어디에 내놓아도 우수하다는 자긍심을 느끼고 있다는 것이며 '만주국'에서 "다각적이고 종합적인 새로운 문화"를 구상하기 위해 조선의 '향토문화'에 관한 연구의 필요성을 제안하고 있다는 것이다. 말하자면, 박팔양은 이 시기에 자신의 역사적 위치를 자각하는 방식으로 그 전까지 모색해오던 '생명의식'을 견지하고 있다는 것을 보여준다. 이런 점에서 그는 현재 자신이 속해있는 조선의 새로운 문화가 어떠한 역사적 배경을 바탕으로 고유성을 획득하게 되었는가를[226] 살피고 있는 것이다.

인용된 부분에서 박팔양은 조선문화를 인식하기 위한 전제를 "조선민

225 『만주일일신문(滿洲日日新聞)』은 '봉천시(奉天市) 대화구(大和區) 협화가(協和街) 사단(四段)'에 있는 발행소에서 '주식회사(株式會社) 만주일일신문사(滿洲日日新聞社)'의 명의로 발행된 일일신문이다. 이 신문은 南里順生을 발행인으로, 中村猛夫를 편집인으로 하여 주간이나 석간의 형태로 적게는 4페이지, 많게는 8페이지 분량으로 발행된 일본어 신문이다. 현재 서울대학교 중앙도서관에서 1935년 8월 1일부터 1940년 12월 28일까지 발행된 신문을 확인할 수 있으며, 대부분 일본인 필자가 참여하였으나 간혹 조선인 필자가 참여하는 경우를 확인할 수 있다. 현재까지 『만주일일신문(滿洲日日新聞)』 자체에 관한 연구는 거의 진행되지 못했다는 점에서 앞으로 이에 관한 연구가 절실한 상황이다.

226 실제로 박팔양은 "이러한 새로운 문화 조선은 오랜 그 태내로부터 용출하여 지금이야말로 눈부실 정도의 생장과정을 통과하고 있다"고 말하고 있다(박팔양, 「新しき胎動(下)ー"春香傳"の昔は過ぎた」, 『滿洲日日新聞』, 滿洲日日新聞社, 1940. 9. 7, 183면).

족의 역사"에 두고 있다. 왜냐하면, 시원에서부터 현재에 이르기까지 전개해온 '역사'는 다른 민족과 구별되는 조선민족의 고유성을 보여주기 때문이다. 그런 점에서 박팔양은 "단군의 신화시대"로부터 비롯한 조선의 역사가 기자조선, 삼한, 고구려, 고려, 이씨 조선 등 수많은 과정을 거쳐 '하나의 민족문화'를 형성해온 내력을 말하고 있는 것이다. 그리고 그는 역사적 변천마다 나타난 생활양식이 각 시대의 독특한 문화를 형성하였을 뿐 아니라 당대의 고유한 조선 문화로 계승되어왔다고 보고 있다. 이는 조선민족이 자신의 '문화유산'을 한자, 이두문자, 한글과 같은 문자언어를 통해 후대로 계승해갔다고 말하는 부분에서 단적으로 나타난다.[227] 따라서 박팔양은 조선민족이 고유한 역사를 전개해왔고 그에 따른 문화를 계승해왔다는 점에서 같은 동양 문화권에서도 '중국적인 것'과 '일본적인 것'과 다른 "조선 문화의 고유면"을 산출해내었다고 결론내리는 것이다.

조선 문화에 대한 박팔양의 이러한 인식은 일제 말기 식민주의의 논리가 강요되는 상황 속에서 자신이 처해있는 역사적 위치를 자각하는 데 중요한 동기를 부여하고 있다. 이 글의 문제의식에서 볼 때, 그가 이러한 인식을 내보일 수 있었던 기저에는 현 순간 생명이 약동할 수 있는 근거를 공통의 기원과 이전까지 전개되어온 과거의 유산에서 찾으려는 발상을 깔고 있다. 이런 점에서 박팔양은 일제 말기의 상황 속에서 조선 문화의 고유성을 탐색하고 자신의 역사적 위치를 자각하는 방식으로 '생명의식'을 견지

227 흥미롭게도 박팔양의 이러한 인식은 만주 시기 이전부터 지속해오던 것이었다. 예컨대, 그는 조선이 창조한 유일한 문자인 '한글'을 '조선(朝鮮)사람 전체(全體)의 이름으로 가져야할 영예(榮譽)'라고 칭찬하는 것에서 나아가 이를 바탕으로 세계적으로 자랑할 만한 조선의 '문화'를 건설하기를 바라고 있다(박팔양, 「우리들의 文字」, 『별건곤』 제12·13호, 1928. 5, 41면).

해감으로써 식민주의의 논리에 완전히 포섭될 수 없는 여지를 남기고 있었다. 이는 그가 1940년에 간행한 『여수시초』에서도 확인할 수 있다. 앞서 언급한 것처럼 그가 첫 시집을 간행하는 일은 절필에 가까운 문학적 태도를 고수하는 가운데 자발적으로 할 수 있는 행위였다. 흥미롭게도 박팔양은 20여년의 시력(詩歷)을 총결산한 이 시집에서 자신의 시세계가 '생명의식'에 의해 지탱되고 있다는 것을 표방하고 있다. 왜냐하면 그가 장의 제목을 각각 '근작', '자연·생명', '사색', '도회', '청춘·사랑', '애상', '구작'이라 붙임에 따라 구성에서부터 '생명'을 앞세우고 있기 때문이다. 실제로 박팔양은 『여수시초』에서 식민주의로 인해 정치적 전위가 불가능한 상황에서 미학적 전위를 실현하는 방식으로[228] '생명의식'을 형상화하고 있다.

(가)

친구여! 그대는 아직도 記憶하리라.

"겨울의 暴威"가 왼 세상을 完全히 征服하였을 때

모든 生靈이 숨을 죽이고 그 暴威밑에 戰慄할 때

228 여기서 사용하는 정치적 전위와 미학적 전위라는 개념은 일본에 수용된 '아방가르드' 개념과 관련하여 '전위'의 층위를 구분하고 있는 나미가타 쓰요시의 개념을 이 글의 맥락에 따라 바꾼 것이다. 그에 따르면, '정치적 전위'와 '예술적 전위'는 일본에서 '아방가르드(avantgarde)'를 역사적 문맥에 따라 번역·수용하는 과정에서 나타나는데, '정치적 전위'의 경우 주로 프롤레타리아문학 진영에서 '계급투쟁을 위한 전위'를 표방하기 위한 개념으로, '예술적 전위'의 경우 주로 초현실주의나 모더니즘문학 진영에서 '혁신적 예술운동'을 표방하기 위한 개념으로 나타난다. 이 논의에서 '예술적 전위'는 문학뿐 아니라 영화, 미술 등 다른 장르와 얽혀있다는 점에서 이 글에서는 박팔양의 문학행위에 나타난 전위를 강조하기 위해 '미학적 전위'라는 개념을 사용하도록 한다(나미가타 쓰요시, 최호영·나카지마 켄지 옮김, 『월경의 아방가르드』, 서울대 출판문화원, 2013, 52~107면). 물론 박팔양이 『여수시초』에 수록한 시들은 그 전에 이미 발표된 시들이지만, 그가 이 시들을 개작하고 시집에서 자신의 상황에 맞게 배치하고 있다는 점에서 당시의 맥락에 따라 접근이 가능하다.

그대는 絶望의 深淵에서 소리쳐 痛哭하였다.

하늘을 우러러 絶滅되려는 목숨들을 부뜰고 한없이 痛哭하였었다.

(……)

그러나 自然의 힘은 마침내 어느 틈엔지

千萬年이나 持續할 것 같던 겨울의 暴威를 쫓고

우리도 모를 사이에 山과 언덕과 드을에

生命의 蘇生을 재촉하는 多情한 봄바람을 보내여

"일어나라 일어나라! 봄이왔다!" 깨워 일으킨다.

(……)

봄은 마침내 우리를 찾아오고야 말았다.

봄은 마침내 우리에게 돌아오고야 말았다.

自然은 마침내 우리들의 勝利를 宣言하고야 말았다.

오오 봄. 봄. 蘇生의 봄

更生의 봄.

山과 언덕과 드을에 꽃피고 새소리 들리니

봄은 이제 完全히 勝利者의 봄이다.

—「勝利의 봄」 부분[229]

---

229 박팔양, 「勝利의 봄」, 『여수시초』, 박문서관, 1940, 71~73면.

(나)

나아가는 곳에 광명이 있나니

젊은 그대여 나아가자!

오직 앞으로 앞으로 또 앞으로

가시검불 깊을 뚫고—.

비록 모든 사람이 주저할지라도

젊은 그대여 나아가자!

용기는 젊은이만의 자랑스런 보배

어찌 욕되게 뒤로 숨어들랴.

진실로 나아가는 곳에 광명이 있나니

비록 나아가다가 거꾸러질지라도

명예로운 그대, 젊은 선구자여

물러슴 없이 오직 나아가자!

—「先驅者」 전문[230]

인용된 시에서 박팔양은 앞서 '생명의식'을 통해 자신의 역사적 위치를 자각하는 것에서 나아가 두 가지 측면에서 미학적 전위를 실현해가고 있다. 첫 번째로, 그는 현재의 시간을 모든 '생명'이 소멸한 '겨울'로 설정하고서 순환적 시간관에 의해 '생명'이 탄생하는 '봄'의 도래를 염원하고 있

230 「先驅者」, 위의 책, 74~75면.

으며, 두 번째로, 그러한 염원을 의욕적으로 실현하기 위한 주체로서 '선구자'를 제시하고 있다. 각각의 사항을 검토하는 과정에서 그가 보여준 미학적 전위가 일제 말기의 상황에서 어떠한 기능을 하고 있는가를 살펴보자.

먼저, 박팔양은 순환적 시간관을 토대로 자신이 직면하고 있는 '겨울'이 지나 필연적으로 가까운 미래에 '봄'이 도래할 것이라는 확신을 노래하고 있다. 그가 보여준 순환적 시간관은 이전부터 지난 어두운 '밤'을 떠나보내고 경쾌하고 활기찬 '아침'을 맞이하는 식으로 나타난 바 있다.[231] 이때 그가 '어둠'으로 표상되는 '밤'에 대해 '생명'의 정체(停滯)라는 관념을, '태양'으로 표상되는 '아침'에 대해 '생명'의 약동이라는 관념을 부가한 것과 마찬가지로, (가)에서 박팔양은 현재 시간으로 나타나는 '겨울'에 대해 '생명'의 소멸이라는 관념을, 미래 시간으로 나타나는 '봄'에 대해 '생명'의 탄생이라는 관념을 덧붙이고 있다. 이에 따라 이 시에서 '모든 생령(生靈)'들은 "겨울의 폭위(暴威)" 아래 숨죽이고 '통곡'하다못해 완전히 '사멸(死滅)'한 것 같은 상황에 처해 있다. 하지만 아무리 "천만년(千萬年)이나 지속(持續)할 것 같던 겨울"이라 해도 자연의 순리에 따라 때가 되면 '봄'이 오기 마련이다. 그리고 '봄'이 오면 '겨울의 폭위'를 피해 있던 '모든 생명'들이 각자의 자리에서 '소생'하고 '갱생'하기 마련이다. 그러한 '봄'에 대해 "승리(勝利)"라는 수사가 부가되어 있는 것에서 '생명'이 탄생하고 약동하는 '봄'에 대한 박팔양의 확신을 확인할 수 있다. 이처럼 박팔양은 자신이 처해있는 현재의 상황을 '겨울'로 설정하여 가까운 미래에 '봄'이 도래할 것이라는 확신을 보여줌으로써 일제 식민주의의 논리에 완전히 함몰될

---

231 이에 관한 시로는 박팔양, 「새로운 都市」, 『조선지광』, 1928. 8; 박팔양, 「하루의 過程」, 『중앙』, 1933. 12 등을 들 수 있다.

수 없는 긴장을 유지할 수 있었다.

다음으로, 박팔양은 앞서 보여준 순환적 시간관을 토대로 다가올 미래의 시간을 실현하기 위한 주체로서 '선구자'를 내세우고 있다. 그가 보기에 '봄'의 도래를 확신한 이는 그것을 수동적으로 기다리기보다 좀 더 현실화시키기 위해 앞으로 나아갈 수밖에 없다. 미래의 시간을 앞당겨 현재에 실현하려는 능동적 주체가 바로 '선구자'이다. (나)에서 '선구자'는 '앞으로' 나아가는 곳에 '광명'이 있다는 확신을 가지고 다른 사람들이 주저하는 "가시덤불"을 뚫고 나아가는 이로 나타나 있다. 그가 이처럼 앞으로 나아가는 순간에 단순히 '현재'와 '미래'의 시간으로 구획할 수 없는, 현재 속에 들어와 있는 미래의 시간을 살 수 있는 것이다. 그런 점에서 현재에 있으면서 남들보다 앞서 미래의 시간을 살다가는 사람은 '선구자'라 볼 수 있는 것이며, 어떤 점에서 남들보다 먼저 현실화되지 않은 미래를 미리 감당하고 있다는 점에서 '수난자'라 볼 수도 있는 것이다. 박팔양은 실제로 (나)의 시에 이어 배치한 「너무도 슬픈 사실—봄의 선구자(先驅者) 진달래를 노래함」에서 '봄'의 도래를 아는 '진달래'를 '선구자'이자 '봄'을 먼저 살다가는 '수난자'로 표현하고 있기도 하다.[232] 이런 점으로 미루어 볼 때, 박팔양은 '겨울'로 표상되는 일제 말기에 '봄'의 도래를 확신하고 그것을 현실화하기 위한 능동적 주체를 제시함으로써 일제 식민주의의 논리에 온전히 포섭될 수 없는 가능성을 보여주었다고 할 수 있다.

232 박팔양, 『여수시초』, 박문서관, 1940, 76~79면.

5. 식민지 조선의 현실과 일제 말기 '생명주의'의 (불)가능성

지금까지 우리는 식민지 시기 박팔양의 시에 나타나는 '생명'에 관한 인식을 살펴보고 이것이 일제 말기 암흑기의 상황 속에서 어떠한 미학적 전위의 가능성으로 표출되고 있었는가를 해명하고자 했다. 그간 선행 연구에서는 박팔양의 시세계를 리얼리즘과 모더니즘, 혹은 현실성과 서정성이라는 관점으로 재단해왔으나. 그가 초기부터 견지해오던 '생명의식'은 그러한 대립구도를 해소하는 문제의식을 제시할 뿐만 아니라 일제 말기에 강요된 식민주의의 논리에 포섭되지 않을 가능성을 제공하고 있었다.

1920년대 초기 시인들과 긴밀한 교유관계를 맺었던 박팔양은 초기 시에서부터 그들의 문학적 출발점과 마찬가지로 '폐허의식'을 통해 '생명의식'의 맹아를 키워갔다. 이는 그의 시에서 '폐허'로 표상되는 조선의 현실에서 벗어나 자유로운 세계를 표방하려는 방랑을 그리고 있거나 '목숨'으로 표상되는 '생명'의 약동을 느끼고 이를 적극적으로 향유하려는 자세를 내보이고 있는 것에서 확인할 수 있었다. 이처럼 박팔양이 '생명'에 대한 인식을 싹틔울 수 있었던 배경에는 세계의 중심원리를 '생명'에 두려는 일본의 '다이쇼 생명주의'가 있었다. 그는 실제로 자연과 문명을 대비시키는 관점 아래, 개별적 생명체가 모성적 공간을 바탕으로 우주적 차원의 생명질서와 조화를 이루는 세계를 형상화하고자 했다. 이런 점에서 박팔양은 '다이쇼 생명주의'를 계기로 '생명'에 대한 인식을 촉발시킬 수 있었으며 식민지 조선의 현실과 결부된 방향으로 '생명의식'을 확립하려 했다고 볼 수 있다.

일제 말기 암흑기에 박팔양은 조선 민족의 고유한 문화가 형성되어온 내력을 탐색함으로써 자신의 역사적 위치를 자각하는 한편, '지금-여기'에 도래할 혁명적 시간을 불러옴으로써 '생명의식'을 지탱해갔다. 이는 그의 시에서 현재의 시간을 '겨울'로 설정하고서 순환적 시간관에 의해 '봄'의 도래를 염원하거나 그러한 염원을 적극적으로 실현하기 위한 주체로서 '선구자'의 상을 제시하는 방식으로 나타나 있었다. 이런 점에서 박팔양은 일제 말기에 정치적 전위가 불가능해진 상황에서 '생명의식'과 이를 기반으로 한 미학적 전위를 통해 식민주의의 논리에 온전히 함몰되지 않을 가능성을 보여주고 있었다. 따라서 식민지 시기 박팔양의 시를 '생명의식'의 관점에서 접근하는 일은 그의 시세계를 관통하는 문제의식을 밝히려는 시도이자 일제 말기 한국시에서 협력과 저항의 구도로 재단할 수 없는 복잡한 상황을 해명하려는 시도라는 점에서 의의가 있다.

결론

동아시아 차원에서 바라본 한국 '생명주의' 문학의 지평

지금까지 이 책에서는 개념과 원천에 초점을 맞춰 한국 근대문학의 현장을 '생명'의 관점으로 조명하고자 했다. 개념 차원에서 볼 때, '생명(生命)'이라는 개념은 'life'의 번역에서 유래한 것으로 알려져 있지만, 그 이전에도 '수명(壽命)', '성명(性命)' 등 '생명'의 함의를 담은 개념으로 사용되고 있었다. 비슷한 맥락에서 '천(天)'이라는 개념 또한 기존의 사유체계에서 외재적 초월성의 의미를 담고 있다가 근대에 들어와 내재적 주체성이라는 새로운 의미가 덧붙여진 혼종적인 개념이었다. 이런 점에서 '생명' 개념 혹은 '생명'의 함의를 담은 개념들은 우리가 편의상 전통적 측면과 근대적 측면으로 구분하고 있을 뿐 수용자가 처한 맥락에 따라 다양한 방식으로 사용될 여지를 안고 있었다. 이는 담론을 산출한 원천의 차원에서 보더라도 마찬가지이다. 말하자면, 생명 사상의 원천은 주자학, 양명학 등 전통적 측면뿐만 아니라 에머슨, 오이켄, 베르그송, 매슈 아놀드, 블레이크,

신칸트학파 등 근대적 측면에 이르기까지 폭넓은 범위를 가지고 있었다. 따라서 이 책에서는 개념과 원천 자체의 의미보다는 개념과 원천이 한국 근대문학의 현장에 놓여 있는 맥락에 따라 '생명주의'의 미세한 의미망들을 고찰하고자 했다.

이 책에서는 먼저 '생명'에 관한 현상을 동아시아 차원에서 접근하는 가운데 한국 근대문학의 현장에서 태동하는 '생명' 담론의 독특한 맥락을 살펴보려고 했다. 이를 위해 이 책에서는 동아시아 차원에서 '생명' 사상이 유입되어 근대 한국과 일본의 상황에서 어떠한 방향으로 정초되어갔는가를 살피고자 했다. 왜냐하면, 기존 논의에서 한국 근대 문단에 출현한 '생명'에 관한 인식에 접근하고자 할 때 서구중심주의를 전제로 깔거나 일본 '다이쇼 생명주의'의 연장선상에서 파악해왔기 때문이다. 이런 점에서 이 책에서는 동아시아 차원에서 '생명' 사상이 유통되는 경로를 구체적으로 그려내는 한편, 그것이 한국과 일본의 맥락에 따라 수용되는 양상을 예각화함으로써 한국적 '생명주의'를 논의할 발판을 마련하고자 했다. 이 과정에서 이 책은 다음과 같은 결론에 다다를 수 있었다.

일본의 경우 '생명' 담론은 '개인'을 기존의 신이나 사회제도로부터 독립시키기 위한 사상적 고투의 산물이었다. 보다 구체적으로, 일본에서는 러일전쟁과 제1차 세계대전을 거치는 가운데 기존의 국가지상주의와 이에 기여하던 사회진화론의 세계관에서 벗어나 개인의 자주성을 표방하려는 움직임이 일어난다. 일례로 기타무라 도코쿠는 국가와 공동체와 같이 외부의 협소한 틀로 인간을 규정하려는 제약에서 벗어나 인간의 '내부생명'을 자연과 우주와 같은 시공간으로 확장시킴에 따라 자아에 절대적 권능을 부여할 수 있었다. 당대 문단 상황에서 보더라도 그가 세상에 실익을 주기 위한 '공리주의' 문학관에 대해 개인의 자율성을 지향하는 '낭만주의' 문학관을 표방할 수 있었던 배경에는 '생명'을 둘러싼 인식론적 차이가 가로놓여 있었다. 이처럼 일본 사회 전반에서는 '개인'을 인간 본래의 독립한 주체로 서게 만드는 근거를 '생명'에서 구하는 경향이 출현하였는데, 이를 흔히 '다이쇼 생명주의'라고 불러왔다.

한국의 문인과 지식인들 또한 메이지시기에서 다이쇼시기에 이르는 일본에서 자유로운 지적 분위기를 체험하는 과정에서 자아에 대한 새로운 인식에 눈을 떴다. 그들이 구습과 인습으로 대변되는 봉건적 질서에서 벗어나 '개인'을 새 시대의 주체로 표방하기 위해 '생명'에 관한 인식은 다른 어떤 것보다 매혹적인 근거를 마련해주었다. 다시 말해, 세계의 중심 원리로서 '생명'이 인간이라면 누구나 내부에 지니고 있는 평등성의 지표이자 능동적인 행위를 발휘하기 위한 실질적인 원동력이라는 발상은 개인을 근대적 자아로 성립시키는 데 충분한 설득력을 지닐 수 있었던 것이다. 이와 맞물려 근대 한국의 문단에서 '내면', '정신', '영혼', '개성' 등 인간의 내부를 지시하는 문학어들이 범람하고 이를 기반으로 하는 형식을 탐색하였던 사정은 한국의 문인들이 '생명'에 관한 인식에 깊이 공명해갔다는 것을 말해준다.

하지만 한국 문인들은 단순히 '다이쇼 생명주의'의 영향권에 있었다기보다 당대 한국이 처해 있는 상황에 맞게 '생명' 담론을 전개해갔다. 첫 번째로, 이는 '생명'이 본래 가지고 있는 지속적인 흐름을 통해 '단군'으로 표상되는 선조들의 문명을 존재의 기원으로 설정하고 이에 대한 고고학적 탐색을 하는 방식으로 전개된다. 두 번째로, 이는 '생명' 개념뿐만 아니라 '인생', '인격', '천직', '개성' 등 '생명'의 함의를 담은 개념들이 사용되는 과정에서 드러났듯이, 개체와 전체를 조화시키고 '공동생활'을 영위하려는 방식으로 전개된다. 이런 맥락에서 보건대, 기존의 국가 대신 개인을 주체로 세우기 위한 근거를 '생명'에서 구하려 했던 일본의 사정과 달리 근대 한국에서는 국가가 부재한 상황에서 조선적 현실에 맞는 공동체를 구상하기 위한 근거를 '생명'에서 구했던 것이다.

이 책에서 근대 한국에서 전개된 '생명' 담론의 특질을 '공동체주의'라고 명명하고자 했던 것은 '교양주의', '문화주의' 등을 포섭하고 있던 일본의 '다이쇼 생명주의'와 한국의 '생명주의'를 변별하기 위해서였다. '생명'에 대한 이러한 인식론적 태도는 실제로 일제 말기의 역사적 상황 속에서 한국과 일본의 문인들이 '전체주의'에 대해 어떠한 태도를 보이고 있었는가를 살펴보면 보다 명확하게 드러난다. 주지하다시피, 다이쇼 초기 일본 사회 전반을 휩쓸었던 '생명주의'는 1920년대 후반부터 '유물론'이 사상계의 주류로 부상함에 따라 사람들의 관심에서 점차 사라져 갔다.[1] 그러다가 태평양 전쟁 하에 개체로서의 생명이 국가라는 생명의 존속으로 치환됨에 따라 '다이쇼 생명주의'의 명맥은 단절되고 만다. 애초 '생명'이라는 개념 자체가 포괄적으로 사용되기 쉽고 '생명'을 둘러싼 사고법이 전체에 대한 사유로 나아갈 수밖에 없다는 점을 감안한다면, 쇼와기 일본에서 '생명주의'는 '전체주의'가 되어버릴 위험성을 노출하였던 것이다.[2] 이와 달리 일

1 이와 관련하여 1912년에서 1915년까지 일본에서 유행한 베르그송의 사상적 위치를 논하고 이후 일본 사상계의 분위기를 살핀 미야야마 마사하루의 논의를 참고해볼 수 있다. 그에 따르면, 마르크스주의가 융성해가는 시기에 소위 베르그송파는 '생명의 발양을 위해서는 타자를 희생해도 좋다는' 약점을 노출하고 있었다(宮山昌治, 「大正期におけるベルクソン哲学の受容」, 『人文』 제4호, 学習院大学人文科学研究所, 2005, 93면).

2 鈴木貞美 外, 『生命で読む20世紀日本文芸』, 至文堂, 1994, 8면.

제 말기 한국에서 '생명주의'는 조선 민족의 고유성을 탐사하고 현재의 역사적 위치를 견지할 수 있는 근거로 작동하였다는 점에서 식민주의의 논리에 완전히 포섭될 수 없는 여지를 마련하고 있었다. 당대 문인들에게 '생명주의'는 암흑기의 상황을 견디게 하는 최후의 보루와 같은 것이었다.

따라서 이 책에서 '생명' 개념과 '생명' 사상의 원천이 유통하는 경로를 뚜렷하게 부각시키는 작업은 각국의 맥락에 맞게 '생명' 담론이 형성되어가는 과정을 드러낼 뿐 아니라 한국 근대문학의 현장에서 산출한 '생명' 담론의 독특한 지점을 부각시킨다는 의의가 있다. 이러한 관점을 바탕으로 이 책에서는 1910년대 후반에 간행된 『태서문예신보』에서부터 일제 말기 박팔양의 활동에 이르기까지 근대 한국 문단에서 '생명'을 둘러싼 다양한 사례를 발굴한 결과 한국 '생명주의' 문학이 가로놓여 있는 지평을 다음과 같이 예각화할 수 있었다. 말하자면, 근대 한국 문단에서는 문학과 역사의 경계를 넘어 다방면에서 당대 조선의 현실에 맞는 공동체의 상을 구축하고자 했으며, 조선 민족의 고유성을 토대로 식민주의에 대한 역사철학적 투쟁을 전개하고자 했다. 이때 '생명'은 개체와 전체를 유기적으로 연결시키는 원리이자 현존하는 생명체의 도약을 과거의 지속적인 흐름과 연결시키는 원리로서 한국의 맥락에 따라 '생명주의'를 형성할 수 있는 동력이 되고 있었다. 이는 해방 이후에도 함석헌, 김지하 등에게 이어져 당대 한국사회의 모순뿐만 아니라 인류사적 문제를 해결하기 위한 대안으로 나타나기도 한다. 이런 점에서 이 책은 앞으로 해방 이후 한국 문학사를 '생명주의'의 관점으로 접근하여 다채로운 성과를 창출해낼 수 있기를 기대한다.

참고문헌

1. 기본자료

1) 신문 및 잡지

(1) 국내

『개벽』, 『기독신보』, 『동아일보』, 『매일신보』, 『문우』, 『백조』, 『별건곤』, 『삼광』, 『삼천리』, 『생장』, 『서광』, 『서울』, 『소년』, 『시대공론』, 『신생명』, 『신생활』, 『영대』, 『장미촌』, 『조광』, 『조선문단』, 『조선문학』, 『조선일보』, 『조선중앙일보』, 『조선지광』, 『중앙』, 『창조』, 『청춘』, 『태서문예신보』, 『폐허』, 『폐허이후』, 『학생계』, 『학지광』

(2) 국외

『滿洲日日新聞』, 『文庫』, 『詩世紀』, 『詩人』, 『新潮』, 『早稲田文学』

2) 전집 및 작품집

(1) 국내

• 김억, 박경수 편, 『안서김억전집』 5(문예비평론집), 한국문화사, 1987.
• 박팔양, 『여수시초』, 박문서관, 1940.
• ______, 유성호 편, 『박팔양 시선집』, 현대문학, 2009.
• 변영로, 『조선의 마음』, 평문사, 1924.
• ______, 민충환 편, 『수주 변영로 시전집』, 부천문화원 향토문화연구소, 2010.
• 이광수, 『이광수전집』 10, 삼중당, 1971.
• ______, 『이광수 전집』 1, 삼중당, 1976.
• 안확, 『朝鮮文學史』, 한일서점, 1922.
• ____, 정승교 편, 『자산 안확의 자각론·개조론』, 한국국학진흥원, 2004.
• ____, 송강호 역주, 『조선문명사(朝鮮文明史)－일명(一名) 조선정치사(朝鮮政治史)』, 우리역사재단, 2015.
• 주요한, 『주요한 문집－새벽』 1, 요한기념사업회, 1982.

(2) 국외

• 北村透谷, 勝本清一郎 編,『北村透谷全集』 제1권, 岩波書店, 1977.

• ________, 勝本清一郎 編,『北村透谷全集』 제2권, 岩波書店, 1977.

• ________, 勝本清一郎 編,『北村透谷全集』, 제3권, 岩波書店, 1977.

• 柳宗悅,『朝鮮とその藝術』, 日本民芸協会, 1972.

• ______,『柳宗悅全集』 제1권, 筑摩書房, 1981.

• ______,『柳宗悅全集』 제2권, 筑摩書房, 1981.

• 山路愛山, 隅谷三喜男 編,『日本の名著－德富蘇峰·山路愛山』, 中央公論社, 1983.

• 生田長江,『生田長江全集』 제1권, 大東出版社, 1936.

• Arnold, Matthew, 土居光知 編住, *Essays in criticism*,研究社, 1923.

• Arnold, Matthew, 成田成寿 訳注,『詩の研究』,研究社, 1973.

2. 단행본

1) 국내

• 가라타니 고진(柄谷行人), 박유하 옮김,『일본근대문학의 기원』, 민음사, 1997.

• ____________________, 권기돈 옮김,『탐구 2』, 새물결, 1998.

• ____________________, 이경훈 옮김,『유머로서의 유물론』, 문학과학사, 2002.

• ____________________외, 송태욱 옮김,『근대 일본의 비평(1868~1989)』, 소명출판, 2002.

• 고미숙,『한국의 근대성, 그 기원을 찾아서－민족·섹슈얼리티·병리학』, 책세상, 2010.

• 구리야가와 하쿠손(廚川白村), 임병권 · 윤미란 옮김,『근대문학 10강』, 글로벌콘텐츠, 2013.

• 구인모,『한국 근대시의 이상과 허상－1920년대 '국민문학'의 논리』, 소명출판, 2008.

• 김경일,『노동』, 소화, 2014.

• 김세정,『왕양명의 생명철학』, 청계출판사, 2006.

• ______,『돌봄과 공생의 유가생태철학』, 소나무, 2017.

• 김영민 편,『차라리 달 없는 밤이드면』, 정음사, 1983.

• ______,『수주 변영로 평전－강낭콩꽃보다도 더 푸른 그 물결 위에』, 정음사, 1985.

• ______,『한국근대문예비평사』, 소명출판, 1999.

• 김용직,『한국근대시사(상)』, 학연사, 2002.

• 김윤식, 『염상섭 연구』, 서울대출판부, 1987.
• 김은전, 『한국상징주의시연구』, 한샘, 1991.
• 김지하, 『생명학』 1 · 2, 화남, 2003.
• 김행숙, 『문학이란 무엇이었는가—1920년대 동인지 문학의 근대성』, 소명출판, 2005.
• 나미가타 쓰요시(波潟剛), 최호영·나카지마 켄지 옮김, 『월경의 아방가르드』, 서울대출판문화원, 2013.
• 나리타 류이치(成田龍一) 외, 일본 근대와 젠더 세미나팀 옮김, 『근대 지의 성립(1870~1910년대)』, 소명출판, 2011.
• 나인호, 『개념사란 무엇인가—역사와 언어의 새로운 만남』, 역사비평사, 2011.
• 랄프 왈도 에머슨(R. W. Emerson), 신문수 옮김, 『자연』, 문학과지성사, 1998.
• 매슈 아놀드(Matthew Arnold), 윤지관 옮김, 『삶의 비평—매슈 아놀드 문학비평선집』, 민지사, 1985.
• 모리스 블랑쇼(Maurice Blanchot)·장-뤽 낭시(Jean-Luc Nancy), 박준상 옮김, 『밝힐 수 없는 공동체/마주한 공동체』, 문학과지성사, 2005.
• 미야카와 토루(宮川透)외, 이수정 옮김, 『일본근대철학사』, 생각의나무, 2001.
• 베네딕트 앤더슨(Benedict Anderson), 윤형숙 옮김, 『상상의 공동체—민족주의의 기원과 전파에 대한 성찰』, 나남, 2004.
• 상허학회 편, 『1920년대 동인지 문학과 근대성 연구』, 깊은샘, 2000.
• 새뮤얼 스마일스(Samuel Smiles), 장만기 옮김, 『자조론 인격론』, 동서문화사, 2006.
• 손유경, 『고통과 동정』, 역사비평사, 2008.
• 수주 변영로 기념사업회 편, 『곧고 다감한 구원의 자유인—수주 변영로의 인생과 문학』, 수주 변영로기념사업회 발기준비위원회, 1985.
• 신덕룡, 『생명시학의 전제』, 소명출판, 2002.
• 신범순, 『노래의 상상계—'수사'와 존재생태기호학』, 서울대출판문화원, 2011.
• 신채호, 단재신채호전집편찬위원회 편, 『단재신채호전집』 상권(조선사연구), 을유문화사. 1972.
• 심원섭, 『한일 문학의 관계론적 연구』, 국학자료원, 1998.
• 아리스토텔레스(Aristoteles), 강상진 외 옮김, 『니코마코스 윤리학』, 도서출판 길, 2015.
• 앙리 베르그송(H. Bergson), 황수영 옮김, 『창조적 진화』, 아카넷, 2005.
• 야나부 아키라(柳父章), 김옥희 옮김, 『번역어의 성립』, 마음산책, 2011.
• ________________, 박양신 옮김, 『한 단어 사전, 문화』, 푸른역사, 2013.

- 여태천, 『미적 근대와 언어의 형식』, 서정시학, 2007.
- 요시다 세이치(吉田精一), 정승운 옮김, 『일본 현대시감상』, 보고사, 2003.
- 윤지관, 『근대사회의 교양과 비평－매슈 아놀드 연구』, 창작과비평사, 1995.
- 이경숙 외 2명, 『한국 생명 사상의 뿌리』, 이화여대 출판부, 2001.
- 이기상, 『글로벌 생명학－동서 통합을 위한 생명 담론』, 자음과모음, 2010.
- 이돈화, 『인내천요의』, 천도교중앙총부, 1924.
- 이병진 외, 『야나기 무네요시와 한국』, 소명출판, 2012.
- 이에나가 사부로(家永三郎) 편저, 연구공간 '수유+너머' 일본근대사상팀 옮김, 『근대 일본 사상사』, 소명출판, 2006.
- 이재선, 『이광수 문학의 지적 편력』, 서강대출판부, 2010.
- 이종환, 『메이지 낭만주의자 기타무라 도코쿠』, 보고사, 2001.
- 이철호, 『영혼의 계보－20세기 한국문학사와 생명담론』, 창비, 2013.
- 이효덕(李孝德), 박성관 옮김, 『표상 공간의 근대』, 소명출판, 2002.
- 임마누엘 칸트(I. Kant), 백종현 옮김, 『판단력 비판』, 아카넷, 2014.
- 장-뤽 낭시(Jean-Luc Nancy), 박준상 옮김, 『무위의 공동체』, 인간사랑, 2010.
- 장회익, 『물질, 생명, 인간－그 통합적 이해의 가능성』, 돌베개, 2009.
- ______, 『삶과 온생명－새로운 과학문화의 모색』, 현암사, 2014.
- 정우택, 『황석우 연구』, 박이정, 2008.
- 정인보, 『조선사연구(상)－담원 정인보전집3』, 연세대 출판부, 1983.
- 정일성, 『야나기 무네요시의 두 얼굴』, 지식산업사, 2007.
- 정주아, 『서북문학과 로컬리티－이상주의와 공동체의 언어』, 소명출판, 2014.
- 정한모, 『한국현대시문학사』, 일지사, 1994.
- 조영복, 『1920년대 초기 시의 이념과 미학』, 소명출판, 2004.
- 최수일, 『『개벽』 연구』, 소명출판, 2008.
- 최승호, 『한국현대시와 동양적 생명사상』, 청운, 2012.
- 최재목, 『양명학과 공생·동심·교육의 이념』, 영남대 출판부, 1999.
- 최충희, 『일본시가문학사』, 태학사, 2004.
- 최호영, 『한국 근대시의 형성과 '생명'의 탄생－숭고와 공동체의 둘러싼 시학적 탐색』, 소명출판, 2018.
- 폴 드 만(Paul de Man), 이창남 옮김, 『독서의 알레고리』, 문학과지성사, 2010.
- 한계전, 『한국현대시론연구』, 일지사, 1983.

• 한국공자학회 편, 『기당 현상윤 연구』, 한울아카데미, 2009.

• 황수영, 『베르그손, 생성으로 생명을 사유하기』, 갈무리, 2014.

• 허수, 『이돈화 연구』, 역사비평사, 2011.

• 홍기삼·김시태 편, 『해금문학론』, 미리내, 1991.

2) 국외

• 中見眞理, 『柳宗悅: 時代と思想』, 東京大學出版會, 2003.

• 日本近代文学館 編, 『日本近代文学大事典(第1巻) あ-け』, 講談社, 1977.

• 土居光知, 『文學序說』, 岩波書店, 1954.

• 稻毛詛風, 『オイケンの哲學』, 大同館書店, 1913.

• 生田長江·中澤臨川, 『近代思想十六講』, 新潮社, 1915.

• 佐藤伸宏, 『詩の在りか－口語自由詩をめぐる問い』, 笠間書院, 2011.

• 鈴木貞美 外, 『生命で讀む20世紀日本文藝』, 至文堂, 1994.

• __________, 『生命で読む日本近代－大正生命主義の誕生と展開』, NHK BOOKS, 1996.

• __________, 『生命観の探求－重層する危機のなかで』, 作品社, 2007.

• __________外, 孫江·劉建輝 編, 『東アジアにおける近代知の空間の形成』, 東方書店, 2014.

• __________, 『近代の超克－その戰前·戰中·戰後』, 作品社, 2015.

• 濱野靖一郎, 『頼山陽の思想: 日本における政治学の誕生』, 東京大 出版会, 2014.

• 羽生康二. 『口語自由詩の形成』, 雄山閣, 1989.

• 渡部政盛, 『新カント派の哲學とその教育學說』, 啓文社書店, 1924.

3. 논문 및 학위논문

1) 국내

• 강용훈, 「문학용어사전의 계보와 문학 관련 개념들의 정립 양상」, 『상허학보』 제38집, 상허학회, 2013.

• 강호정, 「석송 김형원 시 연구－잡지 『開闢』과 『生長』 사이」, 『한국학연구』 제47집, 고려대 한국학연구소, 2013.

• 고강옥, 「유교의 생명관」, 『철학논집』 제1호, 한양대 철학회, 1989.

• 구인모, 「한국의 일본 상징주의 문학 번역과 그 수용: 주요한과 황석우를 중심으로」, 『국제어문』 제45집, 국제어문학회, 2009.
• 권유성, 「1920년대 초기 『每日申報』의 근대시 게재 양상과 의미」, 『한국시학연구』 제23호, 한국시학회, 2008
• _____, 「1910년대 '학지광' 소재 문예론 연구」, 『한국민족문화』 제45집, 부산대 한국민족문화연구소, 2012.
• 권정희, 「'생명력'과 역사의식의 간극: 김우진의 '생명력'의 사유와 일본의 생명담론」, 『한국민족문화』 제40집, 부산대 한국민족문화연구소, 2011.
• 권희철, 「"'나'는 누구인가?"에 대한 1920년대 문학의 문답 지형도」, 『한국현대문학연구』 제29권, 한국현대문학회, 2009.
• 김남이·하상복, 「최남선의 「자조론(自助論)」 번역과 重譯된 '자조'의 의미-새뮤얼 스마일스(Samuel Smiles)의 『자조(Self-Help)』, 나카무라 마사나오(中村正直)의 『서국입지편(西國立志編)』과의 관련을 중심으로」, 『어문연구』 제65집, 어문연구학회, 2010.
• 김병진, 「20세기 전환기 자유의 각성과 생명의식」, 『일본문화연구』 제62집, 동아시아일본학회, 2017.
• 김연재, 「주역의 生態易學과 그 생명의식」, 『아태연구』 제18권 제3호, 경희대 국제지역연구원, 2011.
• 김영석, 「수주 변영로의 시세계-관념과 현실」, 『어문연구』 제12권 2~3호, 한국어문교육연구회, 1984.
• 김은철, 「관념주의 그리고 뉴 콤플렉스-박팔양의 시 연구」, 『한국문예비평연구』 제2권, 한국현대문예비평학회, 1998.
• 김지혜, 「1920년대 초기 노동담론과 김소월 시에 나타나는 노동의 의미-「밭고랑 우헤서」를 중심으로」, 『대동문화연구』 제86집, 성균관대 대동문화연구소, 2014.
• 김태진(a), 「근대 일본과 중국의 'society' 번역-전통적 개념 속에서의 '사회적인 것'의 상상」, 『개념과 소통』 제19집, 한림과학원, 2017.
• 김태진(b), 「反캘빈主義運動과 超絶主義: R. W. Emerson을 中心으로」, 『미국학 논집』 제7집, 한국아메리카학회, 1974.
• 김행숙, 「『태서문예신보』에 나타난 근대성의 두 가지 층위」, 『국어문학』 제36집, 국어문학회, 2001.
• 노춘기, 「황석우의 초기 시와 시론의 위치-잡지 『삼광』 소재의 텍스트를 중심으로」, 『한국시학연구』 제32호, 한국시학회, 2011.

• ______, 「잡지 『학생계』 소재 시 작품 연구—주필진과 독자의 영향관계를 중심으로」, 『한국시학연구』 제38호, 한국시학회, 2013.
• 류시현, 「1910~1920년대 전반기 안확의 '개조론'과 조선 문화 연구」, 『역사문제연구』 제21호, 역사문제연구소, 2009.
• 류준필, 「1910~20년대 초 한국에서 자국학 이념의 형성 과정—최남선과 안확을 중심으로」, 『대동문화연구』 제52권, 성균관대 대동문화연구소, 2005.
• 민충환, 「변영로의 새로운 작품에 대해서—『조선일보』 발표본을 중심으로」, 『부천작가』 제8호, 산과들, 2008.
• ______, 「변영로의 새로운 작품에 대해서(2)—『동아일보』 발표본을 중심으로」, 『소설과 비평』 창간호, 산과들, 2009.
• 박근예, 「1920년대 예술로서의 문학 개념의 형성」, 『이화어문논집』 제24 · 25집, 이화여대 한국어문학연구소, 2007.
• 박슬기, 「한국과 일본에서의 자유시론의 성립—근대시의 인식과 선언」, 『한국현대문학연구』 제42호, 한국현대문학회, 2014.
• 박지영, 「잡지 『학생계』 연구—1920년대 초반 중등학교 학생들의 '교양주의'와 문학적 욕망의 본질」, 『상허학보』 제20집, 상허학회, 2007.
• 박현수, 「염상섭의 초기 소설과 문화주의」, 『상허학보』 제5호, 상허학회, 2000.
• 박현수·홍현영, 「1920년대 초기 『조선일보』 「문예란」 연구」, 『민족문학사연구』 제57호, 민족문학사연구소, 2015.
• 박혜경, 「상징주의 단편에서의 여성의 상징성 연구—상징주의에서 메타 상징주의로」, 『러시아어문학 연구논집』 제27집, 한국러시아문학회, 2008.
• 박은미, 「일본 상징주의의 수용 양상 연구」, 『우리문학연구』 제21집, 우리문학회, 2007.
• 서동주, 「야나기 무네요시의 '생명론'의 사상적 원천과 자장」, 『일본사상』 제33호, 한국일본사상사학회, 2017.
• 서민정, 「박팔양 시의 특성 연구—자연 친화적 상상력을 중심으로」, 영남대 석사학위논문, 2002.
• 서형범, 「1910~20년대 自山 安廓의 國學硏究를 통해 본 近代 知識人의 主體的 自己 理解」, 『어문연구』 제38권 3호, 한국어문교육연구회, 2010.
• 손유경, 「『개벽』의 신칸트주의 수용 양상 연구」, 『철학사상』 제20집, 서울대 철학사상연구소, 2005.
• 송명희, 「李光洙의 文學評論 硏究(其二)—아놀드(Matthew Arnold)와의 文學觀 比較」, 『부산수

대 논문집』 제31호, 부산수대, 1983.
• 송민호, 「1920년대 초기 김동인-염상섭 논쟁의 의미와 '자연' 개념의 의미적 착종 양상」, 『서강인문논총』 제28집, 서강대 인문과학연구소, 2010.
• ______, 「카프 초기 문예론의 전개와 과학적 이상주의의 영향-회월 박영희의 사상적 전회 과정과 그 의미」, 『한국문학연구』 제42집, 동국대 한국문학연구소, 2012.
• 신인섭, 「교양개념의 변용을 통해 본 일본 근대문학의 전개양상연구-다이쇼 교양주의와 일본근대문학」, 『일본어문학』 제23집, 한국일본어문학회, 2004.
• 신재실, 「에머슨의 超絶主義와 美國詩의 傳統」, 『현대영어영문학』 제16권 제1호, 한국현대영어영문학회, 1980.
• 심선옥, 「근대시 형성과 번역의 상관성-김억을 중심으로」, 『대동문화연구』 제92집, 성균관대 대동문화연구원, 2008.
• 여지선, 「『태서문예신보』에 나타난 전통성 연구」, 『겨레어문학』 제31집, 겨레어문학회, 2003.
• 오문석, 「1차대전 이후 개조론의 문학사적 의미」, 『인문학연구』 제46집, 조선대 인문학연구소, 2013.
• 오세인, 「변영로 시 연구-'관념'과 '감각'을 중심으로」, 『Journal of Korean Culture』 Vol.23, 한국어문학국제학술포럼, 2013.
• ______, 「변영로 시에 나타난 '거리(街)'와 '길'의 표상 대비 연구」, 『한국시학연구』 제39호, 한국시학회, 2014
• 오윤호, 「조명희의 『봄잔듸밧위에』에 나타난 자연관과 생명의식」, 『문학과 환경』 제16권 1호, 문학과환경학회, 2017.
• 유선영, 「식민지의 '문화'주의, 변용(變容)과 사후(事後)」, 『대동문화연구』 제86집, 성균관대 대동문화연구소, 2014.
• 윤의섭, 「근대시에서 '숭고'의 위상」, 『현대문학이론연구』 제52집, 현대문학이론학회, 2013.
• 윤지영, 「한국 현대시의 숭고 연구에 관한 탈근대적 검토」, 『현대문학이론연구』 제48집, 현대문학이론학회, 2012.
• 이선희, 「수주 변영로 연구」, 단국대 석사학위논문, 1985.
• 이종호, 「일제시대 아나키즘 문학 형성 연구」, 성균관대 석사학위논문, 2005.
• 이주열, 「박팔양 시의 형성에 대한 비판적 고구」, 『우리어문연구』 제31집, 우리어문학회, 2008.
• 이행훈, 「안확의 '조선' 연구와 문명의 발견」, 『한국철학논집』 제52권, 한국철학사연구회,

2017.
• 장두영, 「염상섭의 『만세전』에 나타난 '개성'과 '생활'의 의미－아리시마 다케오(有島武郎)의 『아낌없이 사랑은 빼앗는다(惜みなく愛は奪ふ)』와의 비교를 중심으로」, 『일본학연구』 제34집, 단국대 일본연구소, 2011.
• 정기인, 「김억 초기 문학과 한문맥의 재구성」, 『한국현대문학연구』 제59집, 한국현대문학회, 2014.
• 정병호, 「일본근대문학·예술논쟁(2)－〈문학과 자연논쟁〉·〈소설론략논쟁〉과 자연」, 『일본문화학보』 제22집, 한국일본문화학회, 2004.
• ______, 「일본 근대문학 · 예술 논쟁 연구(3)－인생상섭논쟁(人生相涉論爭)과 공리주의」, 『일본학보』 제72집, 한국일본학회, 2007.
• 정용화, 「1920년대 초 계몽담론의 특성－문명·문화·개인을 중심으로」, 『동방학지』 제133집, 연세대 국학연구원, 2006.
• 정우택, 「『문우』에서 『백조』까지－매체와 인적 네트워크를 중심으로」, 『국제어문』 제47집, 국제어문학회, 2009.
• 조현아, 「박팔양 시 연구」, 공주대 박사학위논문, 2016.
• 최봉근, 「퇴계철학에서 理의 생명성에 관한 연구: 우주자연의 全一的 생명성을 중심으로」, 『동양철학연구』 제35집, 동양철학연구회, 2003.
• 최윤정, 「박팔양 시 연구」, 『한국문학이론과 비평』 제66집, 한국문학이론과 비평학회, 2015.
• 최재목, 「동양철학에서 보는 '생명'의 의미」, 『동양철학연구』 제46집, 동양철학연구회, 2006.
• 최호영, 「이장희 시에 나타난 '우울'의 미학과 모성적 정치성」, 『한국시학연구』 제32호, 2011.
• ______, 「『기독신보』에 나타난 문인들의 활동과 '이상향'의 의미」, 『민족문학사연구』 제56호, 민족문학사학회, 2014.
• 허배관, 「기타무라 도코쿠(北村透谷)와 에머슨의 사상: 「내부생명론」과 「대령론」의 관계에 관하여」, 『일본문화연구』 제5집, 동아시아일본학회, 2001.
• ______, 「기타무라 도코쿠와 에머슨의 자연관 비교연구」, 『일본문화학보』 제14집, 한국일본문화학회, 2002.
• ______, 「기타무라 도코쿠의 에머슨 수용: 그 범신론적 경향에 대하여」, 『일본문화연구』 제11집, 동아시아일본학회, 2004.
• ______, 「인생상섭논쟁(人生相涉論爭)」의 전후－「내부생명론(內部生命論)」과의 관련을 중심으로」, 『일본근대학연구』 제26집, 한국일본근대학회, 2009.

• ______, 「기타무라 도코쿠와 도쿠토미 소호의 문학-「인스피레이션」에서 「내부생명론」으로」, 『일본근대학연구』 제31집, 한국일본근대학회, 2011.
• 허수진, 「1920년대 시의 '님' 지향성 연구」, 건국대 석사학위논문, 1998.
• 홍선영, 「1920년대 일본 문화주의의 조선 수용과 그 파장」, 『일어일문학연구』 제55집, 한국일어일문학회, 2005.

2) 국외

• 成谷麻理子, 「口語自由詩の発生-Vers libreをめぐって」, 『比較文学年誌』, 早稲田大学比較文学研究室, 2010.
• 宮山昌治, 「大正期におけるベルクソン哲学の受容」, 『人文』 제4호, 学習院大学人文科学研究所, 2005.
• 佐藤伸宏, 「三富朽葉論-口語自由詩から散文詩へ」, 『東北大学教養部紀要』 제54호, 東北大学教養部, 1990.
• 菅原克也, 「有明の沈黙-詩論にみる口語自由詩との葛藤」, 『人文論叢』 제18호, 東京工業大学, 1992.
• 米山禎一, 「北村透谷論-生命主義思想を中心に」, 『淡江日本論叢』, 淡江大學日本研究所· 日本語文學系, 2011. 5.

기억과 경계 학술총서

한국 근대문학의 저변과 생명의 심연
동아시아 생명 사상과 한국 생명주의 문학의 지평

초판 1쇄 발행일 2018년 9월 10일

지은이 최호영
펴낸이 박영희
편집 김영림
디자인 유지연
마케팅 김유미
인쇄 · 제본 태광인쇄
펴낸곳 도서출판 어문학사
서울특별시 도봉구 해등로 357 나너울카운티 1층
대표전화: 02-998-0094/편집부1: 02-998-2267, 편집부2: 02-998-2269
홈페이지: www.amhbook.com
트위터: @with_amhbook
페이스북: https://www.facebook.com/amhbook
블로그: 네이버 http://blog.naver.com/amhbook
다음 http://blog.daum.net/amhbook
e-mail: am@amhbook.com
등록: 2004년 7월 26일 제2009-2호

ISBN 978-89-6184-478-9 93810
정가 23,000원

이 도서의 국립중앙도서관 출판예정도서목록(CIP)은 e-CIP홈페이지(http://www.nl.go.kr/ecip)와 국가자료공동목록시스템(http://www.nl.go.kr/kolisnet)에서 이용하실 수 있습니다.
(CIP제어번호: CIP 2018026209)